Gisa Pauly
Sturmflut

AF178847

PIPER

Zu diesem Buch

Mamma Carlotta mag keine Lyrik, erst recht keine moderne, die sich nicht reimt. Als sie in der Zeitung liest, dass die Verlegerin Antonia Schäfer ein Lyrikfestival auf Sylt plant, ist sie dennoch Feuer und Flamme. Immerhin wird ihre Enkelin Carolin selbst bei dem Festival auf der Bühne stehen. Doch dann wird die Tochter der Verlegerin entführt – und für Mamma Carlotta beginnt das nächste Abenteuer. Und während Frau Schäfer sich weigert, der Polizei das Verschwinden ihrer Tochter zu melden, und Carolin mit einem der Dichter anbandelt, kündigt sich Staatsanwältin Tilla Speck auf der Insel an – und bringt den unerschütterlichen Erik Wolf komplett aus der Fassung. Carlotta und Tilla begeben sich gemeinsam auf die Suche nach dem entführten Mädchen, und bald schon wird der rasanten Italienerin klar, dass ihr Bekannter Fietje Tiensch weit mehr mit der Entführung zu tun hat, als er selbst weiß. Was Erik als Carlottas Schwiegersohn und Kriminalhauptkommissar von Sylt davon hält, dass er als letzter die Wahrheit durchschaut, fragen sich Carlotta und Tilla erst, als eine Sturmflut aufzieht und Erik plötzlich spurlos verschwindet …

Gisa Pauly hängte nach zwanzig Jahren den Lehrerberuf an den Nagel und veröffentlichte 1994 das Buch »Mir langt's – eine Lehrerin steigt aus«. Seitdem lebt sie als freie Schriftstellerin, Journalistin und Drehbuchautorin in Münster, ihre Ferien verbringt sie am liebsten auf Sylt oder in Italien. Ihre Sylt-Krimis um die resolute Italienerin Mamma Carlotta erobern jedes Jahr aufs Neue die Bestsellerlisten.

Gisa Pauly

STURMFLUT

Ein Sylt-Krimi

PIPER

Mehr über unsere Autorinnen, Autoren und Bücher: www.piper.de

Wenn Ihnen dieser Krimi gefallen hat, schreiben Sie uns unter Nennung des Titels »Sturmflut« an *empfehlungen@piper.de*, und wir empfehlen Ihnen gerne vergleichbare Bücher.

Von Gisa Pauly liegen im Piper Verlag vor:

Mamma-Carlotta-Reihe:
Band 1: Die Tote am Watt
Band 2: Gestrandet
Band 3: Tod im Dünengras
Band 4: Flammen im Sand
Band 5: Inselzirkus
Band 6: Küstennebel
Band 7: Kurschatten
Band 8: Strandläufer
Band 9: Sonnendeck
Band 10: Gegenwind
Band 11: Vogelkoje
Band 12: Wellenbrecher
Band 13: Sturmflut
Band 14: Zugvögel

Band 15: Lachmöwe
Band 16: Schwarze Schafe
Band 17: Treibholz
Band 18: Breitseite

Siena-Reihe:
Band 1: Jeder lügt, so gut er kann
Band 2: Es wär schon eine Lüge wert
Band 3: Lügen haben lange Ohren

Dio Mio! Mamma Carlottas
   himmlische Rezepte
Der Mann ist das Problem
Venezianische Liebe
Stille Wasser sind fies

Wir behalten uns eine Nutzung des Werks für Text und Data Mining im Sinne von §44b UrhG vor.

Originalausgabe
ISBN 978-3-492-30878-6
1. Auflage Mai 2019
3. Auflage April 2024
© Piper Verlag GmbH, München 2019
Umschlaggestaltung: Eisele Grafikdesign
Umschlagabbildung: 3dmi/Bigstock (Badewanne);
vesnacvorovic/Bigstock (Stock); Macrovector/Bigstock (Goldfisch, Glas);
Tatiana_Grozetskaya/Bigstock (Wellen); Life on white/Bigstock (Möwe)
Satz: Eberl & Koesel Studio, Kempten
Gesetzt aus der Scala
Gedruckt von ScandBook in Litauen
Printed in the EU

Sollte einst mein Herz
vom Baum des Lebens fallen
dann wünsch ich nur
es möge einen geben
der es aufhebt
und nach Hause trägt
und pressen wird
zwischen den Seiten
eines Buches
das oft gelesen wird

Carlotta Capella schob die Zeitung ärgerlich zur Seite. Das sollte ein Gedicht sein? »Das reimt sich ja nicht mal.« Sie faltete die Zeitung zusammen und begann, den Frühstückstisch abzuräumen. »Moderne Lyrik! Madonna!« Sie schüttelte die Krümel von den Sets, als wollte sie die moderne Lyrik so lange schütteln, bis sie sich endlich reimen wollte.

Aber an diesem Morgen konnte es ihr sowieso niemand recht machen, die moderne Lyrik erst recht nicht. Kükeltje, die kleine, schwarze Katze der Familie Wolf, verzog sich erschrocken, als Teller und Tassen mit einem besorgniserregenden Geklapper in der Spülmaschine landeten, und das Besteck flog hinterher, als wollte Carlotta demnächst als Messerwerferin im Zirkus auftreten. Die Marmelade fand den Weg in den Kühlschrank derart schwungvoll, dass das Glas auf dem Kopf zu stehen kam, die Butter folgte im Flug, aber zum Glück ohne Salto, die übrig gebliebenen Panini sprangen in die Höhe, als der Korb, in dem sie lagen, auf die Anrichte geknallt wurde.

Leider war Carlottas Zorn danach noch immer nicht verraucht. Sie starrte das unbenutzte Gedeck an, das nach wie vor auf dem Tisch stand, überlegte, ob sie es wieder in den Schrank räumen sollte, um damit klarzustellen, dass die Frühstückzeit vorbei war, oder ob es Sinn hatte, einen weiteren pädagogischen Vorstoß zu wagen. Mindestens den zehnten während dieses Aufenthaltes auf Sylt. »Dio mio! So geht das nicht weiter!«

Sie wusste, dass ihre pädagogischen Fähigkeiten nicht imponierend, aber markant waren, wie es der Lehrer ihres Ältesten einmal vorsichtig formuliert hatte, und sie wusste auch, dass diese Fähigkeiten von einigen ihrer Angehörigen sogar schlichtweg geleugnet wurden. »Un'impertinenza!« War es etwa keine Pädagogik, wenn sie ein braves Kind verhätschelte und einem unartigen unverhohlen drohte? Wenn sie einem ängstlichen Kind mit Süßigkeiten Mut zufütterte und einem kleinen Draufgänger den Sturz vom Apfelbaum mit voller Absicht nicht ersparte, damit er endlich merkte, wohin seine Tollkühnheit führte? Und schlechtes Benehmen nicht zur Kenntnis zu nehmen, wenn man seine Ruhe haben wollte, und mit minutenlangen Schimpfkanonaden zu bestrafen, wenn man schlechter Laune war, erschien Mamma Carlotta keineswegs unpädagogisch. Eher im Gegenteil. Ebenso wenig, dass sie es mal so und mal so hielt. Auf das Ergebnis kam es schließlich an. Ihre Kinder hatten jedenfalls gelernt, sich den Menschen, die von Bedeutung für sie waren, anzupassen, und das war zweifellos ein wichtiges pädagogisches Ziel. Damit war es gelungen, erzürnten Lehrern den Wind aus den Segeln zu nehmen, einen Ausbildungsplatz zu retten und eine Versetzung in die nächste Klasse, mit der niemand mehr gerechnet hatte, doch noch zu erreichen. Eine gute Erziehung musste eine Vorbereitung auf das Leben sein! Und das Leben war nun mal nicht immer gleich. Mal wehte ein lauer, mal ein rauer Wind, mal musste man sich vor ihm in Sicherheit bringen und durfte ihn ein anderes Mal genießen oder sich von ihm treiben lassen. Wenn Kinder damit fertig wurden, war educazione gelungen. »Basta!«

Sie stieß die Tür zu Carolins Zimmer auf, achtete nicht darauf, dass ihre Enkelin erschrocken in die Höhe fuhr, ging, ohne zu zögern, zum Fenster und riss es auf. Der eiskalte Novemberwind, der ins Zimmer fuhr, war nach Mamma Carlottas Meinung genau richtig, um Flausen aus dem Kopf und Unternehmungsgeist hineinzupusten, um Faulheit aufzuwirbeln, damit sie sich als Ameisenfleiß wieder herabsenken konnte.

»Bist du verrückt, Nonna? Mach das Fenster sofort zu!«

Die Großmutter verrückt zu nennen musste natürlich eigentlich eine weitere erzieherische Maßnahme nach sich ziehen, aber Mamma Carlotta war noch voll auf das ursprüngliche Ziel ihres pädagogischen Wirkens konzentriert, da konnte sie nicht auch noch ein Referat über Respekt und Höflichkeit der älteren Generation gegenüber einarbeiten. Eins nach dem anderen!

»Das Fenster bleibt offen, Carolina, bis du aufgestanden bist, geduscht und gefrühstückt hast. Und dann reden wir beide mal darüber, wie du deine Tage verbringst. Jedenfalls nicht im Bett, so viel steht fest. Basta!«

Sie ließ das Fenster offen, als sie Carolins Zimmer wieder verließ, hörte nicht auf das Zetern, das ihr folgte, und nahm sich vor, nicht länger als eine halbe Stunde auf ihre Enkeltochter zu warten. Danach würde sie … ja, was eigentlich? Es war nicht leicht, einem volljährigen Menschen mit Drohungen zu kommen, die er sich selbst ausmalen konnte. Und die Angst vor dem Eintreten irgendwelcher schrecklicher Konsequenzen nahm mit zunehmendem Alter leider ab. Aber zusehen, wie ein Kind sein Leben verplemperte, ohne einzugreifen? Nein, das kam für Carlotta Capella nicht infrage. Nach fünfundzwanzig Minuten wusste sie leider immer noch nicht, was sie als Bestrafung ins Feld führen würde, aber zum Glück erübrigte sich die Frage, denn genau als die Frist ablief, erschien Carolin tatsächlich in der Küche. Müde und verkatert, mürrisch und übellaunig, aber immerhin war sie da. Ihre Nonna genoss das gute Gefühl, etwas erreicht zu haben.

In der Zwischenzeit hatte sie, um das Warten zu verkürzen, noch einmal zum *Inselblatt* gegriffen. Obwohl sie weiterhin mit moderner Lyrik nichts zu tun haben wollte, war sie dennoch an dem Artikel hängen geblieben, der unter dem Gedicht stand, das Mamma Carlotta auf keinen Fall so nennen wollte. Auf Sylt sollte ein Lyrik-Festival stattfinden. Das Wort Festival gefiel ihr außerordentlich. Ein Fest wurde schließlich gefeiert, da konnte ein Festival nichts Unangenehmes bedeuten. Und dann hatte sie etwas gelesen, was ihr in Bezug auf Carolin gut zupass kam. Dafür war sie sogar bereit, Marmelade und Butter wieder aus dem Kühlschrank zu holen und die Kaffeemaschine in Gang zu setzen. Kükeltje setzte auch wieder vorsichtig einen Fuß in die Küche. Das Geräusch der sich öffnenden Kühlschranktür war für sie derart unwiderstehlich, dass sie es riskierte, in einen Familienstreit zu geraten, wenn sie später dafür mit einer Schinkenscheibe im Maul die Flucht ergreifen konnte.

»Schau mal, Carolina!« Mamma Carlotta tippte auf die Titelseite des *Inselblattes*. »Auf Sylt wird es ein Lyrik-Festival geben.«

Carolins Interesse hielt sich in Grenzen. »Schon gehört.«

»Das wäre doch was für dich. Hast du nicht früher mal Gedichte geschrieben?«

In Carolins Augen erwachte müdes Interesse. »Das ist schon ewig her.«

»Du wolltest mal Schriftstellerin werden.«

»Stattdessen bin ich arbeitslos geworden.« Das müde Interesse war wieder in Tiefschlaf gefallen, wenn nicht sogar ins Koma.

»Dafür kannst du nichts. Das Hotel ist geschlossen worden, nur deshalb hast du deinen Ausbildungsplatz verloren. Du wirst einen neuen finden, di sicuro! In ein paar Jahren bist du eine erfolgreiche Hotelkauffrau.«

»Dann weißt du mehr als ich.«

»Du musst nur Bewerbungen schreiben. Auf Sylt gibt es so viele Hotels ...«

»... und so viele Bewerber.«

»Notfalls gehst du eben aufs Festland.« Dieser Gedanke

gefiel Mamma Carlotta zwar gar nicht, aber wenn es nicht anders ging ... »Du könntest es auch in Italia versuchen.«

Doch Carolin winkte ab. »Vielleicht bekommt das Frangiflutti ja einen neuen Besitzer, dann habe ich womöglich eine Chance.« Sie warf ihrer Großmutter einen Blick zu, als wäre diese dafür verantwortlich, dass der Eigentümer des Frangiflutti in einem Sarg von Wenningstedt in seine Heimat zurückgekehrt war.

Mamma Carlotta wischte das Thema aus der Luft. »Für die Organisation des Festivals werden Freiwillige gesucht. Das wäre doch genau das Richtige für dich. Du könntest dich auch für den Wettbewerb anmelden. ›Das beste Gedicht der Insel!‹ Wäre das nichts für dich? Wenn du eins deiner Gedichte vorträgst, bekommst du vielleicht einen Preis.« Mamma Carlotta überflog den Artikel, bis sie gefunden hatte, was dem begabtesten Lyriker winkte. »Ein Buch im Schäfer-Verlag. Deine Gedichte würden gedruckt. Vielleicht auch die Kurzgeschichten, die du damals geschrieben hast. Am Ende bekommst du womöglich die Chance, einen ganzen Roman zu schreiben ...«

Kriminalhauptkommissar Erik Wolf nahm den Blick vom Bildschirm seines Computers, lehnte sich zurück und gähnte. Im Polizeirevier war alles ruhig. Er hörte seinen Assistenten im Nebenzimmer telefonieren, aber die Stimme klang so gedämpft herüber, dass sie Erik nicht störte, und das Telefonklingeln im Revierzimmer drang so leise durch zwei fest verschlossene Türen, dass es an der Peripherie seiner Wahrnehmungen blieb. Der Straßenverkehr vor dem Fenster floss ruhig, ohne jede Aggressivität, das Schreien der Möwen war fern, das Signal eines Zuges, das vom Bahnhof auf der gegenüberliegenden Straßenseite herüberkam, erschreckte niemanden. Es war ruhig auf Sylt, nicht nur in der Polizeistation von Westerland, sondern auf der ganzen Insel. Die Hochsaison war längst vorbei, Sylt gehörte wieder den Einheimischen und jenen Touristen, die das einsame Watt, die atemberaubende Natur, die weiten Strände, die stille Heide zu schätzen wussten und denen es nicht darauf ankam, zu den Schönen und Reichen zu gehören, die sich nachts im Gogärtchen oder im Pony trafen. Die hohe Zeit der Laden- und Handtaschendiebstähle, der Ruhestörer, Randalierer und Erreger öffentlicher Ärgernisse war ebenfalls vorbei. Alle zusätzlichen Polizeikräfte, die der Minister in der Hochsaison zur Verfügung stellte, um die Kleinkriminalität zu verhindern und zu bekämpfen, waren wieder abgezogen worden.

Erik zog die Schreibtischschublade auf und holte eine Tafel Schokolade heraus. Sie lag direkt neben seiner Pfeife, und er nahm sich vor, sie in der Mittagspause noch im Büro zu stopfen und schon auf dem Weg zum Auto anzuzünden. Aber fürs Erste begnügte er sich mit einem Riegel Trauben-Nuss-Schokolade. Wie immer ließ er ihn im Mund schmelzen, bis ihm nur noch die Trauben und Nüsse auf der Zunge lagen, und biss dann genüsslich zu. Herrlich!

Erik Wolf war Sylter. Er war auf der Insel geboren und aufgewachsen, hatte sie nur dann verlassen, wenn es nicht zu umgehen war. Als er seine Frau kennenlernte, hatte er ihr schon beim ersten Ausgehen klargemacht, dass er niemals nach Italien ziehen würde. Aus ihrer jungen Liebe eine feste Beziehung zu machen musste bedeuten, dass Lucia bereit war, mit ihm nach Sylt zu kommen.

Er konnte sich noch gut an diesen Abend erinnern. Sie hatten in einer Trattoria in Panidomino gesessen, Pasta gegessen, Vino getrunken und sich auf Englisch mit einer Unterhaltung abgemüht. Erik war während einer Toskana-Rundreise in Lucias Dorf gelandet und hatte den Bus mit der Reisegesellschaft allein weiterfahren lassen. Dass Lucia Capella seine große Liebe war, hatte er schon in den ersten Stunden erkannt. Dass es sich umgekehrt genauso verhielt, hatte er zunächst nicht fassen können. Er war doch das Gegenteil eines smarten Italieners! Er war redefaul, stoisch und schwerfällig, während ihre Brüder und alle männlichen Verwandten laut, schnell und unternehmungslustig waren. Er war auch nicht so attraktiv wie ein Italiener, nicht so schlank, sondern von derbem Körperbau, war nicht auf sein Äußeres bedacht, gelte sich niemals die Haare, leistete sich als einzige Extravaganz einen Schnäuzer. Er trug keine flotten Anzüge, sondern am liebsten bequeme weite Hosen, hatte kein Interesse an einem schnellen Wagen und blieb unerschütterlich, wenn die Italiener in seiner Umgebung mit großen Gesten schwadronierten. Aber Lucia hatte behauptet, gerade so gefiele er ihr. Erst als sie seinen Heiratsantrag annahm, hatte er es wirklich glauben können.

Ach, Lucia! Er richtete sich auf. Hatte er ihren Namen laut ausgesprochen, geflüstert oder nur gedacht? Sie fehlte ihm. Ihr plötzlicher Tod, verursacht durch einen unachtsamen Lkw-Fahrer, hatte eine Lücke in sein Leben gerissen, die wohl nicht zu schließen sein würde. Er hatte sich zwar neu verliebt, in Wiebke, dann in Svea, aber bei keiner der beiden hatte er sich wirklich zu Hause gefühlt.

Manchmal quälte ihn das Schuldbewusstsein. Wenn er Lucia nicht nach Sylt geholt hätte, wenn sie in ihrer Heimat geblieben wäre, könnte sie noch leben. Dieser Gedanke peinigte ihn oft, und es half nicht immer, wenn er sich dann sagte, dass Lucia an seiner Seite glücklich gewesen war. Ja, das wusste er ganz genau. Sie hatte nie bereut, ihn geheiratet zu haben. Vielleicht hätte sie sich, wenn man sie vor die Wahl gestellt hätte, für ein kurzes Leben mit ihm entschieden statt für ein langes ohne ihn.

Erik stand auf, um sich ein wenig Bewegung zu verschaffen, ging zum Fenster, steckte die Hände tief in die Taschen seiner bequemen weiten Cordhose und sah hinaus. Ohne das neue Boarding-House auf der andere Straßenseite zu sehen, das seit einigen Monaten den Blick auf den Bahnhof einschränkte, ohne den Intercity zu bemerken, der gerade einfuhr, ohne auf die Gruppe von Radfahrern zu achten, die sich gegen den Wind stemmten, genoss er die bekannten Geräusche, die durchs geschlossene Fenster drangen, und den typischen Geruch seiner Insel, als er das Oberlicht öffnete. Lucia hatte ihn schon bald genauso geliebt wie er. Abgase, Körpergerüche, Abfall, der an einer Straßenecke verfaulte, Kebab, gegrilltes Fleisch, frittierter Fisch, das alles konnte seiner Insel nichts anhaben, nicht einmal in der Hochsaison. Auf Sylt blieb nichts hängen, die olfaktorische Atmosphäre veränderte sich trotz allem nicht, denn die salzige Luft, der klare, ungefilterte Wind, das Unverbrauchte, das immer wieder erneut heranwehte, setzte sich gegen alle unangenehmen Gerüche durch.

Als das Telefon klingelte, zuckte er zusammen, so weit hatte er sich gerade von seinen Aufgaben als Polizeihauptkommissar entfernt. Am anderen Ende war die Geschäftsführerin des Hotel Stadt Hamburg, eine frühere Klassenkameradin von Erik, die er um Rat gefragt hatte, als Carolin ihren Ausbildungsplatz verlor. »Tut mir leid, Erik«, meldete sie sich nun zurück. »Bei uns ist zurzeit nichts zu machen. Aber ich werde die Augen offen halten. Wenn ich was höre, melde ich mich.«

Den tiefen Seufzer stieß Erik erst aus, als er das Gespräch beendet hatte. Es musste unbedingt etwas geschehen! Die schlechte Stimmung in seinem Haus schlug ihm oft schon beim Eintreten entgegen: das Nörgeln seiner Schwiegermutter, das Keifen seiner Tochter und Felix' laute Stimme, der versuchte, die Aggression mit faulen Witzen zu entschärfen, und damit meist das Gegenteil erreichte. Eine explosive Mischung, die ihm diesmal den Aufenthalt seiner Schwiegermutter auf Sylt verleidete. Vorher hatte er nicht mitbekommen, wie Carolin ihre Tage verbrachte, während er im Büro war, jetzt wurde es ihm an jedem Abend, bei jedem Heimkommen vorgehalten. Sie vertrödelte die Zeit mit Nichtstun, das war die Ansicht seiner Schwiegermutter. Aber natürlich schilderte Carolin denselben Sachverhalt ganz anders. Angeblich war sie zu niedergeschlagen für Hilfe bei der Hausarbeit, zu desillusioniert, um

Bewerbungen zu schreiben, und noch viel zu sehr mit ihrem Katzenjammer beschäftigt, um sich zu einem Bewerbertraining anzumelden, das vom Arbeitsamt angeboten wurde. Sie litt sogar unter Depressionen, davon war Carolin überzeugt, und Erik wies sie nie darauf hin, dass sie die Bezeichnung für eine ernsthafte psychische Erkrankung missbrauchte. Er wollte einfach warten, bis die Zeit vorüber war, seine Tochter wieder nach vorn blicken und endlich neue Pläne schmieden konnte.

Wenn Mamma Carlotta hörte, wie Carolin ihren Zustand beschrieb, ihre Lähmung, ihre Unfähigkeit, sich aufzuraffen, dann konterte sie immer mit derselben Frage: Hatte sie etwa, als sie in Carolins Alter gewesen war, die Möglichkeit gehabt, sich ihren Aufgaben zu entziehen? Weil sie zu niedergeschlagen zum Kochen, zu deprimiert zum Wäschewaschen oder zu desillusioniert für die Realitäten des Lebens war? In Carolins Alter war sie bereits verheiratet gewesen, hatte für zwei kleine Kinder zu sorgen und sich damit abfinden müssen, dass ihre Schwiegereltern, die im selben Haus wohnten, mehr und mehr auf ihre Hilfe angewiesen waren. »Konnte ich mich im Bett vor der Arbeit verstecken? No!«

Erik befürchtete jeden Abend, wenn er das Haus betrat, dass Mamma Carlotta seine Tochter derart durchgeschüttelt hatte, dass diese aus dem Elternhaus geflohen war und sich den Straßenmusikanten auf der Friedrichstraße angeschlossen hatte, nur um von der tobenden Großmutter wegzukommen.

Wie wäre Lucia mit dieser Situation umgegangen? Sie war ja wie ihre Mutter gewesen. So sonnig wie sie, so optimistisch und von gleicher unerschütterlicher guter Laune, aber auch so ungeduldig, hitzig und sogar blindwütig, wenn eine Lösung auf der Hand lag und Erik oder die Kinder zögerten, danach zu greifen. Er erinnerte sich, dass Carolin und Felix sich dann manchmal aus dem Haus verdrückten und er selbst einen dienstlichen Termin vorgeschoben hatte, damit Lucia ihre Wut am Inventar des Hauses und nicht an ihrer Familie ausließ.

Es klopfte, und im selben Augenblick schon sprang die Tür auf. Erik hatte oft den Verdacht, dass Obermeister Rudi Engdahl mit der Fußspitze gegen die Tür trat und gleichzeitig die Türklinke herunterdrückte. Er hatte ihm schon mehrmals vorgeschlagen, auf das Klopfen zu verzichten, das keinen Sinn ergab, wenn die Zeit fehlte, zum Eintreten aufzufordern. Aber Rudi Engdahl bestand darauf, das Büro des Dienststellenleiters mit dem nötigen Respekt zu betreten, und dazu gehörte nun mal das Klopfgeräusch. Er war ein überschlanker, fast hagerer Mann von Mitte fünfzig, der aussah wie ein Marathonläufer, aber in Wirklichkeit Sport hasste und sich so wenig wie möglich bewegte. Erik beneidete ihn um seine Figur. Er selbst verabscheute Sport genauso, aber ihm sah man es leider an.

Rudi Engdahl drückte die Tür ins Schloss, als sollte niemand hören, was er zu sagen hatte. »Es wurde gerade eine Entführung gemeldet.« Er wies mit dem Daumen über die Schulter zur Tür. »Die Haushälterin eines gewissen Theo Claussen steht draußen. Sie will nur mit Ihnen sprechen.«

»Kidnapping?« Erik wartete lange, damit Rudi Engdahl die Chance hatte, sich vor die Stirn zu schlagen, über das Missverständnis zu lachen und statt von Entführung von Diebstahl zu reden. Aber leider geschah nichts dergleichen. Sein Kollege nickte stumm.

»Ein Kind?«, fragte Erik mit gepresster Stimme, denn er konnte sich kaum etwas Schrecklicheres vorstellen, als ein Kind in den Händen eines gewissenlosen Verbrechers zu wissen.

Zum Glück schüttelte Rudi Engdahl diesmal den Kopf. »Wenn ich es richtig verstanden habe, geht es um eine junge Frau. Zwanzig Jahre alt.«

Erik atmete auf, etwas besser, wenn auch nicht viel.

Engdahl wartete, bis Erik die Information verarbeitet hatte, dann fragte er: »Kann ich die Dame reinbringen?«

Sie hieß Petrine Roesgen, ihr Arbeitgeber war der Besitzer

einer Lampenfabrik in Husum, der eine Ferienvilla in Kampen besaß. Petrine Roesgen war etwa in Mamma Carlottas Alter, so mollig wie sie und so ähnlich gekleidet und frisiert. Als Erik ihr den Mantel abnahm, kam eine handbestickte Schürze zum Vorschein, wie seine Schwiegermutter sie in Italien auch gerne trug, und nicht einmal, wenn sie dort eine Besorgung oder einen kurzen Besuch machte, fand sie es lohnenswert, die Schürze abzubinden. Das hatte sie erst auf Sylt gelernt, nachdem Carolin ihr mehrmals eingeschärft hatte, dass auf der Insel der Schönen und Reichen andere Gesetze galten als in einem umbrischen Bergdorf.

Petrine Roesgen schien keine Enkeltochter zu haben, die ihr mit diesbezüglichen Instruktionen zur Seite sprang. Aber ganz fremd waren sie ihr wohl doch nicht, denn sie murmelte eine Entschuldigung, band die Schürze ab und stopfte sie in ihre Tasche. Dann nahm sie Platz, zog einen Brief aus ihrer Tasche und legte ihn auf Eriks Schreibtisch. »Den habe ich heute Morgen auf dem Schränkchen in der Diele gefunden.«

Die Tür öffnete sich, und Sören Kretschmer trat ein. Ein junger Kommissar, der seiner baldigen Beförderung zum Oberkommissar entgegensah. Er hatte einen siebten Sinn dafür, wann sein Chef ihn brauchte. Vielleicht hatte Rudi Engdahl ihm aber auch Bescheid gesagt, dass ein Kapitalverbrechen auf seine Aufklärung wartete. Sören begrüßte Petrine Roesgen flüchtig, dann beugte er sich über den Umschlag.

Herrn Claussen – wenn ihm das Leben seiner Tochter lieb ist!

Natürlich war der Haushälterin sofort klar gewesen, dass sie einen Erpresserbrief vor sich hatte. Auch deshalb, weil die Buchstaben und Wörter aus Zeitungen ausgeschnitten und aufgeklebt worden waren.

»Ich habe Herrn Claussen auf der Stelle angerufen. Er hat mich angewiesen, den Brief zu lesen.«

Sie nahm ihn wieder zur Hand, öffnete den Umschlag, wie sie es am Morgen getan hatte, faltete das Briefblatt auseinander und strich es sorgfältig glatt, bevor sie es Erik reichte.

Er hielt den Brief so, dass Sören, der sich hinter ihn gestellt hatte, gut mitlesen konnte.

Eine Million in bar! Keine Polizei! Heute Abend hören Sie mehr.

»Mein Chef musste sich die Sache erst überlegen, hat eine Weile nachgedacht und geguckt, wie er das Geld zusammenkriegt. Dann hat er zurückgerufen und gesagt, er will trotzdem die Hilfe der Polizei in Anspruch nehmen.«

»Sehr vernünftig«, murmelte Erik. »Wo hält Herr Claussen sich zurzeit auf?«

»In den USA. Geschäftlich. Seine Frau ist auch nicht zu Hause. Die macht Urlaub auf den Malediven.«

»Aber Herr Claussen wird so schnell wie möglich zurückkommen?«, fragte Sören.

»Das geht leider nicht. Er ist unabkömmlich.«

Erik war überrascht, versuchte aber, es sich nicht anmerken zu lassen. Ein Vater, der nicht alles stehen und liegen ließ, wenn seine Tochter entführt worden war?

Sören war weniger dezent in seiner Reaktion. Er fuhr sich durch die schütteren blonden Haare, sein Gesicht, das immer an einen rotbackigen Apfel erinnerte, färbte sich eine Spur dunkler. »Wie bitte? Das kann ja wohl nicht wahr sein!«

»Lales Mutter soll sich um die Angelegenheit kümmern«, fuhr Petrine Roesgen fort, ohne sich eine emotionale Regung anmerken zu lassen.

»Die kommt immerhin aus dem Urlaub zurück?«

»Die ist auf Sylt. Die erste Frau von Theo Claussen. Jetzt ist er mit Helena Helmstetter verheiratet. Lales Mutter heißt Antonia Schäfer. Sie hat nach der Scheidung wieder ihren Mädchennamen angenommen.«

»Weiß sie schon Bescheid?«

»Ich nehme an, dass sich Herr Claussen mit ihr in Verbindung setzen wird.« Petrine Roesgen stellte die Tasche auf ihren Schoß, als hätte sie eine Fahrt mit der Straßenbahn vor sich und schlechte Erfahrungen mit unseriösen Sitznachbarn gemacht. »Er hat gesagt, ich solle alles Ihnen überlassen. Sie wüssten schon, worauf es in einem solchen Fall ankommt.«

Erik nickte bestätigend. »Erst mal auf absolutes Stillschweigen. Ich gehe davon aus, dass Sie bisher mit niemandem über die Entführung gesprochen haben?«

»Selbstverständlich.«

»Haben Sie Spuren gefunden?«

»Ja.« Geschwätzigkeit konnte man Petrine Roesgen wirklich nicht vorwerfen, da unterschied sie sich gründlich von Carlotta Capella, die jetzt nicht nur sämtliche Fakten, sondern darüber hinaus auch alle Möglichkeiten, Vermutungen und Eventualitäten aufgezählt hätte.

Sören brachte schon wieder mit den Fingerspitzen seine Frisur durcheinander, die eigentlich nicht einmal den kleinsten Windhauch vertrug, ohne sofort zu zerzausen. »Wir müssen uns das Haus ansehen.«

»Aber wir müssen auch damit rechnen, dass sich der Entführer in der Nähe aufhält. Vielleicht beobachtet er die Villa. Dann merkt er, wenn die Polizei auftaucht.«

Sören grinste. »Da haben wir doch unsere Methoden …«

Mamma Carlotta war stolz darauf, dass sie mal wieder unter Beweis gestellt hatte, wie gut sie junge Menschen leiten und davon überzeugen konnte, das Richtige zu tun. Sie hatte Carolin erreicht. Dass sie noch nicht geduscht hatte, mit ungeputzten Zähnen und wirr vom Kopf abstehenden Haaren am Tisch saß, darüber wollte Carlotta hinwegsehen. Hauptsache, sie war da und stellte endlich wieder eine andere Miene zur Schau als die der Leidgeprüften, vom Schicksal Bestraften, ungerecht Behandelten und von Überdrüssigkeit Niedergedrückten. Ihr Blick war wach, neben ihr lag ein Hefter, der mit Herzchen und Diddl-Mäusen verziert war, also aus einer Zeit stammte, in der auch sämtliche Schulhefte, Nachrichten an Freundinnen, Geburtstagseinladungen und Briefe nach Italien derart geschmückt waren. Ihre Nonna durfte gleich noch einmal stolz auf ihre erzieherische Begabung sein, weil es ihr gelang, wenn auch nur mit größter psychischer Kraftanstrengung, nichts dazu zu sagen, dass Carolin sich im Pyjama und mit bloßen Füßen an den Tisch setzte. Eigentlich konnte sie es nicht leiden, wenn sie einem Familienangehörigen etwas zu essen vorsetzen sollte, der es nicht für nötig befunden hatte, sich zunächst von der Kleidung und den Gerüchen der Nacht zu befreien. In diesem Fall aber wollte sie großzügig sein, ließ die Espressomaschine dröhnen und holte Butter und Feigenmarmelade wieder aus dem Kühlschrank. Kükeltje rollte sich auf einem freien Stuhl zusammen, nachdem die Herrin des Kühlschranks ihr verzweifeltes Maunzen erhört, den Fettrand einer Schinkenscheibe abgeschnitten und ihr überlassen hatte.

Währenddessen schlug Carolin mit feierlicher Miene den Hefter auf und betrachtete das erste Blatt mit demselben Gesichtsausdruck, mit dem Carlottas Mutter früher immer die zwei einzigen Fotos angesehen hatte, die sie schön und jung zeigten, als Kommunionskind und als Braut. Wehmütig und stolz!

»Ich muss mir die Wettbewerbsbedingungen ansehen«, sagte Carolin. »Darf man nur ein Gedicht lesen oder zwei oder drei? Und was ist mit den Bewerbungsfristen? Sicherlich muss ich die Gedichte vorher einreichen. Bis zu einem bestimmten Zeitpunkt. Dann werden sie gelesen, mit anderen verglichen … Hast du eine Ahnung, wie so etwas abläuft?«

Mamma Carlotta wusste es nicht. »Wir werden zum Kurhaus fahren und uns erkundigen.«

»Wir?« Carolin sah auf, ihre Miene verlor die Feierlichkeit.

Mamma Carlotta wusste, was kommen würde. Die Litanei, die sie ständig von ihren Kindern, Schwieger- und Enkelkindern zu hören bekam. Dass sie ihre Nase nicht in die Angelegenheiten anderer stecken solle. Dass sie nicht immer und überall dabei sein könne. Dass es schrecklich lästig sei, wie sie stets die Probleme, Hoffnungen und Erfolge anderer zu ihren eigenen machte. Um die Vorwürfe im Keim zu ersticken, behauptete sie rasch, sie habe ohnehin an diesem Vormittag einen Besuch im Kurzentrum von Wenningstedt machen wollen. Die Nachbarin arbeitete dort und hatte sie auf eine Fotoausstellung im Foyer aufmerksam gemacht. »Die möchte ich mir ansehen.«

Carolin durchschaute die Lüge sofort. »Du hast dir noch nie im Leben eine Ausstellung angesehen. Da muss man die Klappe halten, wusstest du das nicht?«

Mamma Carlotta sah ihre Enkelin erschrocken an. »È vero?«

Im selben Moment fiel ihr ein, dass es einmal in Città di Castello, der Stadt am Fuße des Berges, auf dem ihr Heimatdorf lag, eine Ausstellung gegeben hatte, die alle besucht hatten, die in Panidomino wohnten. Denn der Maler, der dort seine Bilder zeigte, wohnte am Rande des Dorfes in einem kleinen, alten Bauernhaus, vor dem immer seine Staffelei stand, damit er die schöne umbrische Landschaft sehen und malen konnte. Manchmal trug er sie aber auch ins Dorf, setzte sich vor die Tür der Trattoria und malte die Häuser und die Straße. Die Frauen von Panidomino zogen sich dann besonders hübsch an und verbrachten den lieben langen Tag auf der Straße, weil sie hofften, sich auf einem Bild von Signor Lungarotti wiederzufinden. Aber das war vergeblich gewesen. Auf den Bildern, die in Città di Castello ausgestellt wurden, war kein einziger Mensch zu sehen gewesen, dafür Blumen in Signora Valluzzis Fenster, die es dort nie gegeben hatte, und eine rote Tür, die in Signora Catalanos Schneiderei führte, obwohl sie doch Morgen für Morgen durch eine dunkelgrüne trat. Dieses Bild mit all seinen

Mängeln war jedem sofort ins Auge gesprungen, denn es hing direkt neben der Eingangstür des kleinen Museums und hatte auf der Stelle für Aufruhr gesorgt. Die Frauen von Panidomino hatten sich so lange und derart lautstark über die Fehler ereifert, dass der Museumswärter ihnen schließlich den Zutritt zu allen übrigen Bildern verweigerte. Er hielt es wohl für ausgeschlossen, dass diese Frauen mit dem nötigen Ernst und vor allem mit der nötigen Ruhe die Ausstellung betrachten würden.

Mamma Carlotta seufzte. Carolin hatte also recht. »È vero!« Aber sie blieb dabei, dass sie die Ausstellung trotzdem ansehen wolle. »Vielleicht ist das bei Fotografien ja anders. Sie sind nicht so ... so voller Kunst wie gemalte Bilder.«

Carolin hatte ihr nicht zugehört, sondern den Hefter durchgeblättert und zeigte nun auf die letzte Seite. »Ich glaube, dieses Gedicht ist gut.«

Mamma Carlotta beugte sich darüber. »Fürlieb?« Sie wiederholte es mit zugespitztem Mund und zog die Stirn hoch. »Cosa significa? Was bedeutet das?«

»Sich begnügen, zufriedengeben.«

»Allora ...« Besonders gut gefiel Carlotta dieser Titel nicht. »Lies es mir bitte vor.«

Carolin veränderte ihre Haltung und rückte auch ihre Stimme zurecht. Sie, die immer leise und langsam redete, ganz anders als Felix, der auf seine italienischen Vorfahren kam, sprach jetzt zwar ein wenig lauter, dafür aber noch langsamer als sonst. Und vor allem bedeutsam! So wie der Pfarrer, wenn er von Sünde, der Liebe Gottes und der Auferstehung sprach, legte auch Carolin eine Betonung auf jede Silbe, als sollten ihre Zuhörer vor jedem Wort Respekt bekommen, so wie die frommen Bürger von Panidomino Respekt vor dem Fegefeuer.

Such das Leben in dir
nicht in mir
fühl die Liebe in dir
nicht in mir
freu dich an deinem Lachen
nicht an meinem
denk an dich
wenn du von mir träumst
dann wirst du offen sein
für mich
und alle anderen

Dass Kükeltje die Küche verließ, als habe man ihr saure Milch angeboten, war natürlich reiner Zufall.

Petrine Roesgen rutschte unruhig auf ihrem Stuhl hin und her. Es war deutlich, dass sie ihren Auftrag endlich erledigt wissen wollte. Sie gehörte zu denen, die einen regelmäßigen Alltag schätzten, die keine Überraschungen mochten, die gern schon beim Aufstehen wussten, was der Tag am Abend gebracht haben würde. Auf Eriks Fragen nach Theo Claussen, seiner ersten und zweiten Ehefrau und nach der Tochter antwortete sie sichtlich ungern. Selbstverständlich war sie so verschwiegen, wie ihr das bei ihrer Einstellung eingeschärft worden war, das betonte sie immer wieder, und gleichzeitig weder gemütvoll noch feinsinnig, das wurde Erik bald klar. Als er sich nach den Gefühlen der armen Eltern erkundigte, verstand sie ihn zunächst nicht mal.

»Was soll man da groß schnacken?«

Dass ein Vater sich sorgte, wenn die Tochter entführt wurde, war ja wohl klar. Dass eine Mutter, auch wenn sie jahrelang keinen Kontakt zu ihrem Kind hatte, sich genauso sorgte, lag für sie ebenfalls auf der Hand. Und dass es ganz, ganz schlimm war, wenn ein Mädchen gekidnappt wurde, brauchte man doch nicht zu erwähnen. Sie ließ durchblicken, dass auch sie selbst sich Sorgen um Lale Claussen machte, friesisch-herb natürlich, ohne ein tiefes Gefühl erkennen zu lassen, und kurz angebunden, weil sie es nicht gewohnt war, über Emotionen zu reden. Etwas gesprächiger zeigte sie sich erst, als die Rede auf die zweite Frau von Theo Claussen kam. Während sie von Helena Helmstetter sprach, war ihre Stimme lebhafter, ihre Bewegungen wurden eckiger, ihre Finger verknoteten sich. Zu der zweiten Frau von Theo Claussen schien sie eine Meinung zu haben, die sie aus Gründen der Loyalität nicht äußern wollte, zumindest nicht in aller Deutlichkeit.

»Es gibt viele, die sie für flatterhaft halten, für egoistisch, nur am Geld interessiert. Aber mit Lale versteht sie sich richtig gut. Ich glaube, die Deern hat die leibliche Mutter total vergessen, jedenfalls nie vermisst. Die erste Frau Claussen habe ich ja nicht mehr kennengelernt, das war vor meiner Zeit. Dass die Frau Helmstetter ein Fliertje sein soll ... nee, nee das kann man nicht sagen. Das wäre zu hart. Sie ist eher ...«

Erik wartete darauf, wie Petrine Roesgen die zweite Frau von Theo Claussen nennen würde, aber die Haushälterin biss sich auf die Lippen und ließ das Wort, das hinter ihrer Stirn stand, dort stehen. Stattdessen fuhr sie fort: »Sie ist nicht so eine, die die Nase in die Luft steckt und sich für was Besseres hält, weil sie nun Geld hat. Die hat auch versucht, sich mit der ersten Frau Claussen zu vertragen. Manchmal hat sie Frau Schäfer sogar angerufen, sie eingeladen, wollte sich mit ihr besprechen, wenn es um Lale ging. Herr Claussen hat oft gesagt, sie solle damit aufhören. Aber Frau Helmstetter hat jedes Mal geantwortet, dass sie sich nicht nachsagen lassen wolle, sie habe Lale die Mutter genommen.«

»Warum ist das Mädchen nach der Trennung beim Vater

geblieben?«, fragte Sören. »In den meisten Fällen bekommt doch die Mutter das Sorgerecht.«

»Angeblich war es Lales Wunsch«, antwortete die Haushälterin. »Aber wie gesagt ... das war vor meiner Zeit.«

»Seit wann arbeiten Sie für Herrn Claussen?«

Petrine Roesgen überlegte kurz. »Sieben, acht Jahre etwa.«

»Da war Herr Claussen schon geschieden?«

»Schon lange. Das ist über zehn Jahre her.«

»Und die neue Frau? Seit wann ist er wieder verheiratet?«

»Er war kaum geschieden, da stand er schon wieder vorm Traualtar. Die zweite Frau ist bei ihm eingezogen, kaum dass die erste aus dem Haus war.«

»Wie alt war Lale damals?«

Petrine Roesgen zögerte. »So genau weiß ich das nicht. Aber ich glaube, sie ging noch in die Grundschule.« Ihre Stimme wurde energischer. »Ich fand es nicht in Ordnung, dass Lale keinen Kontakt zu ihrer Mutter haben wollte. Herrn Claussen war es aber wohl sehr recht so. Er hat anscheinend die Mutter bei der Tochter in ein schlechtes Licht gesetzt. Das Mädchen ist ja so leicht zu beeinflussen.« Nun öffnete sie ihre Handtasche und suchte mit energischen Bewegungen darin herum, bis sie einen Zettel zutage förderte. »Die Handynummer von Herrn Claussen«, sagte sie, während sie Erik den Zettel zuschob. Gleichzeitig erhob sie sich. »Er hat gesagt, ich dürfte sie Ihnen geben. Alles andere klären Sie am besten mit ihm.«

Erik brachte sie zur Tür. »Wie kann ich Sie erreichen?«

»In der Villa natürlich. Tagsüber.«

»Sie arbeiten dort, auch wenn die Familie nicht da ist?«

»Das Haus ist groß, ich halte es sauber, gieße die Blumen, kümmere mich um den Garten ...«

»Welcher Arbeit geht Lale Claussen nach?«

»Keiner.« In diesem Fall erlaubte sich Petrine Roesgen einen verächtlichen Tonfall. »Sie ist ja nicht die Hellste.« Auch diese Bemerkung hatte Erik nicht von ihr erwartet. Ob das ihr Arbeitgeber gern gehört hätte? »Die Hauptschule hat sie nur mit Mühe geschafft. Danach wusste sie nicht, was sie tun sollte. Und Herr Claussen wusste es wohl auch nicht. Eigentlich sollte sie natürlich mal in die Firma einsteigen und sie später übernehmen ...« Petrine Roesgen lachte spöttisch. »Aber dass Lale dazu nicht in der Lage sein würde, hat Herr Claussen schnell gemerkt. Er hat versucht, sie in der Buchhaltung einzusetzen, im Verkauf, im Lager, aber nirgendwo hat es geklappt. Nach der Meinung ihres Vaters hat sie sich den Angestellten angebiedert, vergessen, dass sie die Tochter des Chefs ist, Dinge ausgeplaudert, die niemand wissen sollte ... Es war besser, sie wieder aus der Firma zu nehmen, ehe sie Schaden anrichten konnte.«

»Und jetzt?«

Petrine Roesgen zuckte mit den Schultern. »Jetzt bleibt nur noch eine reiche Heirat.«

»Hat Herr Claussen schon jemanden ins Auge gefasst?«

Petrine Roesgen rückte Stimme und Miene wieder zurecht. »Darüber bin ich selbstverständlich nicht informiert. Ich gehöre ja nicht zur Familie, ich arbeite nur für die Claussens.«

»Acht Stunden am Tag. Egal, was zu tun ist.«

»Ganz richtig.« Ihr Gesicht verschloss sich, sie sah jetzt ärgerlich aus. »Mein Arbeitsvertrag sieht vor, dass ich acht Stunden im Haus bin, also bin ich acht Stunden da. Auch wenn vier Stunden reichen würden.« Sie griff noch einmal in ihre Handtasche und zog einen weiteren Zettel heraus, den sie wohl ebenso vorbereitet hatte wie den ersten. »Meine Telefonnummer«, sagte sie und reichte ihn Erik. »Falls Sie mich mal nach Feierabend anrufen wollen. Ein Handy habe ich nicht.«

Erik revanchierte sich mit seiner Visitenkarte und kündigte sein baldiges Erscheinen in der Villa an. Die Adresse hatte er notiert und eine Wegbeschreibung von Petrine Roesgen erhalten. Er legte den Zeigefinger auf die Lippen, während er ihr die Tür öffnete. »Kein Wort zu niemandem!«

Er hätte ihr beinahe die Tür in den Rücken gestoßen, weil sie plötzlich stehen blieb, womit er nicht gerechnet hatte.

»Was ich noch fragen wollte...« Sie drehte sich um, kam aber nicht ins Zimmer zurück. »Ihre Schwiegermutter... ist das eine Italienerin?« Das sprach sie aus, als unterstellte sie Erik, mit einer Nackttänzerin oder einer Bewohnerin des Dschungelcamps verwandt zu sein.

Erik antwortete ernst und knapp. »Carlotta Capella! Sie ist zurzeit auf Besuch.«

Petrine Roesgen lächelte erfreut. »Eine sehr... temperamentvolle Dame. Ich habe sie einmal bei Frau Kemmertöns kennengelernt.«

»Meine Nachbarin?«

»Wir hatten viel Spaß.« Petrine Roesgen Lächeln vertiefte sich, in ihrem Gesicht erschien eine schöne Erinnerung. »Grüßen Sie Ihre Schwiegermutter bitte von mir.«

Der Wind war kalt und fuhr aus einem Himmel herab, an dem sich dunkle Wolken ballten, sich übereinanderschoben und einander jagten. Mamma Carlotta hatte den weiten, bequemen Rock gegen ihre einzige Hose eingetauscht, die sie sich extra für Sylt angeschafft hatte und die nie mit ihr nach Panidomino zurückkehrte. Dort trugen Frauen in ihrem Alter keine Hosen, und da man dort auch nicht Fahrrad fuhr, blieb das praktische Kleidungsstück im Schrank des Gästezimmers hängen, wenn es für Carlotta Capella wieder heimwärts ging. Die dicke Jacke, die sie überzog, kam ebenfalls nie in ihren Koffer, schon deswegen nicht, weil sie Erik gehörte, der sie ihr immer zur Verfügung stellte, wenn sie auf Sylt war. Auch Handschuhe brauchte sie in Umbrien nicht, und eine Mütze hatte in Panidomino auch noch nie ihre Locken zerdrückt. Wenn sie auf der Insel war, bediente sie sich daher an Carolins und Felix' Vorräten.

Auch an diesem Vormittag waren sämtliche dieser Accessoires dabei, als sie neben Carolin zum Kurzentrum radelte.

Lange war dort Brachfläche gewesen, nachdem das alte Kurhaus abgerissen worden war und viel politischer Hickhack verhindert hatte, dass unverzüglich ein neues entstand. Jetzt aber prunkte dort das Haus am Kliff, wie das neue Kurhaus getauft worden war. Mamma Carlotta gefiel es sehr gut. Ein weißes Gebäude in traditioneller Bäderstilarchitektur, mit einer umlaufenden Flanierzone, die es ermöglichte, geschützt vor Regen und Wind die Auslagen der Geschäfte zu betrachten. Sie fuhr häufig mit dem Fahrrad am Haus am Kliff vorbei oder spazierte zu Fuß dorthin, machte einen Besuch bei der Nachbarin, Frau Kemmertöns, die am Informationsschalter arbeitete, kaufte sich ein Plunderteilchen in der Bäckerei, bestaunte die Auslagen der Badebuchhandlung oder hielt nach Sonderangeboten in der Boutique Ausschau. Wenn der große Kursaal geöffnet war, betrat sie ihn gern und betrachtete dann durch die riesigen Fenster das Meer, das sich durch die hohen Glasrechtecke so ganz anders darstellte als von der Kliffkante aus. Ohne den Wind zu spüren und die Brandung zu hören, war die Nordsee ein Gemälde, das zum Betrachten, aber nicht zum Erleben einlud. Mamma Carlotta hatte schon oft verwundert festgestellt, dass sie dann Einzelheiten erkannte, die ihr entgingen, wenn sie mit zusammengekniffenen Augen und hochgezogenen Schultern an der Kliffkante stand und sich vom Anblick des Meeres überwältigen ließ.

Sie stellten ihre Räder vor dem Eingang ab, wo ein großes Plakat für das Lyrik-Festival warb. »Das beste Gedicht der Insel!« Neben dieser Schlagzeile war das Konterfei der Verlegerin zu sehen, die das Festival organisierte, darunter die Namen aller Sponsoren, die nötig waren, um es zu finanzieren.

Mamma Carlotta trat näher heran, um sich Antonia Schäfer anzusehen, die im *Inselblatt* als Frau von großem Engagement gelobt worden war, eine, die auch viel für den Nachwuchs tat und jungen Schriftstellern eine Chance bot, die bisher vergeblich nach einem Verlag gesucht hatten. Carlotta kam nicht dazu, sich in das Gesicht der Verlegerin zu vertiefen, denn ein Datum fiel ihr auf. Die Bewerbung für die Teilnahme am Wettbewerb war seit zwei Tagen abgelaufen.

Sie warf Carolin einen Blick zu, die damit beschäftigt war, ihr Fahrrad sorgfältig abzuschließen, dann entschied sie, ihrer Enkelin zu verschweigen, dass ihre Karriere als Lyrikerin womöglich an einem lächerlichen Termin scheitern würde. Zwei Tage! Das konnte doch nicht so schlimm sein. Ein hoffnungsvolles Talent sollte deswegen nicht zu Ruhm und Ehre kommen?

Sie sorgte dafür, dass Carolin das Plakat nicht näher in Augenschein nehmen konnte, und zog sie durch den Eingang. In ihrem Dorf hatte es einmal einen Nähwettbewerb gegeben. Es war darum gegangen, das schönste Sommerkleid anzufertigen, das dann von einem Modegeschäft in Città di Castello verkauft werden sollte. Dummerweise war Carlottas Ältester zu diesem Zeitpunkt krank geworden, ihre Jüngste hatte sich beim Sportunterricht verletzt und konnte nicht mehr zu Fuß zur Schule gehen, sondern musste von ihrer Mutter mit einer Schubkarre hingebracht werden, außerdem stand die Apfelernte an. Wie sollte man da einen Termin einhalten? Das war selbstverständlich unmöglich. Genauso selbstverständlich war es gewesen, den Organisator, der zum Glück ein alter Schulfreund und mit ihr zusammen zur Kommunion gegangen war, davon zu überzeugen, dass eine Ausnahme gemacht werden musste. Das würde sie in diesem Fall auch versuchen. Zwar wusste sie, dass Friesen keine so dehnbare Auffassung von Recht und Gesetz hatten wie Italiener, aber sie war trotzdem optimistisch. Hauptsache, Carolin war aus ihrer Lethargie geweckt worden. Ihre Nonna musste unbedingt dafür sorgen, dass sie der Verlegerin ihre Hilfe zusicherte, noch ehe sich herausstellte, dass die Bewerbungsfrist abgelaufen war. Dann würde Carolin keinen Rückzieher mehr machen können und die Zeit des Nichtstuns hätte ein Ende.

Frau Kemmertöns war hocherfreut, als Mamma Carlotta und Carolin vor ihr erschienen. »Das Lyrik-Festival? Ja, das ist schon in Vorbereitung. Schön, dass sich endlich Freiwillige finden, die sich an der Organisation beteiligen wollen. Das wird Frau Schäfer freuen.« Sie holte eine Liste hervor. »Ich trage dich ein, Carolin.« Sie wies Richtung Kursaal. »Frau Schäfer ist in dem Büro der Veranstaltungsleiterin. Am besten, du gehst gleich zu ihr und lässt dich einweisen.«

Sie erklärte Carolin den Weg und stellte sich darauf ein, eine kleine Plauderei mit Mamma Carlotta zu beginnen, während Carolin mit Frau Schäfer sprach. Aber daraus wurde nichts. Carlotta Capella ließ sich selten abschütteln, wenn etwas Neues winkte. Ein Gespräch mit einer Verlegerin! Noch nie hatte sie mit einer Frau gesprochen, die Bücher herstellte, die später in Buchhandlungen verkauft und in Büchereien verliehen wurden! Das war viel zu spannend, als dass sie für eine Plauderei darauf verzichtet hätte. Und dass Carolin nicht bemerkte, wie ihre Nonna ihr folgte, war besonders günstig. So konnte Carlotta nach ihr in das Büro schlüpfen und sah ihre Enkelin mit großen, unschuldigen Augen an, als diese erkennen ließ, dass ihr die Anwesenheit ihrer Großmutter nicht gefiel. Aber da sie in Gegenwart von Antonia Schäfer keinen familiären Streit vom Zaun brechen wollte, beließ sie es bei einem nonverbalen Rausschmiss, der allerdings Mamma Carlottas Gewissen nicht erreichte. Gleich nachdem Carolin sich der Verlegerin vorgestellt hatte, drückte auch sie deren Hand und erklärte wortreich, dass sie mitgekommen sei, weil sie es gewesen war, die ihre Enkelin auf das Lyrik-Festival aufmerksam gemacht hatte.

So deutete Frau Schäfer zu Carolins Ärger auf beide Besucherstühle und lächelte, als sie Platz genommen hatten. »Sie wollen also beide bei der Organisation mithelfen? Wie schön.«

Mamma Carlottas Neugier kühlte schlagartig ab. Damit hatte sie nicht gerechnet. Selbstverständlich wollte sie nur mit Rat und nicht unbedingt mit Tat zur Seite stehen, wollte Carolins

Talent preisen, damit sie beim Wettbewerb mitmachen durfte, obwohl die Bewerbungsfrist verstrichen war, und erklären, dass ihre Enkelin unbedingt eine sinnvolle Beschäftigung brauche, und dabei natürlich einfließen lassen, dass das Mädchen völlig unschuldig an ihrer Arbeitslosigkeit war. Stattdessen sollte sie nun erklären, dass ihr Erscheinen missverstanden worden war? Sehr unangenehm.

Carolin bejahte und warf ihrer Nonna einen fragenden Blick zu. »Du etwa auch?«

Mamma Carlotta erging sich wortreich in der Vermutung, dass ihre Mitarbeit vermutlich nicht hilfreich sei, weil sie nichts von Lyrik verstand und ohnehin viel zu wenig Deutsch sprach, um sich mit etwas so Anspruchsvollem wie der deutschen Literatur zu befassen, aber ihre Rechnung ging nicht auf. Antonia Schäfer erklärte ihr, dass es für das Verteilen von Flyern, das Sortieren von Bewerbungsunterlagen und den Verkauf von Eintrittskarten nicht nötig sei, einen lyrischen Text zu verstehen.

Sie war eine Frau von Mitte vierzig, groß und schlank, von Respekt einflößender Attraktivität. Die dunklen Haare trug sie streng zurückgekämmt, am Hinterkopf mit einer großen Hornspange festgesteckt, an ihren Ohren baumelten große Kreolen. Ihr Gesicht war stark gepudert, die Wangenknochen hatte sie mit Rouge betont. Die Lippen waren knallrot geschminkt, die Augen schwarz umrandet, die Wimpern dick getuscht. Sie trug einen dunklen Hosenanzug und darunter ein schlichtes cremefarbenes Shirt, das von einer dicken modischen Kette zu etwas Besonderem gemacht wurde.

Carolin betrachtete sie, als habe sie soeben ihr Vorbild gefunden. Sie selbst hatte die Blässe in ihrem Gesicht stehen lassen, hatte die Haare einfach im Nacken zusammengebunden, trug eine bequeme Jeans und einen in die Jahre gekommenen Pullover. Als sie ins Hotelfach eingestiegen war, waren der violette Lippenstift, der helle Puder mitsamt den dicken Puderpinseln, der schwarze Kajalstift und die rabenschwarze Wimperntusche im Müll gelandet. An einer Hotelrezeption musste man solide aussehen, und Carolin hatte sich von einem Tag zum anderen für schlichte Eleganz entscheiden müssen, weil der Hoteldirektor es von ihr verlangte. Mamma Carlotta war sehr froh, dass die Haut ihrer Enkelin nicht mehr so weiß war, als hätte sie einen langen Krankenhausaufenthalt hinter sich, ihre Augen nicht mehr aus einem traurigen schwarzen Rahmen blickten, der im Laufe eines Schulmorgens bis zu den Augenringen verwischte, und ihre Augenbrauen nicht mehr aussahen wie die des Kohlehändlers von Città di Castello.

Carolin nickte zu allem, was Antonia Schäfer erklärte. »Mein Verlag ist klein, Mainstream-Texte veröffentliche ich nicht. An Lyrik liegt mir sehr viel, ich habe aber auch einige Anthologien mit Kurzgeschichten herausgebracht. Ebenfalls zwei oder drei Romane von sehr guten Autoren, die in großen Publikumsverlagen keine Chance bekommen hätten. Meine Lyrik-Festivals veranstalte ich jedes Jahr, und immer an anderen Orten. Diesmal also auf Sylt.« Bisher war sie sehr ernst gewesen, jetzt lächelte sie herzlich. »Noch irgendwelche Fragen?« Sie griff nach einem Stapel von Flyern, teilte ihn und schob die eine Hälfte Carolin, die andere Mamma Carlotta zu. »Wenn Sie die verteilen würden, wäre ich Ihnen sehr dankbar. Wohnen Sie hier in Wenningstedt?«

Sowohl Carolin als auch Mamma Carlotta waren so schwer beeindruckt, dass sie nur nicken konnten. Eine für Carolin nicht weiter erstaunliche Reaktion, für ihre Großmutter jedoch außergewöhnlich.

»Ich habe bereits Flyer mit Ankündigungen verteilen lassen. Dies ist nun das Festivalprogramm, alle Lesungsorte sind vermerkt, sämtliche Namen der Lyriker und vor allem die der Sponsoren. Am besten in jeden Briefkasten stecken, in den Geschäften darum bitten, dass sie ausgelegt werden, in Kneipen, Cafés und Imbissstuben auf die Theken legen ...«

Sie wurde vom Telefonklingeln unterbrochen und nahm ab,

ohne ihre Anweisungen zu Ende zu führen. Ihr Gesichtsausdruck veränderte sich, verlor das Geschäftsmäßige, Angespannte und wurde privat. Sie runzelte die Stirn, als gefiele ihr der Anruf nicht. »Theo?« Diesen Namen sprach sie aus, wie die Jünger »Jesus« gerufen hätten, wenn er ihnen statt beim Abendmahl auf der Latrine erschienen wäre. »Was willst du?«

Was dann geschah, versetzte sowohl Carolin als auch Mamma Carlotta in Unruhe. Antonia Schäfer wurde blass, Schweiß trat ihr auf die Stirn, ihr Blick wurde starr, sie griff nach der Schreibtischkante, als brauchte sie einen Halt. »Was? Wie ... wie kann das ... das darf doch nicht wahr sein.«

Kein Zweifel, sie erhielt eine schreckliche Nachricht, womöglich sogar eine Todesnachricht?

»Ja, gut. Klar, mache ich. Ist doch wohl selbstverständlich. Nach Kampen? Okay. Sofort?« Nun sah sie auf und starrte die Frauen, die vor ihr saßen, an, als hätte sie die beiden zwischenzeitlich vergessen. Ihr Blick ging über sie hinweg, während sie Zustimmendes ins Telefon murmelte, immer wieder nickte und schließlich flüsterte: »Gut, ich fahre nach Kampen. Ja, sofort.«

Sie legte den Hörer zurück, als wäre er aus Glas und könnte bei einer heftigen Bewegung zerbrechen. Dann schöpfte sie tief Luft und sammelte Kraft. »Sorry, ich muss ...« Sie brach ab, stand auf und wühlte fahrig auf ihrem Schreibtisch herum, als wüsste sie nicht, wonach sie suchte.

»Können wir Ihnen irgendwie helfen?«, fragte Mamma Carlotta leise, während Carolin aufstand und zur Tür ging, als hielte sie es für das Beste, Antonia Schäfer allein zu lassen.

Diese hatte gerade ihren Autoschlüssel gefunden und betrachtete ihn, als fragte sie sich, was sie damit anfangen sollte und wie er überhaupt in ihre Hände gekommen war. Sie zitterten. Die ganze Frau zitterte mit einem Mal und sank auf den Stuhl zurück.

Mamma Carlotta sprang auf und ging zu ihr. Sanft legte sie

eine Hand auf Antonia Schäfers Schulter. »Was können wir für Sie tun?«

Die Verlegerin blieb eine Weile unbeweglich sitzen, so, als täte ihr die Berührung gut und als wollte sie so schnell nicht wieder darauf verzichten. Dann fuhr ihr Kopf in die Höhe, sie schüttelte die Schwäche ab. Indem sie aufstand, schüttelte sie auch Mamma Carlottas Hand ab. »Sorry, ich muss weg. Es ist wichtig.«

»Können Sie denn Auto fahren?«, fragte Mamma Carlotta.

Antonia Schäfer betrachtete ihren Autoschlüssel lange, als müsste sie über die Beantwortung der Frage nachdenken. Und als Mamma Carlotta sah, dass ihre Hände noch immer zitterten, ergänzte sie: »Meine Enkelin hat einen Führerschein. Sie könnte Sie fahren.«

Carolin schob die Tür wieder ins Schloss, die sie soeben geöffnet hatte. »Ja, selbstverständlich.«

Die Ferienvilla der Claussens lag am Brönshooger Weg, gleich am Anfang von Kampen. Der rote Lieferwagen mit der Aufschrift *ABC – Bad und Sanitär* bog in die Straße ein und fuhr langsam von Haus zu Haus, als schaute der Fahrer bei jeder Tür nach der Hausnummer. Erik war zufrieden, Sören machte seine Sache sehr gut. Wer diesen Wagen sah, würde nicht an die Polizei denken, auch der Entführer nicht. Über die roten Overalls, die sie trugen, hatten sie bei Fahrtantritt noch gelacht, jetzt jedoch stiegen sie aus wie zwei Männer, für die diese Kleidung selbstverständlich war. Sie beobachteten ihre Umgebung unauffällig, während sie Werkzeug aus dem Wagen holten und zur Eingangstür gingen.

Erik hatte die Stimme von Theo Claussen noch im Ohr. »Ich kann nicht zurückkommen, völlig unmöglich. Ich bin in einer Klinik.«

»Sie sind krank?«, hatte Erik erstaunt gefragt. »Ich dachte ...«

»Ja, ja, ich bin geschäftlich in Chicago. Aber nun bin ich eben im Krankenhaus. Mindestens eine Woche noch. Aber dass Sie meiner Frau nichts davon sagen! Ich meine ... Lales Mutter. Soll sie ruhig denken, dass ich nicht zurückkommen kann, weil mir die Geschäfte wichtiger sind als meine Tochter. Sie hat sowieso eine schlechte Meinung von mir, noch schlechter kann die gar nicht werden.«

Erik hatte weder der Klang von Theo Claussens Stimme noch der Tonfall und erst recht nicht seine Wortwahl gefallen. Er hatte Sören, der über Lautsprecher mithörte, einen Blick zugeworfen, als hätte man ihm einen Matjes hingehalten, der schon zwei Tage außerhalb des Kühlschranks verbracht hatte.

»Die wird mit Freuden die großartige Mutter spielen, die sie nie war. Lale wollte nach der Scheidung nichts mehr von ihr wissen. Damit hatte Madame nicht gerechnet. Nun wird sie Gelegenheit haben, sich wieder einzumischen. Soll sie doch!«

Auf Eriks Bitte, den Namen der Klinik zu nennen, reagierte er nicht. Und als Erik fragte, woran er litt, ob er einen Unfall gehabt habe oder ob er plötzlich erkrankt sei, wurde mit einem Mal die Telefonleitung so schlecht, dass Theo Claussen ihn nicht mehr verstehen konnte. Er rief noch, er könne nichts mehr hören ... dann brach die Verbindung ab.

Petrine Roesgen öffnete ihnen, diesmal trug sie eine dunkle Schürze mit weißer Stickerei, als schiene ihr alles Farbenfrohe an diesem Tag nicht passend. Sie ließ die beiden eintreten, ohne mehr als ein mürrisches »Moin« von sich zu geben. Erst als Erik und Sören in der Diele standen, erlaubte sie sich ein kleines Lächeln. »Eine nette Verkleidung.«

Erik stellte den Werkzeugkasten neben der Haustür ab und sah sich um. Er hatte noch nicht viele dieser Ferienvillen von innen gesehen, aber die Häuser, die er kannte, ähnelten sich alle auf bestimmte Weise, nicht nur von außen, auch innerhalb ihrer vier Wände. Fast alle waren im friesischen Stil erbaut worden und besaßen ein Reetdach, das schrieb die Stadt Kampen sogar vor. Sie waren mit Friesenwällen eingefasst, auf denen es so üppig wucherte, dass der Hauseingang und die Fenster von der Straße aus kaum zu sehen waren. Und innen herrschte ein Komfort, der nicht auf den ersten Blick zu erkennen sein sollte. Mobiliar im friesischen Stil, weil es schlicht wirkte, die Bewohner die Traditionen hochhalten wollten und sich zur Anpassung verpflichtet fühlten. Ob Theo Claussen sich einbildete, das sei ihm gelungen, wusste Erik natürlich nicht. Er selbst fand die Einrichtung trotz des erkennbaren Bemühens, sie bescheiden zu halten, protzig und überdimensioniert. Die Schränke zu groß, die Teppiche zu dick, die Wohnaccessoires viel zu erlesen. Das Haus eines reichen Mannes, da konnte man noch so viel Wert auf Traditionen gelegt haben. Der Alkoven in der Diele, der zur Garderobe umfunktioniert worden war, zeugte nur von schlechtem Geschmack, nicht von der Wertschätzung einer Landessitte, und der kleine Tisch mit den geschwungenen Beinen entlarvte die angebliche Anteilnahme am Brauchtum sowieso als Hintergedanken. Kein schönes Haus, fand Erik, kein Haus, das seine Gäste empfing und seine Bewohner heimrief, nur ein Haus, das etwas darstellen sollte, was dem Besitzer wichtig war.

Er wandte sich Petrine Roesgen zu. »Nun zeigen Sie uns bitte, wie Sie das Haus heute Morgen vorgefunden haben, was anders war als sonst ...«

Sie wies zu dem Tisch, der zwischen Wohnzimmer- und Küchentür stand. »Dort habe ich den Brief gefunden. Er lehnte an der Vase.«

Erik trat näher heran und verbot sich, den Wert der bunt bemalten Vase zu schätzen, die weder zu dem Tisch noch zu dem Rest der Einrichtung passte. »Gleich wird ein weiteres Auto unserer Firma vorfahren. Der Chef der kriminaltechnischen Untersuchungsstelle. Er wird nach Spuren suchen.« Erik blickte zu der großen zweiflügeligen Glastür, die ins Wohnzimmer führte. Er konnte die verglaste Rückfront sehen, hinter der sich eine weite Rasenfläche dehnte. Das Meer war zwar nicht zu erkennen, aber man konnte es erahnen. »Wie ist der Entführer ins Haus gekommen?«

»Er hat die Alarmanlage ausgeschaltet.« Petrine Roesgen ging Erik und Sören voraus ins Wohnzimmer. Eine Wohnhalle, die sich über zwei Etagen erstreckte. Eine breite Treppe führte zu einer Galerie, von der mehrere Türen abgingen, die vermutlich zu Schlaf- und Gästezimmern gehörten. Eine der Türen war nicht ganz geschlossen.

Petrine Roesgen folgte Eriks Blick. »Lales Zimmer«, sagte sie. Dann stutzte sie und runzelte die Stirn. »Ich habe die Tür ins Schloss gezogen.«

»Hält sich noch jemand hier auf?«, fragte Erik schnell.

»Natürlich nicht!« Petrine Roesgen stieg die Treppe hoch. »Ich habe in Lales Zimmer geschaut, es war leer. Und ich bin sicher, dass ich die Tür zugezogen habe. Ich schließe immer alle Türen.«

»Vielleicht saß sie nicht fest im Schloss und hat sich wieder geöffnet.« Erik trat hinter Petrine Roesgen in ein Mädchenzimmer mit viel rosaroter Farbe und jeder Menge Kitsch. Erik dachte an Carolin, die jünger war als Lale. Auch sie hatte einmal dieses Barbie-Ambiente geliebt, mittlerweile aber ihre vier Wände längst umgestaltet. Vielleicht lag das daran, dass sie sich seit Antritt ihrer Ausbildung zu den Erwachsenen zählte.

Petrine Roesgen schien seine Gedanken zu erahnen. »Sie liebt diese Sachen und kann sich nicht von ihnen trennen. In dem Haus in Husum, dem Hauptwohnsitz der Familie, sieht es wohl anders aus, aber hier wollte Lale alles so lassen, wie es ihr als Kind gefallen hat.«

Sie zog die Tür sehr nachdrücklich ins Schloss, bevor sie die Treppe wieder herunterstieg, an dessen Fuß Sören seinen Chef erwartete. Er sah ihn fragend an, aber Erik schüttelte nur leicht den Kopf. Eine Tür, die nicht fest verschlossen war und sich wieder geöffnet hatte! Mehr nicht.

Jetzt erst betrachtete er den großen Raum mit den hohen weißen Wänden. Auf dem Terrakottaboden lagen helle Teppiche, eine geblümte Polsterlandschaft stand mitten im Raum. An der einzigen Wand, die kein Fenster besaß, hatte ein überdimensionales Bücherregal seinen Platz, das so wenige Bücher enthielt, dass die Hälfte der Regalböden ausgereicht hätte.

Sören murmelte: »Das hat so schon im Geschäft gestanden. Wetten, dass der Claussen das inklusive der Bücherdekoration gekauft hat?«

Erik grinste, dann fielen ihm die zahlreiche Kunstbände auf, die quer auf den Regalböden lagen. Auf den Rücken stand »Picasso«, »Cézanne«, »Chagall«, »Dali« ... Sie sahen so aus, als wäre in ihnen häufig geblättert worden.

Vor dem breiten Sofa, auf dem mindestens fünf Personen Platz nehmen konnten, stand ein Glastisch auf glänzenden Metallbeinen, darauf ein Whiskyglas mit einem fingerbreiten Rest. Jetzt fiel Erik auch der kleine Barwagen auf, der in der Nähe der Terrassentür stand. Er war gut gefüllt mit Flaschen verschiedener Größen, Formen und Farben.

»Lale trinkt nur selten Whisky«, sagte Petrine Roesgen. »Eigentlich nur mit ihrem Vater zusammen. Herr Claussen nimmt gerne einen Whisky nach dem Essen.«

»Wie konnte der Täter die Alarmanlage ausschalten?«, fragte Erik.

Petrine Roesgen machte eine fahrige Bewegung Richtung Eingangstür. »In den Briefkasten integriert gibt es ein Tastenfeld. Wenn man da einen Code eingibt, wird die Alarmanlage aktiviert beziehungsweise deaktiviert.«

»Sie kennen den Code?«

»Selbstverständlich! Sonst käme ich ja nicht ins Haus.«

»Haben Sie beim Eintreten bemerkt, dass die Alarmanlage ausgestellt war?«

»Ja. Aber zunächst habe ich mir nichts dabei gedacht. Ich nahm an, dass Lale vergessen hatte, sie zu aktivieren.«

»Ist das schon öfter vorgekommen?«, mischte sich Sören ein.

Petrine Roesgen zögerte. »Nein, eigentlich nicht. Aber ... ich konnte es mir vorstellen. Sie ist immer ein bisschen unzuverlässig. Und so leichtsinnig.«

Erik wanderte durchs Wohnzimmer, warf einen Blick ins Esszimmer und auch in die Küche, die mustergültig aufgeräumt war. Dann kehrte er zu der Haushälterin zurück und zog seinen Notizblock hervor. »Wer kennt noch den Code für die Alarmanlage?«

»Nur die Familie und ich.«

»Welchen Umgang hat Lale Claussen?«, fragte Sören. »Hat sie Freunde hier auf Sylt? Leute, die schlechten Einfluss auf sie haben?«

Petrine Roesgen zögerte erneut. »Sie hatte mal einen Freund. Aber den hat der Vater ihr schnell ausgetrieben.«

Erik runzelte die Stirn. »Ausgetrieben?«

»Ich habe gehört, wie Herr Claussen seine Tochter angeschrien hat. Der Kerl käme ihm nicht ins Haus. Ein Italiener! Ein Kellner! Sie brauche gar nicht den Versuch zu machen, ihn vorzustellen.«

»Und daran hat sie sich gehalten?«

Wieder zögerte Petrine Roesgen. »Sie hat immer getan, was ihr Vater wollte. Dem hatte sie nichts entgegenzusetzen.«

»Der junge Mann war also nie hier in der Villa?«

»Nicht, dass ich wüsste.«

»Seinen Namen kennen Sie nicht?«, erkundigte sich Sören.

Petrine Roesgen bedauerte. »Der ist nie erwähnt worden.«

Erik spürte Ungeduld. »Nachdem der Entführer die Alarmanlage außer Kraft gesetzt hatte, musste er einen Weg finden, ins Haus zu kommen.«

Petrine Roesgen nickte eifrig. »Ich habe sofort im Atelier nachgesehen. Die Glastür ... da reicht ja ein großer Stein. Und wenn die Alarmanlage nicht scharf ist ...«

»Atelier?« Sören sah die Haushälterin fragend an.

»Frau Helmstetter ist Malerin.«

»Aha.« Sören schienen die vielen Kunstbände im Bücherregal einzufallen. »Hobbymalerin oder …?«

»Das kann ich nicht beurteilen«, fiel die Haushälterin ihm ins Wort und verriet damit, dass sie durchaus eine Meinung zu der Malerei von Frau Helmstetter hatte, sie aber um nichts in der Welt geäußert hätte. »Ich hab's nicht so mit Kunst.«

Erik ging zur Tür. »Der Entführer ist durchs Atelier eingestiegen? Führen Sie uns bitte hin.«

Petrine Roesgen drückte sich an ihm vorbei durch die Tür. »Das wäre ja viel zu auffällig gewesen«, murmelte sie. »Lale wäre doch gleich aufmerksam geworden, wenn sie gehört hätte, dass Glas splitterte. Nein, nein, der Entführer hat einen anderen Weg gewählt.«

Mamma Carlotta sah, dass ihrer Enkelin das Herz sank, als Antonia Schäfer vor einem großen Mercedes der C-Klasse stehen blieb, ein T-Modell, so breit und lang, dass er nur wenig Platz zwischen den Wagen ließ, die links und rechts davon parkten. Carolin, die bisher nur den alten Ford ihres Vaters gefahren hatte, musste schlucken. Man merkte ihr an, dass sie Antonia Schäfer am liebsten den Autoschlüssel wieder in die Hand gedrückt und ihr Angebot zurückgezogen hätte. Aber Mamma Carlotta verpasste ihr, ehe sie diesen Wunsch weiterverfolgen konnte, einen Stoß in den Rücken und brachte sie mit einem Blick zum Schweigen, der sagen sollte: Wer sich nichts traut, wird im Leben nichts erreichen.

Antonia Schäfer sagte während der Fahrt kein Wort, schien mit ihren Gedanken weit weg zu sein. Andernfalls hätte sie Carolin sicherlich zur Eile angetrieben, die angesichts der technischen Finessen, die Antonia Schäfers Auto zu bieten hatte, die Bedeutung der Verkehrsschilder vergessen hatte und mit der abknickenden Vorfahrt auf der Hauptstraße total überfordert war. Den Kreisverkehr vor Feinkost Meyer durchfuhr sie sogar derart vorsichtig, dass sie von einem Radfahrer überholt wurde, den sie, nachdem sie Richtung Kampen abgebogen war, erst an der Norddörfer Halle im Tempo übertrumpfte.

Antonia Schäfer kehrte wieder in die Wirklichkeit zurück, als die Ortseinfahrt von Kampen in Sicht kam. »Gleich hinter dem Ortsschild rechts abbiegen!«

Carolin fuhr den Esling Wung bis zu seinem Ende. Dort stieß er auf den Brönshooger Weg.

»Jetzt links ab.«

Zum Glück stellte das Parken keine besonderen Anforderungen an die junge Autofahrerin. Vor dem Haus war Platz genug, nur ein roter Lieferwagen mit der Aufschrift *ABC – Bad und Sanitär* stand vor dem Haus. Carolin stellte den Mercedes daneben ab und atmete auf. Sie dachte sogar daran, den Gang herauszunehmen und die Handbremse anzuziehen.

»Warten Sie kurz«, sagte Antonia Schäfer, als sie ausgestiegen war. »Ich besorge Ihnen ein Taxi zurück nach Wenningstedt.«

Jetzt sah sie so aus, als ärgerte sie sich über ihre Schwäche und bereute, dass sie sich nicht in der Lage gefühlt hatte, ihren Wagen selbst nach Kampen zu steuern.

»Wie wollen Sie zurückkommen?«, fragte Mamma Carlotta besorgt.

»Das wird schon gehen. In einer Stunde bin ich wieder fit.« Sie öffnete das niedrige weiße Holztor, das den Vorgarten von der Straße trennte, ohne nach der Klinke zu suchen, so, als wäre sie schon oft hindurchgegangen. Mamma Carlotta wurde sofort klar, dass Antonia Schäfer hier keinen Besuch bei Verwandten oder Freunden machte, sondern sich so gut auskannte, als wäre sie in dieser Villa zu Hause. Nach ein paar Schritten drehte sie sich um. »Danke noch mal! Das Taxi wird sicherlich schnell kommen.« Sie wollte zur Haustür gehen, blieb aber ein weiteres Mal stehen. »Kommen Sie morgen bitte noch einmal im Haus am Kliff vorbei? Dann klären wir, wo Sie eingesetzt werden können. Es gibt genug zu tun.«

Mamma Carlotta erschien die Gelegenheit günstig, eine Frage anzufügen, auf die in dieser Situation vermutlich leicht eine positive Antwort zu bekommen war. Frau Schäfer hatte es eilig, dachte an etwas anderes als an ihre Arbeit und würde froh sein, lästige Fragen schnell loszuwerden. Und das ging ja bekanntlich am leichtesten mit einem Ja, auch wenn sie es später vielleicht bereute.

»Meine Enkelin würde auch gern an dem Wettbewerb teilnehmen. ›Das beste Gedicht der Insel‹!«

Carolin rammte ihrer Nonna den Ellbogen in die Seite. Anscheinend fand sie selbst diese Gelegenheit alles andere als günstig und schämte sich in Grund und Boden über die Unverfrorenheit ihrer Oma.

»Ja, klar«, kam es gleichgültig zurück. »Wir regeln das morgen.«

Damit wandte sich Antonia Schäfer erneut um. Die Haustür öffnete sich bereits, als sie sie noch nicht erreicht hatte.

»Spinnst du?«, fauchte Carolin. »Du kannst doch nicht ... mal eben so zwischen Tür und Angel ... also wirklich.«

Mamma Carlotta sah sie so unschuldig an, als habe sie keine Ahnung, warum Carolin sich aufregte. »Hast du nicht gesehen, dass die Bewerbungsfrist vor zwei Tagen abgelaufen ist?«

Carolin öffnete den Mund und vergaß, ihn wieder zu schließen.

»Du hast doch gehört, was sie geantwortet hat. Das war eine Zusage.«

»Die sie morgen vermutlich vergessen hat.«

»Dann werden wir sie daran erinnern.«

»Die weiß doch gar nicht, ob meine Gedichte gut sind. Die lässt nicht einfach jeden lesen, der möchte.«

»Bei dir wird sie eine Ausnahme machen.« Damit war für Carlotta Capella die Sache erledigt. Es handelte sich um die selbstverständlichste Sache der Welt, wenn eine Gefälligkeit durch eine andere vergolten wurde.

Während Carolin wutschnaubend auf die Straße trat, um dort aufs Taxi zu warten, machte Mamma Carlotta einen weiteren Schritt auf die Haustür zu und lugte um einen kugelrunden Buchsbaum herum, der Neugierigen den Blick auf den Eingang verstellen sollte. »Wenn wir wieder zu Hause sind, musst du dir unbedingt überlegen, welches Gedicht du lesen willst«, sagte sie, obwohl sie wusste, dass Carolin sie nicht hörte. Aber es war eben leichter, so zu tun, als hätte sie über ein Gespräch vergessen, vom Vorgarten wieder auf die Straße zu treten, als sich beim neugierigen Herumschnüffeln ertappen zu lassen. Erst als sie ein weiteres Auto hörte, das vor dem Haus abgestellt wurde, ging sie auf die Straße zurück. Wieder ein Lieferwagen mit der Aufschrift *ABC – Bad und Sanitär*. Und heraus stieg – Mamma Carlotta konnte es nicht fassen – der Chef der Spurenfahndung, Kommissar Vetterich! Den kannte sie gut, wenn sie ihn auch noch nie in einem roten Arbeitsoverall gesehen hatte. Leider gehörte er zu den Zeitgenossen, für den eine Einladung zum Essen einer schweren Strafe gleichkam und der sich niemals an den Tisch bitten ließ, wenn er ins Haus kam, um Erik ein Untersuchungsergebnis zu bringen. Wenn er von der Schwiegermutter des Hauptkommissars zu einem Limoncello oder einem Vin Santo genötigt wurde, sah er aus, als ginge es um seine Henkersmahlzeit. Kommissar Vetterich hasste Geselligkeit, lebhafte Unterhaltungen, Gelächter und am allermeisten die Plaudereien, die kein Ziel hatten, sondern des Plauderns wegen geführt wurden, also alles, was für Carlotta Capella eine Freude war. Deswegen wirkte er nie besonders erfreut, wenn er ihr begegnete, während sie immer begeistert war, wenn sie ein bekanntes Gesicht erblickte, und sich von seiner Griesgrämigkeit nie durcheinanderbringen ließ.

Diesmal merkte man ihm sein Missbehagen noch deutlicher

an als sonst. »Was machen Sie denn hier? Ihr Schwiegersohn hat extra gesagt, alles muss ganz unauffällig vonstattengehen.«

»Cosa intendi?«, fragte Mamma Carlotta. »Was meinen Sie?«

Carolin verstand auch nicht, worum es Kommissar Vetterich ging, durchschaute aber auf der Stelle, dass sie und ihre Großmutter hier nichts zu suchen hatten. »Komm, Nonna! Wir gehen zur Ecke und warten da aufs Taxi.«

Aber wie zu erwarten ließ Mamma Carlotta sich nicht abhalten. Wenn sie merkte, dass sie weggeschickt werden sollte, wurde sie nur noch hartnäckiger. »Ist mein Schwiegersohn etwa auch hier? Hat es in diesem Hause ein Verbrechen gegeben?« Sie ging neben Kommissar Vetterich auf die Haustür zu, während Carolin nur folgte, um ihre Großmutter zurückzuholen. Allerdings vergeblich! »Wurde Frau Schäfer deswegen angerufen?«

Kommissar Vetterich hatte keine Ahnung, wer Frau Schäfer war, und schien zu hoffen, dass er die Schwiegermutter des Hauptkommissars am ehesten wieder loswurde, wenn er ihr einfach nicht antwortete.

Aber auch da hatte er sich getäuscht. »Wir haben die arme Frau hergebracht«, erläuterte sie, als ließe sich davon der Anspruch ableiten, genauer informiert zu werden. »Carolin und ich haben gleich gemerkt, dass etwas Schreckliches vorgefallen sein muss.«

Kommissar Vetterichs Gesicht war mittlerweile rot angelaufen. Er drückte den Klingelknopf gleich dreimal hintereinander, was einem Temperamentsausbruch gleichkam, der für ihn äußerst untypisch war. Seine Gesichtsfarbe normalisierte sich erst wieder, als die Tür geöffnet wurde und er nicht nur der Haushälterin gegenüberstand, sondern im Hintergrund auch Hauptkommissar Wolf entdeckte. Vetterich atmete auf, als dieser sich der Tür zuwandte und er damit langer Erklärungen und deutlicher Hinweise enthoben wurde.

»Enrico! Was machst du hier?«

Hauptkommissar Erik Wolf glaubte an eine Fata Morgana, als seine Schwiegermutter auf der Türschwelle erschien. Erschrocken machte er einen Schritt auf sie zu und entdeckte nun auch seine Tochter, die es augenscheinlich nicht wagte, sich dem Eingang zu nähern.

Er gab ihr einen Wink. »Los! Rein!«

Seine Schwiegermutter kam diesem Befehl auf der Stelle nach, während Carolin immer noch zögerte. Erik trat vor, griff nach ihrem Arm und zog sie ins Haus. »Bloß kein Aufsehen!«

Er ärgerte sich, als ausgerechnet Kommissar Vetterich mit dem Hinweis kam: »Zwei Frauen sind doch unauffällig. Wie sollte ein Entführer auf die Idee kommen, dass die eine die Schwiegermutter und die andere die Tochter des leitenden Ermittlers ist?«

Sören, der sich bis dahin nur still über Mamma Carlottas Talent gewundert hatte, überall aufzutauchen, wo etwas los war, entgegnete: »Wenn der Entführer Sylter ist und sich hier auskennt ...«

Weiter kam er nicht. Mamma Carlotta war erst zu ihm, dann zu Kommissar Vetterich und schließlich zu ihrem Schwiegersohn herumgefahren, womit sie sich praktisch einmal im Kreis gedreht hatte. »Eine Entführung? Dio mio! Das ist ja terribile. Hat Frau Schäfer etwas damit zu tun? Etwa ein Angehöriger?«

Sie sah sich um, als wollte sie Antonia Schäfer auf der Stelle an ihre Brust zerren, um ihr Trost zu spenden und ihr zu versichern, dass ihr Schwiegersohn, ein äußerst fähiger Kriminalbeamter, alles tun würde, um den grauenhaften Entführungsfall aufzuklären.

Aber Antonia Schäfer war nicht zu sehen, und Erik wehrte ihre Fragen ungeduldig ab. »Kein Wort darüber! Verstanden?« Das beiläufige Nicken seiner Schwiegermutter genügte ihm nicht. Er war nicht einmal sicher, ob sie ihm überhaupt zuhörte. »Hat du das verstanden?« Nun schloss er auch Carolin mit ein. »Entführer wollen immer, dass die Polizei außen vor bleibt. Oft halten sich die Angehörigen aus Angst daran, aber das ist ein Fehler. Die Polizei hat viele Möglichkeiten, dafür zu sorgen, dass das Entführungsopfer unversehrt befreit wird. Aber natürlich darf der Entführer davon unter keinen Umständen etwas erfahren, das würde das Leben des Opfers in Gefahr bringen. Womöglich dreht er dann durch und ...« Die Folgen wollte er sowohl Carolin als auch seiner Schwiegermutter ersparen. Er trat einen Schritt vor und sah vor allem Mamma Carlotta eindringlich ins Gesicht. »Kein Wort zu niemandem! Verstanden?«

»Naturalmente, Enrico!« Mamma Carlotta machte eine Handbewegung, als wären ihr die Ermahnungen vor allem deshalb lästig, weil Stillschweigen für sie selbstverständlich war, während Carolin derart verängstigt war, dass sie nur nicken konnte.

Dann stellte Carlotta fest, dass es in diesem Hause eine Bekannte gab, die sie lange nicht gesehen ... nein, die sie nur einmal gesehen hatte, ein Umstand, der so bedauerlich war, dass er unbedingt ausgiebig erörtert werden musste. »Signora! Wir haben uns bei den Kemmertöns kennengelernt! Wie schön, Sie wiederzusehen!« Sie schüttelte Petrine Roesgen die Hand, die wohl bis dahin über die Frage nachgedacht hatte, ob es angemessen war, während der Ermittlungen im Haus Freude an der Wiederbelebung einer Bekanntschaft zu zeigen. Nun aber kam sie nicht umhin, ein erfreutes Lächeln aufzusetzen, was sie jedoch gleich wieder von ihrem Gesicht wischte, weil es ihr taktlos erschien.

»Ich habe schon mehrmals zu Signora Kemmertöns gesagt, dass wir einmal mit Ihnen zusammen ins Café Lindow gehen sollten!«, strahlte Mamma Carlotta. Das entsprach natürlich keineswegs der Wahrheit, aber Lügen aus Höflichkeit hatte sogar der Pfarrer von Panidomino einmal abgesegnet, als es darum gegangen war, einer Nachbarin nach einer radikalen Ernährungsumstellung weiszumachen, dass sie jünger und gesünder aussähe. »Das sollten wir unbedingt bald nachholen.«

Erik, der natürlich wusste, dass es seiner Schwiegermutter weniger um Kaffee und Kuchen im Café Lindow, sondern vielmehr um die Befriedigung ihrer Neugier ging, wollte dazwischengehen. Aber in diesem Augenblick trat Antonia Schäfer vom Wohnzimmer in die Diele, und Petrine Roesgen machte einen Schritt zurück, nahm sich aus dem Zentrum des Geschehens und überließ es Lales Mutter. Die hatte augenscheinlich ihren ersten Schock überwunden. Ihre Blässe, die es geschafft hatte, Puder und Rouge zu durchdringen, hatte jetzt hektische rote Punkte bekommen. Aber ihre Haltung war ungebrochen, ihr Gesichtsausdruck voll sachlichen Ernstes. Dahinter hatte sie ihr Unglück verborgen, das erkannte Mamma Carlotta sofort. Antonia Schäfer war keine Frau, die ihre Gefühle zeigte. Eine seelenvolle Italienerin erkannte jedoch trotzdem, wie es hinter der Maske der Businessfrau wirklich aussah.

Sie schien nicht weiter überrascht, dass Carolin und Carlotta noch anwesend waren. »Ich glaube, es wird länger dauern. Vielleicht ist es doch besser, wenn Sie meinen Wagen zurückfahren. Ich nehme dann später ein Taxi. Jo Kessler wartet auf mein Auto.«

»Wer ist das?«, fragte Mamma Carlotta.

»Ein junger Autor. Er wird eine Lesung halten und auch am Wettbewerb teilnehmen. Aber vor allem hilft er mir bei der Organisation. Heute Nachmittag will er alle Gosch-Filialen abklappern und die Werbeplakate erneuern. Dafür braucht er den Wagen.« Sie wandte sich Erik zu, ihre Miene wurde ungeduldig. »Ich habe eine Freundin angerufen, eine Juristin. Sie wird mir beistehen und dafür sorgen, dass ich keine Fehler mache.«

Erik runzelte zweifelnd die Stirn. »Vertrauenswürdig und verschwiegen?«

»Absolut.«

Antonia Schäfer drehte sich um und ging zur Wohnzimmertür zurück. »Können wir? Lale soll keinen Moment länger als nötig auf ihre Befreiung warten.«

»Lale?« Carolin, die schon an der Haustür stand, drehte sich wieder um. »Lale Claussen ist entführt worden?«

»Sie kennen meine Tochter?«

»Vom Sportverein. Wir machen Zumba zusammen. Jedenfalls, wenn Lale auf Sylt ist.«

Erik sah seiner Schwiegermutter an, dass sie gerne viel darauf gesagt hätte, Vergleiche zwischen Zumba und der Seniorengymnastik gezogen hätte, die in ihrem Dorf angeboten wurde, zwischen der lauten Musik, die heutzutage zum Sport gehörte, und den rhythmischen Befehlen der Trainerin, die in Panidomino ausreichten ... aber ihm gelang es, all das im Keim zu ersticken und Tochter und Schwiegermutter unerbittlich zur Tür zu drängen. »Warte nicht mit dem Mittagessen auf mich.«

Antonia Schäfer sah nachdenklich auf die Tür, die sich hinter Carlotta und Carolin geschlossen hatte. »Werden die beiden wirklich den Mund halten?«

»Hundertprozentig«, antwortete Erik schnell und klang dabei viel überzeugter, als er sich fühlte.

»Davon könnte Lales Leben abhängen.«

Sören sprang seinem Chef bei. »Für die Tochter und die Schwiegermutter des Chefs würde ich die Hand ins Feuer legen.«

Das schien Antonia Schäfer nicht wirklich zu beruhigen. Aber sie sah ein, dass sie niemandem einen Vorwurf machen konnte. »Ich habe sie ja selbst hergebracht.«

Erik wartete, bis sie aufhörte, am Kragen ihrer Bluse herumzuzupfen und die Spange an ihrem Hinterkopf zu kontrollieren. Sie war nervös, kein Wunder. Wenn sie auch jahrelang keinen Kontakt zu ihrer Tochter gehabt hatte, war sie doch deren Mutter, die sich nun große Sorgen machte.

»Kennen Sie den Code der Alarmanlage?«, fragte Erik leise.

Sie schüttelte den Kopf. »Als ich hier auszog, wurde er noch am selben Tag geändert.«

Die Verbitterung schimmerte durch ihre Worte und verdunkelte ihren Blick. Die Scheidung lag schon Jahre zurück, schien aber noch längst nicht verarbeitet zu sein. Erik bemerkte, wie aufmerksam Antonia Schäfer jeden Einrichtungsgegenstand betrachtete, über das hinwegging, was ihr bekannt war, und alles länger ansah, was hinzugekommen war. Sie betrachtete ein Gemälde mit Wehmut, das wohl eine Erinnerung in ihr anrührte, von der Erik nichts wissen konnte. Petrine Roesgen hatte ihm erzählt, dass die Scheidung einem Rosenkrieg gleichgekommen war, dass Antonia versucht hatte, sie zu verzögern, wenn sie sie schon nicht verhindern konnte, und alles getan hatte, um ihren Mann zu Entschädigungen zu zwingen, die er nicht zahlen wollte. Zwar hatte Petrine Roesgen immer wieder darauf hingewiesen, dass sie selbst damals noch nicht bei den Claussens gearbeitet habe, aber natürlich war ihr einiges zu Ohren gekommen. Dass Theo Claussen mit großer Härte und mit den besseren Anwälten alles durchgesetzt hatte, was er wollte, war wohl kein Geheimnis. Antonia hatte nur das bekommen, was er nicht verhindern konnte, und weil sie viel mehr verlangt und monatelang versucht hatte, die Beziehung zu der jüngeren Helena zu torpedieren, hatte er sie anschließend bestraft. Es war ihm gelungen, Lale auf seine Seite zu ziehen, die davon überzeugt werden konnte, dass ihre Mutter schuld am Scheitern der Ehe war. Das Mädchen hatte in Helena Helmstetter die Mutter gefunden, von der sie sich angeblich mehr geliebt fühlte als von ihrer eigenen. Erik sah, dass Antonia Schäfers Blick scharf wurde, als sie das gerahmte Hochzeitsfoto anschaute, das im Wohnzimmer auf einem Regalbrett stand. Der gut aussehende Mann mit den grauen Schläfen und die junge, hübsche Braut, die vor Glück strahlte. Antonia Schäfer hatte die Scheidung, den Verzicht auf Reichtum und

Komfort, den Verlust vieler Statussymbole und des bekannten Namens noch längst nicht überwunden.

Als sie Petrine Roesgen ins Atelier folgten, ging Antonia Schäfer sehr aufrecht. Die Haltung einer Frau, die auf alles gefasst war. Als sie es betraten, bröckelte die Haltung, die Bitterkeit wurde wieder freigelegt. »Das hier sollte mal ein Wintergarten werden.«

Aber Theo Claussen hatte für seine junge Frau stattdessen ein Atelier eingerichtet. Eine große Staffelei stand in der Mitte, darauf ein abstraktes Bild, das noch nicht vollendet war. An der Wand lehnten mehrere Gemälde zum Trocknen, in einer Ecke einige mit den Rücken zum Raum, an der Wand hing ein Porträt, an dem Antonias Blick sich festklammerte. Erik war sofort klar, dass es sich um Lale handeln musste. Er beschloss, die Mutter einen Moment damit allein zu lassen, und wandte sich an die Haushälterin.

»Hier haben Sie zuerst nachgesehen, aber alles war in Ordnung?«

»Genau!« Petrine Roesgen warf Antonia Schäfer einen Blick zu, als wollte sie ihr den Vortritt lassen, entschied sich dann aber anders und ging voraus. Sie verließ das Atelier durch eine Tür, die in den Wellnessbereich führte, der einem Luxushotel alle Ehre gemacht hätte. Es gab einen Fitnessraum mit Ergometer, Laufband, Crosstrainer und Rudergerät, mit einer Sprossenwand, einer Hantelbank und viel Zubehör. Hinter dem Fitnessraum befanden sich ein Bad mit Whirlpool, eine Sauna und ein großzügiger Ruhebereich mit großen Fenstern, durch die man einen Blick auf die gepflegte Rasenfläche hatte. Mehrere Liegen standen dort, mit Blick nach draußen, ein Regal mit Lifestylemagazinen neben der einen, mit Zeitschriften für den Motorfreund neben der anderen.

Petrine Roesgen zeigte zu der Tür, die in den Garten führte. »Dort habe ich zuerst nachgesehen, aber sie war verschlossen.« Sie öffnete eine schmale Tür, die Erik nicht aufgefallen war. Sie war hinter einem Paravent versteckt, weil sie wohl nicht ins architektonische Gesamtbild passte. Diese schmale Tür führte in einen winzigen Raum, in dem Gerätschaften aufbewahrt wurden, die für die Pflege des Wellnessbereichs und für Reparaturen benötigt wurden. Ein Abstellraum, der eine Tür hatte, die in den Garten führte.

»Sie wird nur vom Gärtner oder von der Putzfrau benutzt«, erklärte Petrine Roesgen, »oder wenn jemand für Reparatur- und Wartungsarbeiten herbestellt wird.« Sie baute sich mit dem Rücken zur Tür auf und sah Erik und Sören bedeutungsvoll an, als sollte nun ein längerer Vortrag folgen. Antonia Schäfer war im Ruheraum der Sauna geblieben, sie wollte wohl für ein paar Minuten allein sein. Kommissar Vetterich hatte es vorgezogen, sich im Wohnbereich umzusehen.

Petrine Roesgen zeigte mit dem rechten Daumen über ihre Schulter. »Diese Tür war geöffnet.« Das sagte sie mit Triumph in der Stimme, wie Watson, der Sherlock Holmes den entscheidenden Hinweis gab. »Ich habe natürlich gleich wieder abgeschlossen.« Sie drückte die Klinke, um zu demonstrieren, wie verantwortungsvoll sie mit dem Besitz ihrer Arbeitgeber umging ... aber die Tür schwang auf.

Petrine Roesgen erstarrte. »Ich habe sie abgeschlossen.«

Erik trat zu ihr, Sören drängte sich an seine Seite. Er zeigte auf den Schlüssel, von dem die Haushälterin behauptete, sie habe ihn umgedreht. »Ein doppeltes Schloss? Man kann es von außen auch öffnen, wenn drinnen der Schlüssel steckt?«

Sie nickte. Dann wiederholte sie immer wieder, dass die Tür nicht verschlossen gewesen sei – »Ganz bestimmt!« – und dass sie den Schlüssel umgedreht habe – »Ich bin absolut sicher!«

Sören trat ins Freie und betrachtete die Tür. »Eine Klinke«, sagte er, als wollte er den mangelnden Sicherheitsstandard bemängeln. »Ziemlich leichtsinnig.« Er sah Petrine Roesgen an. »Warum kein Knauf? Wenn die Tür nicht verriegelt ist, kann jeder reinspazieren.«

Sie zuckte mit den Schultern. »Ich weiß es nicht. Herr Claussen hat sich immer auf die Alarmanlage verlassen.«

»Und darauf«, ergänzte Erik, »dass Sie immer alles sorgfältig verschließen.«

Petrine Roesgen nickte. »Wenn ich das Haus verlasse, sehe ich immer überall nach. Anschließend stelle ich die Alarmanlage scharf, und dann ...« Geradezu trotzig ergänzte sie: »Dann kann eigentlich nichts passieren.«

Sie zeigte zu einer hohen Mauer, die den Garten vom Eingangsbereich des Grundstücks trennte. Darauf saßen spitze Metallzacken, in der Mitte gab es eine Tür. »Die ist mit demselben Schlüssel zu öffnen wie die Haustür und ebenso mit der Alarmanlage gesichert.«

Erik verstand. »Sobald die Alarmanlage aktiviert ist, können die Haustür und der Eingang in den Garten nicht mehr benutzt werden?«

»Genau.«

»Und sie lässt sich ausschließlich mit dem Code deaktivieren, der nur Ihnen und der Familie bekannt ist.«

Sören ging ums Haus herum zum Eingang. »Ich sage mal eben Vetterich Bescheid. Der soll sich das ansehen.«

Erik wusste, was er meinte. Ein kleiner Findling, der in der Nähe der Tür lag, war offenbar bewegt worden. Ein Stück dunkle, feuchte Erde war ein paar Zentimeter daneben zu sehen, auf der er gelegen haben musste. Jemand hatte diesen Stein dort weggenommen, vor nicht allzu langer Zeit ...

Auf dem Rückweg gewann Carolin an Sicherheit, vielleicht deshalb, weil die Besitzerin des Fahrzeugs nicht mehr neben ihr saß. Einmal gab sie sogar derart übermütig Gas, dass Mamma Carlotta ein erschrockenes »Huch!« entfuhr.

Sie parkte den Wagen auf dem großen Platz neben der Minigolfanlage, wo nicht viel los war. Während der Fahrt von Kampen nach Westerland hatte Mamma Carlotta von ihr verlangt, möglichst viel über das Entführungsopfer zu erzählen. Aber Carolins Auskünfte waren nicht besonders ergiebig gewesen. Sie hatte nie ein Gespräch mit Lale geführt, hatte sich nur gelegentlich neben ihr umgezogen oder sich mit ihr gemeinsam unter die Dusche gestellt. »Ich kenne sie nicht, ich weiß nur, wie sie heißt.«

Eine sehr ärgerliche Angelegenheit, fand Mamma Carlotta, erst recht, da ihre Enkelin nicht einmal bereit war, Vermutungen anzustellen oder sich auf Eventualitäten einzulassen. Lauthals beklagte Carlotta den Mangel an Einfallsreichtum, der sich ihr offenbarte. »Wie willst du Schriftstellerin werden, wenn du keine Fantasie hast, um dir ein menschliches Schicksal auszudenken?«

»Hier geht es um die Wahrheit«, antwortete Carolin ein ums andere Mal und jedes Mal ein wenig gereizter.

So war Mamma Carlotta also, als sie am Kurhaus von Wenningstedt ankamen, mit ihren Vermutungen noch nicht weitergekommen. Dabei hätte sie sich so gerne mit Spekulationen über den möglichen Täter beschäftigt, sich vorgestellt, was mit Lale geschehen war, und sämtliche düsteren Ahnungen zugelassen, die sich darum drehten, was die bedauernswerte junge Frau zu erdulden hatte. Aber Carolin wies all das zurück und kam jedes Mal mit dem Hinweis, dass sie vor allem zu schweigen hätten. »Vergiss das bloß nicht! Wir gefährden Lales Leben, wenn du dich verplapperst.«

Das wollte Mamma Carlotta natürlich auf keinen Fall. Dennoch versuchte sie einen Einwand. »Wir kennen doch niemanden, der als Entführer infrage käme. Also könnte er auch nicht hören, wenn wir ein paar congetture äußern. Vermutungen.«

»Trotzdem!« Carolin blieb dabei. »Kein Wort mehr über die Entführung!«

»Aber wenigstens wir beide können darüber reden.« Mamma Carlotta schluckte die Ergänzung, dass sie andernfalls platzen würde, herunter. Sie kannte ja ihre Enkelin, die so strikt wie ihr

Vater war und niemals versuchte, Moralbegriffe ein bisschen zu dehnen oder zu verbiegen.

»Lieber nicht«, gab Carolin zurück. »Man könnte uns hören.«

Mamma Carlotta seufzte unhörbar. Wie schrecklich, dass das älteste Kind ihrer Tochter so gar nichts Italienisches hatte! Steif und solide war sie geworden, eine durch und durch friesische ragazza.

Der Lyriker, von dem Antonia Schäfer gesprochen hatte, war ein Mann von gut zwanzig Jahren, extrem schlank, aber zum Glück nicht groß genug, um den Beinamen »Bohnenstange« zu erhalten. Seine dichten, gewellten Haare trug er schulterlang, strich sie ständig mit einer nervösen Geste hinter die Ohren, wo sich dann die vielen Ringe zeigten, die vom Ohrläppchen bis zum oberen Rand der Ohren reichten. Er trug eine rote lange Hose aus Kunstleder, dazu schwarze Stiefeletten und eine Uniformjacke mit dicken goldenen Knöpfen, breiten Manschetten und Epauletten mit Fransen. Eine auffällige Erscheinung! Aber man sah, dass es ihm darauf ankam, eine auffällige Erscheinung genannt zu werden, und das nahm ihm einen Teil des Ungezwungenen, das er offenbar zeigen wollte. Ein Künstler, der sich nicht nach dem Geschmack der Allgemeinheit richtete, sondern sich ein ganz eigenes Stilgefühl erlaubte, so sollte es wohl aussehen. Gut, dass er nicht wusste, welches Gefühl Mamma Carlotta beschlich, als sie ihn sah. Mitleid! Ja, sie bedauerte ihn dafür, dass er es nötig zu haben schien, sich durch Äußerlichkeiten aus der Masse herauszurecken, um als das zu erscheinen, was er gern sein wollte.

Er saß an einem der Fenster des Kursaals, mit einem Schreibblock auf den Knien, und blickte hinaus. Seine Lippen bewegten sich, als versuchte er verschiedene Formulierungen oder Versformen, mit denen er jedoch nicht zufrieden war. Als Carolin und Carlotta auf ihn zutraten, strich er gerade die wenigen Wörter durch, die auf dem Blatt standen.

Carolin stellte sich vor. »Ich bin Carolin Wolf.«

Er blickte durch sie hindurch. »Johann W. Kessler.«

Carolin staunte ihn mit offenem Mund an. »Wie Goethe?«

Er lächelte. »Meine Eltern müssen wohl geahnt haben, dass ich einmal Literat werde.«

»Literat.« Carolin wiederholte dieses Wort ehrfürchtig, dann gab sie sich einen Ruck. »Ich bringe das Auto zurück.« Sie zeigte auf Mamma Carlotta. »Das ist meine Großmutter.«

»Wolf? Großmutter?« Johann W. Kessler fuhr herum, als rechnete er damit, dass auch Rotkäppchen oder die sieben Geißlein auftauchen würden. Aber dann ging ein Lächeln über seine Züge. »Sorry, ich war gerade ... gerade ganz weit weg ... gedanklich, meine ich. Man ist ja als Lyriker ständig auf der Suche nach Bildern, um Empfindungen auszudrücken.« Endlich schien er Carolin zu sehen. »Schreibst du auch Lyrik?«

Carolin wurde rot und begann zu stottern. »Ich ... Also ... Ich versuche es. Also ... ich hab's mal versucht ...«

»Meine Enkelin wird an dem Wettbewerb teilnehmen«, warf Mamma Carlotta ein und ließ sich von Carolins scharfem Blick nicht davon abhalten, in ausladenden Sätzen das Talent ihrer Enkelin zu beschreiben.

Aber Kessler schien ihr gar nicht zuzuhören, was Mamma Carlotta ein wenig verstimmte. Noch mehr störte es sie, dass Carolin darüber froh zu sein schien. Die Einmischungen ihrer Nonna waren ihr alles andere als willkommen.

Kessler ließ den Blick nicht von Carolin. »Dann denk immer daran, Spielraum für Assoziationen und Interpretationen zu lassen.«

Carolin nickte eifrig, als hätte sie verstanden, was er meinte. »Hast du schon Gedichte veröffentlicht?«, fragte sie.

Er sah sie an, als hätte sie ihn gefragt, ob er schon mal was von Goethe gelesen habe. »Natürlich! Deswegen bin ich hier. Ich gehöre zu den Autoren des Schäfer-Verlags.« Mit auffälliger Betonung wiederholte er: »Johann W. Kessler«, und schien zu erwarten, dass nun ein »Ach so! Du bist das!« kam.

Darauf wartete er zwar vergeblich, aber Carolin zeigte ihm, dass sie beeindruckt war. »Hast du etwa auch schon ein eigenes Buch geschrieben?«

»Ich stehe in Verhandlungen mit Frau Schäfer. Bisher habe ich nur in Anthologien veröffentlicht.«

»Antho…?« Mamma Carlotta brachte das schwierige Wort nicht heraus.

Kessler warf ihr einen Blick zu und erklärte: »Sammelbände.«

Als sie nickte, als hätte sie verstanden, fuhr er fort: »Auch Kurzgeschichten habe ich schon in Anthologien des Schäfer-Verlags veröffentlicht. Ich denke, ich kann bald den Vertrag für ein eigenes Buch unterschreiben. Ein Lyrikband, eine Kurzgeschichtensammlung und dann …« Er legte den Handrücken an die Stirn, drehte den beiden den Rücken zu und sprach zum Meer: »… ein Roman. Die Idee geht mir schon lange durch den Kopf. Ich feile noch an dem Plot.«

»Plot?« Aber diesmal erhielt Mamma Carlotta keine Erklärung.

»Ich fühle mich längst als Teil des Verlags.« Johann W. Kessler streckte die Hand aus und wartete, bis Carolin verstand und ihm den Autoschlüssel gab. »Deswegen engagiere ich mich auch gern für dieses Festival.« Er stand auf und zeigte mit einer großen Geste in den Kursaal. »Hier findet der Wettbewerb statt. Die Bühne ist wunderbar, die Akustik tipptopp, und die Mikrofonanlage funktioniert einwandfrei. Die haben hier einen sehr versierten Tontechniker.«

Carolins Blick wurde ängstlich. Die Begriffe »Bühne« und »Mikrofon« ließen Panik in ihren Augen aufblitzen.

Mamma Carlotta war mit einem Mal in großer Sorge, dass Carolin ihrer Angst nachgeben und das Handtuch werfen könnte. »Meine Enkelin ist sehr selbstbewusst«, behauptete sie, weil eine pädagogisch versierte Großmutter natürlich wusste, dass ein aufbauender Kerngedanke im Nu zur klaren

Tatsache wurde, wenn das Kind ihr als Lob verstand. »Sie wird sich auf der Bühne wohlfühlen.«

Kessler steckte seinen Schreibblock weg und winkte lässig, als er durch die Tür verschwand. »Wir sehen uns.«

Carolin staunte ihm hinterher. »Ein richtiger Autor! Und du meinst, Nonna, ich könnte hier auch mal sitzen, aufs Meer blicken und mir einen klugen lyrischen Text ausdenken? Oder den Plot zu einem Roman?«

Obwohl Mamma Carlotta immer noch nicht verstanden hatte, was ein Plot war, war sie ganz und gar dieser Überzeugung, fand die absurdesten Beweise für ihre Gewissheit und hatte, als sie das Kurhaus wieder verließ, bereits eine Bestsellerautorin aus ihrer Enkeltochter gemacht. Dabei war ihr auch der Begriff »Bestseller« nicht geläufig und schon gar nicht verständlich, aber dass er etwas bedeutete, worauf es viele Schriftsteller anlegten, hatte sie einmal in einer Talkshow gehört. Als sie vor dem Eingang des Kurhauses stehen blieben und in den Himmel sahen, an dem die Wolken sich bauschten und tobten, war Carolins Miene von Zuversicht erfüllt. Das Grau der Arbeitslosigkeit war verschwunden, die Schleier des ewig Müden waren zerrissen worden, die Lethargie in ihren Augen wurde überstrahlt von einer neuen Aufgabe. Als sie das Kurhaus verließen, strahlte Carolin die Sicherheit aus, dass es allein in ihrer Macht lag, ob sie eine Nachfolgerin von Ingeborg Bachmann wurde oder nicht.

Kommissar Vetterich war sich sehr schnell sehr sicher. »Hier hat der Schlüssel gelegen.« Er zeigte auf die Stelle unter dem Stein, der nun weggeräumt worden war. »Dort einen Schlüssel zu verstecken ist nicht besonders originell.« Er kam aus dem Kopfschütteln gar nicht wieder heraus. »Einerseits viel Geld für eine teure Alarmanlage ausgeben und dann auf solche vorsintflutlichen Methoden zurückgreifen! Wenn die Alarmanlage nicht aktiviert ist, hat hier jeder freien Zutritt.«

Petrine Roesgen schlug die Hände über dem Kopf zusammen. »Das muss Lale getan haben. Ich weiß, dass sie sich manchmal spätabends verdrückt hat, wenn ihre Eltern glaubten, sie schliefe längst.«

»Eine junge Frau von zwanzig Jahren?«, fragte Erik ungläubig. »So ein Verhalten passt eher zu einer Vierzehnjährigen.«

Die Haushälterin nickte. »Herr Claussen war sehr autoritär. Lale hat es nie geschafft, sich gegen ihn durchzusetzen. Sie musste froh sein, dass er nicht von ihr verlangte, sich ihren Lebensunterhalt selbst zu verdienen. Sie hatte immer viel Geld zur Verfügung. Und wenn sie sich nicht so verhielt, wie ihr Vater es wollte, drohte er ihr, den Geldhahn zuzudrehen. Das habe ich mehr als einmal gehört. Frau Helmstetter hat sich dann immer auf Lales Seite gestellt, aber viel hat sie auch nicht ausrichten können.«

Sören betrachtete den Stein, als käme es ihm auf dessen Form und Größe an. »Wenn sie sich verdrückte … hat sie sich dann mit diesem Freund getroffen, der ihrem Vater nicht passte?«

Petrine Roesgen zuckte mit den Schultern. »Ich nehme es an.« Sie hob die Hände, als wollte sie zeigen, dass sie in Unschuld gewaschen worden waren. »Aber wissen tu ich nichts.«

»Der Entführer hat also«, überlegte Erik, »zunächst die Alarmanlage ausgeschaltet, weil er den Code kannte, sich dann den Schlüssel zu dieser Tür genommen, weil er wusste, dass Lale ihn unter dem Stein versteckte, und ist so ins Haus gekommen.«

»Also jemand«, ergänzte Sören, »der zum näheren Umfeld gehörte. Vielleicht sogar der Freund selbst?«

»Aber wer hat die Tür wieder aufgeschlossen, nachdem Frau Roesgen sie verriegelt hatte?« Erik durchzuckte ein Gedanke. »Ist danach noch jemand ins Haus gekommen?«

Petrine Roesgens Kinnlade klappte herunter. »Das kann

doch nicht ...« Sie sprach nicht zu Ende, sondern hastete zurück, aus dem Wellnessbereich hinaus, ins Atelier, von Erik und Sören verfolgt. Sie sah es vor den beiden Polizisten. Die Tür, die vom Atelier in den Garten führte, war nicht sorgfältig geschlossen worden. Scheinbar nur nachlässig ins Schloss gedrückt, dann hatte ein Windstoß sie wieder geöffnet und ließ nun durch einen schmalen Spalt kalte Seeluft herein.

»Die Tür war zu«, erklärte Petrine mit großer Bestimmtheit.

Erik und Sören verständigten sich mit einem kurzen Blick, dann zog Sören seine Waffe und lief voraus, Erik ihm nach. Jedes Zimmer der Villa durchsuchten sie, in jeden Winkel schauten sie, öffneten jeden Schrank, schauten unter jedes Bett und hinter alle Vorhänge. Nichts!

Als sie zurückgekehrt waren, hatte Antonia Schäfer sich der Haushälterin angenommen. Sie hatte die Hände auf ihre Schultern gelegt und redete beruhigend auf sie ein.

»Das ist ja so, als wäre Lale zurückgekommen«, weinte Petrine Roesgen. Aber dann trocknete sie ihre Tränen und räusperte sich, als wollte sie ihre Stimme zurechtrücken, die noch immer schwankte. »Ein Einbrecher? Ein Dieb?«

Sie war bereit, einen Gang durchs Haus zu machen und zu kontrollieren, ob etwas fehlte. Antonia blieb an ihrer Seite, trat hinter ihr in jedes Zimmer, während Erik und Sören vor den Türen stehen blieben und jedes Mal nickten, wenn Petrine Roesgen mit dem schlichten Wort »Nichts!« das Zimmer wieder verließ.

Als sie in die Diele zurückgekehrt waren, blieb sie eine Weile stehen, starrte ein Bild an, ohne es zu sehen ... und ging in die Küche, als wäre ihr etwas eingefallen. Erik folgte ihr und sah, dass sie eine Schublade aufzog und einen Lederbeutel herausnahm. Sie betastete ihn kurz, dann öffnete sie den Reißverschluss und bekam bestätigt, was ihre Fingerspitzen bereits herausgefunden hatten. »Das Haushaltsgeld ist weg.«

»Wie viel?«, fragte Sören.

»Etwa achthundert Euro.«

»War das Geld heute Morgen, als sie ihren Dienst antraten, noch da?«

»Ich habe nicht nachgesehen. Ich gehe immer erst nachmittags einkaufen.«

Erik starrte den Lederbeutel an, blickte in Petrines Gesicht, ließ seine Augen zu Antonia wandern und sah überall die Verblüffung, die er selbst empfand. Was konnte geschehen sein? Und wie? Und in welcher Zeit? Nachdem die Haushälterin die Tür, die vom Wellnessbereich in den Garten führte, geschlossen hatte, war also jemand gekommen, der sie erneut geöffnet hatte? Jemand, der wusste, wo der Schlüssel zu finden war? Und dieser Jemand hatte in der Küche das Haushaltsgeld entdeckt, während Petrine im Haus für Ordnung sorgte, war dann durch das Erscheinen von *ABC – Bad und Sanitär* gestört worden, hatte sich irgendwo verborgen gehalten und war, während sie sich im Wellnessbereich aufhielten, durchs Atelier geflüchtet? Erik sah Sören an und wusste, dass er genauso ungläubig war wie er selbst. Aber wie sollte es sich sonst verhalten haben?

Sie wurden in ihren Überlegungen von Kommissar Vetterich gestört, der sehr ungehalten in der Diele erschien. »Was ist nun eigentlich? Interessiert Sie der Tatort nicht? Das Opfer ist im Bad überwältigt worden, so viel steht fest.« Er hielt eine Plastiktüte in der Hand, in der der Schlüssel steckte, den er später auf Fingerabdrücke untersuchen würde. Wortlos drehte er sich um und ging zurück, in der sicheren Erwartung, dass Erik und Sören ihm folgen würden. Natürlich hatte er recht. Die beiden erschienen neben ihm wie zwei gescholtene Schüler, die zu spät aus der Pause zurückgekommen waren.

»Hier hat die Entführung stattgefunden«, wiederholte Vetterich.

Es war das Bad, das zum Wellnessbereich gehörte. Kein praktisches Badezimmer, sondern eine Badelandschaft, die nicht der Körperpflege diente, jedenfalls nicht ausschließlich, sondern vor allem dem Genuss. Dort gab es eine Regendusche, von der Lucia früher geträumt hatte, ein Wunsch, den Erik ihr später hatte erfüllen wollen, ohne zu ahnen, dass es kein Später für sie geben würde. In der Mitte des Raums stand eine Badewanne auf einem Podest, zu dem zwei Stufen hinaufführten, vor einem Kamin, der aber seit Langem nicht angefeuert worden war.

Die Haushälterin war ihnen nachgekommen. »Lale liebt diese Wanne«, sagte sie. »Sie nutzt sie ausschließlich als Whirlpool.«

Sie war eine Handbreit gefüllt. Es sah so aus, als wäre Lale Claussen beim Einlassen des Badewassers überwältigt worden. Ein kleiner Abfallbehälter aus Edelstahl war umgestoßen worden, der Inhalt hatte sich über die Fliesen verteilt, ein Haken für Handtücher war aus der Wand gerissen worden. Kein Zweifel, hier hatte ein Kampf stattgefunden. Lale Claussen hatte sich heftig zur Wehr gesetzt.

»Wir müssen sie unauffällig suchen«, flüsterte Erik. »Sie wird noch auf Sylt sein.«

Sören stieß die Luft von sich. »Schwierig, so ganz ohne Anhaltspunkte. Und dann noch unauffällig ...«

»Der Entführer darf nicht merken, dass der Vater die Polizei eingeschaltet hat.« Erik wandte sich Sören zu. »Wie wird er mit Herrn Claussen in Verbindung treten?«

»Das Übliche vermutlich ... über ein Handy mit Prepaidkarte.«

Petrine Roesgen mischte sich ein. »Die Handynummer von Herrn Claussen ist geheim. Die kennt keiner, nur seine Familie, seine besten Freunde, sein Geschäftsführer ... und ich natürlich.«

Erik lächelte sie an. »Aber da der Entführer Lale in seiner Gewalt hat, wird es kein Problem gewesen sein, die Handynummer von ihr zu bekommen.«

Sie hörten eine Melodie, die aus dem Ruheraum der Sauna

herüberkam, dann Antonia Schäfers Stimme. Sie näherte sich, als käme sie, während sie telefonierte, zu ihnen ins Bad. Als sie in der Tür erschien, sagte sie: »Alles klar«, beendete das Gespräch und steckte das Handy weg. »Er hat sich gemeldet. Per SMS.«

Erik war angenehm überrascht. »Ein Gangster, der sich an Verabredungen hält.«

»Theo wird ihm antworten, dass er sich zukünftig an mich wenden soll. Mal sehen, wie er darauf reagiert.«

»Hat Ihr Mann ... Ihr Ex-Mann Ihnen verraten, woran er leidet? Warum er im Krankenhaus ist?«

Antonia schüttelte den Kopf. »Aber er sprach merkwürdig. So, als hätte er geschwollene Lippen.«

Beim Verlassen des Kurhauses begannen sie schon mit ihrer Aufgabe, dem Verteilen der Flyer, die fürs Lyrik-Festival warben. Die Besitzerin der Boutique legte sie wohlwollend neben die Kasse, der Buchhändler nahm sie gerne entgegen, weil er alle anderen bereits an den Kunden gebracht hatte, und der Bäcker platzierte sie direkt neben die *Bild*-Zeitungen, die auf der Theke aufgestapelt waren.

Carolin betrachtete die restlichen, die sie in Händen hielt. »Und wo sollen wir die alle hinbringen?«

Mamma Carlotta machte sich keine Sorgen. »Der Blumenladen, die Apotheke, Feinkost Meyer, Käptens Kajüte ... Wenn ich heute Nachmittag einkaufen gehe, werde ich sie in ganz Wenningstedt verteilen.«

Darauf freute sie sich. Dass ihr eine Aufgabe untergeschoben worden war, die sie eigentlich nicht hatte haben wollen, vergaß sie nun. Und sie ließ ohne Weiteres zu, dass Carolin die beiden Stapel an sich nahm und erneut zwischen ihnen aufteilte, einen sehr dicken für die Nonna und einen dünnen, den sie in die Gesäßtasche ihrer Jeans schieben konnte. Für eine angehende Lyrikerin war das Verteilen von Werbeflyern natürlich zu profan, während eine italienische Nonna gerne jede Gelegenheit wahrnahm, mit Menschen ins Gespräch zu kommen. Mamma Carlotta wusste, wie schwer es Carolin fiel, auf Fremde zuzugehen, und jeder, der Carlotta Capella kannte, wusste ebenso, dass es für sie nichts Schöneres gab, als Bekanntschaften zu schließen. Also war es nur gerecht, dass jeder das tat, was er am besten konnte.

Mamma Carlotta klemmte sich sehr energisch den Packen mit den Flyern unter den Arm und bog in den Süder Wung ein. Da sie nun einmal in diese Sache hineingezogen worden war, konnte sie doch die Gelegenheit nutzen, sich ein wenig umzuhören, etwas über Lale Claussen, ihren Vater und ihre Stiefmutter zu erfahren und Antonia Schäfer vielleicht sogar zu helfen, ihre Tochter zu finden. Ein wunderbarer Gedanke, die Verlegerin zur Dankbarkeit zu verpflichten und damit dafür zu sorgen, dass Carolin irgendwann einen Vertrag unterschreiben durfte.

»Dio mio«, flüsterte sie. Ihre Enkelin als Dichterin! Wenn ihr Dino das noch hätte erleben dürfen! Andererseits wusste Carlotta ziemlich genau, dass ihr verstorbener Mann es sinnvoller gefunden hatte, wenn eine junge Frau etwas vom Haushalt verstand, und hätte vermutlich sowieso, wenn von Dichtkunst die Rede war, an die Kunst gedacht, Leitungen und Rohre abzudichten, damit die Installation funktionierte. Und Lucia? Mamma Carlotta war nicht sicher, ob ihrer Tochter an einer solchen Karriere gelegen gewesen wäre, aber dass es ihr genau wie ihrer Mutter darauf ankommen würde, das Mädchen aus der Lethargie der Arbeitslosigkeit herauszuholen, war so gut wie sicher. Lieber ein Dichter in der Familie als jemand, der auf der faulen Haut lag!

Schon beim Eintreten merkten sie, dass im Hause etwas anders war als sonst. Es war kalt. Nicht so kalt wie an den Tagen, an denen ein Sturm durch alle Ritzen pfiff, sondern noch kälter. So kalt, dass Kükeltje es vorgezogen hatte, in Felix' Bett zu bleiben, statt wie sonst die Familie zu begrüßen. Und dunkel! Nicht so dunkel wie an trüben Tagen, wenn kein Licht im Haus brannte, sondern noch dunkler. Und es war still. Sogar die winzigen Geräusche, die sonst zur Stille gehörten, waren verstummt. Das leise Klacken, wenn der Kühlschrank ansprang, das Geräusch, wenn der Espressoautomat sein Stand-by aufgab und sich abschaltete, das Brummen der Heizung aus dem Keller. All das, was niemand sonst zur Kenntnis nahm, wurde jetzt durch das gänzliche Fehlen mit einem Mal deutlich. Mamma Carlotta stand in der Küche und starrte die Stelle am Backofen an, wo sonst die Uhrzeit leuchtete, und den grünen Punkt am Tiefkühlschrank, der immer glänzte und nun erloschen war. »Ist etwa der Strom ausgefallen?«

Felix pochte mit den Fäusten an die Haustür. »Wieso geht die Klingel nicht?«

Die neue Errungenschaft der Familie Wolf, die kein Läuten, sondern eine Melodie produzierte, war verstummt. Sie konnte Weihnachtslieder spielen, Märsche intonieren, Chöre durchs Haus schallen und sogar die Nationalhymne ertönen lassen, aber nun blieb sie stumm, während am Morgen, als Sören erschien, noch der *Flohwalzer* erklungen war. Bisher war es Felix noch nicht gelungen, ihr einen Song der Toten Hosen zu entlocken, aber er war zuversichtlich, einen Programmierer zu finden, der dafür sorgen konnte, dass die Familie Wolf demnächst durch *Eisgekühlter Bommerlunder* aufgeschreckt wurde, wenn der Postbote kam oder die Nachbarin nach einem Kuchenrezept fragen wollte.

Felix zog auf der Stelle Informationen in der Nachbarschaft ein und bekam zu hören, dass der Strom im gesamten Süder Wung ausgefallen und die Stadtwerke bereits verständigt waren. »In einer Stunde soll alles wieder funktionieren.«

Während Mamma Carlotta sich Sorgen um den Inhalt der Tiefkühltruhe machte, beschloss Felix: »Wir holen uns eine Bratwurst aus Käptens Kajüte.« Er nickte zu den Flyern, die achtlos auf dem Tisch gelandet waren. »Da könnt ihr dann gleich ein paar auf die Theke legen.«

Das hatte Mamma Carlotta sich eigentlich für den Nachmittag vorgenommen und gehofft, bei dieser Gelegenheit auch gleich ganz unauffällig ein längeres Gespräch über die Familie Claussen zu führen und etwas herauszubekommen, was ihre Neugier befriedigte.

Aber Carolin schüttelte sich. »Nee, nichts von Tove Griess! Bei dem soll im Küchenhof kürzlich wieder eine Ratte gesichtet worden sein.«

»Dann ein Fischbrötchen von Gosch.« Felix warf seiner Großmutter einen Blick zu, der um Verzeihung für seinen schlechten kulinarischen Geschmack bitten sollte, denn jeder hatte ja mindestens einmal miterlebt, wie angeekelt Mamma Carlotta das Gesicht verzog, wenn sie jemandem beim Verzehr von Fischbrötchen zusehen musste. »Meinetwegen auch ein Scampispieß.«

»Essen gehen? In ein Ristorante? Madonna!« Mamma Carlotta sah ihre Enkel an wie ein Vater seine Söhne, die sich zum Geburtstag einen Bordellbesuch wünschten. Solche Extravaganzen hatte es in ihrem Leben bisher nur als seltene Ausnahmen gegeben. Und sie waren überdies nichts, was sie für besonders erstrebenswert hielt. Dafür kochte sie viel zu gerne und freute sich daran, ihre Familie und viele Gäste am Tisch sitzen zu haben. Dann war sie auch froh, dass laut geredet und gelacht werden konnte, ohne dass vom Nachbartisch strafende Blicke herüberkamen, und alle Gesten ausschweifend ausfallen durften, ohne dass die Gefahr bestand, einem Kellner das Tablett aus der Hand zu fegen.

Aber Felix beruhigte sie. »Ein Selbstbedienungsrestaurant, also nicht so schrecklich teuer! Und da ist immer viel los und ein Riesenkrach.«

Das überzeugte seine Nonna. Sie holte aus ihrem Zimmer die Börse ihrer Mutter, die mit schwarzem, perlenbesticktem

Samt bezogen war, in der sie immer das Geld aufbewahrte, das sie von ihrer Rente für besondere Anlässe abzwackte. Felix hatte sie schnell davon überzeugt, dass dies ein besonderer Anlass war. Dabei dachte Carlotta weniger an den Stromausfall als vielmehr daran, dass sie ihrer Enkelin ein paar Steine aus dem Weg geräumt hatte, die den Anstieg auf den Olymp der Literaten erschwert hätten. Dafür durfte sie sich ruhig mal etwas gönnen. Hätte sie noch weitere Überzeugungen gebraucht, so wäre Carolins Bemerkung dafür geeignet gewesen. »Da arbeitet jetzt übrigens ein Italiener aus Città di Castello.«

Ein Landsmann, der in der Stadt am Fuße des Berges geboren war, auf dem Panidomino thronte? Wenn das kein Grund war, Gosch einen Besuch abzustatten!

»Der hatte gerade als Kellner im Frangiflutti angefangen, als der Laden geschlossen wurde. Aber er hat sofort bei Gosch was Neues gefunden. Kellner werden ja immer gesucht.« Carolin beugte sich an Mamma Carlottas Ohr. »Ich glaube, Lale hat was mit Frido. Ich habe die beiden mal knutschend am Strand gesehen ...«

Sie standen nebeneinander an der Kliffkante und sahen aufs Meer hinaus. Die roten Overalls der Firma *ABC – Bad und Sanitär* hatten sie gegen ihre Alltagskleidung eingetauscht, der rote Lieferwagen stand in der Tiefgarage des Kurzentrums. Ihn wollten sie später wieder dem Fuhrpark einverleiben, den die Polizei von Sylt für besondere Einsätze unterhielt. Sören hatte es übernommen, die Fischbrötchen zu holen, Erik hatte auf ihn gewartet und die Minuten des Alleinseins genossen, die Ruhe in dem Lärm, der ihn umbrandete. Diese Stelle gefiel ihm, wenn er sich zwischen den Trubel und die Stille stellen konnte, zwischen die Gerüche der Küche und des Meeres, zwischen die vielen Stimmen und die Ruhe da unten am Fuß des Kliffs. Früher hatte Gosch sich etwas weiter nördlich an die Kliffkante geklammert und seinen Gästen nicht mehr als einen langen Stehtisch bieten können, an dem stets Gedränge herrschte. Jetzt aber gab es viel Platz. Nicht nur das neue Gebäude war größer, auch der Außenbereich war weitläufiger geworden.

Erik hatte sich, während er auf Sören wartete, umgedreht und den Blick über die Rasenfläche schweifen lassen, hin zum Haus am Kliff und zu dem Kursaal mit der Holzfassade, der sich dem Kurhaus anschloss. Ihm gefiel dieser riesige Würfel nicht, der nicht zum traditionellen Baustil des Kurhauses passte. Aber er war dankbar, dass Wenningstedt endlich wieder ein Kurzentrum besaß. Der neue Gosch fügte sich wunderbar in die Dünenlandschaft ein, die weiten Rasenflächen mit den weißen Skulpturen hatten endlich das Enge, Spießige verdrängt, und die neue, breite Treppe, die zum Strand hinabführte, gab diesem Stück von Wenningstedt sogar den Zauber des Erhabenen. So hätte er es gerne ausgedrückt, wenn er gefragt worden wäre, es aber vermutlich nicht laut ausgesprochen, weil ihm derart melodramatische Formulierungen nicht lagen.

Wieder mal beobachtete er, dass viele die Treppe mit Konzentration und Bedacht hinabschritten, und das nicht nur, weil sie so hoch und steil war. Es war das Besondere, das fast jeden berührte. So richtete jeder den Blick nicht auf die Füße, sondern aufs Meer. Nur Kinder liefen, so schnell sie konnten, oder sprangen die Stufen hinab, Erwachsene dagegen gerieten ganz automatisch in einen feierlichen Rhythmus, bogen den Rücken durch und richteten sich auf wie der Schlossherr, der zum Volk hinabsteigt.

Sie gingen zum Rand der Dünen, ließen den Lärm, das Gelächter und den Trubel hinter sich. Sörens dünne Haare bewegten sich wie Staubflusen im Wind, auf Eriks Kopf rührte sich nichts. Er wurde, ohne es zu ahnen, von seinem Assistenten oft heimlich um sein dichtes, drahtiges Haar beneidet.

»Gut, dass Ihre Schwiegermutter nicht weiß, was wir hier tun«, sagte Sören, ehe er in sein Matjesbrötchen biss.

Erik grinste nur. Er wusste, dass Sören nicht einmal unter der Folter eingestehen würde, dass er ein von Mamma Carlotta gekochtes Essen für ein Fischbrötchen hatte stehen lassen.

»Sie sind ja nicht schuld«, tröstete Erik. »Wenn sie dahinterkommt, können Sie behaupten, ich hätte Sie gezwungen. Dienstanweisung! Die mussten Sie befolgen.«

Das schien Sören zu beruhigen. Antworten konnte er nicht, denn es erging ihm wie vielen Fischbrötchenessern: Er hatte den Mund zu voll genommen. Fischbrötchen konnte man nur verzehren, indem man beherzt zubiss, den Mund so weit wie möglich öffnete, um die beiden Brötchenhälften und den zwischen ihnen eingeklemmten Hering, also alle drei Lagen gemeinsam, zu erwischen. Das klappte meist nicht besonders gut, selbst bei geübten Fischbrötchenessern nicht. Wer aber unversehens erfolgreich war, wurde dann oft von der Menge überrascht, die in der Mundhöhle gelandet war, und hatte erst eine Weile mit dem Selbstvorwurf zu tun, den Mund zu voll genommen zu haben.

Erik ging es genauso. Aber irgendwann war er wieder zu einer salonfähigen Konversation in der Lage. »So ein Mist aber auch, dass meine Schwiegermutter bei den Claussens aufgetaucht ist!«

Sörens Matjes war zwar noch nicht bewältigt, aber grinsen konnte er schon wieder, was hieß, dass er sich eher darüber amüsierte, dass die Signora es immer wieder schaffte, dort zu erscheinen, wo etwas geschehen war. Aber diesmal konnte man es ihr wirklich nicht vorhalten. Das machte er klar, als sein Mund endlich leer war. »Sie konnte nicht damit rechnen, in einem Entführungsfall zu landen. Und Carolin auch nicht.«

Um seine Tochter machte Erik sich keine Sorgen. »Die ist verschwiegen, die sagt kein Wort. Aber meine Schwiegermutter ...« Er verzog sorgenvoll das Gesicht.

Sören wechselte das Thema. »Hoffentlich finden Rudi und Enno etwas über Lale Claussen heraus. Über ihren Umgang, ihr Leben in Husum, über diesen Freund, den sie auf Sylt hat ...«

Erik betrachtete sein Fischbrötchen, als überlegte er sich, ob er den Biss in die Mitte, die besonders dick war, wirklich riskieren sollte. »Irgendwas stimmt nicht. Diese Haushälterin ... eigentlich macht sie auf mich ja einen sehr verantwortungsbewussten und glaubwürdigen Eindruck ...«

Sören bestätigte seinen Chef, indem er in sein Brötchen biss und gleichzeitig nickte.

»Andererseits sind es gerade ihre Aussagen, die so ein merkwürdiges Licht auf die Angelegenheit werfen. Was, wenn sie sich täuscht?«

Sören antwortete erst, als der nächste Bissen bewältigt war. »Sie denken an die Tür zum Wellnessbereich? Ja, schon kurios, diese Sache. Sie hat sie offen vorgefunden, dann wieder abgeschlossen ...«

»... und als wir ankamen, war sie erneut aufgeschlossen worden.«

»Die Sache mit dem Haushaltsgeld kommt mir auch komisch vor. Ein Entführer, der sich erst mal auf die Suche nach Kohle macht, ehe er sein Opfer kidnappt?«

»Sehr unwahrscheinlich.«

»Vielleicht war die Entführung nicht geplant.« Sören kniff die Augen zusammen und blickte aufs Meer, als gäbe es dort etwas, was seine Aufmerksamkeit erregte. »Der Kerl war eigentlich nur auf Bares aus ... und dann lief ihm Lale Claussen über den Weg.«

»Und er sagt sich ganz spontan, dass eine Entführung mehr Kohle bringt?«

»Stimmt, klingt seltsam.«

»Erst recht, wenn wir dabei bleiben, dass der Entführer ein Bekannter sein muss.« Erik strich sich ausgiebig seinen Schnauzer glatt, wie immer, wenn er nicht weiterwusste. »Eine Entführung muss genau geplant werden. Der Kidnapper muss sich vorher überlegen, wie er sein Opfer wegbringt und wo er es versteckt.«

»Wenn er es nicht gleich umbringt ...« Sören war dieser Satz rausgerutscht. Jetzt erschrak er über seine eigenen Worte und verschluckte sich am nächsten Stück Matjes. »Ganz ehrlich, Chef«, fuhr er fort, als er lange genug gehustet hatte. »Wenn der Entführer wirklich ein Bekannter ist, ist Lales Leben keinen Pfifferling wert. Die würde ja ihren Entführer später beim Namen nennen können.«

»Also muss er sie umbringen?« Es fiel Erik schwer, diesen Satz auszusprechen.

Die beiden schwiegen eine Weile, bis Erik schließlich sagte: »Ich glaube, wir sollten der Aussage der Haushälterin kein so großes Gewicht beimessen. Auch die Sache mit dem Laptop ...«

Petrine Roesgen war, als sie ein letztes Mal gemeinsam von Zimmer zu Zimmer gegangen waren, mit einem Mal aufgefallen, dass Lales Laptop fehlte. Und während Erik sich gefragt hatte, welchen Grund ein Entführer hatte, den Computer seines Opfers mitzunehmen, sagte Petrine Roesgen nun sogar aus, dass sie das Laptop kurz vorher noch gesehen habe. Steif und fest hatte sie behauptet, es habe eine Stunde vorher noch an seinem Platz gestanden. Das war der Augenblick gewesen, in dem Erik ernste Zweifel an den Aussagen der Haushälterin gekommen waren. Ihrer Behauptung, dass auch Kleidungsstücke fehlten, hatte er dann keine große Bedeutung mehr beigemessen. Petrine Roesgens Sicherheit, mit der sie ihn anfänglich überzeugt hatte, war mit einem Mal zu einer Sturheit geworden, mit der ältere Menschen auf ihrem Standpunkt beharren, auch wenn er längst widerlegt ist.

»Vetterich wird sich noch mal gründlich umsehen«, sagte Erik. Er wollte weitersprechen, bemerkte aber mit einem Mal Sörens nachdenklichen Blick. Geduldig wartete er, bis sich eine Erkenntnis auf dem Gesicht seines Assistenten abzeichnete.

»Vielleicht steckt die Roesgen da mit drin«, stieß Sören hervor. »Sie kennt den Entführer, hat die Alarmanlage abgestellt und ihm die Tür geöffnet. Und das Haushaltsgeld hat sie in die eigene Tasche gesteckt.«

Aber Erik schüttelte den Kopf. »Dann würde sie nicht so verwirrende Aussagen machen. Kann natürlich sein, dass sie ein paar Fakten zu ihren Gunsten verändert hat, aber ansonsten ...« Er reinigte seine Hände notdürftig mit der Serviette. »Nein, ich kann nicht einmal glauben, dass sie sich das Haushaltsgeld genommen hat.«

Mamma Carlotta war hingerissen von dem kulinarischen Angebot, das Gosch seinen Gästen unterbreitete. »Wildlachs mit Rührei, Curry-Kokos-Suppe mit gebratenen Flusskrebsen, Dorschfilet mit roten Linsen, Fischpfanne mit Safransoße ... Madonna!« Sie bestaunte noch die Auswahl an Gerichten, die über der Theke angeschlagen waren, während die Kinder bereits einen Platz in der Nähe der Fenster belegten. Dass sie den Ablauf vor der Theke störte, bemerkte sie erst, als jemand fragte: »Haben Sie schon gewählt? Möchten Sie bestellen?«

»Un momento!«, stieß Mamma Carlotta hervor, die das Bestellsystem noch nicht durchschaute. »I miei nipoti ...« Verwirrt korrigierte sie: »Ich meine natürlich ...«

»... Ihre Enkel! Schon verstanden!« Der schwarzhaarige junge Mann hinter der Theke lächelte sie an. »Sie sind Caros Nonna?« Er nickte zu Carolin, die prompt neben ihrer Großmutter erschien, nachdem sie Felix vergattert hatte, den Tisch zu verteidigen. »Wir nehmen gebratene Scholle mit Kartoffelsalat! Und du?« Während Mamma Carlotta noch zwischen dem gegrillten Wolfsbarsch und der Lachsschnitte auf grüner Pfeffersoße schwankte, erklärte Carolin: »Das ist Frido Ferrari, von dem ich dir erzählt habe. Seine Familie kommt aus Città di Castello. Eigentlich müsste sie Fiat oder Rostlaube heißen, denn einen Ferrari fährt von denen keiner.«

Frido lachte. »Was nicht ist, kann ja noch werden.«

Er war ein hübscher Kerl von Anfang zwanzig mit dunklen Haaren, aber hellen Augen. Jedes junge Mädchen, das vorüberging, warf ihm einen Blick zu, und sein Lächeln zeigte, dass er das Spiel mit dem Flirt sehr gut beherrschte.

Auch Carlotta Capella blieb von seinem Charme nicht unberührt. Sie beschloss, vor der Theke und nicht am Tisch aufs Essen zu warten.

Als Frido ein paar Minuten später das Essen auf die Theke stellte, wusste er bereits über Carlotta Capellas Leben in Umbrien Bescheid, hatte erfahren, dass ein Ehepaar, das Mamma Carlotta kannte, weil es lange in Panidomino gewohnt hatte, nach Città di Castello gezogen war, und hatte festgestellt, dass dieses Paar nun in der Nähe seiner Mutter wohnte. Eine Gemeinsamkeit, die – zumindest bei Mamma Carlotta – zu großem Jubel führte. Danach erzählte Frido noch, dass sein Stiefvater Rheinländer gewesen war und er deswegen so gut Deutsch sprach, wurde dann aber unterbrochen. Herr Gosch, der trotz seines Alters noch immer regelmäßig in seinen Restaurants nach dem Rechten sah, näherte sich, schien die Absicht zu haben, seinen Mitarbeiter zu ermahnen, merkte dann aber, dass Frido schuldlos daran war, dass die Arbeit bei ihm nicht weiterging. Er hätte sich gern um die nächsten Gäste gekümmert, die nächste Bestellung aufgenommen, die nächsten Essen auf die Theke gestellt, aber die Dame, die davorstand, ließ ihn einfach nicht.

Herr Gosch, mit einer Naturbegabung in Sachen Plauderei gesegnet, verständigte sich zwinkernd mit Frido und übernahm für ihn das Klönen. »Alles zu Ihrer Zufriedenheit, Signora?«

Dass er in Mamma Carlotta sofort die Italienerin erkannte, brachte ihm eine Menge Pluspunkte ein. Als Felix neben seiner Nonna erschien, mit einer handtellergroßen Scheibe in der Hand, die blinkte und brummte, wusste Herr Gosch längst über den unerhörten Zufall Bescheid, dass zwei Menschen aus dem fernen Umbrien sich auf Sylt begegneten. Er führte Mamma Carlotta samt der drei Teller sogar persönlich zu ihrem Platz, gab sich so ritterlich und charmant, dass ihr gar nicht in den Sinn kam, es könnte ihm darum gehen, das Selbstbedienungsprinzip vor der Theke in Gang zu halten, das Carlotta Capella zeitweilig zum Stocken gebracht hatte. Als Dank bekam er dafür viele Komplimente für sein Speisenangebot. Als Carlotta verstanden hatte, dass die blinkende und brummende Scheibe, die Felix zur Theke gebracht hatte, dem Koch das laute Rufen ersparte, der früher mit seiner Stimme zu verkünden hatte, welches Gericht servierfertig war, bekam Herr Gosch auch noch versichert, dass sein Ristorante ein besonders gut geführtes sei. Das schien ihn nicht zu überraschen, trotzdem bedankte er sich und wünschte guten Appetit.

»Was für ein netter Signore! Molto gentile!«

Dass ihre Enkel sie peinlich berührt ansahen und sie baten, ab jetzt den Mund zu halten und sich nicht weiter so auffällig zu benehmen, verstand Mamma Carlotta nicht. Auf Sylt fiel man schon unangenehm auf, wenn man jemanden traf, der ein umbrisches Bergdorf kannte, von dem sonst im Norden Deutschlands kein Mensch gehört hatte? Merkwürdig, diese Friesen! In Italien wäre das ein Grund für mehrere Limoncelli und ausschweifende Erzählungen gewesen, deren Wahrheitsgehalt zwar von vornherein zweifelhaft waren, die aber jeder genoss. Vor lauter Aufregung hätte sie beinahe sogar vergessen, das Essen zu sich zu nehmen, solange es noch heiß war. Aber als sie es loben wollte und sich nach Herrn Gosch umsah, war dieser leider nicht mehr zu sehen.

»Kein Wunder«, lachte Felix. »Du verscheuchst mit deinem Gerede ja jeden. Sogar Herrn Gosch! Und der ist nun wirklich einiges gewöhnt, wenn die Touristinnen ihn zutexten.«

Mamma Carlotta war entrüstet über die abwertende Bezeichnung ihrer Kommunikationsfreude, verzichtete dann aber darauf, ihrer Empörung Ausdruck zu verleihen. Unter anderen Umständen hätte sie davon gesprochen, dass dem Schicksal mit besonderer Anerkennung in Form von unbändiger Freude gedankt werden müsse, wenn es so gnädig war, einen unbeschwerten und sogar interessanten und außergewöhnlichen Tag zu bescheren. Aber dann fiel ihr gerade noch rechtzeitig ein, dass es auf Sylt ein junges Mädchen gab, das von einem Kriminellen entführt worden war und nun große Angst ausstehen musste. Wie nah Glück und Leid doch beieinanderlagen! Hier durfte eine italienische Nonna mit ihren Enkeln ein Essen in einem Ristorante genießen, dort bangten Eltern um ihr Kind und fürchteten um sein Leben.

Diese Gedanken dämpften ihre Freude, und sie reagierte, als jemand an der Theke erschien, den sie schon mal gesehen hatte, etwas zurückhaltender, als es sonst ihre Art war. Die Auffrischung einer Bekanntschaft war für sie normalerweise ein Grund, Jubelschreie auszustoßen. Diesmal aber begnügte sie sich mit einem Ruf, der gerade laut genug war, um das Stimmengewirr zu übertönen: »Huhu, Herr Kessler!«

Johann W. Kessler hatte gerade ein Plakat entrollt, das für das Lyrik-Festival warb, und bat um die Erlaubnis, es an der Eingangstür anzubringen. Er fuhr herum, als gehörte er zu den Prominenten, die sich nichts sehnlicher wünschen, als unerkannt zu bleiben. Aber über sein Gesicht ging dann doch das Lächeln des Erkennens. Er drückte einem überraschten Kellner das Plakat in die Hand, der es betrachtete, als wüsste er nichts damit anzufangen, und kam an den Tisch. »Hier brauchen Sie keine Flyer mehr zu verteilen. Gosch ist an sämtlichen Standorten gut eingedeckt.«

Mamma Carlotta begriff erst im zweiten Augenblick, wovon er redete. Dass sie versprochen hatte, an allen öffentlich zugänglichen Stellen Flyer zu verteilen, hatte sie doch glatt vergessen. »Dann ist es ja gut«, rief sie etwas zu laut und zu exaltiert. »Nach dem Essen hätte ich die Flyer abgegeben. Ich habe sogar schon mit Herrn Gosch selbst gesprochen …« Sie fing einen Blick ihrer Enkelkinder auf, der sie vor allzu ausufernder und nicht wahrheitsgemäßer Berichterstattung warnte, und schluckte den Rest herunter. »Ich mache dann heute Nachmittag in Wenningstedt weiter.«

Kessler schien erleichtert zu sein. »Dann ziehe ich mich für ein Stündchen zurück. Mir ist gerade eine wunderbare Idee gekommen.« Nun wandte er sich an Carolin. »Hast du dich schon mit Nonsenspoesie beschäftigt?«

Carolin lief rot an und schüttelte zaghaft den Kopf, als wäre sie bei einem schweren Fehler ertappt worden.

»Mal sehen, ob es mir gelingt«, Kessler fuhr sich mit beiden Händen durch die Haare und warf den Kopf nach hinten, »Elemente der Liebeslyrik und Elemente der Nonsenspoesie zu verbinden … auf parodistische Weise …« Er wandte sich zum Gehen und warf über die Schulter zurück: »Aber vom Dadaismus hast du schon gehört?«

Carolin war viel zu entgeistert, um zu antworten. Johann W. Kessler hätte es auch sowieso nicht gehört. Er war wieder an der Theke bei Frido Ferrari angekommen. Mamma Carlotta beobachtete, wie Frido ihn ans Ende der Theke winkte, wo sie die Köpfe zusammensteckten. Die beiden schienen sich zu kennen.

»Was ist das denn für ein Idiot?« Felix machte sich nicht einmal die Mühe, leise zu sprechen. »Da Da Da«, machte er einen Song der Neuen Deutschen Welle nach, der eigentlich viel zu alt war, um von einem Sechzehnjährigen interpretiert zu werden, »ich lieb dich nicht, du liebst mich nicht, Da Da Da …« Grinsend wandte er sich an seine Schwester. »Ist das Dadaismus?«

Carolin saß da wie mit roter Farbe übergossen. »Ich habe noch nie von Nonsenspoesie gehört«, flüsterte sie. »Ich glaube, ich lasse das mit dem Wettbewerb lieber. Ich habe ja keine Ahnung von modernen Gedichten …«

Mamma Carlotta behauptete selbstverständlich sofort das Gegenteil, wollte nicht daran glauben, dass etwas, was Nonsenspoesie genannt wurde, überhaupt von Bedeutung war, und flehte Carolin an, sich nicht den Mut nehmen zu lassen. »Nonsenspoesie! Nonsenso ist Quatsch! Unsinn! So was soll wichtig sein? Lass dir nichts einreden, Carolina.«

»Erst recht nicht von so einem Möchtegerndichter«, ergänzte Felix.

»Er hat Goethes Vornamen«, flüsterte Carolin ergriffen.

Mamma Carlotta überhörte diesen Satz, stimmte Felix zu und erzählte von einem Weinhändler in Panidomino, der sich viel darauf eingebildet hatte, dass in einer Zeitschrift der Winzergenossenschaft ein Gedicht von ihm veröffentlicht wurde, in dem er ein Loblied auf den Wein sang. Angeblich hatte auch er schon von einem Leben als Literat geträumt, bis sich herausstellte, dass sein Gedicht reichlich viel Ähnlichkeit mit dem eines Lyrikers hatte, dessen Name in allen Schulbüchern stand.

Aber dann, als sie gerade den letzten Bissen der Lachsschnitte in den Mund geschoben hatte und aus dem Fenster sah, um den herrlichen Ausblick zu preisen, damit Carolin ihr angeschlagenes Selbstbewusstsein vergaß ... da machte sie eine Entdeckung, die ihr die Sprache verschlug. »Enrico!«

Erik und Sören fuhren herum und blickten in ein Gesicht mit funkelnden Augen. »Enrico! Hast du etwa ein Fischbrötchen gegessen?«

Erik wunderte sich über seine schnelle Reaktion. »Wie kommst du denn darauf?«

Mamma Carlottas Blick war noch voller Misstrauen, als sie Sören ansah. Aber der hatte kein Problem damit, dem Vorbild seines Chefs zu folgen und die Bequemlichkeit über die Wahrheit zu stellen. Vorsichtshalber wischte er sich den Mund ab, damit kein Stückchen eines Zwiebelrings ihn verraten konnte. »Wir stehen immer gern hier, wenn wir nachdenken. Einfach so ...«

»Genau«, bestätigte Erik und ließ die Serviette, die er noch in der Hand hielt, in seiner Jackentasche verschwinden.

Mamma Carlotta war schnell besänftigt. »Ich hätte sowieso nicht kochen können. Stell dir vor, Enrico, der Strom ist ausgefallen. Deswegen musste ich mit den Kindern bei Gosch essen gehen. Diese Lachsschnitte! Eccellente!«

Ein großes Thema, über das sich zum Glück lange reden ließ. Als Eriks Handy läutete, war Mamma Carlottas Verdacht so gut wie vergessen. Um ihr Wohlwollen nicht zu verlieren, verzichtete Erik sogar darauf, sich abzuwenden, während er das Gespräch annahm.

»Antonia Schäfer hier. Der Entführer hat sich gemeldet.«

»Ist er einverstanden, dass Sie die Verhandlungen führen?«

»Ja, er hatte wohl sogar damit gerechnet.«

»Sie meinen, er weiß, dass Ihr Ex-Mann derzeit in den USA ist?«

»Das schien mir so.«

Erik nickte bestätigend. Also wirklich jemand aus dem Bekanntenkreis, aus der Nachbarschaft, vielleicht sogar ein guter Freund. »Wie geht es weiter?«

»Ich soll warten. Er meldet sich wieder. Dann kommt er mit konkreten Forderungen und danach mit sehr genauen Anweisungen, wie die Lösegeldübergabe ablaufen soll.«

»Wie würden Sie seine Stimme beschreiben? Jung oder alt?«

»Eher jung. Aber sehr gedämpft. Er sprach wohl durch ein Tuch. Und die Stimme war verstellt, ganz sicher. Er sprach höher, piepsig, wie eine Frau.«

»Aber Sie sind dennoch sicher, dass es sich um einen Mann handelte?«

»Hundertprozentig.«

»Wir haben eine Fangschaltung eingerichtet und den Anruf gespeichert.« Erik sah, dass nun auch seine Kinder auf ihn zugeschlendert kamen, und beendete das Telefonat. »Aber trotzdem ... bitte melden Sie sich wieder, wenn Sie was hören.«

Sören riss fragend die Augen auf, und Erik antwortete mit einem Nicken. »Alles so wie erwartet.«

Er sah in das Gesicht seiner Schwiegermutter und wusste, dass auch sie verstanden hatte, worum es ging. Eine kurze Bewegung seines rechten Zeigefingers zu seinen Lippen reichte zum Glück. Sie gab ihm mit einem besänftigenden Blick zu verstehen, dass sie schweigen wolle wie ein Grab. Hoffentlich gelang es ihr ...

Er war froh, als sie das Thema wechselte. »Kannst du dich erkundigen, Enrico, wann der Strom wieder angestellt wird? Ich mache mir Sorgen um die Tiefkühltruhe. Und das Abendessen! Natürlich muss ich heute Abend ausgiebig kochen. Ihr habt ja heute Mittag nichts zu essen bekommen.« Sie sah Sören und Erik an, als machte sie sich ernsthafte Sorgen um deren Wohlergehen, und Erik hatte mit einem Mal das Gefühl, dass ihm das Fischbrötchen schwer im Magen lag. »Ich rufe bei den Stadtwerken an«, sagte er matt.

»Sonst alarmieren wir die Firma *ABC – Bad und Sanitär*«, meinte Sören grinsend. »Die haben fähige Fachleute.«

Sie lachten ausgiebig und ein wenig albern, Erik und Sören vor allem aus Erleichterung, weil ihre lukullische Entgleisung, der Verzehr von Fischbrötchen, unentdeckt geblieben war.

Gerade wollten sie sich voneinander trennen, da erschien eine Frau hinter Sören und tippte ihm auf den Rücken.

Sören fuhr erschrocken herum. »Tante Laurenze! Was machst du denn hier?«

Laurenze Kretschmer war eine Frau von etwa fünfzig Jahren, mit dem Bruder von Sörens Vater verheiratet und Mutter einer Tochter von ungefähr zwanzig Jahren. Das erklärte Sören im Schnellverfahren, ehe er nachfragte: »Wie geht's Frauke?«

Darauf antwortete die Tante nicht, sondern begann zu drucksen: »Ich hatte schon überlegt, ob ich dich im Polizeirevier aufsuche. Aber ich wusste nicht ... es ist ja schon so oft vorgekommen ... und ich will dich natürlich nicht stören ...«

»Was ist los?«

Sie sah ängstlich in die Runde. »Ich dachte, wenn ich dich schon hier zufällig treffe ...«

»Tante Laurenze! Raus mit der Sprache!«

Sörens Tante strich sich über den praktischen Kurzhaarschnitt, der aussah, als könnte er auch durch einen Sturm nicht in Unordnung geraten, und über die blaue Steppjacke mit den Goldknöpfen. »Frauke ist mal wieder verschwunden. Seit gestern Abend. Sie wollte ...« Ihre Mundwinkel sanken herab, während sie mit der Stimme ihrer Tochter aufzählte: »... chillen, Party machen oder nur irgendwo abhängen.« Mit der ihr angeborenen Stimme fuhr sie fort: »Aber sie ist nicht nach Hause gekommen. Ihr Bett war heute Morgen unberührt.«

Mamma Carlotta war die Erste, die reagierte. »Noch eine Entführung?«

Erik zuckte zusammen. Da war es wieder! Selbst wenn seine Schwiegermutter sich bemühte, verschwiegen zu sein, kam ihr stets ihre Spontanität dazwischen. Wie oft hatte er seinen Schwiegervater darüber klagen hören, dass seine Frau immer erst redete und dann darüber nachdachte, ob es nicht besser sei zu schweigen!

Wütend starrte er Mamma Carlotta an, die zum Glück schnell merkte, dass ihr ein Fehler unterlaufen war. Dieses eine Wort! Dass sie rot wurde und vor Verlegenheit keine Silbe herausbrachte, machte die Sache nicht besser. Im Gegenteil! Erik sah Laurenze Kretschmer an, dass sie sich Gedanken machte, die er ihr gern erspart hätte. »Entführung?«, stotterte sie. »Um Gottes willen ...«

Zum Glück ließ sich Sören nichts anmerken. »Es ist doch nicht das erste Mal, dass Frauke über Nacht wegbleibt. Die taucht schon wieder auf.«

»Ja, es ist nur ...« Laurenze Kretschmer schaute immer wieder unsicher zu Mamma Carlotta, die sich um ihre harmloseste Miene bemühte und in den Himmel blickte, als machte sie sich

Gedanken über die Wetteraussichten und würde durch das Gespräch eher gelangweilt als angeregt.

»Sonst nimmt sie immer was mit, wenn sie über Nacht oder ein, zwei Tage wegbleibt.« Laurenze Kretschmer wandte sich nun ihrem Neffen zu. »Ihre Schminksachen, ein paar Klamotten ... aber es ist alles noch da.«

Sören tätschelte ihr beruhigend den Arm. »Vermutlich hat sie jemanden gefunden, der sie völlig neu einkleiden will und bei Douglas auf der Friedrichstraße einpacken lässt, was ihr Herz begehrt.«

»Das kann sein.« Sörens Tante schien tatsächlich ruhiger zu werden. »Aber ich dachte ... du könntest ja, wenn du Zeit hast ... nicht, dass ihr doch was passiert ist.«

»Versprochen, Tante Laurenze.« Sören lächelte sie aufmunternd an. »Ich werde mich umhören. Und sobald ich was rausbekomme, melde ich mich bei dir.«

Er wartete, bis seine Tante nicht mehr in Hörweite war, dann erklärte er, was es mit seiner Cousine auf sich hatte. »Die ist mit dreizehn schon das erste Mal über Nacht weggeblieben. Schule fand sie doof, Berufsausbildung erst recht. Nur Schickimicki im Kopf. Wenn sie einen Kerl mit Kohle findet, lässt sie alles stehen und liegen und hofft, dass er sie heiratet. Nach ein paar Tagen ist sie dann wieder da. Mit neuen Klamotten und um einige Erfahrungen reicher.«

Felix schien Frauke Kretschmer zu kennen. »Die hat mal bei uns in der Schule geputzt. Einige waren richtig scharf auf sie. Ihr Putzkittel war jedenfalls immer der kürzeste.«

Sören seufzte. »Ja, wenn sie Kohle braucht, nimmt sie eine Putzstelle an oder kellnert in irgendeiner Bar. Aber immer nur so lange, bis sich was Besseres findet.« Er sah Carolin an. »Abitur und eine gute Ausbildung, so was hat Frauke nie interessiert. Sie meint, es reicht, dass sie hübsch ist.«

Carolin brummte: »Vielleicht macht sie es richtig. Was habe ich von meinem Abi? Ich bin trotzdem arbeitslos.«

Mamma Carlotta warf sich mit Verve in das Gespräch. »Aber doch nur, weil das Hotel dichtgemacht hat. Du wirst eine andere Ausbildungsstelle finden, ganz sicher. Oder du gehst eben doch aufs Festland zum Studieren. Du hast alle Möglichkeiten. Im Gegensatz zu Frauke ...«

Als sie ins Polizeirevier zurückfuhren, fragte Erik: »Müssen wir uns Sorgen um Ihre Cousine machen?«

Aber Sören winkte ab. »Garantiert nicht. Frauke macht, was sie will, das war schon immer so. Die taucht wieder auf. Bisher ist sie nie länger als eine Woche weg gewesen.«

Carlotta Capella ging gern einkaufen. Auch in Panidomino gehörte das Einkaufen zu den angenehmen Pflichten, aber auf Sylt war es ihr eine noch größere Freude. In dem winzigen *Alimentari* von Signora Esposito kannte sie ja jeden, den sie traf. Viele waren es sowieso nicht, da außer der Ladeninhaberin höchstens fünf weitere Kunden in den Laden passten, von denen sie nichts Neues erfahren und denen sie nichts erzählen konnte, was sie nicht schon längst wussten. *Feinkost Meyer* dagegen war ein Laden, größer als die Kirche von Panidomino. Er war immer voller Kunden, wenn man mit ihnen auch nicht so leicht ins Gespräch kam wie in Carlottas Dorf mit den Fremden, die dort gelegentlich auftauchten. In einem kleinen Laden eines kleinen Dorfes war es eben viel leichter, Bekanntschaften zu knüpfen als zwischen den unzähligen Regalen, die ein immenses Angebot enthielten. Zum Glück gab es dort mittlerweile einige, die Mamma Carlotta gut kannte, auf deren Kommunikationsbereitschaft sie zählen konnte. Die Kassiererinnen freuten sich, wenn sie mal wieder auf Sylt erschien, und verabschiedeten sich von ihr, wenn sie nach Umbrien zurückkehren musste, wie von einer alten Bekannten. Auch den Geschäftsführer kannte Carlotta gut. Er hatte sich schon oft anhören müssen, dass das Gemüse auf dem Markt von Panidomino frischer war als auf Sylt, am Morgen erst geerntet, und dass sie bei dem Parmaschinken sehr anspruchsvoll war, weil ihr Onkel Schinkenprüfer in Parma gewesen war und sie sich daher gut auskannte. Dass sie mit dem Pecorino selten zufrieden war, wusste er ebenfalls, aber dass sie das riesige Angebot des Supermarktes zu schätzen wusste, bekam er zum Trost auch beinahe täglich zu hören.

Sie hinterließ auf jeder Theke von Feinkost Meyer einen Flyer, an allen Kassen und auch in der Schreibwarenabteilung, beim Fischhändler und dem Bäcker im Entree des Supermarkts. Auf dem Rückweg landete die Werbung fürs Lyrik-Festival auch noch in allen Briefkästen am Osterweg und am Süder Wung, und sie schaffte es, in Annanitas Modestübchen gleich einen ganzen Packen auf die Theke zu legen.

Zu Hause stellte sie erleichtert fest, dass der Strom wieder funktionierte und auch der Inhalt von Kühlschrank und Tiefkühler keinen nennenswerten Schaden genommen hatte. Sofort machte sie sich daran, die Pilze für den Insalata funghi zu putzen und die Peperoncini für das Spaghettigericht zu entkernen und zu würfeln. Beim Blattspinat für die Involtini alla Toscana hatte sie sich für ein Tiefkühlprodukt entschieden, was die Vorbereitungen sehr vereinfachte, und die Birnen, die sie für das Dessert in der Pfanne braten wollte, konnten ungeschält verarbeitet werden. Alles würde also sehr flott gehen, es war noch Zeit genug, die restlichen Flyer an den Mann zu bringen. Felix war, als er zum Sport aufbrach, bereit gewesen, einige mitzunehmen, um sie seinen Fußballfreunden in die Tasche zu stecken, während Carolin zum Kurhaus fahren wollte, um sicherzugehen, dass sie an dem Wettbewerb im Kursaal teilnehmen durfte. Mamma Carlotta sah ohne Weiteres ein, dass ihre Enkelin anschließend noch eine Weile am Strand sitzen und ihren Gedanken nachhängen musste, weil es natürlich anders nicht möglich war, scharfsinnige Denkprozesse in Gang zu setzen und in prächtige Wortkombinationen zu verpacken.

Sie mussten nicht unbedingt verstanden werden, hatte Carolin ihr erklärt. »Im Gegenteil! Die Interpretation soll jedem Leser überlassen bleiben.«

Leider war Carolin nicht bereit gewesen, diese klugen Gedanken in Reimform zu pressen, was Mamma Carlotta gut gefallen hätte, aber sie war ja schon froh, dass ihre Enkelin nicht mehr dösend im Bett lag oder untätig herumsaß und mit ihrem Smartphone spielte. Die Dichtkunst hätte Mamma Carlotta normalerweise niemals mit dem Begriff »Arbeit« in Verbindung gebracht, aber in diesem Falle wollte sie so tun, als ginge Carolin einer sinnvollen Beschäftigung nach, wenn sie auch nichts einbrachte. Also nahm sie alle Flyer an sich, auch die, die ihre Enkelin eigentlich verteilen sollte, und machte sich auf den Weg. Sehr beschwingt und mit dem guten Gefühl, dass es nichts ausmachte, wenn Erik erfuhr, dass sie Käptens Kajüte einen Besuch abstattete: Sie kehrte ja dort ein, weil selbstverständlich auch auf der Theke der schlechtesten Imbissstube von Wenningstedt die Flyer liegen mussten, die fürs Lyrik-Festival warben. Mamma Carlotta stellte sich darauf ein, dass sie Tove Griess, dem Wirt, erst einmal erklären musste, was Lyrik war, erst recht würde er keine Ahnung davon haben, wie moderne Lyrik aussah, dass sie nämlich nichts mehr mit den gereimten Gedichten zu tun hatte, die früher sicherlich auch Tove Griess in der Schule hatte auswendig lernen müssen. Womöglich hielt er sogar für Vertonung von Lyrik, was durch die geschlossene Tür auf die Straße schallte: »Er gehört zu mir wie mein Name an der Tür ...« Immerhin reimte es sich.

Mit wichtiger Miene riss sie die Tür der Imbissstube auf, sodass der hölzerne Kapitän, der darüber angebracht war, erzitterte und sich beinahe vom Nagel gelöst hätte, als die Tür hinter ihr ins Schloss knallte. »Buon giorno!«

Dem Wirt rutschte das Stück Friesentorte aus der Gebäckzange und fiel in die Schüssel mit den eingelegten sauren Gurken. Das versetzte ihn derart in Wut, dass jeder einen Eindruck davon erhalten konnte, warum Hauptkommissar Erik Wolf nicht wollte, dass seine Schwiegermutter in Käptens Kajüte einkehrte, und niemals akzeptieren würde, dass sie mit einem Choleriker und Grobian wie diesem Wirt Freundschaft schloss. Tove Griess verfluchte ausgiebig das italienische Temperament und bedachte Menschen, die ihn um seinen Gewinn brachten, indem sie sein Kuchenangebot gefährdeten, mit friesischen Schimpfwörtern, die Mamma Carlotta zum Glück nicht verstand. Und alle wünschte er zum Teufel, die ihn durch überraschendes Erscheinen in seiner Imbissstube aus der Fassung brachten.

»Verdammt, Signora! Müssen Sie immer einschlagen wie eine Bombe?«

Sein grobes Gesicht hatte sich rot gefärbt, als er aus der Küche zurückkehrte, wo er das Gurkenglas inklusive Gebäck entsorgt hatte. Zornig wischte er sich die Hände an dem Trockentuch ab, das er vor den Bauch gebunden und mit zwei Wäscheklammern am Hosenbund befestigt hatte. Seine Brauen wölbten sich noch weiter vor als sonst, sodass seine kleinen grauen Augen kaum zu sehen waren. Er spielte mit den Muskeln seiner Oberarme, als überlegte er sich, wie er seine Kraft zum Einsatz bringen sollte.

Aber Mamma Carlotta war schon lange nicht mehr von seiner Wut zu beeindrucken. Sie entschuldigte sich freundlich, begrüßte den Strandwärter Fietje Tiensch, der auf seinem Stammplatz vor einem Jever saß, die Bommelmütze tief in die Stirn gezogen, und bemerkte dann, dass sie den jungen Mann, der vor der Theke auf sein Stück Friesentorte wartete, schon mal gesehen hatte.

»Wie schön, Sie wiederzusehen! Sie haben bereits Feierabend?«

Frido Ferrari, der junge Kellner, den sie bei Gosch kennengelernt hatte, versuchte sie mit einem freundlichen Kopfnicken abzuspeisen, aber das gelang ihm nicht. Mamma Carlotta wollte nun endlich mehr von ihm wissen, von seiner ganzen

Familie, die in Città di Castello wohnte und vielleicht mit jemandem verwandt war, den Mamma Carlotta kannte.

Frido gab notgedrungen preis, dass er zwar in Città di Castello geboren war, aber nicht lange dort gelebt hatte. Seine Mutter hatte einen Deutschen geheiratet, der schon lange in der Toskana lebte, und war ihm nach Chiusi gefolgt. Dort war Frido aufgewachsen, zweisprachig, denn der Stiefvater hatte nur Deutsch mit ihm gesprochen. »Das war gut! So kann ich in Deutschland arbeiten. Mamma wollte unbedingt, dass ich mir auf Sylt eine Stelle suche.«

»Weil Sie hier einen Freund haben?« Carlotta sah lange in Frido Ferraris fragendes Gesicht. »Ich meine Herrn Kessler. Der mit demselben Vornamen wie Goethe.«

Nun verstand Frido. »Johann W.? Eigentlich heißt er Johannes Walter.« Er lachte gutmütig. »Der ist doch nicht von hier. Jo ist nur wegen des Festivals nach Sylt gekommen. Ich kenne ihn aus Köln. Da habe ich gearbeitet, bevor ich die Stelle bei Gosch bekam. Jo war damals Verkäufer in einem Ein-Euro-Shop, da habe ich gelegentlich eingekauft. Jetzt ist er ja ... Literat. Oder vielmehr ... er wäre es gern.«

Frido Ferrari war dankbar, als Tove ihm die Friesentorte über die Theke reichte, und blockte Mamma Carlottas weitere Fragen ab. Er ließ sich an einem Tisch nieder, weit von der Theke entfernt, und Carlotta war enttäuscht, weil sie viel zu wenig erfahren hatte.

Fietje Tiensch löste den Blick vom Grund seines Bierglases, schob die Bommelmütze, die er ständig trug, zurück. Erst jetzt sah er Toves Gast an. »Heißen Sie wirklich Frido? Oder ist das nur ein Kosename?«

Aber Frido merkte nicht, dass die Frage ihm gegolten hatte, zog sein Smartphone hervor und beschäftigte sich mit seinen WhatsApp-Nachrichten.

Fietje bestand nicht auf einer Antwort. Dass er einen fremden Menschen ansprach, an einem Unbekannten Interesse gezeigt hatte und sogar eine Frage an ihn richtete, war ohnehin eine kleine Sensation. Er schien ganz froh zu sein, dass Frido Ferrari nicht darauf eingegangen war und sich am Ende noch ein Gespräch entwickelt hätte, das er gar nicht wollte.

Dennoch schien er sich nur schwer vom Anblick des jungen Mannes zu lösen und drehte sich so, dass er auch Mamma Carlotta ansehen musste. »Sie sind heute mal in amtlicher Mission da?« Er zeigte auf den Stapel Flyer, den sie noch immer in der Hand hielt.

Nun fiel ihr ein, dass sie nicht nur wegen Cappuccino, Espresso oder Vino rosso gekommen war, sondern weil sie eine Aufgabe zu erledigen hatte. Trotzdem musste sie natürlich erst mal erzählen, dass ihr Flugzeug auf der Hinreise verspätet in Rom gestartet und dann von einigen Turbulenzen durchgeschüttelt worden war, sie musste das umbrische Wetter mit dem Nordseeklima vergleichen und aufzählen, wie viele Kinder zwischenzeitlich in der Sippe der Capellas zur Welt gekommen waren. Da sogar Zwillinge darunter waren, dauerte die Schilderung etwas länger. Dann erst bestellte sie ihren Cappuccino und kam auf Carolins Arbeitslosigkeit zu sprechen, von der Tove Griess und Fietje Tiensch natürlich längst wussten. Sie hatten ja hautnah mitbekommen, dass das Frangiflutti im Sommer geschlossen werden musste. »Nur wenige Wochen nachdem Carolina ihre Ausbildung zur Hotelkauffrau begonnen hatte! Molto tragico!«

Damit war sie endlich bei den Flyern angekommen. Sie knallte den Stapel auf die Theke, sodass dem Usambaraveilchen, das dort stand, eine Blüte vom Plastikstängel fiel.

»Schon wieder das Lyrik-Festival?«, knurrte Tove. »Steht Käptens Kajüte wenigstens drin? Kostenlose Werbung kann ich gebrauchen.« Er nahm einen Flyer und begann, ihn durchzublättern.

»Käptens Kajüte?« Carlotta sah ihn ungläubig an. »Was hat dieser ... Tavola calda mit dem Lyrik-Festival zu tun?«

»Lesungen an ungewöhnlichen Orten!« Tove zeigte auf eine Stelle in der Mitte des aufgeklappten Flyers. »Hier!«

»Ungewöhnlicher geht's ja kaum«, murmelte Fietje. »Hoffentlich hat der Lyriker keine Fettallergie.« Er setzte dem Usambaraveilchen die Blüte wieder auf und wischte sich die Hände an seiner Hose ab.

Tove Griess ließ diese Bemerkung an sich abprallen: »Johann W. Kessler wird hier lesen. Der soll schon Gedichte im Schäfer-Verlag veröffentlicht haben.«

»Und du meinst«, fragte Fietje, »deine Gäste werden in Scharen kommen und viel Currywurst essen, während sie Gedichte vorgelesen bekommen?«

Tove kam nicht dazu, diese Frage zu beantworten, denn die Tür öffnete sich, und es wehte etwas herein, was von einem großen Schöpfergeist herrühren musste, der jederzeit versuchte, für den Sinn des Lebens die schönsten Worte zu finden. So jedenfalls kam es Mamma Carlotta vor, als Johann W. Kessler in der Imbissstube erschien. Er sah sich um, als könnte er für das, was er sah, eventuell doch keine Worte finden.

Mamma Carlotta war entzückt, dass sie schon wieder einen ihrer neuen Bekannten traf. »Sind Sie bereits fertig? Sie wollten doch mit Frau Schäfers Wagen über die ganze Insel ...«

Kessler unterbrach sie. »Hier soll ich Gedichte vortragen?« Sein Blick wanderte zu Tove, dem ein barsches Wort auf den Lippen lag, zu Fietje, der wieder seine Bommelmütze tief in die Stirn zog, und dann zu Frido, der ihn heranwinkte. »Willst du auch ein Stück Friesentorte, Jo?«

Der Lyriker legte den Handrücken an die Stirn, schloss die Augen und ließ, wie er kurz darauf erklärte, die Stimmung auf sich wirken. Mit welchem Erfolg, das teilte er den verblüfften Augenzeugen seiner Konzentrationsübung nicht mit. Er ging zu Frido, setzte sich ihm gegenüber und bekam so zum Glück nicht mit, dass der Wirt die rechte Handfläche vor dem Gesicht hin und her bewegte. »Woher kennen Sie den?«, fragte er flüsternd.

Mamma Carlotta war froh, dass er keine Antwort erwartete. Wie sollte man über jemanden reden, der sich in Hörweite aufhielt? Und wie sollte sie über Johann W. Kessler sprechen, ohne Gefahr zu laufen, auch über Antonia Schäfer das eine oder andere Wort zu verlieren und womöglich mit einer unbedachten Bemerkung zu verraten, dass deren Tochter entführt worden war? Nein, sie musste sich vorsehen. Am besten, sie redete so wenig wie möglich über das Lyrik-Festival und über die Verlegerin, dann würde ihr kein Sterbenswörtchen herausrutschen, mit dem sie Lale Claussen in Gefahr brachte. Sie warf einen Blick zu Jo Kessler und Frido Ferrari, die die Köpfe zusammensteckten und tuschelten.

»Che bello, wenn zwei alte Freunde sich wiedersehen. Memorie!« Sie verdrehte genüsslich die Augen. »Es gibt nichts Schöneres als Erinnerungen.«

Sören saß am Steuer, Erik versuchte ein letztes Mal, die Staatsanwältin zu erreichen. »Verdammt! Warum geht die nicht ans Telefon?«

»Weil sie keinen Dienst hat? Weil sie Urlaub macht? Weil sie in einer Besprechung sitzt? In einem Prozess?«

Erik sah ein, dass es viele Möglichkeiten gab, warum Frau Dr. Speck nicht erreichbar war, obwohl er daran gewöhnt war, dass sie schon nach dem ersten Klingeln den Hörer ans Ohr riss und ihren Namen in die Muschel schleuderte. »Vielleicht ist sie krank? Dann müsste ich herausfinden, wer sie vertritt.«

»Warum rufen Sie nicht in der Geschäftsstelle des Gerichts an?«

Aber Erik steckte schon das Handy weg, ehe er den Versuch machte, dieser Sache nachzugehen. »Das hat Zeit.« Er seufzte, lehnte sich zurück und schloss die Augen. »Wir können ja sowieso nichts machen. Die Bereitschaftspolizei durchkämmt unauffällig die Insel, uns beiden sind die Hände gebunden.

Oberste Priorität hat es, den Entführer in Sicherheit zu wiegen. Er darf nicht erfahren, dass Claussen uns verständigt hat.«

Sören nickte. »Das Mädchen wäre in akuter Gefahr.«

Erik seufzte schon wieder. »Hoffentlich hält meine Schwiegermutter den Mund.«

Sören, der niemals etwas auf Mamma Carlotta kommen ließ, war sich ganz sicher. »Die Signora weiß, wann es darauf ankommt.« Eine Frau, die täglich für ihn kochte, die seine Leibgerichte kannte und die extra für ihn Feigenmarmelade aus Umbrien mitbrachte, war für ihn über jeden Zweifel erhaben.

Gleich bei ihrem ersten Besuch auf Sylt hatte sie ihn zum Frühstück eingeladen und von da an darauf bestanden, dass er jede Mahlzeit im Hause Wolf einnahm, wenn sie in der Küche stand. Mittlerweile zierte Sören sich nicht mehr, was er anfänglich der Form halber gelegentlich getan hatte, sondern erschien zum Frühstück genauso selbstverständlich wie zum Mittag- und Abendessen.

Erik kam aus dem Seufzen gar nicht wieder heraus. »Wer wohl diese Juristin ist, die Frau Schäfer alarmiert hat?«

»Es kann nicht falsch sein, dass sie sich von einer Fachfrau unterstützen lässt. Eine Juristin weiß, auf was zu achten ist. Sie wird verhindern, dass die Mutter Fehler macht.«

»Juristen sind besserwisserisch«, gab Erik mürrisch zurück. »Weibliche Juristen erst recht.«

Sören lachte. »Wenn das Alice Schwarzer gehört hätte!«

Sie fuhren in den Süder Wung und überholten eine junge Frau, die geistesabwesend die Straße entlangging. Carolin war derart in Gedanken, dass sie ihren Vater erst zur Kenntnis nahm, als er ausstieg und sie anrief: »He, Caro!«

Carolin starrte ihren Vater an, als hätte sie ihn seit Jahren nicht gesehen. »Was machst du hier?«

Erik wies zur Haustür. »Ich wohne hier.«

»Ach so, ja.« Carolin schüttelte den Kopf, als müsste darin einiges zurechtgerüttelt werden. »Ich habe gerade nach Metaphern gesucht. Nach Bildern für Verzweiflung, Hoffnung, Trauer … das ist gar nicht so einfach. Die Nonna will sogar, dass sich alles reimt.«

Nun verstand Erik. »Du willst ein neues Gedicht schreiben?«

»Etwas ganz Großes! Etwas Aufrüttelndes!«

Erik legte seiner Tochter den Arm um die Schultern, während er mit ihr zur Haustür ging. Es sah so aus, als wollte er sie schon jetzt trösten, falls ihr das Große, Aufrüttelnde nicht gelingen sollte. Sören hielt vorsichtshalber Abstand zu der dichtenden Tochter seines Chefs, weil er vermutlich Angst hatte, in den lyrischen Prozess hineingezogen zu werden, was ihn hoffnungslos überfordert hätte.

»Hast du schon mal was von Nonsenspoesie gehört, Papa?«

Erik hätte beinahe gelacht. »Nonsens und Poesie? Das passt nicht zusammen.«

»Doch! Das gibt's! Da werden absichtlich grammatikalisch falsche Formulierungen benutzt. Oder Wörter aus der Umgangssprache. Oder paradoxe Verknüpfungen.«

»Und wozu soll das gut sein?«

»Damit lässt sich Liebeslyrik anders verstehen. Durch die Ironisierung kann man sie ganz neu interpretieren.«

Erik schob seine Tochter zur Haustür und steckte mit der Rechten den Schlüssel ins Schloss, bevor er Carolin mit der Linken ins Haus drängte. »Nonsenspoesie! Was für ein Blödsinn! Das ist ein Widerspruch in sich. Nonsens eben! Und über so was denkst du nach?«

»Wenn man es ernst meint mit der Lyrik, muss man sich mit all ihren Formen auseinandersetzen, sagt Johann W. Kessler.«

»Hör auf deine Nonna«, sagte Erik ärgerlich, »und versuch es mit guten Reimen.«

Er wusste, dass dieser Einwurf ein pädagogischer Missgriff war, brachte es aber nicht fertig, Carolins Ernst mit angemessener Bedachtsamkeit zu begegnen. Am liebsten hätte er noch ergänzt, sie solle sich, statt sich mit Nonsenspoesie zu befassen, lieber nach einer neuen Ausbildungsstelle umsehen oder nach einer Möglichkeit, ihre Chancen durch zusätzliche Qualifikationen zu verbessern. Aber das konnte er sich im letzten Moment verbeißen. Seine Schwiegermutter hatte ja recht. Alles war besser als Carolins Untätigkeit. Selbst die Beschäftigung mit Nonsenspoesie.

Er wollte gerade etwas Besänftigendes anfügen, noch ehe Carolin ihn einen engherzigen Vater nannte, provinziell und reaktionär, der von den aktuellen Strömungen der Zeit nichts wusste und von Kunst sowieso keine Ahnung hatte – da wurde die Küchentür aufgerissen. Seine Schwiegermutter hatte trotz intensiver Vorbereitungen aufs Abendessen mitbekommen, dass von ihr die Rede war. »Sì, sì! Ein Gedicht mit schönen Reimen! Das ist etwas Wunderbares!«

Carolin sah aus, als hätte sie nun auch gern etwas von dem italienischen Temperament ihrer mütterlichen Vorfahren abbekommen, die schon zu Entgegnungen in der Lage waren, bevor ein Anwurf zu Ende formuliert war. Aber sie zählte zu den Friesen, zu deren Wesensform auf keinen Fall Schlagfertigkeit gehörte. So war sie schon von ihrer Großmutter in die Küche gezogen worden, ehe sie protestieren konnte, musste sich anhören, dass Pasta sich auf basta reimte, woraufhin Mamma Carlotta bereits der Sprung von einem Thema zum anderen gelungen war und sie so lange von den Involtini alla Toscana redete, bis niemand mehr wusste, wie es zu diesem sprachlichen Übergang gekommen war. Selbst Carolin nicht. Sie, die nur ein paarmal den Mund geöffnet und ein einziges Mal »Also, ich finde ...« herausgebracht hatte, ließ sich auf einen Stuhl drücken, das Rezept von dem Insalata funghi erklären und fand sich damit ab, dass Felix, als er die Küche betrat, wesentlich mehr Aufmerksamkeit erhielt. Denn er hatte zu den vielen Ohrringen und -steckern, die seiner Großmutter ein Dorn im Auge waren, einen Nasenring hinzugefügt.

»Dio mio!« Mamma Carlotta schlug die Hände über dem

Kopf zusammen. »Damit werden bei uns die Stiere auf die Weide oder ins Schlachthaus geführt.«

Erik fühlte den unangenehmen Druck, der seinem väterlichen Gewissen zusetzte, weil er wusste, dass nun eine Reaktion von ihm erwartet wurde. Und er atmete auf, als die Türglocke die *Marseillaise* intonierte und er somit davon befreit war.

Felix war sichtlich enttäuscht, dass seine Reaktion ausblieb, Carolin rang mit offenem Mund nach Worten, mit denen sie ihren Bruder verhöhnen konnte, Sören schien der Frage nachzuspüren, ob Familienplanung für ihn das Richtige war, und Erik fiel erst ein, dass er die Tür öffnen sollte, als seine Schwiegermutter schon in der Diele stand. Ihr exaltierter Ruf »Che gioia! Was für eine Freude!« erzeugte in ihm das Gegenteil. Ihm schwante Böses.

Und da kam es auch schon. »Carlotta!«

»Tilla!«

Erik hörte gehauchte Küsse, Kleidergeraschel, Garderobenbügelgeklapper, hastig hervorgestoßene Höflichkeiten sowohl auf Deutsch als auch auf Italienisch, überspanntes Gelächter und schließlich den Fußtritt, mit dem seine Schwiegermutter eine Tür zu öffnen pflegte, die nicht fest im Schloss saß.

»Enrico! Du glaubst es nicht ...!«

Mamma Carlotta kannte das Gefühl. Wenn Dinos Cousine Claudia zu Besuch kam, war es genauso. Sie war Friseurin und spielte gern Gitarre, was beides nicht schlimm gewesen wäre, wenn sie nicht ständig die Effilierschere bei sich getragen hätte und jedes Mal mit umgehängter Gitarre erschienen wäre. Auch das wäre verzeihlich gewesen, wenn sie darauf verzichtet hätte, dass beides bei jedem Besuch zum Einsatz kam. Nach dem Kaffee trugen sämtliche Familienangehörige einen Haarschnitt, mit dem sie unglücklich waren, und mussten sich anschließend noch »Tears in Heaven« und »You're going to San Francisco« anhören, was ebenfalls niemandem gefiel. Das lag vor allem daran, dass Claudia beides nicht besonders professionell handhabte, weder die Friseurschere noch die Gitarre. So sorgte ihr Erscheinen nie für Freude, höchstens bei besonders sparsamen Müttern, die froh über den kostenlosen Haarschnitt waren. Mamma Carlotta war die Einzige, die Claudia dennoch immer gastfreundlich empfing und sie nicht merken ließ, dass alle anderen sich Mützen überstülpten und nach Ohrstöpseln suchten.

So war es auch jetzt. Dass der Besuch der Staatsanwältin keine Freude hervorrufen würde, wusste sie genau, aber dass Erik und Sören gute Miene zum bösen Spiel machen mussten, war ebenso klar. Es war schon peinlich genug gewesen, als Erik im vergangenen Sommer keinen Hehl daraus machte, wie wenig es ihm gefiel, dass Frau Dr. Speck seiner Schwiegermutter das Du angeboten hatte. Jedes Mal, wenn sie den Vornamen der Staatsanwältin aussprach, hatte Erik das Gesicht verzogen, als hätte er in eine Zitrone gebissen, und Sören hatte so ungläubig dreingeschaut, als könne er nicht fassen, dass die Staatsanwältin eine Frau mit einem Privatleben war.

Um eventuelle Unhöflichkeiten gar nicht erst aufkommen zu lassen, jubelte Carlotta schon, bevor sie die Staatsanwältin in die Küche führte: »Che sorpresa! Enrico wird entzückt sein!« Nach diesen Worten würde Erik doch wohl begriffen haben, dass er sich zu freuen hatte.

Ja, er hatte es begriffen, seine Freude fiel aber dennoch verhalten aus. Er erhob sich mit der ihm eigenen Schwerfälligkeit, reichte der Staatsanwältin höflich, aber ohne besondere Freundlichkeit die Hand und erlaubte sich sogar die Frage, was um Himmels willen sie auf Sylt zu suchen habe.

Frau Dr. Speck lächelte zu Carlottas Erleichterung trotzdem. »Schon komisch, dass ich nicht von Ihnen, sondern durch eine alte Schulfreundin von der Entführung erfahren habe.«

Erik brauchte für die Verarbeitung dieser Aussage so lange, dass seine Schwiegermutter in der Zwischenzeit ein neues Gedeck aufgelegt und die Staatsanwältin über den Menüverlauf informiert hatte. Während sie ihr den Insalata funghi aufgab und erklärte, wie sie die Steinpilze verarbeitet hatte, hatte sie Erik genug Zeit gegeben, dass ihm endlich der Sinn ihrer Worte aufging. »Sie sind die Freundin von Antonia Schäfer?« Das brachte er so langsam hervor, dass die Kinder die Zeit nutzen konnten, sich zu verdrücken. Sie verzichteten garantiert ungern aufs Essen, wussten aber, wie unbeliebt die Staatsanwältin bei ihrem Vater war, und zogen wohl einen Döner in friedlicher Umgebung einem Vier-Gänge-Menü auf einem Vulkan vor.

Die Staatsanwältin ließ sich Zeit mit einer Antwort. Erst einmal lobte sie den Pilzsalat, angeblich hatte sie kein Problem mit dem Knoblauch, der den Spaghetti aglio, olio, acciughe e peperoncino beigefügt werden musste, konnte sich nichts Besseres vorstellen als Involtini alla Toscana und war entschlossen, die Pere in tegame herunterzubekommen, auch wenn sie danach platzen würde. »Birnen aus der Pfanne! So was habe ich noch nie gegessen.« Dann kraulte sie Kükeltje den Kopf, die schnurrend um ihre Beine strich, danach erst wandte sie sich Erik zu.

Mamma Carlotta fragte sich, ob er trotz seiner Abneigung merkte, wie gut die Staatsanwältin aussah. Sie war klein und drall, man sah ihr an, dass sie es nicht leicht hatte, ihre Figur zu halten. Aber sie schaffte es dennoch, schlank zu wirken. Das lag wohl an ihrer knapp sitzenden Kleidung, an den High Heels, an der Betonung ihrer Vorzüge. Dazu gehörte eindeutig ein sehr attraktives Dekolleté. Dass sie von den Knöpfen ihrer Bluse nur die wirklich wichtigen geschlossen hatte, schien Erik jedoch nicht aufzufallen. Lediglich Sören warf einen Blick auf ihren Ausschnitt und schien auch den sehr kurzen Rock zur Kenntnis zu nehmen. Erik dagegen sah der Staatsanwältin so gleichmütig in die sorgfältig bemalten Augen, dass Mamma Carlotta ihn am liebsten geschüttelt und ihn auf das kunstvolle Make-up und die aufwendige Frisur hingewiesen hätte.

»Ich bin mit Antonia zusammen zur Schule gegangen. Jahrelang haben wir uns nicht gesehen, aber zufällig sind wir uns vor ein paar Wochen in Flensburg über den Weg gelaufen.«

Madonna! Merkte Erik denn nicht, wie die Staatsanwältin sich vorbeugte und ihm ihren Ausschnitt präsentierte? Nein, er blickte nach wie vor gleichmütig über ihre körperlichen Vorzüge hinweg. Mamma Carlotta verstand ihn nicht.

»Ich habe Urlaub, Wolf. Deswegen konnten Sie mich nicht erreichen.«

»Urlaub? Und was machen Sie dann hier?«

Mamma Carlotta begann zu schwitzen. Was für eine Unhöflichkeit! Wie konnte Erik nur so schroff sein!

»Ich bin privat auf Sylt.« Zum Glück lächelte die Staatsanwältin immer noch. »Erstens, weil ich mich freue, Carlotta wiederzusehen, und zweitens, weil Antonia mich gebeten hat zu kommen.«

»Urlaub?«, staunte nun auch Sören.

Tilla Speck nahm ihn nicht zur Kenntnis. »Ich habe schon mit Antonia gesprochen. Wir haben verabredet, dass ich so tun werde, als ginge ich ihr bei der Vorbereitung des Lyrik-Festivals zur Hand. Eine Freundin, die im Urlaub nichts Besseres zu tun hat. Wenn niemand erfährt, dass ich Staatsanwältin bin, ist das sehr unauffällig. Ich kann mit Ihnen zusammen ermitteln, Wolf, ohne dass es jemand merkt. Sie dürfen sich ja nicht blicken lassen, damit der Entführer keinen Verdacht schöpft. Aber ich kann Augen und Ohren offen halten, ohne Aufmerksamkeit zu erregen.«

»Das ist ja wunderbar!«, jubelte Mamma Carlotta und hoffte, dass sie damit für ihren Schwiegersohn ein Vorbild war.

Aber leider stimmte Erik nicht in ihre Freude ein, eher im Gegenteil. Noch immer machte er keinen Hehl daraus, dass ihm die Anwesenheit der Staatsanwältin überhaupt nicht gefiel.

»Hast du schon ein Zimmer gebucht, Tilla?« Mamma Carlotta war entschlossen, die Karriere ihres Schwiegersohns zu fördern, indem sie der Staatsanwältin das Gästezimmer anbot.

»Ich habe im Hotel Windrose eingecheckt. Das liegt günstig, direkt gegenüber vom Haus am Kliff.«

Mamma Carlotta ließ den wütenden Blick ihres Schwiegersohns an sich abprallen. Warum war er verärgert? Ihr höfliches Angebot war zurückgewiesen worden, er konnte doch zufrieden sein.

Während die Staatsanwältin über alles informiert wurde, was Erik bisher herausgefunden hatte, widmete Carlotta sich dem Primo, damit ihre Anwesenheit vergessen werden konnte. Dieser Entführungsfall musste sehr diskret behandelt werden! Je weniger sie sich einmischte, desto mehr würde sie erfahren.

»Das Mädchen scheint im goldenen Käfig aufgewachsen zu sein«, begann Erik. »Meine Mitarbeiter haben recherchiert ...«

»Ich weiß!« Die Staatsanwältin unterband alle weiteren Erklärungen. »Lale ist ganz niedlich, aber ziemlich naiv. Eine Enttäuschung für ihren Vater! Sie freundet sich lieber mit irgendwelchen Underdogs an statt mit ihresgleichen.«

Underdogs? Mamma Carlotta hörte auf, die Pfefferschote und die Sardellenfilets zu zerkleinern, die sie mit dem Knoblauch anbraten wollte. Was war denn das für ein Wort? Sie kannten nur Hotdogs. Ob das damit etwas zu tun hatte? Beinahe hätte sie gefragt, aber zum Glück fiel ihr noch rechtzeitig ein, dass sie sich still verhalten wollte.

»Lale ist leicht zu beeinflussen.«

Mamma Carlotta kam nicht umhin, die Staatsanwältin zu bewundern. Wieder einmal war es ihr gelungen, viel schneller und viel mehr herauszubekommen als Erik. Und das, obwohl sie Urlaub hatte! »Theo hat es sogar geschafft, sie der Mutter zu entfremden. Seit Jahren lehnt Lale jeden Kontakt zu Antonia ab. Deswegen hat sie sich entschlossen, ihr Lyrik-Festival in diesem Jahr auf Sylt zu veranstalten. Sie wollte die Gelegenheit nutzen, Kontakt mit Lale aufzunehmen.«

»Das Mädchen hat einen Freund«, berichtete Erik, »der dem Vater nicht genehm war. Wissen Sie etwas darüber?«

Mamma Carlotta war froh, dass ihr Schwiegersohn der Staatsanwältin endlich mal etwas voraushatte. Denn Tilla Speck schüttelte den Kopf. »Sie meinen, der könnte etwas mit der Entführung zu tun haben?« Sie ließ Erik nicht zum Antworten kommen. »Klar, der kennt sich wahrscheinlich in der Villa aus. Lale, das Dummchen, hat ihm vielleicht sogar den Code der Alarmanlage verraten.«

»Wir werden den Namen bald haben«, behauptete Erik und berichtete von den Aussagen der Haushälterin. »Das klingt alles etwas merkwürdig.«

Tilla Speck zog die Mundwinkel herab. »Erst war die Tür zwischen Garten und Wellnessbereich offen, dann wieder geschlossen? Und mit der Tür zu Lales Zimmer hat es sich auch so verhalten? Und ihr Laptop war erst da und dann weg?« Sie warf einen Blick zum Herd und schnupperte. »Das riecht köstlich, Carlotta.« Dann ergänzte sie: »Ich glaube, diese Aussagen sollten Sie nicht so wichtig nehmen, Wolf. Sie kennen das doch ... Frauen dieses Schlages spielen sich gerne auf. Und sie war in Aufregung, das darf man nicht vergessen. Sie hat vielleicht im ersten Augenblick etwas anders wahrgenommen als später, nachdem sie sich beruhigt hatte.«

Das hielt Erik für möglich, und auch Sören nickte schließlich. Endlich nahm ihn die Staatsanwältin auch zur Kenntnis, als er berichtete, dass die Bereitschaftspolizei bereits die Insel durchkämmte, um nach Lale zu suchen. »Natürlich ganz unauffällig.«

»Sie glauben«, fragte die Staatsanwältin, »Lale ist noch auf der Insel?«

»Vieles spricht dafür«, meinte Erik. »Ein Entführungsopfer aufs Festland zu bringen ist nicht einfach. Nachts geht kein Autozug und auch kein Schiff. Dem Entführer müsste klar sein, dass morgens, wenn der erste Zug geht, die Entführung schon bekannt sein kann. Und selbst wenn er davon ausgeht, dass der Vater die Polizei außen vor lässt, wird er das Risiko nicht eingehen. Er muss mit einer Durchsuchung der Fahrzeuge rechnen, die in der Frühe aufs Festland fahren.«

Wieder nickte die Staatsanwältin, und Mamma Carlotta fragte sich, wann Erik endlich auffallen würde, wie friedfertig sie war. Er schimpfte ja immer darüber, dass sie stets so kurz angebunden war, dass sie ungeduldig wurde, wenn er ihr in seiner bedächtigen Art etwas erklärte, dass sie nicht ihren Namen nannte, wenn sie ihn anrief, und den Hörer auflegte, ohne sich zu verabschieden. Aber er wusste ja auch nicht, dass seine Schwiegermutter im vergangenen Sommer ein Gespräch belauschen konnte, das ihr schwer zu denken gegeben hatte ...

Erik war dankbar, als das Handy der Staatsanwältin klingelte und sie damit aus dem Mittelpunkt des Geschehens genommen wurde. Er konnte sich, während sie telefonierte, per Blickkontakt mit Sören gefahrlos darüber verständigen, wie lästig ihre Anwesenheit war. Das tat ihm gut, wenn es auch nichts änderte. Aber er war froh, dass es jemanden gab, der nicht in die Kerbe seiner Schwiegermutter schlug, die ja noch nie verstanden hatte, dass Erik die Dottoressa – jetzt Tilla, ihre Duzfreundin – nicht leiden konnte. Nun, ein wenig besänftigte es ihn, dass die Staatsanwältin mit ihrem derzeitigen Gesprächspartner genauso umsprang wie mit ihm. Auch hier schoss sie ihre Sätze ab, hielt sich nicht mit freundlichen Worten auf und beendete das Telefonat ohne Gruß. Bisher war er der Meinung gewesen, so würde nur Kriminalhauptkommissar Erik Wolf behandelt, der ihr von jeher ein Dorn im Auge gewesen war und auch als Schwiegersohn von Carlotta Capella nichts Besseres verdient hatte.

»Alles klar!« Die Staatsanwältin legte das Handy zur Seite. »Er hat sich bei Antonia gemeldet.«

»Sie haben gerade mit Frau Schäfer gesprochen?«, fragte Erik erstaunt. Nicht einmal einer Freundin gönnte die Staatsanwältin ein paar Abschiedsworte?

»Der Entführer hat eine SMS geschickt. Er will eine Million.«

Erik erschrak. »Kann Claussen die lockermachen?«

»Antonia hat gesagt, es könnte schwierig werden. Lampen-Claussen steht nicht mehr so gut da, wie der Entführer vielleicht meint. Theo hat einige Verluste hinnehmen müssen. Er hat auf ein neues Lampendesign gesetzt, das sich schlecht verkauft, hat nicht an neue Techniken geglaubt, die nun von seinen Mitbewerbern vermarktet werden. Sein größter Konkurrent hat Patente gekauft, die Theo zurückgewiesen hatte. Mehrere unternehmerische Fehlleistungen in einem einzigen Jahr. Das steckt keine Firma so einfach weg.«

Mamma Carlotta trug die Spaghetti aglio, olio, acciughe e peperoncino auf, und Erik ging nur kurz der Gedanke durch den Kopf, dass seine Schwiegermutter hier quasi einer Dienstbesprechung beiwohnte, die weiß Gott nicht für ihre Ohren bestimmt war. Nur gut, dass wenigstens die Kinder nicht mit am Tisch saßen!

»Aber er wird zahlen?«

»Notfalls.« Diese Antwort kann gedehnt und zögerlich.

Sören hob den Blick von den dampfenden Spaghetti. »Frau Schäfer soll mit dem Entführer verhandeln?«

»Theo hofft wohl, dass die Polizei seine Tochter befreit, bevor die Million gezahlt worden ist.«

Erik spürte, wie die Sorge über seinen Rücken kroch. »Er könnte das Leben seiner Tochter gefährden!«

Frau Dr. Speck grinste ihn an, als ginge es ihr um Kumpanei. »Dafür sind wir ja da, Wolf. Das müssen wir eben verhindern.«

Darauf wollte Erik nicht gern antworten. Um Zeit zu gewinnen, wickelte er seine Spaghetti besonders sorgfältig auf, ehe er die Gabel in den Mund schob, und war seiner Schwiegermutter ausnahmsweise dankbar, dass sie Tilla Speck mit dem Rezept für die Involtini unterhielt, die bereits dem Ende der Schmorzeit entgegensahen. Erst als Carlotta bei der Zubereitung der Soße angekommen war, unterbrach er sie.

»Wie stellt Claussen sich das vor?«

Die Staatsanwältin wusste sofort, was er meinte. »Er wird die Million irgendwie auftreiben, keine Sorge.«

»Puh!« Erik stieß die Luft aus. »An die Geldübergabe möchte ich gar nicht denken. Das ist immer eine heikle Angelegenheit!«

Die Staatsanwältin winkte ab. »An erster Stelle steht natürlich die Sicherheit des Opfers. Aber die Geldübergabe ist nun mal die beste Gelegenheit, uns den Kerl zu schnappen.«

Erik sah sie an, als hätte sie gerade behauptet, die Sicherheit von Lale Claussen wäre ihr total egal. »Wissen Sie, wie gefährlich das für das Mädchen ist?«

Ehe Erik antworten konnte, hatte Mamma Carlotta den Unfrieden, der sich in der Küche zusammenbraute, schon gerochen und bewies, dass sie eine Spezialistin im Wiederherstellen von Einigkeit und Harmonie war. In solchen Fällen, das wusste Erik, wechselte sie gern das Thema, was häufig zwar für noch mehr Unfrieden sorgte, aber in diesem Fall genau richtig war. Wenn es ihn auch zusätzlich ärgerte, dass sie damit Erfolg hatte.

»Haben Sie schon etwas von Ihrer Cousine gehört?«, wandte sie sich an Sören und ergänzte in Richtung der Staatsanwältin: »Die Tante von Herrn Kretschmer macht sich große Sorgen um ihre Tochter. Sie ist ebenfalls verschwunden.«

Die Staatsanwältin war alarmiert. »Auch entführt? Warum erfahre ich das erst jetzt?«

Sören und Erik winkten ab. Und nachdem Sören erzählt hatte, dass seine Cousine ein flatterhaftes Mädchen sei, das gern für ein paar Tage verschwand, aber garantiert noch vor Ende der Woche wieder auftauchen würde, gab die Staatsanwältin nach.

»Na, gut. Sie müssen es wissen. Die Nachfrage der Mutter war also informell? Keine offizielle Vermisstenmeldung?«

Wieder wehrten Erik und Sören gemeinsam ab, und sogar

Mamma Carlotta beteiligte sich daran, obwohl sie keine Ahnung von Frauke Kretschmer und ihrem Lebenswandel hatte.

Gerade als die Involtini aufgetragen wurden, rief Vetterich, der Chef der Kriminaltechnischen Untersuchungsstelle, an. »Die Schnarchnase?« Die Staatsanwältin nannte ihn so, weil sie die stoische Ruhe des Spurenfahnders angeblich in den Wahnsinn trieb. In diesem Fall hatte er aber ziemlich flott gearbeitet. Der Schlüssel, der unter dem Stein vor der Tür des Wellnessbereichs gefunden worden war, hatte seine erkennungsdienstliche Untersuchung bereits hinter sich. Dass die gefundenen Fingerabdrücke sie nicht weiterbrachten, konnte nicht Kommissar Vetterich angelastet werden. »Lale Claussen hat den Schlüssel nicht als Letzte in der Hand gehabt, so viel steht fest. Ihre Abdrücke konnten wir separieren, sie finden sich ja überall im Haus, vor allem in ihrem Zimmer. Auf dem Schlüssel sind Abdrücke, die sich ansonsten im Haus nicht gefunden haben. Also vermutlich die des Entführers. Wir werden im Wellnessbereich, wo er die junge Frau überwältigt hat, noch mal genauer nachsehen. Kann aber sein, dass er da schon Handschuhe trug.« Er bestätigte, dass das Handy des Entführers, wie zu erwarten, nicht erkannt worden war, weil er ein Gerät mit einer Prepaidkarte benutzt hatte. Aber immerhin konnte er sagen, dass die SMS auf Sylt abgesandt worden war. »Der Entführer hält sich also auf der Insel auf.«

»Und mit großer Wahrscheinlichkeit auch Lale«, ergänzte die Staatsanwältin. »Hmmm, Carlotta! Die Involtini sind köstlich.«

Tilla Speck hatte nach dem Abendessen das Haus verlassen, um in ihr Hotel zu gehen, zu Carlottas Ärger ohne männlichen Begleitschutz. Sie hatte Erik durch viele Gesten hinter dem Rücken der Staatsanwältin gezeigt, was sie von ihm erwartete, aber Erik hatte es nicht verstehen wollen. Später hatte er geknurrt, dass er nicht für die Sicherheit der Staatsanwältin zuständig sei. Es war ihm kein bisschen daran gelegen, als höflicher Ermittler, erst recht nicht als besorgter Freund zu gelten, und die Rolle des Kavaliers wollte er unter gar keinen Umständen spielen. Sören hatte sich dieser Debatte schleunigst entzogen und saß schon auf seinem Rennrad, als die Diskussion um die Sicherheit der Staatsanwältin Fahrt aufnahm. Erik hatte sich schließlich ins Wohnzimmer vor den Fernseher geflüchtet, und Mamma Carlotta hatte erneut an das Gespräch gedacht, das sie im Sommer, als sie Tilla Speck nach Italien begleitete, belauscht hatte. Wenn sie alles richtig interpretiert hatte, was allerdings nicht sicher war, musste die arme Tilla jetzt traurig und enttäuscht sein, wenn sie auch, als sie mit schnellen, energischen Schritten den Süder Wung entlangging, nicht so ausgesehen hatte.

In diesem Moment fiel ihr die Mütze ins Auge, die sie beim Heimkommen nachlässig über den Haken gehängt hatte, der eigentlich den Geschirrtüchern vorbehalten war, und sie fragte sich, wo sie eigentlich die Handschuhe abgelegt hatte. Es fiel ihr schon im selben Moment ein: Sie lagen bei Gosch auf dem Tisch, an dem sie mit den Kindern gegessen hatte. Sie hatte die Handschuhe, als sie Erik und Sören durchs Fenster gesehen hatte, vergessen. Auf dem Rückweg war sie von so vielen Gedanken erhitzt gewesen, dass ihr die kalten Hände gar nicht aufgefallen waren.

Sie warf sich die Jacke über und rief zur Wohnzimmertür, dass sie kurz zu Gosch fahren müsse. »Frido Ferrari hat die Handschuhe hoffentlich für mich in Sicherheit gebracht.«

Im Nu erschien Erik in der Wohnzimmertür. Während er kurz vorher noch Wenningstedt für einen sicheren Ort gehalten hatte, in dem die Staatsanwältin auch mutterseelenallein völlig ungefährdet war, änderte er seine Meinung nun schlagartig. »Allein? Bei Dunkelheit? Es ist schon beinahe elf.«

Mamma Carlotta gefiel es, dass sie diese Gelegenheit nutzen konnte, ihrem Schwiegersohn vor Augen zu führen, wie unhöflich er sich der Staatsanwältin gegenüber verhalten hatte, und wiederholte seine Worte, dass einer Frau, die bei Nacht in Wenningstedt allein unterwegs war, unmöglich etwas zustoßen konnte. »Das hast du selbst gesagt! Noch vor ein paar Minuten.«

Davon wollte Erik nichts hören. »Gosch schließt schon um zehn! Jedenfalls im November, wenn nichts los ist.«

Das hielt Mamma Carlotta für eine ganz faule Ausrede. In Italien ging es um diese Zeit erst richtig los, da konnte doch unmöglich ein so großes Ristorante wie Gosch schon die Türen zumachen! Vermutlich wollte Erik sie nur davon abhalten, bei Dunkelheit das Haus zu verlassen, während es ihm bei der Staatsanwältin gleichgültig gewesen war, ob ihr im dunklen Wenningstedt etwas zustieß.

Trotzig schloss sie den Reißverschluss ihrer Jacke. »Bestimmt wird noch jemand da sein, der mir die Handschuhe geben kann.«

Darauf konnte Erik nicht mehr antworten, weil im Wohnzimmer sein Smartphone klingelte. Eilig lief er zurück, während Mamma Carlotta bereute, dass sie schon die Haustür aufgerissen hatte. Wer mochte Erik zu so später Stunde anrufen? Das musste einen sehr wichtigen Grund haben. Ob die Staatsanwältin etwas herausgefunden hatte? Oder war Vetterich bei der Auswertung der Spuren zu einem bahnbrechenden Ergebnis gekommen? Möglich auch, dass einer von Eriks Mitarbeitern, Polizeimeister Enno Mierendorf oder Obermeister Rudi Engdahl, etwas zu vermelden hatten. Aber wenn sie die Haustür jetzt wieder schloss und sich zur Wohnzimmertür schlich, konnte Erik es merken und ihr wieder mal Neugier unterstellen. Es gäbe dann nichts, was sie zu ihrer Verteidigung vorbringen könnte. Besser, sie verließ jetzt das Haus, wie sie es angekündigt hatte, und versuchte am nächsten Morgen herauszufinden, wer Erik zu dieser späten Stunde angerufen hatte.

In Wenningstedt war es tatsächlich so still und dunkel, dass sie besonders schnell radelte, damit sie sich einreden konnte, dass ein Mann mit finsteren Absichten sie bei diesem Tempo nicht erwischen könnte.

Wieder gärte die Empörung in ihr. Wie konnte Erik die arme Staatsanwältin bei dieser Dunkelheit allein ins Hotel gehen lassen! Es war wirklich unerhört, dass er, wenn es um Tilla Speck ging, alle Höflichkeit vergaß!

Sie ließ ihr Rad ausrollen, als sie aus dem Risgap auf die Dünenstraße einbog. Gosch war noch schwach beleuchtet. Erik hatte tatsächlich recht gehabt, dort schloss man die Türen, wenn sie in Italien weit geöffnet wurden, weil sich Italiener gern um diese Zeit zum Essen trafen. »Incredibile!«

Sie stellte dennoch ihr Rad in einem der vielen Fahrradständer ab, weil sie bemerkte, dass es hinter den großen Fenstern Bewegung gab. In den Räumen war es auch noch nicht dunkel, lediglich die Außenbeleuchtung war reduziert worden. Hinter den Fensterscheiben wurde gewischt und gewienert. Mehrere Putzfrauen arbeiteten dort und sorgten dafür, dass der Betrieb am nächsten Morgen in einer blitzsauberen Küche wiederaufgenommen werden konnte.

Mamma Carlotta drückte ihr Gesicht an die Fensterscheiben, versuchte, auf sich aufmerksam zu machen, aber vergeblich. Eine der Putzfrauen blickte zwar auf, sah jedoch schnell wieder weg, als hätte sie nichts gesehen, eine andere machte mit abwehrenden Gesten klar, dass das Restaurant geschlossen hatte und kein Anliegen dringend genug sein konnte, um nicht ein paar Stunden damit warten zu können.

Mamma Carlotta gab es auf. Dann würde sie eben am nächsten Morgen nach den Handschuhen fragen, gleich nachdem die Türen wieder geöffnet worden waren. Resigniert ging sie zu ihrem Rad zurück. Aber bevor sie es aufschließen konnte, sah sie eine Bewegung auf dem Parkplatz, hinter einem Auto. Ein dunkel gekleideter Mann, klein und von schmalem Körperbau, verbarg sich dort, ließ sich kurz blicken, verschwand dann wieder hinter einem SUV und spähte vorsichtig über den Außenspiegel. Mamma Carlotta duckte sich und bewegte sich vorsichtig ein paar Schritte näher an die Hauswand heran, um nicht gesehen zu werden. Der Mann drehte ihr den Rücken zu, schien einen Punkt des Gebäudes genau im Auge zu haben.

Schon wenige Sekunden später erkannte sie, worum es ging. Eine Tür an der Seite des Restaurants öffnete sich. Mehrere junge Männer, die Carlotta von ihrem Besuch am Mittag als Kellner erkannte, obwohl sie keine Dienstkleidung mehr trugen, traten heraus, lachend, plaudernd. Sie schlugen sich gegenseitig auf die Schulter, winkten, warfen sich Abschiedsworte zu. Einige gingen zu ihren Fahrrädern, zwei hatten ihre Mopeds am Straßenrand abgestellt. Ein Mädchen, vielleicht eine Küchenhilfe, bat darum, mitgenommen zu werden, und bekam vom Mopedbesitzer einen Helm ausgehändigt. Nur drei von ihnen gingen zu Fuß nach Hause, jeder in eine andere Richtung.

Es trat schnell wieder Stille ein. Das Geknatter der Mopeds entfernte sich, der letzte Ruf verklang. Die Stimmen, die aus dem italienischen Restaurant auf der anderen Straßenseite kamen, waren leise, das Paar, das aus dem Hotel Windrose trat, ging schweigend über den Parkplatz, kein Auto wurde gestartet, keins fuhr vorüber.

Carlotta reckte den Hals, um zu sehen, was nun geschah. Würde der Mann, der sich zwischen den Autos verbarg, in seinem Versteck bleiben? Aber er bewegte sich nun, löste sich aus dem Schatten und lief über die Straße. Es schien, als wollte er jemandem folgen. Auf wen er es abgesehen hatte, war schnell zu erkennen. Es war derjenige, der sich Richtung Kurhaus bewegte. Er ging mit großen, kräftigen Schritten, nicht müde und schleppend nach anstrengender Arbeit, sondern noch immer dynamisch, froh, sich bald ausstrecken und erholen zu können. Der Mann, der ihm aufgelauert hatte, folgte ihm in einem Abstand, der dafür sorgte, dass man nicht auf ihn aufmerksam wurde.

Angst hatte Mamma Carlotta nicht, sie kannte ihn ja. Und

sie kannte auch den jungen Mann, der nun die Kreuzung am Kurhaus überquerte und auf die andere Straßenseite wechselte, wo es den großen Parkplatz gab, der zu dieser Stunde fast leer war. Mamma Carlotta blickte kurz zu den Fenstern des Hotels Windrose hoch. Ob Tilla Speck hinter einer Gardine stand, aufs Meer hinausblickte, sich über die Unhöflichkeit des Kriminalhauptkommissars Gedanken machte und dabei auf seine Schwiegermutter aufmerksam wurde? Carlotta zog die Schultern hoch und senkte den Kopf. Nur das nicht! Fietje Tiensch der Staatsanwältin oder der Polizei auszuliefern, das kam nicht infrage. Aber sie musste wissen, was er vorhatte, warum er einem Mann nachschlich, den er nur flüchtig kannte.

Dass Fietje bei Dunkelheit gern unterwegs war und sich in fremde Intimitäten schlich, wusste sie. Nicht umsonst galt er als inselbekannter Spanner. Sie mochte es nicht, wenn Tove darüber redete, wollte nichts wissen von dem, was Fietje nachts auf der Insel machte, hatte aber dennoch eine Ahnung von dem, was ihn umtrieb. Dazu gehörte jedoch nicht, dass er einen Kellner von Gosch auf seinem Heimweg verfolgte. Das musste einen anderen Grund haben. Aber welchen?

Mamma Carlotta dachte nicht daran, dass Erik zu Hause auf sie wartete, dass er sich Sorgen machen könnte, wenn sie nicht heimkam, dass sie ihr Fahrrad bei Gosch stehen gelassen hatte, dass sie den Weg bei Dunkelheit zu Fuß würde zurücklegen müssen, womöglich allein ... Nein, sie dachte nur daran, dass hier etwas nicht mit rechten Dingen zuging. Sie wollte wissen, was Fietje Tiensch vorhatte. Warum lief er Frido Ferrari hinterher? Was wollte er von dem jungen Kellner?

Auf dem Display seines Smartphones flackerte der Name »Engdahl«. Erik warf noch einen Blick zur Wohnzimmertür, hinter deren Glaseinsatz er sehen konnte, wie die Haustür sich öffnete. Als sie ins Schloss fiel, seufzte er auf und nahm das Gespräch an. »Haben Sie was rausgefunden?«

Die Stimme des Polizeiobermeisters klang aufgeräumt. »Wir wissen, wie der Freund von Lale Claussen heißt, und auch, wo er arbeitet und wohnt.«

Als Erik das Telefonat beendet hatte, lehnte er sich zurück, legte das Smartphone neben sich auf die Sitzfläche des Sofas und akzeptierte, dass Kükeltje auf seinen Schoß sprang. Was konnte er tun, ohne das Leben des Entführungsopfers zu gefährden? Der Freund, der von Lale Claussens Vater zurückgewiesen worden war, konnte der Entführer sein. Er hatte vermutlich Gelegenheit gehabt, die Villa auszukundschaften, war an den Code der Alarmanlage gekommen und hatte dafür gesorgt, dass er durch den Wellnessbereich ins Haus kam. Andererseits ... warum dieser Einbruch in die Villa, warum die Gewaltanwendung, wenn er das Mädchen genauso gut während eines Besuchs in seiner Wohnung, während eines Spaziergangs, während einer Autofahrt entführen konnte? Der Vater war nicht zu Hause, die Stiefmutter im Urlaub, die beiden hatten also die Chance, sich häufig zu sehen. Für Lales Freund gab es keinen Grund, sich gewaltsam Zutritt zur Villa Claussen zu verschaffen, um das Mädchen zu kidnappen.

Er setzte die Katze auf den Boden, die darüber nicht erfreut war, nahm das Smartphone wieder auf und schickte Sören eine SMS. »Sind Sie noch wach?«

Er wartete ein paar Minuten, dann schickte er die gleiche SMS an die Staatsanwältin. Diesmal erfolgte die Reaktion umgehend. Frau Dr. Speck rief an und fragte: »Was ist los?«

Er erzählte ihr, was Rudi Engdahl herausgefunden hatte und wie er selbst über die Täterschaft des Freundes von Lale Claussen dachte.

»Sind die beiden überhaupt noch zusammen?«, fragte die Staatsanwältin. »Vielleicht hat Lale mit ihm Schluss gemacht, und die Entführung ist eine Rache.«

»Dann muss er sie umbringen, sonst würde sie nach ihrer Freilassung seinen Namen nennen.«

»Was ist das für ein Typ? Vorbestraft?«

»Ein unbeschriebenes Blatt. Kellner bei Gosch. Italiener!« Erik ärgerte sich, dass er den minimalistischen Sprachstil der Staatsanwältin übernahm, und ergänzte: »Meine Schwiegermutter hat natürlich schon Bekanntschaft mit ihm geschlossen.«

Tilla Speck lachte leise. »Die Wohnung von diesem Ferrari. Ist das weit?«

Erik verneinte. »Warum fragen Sie?«

»Wir sollten uns da mal umsehen.«

»Mitten in der Nacht?«

»Es ist gerade mal elf durch.«

»Aber stockfinster.«

»Gut so. Tagsüber könnte jemand auf uns aufmerksam werden.«

»Was soll das für einen Sinn haben?«

»Vielleicht fällt uns was auf. Bitten Sie Carlotta mitzukommen, dann sind wir ein ganz harmloses Trio.«

»Die ist nicht da.«

»Wie? Nicht da?«

»Sie hat bei Gosch ihre Handschuhe vergessen und will sie holen.«

Erik hörte das Geräusch, wenn eine Gardine zur Seite geschoben wird. »Gosch hat schon zu.«

»Das habe ich ihr auch erklärt. Aber sie wollte es nicht glauben. Für Italiener fängt der Abend ja erst gegen zehn richtig an.« Erik hielt die Stille nur so lange aus, bis sie in seinen Ohren zu rauschen begann. »Was denken Sie?«

»Wann ist Carlotta losgefahren?«

Erik sah auf die Uhr. »Vor zwanzig Minuten.«

»Dann muss sie jeden Augenblick zurückkommen.« Die Staatsanwältin wartete eine Entgegnung nicht ab. »Ich gehe mal rüber. Ist ja nur die andere Straßenseite. Nicht, dass da was passiert ist. Mein Handy nehme ich mit.«

Es ging in die Berthin-Bleeg-Straße, die von niedrigen, aber großzügig geschnittenen Häusern auf ehemals großen Grundstücken
gesäumt wurde. Mittlerweile aber hatten fast alle Hausbesitzer
die Bauverdichtung begrüßt und aus ihren Gärten Baugrund-
stücke gemacht, sodass die meisten Vorderhäuser ein Hinterhaus
besaßen. Mamma Carlotta konnte Frido Ferrari längst nicht mehr
sehen, aber sie hatte seinen Verfolger im Blick, daran erkannte
sie, wohin Frido ging. Er schien zügig auszuschreiten, denn
Mamma Carlotta hatte Fietje noch nie so schnell gehen sehen.
Sonst bewegte er sich langsam, schlurfend voran, jetzt strengte er
sich mächtig an, ruderte mit den Armen und griff manchmal
nach seiner Bommelmütze, als drohte sie ihm vom Kopf zu fallen. Dass er nicht nur ein Verfolger, sondern auch Verfolgter war,
bemerkte er nicht. Er war viel zu sehr damit beschäftigt, Frido
nicht aus den Augen zu verlieren. Was wollte er von ihm?

Mit einem Mal machte er einen Schritt zur Seite, völlig unerwartet für Mamma Carlotta, die mittlerweile näher herangekommen war, weil sie sich sicher fühlte und nicht damit rechnete, dass Fietje sich umdrehte. Erschrocken machte sie sich
klein und duckte sich hinter ein parkendes Auto, während
Fietje in einen Hauseingang huschte. Hatte Frido seinen Verfolger bemerkt?

Nun trat Fietje wieder aus dem Schatten der Hauswand hinaus und bewegte sich weiter voran, so wie man es von ihm
kannte, langsam und schleppend. Aber er hatte den Kopf erho-
ben, den Blick auf etwas gerichtet, auf das er jetzt zuhielt. Nicht
auf Frido Ferrari, nein. Von dem war nichts mehr zu sehen. Es
war ein Gang zwischen zwei Häusern, der in einen Innenhof
führte. Dort musste Frido verschwunden sein. Mamma Carlotta beobachtete, wie der Strandwärter sich vorsichtig hinein-
tastete und dann von der Dunkelheit verschluckt wurde.

Als sie selbst in dem Innenhof ankam, sah sie, wie Fietje
hinter den Mülltonnen verschwand, die neben der Eingangstür
des Hinterhauses standen. Mamma Carlotta fand zum Glück

Schutz hinter zwei Motorrädern, die an dem Gitter abgestellt worden waren, hinter dem eine Treppe in den Keller des Vorderhauses führte.

Sie wartete ab. Dann sah sie, dass das Licht im Erdgeschoss anging, und eine Hand, die die Gardine zur Seite schob und das Fenster öffnete. Fridos Hand?

In der Nachbarschaft war es still, durch das geöffnete Fenster waren Geräusche zu hören. Anscheinend lag dahinter die Küche. Das Öffnen der Kühlschranktür war zu hören, Flaschenklirren, das Zischen, wenn ein Kronkorken sich vom Flaschenhals löste. Kurz darauf das Abstellen eines Glases auf dem Tisch, dann das Einlaufen von Wasser in einen Kessel.

Fietje richtete sich neben der Mülltonne auf und versuchte, in das Fenster zu blicken. Aber es war zu hoch. Warum interessierte ihn dieser junge Kellner? Was wollte er herausfinden? Dass Fietje an diesem Abend als Spanner unterwegs war, der sich in das Intimleben anderer schleichen wollte, mochte Carlotta nicht glauben. Frido Ferrari war allein. Dass Fietje ihm heimlich gefolgt war, musste einen anderen Grund haben.

Nun sah sie, dass er den Rückzug antrat, als reichte es ihm zu wissen, wo Frido Ferrari wohnte. Er hatte es nicht eilig. So langsam ging er durch den Innenhof auf den Gang zu, der zur Straße führte, dass Mamma Carlotta viel Zeit hatte, sich zu überlegen, was sie tun sollte. Sich noch kleiner machen, damit Fietje sie hinter den Motorrädern nicht sah? Oder aufspringen und von ihm Auskunft darüber verlangen, was er von Frido wollte? Dann aber müsste auch sie selbst Auskunft geben. Und das Bekenntnis, Fietje heimlich gefolgt zu sein, würde ihr schwerfallen. Es geschah nicht das erste Mal in ihrem Leben, dass sie eine heimliche Entdeckung machte, mit der sie später nichts anfangen konnte, weil sie nicht zugeben durfte, auf welche Weise sie etwas in Erfahrung gebracht hatte. Und was nützte eine dramatische Erkenntnis, wenn man anschließend nicht darüber reden durfte?

Sie beschloss zu warten, bis Fietje verschwunden war. Erst dann wollte sie zu Gosch und zu ihrem Fahrrad zurückgehen, um schleunigst nach Hause zu radeln. Wie sie Erik erklären sollte, warum sie eine ganze Stunde gebraucht hatte, um herauszufinden, dass Gosch geschlossen war und sie ihre Handschuhe erst am nächsten Tag zurückbekommen würde, war ihr noch nicht klar. Das würde sie sich auf dem Rückweg überlegen müssen. Aber vielleicht hatte er gar nicht bemerkt, wie lange sie gebraucht hatte. Und wenn, war es immer glaubhaft zu behaupten, sie sei einer Kellnerin begegnet, die gerade Feierabend machte, die habe sie schon einmal an der Brottheke bei Feinkost Meyer getroffen und sich mit ihr über die Qualität des Rosinenstutens ausgetauscht ... Das würde Erik ihr ohne Weiteres abnehmen. Dass dieser Umstand zu einer längeren Plauderei geführt hatte und die Kellnerin untröstlich gewesen sei, weil sie nicht in der Lage gewesen war, die Handschuhe für Mamma Carlotta zu holen, da die Fundsachen verschlossen über Nacht aufbewahrt wurden, würde er ihr ebenfalls glauben. Ja, das hörte sich total plausibel an, das würde gehen.

Beruhigt richtete sie sich auf, um zurückzukehren, da hörte sie ein Auto. Bremsen quietschten, Autotüren schlugen. Und nun vernahm sie eine Stimme, die sie gut kannte. »Herr Tiensch! Was machen Sie denn hier?« Die Stimme hallte, Erik war also schon in dem Durchgang angekommen. Was wollte er hier?

Mamma Carlotta hatte keine Zeit zum Nachdenken. Die Wahl zwischen zwei Möglichkeiten gab es nicht. Auf Erik zuzutreten, sich zu ihrer Neugier zu bekennen, die er ihr oft genug vorwarf, war ein schrecklicher Gedanke. Und woher sollte sie wissen, wie Fietje sich rausredete?

Sie hörte seine leise Stimme, Eriks ungläubiges Lachen und dann eine Frau, die Fietje barsch zurechtwies. Tilla Speck! Dio mio! Wieso lag sie nicht in ihrem Hotelbett?

Während Fietje darauf beharrte, dass er ein freier Bürger sei und in seiner Freizeit tun und lassen könne, was er wolle, huschte Mamma Carlotta hinter den Motorrädern hervor und lief geduckt auf das Haus zu, in dem Frido Ferrari wohnte. Wenn Erik und Tilla den Innenhof betreten sollten, durfte sie nicht mehr zu sehen sein.

Sie hörte noch, dass Erik dem Strandwärter unterstellte, im Vorderhaus spannen zu wollen, und bekam mit, dass Fietje etwas von einem Bekannten faselte, den er besuchen wollte, dass er ihn aber leider nicht angetroffen habe, weil er sich in der Adresse geirrt habe ...

Das dauerte lange, denn Fietje sprach langsam, stockend und wiederholte sich ständig. Da half es nichts, dass die Staatsanwältin ihn zur Eile antrieb, das machte die Sache nur noch schlimmer, also noch langsamer. Mamma Carlotta hatte Zeit genug, sich ein Versteck zu suchen.

Mit wenigen Schritten war sie an der Seite des Hinterhauses angekommen. Dort gab es einen schmalen Grünstreifen, der nicht vom Mond beschienen wurde. Finster lag er da. Das Gebüsch war stachelig, seine Zweige hatten hässliche Widerhaken, die sich in Carlottas Kleidung verfingen und ihren Handrücken aufkratzten. Aber das war ihr egal. Sie hatte nur einen Gedanken: nicht von Erik und Tilla gesehen werden!

Sie kauerte sich an die Hauswand, versuchte, ruhig zu atmen und ihr Herz vor dem Zerspringen zu bewahren ... da vernahm sie mit einem Mal ein Geräusch. Es kam von oben. Oder von hinten? Sie hatte keine Zeit, es zu lokalisieren. Der Schreck war so gewaltvoll wie ein Schlag, und sie hatte genug damit zu tun, die Angst abzuwehren, die in ihren Nacken sprang. Und dann waren da plötzlich Hände, die sie stießen, ein Knie, das in ihren Rücken gerammt wurde. Sie landete bäuchlings auf der Erde, mit dem Gesicht im Dreck, alle viere von sich gestreckt, zu erschrocken, um einen Laut von sich zu geben, zu schockiert, um zu reagieren ...

Dass er um fünf in der Frühe aufwachte und nicht wieder einschlafen konnte, war ihm schon lange nicht mehr passiert. Dabei war Erik erst spät ins Bett gekommen. Und seine Unruhe war so groß gewesen, dass er nur schwer in den Schlaf gefunden hatte. Trotzdem war er jetzt schon wieder wach, wälzte sich von einer Seite auf die andere und wusste, dass er nicht wieder einschlafen würde.

Die Staatsanwältin hatte vor dem Hoteleingang gestanden und auf ihn gewartet. Als sie sein Auto erkannte, war sie an den Straßenrand gekommen und zugestiegen, kaum dass er angehalten hatte. Sie hatte sich umgezogen, trug nun eine sportliche Hose, geschnitten wie eine Jogginghose, mit einem Bindegürtel in der Taille. Dennoch hätte er niemals angenommen, dass es sich tatsächlich um eine Jogginghose handelte. Dass die Staatsanwältin ein modisches Kleidungsstück trug, wäre ihm auch klar gewesen, wenn er nie etwas vom aktuellen Joggingstyle gehört hätte, der zurzeit auch von Carolin favorisiert wurde, besonders mit farbigen Streifen an den Außennähten der Hose. Die Staatsanwältin schob die Ärmel ihres dicken Pullovers hoch und öffnete die Steppjacke, die sie darüber trug. Sie wirkte dynamisch und sogar angriffslustig. »Dann wollen wir mal!«

Erik hätte gern gefragt, was sie eigentlich wollten, aber er hielt den Mund. Die Staatsanwältin war die Herrin der Ermittlungen, auch wenn sie zurzeit privat auf Sylt war, ihrer alten Freundin Antonia Schäfer helfen wollte und aus diesem Entführungsfall ein Urlaubsabenteuer machte.

»Vor Gosch stehen noch mehrere Fahrräder«, sagte sie. »Ich weiß nicht, wie Carlottas Rad aussieht.«

»Lucias Rad«, korrigierte Erik, weil er mit einem Mal das Bedürfnis hatte, seine Frau an seine Seite zu holen.

»An der Kliffkante ist noch was los.« Die Staatsanwältin reagierte nicht auf den Namen seiner Frau. »Da stehen noch Leute rum und trinken, da wird noch gefeiert, obwohl Gosch geschlossen ist.«

»Wahrscheinlich hat meine Schwiegermutter dort jemanden getroffen, den sie kennt.«

Sie kamen in der Berthin-Bleeg-Straße an, und Erik hielt nach der Hausnummer Ausschau, die Rudi Engdahl ihm genannt hatte. »Das scheint ein Hinterhaus zu sein.« Er parkte den Wagen und wandte sich der Staatsanwältin zu. »Wir müssen vorsichtig sein. Wenn dieser Frido Ferrari etwas mit der Entführung zu tun hat, darf er auf keinen Fall misstrauisch werden.«

»Ich bin Profi.« Diese Antwort kam wie ein Ellbogenstoß in Eriks Seite.

Er ignorierte ihn. »Das Risiko ist zu groß.« Erik hielt die Staatsanwältin zurück, die schon den Türgriff in der Hand hatte. »Außerdem ist es total unwahrscheinlich, dass Frido Ferrari hinter der Entführung steckt. Warum sollte er Lale gewaltsam aus der Villa holen? Er hätte ein Dutzend besserer Möglichkeiten gehabt.«

»Ja, ja, trotzdem ... Kriminalistik hat auch viel mit Bauchgefühl zu tun.«

Erik starrte sie entgeistert an. Bauch? Gefühl? Bis zu diesem Tag hätte er ihr beides abgesprochen. Eine Frau wie sie hatte keine Gefühle, jedenfalls war es ihm bisher immer so vorgekommen, und einen Bauch hatte sie nur, um ihn in eine topaktuelle Hose zu quetschen.

Erik war ausgestiegen, um nicht antworten zu müssen. Und dann war Fietje Tiensch, der Strandwärter von Wenningstedt, in dem Durchgang aufgetaucht ...

Er setzte sich auf und schob sich ein Kissen in den Nacken. In der Berthin-Bleeg-Straße gab es im Vorderhaus eine Wohnung, in der gelegentlich eine rote Lampe im Fenster blinkte. Bisher war der Witwe und ihrer Tochter, die dort wohnten, noch nicht nachzuweisen gewesen, dass sie gewerbsmäßige Unzucht betrieben. Fietje Tiensch aber war dort schon einmal beim Spannen erwischt worden, daran erinnerte sich Erik. Er war auf den Balkon der Wohnung geklettert und hatte sich angesehen, was hinter den Fenstern geschah, beim zweiten Mal war er von der Witwe sogar angezeigt worden. Vermutlich hatte Tiensch nun ein drittes Mal versucht, seinem tristen Leben ein bisschen Farbe zu geben, indem er als Zaungast am Vergnügen anderer teilnahm. Dass er nichts mit Frido Ferrari und erst recht nichts mit der Entführung zu tun hatte, war Erik schnell klar geworden.

Er warf das Kissen auf den Boden, legte sich auf die linke Seite und versuchte, wieder einzuschlafen. Die Staatsanwältin war ja wirklich eine verrückte Person. Oder hatte er in der Nacht zum ersten Mal ihr privates Gesicht gesehen? Sie war vor ihm auf das Geräusch aufmerksam geworden. Ein Schlagen, ein Sprung, ein unterdrückter Schrei, das Klappern von Metall. Dann Schritte, schnelle Schritte, flüchtende Schritte, die auf den Durchgang zukamen. Danach ein Scharren, wie ein plötzliches Anhalten, ein Treten auf der Stelle, das Ändern der Richtung.

»Was geht da ab?«, hatte sie hervorgestoßen. »Los!«

Sie war als Erste in den Hof gestürzt, während Erik sich zunächst fassen musste, um zu begreifen, was vor sich ging. Nicht nur Frau Dr. Specks, sogar Fietje Tienschs Reaktionsschnelle war ausgeprägter gewesen als seine eigene. Der Strandwärter hatte sofort seine Chance erkannt und war schon auf die Straße gelaufen, ehe Erik endlich der Staatsanwältin folgte.

»Stehen bleiben!«, hörte er sie rufen und rannte ihr blindlings hinterher.

Aber die flüchtende Person schien sich gut auszukennen. Sie rannte auf den Zaun zum Nachbargrundstück zu, schien zu wissen, dass er leicht herunterzudrücken war und es dahinter kein Hindernis gab. Und sie war jünger und sportlicher. Die Staatsanwältin gab am Zaun auf, und Erik machte ebenfalls nicht den Versuch, ihn zu überwinden. Er würde kläglich scheitern. Und selbst wenn er auf der anderen Seite des Zauns ankommen sollte, würde der Flüchtende längst drei weitere Zäune hinter sich gelassen haben.

»Wer war das?«, fragte er keuchend.

Die Staatsanwältin zuckte mit den Schultern. »Ich tippe auf Einbrecher.« Sie grinste und starrte in die Richtung, in der der Flüchtende schon längst nicht mehr auszumachen war. »Kann auch sein, dass es eine junge Frau war.«

»Die Emanzipation ist eben überall auf dem Vormarsch.« Erik wunderte sich über seinen eigenen Spruch, und es gefiel ihm komischerweise, dass die Staatsanwältin darüber lachte.

Dann griff sie nach seinem Arm, so plötzlich und so hart, dass er erschrak. »Das ist eine super Gelegenheit«, flüsterte sie und nickte zu dem Hinterhaus, dessen Tür sich soeben öffnete. Frido Ferrari schien etwas von der Jagd mitbekommen zu haben und blickte neugierig hinaus.

»Los!«, zischte die Staatsanwältin. »Mir nach!« Sie rannte auf Frido Ferrari zu, der erschrocken einen Schritt zurück machte. »Polizei! Bringen Sie sich in Sicherheit.«

Frido Ferrari wich entsetzt zur Seite, prallte mit dem Rücken gegen einen Garderobenständer und hatte damit zu tun, ihn vor dem Umkippen zu bewahren. Währenddessen stürmte die Staatsanwältin in die Küche, von dort in das kleine Wohnzimmer und dann ins Schlafzimmer. In der Mitte dieses Raums stand sie, als Erik ihr endlich gefolgt war, und zeigte auf das weit geöffnete Fenster. Es war dunkel, nur die Innenhofbeleuchtung erhellte den Raum. Aber es war gut zu erkennen, dass die beiden Fensterflügel aufgestoßen worden waren, nach außen, wie es auf Sylt und überall an der See üblich war.

Der Besitzer der Wohnung folgte ihnen nun und knipste das Deckenlicht an. Er sah blass und nervös aus. »Kann ich mal Ihren Ausweis sehen?« Aber als Erik in die Innentasche seiner Jacke griff, winkte er schon ab. »Ach ja, Sie sind Caros Vater.«

Fragend sah er die Staatsanwältin an, aber als von dort kein Angebot kam, sich auszuweisen, beließ er es dabei. »Sie meinen, bei mir ist jemand eingebrochen?«

Die Staatsanwältin zeigte auf das Fenster. »Haben Sie das geöffnet?«

Frido schüttelte den Kopf. »Das habe ich heute Morgen geschlossen, ganz sicher. Nach der Arbeit bin ich noch gar nicht hier drin gewesen.«

Erik sah aus dem Fenster. Darunter gab es jede Menge Spuren im feuchten Schmutz. »Wir werden die Spurensicherung verständigen.« Er blickte sich um. »Ist etwas gestohlen worden?«

Frido Ferrari schüttelte den Kopf, ohne nachzusehen. »Hier gibt's nichts zu holen.«

»Vielleicht haben Sie ihn überrascht«, meinte die Staatsanwältin. »Der ist abgehauen, als er hörte, dass Sie nach Hause kamen.«

Das Bett war noch nicht gemacht, davor lagen zwei Socken und eine Unterhose, auf dem Nachttisch stapelten sich Zeitschriften, auf einem Bettpfosten saß ein alter Teddy. Die Tür des Schranks stand offen und präsentierte seinen dürftigen Inhalt: einige Jeans, Pullover und T-Shirts, eine Regen-, eine Winterjacke.

Auf der zerwühlten Bettdecke lag eine Ausgabe des *Inselblattes*. Frido Ferrari machte einen Schritt darauf zu. »Was ist das denn?« Er starrte die Zeitung an, als könnte er sich nicht erklären, wie sie auf seine Bettdecke gekommen war.

Erik stellte sich hinter ihn. »Schon drei Tage alt«, bemerkte er. »Ist was damit?«

»Nein, nein«, hatte Frido Ferrari eilig zurückgegeben. »Ich wunderte mich nur ... Ich dachte, ich hätte sie längst weggeworfen.«

In seinem Bett setzte Erik sich wieder auf. Nein, an Schlaf war nicht mehr zu denken. Er würde warten, bis seine Schwiegermutter aufstand, die ja immer als Erste auf den Beinen war, und wenn sie das Bad freigegeben hatte, würde er sich ebenfalls erheben. Die Staatsanwältin war mit dem Chefredakteur des *Inselblattes* befreundet. Sie würde sich die Ausgabe aushändigen lassen, die bei Frido Ferrari auf dem Bett gelegen hatte. Auch wenn sie das keinen Schritt weiterbrachte, sie würden lediglich bestätigt bekommen, dass der Entführer auf Sylt war und seinen Brief auf der Insel zusammengeklebt hatte.

Die Staatsanwältin hatte noch versucht, daraus einen Verdacht gegen Frido Ferrari zu konstruieren, aber sie hatte bald eingesehen, dass das drei Tage alte *Inselblatt* womöglich noch in vielen Wohnungen herumlag. Und dann hatte sie sich ihrer Euphorie gewidmet und alles andere vergessen. Während der ganzen Rückfahrt zum Hotel hatte sie sich darüber gefreut, dass es so leicht gewesen war, in Frido Ferraris Wohnung zu gelangen, ohne dass er Verdacht geschöpft hatte. Eine flüchtende Person – und schon war ihr die richtige Idee gekommen! Dass dann wirklich alles so aussah, als wäre bei Frido Ferrari eingebrochen worden, war ein weiterer Glücksfall gewesen, den die Staatsanwältin unbedingt mit einem Cocktail an der Hotelbar hatte feiern wollen. Dass die Polizei in Ferraris Wohnung nach einem entführten Mädchen gesucht hatte, war Frido garantiert nicht in den Sinn gekommen. Auch dann nicht, wenn er der Kidnapper war, was Erik allerdings nach wie vor nicht glaubte.

Die Badezimmertür klappte, das Wasser begann zu rauschen. Erik sah zur Uhr, es war kurz nach sechs. Warum nur stand seine Schwiegermutter Morgen für Morgen in aller Frühe auf? Er konnte sich die Antwort schon im selben Moment selbst geben: weil sie daran gewöhnt war. In Panidomino wurden ihre Enkel um sieben vom Schulbus abgeholt und mussten natürlich ein gutes Frühstück im Bauch haben, wenn sie in den Tag starteten. Und dafür war seit jeher die Nonna zuständig gewesen. Auf Sylt konnte sie eigentlich länger schlafen, aber ihre innere Uhr weckte sie dennoch zuverlässig jeden Morgen um sechs. Auch wenn sie am Abend zuvor spät ins Bett gekommen war, so wie gestern. Als er nach Hause gekommen war, hatte sie noch in der Küche gesessen. Natürlich hatte sie auf ihn gewartet und eine schnelle Erklärung geliefert, warum sie so lange gebraucht hatte, um festzustellen, dass Gosch tatsächlich schon um zehn schloss. Erik hatte gar nicht richtig zugehört. Sie hatte jemanden getroffen, mit dem sie schon einmal ins Gespräch gekommen war, als er das Grab neben Lucias letzter Ruhestätte bepflanzt und ihr dabei erzählt hatte, wie tragisch seine Frau ums Leben gekommen war ... Nichts Neues!

Während sie redete, hatte er sich ein Glas Rotwein eingegossen, obwohl der Dirty Daniel in seinem Kopf bereits für Durcheinander gesorgt hatte. Und dann war er nicht umhingekommen, ihr zu erklären, warum er noch einmal das Haus verlassen hatte. Denn selbstverständlich hatte sie sich Sorgen gemacht, als sie von Gosch zurückgekommen war und Erik nicht vorgefunden hatte – wie immer, wenn sie nicht wusste, wo sich ein Familienmitglied befand, das sich überdies nicht ordnungsgemäß abgemeldet hatte. Eine der familiären Todsünden! Natürlich hatte er Frido Ferraris Namen nicht genannt, hatte etwas von einem Einbruch gemurmelt und sich nicht besonders geschickt rausgeredet, als seine Schwiegermutter einwarf, dass dafür eine Streifenwagenbesatzung zuständig war. »Wer schickt denn einen Kriminalhauptkommissar zum Tatort, wenn der Notruf alarmiert worden ist?« Wie sie sich inzwischen auskannte! Sie fragte sogar, ob er die Spurenfahnder bestellt habe, um nach Schuhabdrücken zu suchen.

Daraufhin hatte er das Glas Rotwein in einem Zuge geleert, war aufgestanden und hatte ihr eine gute Nacht gewünscht. »Kümmere dich nicht um meinen Job«, hatte er geknurrt, ehe er die Treppe hinaufgestiegen war.

Als er hörte, dass seine Schwiegermutter in die Küche ging und dort die Espressomaschine in Gang setzte, nahm er sich vor, an diesem Morgen besonders freundlich zu ihr zu sein. Es war nicht nett gewesen, sie so abzukanzeln. Sie hatte sich schließlich Sorgen um ihn gemacht. Aber dass Frido Ferrari der Freund von Lale Claussen war, durfte sie nicht erfahren. Schließlich musste er damit rechnen, dass sie den jungen Italiener noch mehrmals in ein Gespräch verwickelte und dann womöglich etwas Verräterisches preisgab. Wenn Frido Ferrari doch etwas mit der Entführung zu tun hatte, dann würde das Leben von Lale Claussen in Gefahr geraten.

Schwerfällig erhob er sich. Puh, dieser Cocktail an der Hotelbar war nicht von schlechten Eltern gewesen. Was hatte sich die Staatsanwältin nur dabei gedacht, diesen winzigen Erfolg gleich mit starkem Alkohol zu begießen? Wenn sie Lale Claussen gesund aus den Händen des Kidnappers befreit und diesen sogar hinter Gitter gebracht hatten, würden sie womöglich aus dem Feiern gar nicht mehr rauskommen. Er schüttelte sich bei dem Gedanken an weitere Dirty Daniels und nahm sich fest vor, nicht noch einmal auf einen solchen Vorschlag der Staatsanwältin einzugehen.

Das Lyrik-Festival hatte bei Carolin tatsächlich für einen Motivationsschub gesorgt. Sie erschien gleich nach Felix und noch vor Sören in der Küche und erntete wortreiches Lob von ihrer Oma. Nicht nur dafür, dass sie es geschafft hatte, sich zu erheben, sondern auch für den Reif, mit dem sie ihr Haar geschmückt, für das Rouge, das ihr Frische ins Gesicht gezaubert hatte. Ihre Nonna widmete jeder Einzelheit ein freundliches Wort, auch den blauen Ohrsteckern, dem kornblumenblauen Pulli, den dunklen Jeans und den hellen Stiefeletten. Dass ihr der Verdacht gekommen war, ihre Enkeltochter könnte sich für Jo Kessler so hübsch gemacht haben, sprach sie nicht aus. Es gelang ihr sogar, diesen Gedanken sofort wieder zu vergessen und sich darüber zu freuen, dass die neue Aufgabe wieder eine attraktive Ragazza aus ihrer Enkelin gemacht hatte.

Das Abenteuer der vergangenen Nacht zu vergessen fiel ihr wesentlich schwerer. Sie spürte noch den Stoß in ihrem Rücken und war sicher, dass es dort einen blauen Flecken gab. Am liebsten wäre sie im Dreck liegen geblieben und hätte sich erst mal von diesem Angriff erholt. Aber zum Glück hatte sie es geschafft, schnell wieder auf die Beine zu kommen und auf die Straße zurückzulaufen, ehe Erik und die Staatsanwältin die Verfolgung der Person aufgaben, die aus dem Fenster gesprungen war. Während Mamma Carlotta zum Süder Wung zurückgekehrt war, hatte sie sich immer wieder umgesehen, weil die Angst, verfolgt zu werden, ihr im Nacken gesessen hatte. Madonna! Was war da eigentlich geschehen? Sie konnte es sich nicht erklären.

Als Felix das Haus verlassen hatte, um zur Schule zu gehen, und Sören zum Frühstück erschienen war, fragte Carolin ihren Vater vorsichtig: »Könnte es sein, dass Antonia Schäfer das Festival absagt?«

Erik glaubte nicht daran. »Sie ist jede Menge Verpflichtungen eingegangen, mit den Sponsoren, mit den Veranstaltern, die Lesungen machen, mit dem Kurhaus, das bereits Eintrittskarten für den Lyrik-Wettbewerb verkauft … So was kann man nicht einfach absagen.«

»Aber wie soll sie das schaffen?«, fragte Carolin. »Sie ist emotional sehr angegriffen.«

Mamma Carlotta war stolz auf ihre einfühlsame Enkeltochter. »Sie braucht Hilfe. Esattamente! Zum Glück sind wir ja da.« Sie strich Carolin zärtlich übers Haar. »Und Tilla.«

Dieser Einwurf gefiel Erik offenbar gar nicht. Er sah so aus, als wollte er seiner Schwiegermutter nahelegen, sich so wenig wie möglich in die Gegenwart von Antonia Schäfer zu begeben. »Wie heißt noch dieser verrückte Dichter, der dir was von Nonsenspoesie erzählt hat, Caro?«

»Johann Wolfgang Kessler!«

Hatte Carolin nichts davon mitbekommen, dass Jo Kessler

seinem Namen höchstpersönlich eine besondere Note gegeben hatte? Keineswegs seine Eltern, die schon in ihrem Baby ein literarisches Wunderkind gesehen hatte. »Er heißt in Wirklichkeit Johannes Walter Kessler«, erklärte Mamma Carlotta, wenn es ihr auch wehtat, dass Carolin zusammenzuckte und abwinkte, als wollte sie diesen Einwand ignorieren. »Der hilft Frau Schäfer vermutlich gern«, ergänzte Mamma Carlotta. »Ich glaube, der würde alles tun, um sich bei ihr unentbehrlich zu machen.«

»Um als Dank einen Verlagsvertrag zu bekommen?« Erik grinste.

Aber Carolin blieb ernst. »Der liest seine Gedichte in Käptens Kajüte. Das muss ich mir unbedingt anhören.«

Während Mamma Carlotta sofort verkündete, dass sie sich diesen Kunstgenuss ebenfalls nicht entgehen lassen wolle, verzog Sören das Gesicht. »Lyrik? Nein danke!« Erschrocken glättete er seine Miene. »Es sei denn, es handelt sich um deine Gedichte, Caro. Die würden mich natürlich interessieren. Und wenn du beim Wettbewerb mitmachst, bin ich dabei. Versprochen.«

»Das ist noch nicht raus«, sagte Carolin.

Ihre Nonna trat mit der Bratpfanne an den Tisch, und alle rückten ihre Stühle nach hinten. Wenn Mamma Carlotta mit heißem Fett hantierte, war es immer besser, sich in Sicherheit zu bringen. Wenn sie darüber hinaus auch noch erregt war, bestand akute Gefahr. »Antonia Schäfer hat dir eine Zusage gegeben. Ich bin Zeugin! Und wenn sie das vergessen haben sollte, werde ich sie daran erinnern. Gleich heute Vormittag.«

»Du willst auch mit ins Kurhaus?«

»Ich gehöre genauso zum Team wie du.« Mamma Carlotta hatte vorübergehend vergessen, dass sie die Berufung ins Organisationsteam der Verlegerin ihrer Neugier zu verdanken hatte. Dass sie eigentlich nur ihre Enkelin von der Arbeitslosigkeit hatte ablenken und sichergehen wollte, dass Carolin sich nicht von Antonia Schäfer abweisen ließ, war ihr ebenfalls entfallen. Daran, dass sie unbedingt einen Blick auf eine echte Verlegerin hatte werfen wollen, dachte sie überhaupt nicht mehr. »Außerdem habe ich es versprochen. Nicht nur Frau Schäfer, sondern auch Tilla.«

Bei der Erwähnung dieses Namens verzogen Erik und Sören das Gesicht, als wäre das Rührei versalzen, und Carolin sah ihre Nonna an, als hätte sie soeben verraten, dass sie mit Angela Merkel Brüderschaft getrunken habe.

Sören wurde das Gespräch offenbar zu heiß. »Weißt du denn schon, welche Gedichte du lesen willst?«, fragte er so leutselig wie ein alter Onkel einen Erstklässler nach seiner Note im Diktat.

Er hatte wohl nicht damit gerechnet, dass Carolin derart prompt antwortete. Sie zauberte ein Blatt aus der Tasche ihrer Jeansjacke und hielt es so energisch hoch, dass jeder der Anwesenden begriff, was jetzt erwartet wurde: andächtige Stille und viel Feingefühl.

> *Kastanien zünden ihre Kerzen an*
> *und Laub entflammt*
> *züngelt gierig in den Wind*
> *greift nach Wolken*
> *treibt dem Sommer nach*
> *um irgendwo zu überwintern*
> *vielleicht in dir*
> *vielleicht in meinen Träumen.*
> *Das unbeschriebene Blatt*
> *vom Zehnten*
> *meines Kalendariums*
> *geht mit*

»Das reimt sich ja immer noch nicht«, maulte Mamma Carlotta.

»Hat es einen Titel?«, fragte Sören freundlich und sehr erfreut darüber, dass ihm überhaupt eine Frage eingefallen war.

»*Herbstreise*. Super, oder?«

»Und so passend. Sicherlich hat dich das Herbstwetter zu diesem Gedicht inspiriert.«

»Natürlich.« Carolin sah ihren Vater an. »Wie findest du es?«

»Schön«, antwortete Erik. Mamma Carlotta sah ihm an, dass er damit glauben machen wollte, er fände das Gedicht seiner Tochter wirklich schön.

Was die Großmutter der Dichterin zu bedenken gab, wollte niemand hören. Carolin wischte ihren Einwand, dass die Kerzen der Kastanie im Frühling auf den Bäumen saßen, ihr Laub aber erst im Herbst feuerrot wurde, mit dem Einwand zur Seite, das sei dichterische Freiheit. »Vielleicht nehme ich auch ein anderes Gedicht. Mal sehen, was Jo dazu sagt. Er will mich beraten.«

Zum Glück kam es nicht zu einer langatmigen Diskussion, weil Eriks Handy läutete. »Moin, Vetterich. Schon was entdeckt?«

Solange Erik schweigend zuhörte, polterte Mamma Carlotta laut mit dem Geschirr, während er sprach, wischte sie geräuschlos die Arbeitsfläche ab und lauschte. Genau wie Sören, der wissen wollte, was Vetterich herausgefunden hatte.

»Nicht besonders ergiebig.« Erik beendete das Telefonat und wandte sich an Sören. »Vetterich hat jede Menge frische Schuhabdrücke vor dem Fenster von Frido Ferrari gefunden, Größe neununddreißig und vierzig. Da haben sich also zwei Personen herumgedrückt. Wahrscheinlich Frauen.«

»Zwei Frauen?«, meinte Sören nachdenklich. »Vielleicht ging es tatsächlich nicht um Einbruch.«

»Sondern?«

»Was weiß ich.«

Erik stand auf und griff sich an den Kopf, als wollte er prüfen, ob der Dirty Daniel ihm die schnelle Bewegung übel genommen hatte. »Ich glaube, diese Angelegenheit brauchen wir nicht weiterzuverfolgen.«

Sören warf seinem Chef einen gekränkten Blick zu, während er sich ebenfalls erhob. »Demnächst lassen Sie bitte länger bei mir läuten. So lange, bis ich wach werde. So was Dämliches, mit der Staatsanwältin nachts loszuziehen! Ich hätte die flüchtende Frau erwischt, wetten?«

Der Anruf von Petrine Roesgen kam, als Erik und Sören gerade das Büro betreten hatten. »Frau Helmstetter hat sich gemeldet. Sie wollte Lale sprechen. Es blieb mir nichts anderes übrig, als ihr zu erzählen, was geschehen ist. Ich hoffe, das war richtig?«

Erik hatte Mühe, ihr zu folgen. Der Dirty Daniel, der noch in seinem Kopf herumgeisterte, erschwerte das Denken ganz entschieden. »Die Stiefmutter?« Immerhin! Diesen Zusammenhang hatte er messerscharf und auch ziemlich flott erkannt.

»Das hat mich auch gewundert. Natürlich hatte ich angenommen, dass Frau Helmstetter längst Bescheid weiß.«

»Herr Claussen hat seine Frau nicht über die Entführung informiert?«

»Sieht so aus. Aber ich konnte sie doch nicht belügen ...«

Erik versicherte der Haushälterin, dass sie alles richtig gemacht habe. Natürlich musste die Stiefmutter erfahren, was geschehen war. Und dass sie schweigen und Lale nicht in Gefahr bringen würde, war ja sowieso klar.

»Sie hat sich schrecklich aufgeregt, weil ihr Mann es nicht für nötig hält, nach Sylt zu kommen. Wohl deswegen hatte er ihr nichts gesagt. Weil er natürlich wusste, was sie von ihm verlangen würde.«

»Ist sie darüber informiert, dass er im Krankenhaus liegt?«

»Sie wusste nichts davon. Und sie sagt, das sei vermutlich nur eine Ausrede. Er wolle möglicherweise nicht zugeben, dass ihm seine Geschäfte wichtiger sind als seine Tochter.«

Erik sah Sören mit gerunzelter Stirn an, als dieser in den Raum kam. Nach einer glücklichen Ehe hörte sich das nicht an. Er drückte die Lautsprechtaste des Telefons, damit Sören mithören konnte.

»Sie wird sich sofort um einen Flug kümmern. Spätestens morgen will sie auf Sylt ankommen. Sie ist außer sich ...«

Ob vor Sorge um Lale oder vor Zorn auf ihren Mann, blieb dahingestellt. Erik vermutete, dass Helena Helmstetters Gemütszustand aus einer gefährlichen Mischung von Angst und Wut bestand und dass die Aussicht, auf die Ex-Frau ihres Ehemannes zu treffen, nicht zur Besänftigung beitragen würde. Hoffentlich ging das gut!

»Und noch was ...« Petrine Roesgens Stimme war nach wie vor angenehm leidenschaftslos. So, wie Erik es gern hatte. »Lales Freund hat sich gemeldet. Heute Morgen stand er vor der Tür, als ich ankam.«

Erik war alarmiert. »Hat er Ihnen seinen Namen gesagt?«

»So was Italienisches ...« Petrine zögerte. »Klang wie ein Auto ...«

»Ferrari? Frido Ferrari?«

»Genau! Er hat gesagt, er mache sich Sorgen um Lale. Sie gehe nicht an ihr Handy und melde sich nicht bei ihm.«

Erik erschrak, aber Petrine Roesgen bewies, dass eine Friesin auch deshalb so langsam reagierte, weil sie dann genug Zeit hatte, sich zu überlegen, was sie sagte. »Ich habe natürlich nichts verraten.«

Erik und Sören atmeten beide hörbar aus.

»Lale ist nach Husum zurückgekehrt, habe ich ihm gesagt. Und ihr Handy ist kaputt. Sie muss sich ein neues besorgen und wird sich dann sicherlich bei ihrem Freund melden.«

»Sehr gut«, lobte Erik. »Der junge Mann wird sich in Geduld üben müssen. Und bis er erneut unruhig wird, ist Lale sicherlich schon wieder freigekommen.«

Diese Worte beruhigten Petrine Roesgen sehr, und sie verabschiedete sich derart erleichtert, als hätten sich Eriks Prognosen bereits bewahrheitet.

Erik legte das Telefon zurück und ging zum Fenster. Er betrachtete das neue Boarding-House *Bett und Bude*, das neuerdings den Blick zum Bahnsteig versperrte, sah aber in Wirklichkeit darüber hinweg. Zwar betrachtete er die Fassade ausgiebig, nahm aber nichts auf, weil er mit seine Gedanken woanders war. Bei Lale Claussen! Nach wie vor wurde vorsichtig und unauffällig nach ihr gesucht, aber bisher hatte es keinen Hinweis auf ihren Aufenthaltsort gegeben.

Sören stellte sich an das zweite Fenster und machte es wie sein Chef. Auch er starrte hinaus, ihm war genauso anzusehen, dass ihn der Ausblick nicht interessierte. Zwischen ihnen gab es mittlerweile eine so große Übereinstimmung, dass Erik geschworen hätte, Sörens Gedanken zu kennen. Er machte sich die gleichen Sorgen, litt ebenso unter der Frage, was die entführte junge Frau in diesem Augenblick auszustehen hatte. »Hoffentlich lebt sie noch«, hörte Erik ihn flüstern.

Es war schrecklich, dass sie nichts tun konnten. Sie mussten warten, bis der Entführer sich wieder meldete, bis die Zahlungsmodalitäten geklärt waren, bis sie erfuhren, wie und wo die Übergabe des Lösegeldes stattfinden und wie und wann Lale Claussen freigelassen werden sollte.

Als die Tür sich öffnete, schraken sie beide zusammen. Enno Mierendorf war eingetreten, mit dem *Inselblatt* in der Hand. »Das hat die Staatsanwältin schicken lassen.« Er hielt Erik die Zeitung hin. »Sie wissen, was das bedeutet?«

Erik nickte. »Danke.« Er legte die Zeitung auf seinen Schreibtisch, dann zog er den Brief des Kidnappers hervor und legte ihn daneben. Dass sämtliche Buchstaben und Wörter aus diesem Zeitungsblatt ausgeschnitten worden waren, ließ sich auf den ersten Blick erkennen.

»Was bringt uns das?«, fragte Sören schlecht gelaunt. »Dass der Entführer sich auf Sylt aufhält, war sowieso klar.«

»Frido Ferrari hat sich merkwürdig verhalten«, verteidigte sich Erik. »Er schien überrascht, als er die Zeitung auf seinem Bett liegen sah.«

Sören verdrehte die Augen. »Wie hoch ist die Auflage des *Inselblattes*?« Er wartete Eriks Antwort nicht ab. »Wollen Sie alle Leser verdächtigen?« Wieder wartete er nicht auf eine Entgegnung. »Ist das alles, was Ihnen aufgefallen ist? Sonst haben Sie nichts gesehen?«

»Habe ich Ihnen doch schon erzählt. Die Staatsanwältin hat in alle Ecken geguckt.« Erik grinste leicht. »Weil sich der Einbrecher ja in der Abstellkammer oder im Bad versteckt haben konnte. Keine Spur von Lale Claussen!«

Sören hatte immer noch nicht überwunden, dass er von der nächtlichen Unternehmung ausgeschlossen gewesen war. »Selbst wenn Sie was gefunden hätten, was Lale Claussen gehört ... ein Beweis wäre das nicht gewesen. Die hat sich sicherlich öfter bei Frido Ferrari aufgehalten. Vielleicht hat sie manchmal sogar dort übernachtet.«

»Ja, ja.« Erik warf die Zeitung in seine Schreibtischschublade und schob sie so heftig zu, dass seine Pfeife darin gegen die Innenwände schlug. »Also bleibt uns nichts anderes übrig, als weiterhin zu warten.«

Carolin holte schon ihr Fahrrad aus dem Schuppen, als ihre Nonna noch damit beschäftigt war, das Geschirr in die Spülmaschine zu packen. Wohlgefällig blickte Mamma Carlotta ihrer Enkelin hinterher. Endlich hatte Carolin wieder Pläne! Endlich begann sie den Tag wieder mit einer Aufgabe!

»Sag Frau Schäfer, dass ich bald kommen werde! Und grüß die Staatsanwältin, wenn du sie siehst.«

Beides hatte Carolin nicht mehr zur Kenntnis genommen, oder sie hatte es nicht hören wollen, jedenfalls bekam Carlotta keine Reaktion.

Dass Frau Dr. Speck mit der Verlegerin befreundet war, hatte sie ohne jedes Wohlwollen aufgenommen. »Papa erträgt diese Frau keine halbe Stunde. Und ich soll sie den ganzen Tag um die Ohren haben?«

Doch sie hatte natürlich eingesehen, dass es gut war, wenn Antonia Schäfer Hilfe von einer Freundin bekam, die sich mit der Polizeiarbeit auskannte. So fuhr sie einigermaßen fröhlich und optimistisch ihrer schillernden Zukunft als Lyrikerin entgegen. Jedenfalls kam es ihrer Großmutter so vor. Wenn Carolin nichts anderes im Sinn gehabt hätte als das Zusammenfügen von Eintrittskarten und Werbeblättern, das Einsortieren von Wechselgeld und das Aufhängen von Plakaten, hätte sie nicht so aufrecht auf dem Fahrradsattel gesessen und hätte nicht »Lonely Together« gesummt.

Mamma Carlotta musste an die bedauernswerte Lale Claussen denken. Was war sie froh, dass ihre Enkelin nicht das Kind eines reichen Mannes war. Der Gedanke, welche Qualen Antonia Schäfer auszustehen hatte, wie sie die Nacht verbracht hatte, wie sie trotz ihrer Angst den Tag überstehen musste, trieb ihr die Tränen in die Augen. Nur gut, dass Tilla Speck ihr beistehen würde. Carlotta freute sich, die Staatsanwältin wiederzusehen und den Tag an ihrer Seite zu verbringen. Sie durfte nur nicht vergessen, ihre Handschuhe zu holen, sobald Gosch am Kliff geöffnet hatte. Und natürlich musste sie vergessen, was in der vergangenen Nacht geschehen war. Dass Carlotta Capella in der Nähe gewesen war, als die Staatsanwältin mit Erik einem Einbrecher gefolgt war, durfte niemand wissen. Schrecklich, dass sie ihrer Empörung keine Luft machen konnte!

Sie machte sich auf den Weg, nachdem sie die Küche aufgeräumt, die Schlafzimmer gelüftet, die Betten gemacht und die Waschmaschine angestellt hatte. Leider dauerte das Verteilen der restlichen Flyer eine ganze Weile, denn natürlich musste sie in jedem Laden, jedem Hotel und an jedem Verkaufsstand erklären, worum es ging, dass das Lyrik-Festival eine wichtige kulturelle Veranstaltung sei, dass ihre Enkeltochter sich Hoffnungen auf den Gewinn des Wettbewerbs machen dürfe und sie selbst dazu ausersehen sei, der Verlegerin bei der Organisation des Festivals zu helfen. Erst wenn sie sicher war, dass der Flyer nicht achtlos in einer Papiertonne landete, machte sie sich an die weitere Verteilung. So was brauchte Zeit. Als sie den letzten Flyer im Hotel Windrose an die Rezeption gelegt hatte, ging es schon auf zwölf zu. Sie beschloss, ihre vergessenen Handschuhe bei Gosch abzuholen, ehe sich dort lange Schlangen vor der Theke gebildet und die Kellner keine Zeit mehr hatten, sich um ein Anliegen zu kümmern, das nichts mit Essen oder Trinken zu tun hatte. Als sie die Straße überquerte, sah sie, dass sich eine Tür von Gosch öffnete. Es war die, die sich am Fuß der Treppe befand, die ins Restaurant führte. »Küche, Anlieferung und Vorbereitung«, stand auf einem Klingelschild neben der Tür. Ein Kellner mit großer weißer Schürze erschien und lief um das Gebäude herum. Dort wartete auf der Rasenfläche ein sehr dünner junger Mann auf ihn, der eine lange helle Felljacke aus zotteligem Kunstpelz trug, darunter schwarze Leggings und an den Füßen uralte Soldatenstiefel, die aussahen, als stammten sie aus dem Zweiten Weltkrieg. Er stand in beeindruckender Pose dort, den Blick auf den Horizont gerichtet, die rechte Hand an die Schläfe gelegt, die Linke in einer abwehrenden Haltung, als wäre er darauf bedacht, die Eindrücke zu mäßigen, die in Form des herrlichen Ausblicks auf ihn einstürmten.

Als Mamma Carlotta mit ihren Handschuhen zurückkam, hatte er seine Pose aufgegeben und hörte Frido Ferrari zu, der auf ihn einredete, als wollte er ihn von etwas überzeugen, was Jo Kessler nicht einsehen konnte. Sie schienen sogar zu streiten. Frido verteidigte seine Meinung mit großen Gesten, sehr italienisch, während Jo Kessler die Hände in seine Felljacke steckte und so aussah, als hätte er zwar eine Meinung, aber keine Argumente.

Mamma Carlotta überquerte den Rasen und ging zur Kliff-kante, in einem großen Abstand, sodass sie von den beiden nicht wahrgenommen wurde, wo sie aber leider auch kein Wort von dem Gespräch verstehen konnte. Doch sie musste vorsichtig sein. Mit Frido Ferrari war etwas nicht in Ordnung, das hatte anscheinend auch Fietje erkannt. Warum sonst war er ihm gefolgt? Und Erik und Tilla hegten offenbar auch einen Verdacht gegen ihn. Warum sonst waren sie vor seiner Wohnung aufgetaucht? Oder war es um die Person gegangen, von der Mamma Carlotta überwältigt worden war? Sie war aus einem Fenster von Frido Ferraris Wohnung gesprungen. Ein Einbrecher? Konnte es sein, dass es Erik und Tilla Speck wirklich nur darum gegangen war, einen Dieb auf frischer Tat zu erwischen? Doch nach wie vor erschien es Carlotta unglaubwürdig, dass Erik alarmiert worden war, weil ein Bürger einen Einbruch gemeldet hatte. Und erst recht war es ganz und gar ausgeschlossen, dass er die Staatsanwältin dazuholte, wenn er auf Verbrecherjagd gehen wollte. Nein, die beiden mussten einen anderen Grund haben, vor Fridos Wohnung aufzutauchen. Leider hatte Mamma Carlotta jedoch nicht mehr warten können, um dieser Sache auf den Grund zu gehen. Sie war froh gewesen, dass Erik und Tilla dem Einbrecher folgten und ihr damit die Gelegenheit gaben, sich ungesehen zu verdrücken.

Sie ging auf den Hintereingang des Kurhauses zu, der selten geöffnet war. Aber sie wollte es versuchen, um sich den Weg durch den Haupteingang zu ersparen. Davor, auf der Rasenfläche, standen einige Strandkörbe, alle zum Meer ausgerichtet. Obwohl es kalt war und ein eisiger Wind ging, war jeder Strandkorb besetzt. Darin saß man geschützt, der Wind ging über die Strandkörbe hinweg.

Antonia Schäfer sah sie erst im letzten Augenblick. Sie saß in einem Korb nahe des Hintereingangs und rauchte. Mamma Carlotta merkte gleich, dass sie nicht gesehen werden wollte. Und natürlich hatte sie vollstes Verständnis für die leidgeprüfte

Mutter. Antonia Schäfer war in Gedanken bei ihrer Tochter, vielleicht betete sie sogar heimlich, mindestens flehte sie unhörbar den Himmel an, ihrem Kind zu helfen. So beließ Mamma Carlotta es bei einem Gruß und ein paar aufmunternden Worten, die nur Antonia Schäfer verstehen konnte, deren Sinn jedem anderen, der sich in der Nähe aufhielt, verborgen bleiben würde.

Dann ging sie zum Hintereingang und stellte erfreut fest, dass er nicht verschlossen war. Sie öffnete die Tür, drehte sich dann aber um und warf einen Blick zurück. Nein, Antonia Schäfer schaute nicht aufs Meer hinaus und auch nicht in den Himmel. Sie starrte die beiden Männer an, die noch immer auf dem Rasen standen und hitzig miteinander debattierten. Ging es ihr darum, dass Johann W. Kessler endlich ins Kurhaus kam und ihr die Telefongespräche mit den Veranstaltern der Lesungen abnahm? Oder fragte sie sich, genau wie Mamma Carlotta, warum er von Frido Ferrari, einem Kellner von Gosch, derart bedrängt wurde, dass er sich nun mit einer herrischen Bewegung abwandte und ihn stehen ließ? Er wickelte seine Arme um den Oberkörper, als er auf das Kurhaus zuging. Und Frido Ferrari starrte ihm eine Weile nach, ehe er an seinen Arbeitsplatz zurückkehrte.

Die Staatsanwältin flatterte Carlotta aufgeregt entgegen. »Hast du Antonia gesehen?« Sie war hinter dem schweren dunklen Vorhang hervorgetreten, der den Aufgang zur Bühne vom Zuschauerraum trennte. Dahinter gab es eine Tür, die zu einigen anderen Nebenräumen führte, zu Werkstätten, zu Lagerräumen, in denen Requisiten aufbewahrt wurden, und zu der Künstlergarderobe, die über eine schmale Wendeltreppe zu erreichen war.

Tilla Speck hielt ein Smartphone in der Hand, das ihr nicht zu gehören schien. »Ein Anruf von Theo Claussen«, zischte sie Mamma Carlotta zu, nachdem sie sich vergewissert hatte, dass sie allein waren. »Wie kann sie weggehen, ohne ihr Handy mitzunehmen?«

Mamma Carlotta war froh, dass sie Tilla helfen konnte. Sie griff nach ihrem Arm und zog sie quer durch den Saal. »Sie sitzt draußen, in einem Strandkorb.«

Wenige Minuten später lehnte sich Antonia Schäfer an die Theke des Kursaals, die nur während einer Veranstaltung in Betrieb genommen wurde. Mit zitternden Fingern wählte sie die Nummer ihres Ex-Mannes. Dass Tilla Speck neben ihr stand, schien zu ihrer Beruhigung beizutragen, und Carlottas Anwesenheit stellte sie nicht infrage. Da die Staatsanwältin und die Schwiegermutter des Kriminalhauptkommissars sich duzten und miteinander umgingen, als wären sie gute Freundinnen, war Carlotta über jeden Zweifel erhaben. Das gefiel ihr außerordentlich gut. Erik würde ihr keine Vorwürfe machen und ihr auf keinen Fall Neugier unterstellen können. Tatsächlich hatte sie in diesem besonderen Fall sogar bessere Karten als er, der Ermittler. Er musste sich zurückhalten, durfte nicht auffallen, sie dagegen war ja nur eine Nonna, die ihre Enkelin unterstützte und zufällig mit der Freundin der Verlegerin bekannt war, von der niemand wusste, welchem Beruf sie nachging.

»Was gibt's, Theo?«, fragte Antonia Schäfer in diesem Moment. »Hat der Entführer sich etwa bei dir gemeldet? Er weiß doch, dass er mich kontaktieren muss ...«

Sie brach ab, lauschte ins Telefon, nickte ein paarmal und murmelte mehrmals: »Okay.«

Dann wollte sie das Telefonat beenden, wurde aber von Tilla Speck daran gehindert. Sie streckte ihr die rechte Hand entgegen. »Ich muss mit ihm reden.«

Antonia reichte ihr das Handy, ohne zu fragen, und drehte ihr den Rücken zu, während Tilla das Gespräch mit Theo Claussen übernahm. »Hallo, hier spricht Tilla Speck! Erinnerst du dich noch an mich?«

Aus den Floskeln, die hin- und herflogen, konnte Carlotta entnehmen, dass Theo Claussen und Tilla Speck sich vor Jahren begegnet waren, als die Staatsanwältin auf Sylt Urlaub gemacht und die Claussens gerade ihre Villa in Kampen bezogen hatten.

Lange hielt sich die Staatsanwältin jedoch nicht mit Wortgeplänkel auf. »Wo bist du, Theo?« Ihr Gesicht wurde ärgerlich, während sie der Antwort lauschte. »Geht's ein bisschen genauer?« Sie wedelte mit der rechten Hand etwas zu schreiben herbei. Mamma Carlotta entdeckte zum Glück hinter der Theke einen Block zum Notieren von Getränkewünschen, und Antonia Schäfer zog einen Stift aus der Brusttasche ihres Blazers.

»Was ist los mit dir? Was soll diese Geheimniskrämerei um deine Gesundheit?«, fragte die Staatsanwältin, während sie etwas aufschrieb. »Herzanfall? Eine OP?« Die Auskunft, die sie erhielt, schien sie nicht zufriedenzustellen. »Lässt sich die Behandlung nicht in Deutschland fortsetzen? In der Nähe deiner entführten Tochter?« Aber die Informationen von Theo Claussen machten sie nervös, sie waren ihr wohl zu langatmig und zu ungenau. Tilla Speck, das wusste Mamma Carlotta von ihrem Schwiegersohn, liebte es zackig und möglichst konkret.

Sie sorgte dafür, dass das Gespräch bald beendet wurde. Als sie Antonia das Smartphone zurückreichte, warf sie den Zettel mit ihrer Notiz in einen Papierkorb und sagte: »Angeblich weiß er nicht genau, wie die Klinik heißt, in der er liegt. Irgendwas mit Florence Nightingale, sagt er. Glaubst du, dass jemand in ein Krankenhaus eingeliefert wird, ohne den Namen zu kennen?«

Antonia musste nicht lange überlegen. »Doch, das passt zu Theo. Der wusste zwei Jahre nach dem Kauf seines neuen Autos immer noch nicht, dass er einen Chevrolet fuhr.«

»Hm.« Die Staatsanwältin wurde nachdenklich. »Er sagt, es ist die Leber! Hatte er früher schon Probleme damit?«

Antonia schüttelte den Kopf. »Vielleicht trinkt er mehr, seit er mit Helena verheiratet ist. Sie muss sich so einen alten Sack vermutlich jeden Abend schöntrinken, und er macht mit.«

»Antonia!« Die Stimme der Staatsanwältin war voller Missbilligung. »So was passt nicht zu dir.«

Antonia Schäfer sah prompt schuldbewusst aus. »Hast ja recht.«

»Was wollte Theo von dir?«

»Ich soll von dem Entführer ein Foto verlangen, wenn er sich das nächste Mal meldet. Theo will Gewissheit, dass Lale noch lebt. Ein Foto, auf dem sie eine aktuelle Zeitung in der Hand hält.«

»Sehr vernünftig«, entgegnete die Staatsanwältin. Weiter sprach sie nicht, denn die Tür des Saals öffnete sich, und Johannes Walter Kessler trat ein, gefolgt von Carolin. Carlottas Enkelin wirkte eifrig und strahlte vor Tatkraft, der junge Lyriker sah eher gelangweilt und ziemlich blasiert aus.

»Ich bin fertig«, verkündete Carolin. »Hinter jeder Eintrittskarte steckt ein Werbeblatt vom Schäfer-Verlag.«

Antonia rang sich ein Lächeln ab. »Danke.«

»Und jetzt?«, fragte Kessler. »Wir wollten über mein Exposé reden.«

»Tut mir leid, Jo! Morgen vielleicht.« Antonia Schäfer wandte sich ab. »Mir geht's nicht gut.«

Johann Walter Kessler war der Einzige in dieser Runde, der nicht wusste, warum es Antonia Schäfer nicht gut ging. Er war demzufolge auch der Einzige, der nicht das nötige Verständnis aufbrachte. »Und was ist mit den Teilnehmern des Wettbewerbs? Wir wollten gemeinsam durchgehen, in welcher Reihenfolge sie auftreten.«

»Ja, ja.« Antonia Schäfer griff sich an den Kopf. »Am besten, du sorgst schon mal für eine Vorauswahl. Die schwächsten am Anfang, die guten Gedichte zum Schluss.«

Mamma Carlotta warf Carolin einen scharfen Blick zu, bemerkte aber schnell, dass er nicht fruchten würde. Sie, die Nonna, musste es sein, die dafür sorgte, dass Carolin Erfolg hatte. »Meine Enkelin wird also als eine der Letzten lesen?«

Antonia Schäfer runzelte die Stirn. »Wie war noch gleich der Name?«

»Carolin Wolf«, antwortete Jo Kessler. »Sie steht nicht auf der Liste.«

»Dann ist das vergessen worden.« Mamma Carlotta wandte sich an Antonia Schäfer. »Sie haben ihr gestern die Zusage gegeben.«

»Die Bewerbungsfrist ist schon vor drei Tagen abgelaufen«, meinte Jo Kessler.

»Frau Schäfer hat die Zusage nachträglich gegeben«, konterte Mamma Carlotta.

Antonia Schäfer schien von einer Erinnerung berührt zu werden. »Ach ja, kann sein ... Setz sie noch auf die Liste, Jo.«

Der Blick, den Carolin ihr zurückwarf, war schwer zu deuten. Einerseits lag viel Zufriedenheit darin, aber zu Mamma Carlottas Verdruss auch eine Menge Genierlichkeit und sogar eine gehörige Portion Scham. Ihr war die forsche Art ihrer Nonna mal wieder peinlich gewesen? Mamma Carlotta verstand ihre Enkelin nicht. Wollte sie nun beim Wettbewerb mitmachen oder nicht? Wenn sie es wollte, musste man natürlich etwas tun, damit es klappte. Dio mio!, flüsterte sie lautlos. Carolin sollte doch froh sein, dass ihre Nonna sich um ihren Erfolg kümmerte, wenn sie es selbst nicht schaffte.

Erik schlug mit der flachen Hand auf die Schreibtischplatte, sodass Sören erschrak. »Ich brauche einen Tapetenwechsel. Kommen Sie, wir gehen ins *Entrée* und gönnen uns einen guten Kaffee. Diese Plörre hier kann man ja nicht trinken.« Angewidert schob er den Becher zurück, der noch zur Hälfte gefüllt war.

Sie gingen über den Bahnhofsvorplatz, an den grünen Reisenden Riesen vorbei, und stemmten sich so wie die Statuen gegen den Wind, der im Laufe des Tages stark zugenommen hatte. Am Eingang des Bahnhofs liefen sie jedoch vorbei und betraten das Gebäude von hinten, wo es direkt in das Bahnhofsrestaurant ging.

Sören hatte einen Briefbogen des Polizeireviers Westerland mitgenommen, der voller Notizen war. »Lampen-Claussen geht es nicht gut.«

Er las einige Zahlen von seinem Notizzettel ab, die an Erik vorbeiflogen, ohne dass sie Eingang in sein Kurzzeitgedächtnis fanden. Sie sahen sich an und wussten, dass sie beide das Gleiche dachten.

Sören war es, der es aussprach. »Ich glaube, der liegt gar nicht im Krankenhaus. Erst recht nicht in Chicago.«

»Sie meinen, er ist auf Sylt?«

Sören nickte. »Sie haben doch gehört, Lale ist leicht beeinflussbar. Der Papa hat ihr klargemacht, dass er Geld braucht, sonst ist Schluss mit dem guten Leben.«

»Damit wäre auch zu erklären, warum die Haushälterin so merkwürdige Beobachtungen gemacht hat.«

Sören verstand, was sein Chef meinte. »Nachdem der Erpresserbrief gefunden war, ist Lale noch in der Villa ein und aus gegangen? Heimlich? Ohne dass die Haushälterin sie bemerkt hat?«

Erik schüttelte den Kopf. »So dumm kann sie nicht sein.«

»Glaube ich auch nicht.« Sören bestellte einen Karamellmacchiato, der angeblich nirgendwo so gut war wie hier, während Erik sich für einen Espresso entschied. Sie schwiegen eine Weile. Vom Bahnsteig drang Stimmengewirr herein, ein Zug fuhr ein, Bremsen quietschten, die Rollen der Gepäckstücke ratterten, Abschiedsworte flogen hin und her.

»Wenn das wirklich stimmt, was Sie sagen...« Sören brauchte eine Weile, um sich die Konsequenzen dieses neuen Verdachts klarzumachen. »...dann können wir die Suche nach Lale Claussen einstellen.«

»Oder wir suchen sie in einem komfortablen Hotel. Da lässt sie es sich unter falschem Namen gut gehen. Vielleicht im Arosa in List.«

»Das liegt so schön weitab.«

»Wir müssen nach wie vor behutsam vorgehen«, warnte Erik, »selbst wenn sich unser Verdacht erhärten sollte. Claussen darf nicht merken, dass wir ihn durchschaut haben. Also rufen Sie bloß nicht in den Hotels an, um nach einer jungen Frau zu fragen, die aussieht wie Lale Claussen.«

Sören nickte nur, antworten konnte er nicht. Er war viel zu sehr damit beschäftigt, sich einen Vater vorzustellen, der seine Tochter zum Schein entführte.

Erik hatte das Gefühl, dass Sören nicht daran glauben konnte. »Wir müssen herausfinden, wie er sich die Million beschaffen will. Unter diesen Umständen bekommt er vielleicht einen Kredit von seiner Hausbank, der ihm vorher verwehrt worden ist. Selbst Banken sollen ja manchmal sozial reagieren und handeln. Claussen sackt die Million ein, bedauert dann außerordentlich, dass der Entführer sie genommen hat und damit verschwunden ist, und hat neues Startkapital, mit dem er heimlich seine Firma auf Vordermann bringt.« Erik trank seine Tasse leer. »Ich will endlich wissen, wo der Mann steckt.«

»Ganz vorsichtig, Chef! Der darf nichts merken.« Sören warf einen Blick zum Nachbartisch, wo ein Reisender vor einer großen Pizza saß. »Wie wär's mit einem kleinen Snack? Ihre Schwiegermutter hat im Kurhaus zu tun. Ein Mittagessen können wir nicht erwarten.«

»Gute Idee!«

Sören verleibte sich eine Pizza ein, die der auf dem Nachbartisch sehr ähnlich sah, während Erik sich mit einer Suppe begnügte. Eine Weile waren sie mit dem Essen beschäftigt, beide gehörten zu denen, die sich am liebsten auf eine einzige Sache konzentrierten und sich nicht gern mit Multitasking aufrieben.

Erst als sein erster Hunger gestillt war, meinte Sören: »Wir sollten besser mit der Staatsanwältin reden. Mal sehen, was die von Theo Claussen hält. Vielleicht kennt sie ihn sogar persönlich und kann ihn besser beurteilen als wir.« Er grinste. »Ich gehe doch recht in der Annahme, dass wir die Staatsanwältin nicht im Kurhaus aufsuchen müssen? Sicherlich wird sie heute Abend in Ihrer Küche am Tisch sitzen.«

Erik stöhnte auf. »Ich fürchte, Sie haben recht.«

Sören grinste noch breiter. »Wir können nach Feierabend bei Feinkost Meyer vorbeifahren. Zutaten für den Dirty Daniel einkaufen!«

Erik seufzte leise. Hätte er seinem Assistenten nur nicht gestanden, dass er auf den Vorschlag der Staatsanwältin eingegangen war, den vergangenen Abend an der Hotelbar zu beschließen. Es war eine kleine Rache, die er sich nun erlaubte: »Haben Sie sich eigentlich schon um das Verschwinden Ihrer Cousine gekümmert? Ich war dabei, als Sie es Ihrer Tante versprochen haben.«

Der Seitenhieb saß! Das Feixen verschwand auf der Stelle aus Sörens Gesicht. »Was soll ich denn tun? Alle Hotels anrufen und nach einem Sugardaddy fragen, der eine junge Frau bei sich hat?«

»Das wäre eine Möglichkeit.«

»Ich könnte ja gar nichts machen. Frauke ist volljährig.«

»Aber Ihre Tante wüsste wenigstens, dass es ihr gut geht.«

Sören brummte etwas, was Erik nicht verstehen konnte. Schließlich hörte er heraus, dass sein Assistent sich sämtliche Verkehrsunfälle vornehmen wollte, bei denen Personen verletzt worden waren, deren Identität noch nicht geklärt war. »Aber vorher rufe ich bei Tante Laurenze an und frage, ob Frauke wieder aufgetaucht ist. Nicht, dass ich noch völlig vergeblich nach ihr fahnde.«

Antonia Schäfer hatte sich zusammen mit Tilla Speck wieder in den Strandkorb zurückgezogen, der dem Hinterausgang des Kursaals am nächsten stand. Jo Kessler schien darüber verärgert zu sein. Er zog einen zerknitterten Bogen aus der Innentasche seiner ramponierten Felljacke und legte ihn auf einen der Stehtische, die hinter den Stuhlreihen aufgestellt waren. So, dass er nicht zu übersehen war, stand er da, las murmelnd, was er zuvor geschrieben hatte, klopfte mit der linken Hand den Rhythmus seiner Lyrik und dirigierte sie mit der rechten. Dass Antonia Schäfer keine Notiz von ihm genommen hatte, obwohl er sich ihr in Denkerpose in den Weg gestellt hatte, schien ihm zu schaffen zu machen. Aber nachdem sie sich mit ihrer Freundin zurückgezogen hatte, gab er es auf, sie beeindrucken zu wollen und zu einer Frage herauszufordern, nach der er dann greifen und mit unzähligen Antworten dafür sorgen konnte, dass sie sich ihm endlich zuwandte und ihre eigenen Wünsche vergaß.

Mamma Carlotta kam der Verdacht, dass ihm das schon oft gelungen war. Er versuchte es auch bei ihr, indem er ihr immer wieder absichtlich vor die Füße geriet und ihr dann, nachdem es beinahe zu einem Zusammenprall gekommen wäre, erklärte, warum es einem Lyriker wie ihm, der sich jedes Wort, jede Metapher und jeden Rhythmus hart erarbeitete, passieren konnte, dass er die Welt um sich herum vergaß und jemandem in den Weg lief, der sein Geld auf andere Art verdiente.

»Andererseits brauche ich die Öffentlichkeit, um zu wirklich überzeugenden Sprachbildern zu finden. Wenn ich allein bin, fehlt mir die Inspiration.«

Carolin wollte eigentlich nur zum Informationsschalter gehen, um dort Papier für den Drucker zu erbitten, denn die Teilnehmerlisten sollten ausgedruckt werden, die nun, nachdem auch ihr Name darauf gelandet war, komplett waren. Doch sie hatte Pech. Jo Kessler hatte längst erkannt, dass sie diejenige war, die sich am leichtesten beeindrucken ließ, und hielt sie auf.

»Welche Versform bevorzugst du, Caro? Die jambische oder die trochäische?«

Carolin sah ihn an, als hätte er sie um ein Streichholz für das Abfackeln des Kurhauses gebeten. »Ich hatte ja Deutsch-Leistungskurs, aber ...«

»Du hast recht«, unterbrach er sie. »Für die Lyrik brauchst du keine Theorie, sondern ganz viel Praxis. Du musst nicht mal wissen, was Jambus oder Trochäus bedeutet. Es reicht, wenn du weißt, was die steigende oder fallende Silbenfolge mit deinen Wörtern macht. Willst du sie weich und gleitend haben? Oder hart und kräftig?« Er stellte sich in Positur und tönte: »Freude schöner Götterfunken, Tochter aus Elysium!« Dann beugte er sich Carolin zu und wisperte: »›Am Brunnen vor dem Tore, da steht ein Lindenbaum.‹ Wunderschön leicht und gleitend, findest du nicht?« Nun nahm er die Positur ein, die ihm am liebsten war, hoch aufgerichtet und sehr wirkungskalkuliert.

Carolin fragte ihn schüchtern: »Du wolltest mir dabei helfen, zwei Gedichte für den Wettbewerb auszusuchen.«

Aber Jo Kessler merkte, dass Antonia Schäfer hereingekommen war, und verlor augenblicklich das Interesse an Carolin und ihren Werken. Er lächelte sie an, als erwartete er Lob und Bewunderung von seiner Verlegerin.

Beides blieb ihm allerdings verwehrt. »Kannst du was zu essen besorgen, Jo?«

Seine Mundwinkel fielen herab, als wäre ihm der Jambus aus den Händen geglitten und der Trochäus auf die Füße gefallen. »Ich?«

»Du kennst doch diesen Kellner von Gosch. Diesen Italiener …«

»Frido?«

»Sag ihm, ein dickes Trinkgeld ist ihm sicher, wenn er uns das Essen bringt.« Sie zählte die Anwesenden. »Fünfmal gebratenes Fischfilet mit Kartoffelsalat.«

Mamma Carlotta hatte den Eindruck, dass der junge Dichter vor allem deshalb weggeschickt wurde, damit diejenigen unter sich waren, die von Lale Claussens Entführung wussten. Dann konnte Antonia Schäfer für eine Weile darauf verzichten, so zu tun, als hätte sich in ihrem Leben nichts geändert. Wieder zog sie sich mit der Staatsanwältin in den Strandkorb zurück, ließ aber die Tür des Kursaal geöffnet, damit sie jederzeit zurückgerufen werden konnte, wenn es um eine Entscheidung ging, die nur die Verlegerin selbst treffen konnte.

Carolin lief zum Info-Schalter, froh, sich nicht mehr um Jamben und Trochäen kümmern zu müssen, sondern um etwas so Handfestes wie Papier für den Drucker. Sie schien sogar froh zu sein, dass die Entscheidung für zwei Wettbewerbsgedichte noch nicht gefallen war, und sie Aufschub erhalten hatte. Mamma Carlotta folgte ihr, damit Tilla Speck und ihre Freundin ungestört waren, und begann eine Plauderei mit Frau Kemmertöns, deren Kollegin so freundlich war, sich allein um die überschaubare Zahl von Feriengästen zu kümmern, die Fragen zu Öffnungszeiten, Busverbindungen oder auch zum Lyrik-Festival hatten. Währenddessen ließ Carolin sich in den Materialraum schicken, um das Druckerpapier zu holen.

Carlotta und die Nachbarin blieben nicht lange ungestört. Johannes Walter Kessler erschien hinter Mamma Carlotta. »Das Essen wird in einer halben Stunde geliefert.« Dann bat er darum, an einem der Computer eine Liste bearbeiten zu dürfen. »Gut, dass ich Sie sehe«, sagte er zu Mamma Carlotta. »Wie schreibt sich Ihre Enkelin? Mit C am Anfang?«

Mamma Carlotta bestätigte es und machte einen langen Hals. Jo Kessler rief die Liste der Teilnehmer auf, die sich am Lyrikwettbewerb der Abschlussveranstaltung beteiligen wollten. Sie erinnerte sich gut an Antonia Schäfers Worte: »Die Schwächsten am Anfang, die Besten am Schluss.«

Zum Glück konnte sie gut erkennen, wo der Name ihrer Enkelin eingefügt wurde: an dritter Stelle von insgesamt fünfundzwanzig Lyrikern. Heiße Empörung stieg in ihr auf. Dieser Johann W. Kessler hielt Carolin also für eine der schwächsten Lyrikerinnen? Unverschämt! Und so desillusionierend für Carolin! Wie sollte sie ihr Selbstbewusstsein zurückgewinnen, wenn man ihren Fähigkeiten so wenig vertraute?

Als Kessler aufblickte, sah sie schnell zur Seite. Aber er hatte wohl mitbekommen, dass sie merkte, womit er sich beschäftigte. Zum Glück verstand er es jedoch falsch. »Ja, eigentlich sollte ich die Reihenfolge zusammen mit Frau Schäfer festlegen. Aber sie ist ja zurzeit so schlecht drauf. Vermutlich ist sie froh, wenn ich das für sie erledige.« Seine Stimme wurde wieder schmierig vom Öl der Arroganz. »Außerdem verlässt sie sich gerne auf mich.« Er stand auf und entfernte sich beschwingten Schrittes. Als Mamma Carlotta ihm eine Viertelstunde später folgte, kam er ihr im Foyer entgegen. Er wirkte sehr zufrieden. »Habe ich es nicht gesagt? Sie ist froh, dass ich die Liste fertig habe. Sie vertraut mir voll und ganz.«

Carlotta behauptete, jeder wisse doch, dass er Frau Schäfers rechte Hand sei und das Lyrik-Festival ohne seine tatkräftige Mithilfe für die Verlegerin kaum zu bewältigen wäre.

Der junge Lyriker war hochzufrieden. »Können Sie Frido das Essen abnehmen, wenn er kommt? Er hat dann nicht viel Zeit und muss schnell wieder zurück an seinen Arbeitsplatz.« Er wischte sich mit dem Handrücken über die Stirn und schaffte es, von einem Augenblick auf den anderen so auszusehen, als würde er gleich ans Kreuz geschlagen. »Ich brauche unbedingt noch ein paar Minuten kreative Ruhe.« Mit einer kraftlosen Geste wies er zum Kursaal. »Er wird das Essen zum Hintereingang liefern.«

Mamma Carlotta ging in den Kursaal zurück, hinderte zwei Feriengäste daran, ihr zu folgen, und hatte eine Weile damit zu tun, diese beiden davon zu überzeugen, dass der Kursaal ausschließlich für die Vorbereitung einer Veranstaltung offen stand, aber nicht zum Verzehr von Fischbrötchen. Wenn es auch an der Kliffkante windig war und alle Strandkörbe besetzt waren.

Die Tür, die hinten hinausführte, stand offen, die Eingangstür knallte ins Schloss, als Mamma Carlotta die Klinke fahren ließ. Es war wohl besser, die hintere Tür zu schließen. Der Wind nahm zu, einige Feriengäste nannten ihn bereits Sturm. Erik würde lachen, wenn er das hörte. Als geborener Sylter war er andere Windstärken gewöhnt, während Mamma Carlotta ebenfalls gerne schon beim Aufkeimen eines starken Windes von Sturm redete. Schon deswegen, weil es theatralischer klang als Wind, den es in Umbrien schließlich auch gab, während ein Sturm dort selten tobte. Wenn sie auf dem Dorfplatz von einem Sturm an der Nordsee erzählte, dachte keine ihrer Nachbarinnen mehr an den warmen Wind, der in Umbrien von den Bergen kam. Wenn sie jetzt aufs Meer blickte und die hohen Wellen und die aufgewühlte See sah, kam ihr sogar das hochdramatische und aufwühlende Wort »Sturmflut« in den Sinn. Erik hatte ihr einmal Geschichten von der Sturmflut des Jahres 1962 erzählt, die er wiederum von seinem Vater gehört hatte. Das Meer hatte damals die Strandpromenade von Westerland überspült, die gewaltigen Brecher waren sogar an zwei Strandübergängen ins Stadtgebiet eingedrungen, bis zum Rathaus war das Wasser geflutet. Und die Tetrapoden, die Wellenbrecher, waren mitgerissen worden. So etwas zu erleben wünschte sie sich angesichts der enormen Schäden und der Opfer, die diese Sturmflut gefordert hatte, natürlich nicht. Wenn es aber andererseits nicht anders ging und sie sicher sein konnte, dass ihre Familienangehörigen in Sicherheit waren, hatte das Abenteuer einer Sturmflut durchaus einen gewissen Reiz für sie.

Der Strandkorb musste tatsächlich sehr gut schützen, wenn man ihn mit dem Rücken zur Windrichtung drehte. Tilla Speck und ihre Freundin Antonia Schäfer saßen immer noch dort und redeten. Mamma Carlotta hätte mit dem reinsten Gewissen der Welt die Finger heben und schwören können, dass sie nicht die Absicht zu lauschen gehabt hatte.

Die Tür saß schon beinahe im Schloss, als sie einen Satz aufschnappte, der dann doch aus ihrer Position einen Horchposten machte. Es ging einfach nicht anders! »Ich verstehe dich nicht«, sagte Antonia Schäfer gerade. »Wenn du in den Mann verliebt bist, musst du etwas tun, damit er dich zur Kenntnis nimmt. Als Frau, meine ich, nicht als Staatsanwältin.«

Gab es irgendeinen Menschen, der die mentale Stärke besaß, sich durch das Schließen der Tür von einem solch interessanten Gespräch zu trennen? Niemand! Davon war Mamma Carlotta überzeugt. Es war also vollkommen normal, dass sie belauschte, was es mit dem Mann auf sich hatte, in den die Staatsanwältin angeblich verliebt war.

»Es ist sinnlos«, gab Tilla zurück. »Und ich will es auch gar nicht.«

»Er ist frei. Du brauchtest bloß deine abweisende Haltung aufzugeben. Dann wird er schon merken, was du für eine attraktive Frau bist.«

»Er kann mich nicht leiden, und daran wird sich nichts ändern. Alles andere wäre nur kompliziert.«

Mamma Carlotta brach der Schweiß aus. So was hatte sie doch schon einmal gehört! Im Sommer, als sie mit der Staatsanwältin als Dolmetscherin nach Italien gereist war, hatte sie ein ähnliches Gespräch belauscht. Auch damals war von einem Mann die Rede gewesen, der nichts von Tilla Specks Gefühlen wusste. Und auch damals war kein Name gefallen.

»Du warst schon immer so«, sagte Antonia Schäfer jetzt und lachte. »Wenn ich an Stefan denke! In den warst du in der sechsten oder siebten Klasse verknallt. Aber ich wette, er hatte keine Ahnung. Wenn er dich ansprach, hast du immer wie eine Kratzbürste reagiert.«

»Heute bin ich ein paar Jahre älter. Meinst du nicht, dass ich gelernt habe, mit Männern umzugehen?«

»Da bin ich mir nicht so sicher. Dein Filmproduzent war ja auch nicht gerade der Hauptgewinn. Ich habe eure Geschichte in der Klatschpresse verfolgt. Jedes Mal, wenn ich Fotos von euch gesehen habe, dachte ich: Tilla ist noch genauso wie damals! Auf keinem einzigen Foto hast du den Mann verliebt angelächelt.«

»Das werde ich in diesem Fall garantiert auch nicht tun. Außerdem würde er es vermutlich nicht mal zur Kenntnis nehmen.«

»Was ist er für ein Typ? Sieht er gut aus?«

»Eher durchschnittlich. Eigentlich hat er nichts, was ihn so richtig attraktiv macht. Nur ... er ist ein charakterstarker Mann, er hat Überzeugungen, er tut, was richtig ist. Das gefällt mir.« Mamma Carlotta hörte ein Scharren, das von Tillas Füßen stammen konnte. »Aber Schluss jetzt«, hörte sie. »Wieso reden wir überhaupt von einem Mann, der mir gefällt? Ich bin hier, weil deine Tochter entführt wurde ...«

Geräuschvoll schloss Mamma Carlotta die Tür und drehte sich um, damit Tilla Speck nicht ihr Gesicht sehen konnte, falls sie um den Rand des Strandkorbes gucken sollte. Von wem hatte sie gesprochen? Schon im Sommer war es ihr so vorgekommen, als wäre ihr der Mann bekannt, sehr gut bekannt sogar. Aber ... nein, nicht einmal in Gedanken wollte Carlotta seinen Namen nennen. Die Vorstellung, dass sie recht haben könnte, war einfach zu verrückt. Trotzdem war es vielleicht vernünftig, in Zukunft dafür zu sorgen, dass Erik die Staatsanwältin in einem besseren Licht sah. Aber da war Fingerspitzengefühl gefragt und sehr viel Lebenskunst ...

»Dieses Nichtstun macht mich verrückt«, stöhnte Erik und stieß seinen Kugelschreiber weg, sodass er über die Schreibtischkante rutschte und zu Boden fiel.

Sören erhob sich von der Fensterbank, auf der er gehockt hatte. »Wissen Sie was? Wir nehmen uns mal Fietje Tiensch vor. Vielleicht hat der etwas gesehen, was uns weiterhilft.«

»Wie sollen wir das erklären? Der Entführer ist Fietje garantiert nicht.«

»Von der Entführung lassen wir natürlich kein Wort fallen. Wir behaupten einfach, er sei mal wieder unangenehm aufgefallen. Jemand habe ihn angezeigt, weil er ihm ins Schlafzimmerfenster geguckt hat. Dass er Ihnen gestern Abend vor die Füße gelaufen ist, können wir als angenehmen Zufall werten. Und dazu dieser Einbrecher! Genug Gründe, mit Fietje zu schnacken, ohne die Entführung anzusprechen.« Er stockte und sah seinen Chef mit gerunzelter Stirn an. »Hat's in der vergangenen Nacht Wohnungseinbrüche gegeben?«

»Nicht, dass ich wüsste.«

»Dann hat der Kerl also kalte Füße gekriegt, nachdem er beinahe erwischt worden wäre.«

»Apropos Füße ... Mir fällt gerade wieder ein, dass Vetterich Abdrücke von Schuhen in Größe 39 und 40 entdeckt hat. Also eine Frau?«

»Oder gleich zwei?«

»Gesehen haben wir aber nur eine.« Erik stand auf, die trübe Stimmung war mit einem Mal von ihm abgefallen. »Mit Fietje Tiensch zu reden ist eine gute Idee! Der war ja garantiert in dem Innenhof, um zu spannen. Vielleicht fällt das eine oder andere Wort, das uns weiterhilft. Und wenn nicht ...« Er hatte seinen Autoschlüssel gefunden und ging zur Tür. »Auch egal!«

Sie parkten den Wagen auf dem Parkplatz vom *Dünenhof zum Kronprinzen,* obwohl dort eigentlich nur die Besitzer der Apartments ihre Fahrzeuge abstellen durften. Aber zurzeit standen viele Wohnungen leer, der Parkplatz war nur zur Hälfte gefüllt, niemand würde sich über einen unbefugten Parker beklagen.

Das Strandwärterhäuschen war leer, die Tür verschlossen. Sie betraten den Holzsteg und gingen bis zur ersten Stufe der Treppe, die zum Strand hinunterführte. Aber auch dort gab es von Fietje Tiensch keine Spur. Erik schloss seine Jacke, damit sie nicht aufflog und der Wind durch den leichten Strick seines Pullunders fuhr, Sören zog sich die Kapuze über den Kopf. Der Wind war so stark geworden, dass die Kleidung knatterte, so wie die Fahne hinter dem Apartmenthaus. Das dunkelgraue Meer war aufgewühlt, die weißen Gischtkronen bildeten keinen Schmuck mehr, sie gaben jeder Welle eine Schärfe, die Angst machen konnte.

Erik hielt sich am Geländer fest. Er war als Junge einmal eine Treppe hinabgeweht worden, seitdem war er vorsichtig, wenn der Wind von hinten kam. Fietje Tiensch war nirgendwo zu sehen, nur einige Spaziergänger wanderten an der Wasserkante entlang, die Mützen tief ins Gesicht gezogen, die Kapuzen unter dem Kinn zugebunden, die Augen auf die Brandung gerichtet, die oft so weit auf den Strand rollte, dass mancher unerwartet nasse Füße bekam.

»Der sitzt in Käptens Kajüte! Wetten?« Sören machte kehrt und stemmte sich dem Wind entgegen.

Erik folgte ihm mit gesenktem Kopf und vorgebeugtem Oberkörper. »Garantiert.«

»Lassen Sie uns die paar Meter laufen. Es tut gut, sich mal so richtig durchpusten zu lassen.«

Erik hätte lieber das Auto genommen, wollte Sören die Bitte aber nicht abschlagen. Und als sie links abbogen und der Wind nicht mehr von vorn, sondern von der Seite kam, fand er auch, dass die Kälte guttat. Dann aber ging es wieder rechts ab in den Hochkamp, und er war froh, als sie vor Käptens Kajüte ankamen.

»Tür zu!«, hörte er schon den Ruf des Wirtes, kaum dass er die Imbissstube betreten hatte. »Sonst wird einem ja der Senf von der Wurst geweht.«

Sören schob seinen Chef über die Schwelle, damit er schleunigst die Tür hinter sich schließen konnte. Sie öffneten ihre Jacken, beschlossen aber beide, sie besser nicht abzulegen. Tove Griess war mal wieder der Meinung, dass der Grill als Heizung ausreichte. In der Imbissstube war es kalt, daran änderte auch die Musik nichts, die Tove aufgelegt hatte: *Island in the sun*. Der einzige Gast, der am schmalen Ende der Theke saß, hatte seinen Troyer nicht ausgezogen. Die Bommelmütze saß ihm ebenfalls auf dem Kopf, aber Fietje Tiensch war ja noch nie ohne diese Mütze gesichtet worden. Er trug sie im Sommer genauso wie im Winter.

Erik schob sich auf einen Barhocker, Sören blieb stehen und bestellte zwei Tassen Kaffee. »Gut, dass ich Sie hier antreffe«, sprach Erik den Strandwärter an. »Wir haben Sie schon in Ihrem Strandwärterhäuschen gesucht.«

Fietje Tiensch nahm den Blick aus seinem Jever, weil ihm wohl klar wurde, dass es nichts brachte, so zu tun, als wäre er nicht da. »Was soll ich am Strand? Ist ja nix los da.«

»Wir hätten noch ein paar Fragen«, begann Erik. »Es geht um die vergangene Nacht.«

Fietje versuchte erfolglos, so zu tun, als könnte er sich an rein gar nichts erinnern. Erst als Erik ihn sehr lange und sehr intensiv angeschaut hatte, reagierte er schließlich. »Was soll da gewesen sein?«

»Es hat eine Anzeige gegeben«, behauptete Sören. »Sie sind wohl mal wieder Ihrer Lieblingsbeschäftigung nachgegangen.«

Wieder probierte Fietje es mit völliger Ahnungslosigkeit, aber auch diesmal gelang es ihm nicht. »Ich bin ein freier Mensch. Ich kann mich aufhalten, wo ich will.«

»Sicher doch«, bestätigte Erik. »Aber nicht dort, wo Sie anderen beim Sex zugucken. Das ist überall ziemlich unbeliebt.«

Tove Griess knallte die beiden Kaffeetassen auf die Theke. »Verdammter Spanner!«

Erik sah, dass Fietjes Hände zu zittern begannen. »Ich habe nicht ... ich meine ... wo hätte ich auch sollen?«

»Im Nachbarhaus wohnt doch diese leichtlebige Witwe mit ihrer vollbusigen Tochter. Es wäre nicht das erste Mal ...«

»Die sind weggezogen.« Fietje trank sein Glas aus und winkte Tove, damit er ihm ein neues zapfte. »Wer soll das denn gewesen sein, der behauptet, ich hätte ihm was weggeguckt?«

»Datenschutz«, entgegnete Sören. »Wenn Sie nun wirklich nicht als Spanner unterwegs waren, Herr Tiensch, was haben Sie dann so spät am Abend in diesem Innenhof gemacht?«

»Irgendwas beobachtet?«, fügte Erik an. »Sie haben doch mitbekommen, dass es in einer Wohnung einen Einbruch gegeben hat. Der Täter ist flüchtig. Haben Sie ihn vielleicht erkannt?«

»Nö.«

»Sie sollten in Ihrem eigenen Interesse den Namen nennen. Es zahlt sich nie aus, einen Kriminellen zu decken.«

»Ich habe nix gesehen. Bin nur ein bisschen rumgelaufen. Ich habe schon seit Jahren Probleme mit dem Einschlafen.«

»Wer Schmiere steht, ist nicht viel besser als derjenige, der durchs Fenster steigt und stiehlt. Wollten Sie Ihr Gehalt ein bisschen aufbessern?« Erik wartete vergeblich auf eine Antwort. »Wenn das so war, dann ist aus Ihrem Anteil an dem Wohnungseinbruch wohl nichts geworden. Sie haben Ihren Komplizen nicht rechtzeitig gewarnt. Zwar konnte er fliehen, aber es war knapp.« Als Fietje noch immer keine Regung zeigte, gab Erik diesen Gedanken auf. »Dass Sie in kein einziges Schlafzimmerfenster geschaut haben, kann ich jedenfalls erst glauben, wenn Sie mir einen anderen Grund nennen, warum Sie sich dort rumgetrieben haben.«

»Ich muss einen harmlosen Spaziergang nicht begründen.«

»Wäre aber besser. Sonst müssen wir der Anzeige nachgehen.«

»Meinetwegen.«

Erik wurde unsicher. Das hörte sich ja tatsächlich so an, als hätte der Strandwärter ein reines Gewissen. Warum war er dann vor der Tür von Lale Claussens Freund aufgekreuzt? Hatte er etwas beobachtet, was er aus Angst vor Konsequenzen nicht zugeben wollte? Wenn ja, dann war Frido Ferrari womöglich doch nicht so harmlos, wie es schien.

Die Tür öffnete sich, wieder rief Tove, noch bevor der Gast eingetreten war: »Tür zu!«

»Darf man vorher wenigstens eintreten?« Frido Ferrari stockte, als er die beiden Gäste vor der Theke sah. Sein Blick ging über Sören hinweg, er blieb an Erik hängen. »Haben Sie den Einbrecher erwischt?«

Frido Ferrari bestellte eine Latte macchiato und machte Anstalten, sich an einen Tisch zu setzen. Aber Erik hielt ihn mit seiner Frage zurück. »Haben Sie noch mal nachgesehen, ob Ihnen was fehlt?«

»Klar. Aber Fehlanzeige. Alles noch da.« Frido Ferrari zeigte mit einem gewinnenden Lächeln, dass er den Polizeibeamten dankbar war. »Wenn Sie nicht gekommen wären ... wer weiß! Dass ich aber auch das Fenster nicht richtig geschlossen habe! So was passiert mir normalerweise nicht.«

Erik lächelte nun auch. »Ja, da sollte man aufpassen. Vor allem, wenn man im Erdgeschoss wohnt.«

Wieder öffnete sich die Tür. Und auch diesmal rief der Wirt: »Tür zu!«, noch ehe der neue Gast eingetreten war.

»Buon giorno! Che vento! Was für ein Wind!«

Erik fuhr herum und starrte in das Gesicht seiner Schwiegermutter. »Du?«

Mamma Carlotta sah aus, als wäre ihr der Leibhaftige erschienen. »Enrico! Was machst du hier?«

»Das frage ich dich.«

Mamma Carlotta hatte sich schnell von ihrem Schreck erholt. »Du weißt doch, Enrico, ich gehöre zum Vorbereitungsteam des Lyrik-Festivals! Hier wird demnächst eine Lesung stattfinden. Da gibt es noch einiges zu besprechen.«

Das Aufatmen, das durch die Imbissstube ging, war wie die Zufuhr von Frischluft, wenn stundenlang frittiert und nie gelüftet worden war. »Schon klar«, rief Tove Griess. »Frau Schäfer hat mir gesagt, die Festivalleitung würde mir bei der Dekoration behilflich sein. Sind Sie deswegen gekommen?«

Erik hörte sich die Antwort seiner Schwiegermutter nicht an. Er wandte sich wieder Frido Ferrari zu. Ihm war klar, dass er sich jetzt genauso verhielt wie Carlotta Capella, dass er jemandem ein Gespräch aufzwang, der seine Ruhe haben wollte. All das, was er bei seiner Schwiegermutter nicht leiden konnte, was ihn sogar bei Lucia oft mit Überdruss erfüllt hatte. Jetzt sah er einfach über die Ungeduld seines Gegenübers hinweg.

»Ich habe gehört, Sie kennen meine Tochter.«

»Caro? Ja, klar.«

»Sie stammen aus Città di Castello? Meine verstorbene Frau kam aus Panidomino, ganz in der Nähe.«

Frido Ferrari warf Mamma Carlotta einen Blick zu. »Ich weiß.«

»Früher war ich häufig dort. Meine Frau hat mich durch ihren gesamten Freundeskreis geschleppt. Vielleicht kenne ich Ihre Eltern?«

Erik merkte, dass Sören ihn erstaunt ansah. Er hatte seinen Chef garantiert noch nie in so penetranter Redelust erlebt und wohl nicht für möglich gehalten, dass er einen harmlosen Bürger mit Fragen löchern könnte.

»Ihre Eltern wohnen sicherlich heute noch in Città di Castello? War vermutlich schwer für sie, ihren Sohn nach Sylt ziehen zu lassen. Woher können Sie überhaupt so gut Deutsch?«

Frido gab es auf. Er stellte seine Latte macchiato auf die Theke und sah ein, dass er sie dort trinken musste, wenn er sie heiß genießen wollte. »Meine Mutter lebt noch in Città di Castello. Sie sollten sich an sie erinnern können, wenn Sie sie jemals kennengelernt haben. Mein Nachname bleibt jedem im Gedächtnis.«

Erik tat so, als dächte er angestrengt nach. Dann schüttelte er den Kopf. »Und Ihr Vater?«

»Den kenne ich nicht. Er hat meine Mutter geschwängert und ist abgehauen. Eine Urlaubsliebe! Er kam von Sylt, deswegen wollte meine Mutter gerne, dass ich mir hier Arbeit suche. Und gleichzeitig meinen Vater! Wenn ich ihn gefunden habe, will sie nachkommen.«

Nun hatte Frido Ferrari es geschafft, echtes Interesse bei Erik zu wecken. Und auch Sören schien von dieser Lebensgeschichte gepackt zu werden. Sogar Tove hörte auf, sinnlos an seinen Gläsern herumzuputzen, und starrte Frido an. Nur Fietje blickte weiter in sein Glas und kümmerte sich um nichts und niemanden.

»Wie heißt Ihr Vater?«, fragte Erik. »Wenn er immer noch auf Sylt wohnt, kenne ich ihn vielleicht. Und wenn nicht, kann ich Ihnen helfen, ihn zu finden.«

»Ehrlich?«, staunte Frido. »Das würden Sie tun?«

»Certo!«, rief Mamma Carlotta. »So was ist für meinen Schwiegersohn eine piccolezza. Eine Kleinigkeit! Sie hätten sich gleich an ihn wenden sollen.« Sie brauchte für diese dramatische Lebensgeschichte erst einmal einen Cappuccino und meinte, die Dekoration von Käptens Kajüte könne warten. »Das geht molto presto. Flyer auf die Tische, Plakate an die Wände …«

Erik unterbrach seine Schwiegermutter. »Erzählen Sie mir mehr von Ihrem Vater«, bat er Frido. »Dann werden wir sehen, was ich tun kann.«

»Also … er hieß Frido Meier. Meine Mutter hat mir seinen Vornamen gegeben. Eigentlich hieß er Friderico, aber Mama hat ihn immer Frido genannt. Als er nach Sylt zurückmusste, hat er versprochen, sich bei ihr zu melden, aber sie hat nichts mehr von ihm gehört. Dann merkte sie, dass sie schwanger war, und hat nach ihm gesucht. Aber vergeblich.«

»Friderico Meier?«, wiederholte Sören nachdenklich. »Der Name wäre mir im Gedächtnis geblieben, wenn ich ihn mal gehört hätte.«

»Ein Sylter mit einem italienischen Vornamen?«, überlegte Erik.

»Sein Vater – also mein Großvater – war Italiener. Mein Vater hat ihn wohl regelmäßig besucht. Aber den Namen meines Großvaters kennt Mama nicht.« Frido hatte sich nun gemütlich in seiner Erzählung eingerichtet und machte keine Anstalten mehr, sich vor neugierigen Fragen in Sicherheit zu bringen. Es schien ihm sogar zu gefallen, dass er von seiner Familie erzählen konnte. »Mama hat später geheiratet, da hatte sie es längst aufgegeben, meinen Vater zu finden. Mein Stiefvater war Deutscher, so bin ich zweisprachig aufgewachsen. Leider ist er vor ein paar Jahren gestorben. Ein Autounfall.« Sein Gesicht wurde traurig. »Ein guter Typ. Er war mein Vater, eigentlich brauche ich meinen Erzeuger nicht unbedingt kennenzulernen. Aber Mama ... sie wünscht es sich so sehr.«

Mamma Carlotta redete so lange von ihrem Verständnis für Fridos Mutter, bis sie ihren Cappuccino vor sich stehen hatte. Doch bevor sie die Nase in den Milchschaum steckte, musste sie noch den Mann loben und bewundern, der Frido ein so guter Vater gewesen war. Erst Eriks ungeduldige Handbewegung sorgte dafür, dass Frido weitererzählen konnte.

»Mama hörte gerne, wenn wir Deutsch miteinander redeten. Seit er tot ist, spricht sie wieder mehr von meinem leiblichen Vater. Sie sagt, sie würde Friderico gerne noch einmal sehen.«

Erik holte sein Notizbuch hervor und zückte seinen Kugelschreiber. »Wenn Ihr Vater noch auf Sylt wohnt, dann finde ich ihn.«

Frido konnte sein Glück nicht fassen. »Das ist ja großartig! Ich wäre nie auf die Idee gekommen, Sie um Hilfe zu bitten.«

Sören grinste breit. »Die Polizei, dein Freund und Helfer! Noch nie gehört?«

Frido grinste breit zurück. Und nun ertönte auch die Stimme von Mamma Carlotta wieder. »Was für ein Drama!«, rief sie. »Una tragedia! Die arme Frau! Erst verliert sie den Vater ihres Sohnes und dann den Ehemann. Che tristezza!« Sie wandte sich an Fietje, der sich noch immer nicht gerührt hatte. Irgendwie kam es Erik mit einem Mal so vor, als hätte Carlotta ihn die ganze Zeit, während Frido erzählte, im Auge gehabt. Vermutlich fragte sie sich mal wieder, wie jemand, der eine so interessante Lebensgeschichte hörte, weiterhin sein Bier trinken konnte, ohne aufgewühlt zu sein. »Was sagen Sie dazu, Signor Tiensch?«

Aber Fietje hob nicht einmal den Kopf, und Erik wartete nicht auf eine Entgegnung von ihm. Was sollte Fietje Tiensch schon dazu sagen?

Erik lächelte Frido an und freute sich heimlich darüber, dass er ihn ausgefragt hatte. Nun fühlte er sich ihm näher, und der Verdacht, er könnte etwas mit der Entführung zu tun haben, hatte sich ganz und gar verflüchtigt.

Mamma Carlotta hastete in den Laden, die Menüfolge fürs Abendessen im Kopf, die Liste der Lebensmittel hinter der Stirn, jederzeit abrufbar. Während sie den besten Kopfsalat für den Insalata alla ligure aussuchte und sämtliche Zucchini betastete, damit sie für die Spaghetti con le zucchine nur die besten aussuchte, dachte sie an ihren Schreck zurück, als sie Erik vor der Theke der Imbissstube hatte stehen sehen. Madonna!

Er wollte nicht, dass sie dort einkehrte, dass sie Kontakt zu dem gewalttätigen Wirt und dem übel beleumundeten Strandwärter hatte. Und sie hatte seinen Wunsch immer berücksichtigt und dafür gesorgt, dass er nichts davon erfuhr, wenn sie Käptens Kajüte besuchte. Wie gut, dass sie selten Probleme hatte, auf die Schnelle eine geeignete Ausrede zu finden. Das war ihr auch diesmal gelungen. Sogar Tove war erleichtert gewesen, als klar war, dass Erik keinen Verdacht geschöpft hatte. Zwar gab er sich immer wieder gekränkt, wenn der Kriminalhauptkommissar die Freundschaft zwischen seiner Schwiegermutter und zwei kleinen Ganoven missbilligte, aber letztlich wollte auch er kein Risiko eingehen. Wenn er es auch nie zugeben würde, ihre Besuche in Käptens Kajüte würden ihm fehlen. Und Fietje Tiensch auch.

Sie nahm Ricotta aus dem Kühlregal und stellte sich dann an der Fleischtheke für Rinder- und Schweinehackfleisch an. Frisch durchgedreht! Vor ihren Augen! Das brachte den Metzger von Feinkost Meyer zwar jedes Mal zur Verzweiflung, aber sie bestand dennoch darauf und kümmerte sich nicht um sein

Augenrollen. Das Obst für die Macedonia al forno lagerte zum Glück bereits im Keller. Im Norder Wung gab es ein Haus mit einem riesigen Garten, in dem viele Obstbäume standen. Der Besitzer hatte ihr kürzlich einen Teil der Ernte überlassen. So gab es reichlich Äpfel, Birnen und auch Pflaumen im Haus.

Als sie sich auf den Heimweg machte, fiel ihr wieder Fietjes Teilnahmslosigkeit ein. Zwar war es nichts Neues, dass er phlegmatisch vor seinem Bier saß und das Leben an sich vorbeiziehen ließ, aber diesmal war ihr sein Desinteresse wie Betäubung vorgekommen. Kein einziges Mal hatte er den Blick vom Grund seines Glases genommen und kein Wort von sich gegeben. Während Erik und Sören die Imbissstube verließen, war nicht mehr als ein Nicken von ihm gekommen, als Erik ihn ein letztes Mal ermahnte. Aber dass Fietje nichts von dem Einbrecher gehört und gesehen hatte, glaubte Mamma Carlotta ohne Weiteres, während Erik ein zweifelndes Gesicht zog. Nein, Fietje hatte nichts davon mitbekommen, dass jemand aus Fridos Fenster sprang. Warum aber war er vor dessen Wohnung aufgetaucht? Weil er Fridos Lebensgeschichte schon gehört hatte? Weil er bereits früh auf ihn aufmerksam geworden war? Weil sein Name etwas in ihm angerührt hatte?

Sie hatte nur so lange gewartet, bis erst Frido und kurz darauf auch Erik und Sören die Imbissstube verlassen hatten. »Haben Sie früher nicht auch Ihren Vater regelmäßig in Italien besucht, Signor Tiensch?«, hatte sie gefragt und aufmerksam seine Reaktion beobachtet.

Sie war gleich null. Fietje rührte sich nicht, antwortete nicht, er hob nicht einmal den Blick.

»Sie heißen eigentlich Friedrich, stimmt's? Fietje ist die friesische Koseform von Friedrich. Das haben Sie mir früher mal erzählt.«

Wieder kam keine Antwort, keine Regung, nichts. Sogar Tove schwieg, rührte sich nicht und starrte an Fietje vorbei, als traute er sich nicht, ihn zu einer Reaktion zu zwingen.

»Und Friedrich wird in Italien Friderico genannt.«

So, nun war es heraus. Eine handfeste Verdächtigung! Darauf musste Fietje eingehen.

Er tat es auf seine Weise. Er trank sein Glas leer, stellte es zurück, als würde er es am liebsten an die Wand werfen, holte ein paar Münzen aus seiner Tasche und knallte sie auf die Theke. Dann erhob er sich mit den Worten: »Sie schnacken zu viel, Signora! Wenn Sie meinen, Sie können mir hier was unterschieben, sind Sie schief gewickelt.«

Damit schlurfte er zur Tür, nicht schneller als sonst, von Carlottas betroffenen und Toves neugierigen Blicken verfolgt. Die Tür blieb offen stehen, Toves »Tür zu!« blieb diesmal ohne Reaktion.

Wütend stapfte der Wirt zum Eingang. »Fietje hat recht! Sie schnacken einfach zu viel, Signora!«

»Der hat wirklich nichts gesehen, Chef«, sagte Sören, als sie wieder im Polizeirevier angekommen waren. »Er war unterwegs, um zu spannen. Von dem Wohnungseinbruch hat er nichts mitbekommen, und irgendeinen Hinweis auf Lale Claussen kann er uns erst recht nicht geben.«

Erik stöhnte auf. »Es war eine blöde Idee zu glauben, dass Fietje Tiensch uns weiterhelfen kann. Aber diese Machtlosigkeit macht einen ja fertig.«

Er saß an seinem Schreibtisch, Sören wanderte durch den Raum, vom Fenster zur Tür und wieder zurück. »Frido Ferrari können wir von unserer Liste streichen.«

»Was für eine Liste?«, höhnte Erik. »Haben wir eine Liste mit Verdächtigen, die wir abarbeiten können?«

Sören blieb vor ihm stehen. »Theo Claussen! Ich glaube, dort sollten wir ansetzen.«

In diesem Augenblick läutete Eriks Handy. Er sah aufs Display und stöhnte wieder. »Die Staatsanwältin!«

Wie immer hielt sie sich nicht mit einleitenden Worten oder

gar irgendwelchen Freundlichkeiten auf. »Ich habe mit Claussen telefoniert, Wolf! Ist Ihnen schon mal in den Sinn gekommen, dass der Vater Dreck am Stecken haben könnte?«

»Ja!«

Verdutztes Schweigen am anderen Ende. »Ja?«

»Er könnte die Entführung inszeniert haben. Er besorgt die Million und kassiert sie selbst.«

»Ich habe sogar eine Vermutung, wie er an die Million rankommt.« Ihre Stimme wurde mit einem Mal leise. »Ich muss aufpassen. Um mich herum sind einfach zu viele Leute. Hinter den Kulissen des Kurhauses ist ein ständiges Hin und Her. Hier gibt's nirgendwo ein ruhiges Plätzchen. Ich möchte nicht, dass irgendjemand etwas aufschnappt.« Nun flüsterte sie sogar: »Angeblich weiß er nicht, wie die Klinik heißt, in der er liegt. So was glaubt ja kein Mensch.«

Erik bestätigte es vorsichtig, obwohl er im Allgemeinen immer erst wartete, bis die Staatsanwältin zu Ende gesprochen hatte, bevor er seine eigene Meinung dazugab. »Sehr merkwürdig.«

»Das können Sie laut sagen. Antonia meint allerdings, es passe zu ihm. Wie auch immer – ich will wissen, in welchem Krankenhaus er liegt. Kümmern Sie sich darum, Wolf. Ich kann das hier nicht.«

»Klar, das erledige ich.«

Nun sprach sie so leise, dass Erik sie kaum verstehen konnte: »Bis heute Abend.«

Damit legte sie auf, natürlich ohne ein Abschiedswort.

Sören starrte seinen Chef an. »Was wollte sie?«

Er hörte sich schweigend an, was Erik zu berichten hatte, dann stand er auf und ging in sein eigenes Büro. »Ich checke das. So viele Kliniken kann es ja in Chicago nicht geben. Notfalls müssen Enno und Rudi mitmachen.«

Erik lehnte sich zurück und schloss die Augen. Wenn Theo Claussen wirklich in Chicago im Krankenhaus lag, war er aus dem Schneider. Oder es gab jemanden, der ihm half. Nein, ein Alibi bedeutete nicht, dass Theo Claussen unschuldig war. Aber wenn es keine Klinik gab, die ihn in der Patientenkartei stehen hatte, dann ... Erik öffnete die Augen und richtete sich auf. Dann war er vielleicht auf Sylt? Zusammen mit Lale? Er schüttelte den Kopf. Nein, die beiden hatten sicherlich die Insel verlassen, bevor Petrine Roesgen den Brief fand.

Erik stand auf und ging zum Fenster. »Petrine Roesgen ...« Er murmelte den Namen der Haushälterin vor sich hin. Ihre Aussagen hatte er noch nicht vergessen, wenn Sören und die Staatsanwältin auch meinten, die Frau habe einfach in ihrer Aufregung sämtliche Beobachtungen durcheinandergeworfen. Die Alarmanlage war ausgeschaltet worden, der Entführer hatte gewusst, wo der Schlüssel für die Tür lag, die in den Wellnessbereich führte ... Theo Claussen? Nein, den Schlüssel musste Lale unter dem Stein versteckt haben, damit sie aus der Villa raus- und wieder reinkam, ohne dass ihr Vater etwas davon merkte. Also war sie es gewesen, die den Schlüssel benutzt hatte? Oder Theo Claussen hatte längst durchschaut, was sein Töchterchen trieb. Dann hatte er die Tür wieder aufgeschlossen, nachdem seine Haushälterin sie verriegelt hatte. Nur ... warum? Und er hatte auch das Haushaltsgeld geklaut? Erik schüttelte den Kopf. Das passte nicht zu einer Entführung. Auch nicht zu einer vorgetäuschten. Dass die Tür zu Lales Zimmer mal offen, mal geschlossen gewesen war, dass ihr Laptop erst auf dem Schreibtisch gestanden hatte und später fehlte, das konnte auch nichts mit Theo Claussen zu tun haben. Nein, der Fall musste anders liegen. Die Idee, dass Theo Claussen die Entführung seiner Tochter inszeniert hatte, behagte ihm plötzlich nicht mehr.

Und dann fiel ihm etwas ein. Claussen war es gewesen, der Petrine Roesgen angewiesen hatte, die Polizei einzuschalten. Das hätte er nicht getan, wenn er selbst hinter der Entführung steckte. Nein, Sören würde gleich hereinkommen und ihm den

Namen des Krankenhauses nennen, in dem Claussen behandelt wurde.

Es dauerte tatsächlich nicht lange. Erik hatte versucht, sich um einige Fälle von Diebstahl und räuberischer Erpressung zu kümmern, als Sören hereinplatzte. »Ich hab's!«, rief er.

Erik schrak zusammen. »Den Namen der Klinik?«

»Oh nein!« Sören stieß ein Lachen aus, das sowohl Triumph als auch Staunen ausdrückte. »Etwas viel Besseres ...«

Felix verzog sich schnell wieder, als er hörte, dass die Staatsanwältin erwartet wurde. Mit dieser Frau, die sein Vater nicht ausstehen konnte und die ihm ständig Schwierigkeiten machte, wollte er nicht am Tisch sitzen. Carolin schloss sich seiner Meinung umgehend an. Auch sie wollte nicht dabei sein, wenn ihr Vater von der Staatsanwältin mit Fragen gelöchert wurde, die er nicht beantworten konnte, oder wenn doch, nicht schnell genug. Dass die Staatsanwältin darum gebeten hatte, auch Antonia Schäfer zum Abendessen mitzubringen, hatte sie sogar regelrecht in die Flucht geschlagen. Dabei hatte ihre Nonna ihr immer wieder zugeredet und ihr vorgehalten, dass dieses Beisammensein eine wunderbare Gelegenheit war, der Verlegerin ihre Vorzüge vor Augen zu halten und auf ihre Gedichte zu sprechen zu kommen.

Pampig fragte Carolin: »Soll ich ihr in Reimform antworten, wenn sie eine Frage an mich richtet?« Und dann äußerte sie sogar frank und frei den bösen Verdacht, dass ihre Oma vermutlich nach jedem zweiten Satz das lyrische Talent ihrer Enkelin hervorheben würde, während Antonia Schäfer an nichts anderes dachte als an ihre entführte Tochter. »Das wäre ja so was von peinlich!«

Mamma Carlotta betonte immer wieder, dass sie selbstverständlich besonders zartfühlend wäre, wenn die Rede auf Carolins Lyrik kommen würde. Aber das wollte ihre Enkelin nicht glauben. »Schlimm genug, dass du sie gezwungen hast, mich noch auf die Liste der Wettbewerber aufzunehmen. Zwei Tage nach Anmeldeschluss!«

»Come?« Nun war Mamma Carlotta wirklich empört. »Schlimm?« Sie hatte Carolin zu einer großen Chance verholfen! Und das war nun der Dank?

Erik und Sören erschienen in der Küche, als sie gerade anfing, sich zu langweilen. Das Essen war fertig, der Tisch gedeckt, der Aperitif war gut gekühlt, der Rotwein atmete bereits. Nichts hasste Mamma Carlotta mehr, als mit dem Essen auf Gäste und Angehörige zu warten, erst recht, wenn niemand gemeinsam mit ihr wartete, mit dem sie sich unterhalten oder zumindest zusammen auf diejenigen schimpfen konnte, die sich verspäteten.

So wurden Erik und Sören mit großer Erleichterung begrüßt, denen sie erzählen konnte, dass nicht nur die Staatsanwältin zum Abendessen erwartet wurde, sondern auch Antonia Schäfer. Tilla Speck hatte die Freundin nicht allein lassen wollen mit ihrer großen Sorge und damit bei Mamma Carlotta offene Türen eingerannt. Selbstverständlich musste man einer Mutter, die um ihr Kind bangte, helfen! Und wenn es ihr guttat, den Abend in angenehmer Gesellschaft zuzubringen, statt allein in ihrem Ferienhaus zu sitzen, dann musste man ihr die Tür öffnen und den Stuhl zurechtrücken. Das war doch klar.

Erik nickte nur. Ihm selbst war es ja lieber, im Kreise der Familie den Tag zu beenden, das wusste seine Schwiegermutter, wobei er Sören längst als Familienmitglied betrachtete. Die Anwesenheit der Staatsanwältin war ihm lästig, auch das wusste seine Schwiegermutter, obwohl er damit gerechnet hatte, dass sie erscheinen würde. Aber nun noch Antonia Schäfer? Nachdem er sich erkundigt hatte, wohin seine Kinder gegangen waren, ließ Mamma Carlotta ihn nicht mehr aus den Augen, weil sie fürchtete, er könnte sich heimlich aus dem Haus schleichen und ihnen zu Gosch oder in die Dönerbude folgen. Nur deshalb unterließ sie es, ihn darauf aufmerksam zu machen, dass ein frisches Hemd nicht schlecht wäre und er seine bequemen Cordhosen gegen eine der knapp sitzenden Jeans tauschen könnte, die unbenutzt im Schrank hingen, seit Erik sich von Svea Gysbrecht getrennt hatte, der moderne Kleidung wichtig gewesen war.

Aber sie hielt sich zurück. Einem Mann, der am Abend am liebsten seine Ruhe hatte und wusste, dass sie ihm nicht vergönnt sein würde, sollte man besser nicht mit Forderungen kommen, denen er schon bei strahlender Laune nur ungern nachkam. Er konnte ja nicht ahnen, was seine Schwiegermutter am Nachmittag zu hören bekommen hatte, als sie zufällig das Gespräch der Staatsanwältin mit Antonia Schäfer belauscht hatte. Erst recht wusste er nicht, dass ihr im Sommer schon einmal etwas ähnliches zu Ohren gekommen war. Sowohl in Italien als auch heute hinter dem Kurhaus war Eriks Name nicht gefallen, aber die Möglichkeit, dass Tilla Speck von ihm gesprochen haben könnte, ließ Mamma Carlotta nicht los. Zu dumm, dass sie mit niemandem darüber reden konnte. Nicht einmal mit Tove Griess und Fietje Tiensch! So was konnte man nur mit einer Frau besprechen! Sie würde warten müssen, bis sie wieder in Panidomino war und dort mit ihrer Freundin Marina darüber beratschlagen konnte, ob es richtig war zu handeln oder ob es besser war, die Sache ihren Lauf nehmen zu lassen und stillschweigend dabei zuzusehen. Wenn sie nur wüsste, wie der Mann hieß, der Tilla Specks Herz erobert hatte, ohne es zu ahnen. Vielleicht gab es ja außer Erik noch andere, die von ihr schlecht behandelt wurden, die sie nicht ausstehen konnten und davon überzeugt waren, dass es umgekehrt genauso war. »Madonna!«

Die Staatsanwältin erschien im Süder Wung, als sei sie soeben aus dem Ei gepellt worden. Die schwarze Jeans war so eng, dass Erik fürchtete, Nähte, Knöpfe und Reißverschluss könnten spätestens beim Dessert schlappmachen und ihre Ämter niederlegen. Ihr Pullover hatte einen so weiten Ausschnitt, dass ihr weißer Spitzen-BH zu sehen war, wenn sie sich vorbeugte. Was sie auch tat, nachdem sie Erik kurz begrüßt hatte, um der Katze, die schnurrend um ihre Beine ging, lange und ausgiebig Aufmerksamkeit zu schenken. Erik zwang sich, auf nichts anderes als auf ihre blonden Locken zu starren, die aussahen, als hätte die Staatsanwältin noch einen Friseurbesuch eingeschoben. Als sie sich wieder aufrichtete, sah er, dass ihre Lippen frisch geschminkt waren, dass ihr Lidschatten blau schimmerte und ihre Wimpern so kräftig getuscht waren, dass sie wie Fliegenbeine aus ihrem Gesicht stachen. Sie duftete nach einem teuren Parfüm, das Erik am liebsten aus der Luft gewedelt hätte. Er ärgerte sich, dass er all das zur Kenntnis nahm, und ärgerte sich noch mehr, als er sah, wie beeindruckt Sören war. Der starrte in das Dekolleté der Staatsanwältin, als hätte er nie etwas Schöneres gesehen.

Antonia Schäfers Anblick war für Erik dagegen reine Labsal. Sie war elegant, aber schlicht gekleidet. Ihr war es augenscheinlich nicht darum gegangen, ihre Vorzüge ins rechte Licht zu setzen. Sie sah sehr formell aus in ihrem dunklen Kostüm, ließ aber erkennen, dass diese Aufmachung ihrer Position geschuldet war. Sie schien der Ansicht zu sein, dass eine Verlegerin, die ein Lyrik-Festival organisierte, angezogen sein müsse wie eine Pastoralreferentin bei ihrer Antrittspredigt.

Sie sah sich um, als könnte Carolin sich irgendwo versteckt haben. »Ist Ihre Tochter nicht zu Hause?«

Ehe Erik etwas entgegnen konnte, hatte schon seine Schwiegermutter das Wort ergriffen. Sie war ja immer schneller im Antworten als er. Voller Erstaunen hörte Erik, dass seine Tochter sich zurückgezogen habe, um an ihrem lyrischen Gesamtwerk zu arbeiten, für das sie angeblich unbedingt den Einfluss der Natur, des Wetters, des Meeres brauche. Er hätte glatt gedacht, sie wäre vor der Staatsanwältin geflohen und hätte sich mit Felix in die Dönerbude gerettet, um dort so lange ungesundes Essen zu sich zu nehmen, bis der Besuch das Haus verlassen hatte.

Während Mamma Carlotta den Insalata alla ligure servierte, hielt Sören sich noch zurück. Erst als die Spaghetti con le zucchine auf dem Tisch standen und Antonia Schäfer fand, dass man die Arbeit der Köchin nun genug gewürdigt hatte und auf das Schicksal ihrer Tochter zu sprechen kommen konnte, sagte Sören: »Ihr Mann ist längst wieder in Deutschland. Ich habe bei den Fluggesellschaften recherchiert.«

Die Nachricht schlug ein wie eine Bombe. Der Staatsanwältin rutschten die Spaghetti, die sie soeben aufgewickelt hatte, von der Gabel, Antonia schob den Teller ein wenig zurück, als sei ihr der Appetit vergangen. Sören hatte Mühe, sein Strahlen zu unterdrücken und angemessen betroffen auszusehen. »Er hat zwei Tage vor der Entführung einen Flug von Chicago nach München gebucht.«

»Er ist nicht mehr in den USA?« Antonia stöhnte diesen Satz heraus.

Erik mischte sich nicht ein, er wollte Sören den Triumph allein auskosten lassen. »Kommissar Vetterich, der Leiter der KTU, hat herausgefunden, dass sein Handy sich in Deutschland eingeloggt hat. In der Nähe von Kiel. Vermutlich ist er von München nach Kiel mit dem Zug gefahren.«

»Warum behauptet er, dass er in einer Klinik in Chicago liegt?«, fragte die Staatsanwältin, aber niemand antwortete ihr, weil jeder wusste, dass sie die Antwort längst selbst gefunden hatte. Erik war froh, dass er schon Gelegenheit gehabt hatte, sich ein paar Gedanken zu machen. »Kann es sein, dass er so dumm ist? Er hat gesagt, er kenne den Namen der Klinik nicht, in der er liegt. Glaubt er wirklich, dass wir uns damit zufriedengeben?«

Die Staatsanwältin hielt es für möglich. »Er kommt nicht im Traum auf die Idee, dass wir ihn verdächtigen. Irgendwann hätte er uns den Namen einer Klinik präsentiert ...«

»… aber dann wäre er immer noch nicht auf die Idee gekommen, dass seine Angabe kontrolliert wird«, ergänzte Antonia Schäfer.

»Genauso wenig kommt er auf die Idee, dass wir sein Handy kontrollieren.«

Aber Erik schüttelte den Kopf. »Sein Verhalten ist nicht logisch. Er hätte die Polizei nicht verständigt, wenn er die Entführung vortäuscht. Er hätte dafür gesorgt, dass er das Geld bekommt und dass anschließend alle glücklich sind, weil Lale wieder frei ist.«

»Und er rechnet damit, dass das Mädchen den Mund hält?«, fragte die Staatsanwältin zweifelnd.

»Lale hat nie auf etwas verzichten müssen«, sagte Antonia. »Wenn ihr Vater ihr erklärt hat, dass bald Schluss ist mit dem guten Leben, weil er auf eine Pleite zusteuert, wird sie gerne mitmachen.« Ihre Mundwinkel bogen sich nach unten. »Lale hat immer getan, was ihr Vater wollte. Er konnte sehr gut andere Leute überzeugen. Lale ganz besonders.«

»Aber warum die Polizei?«, beharrte Erik.

»Das kann ich erklären«, antwortete Antonia Schäfer.

Mamma Carlotta betrachtete die Reste des Hackbratens sehr unzufrieden. Er war ihr diesmal nicht so gut gelungen wie sonst. »Che fastidio!« Zu ärgerlich, dass er beim Schneiden auseinandergefallen war. Keine einzige glatte Scheibe hatte auf dem Servierteller gelegen. Die Staatsanwältin hatte zwar nur gelacht und gemeint, es komme schließlich darauf an, wie er schmeckte, aber das hatte Carlotta nicht besänftigt. Das Auge aß schließlich mit! Auch der Spinaci al latte, den sie dazu serviert hatte, war nicht so lecker gewesen wie sonst. Sie hatte niemandem verraten, dass sie Tiefkühlspinat gekauft hatte, weil ihr Hausfrauengewissen so schlecht war, dass sie es nicht zugeben mochte. Eigentlich hatte sie auf Sylt schon öfter ins Tiefkühlregal gegriffen, was sie daheim niemals tat. Wenn das eine

Nachbarin gesehen hätte! Hausfrauen, die sich die Küchenarbeit erleichterten, hatten einen sehr schlechten Ruf in Panidomino. Eine italienische Casalinga musste bereit sein, sich für ihre Familie krumm zu schuften, sich viel Arbeit aufzuhalsen, für die ihr nicht gedankt wurde, um später darüber stöhnen zu können, dass man es als Frau und Mutter nicht leicht habe. Wer Tiefkühlkost kaufte, wäre aus der Mitte dieser Gemeinschaft von geplagten Hausfrauen ausgestoßen worden, und das wollte Mamma Carlotta auf keinen Fall. Dass sie auf Sylt die eine oder andere Ausnahme zuließ, erwähnte sie später in Panidomino mit keinem Wort.

Jetzt nahm sie sich vor, den Spinat demnächst wieder frisch zu kaufen, damit er nicht noch einmal so schlapp und fade auf den Tisch kam. Das Ergebnis war wohl die Strafe dafür gewesen, dass sie versucht hatte, es sich einfach zu machen.

Sie öffnete den Backofen und übergoss die gebackenen Früchte ein letztes Mal mit dem Saft, der während des Backens ausgetreten war. Dann nahm sie den Macedonia al forno aus dem Ofen und begann, Zucker zu karamellisieren.

Antonia Schäfer hatte nach dem Hauptgang auf die Uhr gesehen. »Ich muss noch mit Jo Kessler telefonieren. Er möchte einiges mit mir abstimmen. Ich kann ihn nicht warten lassen. Er hilft mir wirklich sehr …«

Die Staatsanwältin hatte spöttisch gelacht. »Glaub bloß nicht, dass er total eigennützig handelt. Der will, dass du anschließend vor lauter Dankbarkeit seine sämtlichen Gedichte druckst. Vermutlich hofft er sogar auf einen Verlagsvertrag für einen Roman.«

Antonia Schäfer hatte geseufzt. »Darum bittet er mich schon länger. Aber ganz ehrlich …« Sie hatte noch einmal geseufzt und dann die Erklärung heruntergeschluckt. Wie sie gelautet hätte, wenn sie ausgesprochen worden wäre, war allen klar: Die schriftstellerischen Qualitäten des jungen Mannes waren nicht überzeugend. »Ich habe ihm gesagt, wenn er von mir verlegt werden will, muss er sich an den Druckkosten beteiligen. Bei der Qualität seiner Arbeiten kann ich das wirtschaftliche Risiko nicht allein tragen.«

»Hat er sich darauf eingelassen?«, fragte die Staatsanwältin.

Antonia Schäfer schüttelte den Kopf. »Er hat ja kein Geld. Er hatte schon Schwierigkeiten, die Reise nach Sylt zu bezahlen. Die Übernachtungskosten musste ich für ihn übernehmen, dafür war er bereit, mich bei den Vorbereitungen zu unterstützen.«

»Hat er keinen Brotberuf?«

Mamma Carlotta hatte sich nach der Bedeutung dieses ungewöhnlichen Wortes erkundigt und erfahren, dass nur wenige Autoren in der Lage waren, von dem, was sie schrieben, ihren Lebensunterhalt zu bestreiten. Was sie zum Leben brauchten, verdienten sie sich durch einen Beruf, der ihnen ein regelmäßiges Gehalt sicherte. Sie war erschüttert zu hören, wie viele Schriftsteller wochen-, monate-, sogar jahrelang an einem Manuskript arbeiteten und später von den Früchten ihrer Arbeit nicht leben konnten.

»So ist das eben«, hatte Antonia Schäfer lapidar erklärt. »Trotzdem wollen so viele unbedingt gedruckt sehen, was sie geschrieben haben. Manche lassen sich das eine Menge kosten.« Dann war sie aufgestanden. »Ich bin fix und fertig. Bitte, nehmen Sie es mir nicht übel ...«

Mamma Carlotta hatte sie nicht aussprechen lassen. Selbstverständlich galten für eine leidgeprüfte Mutter wie Antonia Schäfer andere Regeln. Sie brauchte Schlaf, sie musste Kraft sammeln für all das Schwere, das ihr bevorstand. Jeder hatte dafür Verständnis. Im Gegenteil, sie war ausgiebig dafür bewundert worden, dass sie so tapfer war, niemanden merken zu lassen, wie es in ihr aussah, dass sie weiterhin für das Lyrik-Festival arbeitete, als wäre nichts geschehen.

Erik hatte Antonia Schäfer zur Tür gebracht. »Sie melden sich sofort bei mir, wenn Sie etwas von dem Entführer hören?«

Als Antonia Schäfer nickte, hatte er noch ergänzt: »Zu jeder Tages- und Nachtzeit.«

Nun steckte er mit Sören und der Staatsanwältin die Köpfe zusammen und dachte mit ihnen über die Geschichte nach, die Antonia Schäfer erzählt hatte. Tatsächlich hatte sie damit die Erklärung geliefert, warum Theo Claussen die Polizei verständigt hatte, obwohl es auf den ersten Blick unvernünftig erschienen war. Aber was seine Ex-Frau erzählt hatte, war nicht nur eine Erklärung für sein Verhalten gewesen, es hatte noch mehr verraten. »Theo ist nicht in der Lage, eine Million flüssig zu machen«, hatte Antonia Schäfer klipp und klar gesagt. »Schon gar nicht auf die Schnelle. Aber er wusste, wie er an so viel Geld kommen kann.«

Sie hatte von einem Cousin erzählt, dem Theo Claussen sehr verbunden war. Die zwei hatten als Kinder alle Ferien bei den gemeinsamen Großeltern verbracht. Sie waren unzertrennlich, und das blieb so, als sie älter wurden. Der Grund dafür war nicht nur die herzliche Zuneigung, die sie verband, sondern vor allem eine große Dankbarkeit. Theo Claussen hatte seinem Cousin Alex als Zwölfjähriger das Leben gerettet. An einem Tag der Sommerferien waren sie, wie schon viele Male vorher, vom Haus der Großeltern aufgebrochen, um zum nahen See zu gehen und zu baden. Zunächst hatten sie sich ans Ufer in die Sonne gelegt, dann, als ihnen heiß wurde, wollten sie schwimmen gehen. Alex war bis zum Ende eines morschen Stegs gelaufen und hatte sich per Kopfsprung ins Wasser gestürzt. Was er nicht wusste: Dort gab es, wie in vielen Seen, schon ab ein oder zwei Metern Tiefe eine deutlich kältere Wasserschicht. »Später hieß es«, erklärte Antonia Schäfer, »dass der Temperaturunterschied zehn bis fünfzehn Grad betrug. Dieser Unterschied zwischen der warmen und der kalten Schicht kommt meist schlagartig.«

Erik nickte. Von diesen Temperatursprungschichten hatte er auch schon gehört. »Wenn jemand von der Sonne aufgeheizt ist und ins Wasser springt, ohne sich abzukühlen, kann der Kälteschock den Kreislauf regelrecht lahmlegen.«

So war es bei Alex gewesen. Er konnte durch kältebedingte Muskelkrämpfe nicht mehr schwimmen, wurde ohnmächtig und versank vor Theos Augen. »Aber er hat seinen Cousin gerettet«, schloss Antonia. »Am Telefon hat er mich daran erinnert, dass Alex ihm damals geschworen hat, er würde seinem Cousin Theo immer zur Seite stehen, wenn er Hilfe brauchte.«

Alex Götze hatte eine Kfz-Werkstatt gegründet und wurde bald Besitzer eines Autohauses. Seine Geschäfte gingen gut, er besaß mittlerweile in drei großen Städten bekannte Autohäuser. Auto-Götze war ein Name, den jeder kannte.

»Ich hätte es mir gleich denken können«, schloss Antonia Schäfer, »dass Theo seinen Cousin fragen würde.«

Erik hatte es nicht glauben können. »Der knöpft seinem Cousin eine Million ab? Mit dem Ziel, sie in die eigene Tasche zu stecken? Der nutzt schamlos dessen Dankbarkeit aus?«

»Alex hat ihm sofort seine Hilfe zugesagt. Aber seine Bedingung war: Die Polizei muss eingeschaltet werden.« Antonia blickte nicht auf, als schämte sie sich für ihren Ex-Mann. »Wenn Theo mit dem Rücken an der Wand steht, wird er skrupellos. Und wenn er kein Geld hat, fühlt er sich immer an die Wand gedrängt.«

»So ein Mistkerl!« Die Staatsanwältin ballte die Fäuste.

»Gut, dass ich nicht mehr mit ihm verheiratet bin«, stieß Antonia Schäfer hervor. »Dieses Schwein!«

Mamma Carlotta ließ eine Schimpfkanonade auf Italienisch heraus, und Erik stieß immer wieder »schrecklich, ganz schrecklich« hervor.

Sören war der Einzige, der ruhig blieb und nicht in die allgemeine Empörung einstimmte. »Wir wissen nicht mit Sicherheit, dass es sich so verhält. Wir müssen die Ruhe bewahren. Keine Schnellschüsse! Sorgfältig abwägen, bevor wir etwas unternehmen. Das Wichtigste ist das Leben der Geisel.«

Die Staatsanwältin lachte bitter. »Wenn Theo Claussen hinter der Entführung steckt, ist Lale nicht in Gefahr.«

»Wenn«, wiederholte Sören mit Nachdruck. »Wir wissen es aber nicht mit Bestimmtheit. Voreilige Schlüsse können jetzt fatal sein. Selbst wenn Lale in Sicherheit ist – wir wollen dem Kerl doch auf die Spur kommen. Beweise brauchen wir! Die kriegen wir nicht, wenn wir ihn vorzeitig warnen. Für ihn muss alles so aussehen, als fielen wir auf ihn rein.«

Zu Eriks Erstaunen nickte die Staatsanwältin, als wäre sie von Sörens Plädoyer beeindruckt. »Die Geldübergabe! Darauf wird es ankommen. Die müssen wir sehr gründlich planen.«

Der Wind nahm weiter zu. Nun sprach auch Erik mittlerweile von einem Sturm und sah am Morgen nach dem Aufstehen besorgt in den Himmel. Danach bemühte er sein Smartphone und schaute sich die Wetterkarte an. Eine Sturmflut für Sylt war nicht auszuschließen. Besorgt ging er durchs Haus und kontrollierte alle Fenster, stieg sogar auf den Dachboden, um an allen Luken zu rütteln.

Carolin begegnete ihm verschlafen auf dem Flur. »Besser, du fährst heute nicht mit dem Fahrrad zum Kurhaus«, riet er ihr. »Der Wind wird im Laufe des Tages zunehmen.«

Sie nuschelte etwas, was sich wie Zustimmung anhörte, und verschwand im Bad. Erik lächelte die geschlossene Tür an. Wie gut, dass seine Tochter wieder zeitig aufstand und Pläne für den Tag hatte! Ihre Nonna hatte recht daran getan, eine Beschäftigung für sie zu suchen. Dass dabei neue Bewerbungen ein wenig aus dem Fokus geraten waren, spielte keine Rolle. Wenn das Lyrik-Festival vorbei war, hatte Carolin sich hoffentlich gefangen und wieder daran gewöhnt, den Tag vor dem Mittagessen zu beginnen.

Er stieg nachdenklich die Treppe hinab. Es war fast neun. Er hatte Sören beim Abschied zugestanden, erst später zum Frühstück zu erscheinen. Schließlich hatten sie am Vortag bis tief in die Nacht zusammengesessen und über den Fall Claussen geredet. Da musste es gestattet sein, am nächsten Morgen später mit dem Dienst zu beginnen. Das hatte sogar die Staatsanwältin eingesehen, die ja sonst zu denen gehörte, die morgens als Erste in der Staatsanwaltschaft erschienen und abends als Letzte gingen. Aber tatsächlich war sie, seit sie auf Sylt war, umgänglicher geworden. Das lag vermutlich daran, dass sie den Tag mit Mamma Carlotta verbringen konnte, die sie nach wie vor wie eine Freundin behandelte. Erik seufzte, als er am Fuß der Treppe angekommen war. Hätte er im Sommer nur verhindern können, dass die beiden zusammen nach Italien reisten, die Staatsanwältin als Ermittlerin und seine Schwiegermutter als Dolmetscherin! Seitdem waren sie ein Herz und eine Seele. Mittlerweile fand sogar Sören die Staatsanwältin viel erträglicher als vorher, und die anderen Mitarbeiter des Polizeireviers Westerland schienen es nun Erik anzulasten, wenn Frau Dr. Speck sich darüber beklagte, dass dort viel zu langsam gearbeitet wurde. Er wurde dann schief angesehen, weil er derjenige war, der den Schlüssel zu einem besseren Verhältnis mit der Staatsanwaltschaft Flensburg in der Hand hatte. Ein Schlüssel, der Carlotta Capella hieß. Dass er ihn nicht benutzte und nicht dafür sorgte, dass sich die neue Freundschaft zwischen seiner Schwiegermutter und der Staatsanwältin auch auf ihn und das ganze Polizeirevier übertrug, konnte niemand verstehen.

Der Duft nach Kaffee und frisch geröstetem Brot kam ihm entgegen, und er fühlte, wie ihn Dankbarkeit erfüllte. Es war schön, in der Küche empfangen zu werden, so wie früher, als Lucia noch lebte. Sie hatte es so wie ihre Mutter gehalten und war immer als Erste aufgestanden. Schade, dass er ihr nie gesagt hatte, wie schön es war, mit Kaffee- und Brötchenduft empfangen zu werden, wie gut der Start in den Tag war, wenn er mit Liebe und Behaglichkeit begann.

Er ging an der Küchentür vorbei ins Wohnzimmer, währenddessen suchte er in der Innentasche seiner Jacke nach dem

Notizzettel, auf dem er sich Claussens Handynummer notiert hatte. Mit geschlossenen Augen überlegte er, wie spät es jetzt in Chicago war. Sicher war er nicht, schaute vorsichtshalber im Smartphone nach, diesem kleinen Wunderding, das einfach alles wusste. Er wurde darin bestätigt, dass er sieben Stunden zurückrechnen musste. Dort war es also schon weit nach Mitternacht.

Er wählte die Nummer und lächelte mit dem rechten Mundwinkel, als schon nach dem zweiten Klingeln abgehoben wurde. Es meldete sich eine frische, ausgeschlafene Stimme.

»Herr Claussen? Ich wollte nur ...« Er unterbrach sich selbst und tat so, als erschräke er heftig. »Entschuldigung! Ich habe ja ganz vergessen, dass bei Ihnen Nacht ist. Hoffentlich habe ich Sie nicht geweckt.«

»Nein, nein ...« Erik konnte förmlich hören, wie Theo Claussen seine Stimme veränderte, ihr das Morgenfrische nahm und sie mit Schläfrigkeit zudeckte. »Ich gehe immer erst spät schlafen. Seit Lale ... also, seit das mit Lale passiert ist ... seitdem kann ich sowieso nur sehr schlecht schlafen.«

»Das kann ich verstehen.« Erik verzichtete darauf, die Frage nach dem Krankenhaus in Chicago zu wiederholen. Besser, er tat nichts, was Claussen misstrauisch machen konnte. Er musste hingehalten werden, bis es zur Geldübergabe kam. »Sind Sie sehr müde? Soll ich lieber ein anderes Mal anrufen?«

»Nein, geht schon.«

»Ihre Frau hat Ihre Forderung an den Entführer weitergeleitet. Ich hoffe, dass er heute ein Foto Ihrer Tochter schickt.«

»Das hoffe ich auch. Deswegen habe ich mich wach gehalten. Ich rechne jeden Augenblick damit. Mein Cousin hat mir zugesagt, dass die Million heute noch zur Verfügung stehen wird. Ein Mitarbeiter seiner Hausbank wird nach Sylt kommen. Die Filiale in Westerland hat bereits alles vorbereitet. Sobald der genaue Zeitpunkt der Geldübergabe feststeht, wird der Geldkoffer gepackt.«

»Das ist gut. Hoffen wir, dass alles schnell geht.«

Erik fand noch ein paar tröstende Worte, für die Theo Claussen sich bedankte, dann beendeten sie das Gespräch. Zufrieden steckte Erik das Smartphone weg. Die Sache würde hoffentlich bald zu Ende sein. Ob Claussen selbst nach Sylt kommen würde, um das Geld in Empfang zu nehmen? Das konnte er sich nicht vorstellen. Andererseits ... wen sollte er einweihen? Ob es jemanden gab, den er zu seinem Komplizen machen konnte? Seinen Cousin? Oder sogar Lale selbst? Dieser Gedanke schoss wie ein Blitz durch seinen Kopf. Ja, das wäre möglich.

Sören betätigte die Türglocke, die diesmal *Ein Männlein steht im Walde* intonierte. Erik ließ ihn herein und drängte ihn in die Küche. Dort musste sein Assistent natürlich erst mal ausgiebig seine Schwiegermutter begrüßen, sich ebenso ausgiebig darüber freuen, dass sie auch heute wieder Rührei mit kross gebratenem Schinken zubereitet hatte, und sich, wie fast jeden Morgen, darüber wundern, dass sie tatsächlich wieder die Feigenmarmelade auf den Tisch gestellt hatte, die sie extra für Sören aus Umbrien mitbrachte. Dann erst war er bereit und willens, sich auf die Mitteilung einzustellen, die sein Chef ihm machen wollte.

Der Gedanke, dass Lale es sein könnte, die das Lösegeld in Empfang nahm, gefiel ihm nicht. Aber auch er war froh, dass die Million so schnell bereitgestellt werden konnte. »Es wäre ja immer noch möglich, dass es sich anders verhält.«

Erik sah ihn erstaunt an. »Sie glauben nicht daran, dass es Theo Claussen war?«

Sören druckste herum. »Wir sollten uns nicht auf ihn einschießen.«

»Die Staatsanwältin meint auch, dass er es ist. Frau Schäfer traut es ihm ohne Weiteres zu. Und warum sollte er uns sonst seinen wahren Aufenthaltsort verschweigen?«

»Ja, ja ...« Sören blickte in Mamma Carlottas Augen, die erwartungsvoll auf ihn gerichtet waren. »Ich meine ja nur ...«

»Ich finde, er hat recht, Enrico!«, sagte Mamma Carlotta. »Es kann einen ganz anderen Grund geben, dass der Vater nicht verrät, wo er ist. Vielleicht betrügt er seine Frau und verbringt ein paar schöne Tage mit einer anderen in einem Luxushotel?«

Erik war verblüfft. »Dann wäre es ja noch schlimmer, dass er es nicht für nötig hält, nach Sylt zu kommen! Der genießt einen Seitensprung, während seine Tochter ...?«

»No, no, Enrico!« Mamma Carlotta wehrte – mit der Pfanne in der Hand – so heftig ab, dass beide Männer ihre Stühle zurücksetzten und sich in Sicherheit brachten. »Das kann nicht sein«, fuhr sie fort, während sie das Rührei auftat. »So was würde kein Vater tun.«

Das Smartphone klingelte, die Nummer der Staatsanwältin flackerte auf dem Display. »Moin, Wolf! Es gibt Neuigkeiten!«

Immerhin hatte sie ihm einen Gruß gegönnt! Der Dirty Daniel an der Hotelbar und die diversen Grappe vom Vorabend hatten anscheinend für eine Korrektur ihrer Umgangsformen gesorgt.

»Theo Claussen hat eine Geliebte.«

»Was?« Erik starrte seine Schwiegermutter an, als hielte er sie für eine Wahrsagerin und als wäre die Pfanne in ihrer Hand in Wirklichkeit eine Glaskugel. »Woher wissen Sie das?«

»Antonia hat es rausbekommen. Sie ist gerade in der Villa gewesen, weil ihr eingefallen ist, wo er früher die Briefe seiner Geliebten versteckte, als er noch mit ihr verheiratet war.«

»Wie ist sie reingekommen?«

»Die Haushälterin hat ihr geöffnet. Die fängt um acht an, wenn sie dort auch nichts zu tun hat.«

»Was hat Frau Schäfer gefunden?«

»Verräterische Fotos von einer jungen Frau. Und Liebesbriefchen mit diversen Rechtschreibfehlern.«

»Gibt's auch einen Namen?«

Die Stimme der Staatsanwältin triumphierte. »Jennifer Christensen! Anschrift, Telefonnummer und so weiter habe ich noch

nicht. Aber ich habe soeben die beiden Schlafmützen flottge-
macht, die bei Ihnen im Revierzimmer sitzen.«

»Mierendorf und Engdahl?«

»Die hatten wohl gehofft, den Nachtschlaf am Schreibtisch
ein wenig zu verlängern. Dass daraus nichts wird, wissen sie
nun.«

Erik sah seine Schwiegermutter an, die sich zu ihnen gesetzt
hatte, an ihrem Espresso nippte und an einem Zwieback knabberte, das Einzige, was sie am frühen Morgen herunterbrachte.
»Ich hatte da heute Morgen eine Idee ...« Er unterbrach sich
und setzte noch einmal an. »Meine Schwiegermutter kam auf
die Idee, dass Claussen vielleicht deswegen seinen Aufenthaltsort verheimlicht, weil er eine Affäre hat.«

Die Staatsanwältin wusste sofort, was gemeint war. »Und der
turtelt jetzt mit einer Geliebten rum, von der seine Frau nichts
erfahren darf?« Sie stockte kurz, bevor sie fortfuhr: »Und Lale?
Die dürfte davon aber nichts wissen. Sie liebt ihre Stiefmutter.
Ein riesiges Problem für Antonia!«

Erik fand sich nun mit dem neugierigen Blick seiner Schwie-
germutter ab. »Vielleicht ist diese Jennifer die Komplizin von
Theo Claussen. Dann wird sie das Lösegeld holen. Und der
Judaslohn: Claussen trennt sich von Helena Helmstetter.«

»Und Lale ist irgendwo untergebracht, wo sie nichts davon
mitbekommt?«

Erik zögerte immer viel länger als die Staatsanwältin, wenn
ihm ein neuer Gedanke kam. »Wenn er sich tatsächlich mit
einer Geliebten eine schöne Zeit macht, würde das darauf hin-
deuten, dass er nicht hinter der Entführung steckt.«

»Das wäre ja der Oberhammer«, stöhnte Tilla Speck. »Der
macht mit irgendeiner Tussi rum, während seine Tochter um
ihr Leben zittert.«

Mamma Carlotta wartete nicht lange. Sie erlaubte sich sogar,
Erik und Sören zur Eile anzutreiben, indem sie ihnen das Früh-

stücksgeschirr wegnahm, den Brotkorb zur Seite stellte und Marmelade und Schinken im Kühlschrank verschwinden ließ. »Ich habe zu tun. Heute Abend findet die Lesung in Käptens Kajüte statt.« Es tat ihr gut, den Namen der Imbissstube auszusprechen, ohne Erik gleichzeitig weismachen zu müssen, dass ihr deren Innenleben und erst recht der Wirt kaum vertraut waren. Diesmal ging sie ganz offiziell zu Tove Griess. »Frau Schäfer hat gesagt, ich solle mich darum kümmern, dass der Laden gut aussieht und überall Reklame vom Schäfer-Verlag rumliegt.«

Carolin hatte das Haus schon verlassen. Sie sollte dafür sorgen, dass bei Budnikowsky, dem Drogeriemarkt neben Feinkost Meyer, Stehtische für die Zuhörer aufgestellt wurden und ein Lesepult für einen Lyriker bereitstand, der dort zwischen den Regalen lesen würde. Danach sollte sie mit Johann W. Kessler, dem Antonia Schäfers Auto zur Verfügung stand, nach Westerland fahren, um sich darum zu kümmern, dass die Schalterhalle der Sparkasse bestuhlt wurde, damit auch dort eine Lesung abgehalten werden konnte.

Erik lachte gutmütig. »Dann wird es heute wohl wieder kein Mittagessen geben?«

Carlotta brach prompt der Schweiß aus. »Ich werde ja nicht einmal Zeit zum Einkaufen haben.«

Sören unterband alle weiteren Rechtfertigungen. »Das macht doch nichts, Signora. Sie können sich ja nicht zerreißen. Das Lyrik-Festival geht vor. Es ist schön, dass Sie dabei helfen. Antonia Schäfer hat es ja zurzeit wirklich nicht leicht. Sie braucht Hilfe.« Er warf seinem Chef einen Blick zu. »Wenn dann die Lösegeldforderung kommt, muss sie den Rücken frei haben.«

Erik stand auf, schob seinen Stuhl an den Tisch und griff nach einem Tuch, um die Tischplatte abzuwischen. Prompt bot Sören sich an, die Spülmaschine einzuräumen, womit Mamma Carlotta gerade begonnen hatte.

Aber sie scheuchte beide aus der Küche. »Ich werde schneller fertig, wenn mir niemand im Wege rumsteht.«

Die Tür wurde ihr beinahe aus der Hand gerissen, als sie das Haus verließ, über den Bürgersteig fegten Papierfetzen, eine leere Dose schepperte über die Straße. Der Wind fuhr ihr entgegen, als sie den Süder Wung entlangging. Sie band sich die Kapuze der Jacke unter dem Kinn zu und lief geduckt auf die Westerlandstraße zu, die sie überqueren musste. Als sie den Hochkamp entlangschritt, schien der Wind noch stärker zu sein, aber das war vermutlich ein Trugschluss. Hier hatte er mehr Platz, hier war er noch jung, hatte Spaß am Wirbeln und Erschrecken, fuhr heulend zwischen den Häusern hindurch und jagte diejenigen, die ihm den Rücken zuwandten, die Straße entlang, während er alle anderen am Vorwärtskommen hinderte.

Mamma Carlotta war froh, als sie vor Käptens Kajüte angekommen war. Und sie hörte schon Toves Ruf »Tür zu!«, als sie noch gar nicht eingetreten war.

Sie sah sofort, dass etwas anders war. Fietje saß nicht an seinem Stammplatz am schmalen Ende der Theke vor seinem Frühstücks-Jever, sondern am anderen Ende auf dem letzten Barhocker. Neben ihm stand Frido Ferrari. Das waren gleich zwei Sensationen auf einmal. Fietje hatte nicht nur seinen Platz gewechselt, sondern sich auf ein Gespräch mit einem Fremden eingelassen. Noch nie hatte Mamma Carlotta erlebt, dass Fietje Tiensch freiwillig mehr als drei Sätze von sich gegeben hatte. So was wie eine Unterhaltung war ihm bisher ein Graus gewesen. Dass Mamma Carlotta sich so sehr an Plaudereien erfreute, hatte er nie verstehen können.

Das schien nun mit einem Schlage anders geworden zu sein. Fietje erkundigte sich sogar bei Frido Ferrari nach dessen Mutter, und der junge Mann lächelte, als sei er nicht zum Reden gezwungen worden, sondern hätte Freude an dieser Unterhaltung. Es war von einer Paola die Rede, deren Name Fietje anscheinend vertraut war. Eine gemeinsame Bekannte? Mamma Carlottas Interesse schoss in die Höhe wie das frisch angezündete Biike-Feuer.

»Wenn das Ihre Mutter ist, dann kenne ich sie tatsächlich von früher«, sagte er gerade. Fietje Tiensch, dem man sonst alles aus der Nase ziehen musste, was man von seinem Leben wissen wollte. »Das ist ewig her. Ich bin ja seit Jahren nicht mehr in Italien gewesen.«

So sehr war er in das Gespräch mit Frido Ferrari vertieft, dass er nicht gemerkt hatte, wer eingetreten war. Als Mamma Carlotta sich neben ihn setzte, erschrak er regelrecht. Und als wäre er bei etwas Unrechtem ertappt worden, zog er sich wieder an seinen Stammplatz zurück.

Aber Frido Ferrari schien das Gespräch noch nicht beenden zu wollen. »Wenn ich mit meiner Mutter telefoniere, werde ich ihr sagen, dass ich jemanden getroffen habe, der sich an sie erinnert.« Er bestellte mit einer knappen Handbewegung einen weiteren Espresso bei Tove. »Heißen Sie wirklich Fietje, oder ist das ein Spitzname?«

»Auf diesen Namen bin ich getauft worden«, behauptete der Strandwärter.

»Schnack kein dummes Zeug«, ging Tove dazwischen. »Ich weiß genau, dass du Friedrich heißt.«

Mamma Carlotta zog es vor zu schweigen. So was kam bei ihr selten vor, aber diesmal hatte sie das Gefühl, dass das Thema viel brisanter war, als der junge Kellner wusste. Ein falsches Wort konnte zu einer Katastrophe, ein richtiges zu einem Happy End führen. Aber sie begriff, dass dieses richtige Wort nicht von ihr kommen durfte. Es musste von Fietje ausgesprochen werden.

»Friedrich heißt auf Italienisch Friderico«, sagte Frido Ferrari gerade nachdenklich.

»Italien ist voll von Fridericos«, behauptete Fietje und trank sein Bier aus.

»Meier heißen Sie jedenfalls nicht«, sagte Frido und lächelte.

Was Tove darauf antwortete, bekam er nicht mehr mit. »Meier nennen sich doch alle, die ihren wahren Namen verschweigen wollen.«

Aber Frido hörte es nicht, er war augenscheinlich mit demjenigen verabredet, der in diesem Moment Käptens Kajüte betrat.

»Tür zu!«, brüllte Tove.

Jo Kessler grüßte nicht, bestellte nur einen schwarzen Tee und winkte Frido zu einem Tisch am Fenster, so weit wie möglich von der Theke entfernt. Dort steckten die beiden die Köpfe zusammen und tuschelten, während Tove nach einem Teebeutel suchte, den er in heißes Wasser tunkte und servierte.

Kaum tauchte er neben dem Tisch auf, hörten die beiden auf zu reden und setzten ihr Gespräch erst fort, als der Wirt wieder hinter der Theke stand. Es sah so aus, als berieten sie ein Problem, zu dem keiner von beiden eine Lösung hatte.

Mamma Carlotta merkte schnell, dass es keinen Sinn hatte zu lauschen. Also kümmerte sie sich um das, was sie kurz vorher gehört hatte. »So lange ist das nicht her, Signor Tiensch, dass Sie in Italien waren. Ich kann mich noch gut erinnern, dass Sie das Erbe Ihres Vaters antreten mussten.«

Das wusste auch Tove. Er hatte Fietje damals begleiten müssen, der unbedingt seelische Unterstützung brauchte, als die Nachricht vom Tod seines leiblichen Vaters gekommen war. Ein italienischer Graf, der in Panidomino und Umgebung überall bekannt war. Damals hatte Mamma Carlotta erfahren, dass Fietje der Sohn eines Adeligen war, der mit einem Dienstmädchen, mit Margarete Tiensch, ein Verhältnis gehabt hatte.

»Sind Sie als junger Mann nicht regelmäßig nach Italien gereist, um Ihren Vater zu besuchen?«

Fietje Tiensch blickte auf, sah erst Mamma Carlotta an und ließ seinen Blick dann zu Frido Ferrari wandern. Noch nie hatte sie diesen Ausdruck in seinen Augen gesehen. Die Abgestumpftheit, die sonst darin stand, war wie weggeblasen, in dem blassen Grau flackerte ein helles Interesse und sogar ... ein Gefühl. Bisher hatte Mamma Carlotta geglaubt, dass Fietje längst alle Gefühle aus seinem Leben verbannt hatte, um besser mit dem fertigzuwerden, woran er in seinem Leben gescheitert war. Aber nun hatte sich etwas geändert. Und das hing mit Frido Ferrari zusammen. Mamma Carlotta begriff in diesem Augenblick, dass sie recht gehabt hatte mit dem Verdacht, der sie beschlichen hatte, als Frido zum ersten Mal in Käptens Kajüte von seinem Vater gesprochen hatte. Erik war bereit gewesen, sich nach einem Friderico Meier umzuhören. Sie musste ihn unbedingt fragen, ob er sein Versprechen wahr gemacht oder längst vergessen hatte. Dass er einen Friderico Meier gefunden hatte, hielt sie in diesem Moment für völlig ausgeschlossen.

Als Fietje nichts entgegnete, beschloss Mamma Carlotta, ihm den Gefallen zu tun und nicht auf einer Antwort zu bestehen. Sie besann sich darauf, weshalb sie eigentlich in die Imbissstube gekommen war. Mit geschäftsmäßiger Miene erinnerte sie Tove an die Plakate, die schon vor Tagen bei ihm abgeliefert worden waren.

Mürrisch ging Tove in die Küche und kam kurz darauf mit den Plakaten zurück, die das Bild von Antonia Schäfer zierte. Nun wurde auch Jo Kessler aufmerksam, der wohl eigentlich gekommen war, um alles vorzubereiten, was für seine Lesung nötig war. Dass er nicht sonderlich erfreut war, in diesem Ambiente seine Kunst darzubieten, ließ er deutlich an seinen herabgezogenen Mundwinkeln und dem geringschätzigen Blick erkennen. Die Flyer, die seine Lesung bewarben – darauf sein Bild, sein sehr kurzer Werdegang als Lyriker und der Hinweis, dass er ein Autor des Schäfer-Verlages sei –, wollte er gerade auf den Tischen verteilen, ließ es dann aber sein. »Ich glaube, das mache ich besser heute Abend. Sonst sind die Dinger mit Ketchup bekleckert, bevor die Lesung beginnt.«

Er ging zu dem Tisch zurück, an dem Frido Ferrari noch immer saß. Mamma Carlotta, die sich nun berufen fühlte, sich in die Planungen einzumischen, weil sie schließlich einen Auftrag von Antonia Schäfer hatte, folgte ihm und konnte deshalb hören, was er zu Frido sagte. »Wir reden später weiter. Ich muss mich jetzt um meine Lesung kümmern.« Wieder beeindruckte er seine Umgebung mit der Pose, die Mamma Carlotta mittlerweile vertraut war. Den Handrücken an die Stirn gelegt, die Augen geschlossen, den Mund wehmütig verzogen. Mamma Carlotta nahm ihm ohne ein Wort die Flyer aus der Hand und zeigte ihm, dass sie bereit war, sich um alles zu kümmern. Johann Wolfgang Kessler, wie er in diesem Moment hieß, löste sich aus seiner Pose und schien sich nicht zu wundern, dass er jemanden gefunden hatte, der durch sie beeindruckt worden war.

Bei seinem Freund Frido hatte er nicht so viel Erfolg. »Meinst du wirklich, dass dieser Laden heute Abend aus allen Nähten platzen wird?«

»Es kommt mir nicht auf viele Leute an, die in der Mehrzahl an den Currywürsten interessiert sind, sondern auf wenige, denen es wirklich um meine Lyrik geht.«

Frido verdrehte die Augen und brachte seine leere Espressotasse zur Theke. »Mir geht's dreckig«, flüsterte er Johannes Kessler zu, als er an ihm vorbeiging. »Am liebsten würde ich mich krankmelden.«

»Wenn du willst, dass man auf dich aufmerksam wird, bitte!«, gab der Lyriker ebenso leise zurück, als wäre er zu sehr mit seinem Lampenfieber beschäftigt, um sich auch noch um die Gesundheit seines Freundes kümmern zu können. »Überleg dir, was wir tun können. Ich habe keine Zeit für so was.«

Erik überredete Sören, einen Umweg zu machen. Er musste zum Meer. Immer, wenn ihn sein Beruf belastete, versuchte er, sich am Strand die Gewalt in dieser Gesellschaft, die Ausschreitungen, Angst und Schrecken aus der Vorstellungskraft pusten zu lassen. Dann konnte er sie besser ertragen, oder, wie jetzt, die Gefangenschaft eines Menschen besser aushalten. Am Strand bekam er den Beweis, dass das Leben groß und weit war, das Meer unendlich, die Gezeiten verlässlich und ein Sturm in der Lage, ihn zur Lösung eines Falls zu treiben. Sie stellten den Wagen vor dem *Hotel Windrose* ab und gingen am Kurhaus vorbei zur Kliffkante. Die Windböen rasten ihnen entgegen, schüttelten sie, griffen sie an. Aber das war weder für Erik noch für Sören eine Form der Gewalt. Das war die Natur, die zu ihrer Insel gehörte. Sie standen da und schauten zum Horizont, die Füße fest am Boden, die Arme vorgestreckt, die Hände abwehrend, um dem Sturm nicht zum Opfer zu fallen. Nein, Lale war keine Gefangene, beruhigte Erik sich selbst, sie war nur von ihrem Vater angestiftet worden, etwas zu tun, was nicht richtig war. Aber es ging ihr gut, sie war frei. Hier, angesichts der Weite des Meeres, konnte er es wieder glauben.

Die Stimme, die plötzlich hinter ihm erklang, erschreckte ihn heftig. Er hatte nicht gemerkt, dass jemand zu ihnen getreten war. »In Flensburg gehe ich immer an die Förde, wenn ich es nicht mehr aushalten kann.« Was die Staatsanwältin gelegentlich nicht aushielt, konnte Erik sich nicht vorstellen. Für ihn war sie jemand, der allem die Stirn bot und einfach weitermachte, wenn ein Fall gelöst war. »Am Wasser rücken sich die Dimensionen wieder zurecht.«

Viel war nicht von ihrem Gesicht zu sehen. Sie trug eine dicke Daunenjacke, deren Kapuze sie unter dem Kinn zugebunden hatte, darüber einen Schal, der den unteren Teil ihres Gesichtes verdeckte. An den Händen hatte sie Fäustlinge, dicke Fellstiefel an den Füßen. Erik wollte, er hätte auch eine Mütze mitgenommen, der Wind griff mit eiskalten Fingern nach seinen Haaren. Bei Sören standen sie ab wie Watteflusen, die von einem Föhn aufgewirbelt worden waren. Verzweifelt versuchte er mit beiden Händen, sie am Schädel zu halten, aber das misslang gründlich. Erik beschlich der Verdacht, dass es ihm darauf ankam, für die Staatsanwältin ein passables Bild abzugeben.

»Antonia hat gerade das Bild ihrer Tochter bekommen«, sagte die Staatsanwältin leise, aber Erik konnte ihre Worte trotz des Sturms verstehen. »Lale mit der heutigen Ausgabe des *Inselblattes*.« Erik sah sie fragend an, und sie nickte, ohne dass er die Frage aussprechen musste. »Antonia ist völlig fertig.«

»Hat sie das Bild an den Vater weitergeschickt?«

»Ja. Ich habe ihr gesagt, sie soll es auch Ihnen schicken.«

Erik zog das Smartphone aus der Tasche und stellte fest, dass ein Foto angekommen war. Den Ton, der den Eingang einer Nachricht meldete, hatten die Geräusche des Sturms verschluckt.

Er öffnete das Foto und stellte sich vor, dass dieses Mädchen seine Tochter wäre. Ja, er würde wie Antonia Schäfer mit der Verzweiflung kämpfen müssen, wenn er sein Kind so sähe.

Er spürte, dass Sören sich zu ihm beugte, damit er das Foto ebenfalls sehen konnte. Er starrte es eine Weile an, ehe er sagte: »Verdammt! Wir brauchen einen Beweis, dass es wirklich der Vater ist.«

»Das *Inselblatt* wird nur auf Sylt verkauft«, meinte Erik nachdenklich. »In Kiel kann er die heutige Ausgabe nicht bekommen haben.«

»Also ist er doch auf Sylt. Warum hat Vetterich gesagt, sein Handy habe sich bei Kiel eingeloggt?«

»Weil er auf Sylt einen Helfershelfer hat?«

Die Staatsanwältin mischte sich ein. »Ich würde gerne eine Fahndung nach Theo Claussen einleiten. Einverstanden?«

Sie fragte ihn tatsächlich nach seiner Meinung? Erik war verblüfft. Und sie lächelte sogar. Zwar war es kaum zu erkennen unter ihrem dicken Schal, aber nicht nur ihr Mund, auch ihre Augen lächelten. Beinahe hätte er festgestellt, dass sie hübsch war, aber diesen Gedanken verbot er sich gleich wieder.

Er wollte das Smartphone gerade wegstecken, als es klingelte. Rudi Engdahl war am anderen Ende. »Es gibt Arbeit, Chef.«

»Was ist los?«

»Eine Leiche! In der Schrebergartensiedlung in Hörnum. Junge Frau, Anfang zwanzig.«

Erik hätte sich gerne irgendwo angelehnt, weil er merkte, dass ihm die Beine schwach wurden. »Lale Claussen?«

»Sieht so aus.«

»Wir kommen sofort.« Erik steckte langsam, sehr langsam das Smartphone weg, dann erst blickte er auf und sah zunächst Sören und dann die Staatsanwältin vielsagend an. »Scheint so, als hätten wir uns geirrt. Theo Claussen hat die Entführung nicht inszeniert.«

Antonia Schäfer wurde von Minute zu Minute ungehaltener. »Wo bleibt Jo?«

Sie wirkte nervös, war blass, hatte sich nicht viel Mühe mit ihrem Make-up und ihrer Frisur gegeben. Die Angst um ihre Tochter war wohl mittlerweile so groß, dass sie es nicht mehr schaffte, ihre Maske aufrechtzuerhalten.

Mamma Carlotta konnte sie gut verstehen. Wenn auch der Verdacht bestand, dass der Vater die Entführung inszeniert hatte und Lale daher keine Gefangene war, sondern sich nur versteckt hielt, und das vermutlich in sehr komfortabler Umgebung, gab es ja keine Sicherheiten. Alles konnte auch ganz anders sein. Und so war es kein Wunder, dass die Ungewissheit an Antonia Schäfers Nerven zerrte.

»Sind die Lesungen, die heute Abend stattfinden, gut vorbereitet?«, fragte sie immer wieder, ließ die Antworten an sich vorbeirauschen und fragte erneut.

Sie stand im Kursaal in der Nähe der Tür, die nach draußen führte, an einem langen Tisch, auf dem alles lag, was für die Lesungen benötigt wurde. Es waren mehr als zehn Auftritte von Lyrikern, die an diesem Abend stattfanden, und jetzt sah es so aus, als hätte die Verlegerin den Überblick verloren. Ihre Augen irrten über die Flyer, die zusammengerollten Plakate, die Ablaufpläne, die Zettel mit den Informationen, die jeder Veranstalter kurz vorher ausgehändigt bekam. Es war alles bestens organisiert, dieser Meinung war Mamma Carlotta jedenfalls, trotzdem stellte Antonia Schäfer immer wieder dieselben Fragen, ohne auf immer dieselben Antworten zu hören.

»Sie können ganz ruhig sein«, sagte Mamma Carlotta leise, als niemand in ihrer Nähe war. »Alles wird gut gehen.«

Antonia Schäfer fragte nicht, ob sie den Ablauf des Festivals oder die Entführung ihrer Tochter meinte. Sie drehte sich einfach um und ging zu der riesigen Fensterfront des Kurhauses. Dort blieb sie stehen, dicht an der Scheibe, und ließ sich schließlich vornübersinken, bis ihre Stirn das kühle Glas berührte.

Mamma Carlotta betrachtete sie mitleidig. Wie mochte es in der armen Frau aussehen? Sie trat etwas näher heran, hätte gern eine Hand auf ihre Schulter gelegt und ihr etwas Tröstendes gesagt, unterließ es dann aber. Zu Antonia Schäfer passte keine Schwäche. Wenn sie jetzt auch kraft- und hilflos wirkte, eine aufmunternde Geste würde sie garantiert abschütteln.

Mamma Carlotta sah durch die Scheibe, dass die Staatsanwältin auf den Kursaal zukam. Und im selben Moment bemerkte sie auch, dass sich zwei Männer in die andere Richtung entfernten. Sie gingen in Richtung *Gosch* und waren schnell verschwunden. Erik und Sören! Sie hatte die beiden erkannt. Warum kamen sie nicht auf einen Gruß in den Kursaal? Und warum schaute die Staatsanwältin so bedrückt vor sich hin? Geradezu traurig. Verzweifelt? Mamma Carlotta wurde unruhig. War Erik etwa unhöflich zu ihr gewesen? Hatte sie sich ihm freundlich zugewandt und nichts als Ablehnung geerntet? Wieder dachte sie an das Gespräch, das Tilla Speck mit Antonia Schäfer geführt hatte. Wer der Mann war, der nicht ahnte, dass er von der Staatsanwältin geliebt wurde, wusste sie ja immer noch nicht. Nichts als eine Ahnung hatte sie …

Antonias Kopf zuckte hoch, als auch sie die Staatsanwältin sah. Ihr Blick wurde ängstlich, sie riss die Tür auf, bevor Tilla Speck herangekommen war. »Ist was?«

»Mach schnell die Tür wieder zu, der Sturm wird immer schlimmer.« Die Staatsanwältin ging an Antonia vorbei, als wollte sie verhindern, dass ihr weitere Fragen gestellt wurden. Mamma Carlotta war einen Schritt zurückgetreten, starrte Antonia Schäfer an, in deren Gesicht nackte Angst stand, und dann Tilla Speck, die ihrem Blick auswich. Als sie an Carlotta vorbeiging, machte sie mit einer winzigen Kopfbewegung deutlich, dass sie ihr folgen solle.

Carlotta wartete einen Moment, beschäftigte sich scheinheilig mit den Unterlagen für die Lesungen des Abends und versuchte, Antonia im Blick zu haben. Sobald sie abgelenkt war, würde sie Tilla folgen, die scheinbar etwas erfahren hatte, was Antonia vorenthalten werden sollte. Was mochte das sein?

Die Ablenkung war schon unterwegs. Johannes Walter Kessler betrat den Kursaal und ging, als er Antonia Schäfer sah, erfreut auf sie zu, weil er wohl den Eindruck hatte, dass sie nun Zeit für sein Anliegen haben würde, wie immer es auch aussehen mochte. An diesem Tag trug er Hosen, deren Vorderseite nur noch aus ein paar Querfäden bestand, die dafür sorgten, dass die durchlöcherten Hosenbeine nicht auseinanderfielen, darüber einen bunt bestickten Gürtel, der den Auftrag hatte, die Hose dort zu halten, wo sie hingehörte, und ein weites weißes Hemd, das bis zum Bauchnabel geöffnet war und seine spärliche Brustbehaarung präsentierte. Im Kursaal war es kalt, Mamma Carlotta hätte ihm gern geraten, auf seine Gesundheit zu achten und sich wärmer anzuziehen, aber ihr war klar, dass er sowieso nicht auf sie gehört hätte. Johann W. Kessler wollte auffallen, so oder so. Und das gelang ihm auf diese Weise garantiert.

Antonia Schäfer schien zu wissen, was auf sie zukam. Sie drehte sich weg, als er zu ihr trat, und gab sich beschäftigt, indem sie den rechten Zeigefinger über die Namenslisten gleiten ließ.

»Hast du Zeit?«, erkundigte er sich mit Schmelz in der Stimme. »Kann ich dich was fragen?«

Sie sah auf und blickte ihn ungehalten an. »Was ist?«

»Es geht um den Verlagsvertrag für den Roman, von dem ich dir erzählt habe.«

»Das ist noch nicht spruchreif. Ich kenne ja nur dein Exposé. Ein paar Probekapitel musst du mir schon vorlegen.«

»Und dann …?«

»… dann weiß ich immer noch nicht, ob ich es mir leisten kann, einen unbekannten Autor zu verlegen.«

»Ich bin nicht unbekannt. Ich habe schon Gedichte im Schäfer-Verlag veröffentlicht.«

Antonias Stimme wurde spöttisch. »Zwei oder drei?«

»Immerhin!« Jo Kessler stellte sich in Positur. Mamma Carlotta wartete darauf, dass er wieder die Denkerpose einnahm, aber diesmal war er zu erregt und blieb authentisch. »Du bleibst dabei, dass ich mich an den Druckkosten beteiligen muss?«

»Zehntausend mindestens. Das habe ich dir schon gesagt.«

Anscheinend hatte Antonia Schäfer erwartet, dass sie mit dieser überhöhten Summe einen lästigen Bittsteller loswurde. Sie sah Jo Kessler zum ersten Mal interessiert an, als er entgegnete: »Okay, es gibt jemanden, der mir das Geld leihen kann.«

Mamma Carlotta merkte, dass niemand mehr auf sie achtete. Sie legte die Programmhefte, in denen sie sinnlos herumgeblättert hatte, zur Seite und entfernte sich unauffällig. Die Staatsanwältin war hinter dem Vorhang verschwunden, hinter dem der Aufgang zur Bühne lag. Dort stand sie, einen Fuß auf die untere Treppenstufe gestellt, mit beiden Händen ans Geländer geklammert, vornübergebeugt. Den Kopf hatte sie auf ihre Handrücken gelegt.

Erschrocken stürzte Mamma Carlotta auf sie zu. »Was ist passiert?«

Die Staatsanwältin sah nicht auf, als sie entgegnete. »Lale ist gefunden worden.«

Das Treppengeländer war wackelig, es hielt Mamma Carlottas zusätzliches Gewicht nicht aus. Sie taumelte zurück und hielt sich schließlich an einem Kühlschrank fest, in dem die Getränke für die Künstler aufbewahrt wurden, die zwischendurch eine Erfrischung brauchten. »Tot?«

Tilla Speck nickte und richtete sich auf. »Wie soll ich das Antonia beibringen?«

Eine Antwort auf diese Frage wollte Mamma Carlotta nicht einfallen. Was sollte man auch dazu sagen? Für solche Mitteilungen waren der Pfarrer und ein Krankenhausarzt zuständig. Sie konnte gut verstehen, dass die Staatsanwältin überfordert war.

»Wie ist sie gestorben?«, fragte sie hilflos, als könnte sich dadurch etwas ändern.

Dr. Speck hob die Schultern und ließ sie wieder fallen. »Umgebracht wurde sie. Mehr weiß ich nicht.«

Mamma Carlotta nahm ihren Arm und drückte ihn. »Du musst das nicht allein durchstehen, Tilla. Wenn du willst, kann ich dabei sein, wenn du es ihr sagst.«

Die Staatsanwältin kam nicht mehr zu einer Antwort, denn in diesem Augenblick hörten sie laute Stimmen durch den Vorhang dringen. Eine fremde Stimme, hell, jung, aggressiv und fordernd, dazu Antonia Schäfers Stimme, verändert und kräftig, weil sie wütend war.

Mamma Carlotta fuhr herum und riss den Vorhang zur Seite. Am hinteren Ende des Kursaals standen sich zwei Frauen gegenüber, Antonia Schäfer und eine jüngere Frau, hellblond, schlank, auffällig und unkonventionell gekleidet. Mamma Carlotta wusste sofort, wer das war, obwohl sie diese Frau noch nie gesehen hatte. »Madonna!«, flüsterte sie. »Das kann nicht gut gehen ...«

Sie fuhren gen Süden, durch Rantum und bogen kurz vor dem Ortseingang von Hörnum links ab. Sören hatte das unscheinbare Schild gesehen: Kleingärtnerei Osterende.

»Ich hatte keine Ahnung«, sagte er, »dass es hier eine Schrebergartensiedlung gibt.«

Rudi Engdahl hatte ihnen den Weg beschreiben können. »Mein Schwager besaß da mal einen Garten. Fahren Sie Richtung Pidder-Lüng-Haus oder Richtung Möwennest, dann können Sie die Anlage nicht verfehlen.«

Sie fanden sie schnell. Unterhalb der Dünen breitete sie sich aus, davor gab es einen geräumigen Parkplatz. Dort, vor dem großen Gittertor, wartete der Vorsitzende auf sie, direkt unter dem kreisrunden Schild, auf dem eine rote Rose prangte. Darüber stand: *Dauergartenanlage Osterende* und darunter *Kleingartenverein Hörnum e.V.*

Der Vorsitzende begrüßte sie mit ernster Miene, er hatte sichtlich Mühe, mit dem fertigzuwerden, was in seiner Anlage geschehen war. Eigentlich ein Ort des Friedens, des Zusammenseins, fröhlicher Aktivitäten. Und im Herbst, wenn alles winterfest gemacht worden war, ein Ort der Einsamkeit. Zu dieser Zeit lagen die Schrebergärten menschenleer da. Eigentlich ...

»Aber eins unserer Mitglieder wollte nachsehen, ob seine Laube sicher ist. Der Sturm wird ja immer heftiger. Er machte sich Sorgen.« Dabei hatte er festgestellt, dass in der Laube des Gartens, der zurzeit keinen Besitzer hatte, etwas nicht stimmte, und den Vorsitzenden des Schrebergartenvereins angerufen. »Der Geruch ist ihm aufgefallen. Um diese Zeit wird ja nicht gegrillt. Aber es war der Geruch von Holzkohle, deswegen hat er nachgeschaut ...«

Er ging ihnen voraus. Von einem breiten Weg, der auf der linken Seite mit weißen Pflanzkübeln begrenzt wurde, gingen mehrere Wege ab, die zu den einzelnen Parzellen führten. Der Wagen der KTU stand direkt hinter dem Eingang. Der Vorsitzende wies zu dem zweiten Weg, der *Hühnerstiege* hieß. Er selbst war offenbar nicht gewillt, dem Tatort näher zu kommen, was auch nicht notwendig war. Wo die Leiche gefunden worden war, ließ sich schnell erkennen. Die in weiße Overalls gehüllten

Mitarbeiter der Kriminaltechnischen Untersuchungsstelle waren nicht zu übersehen.

Erik und Sören standen nach ein paar Schritten vor der Pforte eines Gartens, der einmal ordentlich angelegt worden war, nun aber ungepflegt aussah.

»Der Besitzer ist schwer erkrankt«, rief der Vorsitzende ihnen nach. »Er musste den Garten aufgeben. Nun steht er zum Verkauf. Aber bisher hat sich noch kein Interessent gefunden.«

Es war offensichtlich, dass dort lange kein Freizeitgärtner gewirkt hatte. Er war als einziger nicht winterfest gemacht worden. An den Hochstämmchen rüttelte der Sturm, die Johannisbeerbüsche neigten sich mal zur einen, dann zur anderen Seite, ein nachlässig verankertes Regenrohr klapperte, und eine aus dem Schloss gerissene Pforte schlug hin und her.

Kommissar Vetterich war bereits vor Ort. Er dirigierte Erik und Sören vorsichtig zu der offenen Tür des Gartenhauses, damit sie keine Spuren zerstörten, die noch nicht gesichert waren. Es handelte sich um ein massives kleines Haus, keine dieser leichten Holzhütten, die zur Aufbewahrung von Gartengeräten dienten. Nein, dieses Haus war auch für einen längeren Aufenthalt gedacht, vielleicht sogar als Domizil für ein freies Wochenende. Erik konnte von draußen ein Sofa mit einem geblümten Überwurf sehen, ein leeres Regal und einen Stuhl, der an einem Esstisch stand, auf dem eine Plastikdecke lag. Der Rest verbarg sich noch in dem Winkel des Häuschens, der nicht einzusehen war.

»Es kann jetzt betreten werden«, sagte Kommissar Vetterich. »Wir haben sofort die Türen aufgerissen und gründlich gelüftet.«

Erik sah ihn fragend an. »Kohlenmonoxid?«

Vetterich nickte. »Das arme Mädchen musste hilflos mitansehen, wie der Täter den Holzkohlegrill anmachte. Keine Ahnung, wie lange es gedauert hat, bis sie das Bewusstsein verlor. Eine Kohlenmonoxidvergiftung ist tückisch. Man riecht nichts, man merkt nichts. Wenn eine Ohnmacht naht, ist es meist schon zu spät.« Kommissar Vetterich, der bekannt dafür war, dass er stoisch, ausdruckslos und scheinbar abgebrüht reagierte, hatte jetzt mit seinen Emotionen zu kämpfen. »Hoffentlich hat es nicht zu lange gedauert. Und vielleicht hat die junge Frau gar nicht begriffen, was auf sie zukam.«

Zögernd machte Erik einen Schritt vor, in dem Bewusstsein, etwas Schreckliches zu sehen zu bekommen. Aber es waren nicht Angst oder Abscheu, die ihn hemmten, es war vor allem der Respekt vor dem Tod, vor einem gewaltsamen Tod, der Kriminalhauptkommissar Wolf noch immer daran hinderte, auf einen Tatort loszustürmen. Das Opfer sollte nach seinem Ende nicht auch noch mit Achtlosigkeit und Flüchtigkeit bloßgestellt werden.

Das Mädchen saß auf einem Stuhl, gefesselt, geknebelt, die Füße an den Stuhlbeinen festgebunden, die Hände auf dem Rücken und zusätzlich an die Rückenlehne des Stuhls gebunden. Nicht weit von ihr entfernt stand der Grill, der noch immer glühte.

Erik schloss die Augen, weil er den Anblick kaum ertragen konnte. Wie lange mochte sie so fixiert gewesen sein? Bewegungslos, Muskelkrämpfen ausgeliefert, schutz- und hilflos. Und warum hatte Lale Claussen ihr Leben lassen müssen? Warum vor der Übergabe des Lösegeldes? Warum hatte der Entführer nicht gewartet, bis er die Million erhalten hatte? Jetzt würde er sie nicht mehr bekommen. Was hatte ihn dazu gebracht, die Gefangenschaft von Lale Claussen vorzeitig zu beenden? War er erkannt worden? Konnte er nicht riskieren, dass sie später seinen Namen verriet? Aber warum jetzt? Warum war es ihm nicht darum gegangen, erst mal das Lösegeld zu kassieren? War er sich so sicher gewesen, dass die Leiche nicht entdeckt wurde? Womöglich erst im nächsten Frühjahr, wenn die Schrebergärtner wieder mit der Arbeit in ihren Gärten begannen! Im November lag die Schrebergartensiedlung still und menschenleer da. Der Täter hatte nicht damit rechnen können, dass gerade heute einer der Gärtner auf die Idee kommen würde, seine Laube sturmsicher zu machen.

»Anscheinend hatte er keine Waffe dabei. Oder er ist kein brutaler Typ. Keiner, der eine Schnur nimmt, um sein Opfer zu erwürgen, oder ein Messer, mit dem er zustechen könnte ...«

Erik machte einen weiteren Schritt auf die Tote zu, betrachtete ihre zerschundenen Gelenke und die wächserne Haut ihres Gesichts.

Er machte für Sören den Weg frei, der nun auch die Laube betreten wollte, und fragte Kommissar Vetterich: »Was ist hier geschehen? Haben Sie schon irgendwelche Spuren ...?«

Er kam nicht dazu, seine Frage zu vollenden, denn ein Schrei unterbrach ihn. Ein greller, dann gurgelnder, schließlich ächzender, immer noch durchdringender Schrei. Erik fuhr entsetzt herum, Kommissar Vetterich erstarrte, seine Mitarbeiter sahen fassungslos auf ...

Dr. Eva-Mathilda Speck war mit den Nerven fertig. Mamma Carlotta bedauerte, dass Erik nicht miterleben konnte, was mit ihr geschah. Er hatte die Staatsanwältin oft genug als kaltschnäuzig und gefühllos beschrieben, ohne jede Empathie, fern von Mitleid und Anteilnahme. Da hatte er sich geirrt! Total!

»Was soll ich nur tun?«, klagte sie immer wieder. »Wie soll ich es ihr sagen?«

Mamma Carlotta hatte dafür gesorgt, dass die Arbeit im Kursaal unterbrochen wurde. Antonia Schäfer war nach dem Streit mit Helena Helmstetter nur noch ein Schatten ihrer selbst gewesen. Aschfahl hatte sie dagestanden, mit zitternden Händen und Lippen, den Tränen nahe, mit ihrer Kraft am Ende.

Zum Glück war Jo Kessler eingesprungen, hatte versprochen, alles Notwendige, was noch zu tun war, zu erledigen. »Du kriegst ja sowieso nichts gebacken.« Verständnislos hatte er die Verlegerin angeschaut und den Kopf geschüttelt. »Ich weiß nicht, was mit dir los ist.«

Es war nur eine kurze Aggression gewesen, eine Stichflamme, die hochschoss und auf der Stelle wieder erlosch. »Mir geht's nicht gut. Okay? Muss ich noch irgendwas erklären?«

Mamma Carlotta war über ihren scharfen Ton erschrocken gewesen, während Jo Kessler erstaunlich gelassen geblieben war. »Ist ja schon gut. Ruh dich aus, ich kümmere mich um alles.«

Trotz seiner Besonnenheit war die kleine Flamme ihres Zorns noch einmal aufgeflackert. »Aber nicht, dass du mir hinterher die Rechnung präsentierst! Ich habe dir einen Stundenlohn angeboten, aber ich zahle nicht mit einem Verlagsvertrag. Kapiert?«

Jo Kessler hatte nicht reagiert, sich nur über einige Listen gebeugt und mit keinem Wort geantwortet. Mamma Carlotta hatte gesehen, dass seine Lippen zitterten und seine Hände bebten. Er hatte ihr leidgetan. Er konnte ja nicht ahnen, unter welchem Druck Antonia Schäfer stand, dann hätte er ihr diesen Ausbruch sicherlich leicht verzeihen können.

Die Verlegerin hatte sich abgewandt und war zur Tür gegangen. »Ich lege mich ein bisschen hin. Am frühen Nachmittag bin ich wieder an Bord.«

Mamma Carlotta wusste, dass sie in der Nähe ein Ferienhaus gemietet hatte. Es war vernünftig, dass sie sich ein paar Stunden Ruhe gönnen wollte. Die arme Frau ahnte ja nicht, was auf sie zukam. Bald würden Erik und Sören bei ihr erscheinen, um ihr das Schrecklichste mitzuteilen, was man einer Mutter sagen konnte …

Nun war sie zusammen mit der Staatsanwältin auf dem Weg in den Süder Wung. Es war unmöglich, mit Jo Kessler zusammenzuarbeiten, als wäre nichts geschehen. Tilla hatte nach Carlottas Arm gegriffen und keine Gegenwehr zugelassen. »Wir gehen auch.«

Zum Glück hatte Carolin nichts mitbekommen und würde Johannes Kessler zur Seite stehen, sodass er wenigstens nicht allein war mit den letzten Vorbereitungen für die Lesungen des Abends. Vielleicht war es ihm sogar ganz recht, dass er beweisen konnte, wie felsenfest sich Antonia Schäfer auf ihn verlassen konnte. Auch wenn sie ihm gesagt hatte, dass er nichts von ihr zu erwarten habe, schien er doch den Optimismus noch nicht ganz verloren zu haben. Als Carlotta zurückgeblickt hatte, war er bereits in die Arbeit vertieft gewesen, als hinge seine Karriere vom Verlauf der nächsten Stunden ab. Dieser Mann würde alles tun, um irgendwann ein Buch in Händen zu halten, auf dem sein Name stand.

»Ich kann auch ins Hotel gehen«, murmelte Tilla Speck.

»Kommt nicht infrage. Du darfst jetzt nicht allein sein.«

Während sie losgingen, Arm in Arm, als wären sie dicke Freundinnen, murmelte Tilla: »Da muss was schiefgelaufen sein. Wenn der Entführer gar nicht die Absicht hatte, das Opfer am Leben zu lassen, hätte er Lale auch gleich umbringen können.« Sie blieb an der Fahrbahnkante stehen, obwohl kein Auto über die Westerlandstraße kam, das sie am Überqueren hinderte. »Andererseits wird er sich gesagt haben, dass der Vater ein Foto haben will. Kein Angehöriger zahlt eine Million, ohne zu wissen, dass das Opfer noch lebt.«

»Du meinst, er hat so lange gewartet? Und erst dann ...?« Mamma Carlotta wagte es nicht, den Satz zu Ende zu sprechen.

»Wahrscheinlich hat Lale ihn erkannt. Vielleicht hatte er nicht geplant, sie umzubringen. Aber dann ist ihm ein Fehler unterlaufen, sie hat sein Gesicht gesehen ... und musste deswegen sterben.«

Mamma Carlotta war froh, dass Felix erst am späten Nachmittag aus der Schule zurückkommen würde. Gleich an die letzte Schulstunde schloss sich sein Fußballtraining an. Eigentlich gefiel es ihr gar nicht, wenn ihr Enkel ohne ein gutes Mittagessen auskommen und mit Fast Food seinen Hunger stillen musste, aber in diesem Fall war es genau richtig. Sie hätte ihn sowieso nur mit ein paar Resten abspeisen können, aber vor allem hätte sie mit Tilla nicht in Ruhe reden können. Felix war ja der Einzige in der Familie, der nicht wusste, was geschehen war. Es war ihm nicht einmal aufgefallen, dass überhaupt etwas geschehen war, weil er ja immer die Flucht ergriff, wenn er hörte, dass die Staatsanwältin erwartet wurde.

Tilla bestand darauf, einen Umweg zu machen, weil sie bei *Budnikowsky* etwas einkaufen wollte. »Wenn ich emotional angegriffen bin, brauche ich eine Feuchtigkeitsmaske.« Sie sah in Carlottas verständnisloses Gesicht und schaffte ein kleines Grinsen. »Stress trocknet die Haut aus. Noch nie gehört?«

Nein, das war eine Erkenntnis, die Mamma Carlotta noch nie gekommen war. Sie kannte hektische Gesichtsröte, Schweißausbrüche und Leichenblässe, wenn etwas Schreckliches geschehen war, aber mit der Austrocknung der Haut hatte weder sie selbst noch eine ihrer Nachbarinnen je zu kämpfen gehabt.

Die Staatsanwältin bestand darauf, zwei Masken zu kaufen, weil sie nicht daran glauben konnte, dass Mamma Carlottas Haut ohne Schaden bleiben würde. Dann kauften sie am Fischstand von *Feinkost Meyer* noch Heringssalat und Krabbencocktail und fühlte sich nun einigermaßen gerüstet für all das Entsetzliche, was kommen würde.

Mamma Carlotta fiel Frido ein, als sie die Haustür aufschloss. »Für Lales Freund ist das ja auch ganz schrecklich.«

Aber Tilla fand einen ganz anderen Gedanken interessant. »Ob Theo jetzt endlich nach Sylt zurückkehren wird?« Sie folgte Carlotta nicht in die Küche, sondern fragte nach dem Bad. »Vor der Maske müssen wir die Haut reinigen.« Sie bestand darauf, dass Carlotta ihr folgte und sich erst danach darum kümmerte, Heringssalat und Krabbencocktail in Kristallschälchen zu füllen. »Ob Theo weiß, dass seine Frau hier aufgetaucht ist? Vielleicht denkt er, sie ist noch auf den Malediven.« Sie suchte mit den Augen nach einer Möglichkeit zur Hautreinigung. Als Mamma Carlotta auf den Wasserhahn und ein Stück Seife zeigte, schüttelte sie entsetzt den Kopf. »Um Himmels willen! Dann wird unsere Haut ja noch trockener. Guck mal in den Kosmetika deiner Enkelin nach. Die hat bestimmt Reinigungsmilch.«

Zu Carlottas Erstaunen hatte sie recht. Unter Tillas Anleitung trug sie die Milch auf, die anschließend mit einem Kosmetiktuch abgewischt wurde. »Nun mit klarem Wasser nachspülen«, kommandierte die Staatsanwältin.

Wenige Minuten später saßen sie nebeneinander auf dem Sofa, die Beine auf den niedrigen Couchtisch gelegt, den Kopf zurückgelehnt. Mamma Carlotta genoss das Gefühl auf ihrer Haut, das sie nicht erwartet hatte. Eine herrliche Frische, ein angenehmes Prickeln und die wunderbare Erwartung, in wenigen Minuten ein gutes Stück jünger und dynamischer auszusehen. Das hatte die Staatsanwältin versprochen. Das Einzige, was Carlotta zu schaffen machte, war die Untätigkeit. Es reichte ja nicht, einfach nur dazusitzen und Espresso zu trinken und Biscotti zu knabbern, nein, Tilla hatte ihr erklärt, dass absolute Ruhe wichtig war. »Sonst zieht das nicht richtig ein.«

Absolute Ruhe war für Carlotta eher eine Strafe als ein Labsal. Die Siesta, die sie sich in Umbrien täglich gönnte, weil jeder dort mittags eine Siesta hielt, bildete eine Ausnahme. Dann ließ sie sich auf einen Stuhl sinken, die Füße auf einem zweiten, oder schloss in der Sofaecke für ein paar Minuten die Augen, weil sie wusste, dass sie schon wenig später wieder so quecksilbrig und ungestüm sein würde wie am Morgen direkt nach dem Aufstehen. Die Siesta gehörte eben von jeher zu ihrem Leben, das hatte sie schon als Kind gelernt. Diese Art von Ruhe jedoch, die die Staatsanwältin ihr aufnötigte, war nichts als Bewegungsunfähigkeit. Und das nannte sie nicht Ruhe, sondern Eintönigkeit und wäre für sie niemals zu ertragen gewesen, wenn sie nicht wenigstens jemanden zum Plaudern neben sich gehabt hätte. Zwar meinte die Staatsanwältin, das viele Reden könnte dazu führen, dass die Maske um den Mund herum nicht richtig wirkte, aber auch sie war ja so angefüllt mit Gedanken und Sorgen, dass sie froh war, darüber reden zu können.

»Du meinst, wir können Erik die Sache überlassen?«

Damit meinte sie den Besuch bei Antonia Schäfer, der für Erik schrecklich sein würde. Aber Mamma Carlotta konnte gar nicht daran denken, was es für ihren Schwiegersohn bedeutete, diese entsetzliche Aufgabe zu übernehmen, in ihrem Kopf hatte in diesem Moment nur die Erkenntnis Platz, dass die Staatsanwältin ihren Schwiegersohn beim Vornamen genannt hatte. »Sören ist an seiner Seite«, sagte sie.

»Er kann auch einen Seelsorger mitnehmen«, murmelte Tilla Speck, und ihre Stimme klang mit einem Mal schläfrig. »Gibt's so was auf Sylt? Das kann er unmöglich allein durchstehen.« Beinahe hätte sie sich ruckartig aufgesetzt, konnte aber gerade noch verhindern, dass sich ihr Kopf von der Rückenlehne hob und dann womöglich die Feuchtigkeitsmaske auf ihren Schoß getropft wäre. »Danach muss ich zu Antonia. Sie darf dann unter gar keinen Umständen allein bleiben.«

»Ich komme mit«, versprach Mamma Carlotta tapfer, starrte für eine Weile an die Decke und schloss dann ergeben die Augen. Vielleicht half es ja, diese bedrückende Aufgabe zu übernehmen, wenn man vorher eine Feuchtigkeitsmaske genossen hatte.

Erik war seinem Assistenten noch nie so nahegekommen. So gut sie sich verstanden, so freundschaftlich und sogar väterlich seine Gefühle für Sören waren, mehr als ein Handschlag oder ein Schulterklopfen hatte es bisher nie zwischen ihnen gegeben. Letzteres war sogar eine Vertraulichkeit, die er sich nur in ganz besonderen Situationen erlaubte. Wenn Sören Geburtstag hatte oder ihm ein besonderer Ermittlungserfolg zu verdanken war. Jetzt aber hielt er ihn in seinem Arm, streichelte seinen Rücken und flüsterte ihm tröstende Worte ins Ohr.

»Sie sind nicht schuld. Das konnten Sie nicht ahnen. Machen Sie sich keine Vorwürfe.«

Sörens Körper war schlaff geworden, es schien so, als gäben seine Knie nach, als könnte er zu Boden fallen. Erst als sich sein Körper wieder straffte und er fest auf der Erde stand, führte Erik ihn von der Tür der Gartenlaube fort, hin zu einem Baum, an den er sich lehnen konnte. Einer von Vetterichs Mitarbeitern kam mit einem Glas Wasser und reichte es Sören, Vetterich selbst war viel zu konsterniert für irgendeine Hilfsmaßnahme. Die Reaktion auf den Schrei, den Sören ausgestoßen hatte, stand noch in allen Gesichtern.

»Ich hatte versprochen, nach ihr zu suchen«, schluchzte er immer wieder.

»Sie konnten es nicht ahnen. Frauke ist doch schon oft abgehauen, ohne sich abzumelden.« Hilflos wiederholte Erik all das, was Sören ihm am Tag vorher noch erklärt hatte.

»Tante Laurenze hat gesagt, diesmal wäre etwas anders gewesen. Frauke hatte nichts mitgenommen, ihr Schminkzeug nicht und auch keine Klamotten. Das hätte mir zu denken geben müssen.« Sören wischte sich über die Augen und versuchte sich zu sammeln. »Meiner Tante hat es ja auch zu denken gegeben.«

Erik löste so vorsichtig seine Hand von Sörens Arm, als rechnete er damit, sein Assistent könnte umkippen, wenn er nicht mehr festgehalten wurde. »Selbst wenn wir nach ihr gesucht hätten, es wäre vermutlich vergeblich gewesen. Wir konnten nicht ahnen, dass sie jemandem in die Hände fällt, der sie umbringt.«

Er sprach absichtlich in der Mehrzahlform, um einen Teil von Sörens Schuld auf seine eigenen Schultern zu laden.

»Warum?«, weinte Sören. »Warum?«

Darauf konnte Erik keine Antwort geben. Trotzdem gab er

seiner Stimme einen zuversichtlichen Klang. »Wir kriegen das raus.«

Er fragte nicht, was Sören wollte, er zog sein Handy heraus und wählte eine Nummer. »Ich bestelle Ihnen einen Wagen, der Sie nach Hause bringt. Sie müssen sich jetzt erst mal hinlegen und ausruhen.«

»Aber Tante Laurenze ...«

»Das erledige ich selbst. Ich nehme die Staatsanwältin mit. Sie bleiben zu Hause im Bett.« Das sagte er so bestimmt, dass Sören keine Widerrede wagte. Aber vermutlich war er auch viel zu verzweifelt, um an Widerstand zu denken.

Erik begleitete ihn zu dem Parkplatz der Schrebergartensiedlung, dort erschien schon wenige Minuten später das Taxi, das er bestellt hatte. Noch einmal nahm er seinen jungen Assistenten in den Arm. »Kopf hoch, Sören!« Dann sorgte er dafür, dass er im Auto Platz nahm, blieb stehen, bis es abfuhr, und blickte ihm noch eine Weile nach, bis der Wagen nicht mehr zu sehen war. Der arme Sören! Was war hier bloß geschehen?

Er wollte zurückgehen, da fuhr der Wagen von Dr. Hillmot vor. Der Gerichtsmediziner hupte, als er Erik sah, und stellte seinen Kleinwagen neben Eriks alten Ford. »Moin, Wolf!« Er stieß die Tür auf und begann mit der schwierigen Aufgabe des Aussteigens. »Vielleicht sollte ich mir doch mal ein größeres Auto anschaffen«, stöhnte er, während er versuchte, seinen Körper nach links zu bewegen, um beide Füße auf den Boden zu stellen. »Aber Sie haben ja auch immer noch Ihre alte Rostlaube.« Jetzt kam der spannende Moment, in dem Dr. Hillmot sich in die Höhe wuchtete. Das erledigte er meistens, indem er sich an der offenen Fahrertür hochzog, was aber nicht immer von Erfolg gekrönt war. Auch diesmal hielt die Tür das Gewicht nicht aus und kam ihm entgegen, als er gerade seinen Körper einige Zentimeter in die Höhe gestemmt hatte. Prompt sackte er auf den Sitz zurück und probierte es ein zweites Mal. Doch es brauchte noch einen dritten Versuch, ehe er es schaffte, sich neben seinem Auto aufzurichten. Zufrieden tätschelte er den Rahmen der Fahrertür, als sollte sie belobigt werden, weil sie seinem Gewicht standgehalten hatte. Dann ging er zum Kofferraum und holte sein Gepäck heraus. »Ist es weit?«

Erik wusste nicht, was er antworten sollte. Für Dr. Hillmot waren dreihundert Meter eine Strecke, die ihm viel abverlangte. Was in Kilometern gemessen wurde, erhielt von ihm die Bezeichnung »Marathon« und wurde in die Kategorie »unzumutbar« eingestuft.

Der Gerichtsmediziner wartete nicht auf eine Antwort. Dankbar überließ er Erik sein Gepäck und schnaufte neben ihm her zum Eingang der Anlage. Währenddessen berichtete Erik, worum es ging. »Sieht so aus wie eine Kohlenmonoxidvergiftung.«

»Tod durch Ersticken also?«

Erik folgte ihm nicht in die kleine Gartenlaube, die ohnehin zu eng für mehrere Menschen war. Er wartete ab, bis Dr. Hillmot wieder nach draußen trat und bestätigte, was schon vorher offensichtlich gewesen war.

»Holzkohlefeuer in einem geschlossenen Raum – da ist es eine Frage der Zeit, bis eine letale Kohlenstoffmonoxid-Intoxikation herbeigeführt worden ist. In Hongkong war das während der *Asienkrise* eine sehr beliebte Form des Suizids.«

»Hongkong?« Erik sah den Gerichtsmediziner verständnislos an.

»Kurz vor dem Millennium! Da ist die Suizidrate in Hongkong sprunghaft angestiegen. Gerade Frauen haben sich damals mithilfe eines Holzkohlegrills in einem kleinen, gut abgeschlossenen Zimmer umgebracht.«

Nachdenklich wiederholte Erik: »Klein und gut abgeschlossen.«

»So wie dieses Gartenhaus. In Hongkong wurden schließlich Holzkohlegrills verboten, sie mussten durch Elektrogrills ersetzt werden.«

»Ein gnädiger Tod?«

»Zumindest, wenn man nicht weiß, dass eine Vergiftung droht.« Dr. Hillmot schwankte von einem Bein aufs andere, als wollte er mal das rechte, mal das linke von seinem Gewicht entlasten. »Sie ist noch nicht lange tot. Vielleicht zwei Stunden. Drei Stunden früher, und sie wäre zu retten gewesen.«

Kommissar Vetterich trat zu ihnen, in der Hand einen kleinen ledernen Rucksack. »Der ist erkennungsdienstlich behandelt. Sie können ihn sich ansehen. Er scheint der Toten zu gehören.«

Erik bedankte sich und öffnete den Rucksack, der mit einer Kordel, ebenfalls aus Leder, verschlossen war. Darüber befand sich eine breite Lasche, die sich mit einem Druckknopf schließen ließ, der jedoch nicht mehr funktionierte. Erik ging zu einer Gartenbank und ließ sich dort nieder. Dr. Hillmot folgte ihm, der nicht an dem Inhalt des Rucksacks interessiert war, wohl aber daran, eine Weile auf dieser Bank zu verschnaufen.

Der Rucksack enthielt das übliche Sammelsurium, das junge Mädchen bei sich tragen. Ganz ähnlich sah es auch in Carolins Tasche aus, ohne die seine Tochter selten aus dem Haus ging. Lippenstift und Kajal, Sticker in Form von Totenköpfen, ein kleines Ledermäppchen mit Personalausweis und Führerschein, eine pinkfarbene Geldbörse aus billigem Material. Erik wunderte sich, als er sie öffnete. Sie enthielt mehrere große Scheine, insgesamt waren es fast achthundert Euro, die die Tote bei sich geführt hatte, dazu Kleingeld im Wert von fast zwanzig Euro. Eine stattliche Summe, fand Erik, viel für eine so junge Frau und mehr, als zu erwarten war für jemanden, der keine Arbeit hatte, sich von den Eltern durchfüttern ließ und sich gern bei älteren Männern durchschnorrte, die für eine Weile großzügig waren.

Alles Weitere, was sich in dem Rucksack fand, erschien ihm uninteressant. Fotos aus einem Automaten mit zwei Mädchen, die verrückte Grimassen zogen, ein Schlüssel, der vermutlich zur Wohnung ihrer Mutter gehörte, ein mit Strasssteinen besetztes Lederband und ein Parfümfläschchen. Aber dann zog er eine Dose mit einem merkwürdigen Aufdruck hervor. Kyrillische Zeichen, wenn Erik nicht irrte. Und darunter stand: *Lachskaviar aus Lachsrogen.*

Er starrte die Dose eine Weile an und drehte sie hin und her, bis Dr. Hillmot darauf aufmerksam wurde. »Russischer Kaviar? Wie kommt das Mädchen denn an so was?«

Das fragte Erik sich auch. »Vermutlich irgendwo gestohlen.«

»Die sieht jedenfalls nicht so aus, als gehörte Kaviar zu ihren Ernährungsgewohnheiten.«

»Also gestohlen. Interessant wäre, wo.«

»Vielleicht irren Sie sich auch.« Dr. Hillmot warf einen langen Blick zu der Geldbörse der Toten. Anscheinend hatte er mitgezählt, als Erik die Scheine aufgeblättert hatte. »Eine junge Frau, die so viel Kohle mit sich herumträgt, kann sich vielleicht eine Dose Kaviar leisten.«

»Oder das Geld ist ebenfalls gestohlen.«

Dr. Hillmot nickte und seufzte leise. »Ja, das kommt der Wahrheit höchstwahrscheinlich am nächsten.«

Als Erik das Haus betrat, war er sicher, niemanden anzutreffen. Wenn seine Schwiegermutter daheim war, herrschte ja niemals Ruhe. Sie klapperte mit Geschirr, redete, wenn sie allein war, mit sich selbst, oder sang auch gerne, wenn die Stille sie belastete. Allermindestens verursachte sie diverse Geräusche dadurch, dass sie ständig in Bewegung war. Ihre Füße scharrten, ihre Kleidung raschelte, die Gegenstände, die sie bewegte, rumorten. Aber diesmal war alles still.

Er war zunächst ins Kurhaus gefahren, weil er glaubte, dort die Staatsanwältin anzutreffen, aber Jo Kessler hatte ihm gesagt, die Freundin von Antonia Schäfer sei mit Caros Oma weggegangen. Erik hatte die Handynummer von Frau Dr. Speck gewählt, aber sie hatte ihr Smartphone augenscheinlich abgestellt. Das war ungewöhnlich. Schließlich legte sie eigentlich immer großen Wert darauf, jederzeit erreichbar zu sein.

Er war zu der Ansicht gekommen, dass seine Schwiegermutter die Staatsanwältin mit nach Hause genommen hatte. Erik konnte verstehen, dass sie es nicht ausgehalten hatte, neben Antonia Schäfer weiterzuarbeiten, als wäre nichts geschehen. Und dass sie Mamma Carlotta verraten hatte, was sie wusste, war ihm klar. Die beiden würden einen Weg gesucht haben, irgendwo über das entsetzliche Geschehen miteinander zu reden, und das war natürlich am besten im Haus am Süder Wung möglich, wo niemand sie belauschen konnte. Aber anscheinend hatte er sich geirrt …

Erik ging in die Küche, wo Mamma Carlotta sich aufzuhalten pflegte, wenn sie im Haus war, wo sie alles produzierte, was bei der Bewältigung von Schicksalsschlägen half, aber sie war leer. Auf dem Tisch standen zwei Plastikbecher mit dem Aufdruck von *Feinkost Meyer*. Die Staatsanwältin und seine Schwiegermutter waren also doch hier gewesen.

In diesem Moment hörte er Gemurmel, das aus dem Wohnzimmer kam. Seine Schwiegermutter hatte die Staatsanwältin ins Wohnzimmer gebeten? Das war ungewöhnlich. Normalerweise landete jeder Gast – auf Sylt oder in Panidomino – in der Küche, damit ihm auf direktem Wege Espresso, Rotwein, Limoncello, Cantuccini oder ein Rest vom Abendessen vorgesetzt werden konnte.

Als er die Wohnzimmertür öffnete, erschrak er zu Tode. Das Bild der zwei Frauen auf dem Sofa, die Beine von sich gestreckt, den Kopf nach hinten gelegt, den Blick, wenn sie denn die Augen geöffnet hätten, zur Decke gerichtet, war schon befremdlich genug. Ganz schlimm und geradezu verstörend waren jedoch ihre schneeweißen Gesichter. »Um Himmels willen!«

Seine Schwiegermutter fuhr in die Höhe, ließ sich jedoch schlagartig wieder zurücksinken, als die Staatsanwältin nach ihrem Arm griff. Blitzartig nahm sie die Position wieder ein, in der er sie angetroffen hatte, und stöhnte: »Wir müssen so sitzen bleiben, bis die Masken getrocknet sind.«

Die Staatsanwältin rührte sich nicht, öffnete die Augen, warf ihm einen Blick zu und schloss sie wieder. Sie sagte kein Wort. Genierte sie sich, weil er sie so sah? Dass er hier Zeuge einer kosmetischen Maßnahme wurde, war ihm mittlerweile klar geworden. Unter anderen Umständen hätte er, nachdem er sich von seinem Schreck erholt hatte, sogar lachen können. Aber das Entsetzen saß noch immer zu tief, er konnte nicht einmal lächeln.

»Wo ist Sören?«, fragte Mamma Carlotta, ohne ihre Haltung zu verändern.

»Zu Hause. Es geht ihm nicht gut.«

Auch die Staatsanwältin hielt den Kopf zur Decke gerichtet, aber sie öffnete erneut die Augen, sodass sie ihn sehen konnte. »So schlimm?«

»Sehr schlimm.« Erik ließ sich in einen Sessel sinken. »Aber nicht so, wie wir gedacht haben.«

Er merkte, dass beide Frauen nun Mühe hatten, das Ziel ihrer Verschönerung über ihre Wissbegier zu stellen.

»Bei der Toten handelt es sich nicht um Lale Claussen.«

Die Staatsanwältin fuhr auf, setzte sich gerade hin, zog ihren Pullover nach vorne, damit sie damit die herabtropfende Gesichtsmaske auffangen konnte, und fragte: »Wer ist es dann?«

»Eine junge Frau, etwa in Lales Alter. Frauke Kretschmer, Sörens Cousine.«

Nun hielt auch Mamma Carlotta nichts mehr. Sie machte es so wie die Staatsanwältin, versuchte aber mit den Händen, die Maske aufzufangen, und rannte schließlich in die Küche, wo kurz darauf das Wasser rauschte. Frau Dr. Speck dagegen blieb sitzen, ließ die Maske in ihren Pullover tropfen und sah ihn verlegen an. »Sorry, wir haben nicht mit Ihnen gerechnet.«

Erik kämpfte ein Gefühl nieder, das er nicht haben wollte. Nein, auf keinen Fall sollte es ihm gefallen, dass die Staatsanwältin sich wie eine ganz normale Frau verhielt, der ihr Aussehen wichtig war und die mit einer Freundin, die zufällig seine Schwiegermutter war, Spaß an einer kosmetischen Anwendung hatte. Sie sollte überhaupt keinen Spaß haben! Ein junger Mensch war gestorben, ob es sich nun um Lale Claussen oder Frauke Kretschmer handelte! Eins war so entsetzlich wie das andere. Wie konnte sie sich da mit etwas so Unwichtigem und Banalem wie einer Gesichtsmaske beschäftigen? Und seine Schwiegermutter in diese Plattitüde mit hineinziehen?

Anscheinend war ihr das Wechselspiel in seiner Miene nicht entgangen. Sie sprang auf und rannte hinter Carlotta her in die Küche, wo es einen kurzen, erregten Wortwechsel gab und das Wasser anschließend noch heftiger rauschte.

Wenige Minuten später saßen zwei Frauen mit rosigen Gesichtern auf dem Sofa, die ihm vorkamen wie Schulmädchen, die bei etwas Verbotenem ertappt worden waren und nun dem Lehrer Rede und Antwort stehen mussten.

»Ein Mord, der nichts mit der Entführung zu tun hat?« Die Staatsanwältin gab sich Mühe, zum Ernst der Situation zurückzufinden und so zu tun, als säße sie in ihrem Büro in der Staatsanwaltschaft Flensburg.

»Sieht so aus.« Er berichtete ihr von Sörens Cousine, gelegentlich unterbrochen von seiner Schwiegermutter, die ja mitbekommen hatte, wie Sörens Tante das Verschwinden ihrer Tochter angezeigt hatte.

»Dio mio! Der arme Sören!«

»Er hatte es nicht ernst genommen, weil seine Cousine sehr leichtlebig ist.«

»Aber die Mutter hat gesagt, dass diesmal etwas anders war.«

Erik sah seine Schwiegermutter ärgerlich an, als sie die Staatsanwältin aufgeregt auf das hinwies, was er selbst und auch Sören auf die leichte Schulter genommen hatten.

»Sie hat gesagt, sie hätte nichts mitgenommen. Also ist sie auch … entführt worden. Certo, Enrico?«

»Wir wissen noch nichts.«

»Madonna! Die arme Mutter!«

Erik nickte bestätigend und sah die Staatsanwältin nun eindringlich an. »Kommissar Kretschmer ist nicht in der Lage, mich zu seiner Tante zu begleiten. Wären Sie so nett ...?«

»Natürlich!« Nun hatte sie endgültig wieder zu ihrer alten Form zurückgefunden. Das Einzige, was sie von der Staatsanwältin unterschied, die Erik kannte, war der fleckige Pullover. Aber den schien sie vergessen zu haben. »Wir fahren. Unterwegs können Sie mir erzählen, was vorgefallen ist.« Sie stockte, blickte auf ihre Füße, sah mit einem Mal schuldbewusst aus und ergänzte dann mit leiser Stimme: »Wenn es mir auch leidtut um diese junge Frau ... ich bin trotzdem froh, dass es nicht Lale Claussen ist.« Der kurze Ausflug in das Land der Emotionen war schnell vorbei, sie war ruckzuck in die Realität der Polizeiarbeit zurückgekehrt. »Also richten wir unsere Ermittlungen weiterhin auf Theo Claussen.«

»Puh!«, machte Erik. »Zu einem Entführungsfall nun auch noch ein Mord!« Er sah die Staatsanwältin fragend an. »Meinen Sie, wir schaffen das?«

»Wenn nicht, müssen wir eine Ermittlungskommission zusammenstellen.«

Erik schüttelte sich. Er hasste es, wenn fremde Kollegen auf seiner Insel nach Verdächtigen, Indizien und Beweisen suchten und er nur als Berater dabei sein durfte. Aber er wusste: Zwei Kapitalverbrechen auf einmal waren nur schwer von zwei Kriminalbeamten zu bewältigen. Erst recht, wenn einer davon emotional sehr angeschlagen war, so wie Sören. Rudi Engdahl und Enno Mierendorf taten ihren Dienst im Revierzimmer, sie konnten nur zuarbeiten, übernahmen aber üblicherweise keine volle Verantwortung für irgendeine Ermittlungsarbeit. Es würde schwer werden, auch dann, wenn die Staatsanwältin vor Ort war und tatkräftig bei den Ermittlungen half. Dass sie offiziell als Privatperson auf der Insel war und eigentlich Urlaub hatte, wollte er in diesem Augenblick einfach vergessen.

»Vielleicht sind es gar nicht zwei Fälle«, sagte Frau Dr. Speck nachdenklich. »Vielleicht gehören Lales Verschwinden und der Tod von Frauke Kretschmer zusammen.«

Er sah sie entgeistert an. »Glauben Sie das wirklich?«

Sie lachte leise. »Wir tun einfach so. Dann brauchen Sie nicht zu befürchten, dass Ihnen einer der beiden Fälle von einer SEK aus der Hand genommen wird.«

Sie tat ihm einen Gefallen! Unglaublich! Erik hatte Mühe, sich sein Erstaunen nicht anmerken zu lassen.

»Die Frau von Theo Claussen ist übrigens aufgetaucht«, unterbrach Mamma Carlotta. »Helena Helmstetter.«

Wie immer, wenn die Hausarbeit getan war, die Menüfolge fürs Abendessen feststand und auch die Einkäufe gemacht worden waren, suchte Mamma Carlotta nach Zerstreuung. Schon bei *Feinkost Meyer* hatte sie versucht, sich mit einer längeren Plauderei auf andere Gedanken zu bringen. Aber die Kassiererin, die sich eigentlich an Carlottas Lebenserinnerungen sehr interessiert gezeigt hatte, war immer wieder von eiligen Kunden und schließlich vom Filialleiter darauf hingewiesen worden, dass die Arbeit vorging. Nun hatte Carlotta die Fischfilets, die sie in Apfelsinensoße servieren wollte, in den Kühlschrank gelegt und die Kapern, schwarzen Oliven und Dosentomaten für die Pasta im Vorratsraum verstaut. Die Zutaten für das Sauerkirschdessert hatte sie sowieso im Haus und zum Glück auch noch genug von dem marinierten Gemüse, das sie als Antipasti servieren wollte. Eigentlich machte sie sich ja, wenn hoher Besuch erwartet wurde, gerne sehr viel Arbeit, damit der Gast merkte, wie wichtig er war, aber die Staatsanwältin hatte gesagt, darauf komme es nicht an. Mamma Carlotta könne unmöglich einerseits bei den Vorbereitungen aufs Lyrik-Festival helfen und andererseits ein Vier-Gänge-Menü auf den Tisch bringen, das schrecklich viel Arbeit machte. Angeblich war sie voll des Staunens, dass es überhaupt ein Abendessen geben würde, das aus mehreren Gängen bestand.

Mamma Carlotta wusste, dass es nun für sie nur eine einzige Möglichkeit gab, die Zeit, bis sie mit dem Kochen beginnen musste, zu füllen. Das war der Besuch in Käptens Kajüte, wo man sie reden ließ, selten unterbrach und ihr immer zuhörte. Zwar durfte sie noch immer nicht über die Entführung reden, aber dass in einer Schrebergartensiedlung von Hörnum eine Tote entdeckt worden war, konnte kein Geheimnis sein. Sicherlich hatten schon andere etwas davon mitbekommen und redeten in den Geschäften von Hörnum längst darüber. Dann durfte auch in einer Imbissstube von Wenningstedt das eine oder andere Wort darüber fallen. Wenn sie auch nicht viel wusste, so ließ sich doch dieses wenige in Gesellschaft genüsslich drehen und wenden, was immer zu interessanten Vermutungen, Verdächtigungen und schaurigen Gerüchten führte.

Erstaunlicherweise stand Tove Griess allein hinter der Theke, der Platz seines einzigen Stammgastes war leer. Mamma Carlotta blieb vor Erstaunen das »Buon giorno!« im Halse stecken, das Tove jedes Mal ärgerte, weil es zu laut und viel zu vergnügt in seine Imbissstube platzte.

»Wo ist Fietje?«

Tove machte eine wegwerfende Handbewegung, als wollte er Mamma Carlotta weismachen, er sei froh, dass er eine Weile Ruhe vor dem Schweigen des Strandwärters habe, aber damit bewies er nur, dass Fietje ihm fehlte, was er nie zugegeben hätte.

»Ist er am Strand?« Dass Fietje sein Geld als Strandwärter verdiente, geriet gelegentlich in Vergessenheit, da er meist selbst bestimmte, ob seine Gegenwart am Strand notwendig oder entbehrlich war.

»Der hat was Besseres zu tun«, knurrte Tove. »Neuerdings schleicht er auch bei Tageslicht den Leuten hinterher.«

Mamma Carlotta bestellte einen Cappuccino und hoffte, dass Tove über dessen Zubereitung die unangenehme Gewohnheit Fietjes vergaß.

Leider tat Tove ihr nicht den Gefallen und redete weiter. »Nee, der ist nicht als Spanner unterwegs, Signora. An diesem Frido interessiert ihn was anderes.«

Carlotta atmete auf. Das war ein Thema, über das sich reden ließ, das ihr nicht die Schamesröte ins Gesicht trieb, das sie sowieso längst vertieft und von allen Seiten beleuchtet hätte, wenn ihr nicht so viel anderes dazwischengekommen wäre. »Sie wissen auch, was es mit dem jungen Kellner auf sich hat?«

Tove sah überrascht aus, als er ihr die Tasse auf die Theke stellte. »Auch? Hat Fietje Ihnen was verraten?«

»No, no. Aber … das liegt doch auf der Hand.« Sie sah Tove an, dass er längst zu derselben Erkenntnis gekommen war. »Sie sind doch amici! Hat er Ihnen nichts verraten?«

Tove hatte erst mal eine Weile damit zu tun, den Verdacht zurückzuweisen, mit Fietje Tiensch in Freundschaft verbunden zu sein. Davon wollte er nie etwas hören. »Mit einem Spanner will ich doch nicht befreundet sein.«

Mamma Carlotta hörte nicht darauf. Sie wartete, bis Tove lange genug den Verdacht zurückgewiesen hatte, mit Fietje befreundet zu sein, dann sagte sie: »Friderico Meier! Haben Sie nicht selbst gesagt, jeder nennt sich Meier, der seinen wirklichen Nachnamen nicht verraten will? Und ist Friderico nicht die italienische Form von Friedrich? Und heißt Fietje nicht in Wirklichkeit Friedrich und wird nur Fietje genannt?«

Tove blieb nichts anderes übrig, als zu nicken und etwas zu brummen, was sich anhörte wie: »Kann auch Zufall sein …«

Mamma Carlotta überhörte es. »Wenn er nun ständig in Fridos Nähe sein will, beweist das doch, dass wir recht haben. Er will ihm nicht verraten, dass er sein Vater ist, aber er will mehr von ihm erfahren, will Ähnlichkeiten entdecken, will vielleicht stolz auf ihn sein …«

Tove schnitt ihre Rede mit einer ärgerlichen Handbewegung ab. »Vergessen Sie nicht, auch mal Luft zu holen, Signora! Sie können ja sabbeln, dass einem die Ohren abfallen.«

An Mamma Carlotta tropfte dieser Vorwurf ab, sie hatte ihn von Tove schon zu oft gehört. »Wir wissen beide, dass Fietjes Vater un italiano war. Ein italienischer Graf sogar! Und wir wissen auch beide, dass er früher regelmäßig seinen Vater besucht hat.« Sie rührte zwei Löffel Zucker in ihren Cappuccino und sah Tove währenddessen triumphierend an. »Beweise!«

»Nee, Indizien!«

Mamma Carlotta kannte mittlerweile den Unterschied, Erik hatte ihn ihr oft genug erklärt, wenn sie, wie in diesem Fall, schon von Beweisen geredet hatte, es aber in Wirklichkeit um Indizien gegangen war.

»Schwerwiegende Indizien«, brachte sie mühsam heraus und war sehr stolz auf das Beherrschen dieser deutschen Vokabeln.

Aber Tove war nicht bereit, gründlicher über diese schwerwiegenden Indizien nachzudenken oder gar so lange darüber zu reden, dass auch er zu der Ansicht gekommen war, es handle sich um Beweise. Und da er von einer Leiche in Hörnum auch noch nichts gehört hatte, wurde das Gespräch zwischen ihnen bald unergiebig. Tove war noch nie in dieser Kleingartenanlage gewesen und konnte rein gar nichts zu Mamma Carlottas Vermutungen beitragen.

So beschloss sie, als die Cappuccinotasse leer war, ins *Haus am Kliff* zu gehen. »Mal sehen, ob ich dort helfen kann.« Sie sah sich in der Imbissstube um. »Ich hoffe, Sie denken an die Dekoration für heute Abend.«

»Ja, ja. Flyer auf alle Tische und Plakate an die Wände«, leierte Tove herunter, als hätte er es schon zu oft herbeten müssen. »Das Kurhaus hat mir sogar weitere Stühle geliefert, falls meine nicht ausreichen sollten.« Er zeigte auf die Hocker vor seiner Theke und die Stühle an den wenigen Tischen. Alles in allem hatte er höchstens zwanzig Sitzgelegenheiten zu bieten. »Die Klappstühle stehen im Hof. Ich glaube nicht, dass ich die brauchen werde. Wer will sich denn schon anhören, was dieser komische Dichter geschrieben hat?«

Unter anderen Umständen hätte Mamma Carlotta vielleicht zugestimmt. Da sie sich aber als Teil des Lyrik-Festivals sah, hielt sie es für angebracht, keinen der Dichter zu diskriminieren, die ihre Kunst vortragen würden. Schließlich wollte sie auch nicht, dass ihre Enkelin, wenn sie im Wettbewerb antrat, belächelt oder gar kritisiert wurde.

Der Weg zum Kurhaus war nun leicht. Wenn es Lale Claussen gewesen wäre, die tot aufgefunden worden war, hätte sie das Kurhaus und Antonia Schäfer gemieden wie der Teufel das Weihwasser. So aber konnte sie dort ihre Hilfe anbieten und Antonia Schäfer, wenn sie inzwischen zu ihrer Arbeit zurückgekehrt sein sollte, unbefangen gegenübertreten.

Sie ging zunächst zu *Gosch* an die Kliffkante, wo der Wind ihr entgegenfuhr, als wollte er sie bedrohen. Sie war die Einzige, die sich dort aufhielt, die Kellner hatten sich gerade entschlossen, die Strandkörbe, die dort für die Gäste standen, die ihr Essen mit Blick aufs Meer genießen wollten, in Sicherheit zu bringen. Mittlerweile schaffte es der Sturm gelegentlich, in die Körbe zu fahren und sie anzuheben oder, wie es gerade geschah, sogar umzuwerfen.

»Frido, komm!«, hörte sie jemanden rufen. »Pack mit an!«

Sie sah, dass Frido angelaufen kam und seinem Kollegen half, die Strandkörbe ins Haus zu tragen. Eine kleine Tür an der Seite des Gebäudes führte in einen Raum, der wohl als Lager diente.

Der Kollege kam schnell wieder heraus. Mamma Carlotta hörte, dass er zurückrief: »Wisch die Dinger trocken. Die kommen vorm Frühjahr nicht wieder an die Luft.«

Die Tür schlug im Wind heftig hin und her. Mamma Carlotta duckte sich, um zum Kurhaus zu laufen, wo ebenfalls gerade die Strandkörbe weggeräumt wurden. Die Sylter stellten sich scheinbar darauf ein, dass der Sturm noch stärker wurde. Mamma Carlotta machte sich klein, um sich das Vorankommen zu erleichtern, brach aber ihren Start aufs Kurhaus ab, als sie sah, dass Jo

Kessler auf die offene Tür zuging, hinter der Frido Ferrari mit den Strandkörben beschäftigt war. Mühsam hielt er seine zottelige Jacke vor dem Körper zusammen, die keinen Verschluss besaß. Er schien zu frieren, was nun wirklich kein Wunder war. Seine Jacke war alles andere als wind- und regendicht, seine Schuhe waren viel zu leicht für dieses Wetter. Mamma Carlotta nahm sich vor, ihm später das vorzuhalten, was sämtliche Kinder und Enkelkinder regelmäßig zu hören bekamen: dass bei schlechtem Wetter der modische Aspekt eines Kleidungsstücks hinter seiner Zweckmäßigkeit zurückstehen musste.

Als Jo Kessler verschwunden war, wollte sie sich vom Sturm zum Kurhaus treiben lassen, wurde aber erneut zurückgehalten, als sie sah, dass sich noch jemand der offenen Tür näherte. Fietje Tiensch! Kopfschüttelnd beobachtete sie, wie er sich anschlich, vorsichtig in den Raum spähte und dann ebenfalls im Lager verschwand. Sie musste wohl mal in Ruhe mit ihm reden. Wenn er sicher war, dass es sich bei Frido um seinen Sohn handelte, wenn ihn dieser junge Mann derart interessierte, dass er ihm ständig nachschlich, dann war es besser, dass er sich endlich zu ihm bekannte, damit er Teil seines Lebens werden konnte. Fietje Tiensch war sein Leben lang ausgewichen, jetzt wurde es Zeit, dass er endlich einmal zu dem stand, was er getan hatte.

Sie ging ebenfalls auf die offene Tür zu, um Fietje von seinem Horchposten wegzulocken, sah aber nichts, als sie den niedrigen, dämmrigen Raum betrat. Frido hatte die Tür wohl offen stehen lassen, weil der Raum fensterlos war. Ob das elektrische Licht nicht funktionierte?

Sie stand vor den Strandkörben, die direkt hinter der Tür abgestellt worden waren, und lugte um einen herum, als sie Stimmen hörte. Frido Ferrari und sein Freund Jo redeten leise miteinander, Fietje Tiensch konnte sie nirgendwo erblicken. Vermutlich duckte er sich hinter einem Strandkorb oder hinter den Stühlen und Tischen, die dahinter aufgestapelt waren.

Frido hielt Jo etwas hin, was dieser ungläubig anstarrte. Mamma Carlotta streckte den Kopf so weit wie möglich vor, um zu lauschen, aber sie konnte zu ihrem größten Leidwesen kein Wort verstehen. Und den Gegenstand, den Jo Kessler fassungslos betrachtete, konnte sie ebenfalls nicht erkennen. »Che sfortuna!«, flüsterte sie, sagte sich dann aber auch gleich, dass es sie nichts anging, was die beiden junge Männer miteinander zu bereden hatten. Was Frido seinem Freund zeigte, war ebenfalls nicht ihre Angelegenheit. Eigentlich war sie ja auch nur hier eingedrungen, weil sie Fietje endlich klarmachen musste, dass es so nicht weiterging.

Plötzlich wurde Fridos Stimme laut, sie folgte Mamma Carlotta quasi, sprang ihr in den Rücken. »Ich bereue es! Hätte ich das nur nicht getan! Ich will, dass es vorbei ist!«

Die beschwichtigenden Worte von Jo Kessler waren zu leise, um sie zu verstehen. So geräuschlos wie möglich verließ Mamma Carlotta den Raum wieder und wartete davor auf Fietjes Erscheinen. Frierend trat sie von einem Fuß auf den anderen und versuchte, sich, so gut es ging, vom Wind wegzudrehen.

Zum Glück dauerte es nicht lange, bis Fietje erschien. Erschrocken fuhr er zusammen, als er Mamma Carlotta sah. »Was machen Sie denn hier?«

»Das frage ich Sie.« Mamma Carlotta sah den Strandwärter streng an. »So geht das nicht, Signor Tiensch! Sie können nicht ständig hinter Frido Ferrari herlaufen, Sie müssen ihm sagen, was Sie von ihm wollen.«

»Ich will nix«, murmelte Fietje.

»Doch! Sie wollen wissen, ob er Ihr Sohn ist.«

Fietje starrte auf seine Hände und sagte nichts.

»Und Sie wollen ihm sagen, dass Sie wahrscheinlich sein Vater sind.«

Fietje blickte nicht auf, sah noch immer auf seine Hände. Und nun erkannte Mamma Carlotta, was er umklammerte.

Den Gegenstand, den Frido Ferrari wenige Minuten vorher seinem Freund hingehalten hatte.

»Wissen Sie, was das ist?« Fietje hielt Mamma Carlotta einen Plastikstab hin, am unteren Ende blau, am oberen weiß. In der Mitte gab es ein rundes Anzeigenfenster. »So was habe ich noch nie gesehen.«

Mamma Carlotta erinnerte sich an einen Tag, der ihr noch heute den Schweiß auf die Stirn trieb, und das sogar bei Kälte und Sturm. So ein Stäbchen hatte sie im Zimmer ihrer jüngsten Tochter gefunden, als sie eigentlich etwas ganz anderes suchte, nämlich einen knallroten Lippenstift, den Francesca heimlich gekauft hatte, obwohl es ihr von ihrer Mutter verboten worden war. Mit vierzehn war ein Mädchen noch ein Kind, daran hatte Mamma Carlotta bis zu diesem Augenblick fest geglaubt. Sie wollte auf keinen Fall, dass Francesca mit knallrot bemalten Lippen zeigte, dass sie trotz ihrer Jugend schon bereit war für die Kontaktaufnahme mit dem anderen Geschlecht. Mamma Carlotta war selbst mit sechzehn schwanger geworden und wollte unter allen Umständen verhindern, dass ihren Töchtern ein ähnliches Schicksal widerfuhr. Mit dem knallroten Lippenstift sollte etwas im Keim erstickt werden, was aber leider schon längst seinen Lauf genommen hatte. Das wurde ihr klar, als sie den knallroten Lippenstift nicht fand, dafür aber einen Schwangerschaftstest. Dass er damals negativ ausgefallen war, hatte aus ihrem Entsetzen keine reine Freude machen können.

Fietje sah sie staunend an, als sie ihm erklärte, was er in Händen hielt. »Warum zeigt Frido seinem Freund einen Schwangerschaftstest?«

Mamma Carlotta hätte ihm gerne erklärt, dass jemand, der heimlich etwas suchte und fand, dann eben mit den offenen Fragen zurechtzukommen hatte, die sich danach ergaben. Aber sie zuckte nur mit den Schultern. »Vielleicht werden Sie ... Opa?«

Fietje griff erschrocken nach seiner Bommelmütze. Eine solche Antwort war in etwa so schlimm wie der Verlust seiner Kopfbedeckung. Anscheinend hatten sich in seinem Kopf all die Wörter, die mit der neuen Erkenntnis in seinem Leben zusammenhingen, noch nicht formiert, waren noch nicht gedacht und erst recht nicht ausgesprochen worden. Und damit Mamma Carlotta nicht noch einmal davon reden konnte, machte Fietje sich schleunigst davon. Grußlos! Den Schwangerschaftstest warf er in einen Mülleimer.

Mamma Carlotta folgte ihm mit ihren Blicken, bis er nicht mehr zu sehen war. Das dauerte lange. Fietje, der sich sowieso immer nur mit schwankenden Schritten vorwärtsbewegte, wirkte nun, da der Sturm ihn durchschüttelte, noch unsicherer. Oder war er gar nicht von dem starken Wind erfasst worden, der zurzeit auf Sylt herrschte, sondern von einem Sturm, der gerade sein Schicksal hin und her warf?

Sie verließen das Haus der Kretschmers auf leisen Sohlen. So, als wollten sie den Tod nicht aufschrecken, den sie dort lassen mussten, den sie Laurenze Kretschmer nicht abnehmen konnten.

»Sie war sehr gefasst«, sagte die Staatsanwältin, als sie durch den Vorgarten gingen.

»Sie hat damit gerechnet«, wandte Erik ein. »Sören sagt, sie befürchtet seit Jahren, dass es mit Frauke schlimm enden wird.«

Sie standen auf der Berthin-Bleeg-Straße und sahen nach rechts und links. Erik runzelte die Stirn und starrte zur gegenüberliegenden Straßenseite. Als sie hergekommen waren, hatte es keiner von ihnen bemerkt. Sie waren voll und ganz auf das konzentriert gewesen, was ihnen bevorstand, hatten den Wagen abgestellt und keinem der umstehenden Häuser einen Blick gegönnt. Jetzt fiel es beiden auf.

»Frido Ferrari wohnt schräg gegenüber«, sagte die Staatsanwältin.

Erik blieb stehen, während sie weiterging. Er konnte unmöglich neue Erkenntnisse verarbeiten, wenn er sich gleichzeitig fortbewegen, auf den Weg achten musste, niemandem vors Fahrrad laufen und aufpassen sollte, nicht von einem Auto überfahren zu werden. Tatsächlich! Die Einfahrt, die in den Innenhof führte, zu dem Haus, in dem Frido Ferrari wohnte, war nur wenige Schritte entfernt.

Die Staatsanwältin blieb stehen und sah ihm ungeduldig entgegen. »Ein Zufall?«

Erik verstand nicht, warum sie fragte. Natürlich war das ein Zufall! Was sonst? Aber er wagte nicht zu äußern, was er dachte. Die Staatsanwältin sah so aus, als machte sie sich Gedanken, die Erik besser erst kennen wollte, bevor er etwas aussprach, was das Gegenteil von dem war, was sie dachte.

»Wo können wir hier was trinken?«, fragte sie, und Erik hoffte, dass sie nicht an einen Dirty Daniel, sondern an Kaffee oder Tee dachte, eventuell in Begleitung von Schwarzwälder Kirschtorte.

»Das Café Lindow ist da drüben«, meinte er und wollte die Straße überqueren, ehe sie mit einem Gegenvorschlag kommen konnte. Aber er wurde zurückgehalten, als er sah, wer dort herankam. Frido Ferrari! »Der kann uns vielleicht etwas über Frauke Kretschmer erzählen«, sagte er zu der Staatsanwältin und überquerte die Fahrbahn. Frau Dr. Speck folgte ihm ohne ein Wort.

»Moin, Herr Ferrari«, grüßte Erik freundlich. »Gut, dass ich Sie treffe.« Der Schreck des jungen Mannes berührte ihn, dass seine Augen groß und dunkel wurden, machte ihn misstrauisch. Er versuchte mit einem Scherz, die Situation zu entkrampfen. »Keine Sorge, ich will Sie nicht verhaften.«

Aber Frido Ferrari lachte nicht, er schaffte es lediglich, die harmlose Miene aufzusetzen, die Erik schon bei vielen Bürgern gesehen hatte, die es mit der Polizei zu tun bekamen.

»Ich hatte Ihnen ja versprochen, etwas über Ihren Vater herauszufinden. Aber leider … einen Friderico Meier habe ich nirgendwo finden können.«

Nun konnte Frido Ferrari tatsächlich lachen. »Ach so! Schade! Aber nett von Ihnen, dass Sie sich bemüht haben. Ehrlich gesagt, ich hatte sowieso nicht damit gerechnet, dass Sie Erfolg haben. Aber trotzdem … vielen Dank.«

Er wollte seinen Weg fortsetzen, doch Erik hielt ihn zurück. »Noch etwas … sagt Ihnen der Name Frauke Kretschmer etwas?«

Die Staatsanwältin wies über die Schulter zurück zu dem Haus der Kretschmers. »Gleich gegenüber.«

»Frauke?« Frido blickte zu den Fenstern der Kretschmers. »Die kenne ich nur flüchtig. Man sieht sich schon mal, sagt Hallo … das war's.« Frido beteuerte, dass er nichts von Frauke gewusst und nie mit ihr ein Gespräch geführt habe. Wann er Frauke zum letzten Mal gesehen hatte, konnte er nicht sagen.

»Sollte Ihnen noch irgendetwas einfallen, was Frauke Kretschmer betrifft, rufen Sie mich bitte an.« Erik reichte Frido Ferrari seine Visitenkarte.

Frido bewegte sie von einer Hand in die andere, als wäre sie heiß und er könnte sich an ihr die Finger verbrennen. »Warum fragen Sie eigentlich? Ist was mit Frauke passiert?«

Es war die Staatsanwältin, die antwortete: »Sie ist tot. Ermordet.«

Dass dem jungen Mann Tränen in die Augen schossen, versetzte Erik in Erstaunen. So viel Empathie hatte er nicht von Frido Ferrari erwartet. Und er hatte Verständnis dafür, dass er sich verschämt über die Augen wischte und so schnell wie möglich in seine Wohnung wollte. »Sorry. So was macht einen ja fertig. Wenn ich sie auch nicht gut kannte … aber trotzdem …«

Erik ließ ihn gehen, und auch die Staatsanwältin gab mit einer Handbewegung zu verstehen, dass sie von Frido Ferrari wohl nichts zu hören bekommen würden, was ihnen weiterhalf.

Sie überquerten die Straße und gingen auf dem gegenüberliegenden Bürgersteig aufs Café Lindow zu. Die Staatsanwältin lief nicht an seiner Seite, sondern ein bis zwei Schritte hinter ihm. Das fiel Erik erst auf, als sie vor dem Eingang des Café Lindow ankamen. War sie ebenfalls in Gedanken versunken? Waren ihre Absätze zu hoch? Oder wollte sie seine Überlegungen nicht stören? Nein, das hielt er für ausgeschlossen. Die Staatsanwältin war kein Mensch, der Rücksicht auf andere nahm.

Er stieß die Tür auf und genoss die Wärme, die ihm entgegenschlug. Frau Dr. Speck folgte ihm und rieb sich die Hände.

»Das pustet ganz ordentlich da draußen, was?« Eine Kellnerin mit hochtoupierten, strohblond gefärbten Haaren wies zu einem Tisch. »Brauchen Sie was zum Aufwärmen? Pharisäer? Tote Tante?«

Erik bat kategorisch um einen Kaffee ohne jeglichen alkoholischen Zusatz und hoffte, dass die Staatsanwältin es ihm gleichtun würde. Er war froh, als sie eine Latte macchiato bestellte, ohne »Schuss«, ohne irgendeine »Korrektur«, wie es vielfach so schön hieß. Sie wollte nichts in ihrem Heißgetränk haben, was sich lustig anhörte, aber keine lustigen Folgen haben würde.

Sie rieb sich immer noch die Hände, als sie Platz genommen hatte. »Frau Kretschmer war nicht besonders hilfreich. Frido Ferrari auch nicht.«

»Wenn Sören wieder auf dem Posten ist, erfahren wir vielleicht mehr über das Mädchen. Die Mutter muss ja erst mal mit deren gewaltsamen Tod fertigwerden. Und dieser Frido hat sie eben nicht richtig gekannt.«

»Sie hat sich also immer wieder mit irgendwelchen Männern eingelassen. Ob sie als Escortdame gearbeitet hat?«

Erik zuckte nur hilflos die Schultern. »Wenn das so ist, wird es schwierig sein, den Täter zu finden. Beziehungstaten sind leichter zu klären als Morde, die spontan geschehen.«

»Das war kein spontaner Mord«, sagte die Staatsanwältin, und Erik gab ihr heimlich recht. »Vielleicht war sie organisiert. Gibt es auf Sylt einen Escortservice?«

»Nee, den gibt's nicht«, mischte sich die Kellnerin ein, die die Latte macchiato servierte. »Ich habe mich mal erkundigt. Dachte, da verdiene ich schneller und besser meine Kohle als mit dem Kellnern.« Sie richtete ihr blondes Haarnest, und Erik war wieder einmal dankbar darüber, dass Carolin sich von dieser Frisur verabschiedet hatte. »Mit einem reichen Pinkel schick ausgehen und Kohle dafür kriegen ... nicht schlecht. Aber wie gesagt ... kein Glück.« Sie ging zur Theke zurück, um dort auf den Kaffee zu warten, den Erik bestellt hatte.

»Besser, wir überprüfen das trotzdem«, meinte die Staatsanwältin mit einem vielsagenden Blick zu der Kellnerin.

»Es sieht nicht so aus, als wäre der Mord sexuell motiviert«, überlegte Erik. »Was mag der Kerl ihr geboten haben, dass Frauke Kretschmer bereit war, einfach mitzugehen, ohne zu packen?«

»Frauke Kretschmer? Die kenne ich.« Die Kellnerin stellte den Kaffee vor Erik hin. »Die würde auch gern für einen Escortservice arbeiten. Aber die hat auch ohne Agentur immer mal jemanden gefunden.« Sie zwinkerte Erik zu. »Ich glaube, Frauke hat eine Anzeige im *Inselblatt* laufen. Sollte ich vielleicht auch mal versuchen.«

Mit wiegenden Hüften kehrte sie zur Theke zurück, als wollte sie zeigen, dass es sich lohnen könnte, wenn man sie einem allein reisenden Herrn empfahl.

Erik griff nach seinem Handy und rief Rudi Engdahl an, damit er sich nach einer Begleitagentur auf der Insel umhörte. »Nein, kein Puff, sondern ein Escortservice! Muss ich Ihnen den Unterschied erklären?«

Die Hüften der Kellnerin wogten noch eindeutiger, als sie zurückkehrte. Dass eine Servicemitarbeiterin die Gespräche der Gäste nicht belauschen oder sich zumindest nicht anmerken lassen sollte, wenn sie etwas mitbekam, war ihr bei der Einstellung offenbar nicht gesagt worden. »Das ist ja geil«, strahlte sie. »Meinen Sie echt, hier gibt's so was? Einen ganz geheimen Escortservice?« Nun stieß sie Erik sogar freundschaftlich in die Seite. »Also echt, Sie kriegen dann einen Freundschaftspreis.«

Zum Glück bemerkte die Wirtin, dass ihre Kellnerin sich Vertraulichkeiten erlaubte, die ihren Gästen nicht unbedingt gefielen, und winkte sie zu sich.

Die Staatsanwältin grinste. »Vorsicht, Wolf! Ihr Ruf wäre nicht der erste, der durch ein Missverständnis ruiniert wird.« Sie beugte sich über den Tisch und verlegte sich vorsichtshalber aufs Flüstern. »Ob die Mutter eine Ahnung hat, was ihre Tochter so trieb?«

Erik nickte. »Sören sagt, die ganze Familie wusste es. Ob nun mit Escortservice oder ohne ... wer auf diese Weise Geld verdient, lebt gefährlich.«

Die Staatsanwältin winkte die Kellnerin an den Tisch zurück, kaum dass deren Chefin sich einem Gast zuwandte, und bestellte ein Stück gedeckten Apfelkuchen. Sie zeigte auf den freien Stuhl an ihrem Tisch. Die Kellnerin setzte sich aber erst, nachdem sie einen prüfenden Blick zu ihrer Chefin geworfen hatte. »Das mit dem Escortservice sollten Sie sich noch mal überlegen.«

»Wieso?« In dem Gesicht der Kellnerin breitete sich jedoch schon eine Erkenntnis aus, ehe sie eine Antwort bekam. »Ist was mit Frauke? Sie sind von der Polizei, stimmt's?«

Aber leider wusste sie mehr von Fraukes Lippenstiftfarbe und ihrem bevorzugten Modestil als von ihrer Persönlichkeit, ihren Gewohnheiten und Vorlieben. Sie waren keine Freundinnen gewesen, eher Konkurrentinnen, hatten sich gegenseitig zwar mit Tipps versorgt, aber vor allem, um etwas von der anderen zu erfahren, und sie dann doch misstrauisch beäugt und ihr den Erfolg bei Männern geneidet.

Als Erik und die Staatsanwältin das Café Lindow verließen, wussten sie nicht mehr von Frauke als vorher. Die Kellnerin hatte keinen der Männer beim Namen nennen, nicht einmal näher beschreiben können, mit denen sie Frauke gesehen hatte, und war schließlich gezwungen gewesen, deren Zahl von »oft« und »mehrmals wöchentlich« auf »hin und wieder« zu verringern. Am Ende glaubten sie alle – die Kellnerin und auch Erik und die Staatsanwältin –, dass Frauke nicht für einen Escortservice gearbeitet haben konnte, sonst wäre sie zwischendurch nicht gezwungen gewesen, zu kellnern oder putzen zu gehen.

Der Anruf der Staatsanwältin beim Chefredakteur des *Inselblatts* führte auch zu nichts. Menno Koopmann bestätigte zwar, dass Frauke Kretschmer gelegentlich eine Anzeige aufgegeben hatte, konnte aber nichts dazu sagen, wer darauf reagiert hatte. Die Staatsanwältin steckte ihr Smartphone nach einem kurzen Dank zurück. »Er sagt, in der Anzeige sei ihre Handynummer angegeben worden. Es gab also keine Zuschriften, die über das Postfach der Zeitung gegangen wären. Wer Kontakt mit ihr haben wollte, hat sich direkt an sie gewandt.«

Erik blieb plötzlich wie angewurzelt stehen. »Ein Handy! Es hätte mir gleich auffallen müssen, dass in ihrem Rucksack kein Handy steckte. Welches junge Mädchen geht denn heutzutage ohne Handy aus dem Haus?«

Die Staatsanwältin übernahm es, Frau Kretschmer anzurufen. Fraukes Mutter war sicher, dass ihre Tochter das Handy dabei hatte, als sie ging, weil sie niemals das Haus verließ, ohne ihr Smartphone einzustecken. Trotzdem war sie bereit, in Fraukes Zimmer nachzusehen, aber das Ergebnis war das gleiche. Kein Handy!

Zum Glück kannte sie die Nummer auswendig. Die Staatsanwältin wiederholte die Zahlen, die ihr genannt wurden, und Erik gab sie in sein Smartphone ein. Als die Staatsanwältin das Gespräch mit Laurenze Kretschmer beendet hatte, wählte er

Fraukes Handynummer. Aber der Ruf ging nicht raus, die Leitung war tot, so tot wie Frauke Kretschmer.

Das alte Auto fiel Mamma Carlotta auf, weil es von jemandem gesteuert wurde, der alle anderen Verkehrsteilnehmer zur Verzweiflung brachte. Es schlich vom Minigolfplatz heran, weit von der Fahrbahnkante entfernt, mit den linken Rädern auf dem Mittelstreifen, sodass ein Überholen auf der schmalen Straße waghalsig gewesen wäre, tastete sich über die Kreuzung am Kurhaus und bremste dann unvermittelt, mitten auf der Straße, weil vor dem Kurhaus jemand ausparkte. Dort waren die Parkmöglichkeiten begrenzt, wer ahnte, dass ein Platz freigegeben wurde, der wartete selbstverständlich. Allerdings tunlichst auf der rechten Straßenseite, mit Betätigung des rechten Blinkers, um das Vorhaben zu verdeutlichen und allen anderen das Weiterfahren zu ermöglichen. Dieses Auto stand jedoch mitten auf der Straße, als wüsste die Fahrerin nicht weiter. Sie reagierte nicht auf das aufgeregte Hupen des Fahrers hinter ihr, der schließlich im ungünstigsten Moment die Nerven verlor und zum Überholen ansetzte. Allerdings zum Rechtsüberholen, weil links der Platz nicht reichte. Gerade in diesem Moment jedoch bog die Fahrerin in die soeben frei werdende Parklücke ein. Ein Zusammenstoß wurde nur knapp vermieden, vielleicht deshalb, weil Mamma Carlotta einen markerschütternden Schrei ausstieß, der den nachfolgenden Fahrer gerade noch rechtzeitig warnte und die einparkende Fahrerin derart erschreckte, dass sie, statt zu bremsen, Kurs auf die Schaufenster der Badebuchhandlung nahm. Nachdem wider Erwarten alles gut gegangen war, entstieg dem Auto Petrine Roesgen, wunderte sich sehr über die aggressiven Handzeichen und Beschimpfungen der anderen Verkehrsteilnehmer und fragte Mamma Carlotta, ob sie sich wehgetan und deswegen so laut geschrien habe.

Als sie die Schwiegermutter des Kriminalhauptkommissars erkannte, war sie hocherfreut. »Schön, Sie wiederzusehen.«

Sie klemmte sich ihre Handtasche unter den Arm und strich ihren Mantel glatt.

Mamma Carlotta zog sie zum Eingang des Kurhauses, am Info-Schalter vorbei ins Foyer. »Dieser Sturm! Da draußen kann man sich ja nicht unterhalten.«

Petrine Roesgen blickte sie verwirrt an. Natürlich war sie nicht ins Kurhaus gekommen, um sich zu unterhalten, sondern weil sie eine Mission zu erfüllen hatte. »Ich muss unbedingt Frau Schäfer sprechen.«

»Sie hat sich heute Mittag zurückgezogen, es ging ihr nicht gut.« Mamma Carlotta eilte zur Tür des Kursaals, riss sie auf und schaute hinein. Antonia Schäfer war nicht zu sehen, nur Jo Kessler, der einem jungen Lyriker, der am Abend bei Leysieffer in der Friedrichstraße auftreten würde, zeigte, worauf es ankam. Carlotta war sicher, dass er sich ihm als Johann Wolfgang Kessler vorgestellt hatte.

> »*Nahe dem Wasser*
> *baut es sich leicht*
> *wollen wir uns niederlassen*
> *an den Ufern*
> *wie die Königskinder*
> *und singen vom Wasser*
> *das so tief*
> *viel zu tief*
> *für die bittere Wahrheit ist.*«

Jedes R rollte er, aus jedem T wurde etwas Feuchtes, als wollte er seinen Zuhörern diesen Konsonanten entgegenspucken, alle Vokale bekamen ein Eigenleben und taten sich schwer, sich mit ihren dazugehörigen Mitlauten zu verbinden. Seine Pose war so, als wollte er seine Jünger gleich zum Abendmahl bitten.

Der junge Mann, der ihm zugehört hatte, war nicht ganz so

ergriffen wie Carolin, die ein paar Schritte entfernt stand, sichtlich eingeschüchtert und voller Bewunderung.

»Und der Titel?«, fragte der junge Mann. »Ich habe das Gedicht *Feige* genannt. Soll ich die Titel aller Gedichte nennen, bevor ich sie lese? Ich möchte nicht wie ein Schulmeister rüberkommen.«

Johannes Kessler beantwortete diese Frage mit einer weiteren Darstellung seiner Vortragskunst. »Feeeiiiige!«, rief er in den Saal. »Natürlich ist der Titel wichtig. Er ist ja oft genug die Essenz des Gedichtes. Feeeiiiige!«

Mamma Carlotta warf die Tür wieder ins Schloss. Dio mio, wie sich dieser Dichter aufführte! »Un Poeta«, entschuldigte sie sich bei Petrine Roesgen. »Da dürfen wir nicht stören.«

Sie schob die Haushälterin zu einem Lederwürfel, von denen es mehrere im Foyer gab, und holte sich selbst einen zweiten herbei, den sie so nah wie möglich zu Petrine Roesgens heranschob. »Frau Schäfer ist wohl noch nicht da. Gibt es Neuigkeiten?«

Petrine Roesgen nickte. »Frau Helmstetter ist aus dem Urlaub zurück. Das wollte ich Frau Schäfer sagen. Besser, sie taucht nicht mehr in der Villa auf. Das würde Ärger geben.«

»Das weiß sie längst«, rief Mamma Carlotta. »Frau Helmstetter war schon hier, um Frau Schäfer zu begrüßen.«

»Ehrlich?« Petrine Roesgen konnte es kaum glauben. »Dann war sie vielleicht deswegen so schlecht drauf. Und ich dachte, das Telefonat mit ihrem Mann hätte ihr die Laune verdorben.« Sie beugte sich zu Mamma Carlotta, damit sie flüstern konnte. »Die beiden haben sich fürchterlich gestritten. Es war im ganzen Haus zu hören.«

Mamma Carlotta reagierte so, wie es erwartet wurde. »Da bekommt man was mit, ob man will oder nicht.«

»Genau!« Petrine Roesgen versicherte, dass es ihr lieber gewesen wäre, sie hätte nichts gehört, aber das war nun mal nicht möglich gewesen. »Herr Claussen hatte es nicht für nötig gehalten, Frau Helmstetter über die Entführung zu unterrichten.

Das hat sie nur erfahren, weil sie angerufen hatte, um mit Lale zu sprechen.« Sie rückte von Mamma Carlotta ab, um ihre entrüstete Miene zu präsentieren. »Das muss man sich mal vorstellen.«

»Vielleicht wollte er ihr Kummer ersparen?«

»Genau das hat er behauptet. Aber sie sagt, es wäre ihm nur darum gegangen, sich wieder an seine Ex-Frau ranzumachen. Sie merke ja schon lange, dass er eine andere hätte.« Petrine Roesgen griff sich an die Kehle, als hätte sie mit Übelkeit zu kämpfen. »Davon habe ich gar nichts mitbekommen. Aber Frau Helmstetter hat ihrem Mann tatsächlich unterstellt, er gehe fremd. Wenn ein Mann wie er seine Frau betrügt, dann denkt man an eine Jüngere, aber Frau Helmstetter hält es für möglich, dass er wieder was mit seiner Ex angefangen hat.«

»So was gibt es.« Mamma Carlotta konnte prompt mit einer Geschichte von einem Ehepaar aufwarten, das dreimal verheiratet war und sich dreimal scheiden ließ, weil der Mann seine Frau während der Ehe mit Jüngeren und Blonderen betrog und mit ihr eine Affäre einging, sobald er mit einer Jüngeren, Blonderen fest zusammen war.

Für Petrine Roesgen spielten sich solche Dinge in Sodom und Gomorrha ab, aber nicht auf Sylt. »Frau Helmstetter hat jedenfalls zu ihrem Mann gesagt, dass sie als seine Ehefrau wissen müsse, was mit Lale geschehen ist. Sie sei dem Kind immer eine gute Mutter gewesen.«

»Aber Frau Schäfer ist Lales leibliche Mutter«, gab Mamma Carlotta zu bedenken.

Petrine Roesgen seufzte tief auf. »Ich glaube, mit diesem Argument ist er ihr auch gekommen. Dass das Mädchen zur Stiefmutter ein sehr gutes Verhältnis hat, sollte wohl mit einem Mal ohne Bedeutung sein. Und dann hat Frau Helmstetter ihrem Mann schreckliche Vorwürfe gemacht. Er soll endlich aus Chicago zurückkommen. Wie könnte ein Vater nur an seine Geschäfte denken, wenn das einzige Kind entführt worden ist! Einen Dreckskerl hat sie ihn genannt, stellen Sie sich das vor, einen Schuft, einen Schwindler.«

»Madonna!«, flüsterte Mamma Carlotta und gab sich überwältigt, obwohl ihr in ihrem Dorf durchaus schon ganz andere Beschimpfungen zu Ohren gekommen waren, wenn die Fenster offen standen und ein Ehemann nicht erklären konnte, wo er den Abend verbracht hatte.

Erik musste sich ein Grinsen verkneifen, als er die Staatsanwältin sah. Der rote Overall war ihr zu groß, sodass die Hosenbeine hochgekrempelt werden mussten, an den Hüften war er zu weit, spannte sich dafür aber über der Brust gefährlich.

Auch Kommissar Vetterich schien sich Sorgen um die Stabilität des Reißverschlusses zu machen. »Wir müssen da wohl mal was Neues anschaffen«, knurrte er. »Frauen sind ja überall auf dem Vormarsch.«

Erik wartete auf eine scharfe Entgegnung von der Staatsanwältin, aber sie blieb aus. Ebenso wie die Aggression, die Vetterich stets in ihr weckte, weil er ihr zu langsam, zu stoisch, zu gleichmütig und zu lakonisch war und sie mit seiner Seelenruhe zum Wahnsinn trieb, wie sie mehr als einmal behauptet hatte. Nun aber schien sie mit den knallengen Jeans und den Stilettos auch einen Teil ihrer Aggressivität abgelegt zu haben. Erik glaubte sogar, dass sie damit ein Stück ihrer Selbstsicherheit verloren hatte, und er fand, dass ihr das gut stand. Vielleicht verkleidete sie mit ihrer Kaltschnäuzigkeit nur eine Sensibilität, die sie selbst für Schwäche hielt? Lenkte sie womöglich mit ihrer figurbetonten Kleidung das Augenmerk auf ihren zugegeben attraktiven Körper, damit niemand ihre Seele sah? Diese Gedanken gefielen ihm nicht, und er wäre froh gewesen, Sören an seiner Seite zu haben, der ihm fehlte wie der Staatsanwältin ihr Outfit, um sich sicher zu fühlen. Dass nur Sören nichts von diesen Gedanken erfuhr! Er würde seinem Chef glatt zureden, öfter über die Vorzüge der Staatsanwältin nachzudenken, die bisher niemandem ins Auge gesprungen waren und die Erik – dazu ermahnte er sich so nach-drücklich wie heimlich – auf keinen Fall sehen wollte.

»Muss das wirklich sein?« Die Staatsanwältin sah an sich herab, als hätte man ihr ein Karnevalskostüm übergestülpt und wolle sie nun dazu überreden, Kamelle zu schmeißen und fröhlich zu sein.

»Sicher ist sicher«, antwortete Erik. »Dass Theo Claussen hinter der Sache steckt, ist nach wie vor nicht bewiesen. Wenn es sich doch anders verhält, müssen wir damit rechnen, dass der Entführer in der Nähe ist. Und dann darf er nicht merken, dass die Polizei ermittelt.«

»Ja, ja, schon gut.« Die Staatsanwältin schien sich an ihr unvorteilhaftes Outfit zu gewöhnen und zu ihrer alten Form zurückzufinden. »Wie lange dauert das eigentlich, bis die Fahndung nach Claussen endlich Erfolg hat?«

Diese Frage hatte sie direkt in Kommissar Vetterichs Gesicht abgedrückt, aber der reagierte, als wäre er nicht getroffen worden. Völlig zu Recht, dachte Erik, denn mit der Fahndung hatte der Spurensicherer nun wirklich nichts zu tun. Und überhaupt konnte niemand etwas dafür, wenn eine Fahndung erfolglos blieb, allenfalls die Kollegen, die dort, wo der Gesuchte sich aufhielt, die Augen nicht offen hielten.

»Was den Mordfall Frauke Kretschmer angeht ...«, begann Vetterich.

»Werfen Sie bitte nicht alles durcheinander. Wir sind jetzt in Sachen Lale Claussen unterwegs. Wir fahren in die Villa, um mit der Stiefmutter zu reden.«

Vetterich wartete den Sturm ab, duckte sich nicht einmal und fuhr dann ungerührt und unbeeindruckt fort: »Wir haben in der Schrebergartenanlage eine Zeitung gefunden. In einem Papierkorb auf dem Parkplatz. Das *Inselblatt* vom Vortag. Das kam mir komisch vor. Die Gartenanlage wird ja zurzeit nicht benutzt. Die Gärten sind winterfest gemacht worden, erst im Frühjahr wird da wieder was los sein.«

Der Reißverschluss des Overalls, den die Staatsanwältin trug, hatte Gelegenheit, seine Qualität zu beweisen. Sie atmete so tief ein, dass Erik gebannt auf ihre Brust starrte und mit der Staatsanwältin zusammen ausatmete, als nichts geschehen war. »Schon wieder das *Inselblatt*?«

Erik wusste sofort, was sie meinte. »Sie denken an die Zeitung auf Frido Ferraris Bett? Das *Inselblatt* ist auf Sylt sehr verbreitet. Das wissen Sie doch.« In Gedanken setzte er hinzu: weil Sie mit diesem widerlichen, unsympathischen Chefredakteur befreundet sind, was eindeutig gegen Sie spricht. »Außerdem sind Sie es jetzt, die die beiden Fälle durcheinanderwirft.«

»Ich habe an ein anderes *Inselblatt* gedacht. An das Foto, das der Entführer von Lale gemacht hat. Oder ... der Vater von seiner Tochter.«

Erik starrte sie entgeistert an. »Dieselbe Ausgabe?«

Er ließ sich vorsichtshalber von Vetterich das Titelblatt zeigen. Ja, das gleiche Blatt. »Sie meinen, die beiden Fälle könnten was miteinander zu tun haben?«

Stille trat ein. Erik merkte erst, dass er in den Ausschnitt des roten Overalls geschaut hatte, als die Staatsanwältin versuchte, den Reißverschluss ein Stück höher zu ziehen. Er schrak zusammen und wurde rot. »Das kann nicht sein.«

Diese Behauptung ließ Frau Dr. Speck im Raum stehen, ohne sie zu kommentieren. »Wissen Sie schon etwas über diese Jennifer Christensen?«

»Sie hat eine Facebook-Seite. Ihr Foto habe ich kopiert, damit wir wenigstens wissen, wie sie aussieht.«

Erik griff nach der Werkzeugkiste, die Vetterich ihm hinhielt, und ging der Staatsanwältin voraus zu dem roten Lieferwagen, der im Hof auf sie wartete. »Ich habe mal ihre Telefonnummer gewählt.« Hastig ergänzte er: »Von meinem Smartphone. Ich habe es vorher auf Anonym gestellt, sie kann also meine Nummer später in der Anrufliste nicht erkennen.«

»Und?«

»Es hat niemand abgenommen. Der Anrufbeantworter sprang an.«

Die Staatsanwältin folgte ihm. »Wenn sie wirklich Theos Geliebte ist, könnte sie bei ihm sein.«

»Oder sie wartet irgendwo auf Sylt auf die Lösegeldübergabe. Aus Claussens Sicht wäre sie die ideale Besetzung dafür. Er geht ja davon aus, dass niemand von seinem Verhältnis weiß.«

Sie saßen nun beide im Auto und schnallten sich an. »Vielleicht stimmt beides nicht, und weder Theo Claussen noch Jennifer Christensen haben etwas mit Lales Verschwinden zu tun«, meinte die Staatsanwältin und seufzte tief auf.

Darauf antwortete Erik nicht. Wieder dachte er an Sören und nahm sich vor, ihn am Abend zu besuchen. Es war nicht gut, dass er mit seiner Trauer und seinen Schuldgefühlen allein war. Außerdem brauchte er ihn. Ermittlungen allein mit der Staatsanwältin – das war einfach schrecklich!

Mamma Carlotta hatte lange mit Petrine Roesgen geplaudert. So lange, bis Antonia Schäfer ins Kurhaus zurückkam. Sie sah nun tatsächlich gesünder aus. Vielleicht war es auch nur ihr frisches Make-up, das diesen Eindruck vermittelte, aber Tatsache war, dass sie nicht nur besser aussah, sondern sich augenscheinlich auch besser fühlte. Jo Kessler, der sich gleich mit dem brüstete, was er zwischenzeitlich geleistet hatte, wurde sogar mit Freundlichkeit bedacht. Erst als er wieder von dem Roman anfing, den er bald beginnen und später im Schäfer-Verlag veröffentlichen wollte, verschloss sich Antonias Miene wieder. Und sie blieb so, als Petrine Roesgen sie zur Seite nahm und leise auf sie einsprach. Antonia bekam nun zu hören, dass Helena Helmstetter keine Besuche in der Villa wünschte, Carlotta vermutete aber, dass die Verlegerin sowieso nicht mehr die Absicht hatte, sich dort aufzuhalten, wo ihre Nachfolgerin residierte.

Sie machte sich zu schaffen, ohne die beiden aus den Augen zu lassen, sprach mit dem Lyriker, der lieber im Hotel Miramar statt im Luzifer seine Gedichte vortragen wollte, wo es immer laut und wo wenig Aufmerksamkeit zu erwarten war, und redete dem armen Poeten gut zu, der vom Lampenfieber geplagt wurde. Das alles schaffte sie, während sie die beiden Frauen beobachtete, und Jo Kessler bat, sich um den ältesten der Wettbewerbsteilnehmer zu kümmern, der sich kurzfristig entschlossen hatte, sein Gesamtwerk vorzutragen, das aus knapp fünfzig Gedichten bestand, und von dieser Idee partout nicht ablassen wollte.

Carolin gab sie einen Wink, als Petrine Roesgen sich von Antonia Schäfer verabschiedete. »Kannst du mal eben nachzählen, ob alle Autoren ihre Personalbögen ausgefüllt haben?«

Sie wartete Carolins Antwort nicht ab und hastete hinter Petrine Roesgen her, die zum Glück gemächlich das Foyer durchschritt und leicht einzuholen war. »Wird es gut gehen mit den beiden Frauen?«

Petrine Roesgen sah kummervoll aus. »Frau Schäfer bleibt dabei, dass sie sich um die Lösegeldübergabe kümmert. Aber Frau Helmstetter sagt, dass sie das unbedingt selbst in die Hand nehmen will.«

»Und Herr Claussen?«

»Der will scheinbar dabei bleiben, dass seine Ex-Frau die Sache durchzieht. Da sie ja nun mal damit angefangen hat ...«

Mamma Carlotta stimmte bereitwillig in ihr Klagen ein und bestätigte, dass die Haushälterin alles getan habe, was menschenmöglich war, und sich keinerlei Vorwürfe zu machen brauche, wenn es zwischen der Ex-Frau und der Ehefrau des Herrn Claussen zum Krieg kam. Dass der Verdacht bestand, er selbst stecke hinter Lales Entführung, war ihr vollkommen neu und sorgte für Schnappatmung, verbunden mit hektischer Röte und Schweißausbruch. Nein, so etwas wollte Petrine Roesgen nie und nimmer glauben. »Der Herr Claussen ist ein feiner Mensch.«

Carlotta gab den Satz von sich, den sie in der deutschen Sprache genauso gut beherrschte wie im Italienischen und der überall fiel, wo getuschelt, gemunkelt und mit der Ehre eines anderen fahrlässig umgegangen wird: »Ich will aber nichts gesagt haben.«

Sie begleitete Petrine Roesgen noch hinaus, weil sie nicht sicher war, ob ihr das Ausparken ohne Hilfe gelingen würde. Zwar hatte Mamma Carlotta keine Ahnung vom Autofahren, aber schreien, wenn eine Gefahr drohte, auf die Straße springen, um andere Fahrer aufzuhalten, und diejenigen beschimpfen, die sich nicht aufhalten ließen – das konnte sie gut. Alles, was sie in diesem Zusammenhang auch in ihrer Heimat schon erfolgreich praktiziert hatte, erwies sich diesmal als ebenso probates Mittel. Petrine Roesgen trat rechtzeitig auf die Bremse, als Mamma Carlotta durch einen schrillen Schrei anzeigte, dass sie zwar über die Schulter nach hinten blickte, aber nach vorne fuhr. Sie konnte in Ruhe zurücksetzen, weil Mamma Carlotta mit ausgebreiteten Armen auf der Straße stand und dafür sorgte, dass niemand sie verunsicherte, und fuhr zufrieden los, während Mamma Carlotta sich auf eine Diskussion mit einem Mercedesfahrer einließ, der ihre Kompetenz als Lenker des Verkehrs infrage stellte. Aber sie gab nach, als sie sah, dass Petrine Roesgen den Blinker richtig setzte, abbog, ohne die vierköpfige Familie zu gefährden, die des Weges kam, und aus ihrem Blickfeld verschwand, ohne dass ein Knall oder das Scheppern einer Karosserie Schlimmstes befürchten ließen. Alles war gut, und der Mercedesfahrer sollte ihretwegen glauben, sie gäbe die Straße frei, weil er sie überzeugt habe.

Sie schaute auf die Uhr. Es wurde Zeit, sich an die Zubereitung des Abendessens zu machen. Wann mochten Tilla und Erik zurückkommen? Ob sie lange bei Frau Kretschmer bleiben mussten, um sie zu trösten? Andernfalls wäre die Staatsanwältin doch wieder im Kurhaus erschienen, als treue Freundin der Verlegerin, die bei der Durchführung des Festivals half. In einem war Carlotta sich jedoch sicher: Tilla würde dafür sorgen, dass pünktlich Feierabend gemacht wurde. Es war also richtig, wenn sie sich jetzt auf den Heimweg machte. Sie hoffte, dass dann noch Zeit sein würde, in Käptens Kajüte vorbeizuschauen, um die Lyriklesung von Johann W. Kessler mitzuerleben. Sie würde es genießen, in die Imbissstube zu gehen, ohne Erik etwas vorflunkern zu müssen, der nicht wollte, dass sie sich mit Tove Griess und Fietje Tiensch abgab. Selbstverständlich würde sie an diesem Tag als Mitarbeiterin des Schäfer-Verlags dort auftauchen, ihre Pläne waren also über jeden Zweifel erhaben. Carolin würde vielleicht auch zu den Zuhörern zählen, und möglicherweise würde sogar Tilla sich anschließen. Dass Erik an einer Lyriklesung Interesse haben würde, schloss sie aus. Ihn würde sie stattdessen mit einem Carepaket zu Sören schicken. Der Arme würde nichts zu essen im Hause haben und hungrig sein. Mit leerem Magen war Trauer ja noch schwerer zu ertragen!

Sie war gerade in den Süder Wung eingebogen, als sie von einem Rennradfahrer überholt wurde. Sören! Er erkannte sie nicht, fuhr an ihr vorbei und kettete jetzt sein Rad an den Gartenzaun. Als Mamma Carlotta ihn erreichte, wollte er gerade zur Haustür gehen und klingeln.

»Sören! Es tut mir so leid.« Sie riss ihn in ihre Arme, drückte sein Gesicht an ihre Brust und ließ ihn erst los, als er hörbar schnaufte, weil er nicht genug Luft bekam.

Als er sich von ihr gelöst hatte, sah sie, dass seine Augen voller Tränen waren. »Ich habe es zu Hause nicht ausgehalten. So ganz allein.«

»Kommen Sie! Wir trinken jetzt erst mal einen Limoncello, der hilft immer. Und dann gebe ich Ihnen schon ein paar von den Antipasti. Sicherlich haben Sie seit dem Frühstück nichts mehr in den Magen bekommen?«

Sören bestätigte es nickend, ließ sich in die Küche schieben, auf einen Stuhl drücken, sich verbieten, irgendeinen Handschlag zu tun, und immer wieder beteuern, dass die Zeit alle Wunden heile, dass nach einem guten Essen das Leben gleich viel angenehmer und ein bisschen Alkohol der erste Schritt auf dem Weg in den Optimismus sei. »Ich kenne mich da aus.«

Sören nickte zu allem, was ihm angeboten wurde. Dass die Schwiegermutter seines Chefs sich auskannte, bezweifelte er keinen Augenblick. Wenn es darum ging, Trauernden auf die Beine zu helfen, Verzweifelte zu trösten, Schuldbeladenen die Last abzunehmen und Schwachen den Rücken mit guter Kost, hochprozentigen Getränken und jeder Menge Notlügen zu stärken, war sie eine Meisterin. Er hatte seinen eigenen Willen quasi an der Haustür stehen lassen, war froh, dass er keine Entscheidung zu treffen hatte und nur tun musste, was Mamma Carlotta von ihm erwartete. An seiner Trauer um Frauke und an seinem Schuldgefühl änderte das noch nicht viel, aber beides war mit einem Mal leichter zu ertragen.

»Mein Schwiegersohn hat mir alles erzählt, Sören. Sie trifft keine Schuld.« Sie hob ihr Glas und prostete ihm zu. »Salute!«

Er wischte sich noch einmal über die Augen, ein letztes Mal. Danach war es mit den Tränen vorbei. Während er von Frauke erzählte, nahm Mamma Carlotta das Gemüse aus der Marinade und richtete es auf einem großen Teller an, holte das Ciabattabrot aus dem Vorratsschrank und schob es in den Backofen. Sören folgte jedem ihrer Handgriffe und schien Trost darin zu finden. Für ihn holte Carlotta einen Teller aus dem Schrank, gab eine kleine Gemüseauswahl darauf und schob ihm die Gabel in die Hand, als sei er ein Kind. Sören genoss es, das war offensichtlich. Das war genau das, was er jetzt brauchte. Liebe und Zuwendung!

»Waren Sie schon bei Ihrer Tante?«

Er konnte den Kopf schütteln, ohne zu weinen.

»Das können Sie morgen noch tun. Aber länger sollten Sie nicht warten, damit man Sie nicht feige nennt. Ihre Tante wird Ihnen keine Vorwürfe machen, sie weiß ja, dass Sie Frauke nicht gefunden hätten, auch wenn Sie den ganzen Tag nach ihr gesucht hätten.«

»Habe ich aber nicht.«

»Nun, man muss das ja nicht so deutlich sagen. Es gibt Möglichkeiten, es anders auszudrücken und trotzdem bei der Wahrheit zu bleiben.«

Er sah sie mit großen Augen an, dann begann er zu essen. Und als sein Glas leer war, schob er es Mamma Carlotta entgegen, damit sie es wieder füllte. Nach dem dritten Limoncello waren seine Lebensgeister wieder voll auf dem Posten. Und als er vom vierten den ersten Schluck nahm, verkündete er, dass er Erik anrufen wolle, um ihm zu sagen, dass mit ihm wieder zu rechnen war.

»Er war bei Ihrer Tante. Danach wollte er zu Helena Helmstetter fahren.«

»Und die Staatsanwältin?«

»Die begleitet ihn.«

»Beim Abendessen wird sie wohl dabei sein?«

»Certo! Sie ist jetzt so was wie eine … amica für mich. Unmöglich, sie im Albergo essen zu lassen.«

Sören nickte ergeben. Man sah ihm an, was er dachte: Ja, mit der Staatsanwältin musste man nun wohl immer rechnen, wenn Carlotta Capella auf Sylt war. Er wählte Eriks Nummer, lauschte dem Ruf, der lange hinausging, ohne dass sich etwas tat, und lächelte dann, ohne es zu merken, als endlich abgenommen wurde.

Als sie in Kampen ankamen, hatte sich die Staatsanwältin mit ihrer Kostümierung abgefunden und konnte der Sache eine humoristische Seite abgewinnen. Das ging sogar so weit, dass sie sich, als sie vor der Villa Claussen vorfuhren, gegenseitig ermahnen mussten, nicht albern zu sein und exakt die Mienen aufzusetzen, die Handwerker zeigen, denen der Chef einen Auftrag übermittelt hat: ernst und überdrüssig oder auch tatkräftig und engagiert. Die Staatsanwältin entschied sich für die zweite Variante, Erik wählte die erste, die seinem Temperament eher entsprach. Mürrisch holte er seinen Werkzeugkasten aus dem Wagen und versuchte, nicht erkennen zu lassen, dass er leer, also sehr leicht war. Die Staatsanwältin, die sich nicht verstellen musste, machte es genauso. Ihr war der leere Werkzeugkasten schon schwer genug.

Sie stapften aufs Haus zu, Tilla Speck leicht unsicher, weil sie Gummistiefel von Vetterich bekommen hatte, die ihr etwas zu groß waren. Die Papiertaschentücher, die sie sich in die Hacken gestopft hatte, schienen nicht für perfekte Passform zu sorgen. Aber für jemanden, der einen flüchtigen Blick auf sie warf, würde alles normal und unauffällig ablaufen. Dass sich Frauen für Handwerksberufe entschieden, war ja mittlerweile nichts Außergewöhnliches mehr.

Helena Helmstetter empfing sie freundlich und entschuldigte sich gleich. »Die Haushälterin ist nicht da. Sie muss aber jeden Augenblick zurückkommen und wird Ihnen dann Kaffee kochen.«

Dass sie selbst dafür sorgen könnte, kam ihr anscheinend nicht in den Sinn. Sie ging ihnen voraus ins Wohnzimmer, das sich seit ihrer Rückkehr verändert hatte. Es lag Kleidung herum, die sie wohl aus dem Koffer gerissen und über die Sofalehnen geworfen hatte, mehrere Sandaletten und Sneakers standen vor dem Bücherregal, Snacks, die die Stewardessen im Flugzeug verteilt hatten, lagen auf dem Tisch.

Helena Helmstetter war gebräunt und sah genauso aus wie jemand, der im November aus einem Urlaub in der Sonne zurückgekehrt war. Sie trug einen dicken Pullover, eine helle Wollhose und gefütterte Stiefel. »Mein Gott, ist das kalt auf Sylt! Und dann noch der Sturm!«

Erik betrachtete sie unauffällig, das junge, sorgfältig geschminkte Gesicht, die blonden Locken, die ihr bis auf die Schultern fielen, die langen roten Fingernägel, die überaus schlanke

Figur. Die Frau eines reichen Mannes! Sie bezahlte mit Jugend und Schönheit dafür, dass ihr Mann sie mit Luxus versorgte.

»Wie geht es meiner Tochter? Haben Sie Kontakt mit dem Entführer?«

Erik registrierte, dass sie Lale ihre Tochter nannte, ging aber nicht darauf ein. So kurz wie möglich setzte er sie davon in Kenntnis, was bisher geschehen war. Was er ausließ, war nur der Name Jennifer Christensen. Dass Antonia Schäfer in diesem Haus herumgesucht hatte und auf eine Geliebte von Theo Claussen gestoßen war, wollte er lieber nicht erwähnen. »Wir wundern uns über das Verhalten Ihres Mannes. Er kommt nicht nach Hause, wenn seine Tochter entführt wird. Diese Tatsache finden Sie doch sicherlich auch merkwürdig. Oder haben Sie damit gerechnet? Passt das zu ihm?«

»Seine Geschäfte!«, stieß Helena hervor. »Wenn es um Geld geht, ist alles andere unwichtig.«

»Er gibt vor, in Chicago in einem Krankenhaus zu liegen, den Namen der Klinik will er jedoch nicht wissen.« Die Staatsanwältin wehrte einen Einwand von Helena Helmstetter ab und fuhr fort: »Es ist überflüssig, ihn in Chicago zu suchen. Wir wissen mittlerweile, dass er schon vor der Entführung nach Deutschland geflogen ist. Er hält sich in Kiel oder Umgebung auf.«

Die Verblüffung machte aus der schönen Maske für eine Sekunde ein ungeschminktes Gesicht. »Was?«

»Er gibt jedoch weiterhin vor, in Chicago zu sein. Das wird ja einen Grund haben.«

»Antonia«, flüsterte Helena Helmstetter. »Sie muss dahinterstecken.« Sie fuhr in die Höhe und saß mit einem Mal sehr aufrecht da. »Theo hat mir am Telefon erzählt, womit er Antonia beauftragt hat. Das werde ich ab jetzt übernehmen.«

Die Haustür klappte, Helena merkte auf. »Frau Roesgen?«

In der Diele gab es Geraschel, ein Kleiderbügel klapperte, dann erschien die Haushälterin in der Tür. »Moin!«

»Würden Sie uns bitte Kaffee kochen?«

»Selbstverständlich!«

»Moment!« Erik hielt Petrine Roesgen zurück. »Wir hätten auch an Sie noch ein paar Fragen.«

»Ja, bitte?« Die Haushälterin ließ sich durch einen Blick von Helena Helmstetter bestätigen, dass es in Ordnung war, mit der Zubereitung des Kaffees zu warten.

»Wir möchten noch einmal auf das Geld zurückkommen, das Ihnen fehlte, nachdem Lale Claussen entführt worden war.«

»Achthundert Euro«, antwortete Petrine Roesgen und nahm damit die Antwort auf die nächste Frage Eriks vorweg.

Die Staatsanwältin beugte sich vor, als könnte sie es nicht glauben. »Wirklich achthundert Euro?«

Petrine Roesgen ließ sich nicht verunsichern. »Ungefähr.«

Nun wagte Erik eine weitere Frage. »Haben Sie Kaviar im Haus?«

Es war Helena Helmstetter, die antwortete. »Mein Mann liebt Kaviar. Er hat einen Großhändler gefunden, der russischen Kaviar ziemlich günstig liefert.«

»Wären Sie so nett, mir eine Dose zu zeigen?«

Helena Helmstetter wollte wissen, was es mit dieser Bitte auf sich habe, verlangte nach einer umfassenderen Aufklärung, vermutete, dass ihr etwas verschwiegen wurde ... und gab Petrine Roesgen dann die Erlaubnis, eine Dose Kaviar aus der Vorratskammer zu holen.

Als sie zurückkam, warfen sich der Kriminalhauptkommissar und die Staatsanwältin einen Blick zu. Tatsächlich die gleiche Dose, die sie in Frauke Kretschmers Rucksack gefunden hatten.

»Fehlt eine?«, fragte Frau Dr. Speck.

Petrine Roesgen sah ihre Chefin hilflos an. »Es sind noch drei da.«

Helena Helmstetter zuckte die Achseln. »Keine Ahnung, wie viele wir noch haben.«

Wieder wollte sie wissen, was es mit dem Kaviar auf sich hatte, und verlangte auch eine Erklärung für den Diebstahl des Haushaltsgeldes. Die Auskünfte, die sie erhielt, befriedigten sie nicht, und sie begann erneut zu lamentieren, weil es die Ex-Frau ihres Mannes sein sollte, die den Kontakt mit dem Entführer hatte aufnehmen dürfen. »Die hat seit Jahren keinen Kontakt zu Lale. Ich bin ihre Mutter!«

Erik wiederholte mit Engelsgeduld, dass diese Entscheidung nicht von ihm, sondern von Theo Claussen getroffen worden war und auch von ihm geändert oder zurückgenommen werden musste.

»Theos Cousin meint auch, dass er lieber mit mir zu tun hat als mit Antonia.«

Erik wollte sich gerade erheben, sank nun aber wieder zurück. »Ist die Million schon bereitgestellt worden?«

Helena Helmstetter nickte. »Sie kann jederzeit abgerufen werden. Die Bank weiß Bescheid. Das Geld lagert im Tresor.«

»Frau Schäfer hat eine Vollmacht? Sie kann das Geld holen, wenn es so weit ist?«

»Natürlich werde ich Theo klarmachen, dass er das ändern muss. Ich will die Vollmacht haben. Ich werde es sein, die Lale rettet.« Ihre Stimme wurde lauter, sie hatte ihre Erregung nicht mehr im Griff. »Wenn ich Lale auch nicht geboren habe, sie ist dennoch meine Tochter. Ich liebe sie wie ein eigenes Kind, und sie liebt mich, als wäre ich ihre Mutter. Mir vertraut sie, nicht Antonia! Sogar mehr als ihrem Vater. Oder weiß sonst jemand, dass sie schwanger ist? Nein, nur mir hat sie das anvertraut. Von mir erwartet sie Hilfe. Nur von mir!«

»Schwanger?« Die Staatsanwältin war verblüfft. »Von wem?«

»Von ihrem Freund natürlich. Diesem Frido.« Ihre Erregung fiel in sich zusammen, Verärgerung blieb zurück.

»Sie mögen ihn nicht?«

»Ich kenne ihn nicht mal.«

»Wie stehen Sie zu Lales Schwangerschaft?«

»Begeistert war ich nicht, als ich das erfuhr.« Sie schüttelte den Kopf. »Lale sieht das Leben durch die rosarote Brille.« Nun wurde ihre Stimme heftiger. »Ich kenne sie. Antonia weiß ja nichts von ihr. Ich will nicht, dass Lales Leben in ihren Händen liegt.«

Nun stand Erik doch auf, und die Staatsanwältin tat es ihm gleich. »Machen Sie das mit Ihrem Mann aus«, sagte sie kühl, »und teilen Sie uns mit, wenn es eine andere Entscheidung gegeben hat. Wir wollen sehen, dass wir die Lösegeldübergabe so schnell wie möglich über die Bühne bringen, damit Lale bald wieder freikommt.«

Sie verließen das Haus, ohne dass ihnen ein Kaffee gekocht worden war. Ihre Werkzeugkisten wurden ihnen fast aus der Hand geweht, als sie auf den Lieferwagen zugingen. Wer sie beobachtete, hätte jetzt bemerkt, dass sie leer waren.

Erik öffnete der Staatsanwältin die Beifahrertür, verstaute die Werkzeugkisten im Kofferraum und griff nach der Fahrertür, die ihm vom Sturm aus der Hand gerissen wurde. Er steckte den Schlüssel ins Zündschloss, konnte sich aber nicht entschließen, ihn zu drehen, sondern starrte ihn nur an, als wartete er darauf, dass der Schlüssel selbst das Starten übernahm. »Was hat das zu bedeuten?«, flüsterte er und fragte lauter, da der Sturm um den Lieferwagen heulte: »War Frauke Kretschmer tatsächlich in der Villa Claussen?«

Die Staatsanwältin antwortete mit einer Gegenfrage: »Sie meinen, sie könnte was mit der Entführung zu tun haben?«

»Dann haben wir nicht zwei Fälle, sondern einen Fall mit einem Entführungsopfer und einem Mordopfer.«

»Wann ist Frauke Kretschmer in der Villa gewesen?« Auch die Staatsanwältin flüsterte nun, Erik hatte Mühe, sie zu verstehen. »Und warum? Wie ist sie da überhaupt reingekommen?«

»Ist sie womöglich die Entführerin?«

»Oder die Handlangerin des Entführers.«

Erik spann den Faden weiter. »Dann wurde sie lästig, wollte

vielleicht mehr Geld als vereinbart, hat gedroht, den Entführer zu verraten ...«

»... und musste sterben.«

Erik startete den Wagen. »Ich muss mit Sören reden. Vielleicht weiß er, ob es eine Verbindung zwischen seiner Cousine und Lale Claussen gibt.«

Als Erik direkt hinter der Staatsanwältin die Küche betrat, stockte Mamma Carlotta. Irgendwas hatte sich geändert. Es stand mit einem Mal etwas zwischen ihrem Schwiegersohn und Tilla Speck, das sich mit ihnen bewegte, mal an der Hand des einen, mal an der des anderen. Wäre nicht Sören im Raum gewesen, hätte Mamma Carlotta dieses Gefühl vielleicht sogar Ausgelassenheit genannt. Jedenfalls war sie sicher, dass die beiden fröhlich gewesen wären, wenn niemand gewusst hätte, dass Sörens Cousine einem Gewaltverbrechen zum Opfer gefallen war. Erik und Tilla hatten etwas erlebt. Gemeinsam! Als Mamma Carlotta hörte, dass sie vorsichtshalber als Mitarbeiter der Firma *ABC – Bad und Sanitär* in der Villa Claussen aufgekreuzt waren, wurde es ihr klar. Die Staatsanwältin hatte sich in einen roten Overall zwängen müssen und sich Erik damit auf eine ganz ungewohnte Art präsentiert. Anscheinend auf eine Art, die ihm gefallen hatte. Für Carlotta sah es jedenfalls ganz danach aus, als würde ihr Schwiegersohn, wenn er an diesem Abend gefragt würde, die Staatsanwältin keine unausstehliche Dame nennen, mit der kein Mensch auskommen konnte.

Sören war es erlaubt worden, schon etwas von dem marinierten Gemüse zu essen, aber er ließ sich bereitwillig noch einmal etwas auftun, angeblich, weil er nicht ungesellig sein wollte. Alle merkten, dass sein plötzlicher Appetit nicht nur daher rührte, dass er lange nichts gegessen hatte, sondern vor allem deswegen entstanden war, weil ihm gezeigt worden war, dass das Leben trotz schwerer Schicksalsschläge seine schönen Seiten behielt.

Während Mamma Carlotta die Spaghetti kochte und die

Soße ihrer Vollendung zuführte, erzählte Erik seinem Assistenten sehr vorsichtig, was er zwischenzeitlich ermittelt hatte. »Es sieht ganz so aus, als wäre Frauke in der Villa Claussen gewesen. Nur ... wann? Und wie? Und warum?«

Mamma Carlotta ließ die zu Mus verarbeiteten Tomaten mit dem Öl und dem Knoblauch aufkochen und gab dann Oliven, Kapern und Peperoncino hinzu. Sie rührte viel länger und eifriger, als es nötig war, denn immer, wenn sie vorgab, intensiv mit dem Kochen beschäftigt zu sein, glaubte Erik, dass sie nicht viel von dem mitbekam, was er erzählte. Er selbst war ja unfähig, sich auf zwei Dinge gleichzeitig zu konzentrieren. Dass es für seine Schwiegermutter überhaupt kein Problem war, sich einer Sache zu widmen und auch dabei einer anderen ihre Aufmerksamkeit zu schenken, hatte er immer noch nicht begriffen. Und wenn sie ihm den Rücken zukehrte, schien er auch jedes Mal zu glauben, sie höre und sähe nur das, was auf dem Herd oder auf dem Schneidebrett vor sich ging.

Sören fiel es schwer, schlecht von seiner Cousine zu denken, was ihm vorher, als er noch nichts von ihrem Tod wusste, leichter gefallen war. Mamma Carlotta konnte ihn gut verstehen. Von Toten durfte man nur Gutes sagen, das wusste ja jeder. In ihrem Dorf pries eine Witwe schon vor der Beerdigung die Gutherzigkeit ihres Mannes, obwohl sie jahrelang unter seiner Untreue gelitten hatte, und sogar Signora Peruzzo redete, nachdem ihr Gatte verschieden war, kein einziges Mal mehr von seiner Gewalttätigkeit, sondern nur noch davon, dass er sich für die Familie aufgeopfert habe.

Sören bemühte sich dennoch, objektiv zu bleiben. »Sie war ein liebes Mädchen. Eigentlich ...« Damit glaubte er, dem Grundsatz »Über Tote nur Gutes« gerecht geworden zu sein, und bemühte sich um die Wahrheit. »Aber sie brauchte eine feste Hand. Vor meinem Onkel hatte sie Respekt, aber als er gestorben war, machte sie, was sie wollte. Tante Laurenze wurde nicht fertig mit ihr.« Er seufzte tief auf. »Und faul war sie, dachte nur an ihr Vergnügen. Abends Partys, morgens lange schlafen, so stellte sie sich das Leben vor. Tante Laurenze hat versucht, Einfluss auf sie zu nehmen, indem sie ihr kein Geld gab und sie damit zum Arbeiten zwang. Aber zu einer Ausbildung konnte Frauke sich nicht entschließen, sie lebte von der Hand in den Mund und war nicht davon abzubringen, dass sie hübsch genug war, um einen Mann zu finden, der ihr Luxus und Nichtstun bot.« Er verzog das Gesicht, als er sah, dass Mamma Carlotta die Spaghetti abgoss. Wenn sie mit kochendem Wasser hantierte, war er immer in Sorge, dass sich eine Katastrophe anbahnte.

Die Staatsanwältin brachte das Gespräch auf einen Escortservice, aber Sören schüttelte den Kopf. Er hatte noch nie gehört, dass es auf Sylt so etwas gab, und konnte sich nicht vorstellen, dass seine Cousine mit ihren Männerbekanntschaften so zielstrebig vorgegangen war. »Ich hatte immer das Gefühl, es handelte sich um Zufallsbekanntschaften.«

Dann wurde Erik deutlicher. Er erzählte Sören von den achthundert Euro und der Kaviardose, die er in dem Rucksack seiner Cousine gefunden hatte. »Beides scheint aus der Villa Claussen zu stammen. Können Sie sich das erklären?«

Mamma Carlotta kippte die Spaghetti in den Topf zurück und vermischte sie mit der Soße. Als sie die dampfende Schüssel auf den Tisch stellte, antwortete Sören nachdenklich: »Ich glaube, sie hat mal bei den Claussens geputzt.«

Die Staatsanwältin war alarmiert. »Dann kannte sie Lale?«

Sören zuckte mit den Schultern. »Kann schon sein.«

»Auch den Code für die Alarmanlage?«

Sören lachte ungläubig. »Das kann ich mir nicht vorstellen.«

Erik sah seinen Assistenten mitleidig an. »Ich fürchte, wir müssen noch mal mit Ihrer Tante reden.«

Sören wickelte umständlich seine Spaghetti auf, stellte fest, dass zu viele auf der Gabel gelandet waren, schob sie aber trotzdem in den Mund. Er hatte eine Weile damit zu tun und antwortete erst, als sein Mund leer war. »Ich muss sowieso zu

Tante Laurenze.« Er warf Mamma Carlotta einen Blick zu. »Ihr erklären, warum ich Frauke nicht gefunden habe.«

Carolin kam nach Hause, stürmte in die Küche und blieb wie angewurzelt stehen, als sie sah, dass die Staatsanwältin am Tisch saß. Es war nicht zu übersehen, dass sie gern auf dem Absatz kehrtgemacht hätte. Aber ihre Nonna ließ ihr nicht die Chance. Sie wurde auf einen Stuhl gedrückt, bekam Spaghetti vorgesetzt und wurde gezwungen, der Staatsanwältin zu erzählen, wie weit die Vorbereitungen auf die ersten Lesungen des Abends gediehen waren.

Während sie erzählte, dass Jo Kessler sich aufführte wie ein direkter Nachfahre Johann Wolfgang von Goethes, dass er ständig von seinem Freund Frido Besuch bekam, der mit ihm herumtuschelte, und dass alle Lyriker, die heute einen Auftritt hatten, die Organisatoren zur Verzweiflung brachten, warf sie der Staatsanwältin immer wieder einen Blick zu. Mamma Carlotta erkannte, dass Carolin damit zu tun hatte, den schlechten Ruf, den Frau Dr. Speck in der Familie Wolf hatte, mit ihrem überaus attraktiven Erscheinungsbild in Einklang zu bringen. Es war nicht zu übersehen, dass Carolin von dem türkisfarbenen Nagellack beeindruckt war, der exakt denselben Ton hatte wie die Streifen, die auf dem dunkelblauen Pullover dafür sorgten, dass der Oberkörper der Staatsanwältin gestreckt wurde.

Die Staatsanwältin lächelte sie freundlich an, obwohl doch Erik bisher behauptete hatte, sie könne gar nicht lächeln. »Ich bin schon sehr gespannt auf den Wettbewerb. Hätten Sie Lust, Caro, mir mal zu zeigen, was Sie vortragen wollen?«

Carolin fühlte sich geschmeichelt, obwohl sie sich Mühe gab, gleichmütig zu reagieren. »Klaro. Kein Problem.«

Noch bevor Mamma Carlotta das Secondo, die Fischfilets mit Orangensoße, auftrug, ging Carolin in ihr Zimmer und kam kurz darauf mit einem Blatt zurück, das sie der Staatsanwältin mit einem verlegenen Lächeln hinhielt. »Für dieses habe ich mich entschieden. Jo meint auch, dass es das Beste ist.«

»Aber jeder Teilnehmer darf zwei Gedichte vorlesen.«

»An dem zweiten feile ich noch.«

Sie wurde rot, während sie beobachtete, wie Frau Dr. Speck mit ernster Miene las, nachdenklich nickte und noch einmal las. Dann sah sie Carolin an und sagte, als diese sich vor lauter Aufregung an der Soße den Mund verbrannte: »Wunderbar, die Bildhaftigkeit Ihrer Sprache!« Sie fuhr mit dem rechten Zeigefinger über die Zeilen, und Mamma Carlotta sah, dass Carolins Lippen vibrierten, während sie die Staatsanwältin beobachtete.

»Die Gegensätzlichkeiten gefallen mir sehr gut. *Die Zeit wird kommen.* Der Leser denkt an etwas ganz anderes, nicht an das, was dann wirklich kommt. *Aus dem Prunk von Feld und Wiesen* ... Schön, die Natur prunken zu lassen, nicht blühen, wachsen oder gedeihen, nein – prunken. *Allerwelts!* Eine tolle Wortschöpfung. *Die Zeit wird tanzen auf den Wellen* ... Sonst tanzen Boote, kleine Boote, Spielzeugboote, aber sie tanzen ja nur, wenn die Wellen lebhaft sind, wenn viel los ist auf dem See oder ein starker Wind geht. *Und sich krümmen in der Liebe.* Herrlich, dieser Gegensatz! Der Tanz auf den Wellen, positiv ausgedrückt, womöglich warnend gemeint, dann die Verbindung von Zeit und Liebe. Der Liebe bekommt die Zeit oft nicht, sie lässt sich von ihr demütigen, erniedrigen. Und wenn sie sich krümmt in den Schmerzen der Liebe, dann kann sie nur noch Wunden heilen. Nicht alle, aber die Schmerzen, die von der Liebe zugefügt werden. *Die Zeit rennt sich den Schädel ein* ...« Die Staatsanwältin hob den Kopf und sah Carolin an, als hätte sie gerade festgestellt, dass sie sich bislang in ihr getäuscht hatte. Sie lächelte. »Noch so jung und schon so kluge Gedanken. *An dem Harnisch* ... Sie wirft sich in den Kampf, die Zeit, vielleicht, weil sie merkt, dass sie keine Wunden mehr heilen kann, dass sie nicht einmal die Liebe am Leben halten kann. Aber dann ... *eines Gauklers!* Der Kampf wird also leichter als gedacht. Kein Krieger steckt hinter dem Harnisch, sondern ein Clown, ein Spaßmacher. Vielleicht einer, der sich geschminkt hat, lustig wie ein

Clown, damit man seine Tränen nicht sehen kann? *Die Zeit wird gehen.* Wunderbar, dieser Abschlusssatz. Eine schlichte Weisheit, die alles Vorhergehende einerseits zusammenfasst, andererseits ad absurdum führt.« Wieder sah sie auf und lächelte. »Wer dieses Gedicht liest oder hört, wird sich Gedanken machen können. Ich persönlich verstehe es so ...« Sie dachte nach, und nicht nur Carolin, sondern auch Carlotta und sogar Erik und Sören hingen an ihren Lippen. »Ich denke, das Gedicht thematisiert den Verlust der Liebe, den zwangsläufigen Verlust, die Liebe, die mit der Zeit verloren geht, und am Ende, wenn die Zeit vergeht, ist auch die Liebe vergangen.«

Nun sprang die Staatsanwältin auf und winkte Carolin von ihrem Stuhl hoch. »Kommen Sie, wir versuchen mal den Vortrag.«

Sören hätte eigentlich gern den Rest des Fischfilets in die Orangensoße getunkt und in den Mund geschoben, unterließ es aber, als fände er simple Nahrungsaufnahme und Sättigung zu profan angesichts der Macht der Lyrik. Auch Erik legte sein Besteck zur Seite. Er allerdings sah aus, als hätte ihm dieselbe Macht den Appetit verdorben.

Zukunft
Die Zeit wird kommen
aus dem Prunk von Feld und Wiesen
allerwelts
in einen Winkel der Genügsamkeit
Die Zeit wird tanzen
auf den Wellen
und sich krümmen
in der Liebe
Die Zeit rennt sich den Schädel ein
an dem Harnisch
eines Gauklers
Die Zeit wird gehen.

Carolin und Tilla Speck versuchten jede Zeile, legten die Betonungen mal hierhin und mal dorthin, übertrieben die eine Aussage und drückten die nächste nieder, machten es dann genau umgekehrt und waren endlich, als Mamma Carlotta der Meinung war, dass es nun Zeit für das Dolce wurde, bei den richtigen Betonungen angekommen. Carolin machte sich Zeichen in den Text und trug ihr Gedicht noch einmal vor. Sehr klar und deutlich, mit Nachdruck auf jeder Silbe, aber mit einer Sprachmelodie, die ihr beim Dichten vermutlich nicht klar geworden war, die jetzt aber zu beweisen schien, dass es sich um einen guten lyrischen Text handelte.

Mamma Carlotta stellte das Sauerkirschdessert auf den Tisch und die Flasche mit dem Eierlikör daneben. »Falls jemand mehr davon möchte. Das Rezept sieht nur einen halben Liter vor, aber ich finde, es darf ruhig ein bisschen mehr sein.«

Sie warf einen Blick in Carolins strahlendes Gesicht, auf ihre geröteten Wangen und in ihre leuchtenden Augen, dann sah sie in Tillas Miene ein stilles Übereinkommen. Kein Zweifel, die Staatsanwältin hatte Eriks Tochter erobert. Als Mamma Carlotta in das brummige Gesicht ihres Schwiegersohns sah, tat er ihr beinahe leid. Wenn das so weiterging, würde er bald alleine dastehen mit seiner Antipathie.

Tove Griess wurde nervös. Vermutlich war er, noch während er sich auf das Kultur-Event in seiner Imbissstube vorbereitete, die Ruhe selbst gewesen, aber in Gegenwart von Jo Kessler, der sich an diesem Abend natürlich Johann Wolfgang Kessler nannte, war es wirklich schwierig, die Nerven zu bewahren. Der Lyriker war nach Angaben des Wirtes schon am frühen Abend in Käptens Kajüte erschienen, hatte die Dekoration umgestaltet, die Stühle anders aufgestellt, die Plakate umgehängt und den Wirt zur Verzweiflung gebracht. Als er von ihm verlangt hatte, ihm während der Lesung ein stilles Wasser von genau siebzehn Grad zu servieren, hatte es Tove gereicht. Er war zu seinem CD-Player gegangen, den er großspurig seine Musikanlage nannte, und hatte Jo Kessler geraten, demnächst so schöne Reime zu produzieren wie Tony Marshall, erst dann bekäme er ein stilles Wasser von genau siebzehn Grad. »Schöne Maid, hast du heut für mich Zeit ...«

Jo Kessler hatte sich daraufhin an der Theke festhalten müssen, damit er nicht ohnmächtig zu Boden sank. Dann, als er wieder Herr seiner Sinne war, hatte er versucht, Tove Griess den Unterschied zwischen simplen Reimen und Lyrik zu erläutern. Tove erfuhr, obwohl er es absolut nicht wollte, dass in der Lyrik mit Bildern gearbeitet wurde und dass ein lyrischer Text Spielraum für Assoziationen und Interpretationen ließ. Bei Lyrik ginge es um die Ästhetik des Textes, hatte er gesagt bekommen, bei den Liedern von Tony Marshall nur darum, dass sich ein Wort aufs nächste reimte, was Tove im Übrigen genau richtig fand.

Dass Carlotta an der Seite der Staatsanwältin die Imbissstube betrat, trug nicht zur Entspannung bei. Tove glotzte sie an, als wäre Heidi Klum in Käptens Kajüte erschienen.

»Moin! Das ist ja eine Ehre ...« Dass es für ihn eine sehr zweifelhafte Ehre war, ließ er durchaus erkennen.

Mamma Carlotta gab ihm ein Zeichen, damit er nicht herausposaunte, um wen es sich handelte. Zwar verstand Tove den Grund nicht, da er nicht wusste, dass es einen Entführungsfall auf Sylt gab, aber er hielt sich trotzdem daran. Er glaubte wohl, dass Mamma Carlotta sich schämte, mit einer echten Staatsanwältin in der Öffentlichkeit gesehen zu werden, was er voll und ganz verstehen konnte. Mit so einer Frau hätte Tove sich auch nicht blicken lassen wollen. Da war er doch lieber mit einem Spanner gut bekannt als mit einer Größe der vollziehenden Staatsgewalt. Er hatte also vollstes Verständnis für den Zeigefinger auf Carlottas Lippen und platzierte sie mit ihrer merkwürdigen Begleitung in einer Ecke, wo sie nicht weiter auffielen.

»Hat Ihr Schwiegersohn Sie gezwungen, sich um diese Dame zu kümmern?«, fragte er, während sich die Staatsanwältin an der Theke vorbeidrückte und sich anschließend den Ärmel der Jacke abwischte, der mit etwas Undefinierbarem in Berührung gekommen war, vermutlich mit Kuchenkrümeln, die an den Fettschwaden auf der Theke festklebten.

Nach ihnen kamen ein paar Festivaltouristen in die Imbissstube, mit wichtigen Mienen, Programmen in den Händen und Staunen im Blick, als sie das Ambiente von Käptens Kajüte betrachteten.

Carlotta hörte, wie eine Frau einer anderen zuraunte: »Vielleicht wären wir doch besser zu der Lesung in der Toilettenanlage des Bahnhofs gegangen? Der Geruch hätte nicht schlimmer sein können.«

Mamma Carlotta schenkte ihr für diese maßlose Übertreibung einen bitterbösen Blick. Sie hatte noch am Nachmittag versucht, die Verlegerin von dem Event »Scheiß-Lyrik«, das vor den Kabinen der Bahnhofstoiletten von Westerland stattfinden sollte, abzubringen, aber vergeblich. Sie war hocherfreut, dass die Leitung der Deutschen Bahn die Genehmigung erteilt hatte, an diesem außergewöhnlichen Örtchen Lyrik zu verbreiten. Sie war ja froh über jede wirklich ausgefallene Lokalität, die sie für eine Veranstaltung requirieren durfte.

Dass der heutige Abend unter der Überschrift »Lyrik, heiß und fettig« stand, hatte Tove gefallen. Das Fett in seiner Fritteuse brodelte bereits. Er hatte schon die ersten Bestellungen erhalten, und sein Zapfhahn stand nicht still. Der Lyrikabend schien ein gutes Geschäft zu werden. Dass er seinen Platz hinter der Theke für Johann Wolfgang Kessler würde räumen müssen, war etwas ärgerlich, aber da der Lyriker sowieso nicht akzeptierte, dass während seines Vortrags Bier gezapft, Currywurst serviert und Pommes frittiert wurden, war es auch schon egal. Tove musste dafür sorgen, dass er, bevor die Lesung begann, und auch in der Pause und nachdem sie geendet hatte, so viel wie möglich verkaufte. Diese Chance hatte er augenscheinlich erkannt. Er wirbelte hinter der Theke herum, wie es selten vorkam, und versuchte sogar Fietje zu animieren, ihm zu helfen. Aber da stieß er auf Ablehnung. Als sein Blick zu Mamma Carlotta schweifte, duckte sie sich schnell, begann ein Gespräch mit der Staatsanwältin und tat so, als bemerkte sie seinen auffordernden Blick nicht. Doch es half nichts. »Sie da! Signora! Sie sehen so aus, als hätten Sie Erfahrungen in der Gastronomie!«

Hätte sie ihm nur nie erzählt, dass sie einmal ihrem Bruder in seiner Pizzeria geholfen hatte, als eine Grippewelle das halbe Dorf lahmgelegt hatte, darunter auch Carlottas Schwägerin Rosamunda und sämtliche Aushilfskellnerinnen ihres Bruders. Michele und seine Schwester Carlotta schienen als Einzige davongekommen zu sein – und natürlich die Feriengäste, die in Bussen kamen und nichts von dem Grippevirus wussten. Carlotta hatte einmal vor Toves Theke damit geprahlt, dass Michele später gesagt hatte, sie wäre die schnellste Servicekraft gewesen, die er jemals beschäftigt habe. Dass die Kasse nicht gestimmt hatte, war angesichts der Tatsache, dass alles andere picobello gelaufen war, nicht so schlimm gewesen.

Die Staatsanwältin stieß sie in die Seite. »Meint der etwa dich? Woher kennst du den?«

»Das muss ich dir später erzählen«, raunte Mamma Carlotta zurück und erhob sich. Die Bekanntschaft mit Tove Griess und Fietje Tiensch war ja nun wirklich nicht in ein, zwei Sätzen zu erklären, und überhaupt brauchte sie Zeit, um sich zu überlegen, wie viel sie in diesem Fall preisgeben musste und was sie besser für sich behielt. Zum Glück waren die Aussichten, dass Tilla Speck nichts verraten würde, ziemlich gut.

Sie stand auf, ließ sich eine Schürze und ein Tablett in die Hand drücken und blitzte Tove wütend an. »Bis ich wieder nach Panidomino zurückkehre, werde ich meinen Cappuccino von jetzt an gratis bekommen«, flüsterte sie ihm zu.

Dass die Staatsanwältin mit einem Mal neben ihr stand, verblüffte sie noch mehr als Tove. »Ich helfe dir.« Tilla Speck grinste, als hätte sie einen Abenteuerurlaub gebucht, der sich als Schnäppchen erwies. »Schließlich habe ich mir mein Studium mit Kellnern verdient.«

Mamma Carlotta war fassungslos, wollte Tilla den Bestellblock aus der Hand nehmen, ihr auseinandersetzen, dass eine Dottoressa auf keinen Fall dieser profanen Tätigkeit nachgehen könne, dass eine so wichtige Person niemals in die Lage kommen dürfe, Trinkgeld annehmen zu müssen ... aber Tilla Speck sah so verschmitzt aus, wie Carlotta sie noch nie gesehen hatte und wie Erik es vermutlich nicht für möglich halten würde.

»Ich bin hier, um einer Freundin beim Lyrik-Festival zu helfen«, erklärte sie dem verblüfften Tove. »Und dieses Event ist doch Teil des Festivals?«

Das bejahte Tove freudig, und er warf Fietje einen triumphierenden Blick zu, dem seine Bommelmütze auf die linke Schulter rutschte, ohne dass er es merkte. Als er sie endlich wieder auf dem Kopf sitzen hatte, sah er aus, als wäre er nun doch eventuell bereit, Tove zur Hand zu gehen. Da die Servicekräfte sich in dem Fall jedoch gegenseitig im Weg gestanden hätten, verzichtete er auf ein verspätetes Angebot und half dem Wirt stattdessen beim Umsatz, indem er ein weiteres Jever bestellte.

Tatsächlich füllte sich die Imbissstube schnell. Schon zehn Minuten vor Veranstaltungsbeginn war kein Stuhl mehr frei, und Tove rollte drei Bierfässer herein, die als Sitzgelegenheiten dienen sollten. Auf jedem freien Quadratmeter saß ein literatur- und kulturinteressierter Mensch. Der Lyriker selbst hielt sich backstage auf, wie er es nannte. Mamma Carlotta musste sich bei Tilla Speck erkundigen, was das bedeute, und bekam zu hören, dass dieser Begriff übersetzt wurde mit »hinter der Bühne«. In diesem Fall bedeutete backstage »hinter der Theke«, also die Küche von Käptens Kajüte. Dort saß Jo Kessler vermutlich an dem Tisch, auf dem auch die unverkäuflichen Reste von

Toves kulinarischem Angebot landeten, ging ein letztes Mal sein Programm durch und würde sich womöglich gleich darüber wundern, dass seine Lyrik auf der Plastikdecke festklebte.

Dass Frido Ferrari eintrat, fiel Mamma Carlotta nur deshalb auf, weil sie gerade Fietje fragte, ob er den Wunsch nach fester Nahrung habe oder dabei bleiben wolle, seinen Hunger mit Bier zu stillen. Fietjes Gesicht war wie ein Spiegel. Es zeigte, was sich hinter Mamma Carlottas Rücken zutrug. Die Lethargie fiel aus seinem Blick, sein Körper straffte sich, sein Mund öffnete sich, als wollte er etwas sagen, schloss sich aber wieder, ohne dass er ein Wort herausbrachte.

Mamma Carlotta drehte sich um und sah, dass Frido auf einem Stuhl direkt am Fenster Platz nahm. Er hatte wohl seinem Freund Jo versprochen, mit seiner Anwesenheit dafür zu sorgen, dass er wenigstens nicht vor leeren Stuhlreihen las. Ob er auch gekommen wäre, wenn er gewusst hätte, dass Käptens Kajüte quasi ausverkauft war, blieb dahingestellt.

Mamma Carlotta zeigte Fietje mit einem vielsagenden Blick, dass sie wusste, wie es um ihn bestellt war, dann machte sie sich daran, Toves Geschäft anzukurbeln. Sie wand sich durch die Stuhlreihen und servierte die bestellten Pommes frites, Bratwürste und Fischfrikadellen, wischte Kartoffelsalat vom Boden, der einem älteren Herrn vom Teller gefallen war, und lehnte es ab, mit Tove darüber zu diskutieren, ob diese Portion trotzdem bezahlt werden musste. Sie verteilte Servietten und Besteck, Senftöpfchen und Ketchupflaschen und sah immer wieder zu der Staatsanwältin, die mit einer Gewandtheit die voll beladenen Tabletts auf dem Handteller balancierte, dass Erik sich wundern würde, wenn er das sehen könnte. Sie schien ein anderer Mensch zu sein, wenn sie Carlotta zublinzelte und keinen Hehl daraus machte, dass ihr die ungewohnte Arbeit diebische Freude bereitete. Schade, dass Erik es wichtiger gefunden hatte, mit Sören zu Laurenze Kretschmer zu gehen und sie zu ihrer Tochter zu befragen.

Antonia Schäfer wollte sich offenbar persönlich davon überzeugen, dass alle Events gut besucht waren. Sie erschien und nahm zufrieden zur Kenntnis, dass alle Stühle besetzt waren.

Als sie Tilla mit einem Tablett in der Hand erblickte, blieb ihr der Mund offen stehen. »Ich habe dich hier erwartet, aber nicht als Servicekraft.«

Tilla grinste. »Ich helfe beim Lyrik-Festival. Deswegen bin ich doch nach Sylt gekommen.« Und neckisch ergänzte sie: »Schon vergessen?«

Antonia Schäfers Verfassung vertrug keinen Humor, was Mamma Carlotta gut verstehen konnte. Sie hatte wirklich Mühe genug, die Fassung zu wahren und die Fassade aufrechtzuerhalten, damit niemand merkte, wie es in ihr aussah. Tillas Versuch, sie zu erheitern, war ins Leere gelaufen.

Antonia griff nach ihrem Arm und zog sie zu dem Durchgang, der zu den Toiletten führte. Er lag in der Nähe der Theke, und Carlotta fand, dass es Zeit wurde, die Tabletts mit einem Stück Küchenkrepp abzutrocknen, damit die Gläser einen besseren Stand hatten. So was musste sorgfältig erledigt werden und brauchte Zeit.

»Helena Helmstetter macht mich wahnsinnig«, hörte sie Antonia Schäfer der Staatsanwältin zuraunen. »Die will mir unbedingt das Heft aus der Hand nehmen. Aber Lale ist meine Tochter. Was bildet sich diese Tussi eigentlich ein? Erst nimmt sie mir den Mann weg und dann auch noch die Tochter! Ich könnte ihr die Augen auskratzen.«

»Du meinst also, sie will die Lösegeldübergabe machen? Das ist eine heikle und gefährliche Sache. Kein normaler Mensch reißt sich darum, diese Aufgabe zu übernehmen.«

»Ich habe nie behauptet, dass Helena Helmstetter normal ist«, kam es bissig zurück. »Sie will die Heldin spielen.«

»Wenn Theo hinter der Entführung steckt, wird sie nicht die Gelegenheit haben, zur Heldin zu werden.«

»Du sagst ja selbst, dass das nicht sicher ist.«

Die Staatsanwältin wurde ungeduldig. »Warum rufst du Theo nicht an und fragst ihn, was er will?«

»Ich habe längst mit ihm telefoniert. Er sagt, es soll alles so bleiben, wie er es bestimmt hat. Ist ja klar. Wenn er sich von Helena trennen will, ist ihm nicht daran gelegen, dass sie vorher noch zur heldenhaften Stiefmutter und später von der *Bild*-Zeitung und der ganzen Nation bewundert wird.«

»Hast du ihm irgendeinen Hinweis entlocken können?«

»Du meinst, ob ich weiß, wo er sich aufhält?« Antonia Schäfer wartete das bestätigende Nicken der Staatsanwältin nicht ab. »Er bleibt dabei, dass er in Chicago ist. Die Leber! Angeblich sind die Ärzte der Meinung, dass der Rückflug für ihn zu gefährlich ist.« Antonia Schäfer hustete, aber Mamma Carlotta war sicher, dass sie eigentlich ein Lachen hatte ausstoßen wollen. »Das Einzige, was mich beruhigt, ist, dass ich etwas weiß, wovon Helena Helmstetter noch keine Ahnung hat. Ihre Tage als Theos Ehefrau sind gezählt, so viel steht fest.«

»Du denkst an diese Jennifer Dingsbums?«, fragte die Staatsanwältin leise zurück.

»Und daran, dass er Lales Entführung inszeniert hat«, raunte Antonia Schäfer zurück. »Der Hauptkommissar wird ihm das nachweisen, und dann ist sowieso Schluss mit Helenas komfortablem Leben.«

Die Stimme der Staatsanwältin wurde mahnend. »Vorsicht! Bisher haben wir nur Vermutungen. Es kann auch alles ganz anders sein. Aber der Fall liegt in guten Händen. Hauptkommissar Wolf ist ein hervorragender Mann.«

Mamma Carlotta rutschte ein Plastiktablett aus der Hand und polterte zu Boden. Madonna! Ein hervorragender Mann! Wenn Erik das gehört hätte! Er war doch der festen Überzeugung, dass die Staatsanwältin nichts von seiner Arbeit hielt!

»Natürlich geht es vor allem um Lales Sicherheit«, gab Antonia Schäfer zurück. »Aber dafür kann ich besser sorgen als ihre Stiefmutter. Die weiß doch gar nicht, was in einer Mutter vorgeht. Und wenn es hart auf hart kommt, dann wird sie sich lieber selbst in Sicherheit bringen. Wetten?« Antonia Schäfers Stimme wurde nun lauter. »So einer vertraue ich doch nicht das Leben meiner Tochter an!«

Leider wurde Mamma Carlotta von Toves barscher Stimme unterbrochen. »Wie lange wollen Sie eigentlich noch an diesem Tablett herumwischen, Signora?«

Sie kam nicht zu einer Antwort, denn Johann Wolfgang Kessler betrat die Bühne. Oder vielmehr: Er öffnete die Tür hinter der Theke und ließ sich sehen, in der sicheren Erwartung, dass sein Erscheinen Freude, wenn nicht sogar Begeisterung und Bewunderung auslösen würde.

Er trug diesmal ein Hawaiihemd, das äußerst deplatziert wirkte. Aber vermutlich wollte er sich von seinem Publikum unterscheiden, das in dicken Pullovern dasaß, zum Teil sogar noch in den Wetterjacken, in denen es angekommen war. Der Sturm heulte ums Haus, Hawaii-Impressionen waren absolut nicht angebracht. Dass die weite schwarze Wollhose überhaupt nicht zu dem Hawaiihemd passte, war vermutlich beabsichtigt, bei den derben Wanderschuhen mit den gestreiften Schnürsenkeln konnte man aber beim besten Willen nicht mehr von Stilbruch, sondern nur noch von Geschmacksverirrung reden.

Als Kessler die Verlegerin bemerkte, brach er seinen Auftritt ab, die tiefe Verbeugung, mit der er soeben auf sich aufmerksam machen wollte, blieb auf halber Höhe stecken. »Antonia!«, rief er exaltiert. »Du bist extra gekommen?« Er drängte sich zu ihr und nahm nicht zur Kenntnis, dass sie zurückwich. Während er erst ihre linke und dann die rechte Schläfe mit einem Kuss anhauchte, flüsterte er: »Toll, dass du mich anmoderieren willst.«

Mamma Carlotta hätte schwören können, dass Antonia Schäfer nicht mit dieser Absicht in Käptens Kajüte erschienen war, sondern nur, um mit ihrer Freundin Tilla zu reden. Aber sie ließ sich nicht anmerken, was sie wirklich dachte, und griff nach seinem Arm, um ihn hinter die Theke zu schieben. Auf die Bühne von Käptens Kajüte! Sie selbst stellte sich daneben, und ihr Erscheinen war es, das auf der Stelle dafür sorgte, dass alle Anwesenden still wurden.

»Ich danke Ihnen für Ihr zahlreiches Erscheinen«, begann Antonia Schäfer nach einer kurzen Begrüßung. »Johannes Walter Kessler ...«

Er lächelte bereits geschmeichelt, weil er davon ausging, dass nun eine Lobeshymne folgen würde, von der er jedes Wort glauben wollte. Aber es kam nicht mehr dazu. Ein lauter Knall schnitt der Verlegerin das Wort ab, eins der Fenster barst, ein Gegenstand fiel in den Raum. Einige schrien entsetzt auf, sprangen erschrocken von ihren Stühlen, andere blieben wie erstarrt sitzen. Frido Ferrari, der direkt neben dem Fenster gesessen hatte, erhob sich halb, starrte auf den Stein, der vor seinen Füßen gelandet war, und blieb so stehen, als sei er vor lauter Fassungslosigkeit nicht in der Lage, sich zur Gänze zu erheben. In diesem Augenblick folgte der zweite Angriff. Ein weiterer Stein wurde durchs Fenster geworfen. Größer als der erste und genauer gezielt. Er traf Frido Ferrari am Hinterkopf und ließ ihn vornüberstürzen. Er landete auf den Schultern des vor ihm Sitzenden, als wollte er ihn von hinten umarmen, fuhr aber schon im nächsten Moment herum und starrte das zerbrochene Fenster an. Sein Sitznachbar war es, der den Stein aufhob, der sich von dem ersten unterschied. Er war in Papier eingewickelt und schien eine Botschaft zu enthalten.

Erik sah seinen Assistenten mitleidig an. »Besser, Sie gehen wieder nach Hause und legen sich ins Bett.« Sie drängten sich in den Eingang des Hauses, das sie soeben verlassen hatten, um sich vor dem Wind zu schützen. »Ich kriege das schon alleine hin. Die Staatsanwältin ist ja da. Die kann mir helfen.«

»Seit wann lassen Sie sich von der Staatsanwältin helfen, wenn es sich vermeiden lässt?« Sören verhinderte, dass Erik diese Frage beantwortete. »Nein, Chef! Es ist besser, wenn ich mich ablenke. Es ist ja noch nicht spät. Wenn ich mich jetzt schon ins Bett lege, kriege ich kein Auge zu. Dann geht mir doch nur Fraukes Tod im Kopf herum und wie ich ihn hätte verhindern können.«

Erik trat auf den Gehweg, schlug den Kragen hoch und stemmte sich gegen den Wind. Er wartete, bis er Sören an seiner Seite spürte, erst dann sprach er weiter. »Sogar Ihre Tante hat eingesehen, dass Sie den Mord nicht verhindern konnten.«

Laurenze Kretschmer hatte ihnen mit verweinten Augen die Tür geöffnet. Als sie Sören erkannte, war sie in Tränen ausgebrochen, hatte ihn in ihre Arme gezogen und ihn so lange festgehalten, bis das Weinen nicht mehr über viele Schluchzer stolperte, sondern ein träge dahinfließender Strom geworden war. Da erst löste sie sich von Sören, wischte sich über die Augen und reichte Erik verlegen die Hand, als hätte sie erst jetzt bemerkt, dass Sören nicht allein gekommen war. Sie strich sich die Bluse glatt und zeigte zu einer Tür, die offen stand. »Bitte, kommen Sie.«

Sie betraten einen Raum mit rustikaler Einrichtung. Es gab nichts, was ohne Schnörkel auskam, keine waagerechte Fläche ohne Spitzendeckchen, kein Regalbrett ohne Nippes. Die Tapeten waren geblümt, die Gardinen so dicht, dass man nicht hindurchsehen konnte, die schweren Vorhänge ebenfalls geblümt und mit dicken olivgrünen Kordeln zur Seite gerafft. Ein Kronleuchter verbreitete ein kaltes Licht. Die Stehlampe, die vorher als alleinige Lichtquelle den Raum erhellt hatte, schien für Besuch nicht genug zu sein. Laurenze Kretschmer ließ die vielen Glühbirnen aufflammen, kaum dass sie den Raum betreten hatten, und bat die beiden, Platz zu nehmen. Ohne zu fragen, öffnete sie eine Schranktür und holte eine Likörkaraffe heraus. Das Suchen nach den richtigen Gläsern und den geeigneten Untersetzern dauerte lange genug, dass Erik Sörens Tante betrachten konnte. Die kurzen grauen Haare passten zu ihr, zu einer zupackenden Frau, deren Leben derart schnörkellos zu sein schien, dass die Einrichtung ihres Wohnzimmers eigentlich nicht zu ihr passte. Erik war sicher, dass Laurenze Kretschmer in jeder Lebenslage wusste, was zu tun war und wie man sich zu benehmen hatte. Jetzt hatte sie dunkle Kleidung zu tragen und tapfer zu sein. Die Tränen, die sie bei Sörens Erscheinen vergossen hatte, hielt sie nun zurück, obwohl Erik merkte, wie viel Anstrengung es sie kostete.

Den Kräuterlikör hätte er gerne zurückgewiesen, brachte es aber nicht fertig. Also schwieg er, während Fraukes Mutter eingoss, erhob wie sie ohne ein Wort das Glas und kippte den Likör herunter. Er schmeckte noch scheußlicher, als er befürchtet hatte.

Sören schien das weniger zu überraschen, er war wohl schon öfter in den Genuss dieses Likörs gekommen. Dass er das Glas dennoch zum Mund führte, lag sicherlich auch daran, dass er sich Mut antrinken wollte. »Tante Laurenze …« Er begann schon, kaum dass er das Glas abgesetzt hatte. Sören wollte sein Geständnis ablegen, wollte sein Schuldgefühl loswerden, die Strafe dafür annehmen und hoffen, dass mit der Buße irgendwann die drückende Schuld nicht mehr wehtun würde. »Es tut mir leid, Tante Laurenze …«

Aber sie schnitt ihm das Wort ab. »Du kannst nichts dafür, Junge. Ich bin sicher, dass du dich bemüht hast. Du konntest Frauke nicht finden, wenn sie in den Händen irgendeines … eines Perversen gelandet war.« Mit veränderter Stimme sagte sie: »Wer sich nicht in Gefahr begibt, der kommt auch nicht drin um.« Sie setzte sich aufrecht hin, als hätte sie mit dem Verkünden dieser Weisheit bereits einen Teil Trauerarbeit geleistet. »Ich hoffe, der Kerl wird erwischt. Und dann will ich ihm in die Augen sehen. Und dann soll er mir sagen, warum er meine Tochter umgebracht hat.«

Da Laurenze Kretschmer auch jetzt wusste, was man tun durfte und lassen musste, stellte sie die Likörkaraffe weg. Zu viel Alkohol konnte fröhlich machen, und das kam in diesen Tagen natürlich nicht infrage. Sie holte stattdessen eine Pralinenschachtel aus dem Schrank. Cognacbohnen! Erik sah die Schachtel verblüfft an. Die hatte seine Großmutter gern gegessen und von ihm zu jedem Geburtstag geschenkt bekommen. Dass es diese Sorte noch immer gab! Er selbst hatte, seit er seiner Oma zum letzten Mal vor ihrem Tod zum Geburtstag gratulierte, nie wieder eine Cognacbohne zu sich genommen. Es kam ihm vor, als hörte er leises Kichern aus einer weit zurückliegenden Zeit.

Während Laurenze Kretschmer nach einem Kristallschälchen suchte und die Cognacbohnen hineinschüttete, wies sie den Verdacht, ihre Tochter könne für einen Escortservice gearbeitet haben, zurück. »Sie ist in die entsprechenden Kneipen gegangen – ich wollte nie wissen, in welche – und hat sich anmachen lassen. Dass das so einfach ist! Zu meiner Zeit hätte es das nicht gegeben.«

»War sie mit Lale Claussen bekannt?«

Frau Kretschmer stellte das Kristallschälchen auf den Tisch und forderte die beiden Männer auf, sich zu bedienen. »So würde ich das nicht ausdrücken. Sie hat mal bei den Claussens geputzt. Aber höchstens zwei-, dreimal, dann wurde ihr die Sache zu anstrengend. Dabei hat sie Lale Claussen kennengelernt.« Ihre Augen wurden wachsam. »Was soll diese Frage? Hat Lale Claussen etwas mit Fraukes Tod zu tun?«

Das verneinten sowohl Erik als auch Sören. »Es ist nur …« Sören suchte nach den richtigen Worten. »Wir haben in Fraukes Rucksack etwas gefunden, was aus der Villa Claussen stammt. Bargeld und eine Dose Kaviar.«

Frau Kretschmer brauchte auf diesen Schreck eine zweite Cognacbohne. »Auch noch Diebstahl? Herr im Himmel, was wollte mir dieses Kind noch alles antun? Am Ende wäre sie im Gefängnis gelandet.«

Sie ließ ungesagt, was dennoch deutlich auf ihren Lippen

lag: dass der Herr im Himmel sie, die arme Mutter, davor bewahrt hatte, ihre Tochter im Gefängnis besuchen zu müssen, indem er das missratene Kind zu sich holte.

Doch mit einem Mal hatte sich ihr Gesichtsausdruck verändert. »Aber deswegen bringt man noch niemanden um.«

Sören stockte, als sie nach links in die Dünenstraße abbogen und das Kurhaus in Sicht kam. »Wo gehen wir eigentlich hin?«

»Ich habe Carolin versprochen, noch in Käptens Kajüte vorbeizukommen.« Er blickte auf seine Armbanduhr. »Vermutlich ist die Dichterlesung schon im Gange oder sogar bereits vorbei.« Er wirkte nicht so, als beunruhigte ihn diese Tatsache, sondern als hoffte er vielmehr darauf, dass er zu spät kommen würde. »Sie hält große Stücke auf diesen Jo Kessler.«

»Den Freund von Frido Ferrari«, fügte Sören an.

Und auch Erik vervollständigte: »Der der Freund von Lale Claussen ist.«

Im Haus am Kliff brannte noch Licht, anscheinend gab es auch dort eine Lyrikveranstaltung. Sogar aus der Tiefgarage, die zum Kurhaus gehörte, drang Applaus heraus. »Die lesen wirklich an den verrücktesten Orten«, sagte Sören.

»Das ist wohl die Spezialität von Antonia Schäfer. Ich glaube, dadurch bekommt sie viel mehr Zuhörer als andere Veranstalter. Viele, die sich sonst nie Lyrik anhören würden, gehen hin, weil es verrückt ist, sich Gedichte in der Tiefgarage oder in der Bahnhofstoilette vorlesen zu lassen.«

»Oder in Käptens Kajüte.«

Sie machten einen langen Hals, als sie an dem italienischen Restaurant vorbeikamen, aber im *La Pergola* war alles so wie immer, viele Gäste, eilige Kellner, gut besetzte Tische, laute Gespräche. Kein Lyriker, der ein Publikum zum Schweigen brachte.

»Ich werde allmählich nicht mehr schlau aus der Sache.« Sören bohrte seine Hände in die Jackentasche. »Lale Claussen wird entführt. Von jemandem, der den Code der Alarmanlage kennt und weiß, wo der Schlüssel zur Tür des Wellnessbereichs versteckt wird.«

»Die Haushälterin macht merkwürdige Angaben«, fuhr Erik fort. »Mal war die Tür zum Wellnessbereich offen, dann wieder geschlossen. Erst war Lales Laptop im Zimmer, dann war es weg. Ihre Zimmertür war zunächst geschlossen, dann geöffnet.«

Sören verdrehte die Augen. »Petrine Roesgen war durcheinander. Ist ja auch kein Wunder.«

Erik sprach weiter: »Der Entführer verlangt: keine Polizei! Aber der Cousin von Theo Claussen sagt: Wenn ich helfen soll, dann nur, wenn die Polizei eingeschaltet wird.«

»Der will seine Million zurück und hofft, dass wir den Entführer bei der Lösegeldübergabe erwischen.«

»Der Vater des Entführungsopfers kommt nicht nach Sylt.«

»Erst heißt es, wegen dringender Geschäfte, dann wegen eines Krankenhausaufenthaltes in den USA.«

»Und dann kriegen wir raus, dass er längst nach Deutschland geflogen ist. Aber nach Sylt kommt er immer noch nicht.«

»Er lügt. Warum?« Erik blieb stehen, weil es ihm immer schwerfiel, seine Gedanken zu ordnen, während er sich fortbewegte. »Weil er die Entführung inszeniert hat. Die Million, die ihm sein Cousin zur Verfügung stellt, will er selbst einsacken.«

»Das müssen wir ihm nur noch nachweisen.«

»Es wird bald zur Lösegeldübergabe kommen. Dann müssen wir ihn schnappen.«

»Oder denjenigen, der das Lösegeld entgegennimmt. Jennifer Christensen?«

Bevor sie zu Sörens Tante gegangen waren, hatten sie sich Jennifer Christensens Facebook-Account angesehen. Eine hübsche junge Frau mit vielen Freunden, die fröhliche Fotos postete und flotte Statements präsentierte. Sie war gegen rechts, gegen die AfD, gegen Sozialschmarotzer und gegen Massentierhaltung. Als Beruf hatte sie Webdesignerin angegeben und arbeitete selbstständig.

Erik hatte auf ein Bild gewiesen, das einen älteren Mann von hinten zeigte. »Theo Claussen?«

Sören nickte. »Könnte sein! Ganz schön leichtsinnig! Oder ist ihr daran gelegen, dass die Affäre ans Licht kommt?«

»Weil er sie schon lange hinhält?«

»Möglich.«

»Vielleicht fällt sie einem Kollegen auf«, hoffte Sören, der selbst dafür gesorgt hatte, dass das Foto von Jennifer Christensen bei allen Streifenwagenbesatzungen verbreitet worden war. »Dann könnten wir sie unauffällig beobachten, sobald wir wissen, wie und wann die Lösegeldübergabe erfolgen soll. Sie hat keine Ahnung, dass wir ihren Namen kennen. Sie wird sich also frei bewegen, wir könnten ihr folgen ...«

»Vor allem später, wenn sie das Lösegeld hat«, bestätigte Erik. »Wenn wir sie kennen, sie aber keine Ahnung hat, dass wir etwas von ihr wissen, haben wir einen Vorsprung.«

Sie gingen langsamer, Käptens Kajüte war nicht mehr weit entfernt. Eriks Bedürfnis, möglichst bald dort aufzutauchen, war nicht groß. »Ich schätze, morgen wird es zu der Lösegeldübergabe kommen«, sagte er. »Spätestens übermorgen.«

»Hatte Frau Schäfer noch einmal Kontakt mit dem Entführer?«

»Sie hat mich heute Nachmittag angerufen«, antwortete Erik. »Er hat ihr wieder eine SMS geschickt. Sie soll sich bereithalten. Der Entführer hat sie noch einmal gewarnt. Keine Polizei! Sie macht sich Sorgen, dass wir nicht vorsichtig genug agieren.«

Sören wurde ärgerlich. »Sie hat doch ihre Freundin bei sich. Wenn sie uns nicht vertraut, müsste sie sich wenigstens mit der Staatsanwältin an ihrer Seite sicher fühlen.«

Dazu konnte Erik nichts mehr sagen, denn ein Geräusch schnitt seine Entgegnung ab. Das Klirren von Glas, erschrockene Schreie und eine Person, die auf der Flucht war! Sie lief den Hochkamp entlang, ihnen entgegen, änderte dann jedoch die Richtung und rannte in den Garten eines Nachbarhauses.

»Da ist was passiert.« Sören rannte los. Er war gut trainiert und sehr schnell, das wusste Erik. Wenn einer eine Chance hatte, einen Flüchtenden zu packen, dann er.

Erik war nicht mal sicher, ob es sich um eine Frau oder um einen Mann gehandelt hatte. Schwarze Mütze, dunkle Jacke, Jeans und Turnschuhe, das trugen Männer wie Frauen, Jungen wie Mädchen. Und es war zu dunkel, um Einzelheiten zu erkennen.

Sören fackelte nicht lange. Er rannte auf die Stelle zu, an der die Person verschwunden war, sprang über einen Friesenwall und war im selben Moment nicht mehr zu sehen. Erik selbst dachte nicht einmal daran, ihr nachzulaufen. Dass er bei dieser Verfolgung keine Chance hatte, war ihm sofort klar gewesen. Er lauschte auf Rufe oder Schreie, aber er hörte nichts als das Heulen des Sturms.

Die Tür von Käptens Kajüte sprang auf, und ein Mann stürzte auf die Straße. Hektisch sah er sich um und lief dann aufs Geratewohl los. Ob er die Person verfolgen wollte, die Sören im Visier hatte? Was war da passiert?

Erik ging so schnell wie möglich auf den Mann zu, der nun zauderte, langsamer lief und schließlich stehen blieb. Er schien einzusehen, dass er keine Ahnung hatte, wohin er sich wenden sollte.

Erik war schon nahe herangekommen, als er Frido Ferrari erkannte. »Was ist los?«

Aber er konnte nicht auf einer Antwort bestehen. Frido Ferrari öffnete den Mund, schloss ihn aber gleich wieder, als er hörte, dass in Eriks Tasche das Handy klingelte. Erik zog es heraus und erkannte die Nummer des Polizeireviers. Er machte Frido Ferrari ein Zeichen, dass er warten sollte, aber der verstand ihn wohl nicht und ging zurück.

Rudi Engdahls Stimme klang aufgeregt. »Unsere Fahndung hat endlich Erfolg gehabt. Wir haben Theo Claussen gefunden.«

Nach dem Schreck und dem ersten Tumult war ein Moment der eisigen Stille eingetreten. Dann redeten alle durcheinander, keiner achtete mehr auf den anderen. Vielleicht war Mamma Carlotta die Einzige, der auffiel, dass Frido Ferrari sich zur Tür drängte und verschwand. Der Sturm raste durch das zerbrochene Fenster und scheuchte die Zuhörer auf, die in der Nähe saßen. Unmut breitete sich aus, missvergnügte Stimmen waren zu hören. Wäre man doch zu der Lesung in der Tiefgarage gegangen! Wer das Programm des Festivals dabeihatte, blätterte bereits nach Alternativen, und der Ruf »Zahlen!« war mehrmals zu hören. Mamma Carlotta befürchtete sogar, dass in dem ganzen Durcheinander so mancher seine Zeche vergaß. Und diejenigen, die schon etwas bestellt hatten, wollten sich möglichst schnell verdrücken, um es nicht mehr konsumieren und bezahlen zu müssen. An den verzweifelten Lyriker dachte niemand.

Tove am allerwenigsten. Er begann zu lamentieren, weil das zerbrochene Fenster ihn ein Vermögen kosten würde, aber Antonia wies seine Forderung, für den Schaden aufzukommen, zurück. Die Staatsanwältin trat zu dem Lyriker und versuchte ihn zu beruhigen. Doch Jo Kessler war nicht davon abzubringen, dass dieser Steinwurf direkt auf seine Karriere gezielt, sie ins Herz getroffen habe und er dadurch die prächtigsten Worte seiner Lyrik hatte opfern müssen.

Er war den Tränen nahe. »Ich wollte, ich wäre nie nach Sylt gekommen.« Nun begann er tatsächlich zu schluchzen. »Dabei dachte ich, hier hätte ich endlich meinen Durchbruch. Ich sollte doch einen Verlagsvertrag bekommen. Mein Roman ... meine Zukunft ...«

Mamma Carlottas Blick fiel auf Fietje Tiensch. Er war auf seinem Stammplatz hocken geblieben und starrte die Tür an, als wollte er nicht glauben, dass Frido Ferrari durch sie soeben die Imbissstube verlassen hatte. Mit beiden Ellbogen bahnte sie sich einen Weg zu ihm. »Signor Tiensch!«

Er sah an ihrem rechten Ohr vorbei, als wollte er sie nicht zur Kenntnis nehmen.

»Sie gehen Frido hinterher, capito? Jetzt! Subito! Er ist Ihr figlio. Es wird Zeit, dass Sie das endlich klären. Allora! Via! Gehen Sie!«

»Perché?«, fragte Fietje und schien sich nicht einmal darüber zu wundern, dass er Italienisch sprach.

Auch Mamma Carlotta kam das in diesem Augenblick vollkommen normal vor. Trotzdem antwortete sie auf Deutsch. »Warum, fragen Sie? Weil Sie sein Vater sind. Weil Ihr Sohn offenbar ein Mädchen in Schwierigkeiten gebracht hat. Denken Sie an den Schwangerschaftstest.« Sie sah ihm so bedeutungsvoll in die Augen, dass er nun nicht anders konnte, als sie anzublicken und zu nicken. »Sì! Sie werden Großvater! Nonno!«

Das erschreckte Fietje dermaßen, dass er einen Schluckauf bekam, sein Bierglas zur Seite schob und sich tatsächlich erhob. Es fiel ihm leicht, zur Tür zu gelangen, denn das Publikum machte sich bereits auf den Weg. Es war ungemütlich geworden in Käptens Kajüte, noch kälter als ohnehin. Der Sturm fuhr ungehindert herein, nahm mit, was er kriegen konnte, und wirbelte durcheinander, was leicht war und nicht festgehalten wurde. Auch das Blatt Papier, in dem der Stein eingewickelt gewesen war, der Frido Ferrari getroffen hatte. Sein Sitznachbar hatte es auf einen Tisch gelegt und schenkte ihm keine Beachtung mehr. Das Blatt flatterte auf und senkte sich auf die Sitzfläche eines Stuhls, der soeben frei geworden war. Mamma Carlotta drängte sich dorthin, nahm das Blatt auf und glättete es, sodass die beiden Wörter zu lesen waren. »Du Schwein!«

Eine Frau warf Jo Kessler ein paar entschuldigende Worte zu, die ihn aber nicht erreichten, Antonia Schäfer versicherte ihm, dass er das Honorar dieser Lesung trotzdem bekäme, konnte ihn mit dieser Zusage aber nicht versöhnen. Jo Kessler schien am Ende seiner Weisheit und seiner Lyrik angekommen zu sein. Er warf sich vornüber auf die Theke, als wollte er den Bierschaum auflecken, der aus dem Zapfhahn getropft war.

Antonia Schäfers Mitleid verpuffte im selben Moment. Eine derart zur Schau getragene Entmutigung war scheinbar nicht nach ihrem Geschmack. Mamma Carlotta konnte sich vorstellen, dass sie sich gern selbst als gutes Beispiel präsentiert hätte, wenn es ihr möglich gewesen wäre, über ihr Schicksal zu sprechen. Sie selbst bangte um das Leben ihres Kindes und stand ungebeugt da, ohne sich anmerken zu lassen, wie groß die Angst war, die in ihr tobte. Und dieser junge Dichter brach angesichts einer verunglückten Lesung zusammen wie ein gefällter Baum? Nein, dafür hatte sie kein Verständnis. Mitleid sowieso nicht. Sie wandte sich ab und flüsterte der Staatsanwältin zu: »Ich gehe. Du kannst mir ja morgen erzählen, was hier eigentlich abgegangen ist.«

»Was schon?« Tilla Speck zuckte mit den Schultern. »Ein Dummejungenstreich, mehr nicht. Irgendjemand wollte diese Veranstaltung stören. Vermutlich jemand, der schon in der Schule nichts von Schiller und Goethe hören wollte.«

»Bis morgen.« Das kam heraus, als müsste Antonia Schäfer dringend auf die Straße, um sich vor der Tür übergeben zu können.

»Soll ich mitkommen?« Die Staatsanwältin war nun besorgt.

Aber Antonia Schäfer schüttelte den Kopf. »Sorg bitte dafür, dass so etwas nicht noch einmal vorkommt. Wenn das jemand war, der mein Festival boykottieren will ...« Sie sprach nicht weiter, sondern folgte den Zuhörern, von denen sich nun die letzten aus der Tür der Imbissstube schoben.

Jo Kessler richtete sich auf und wischte sich das Bier von der Stirn. Ein Rinnsal lief den Nasenrücken herab und tropfte auf seine Oberlippe. Er sah aus, als wäre er einem akuten Schnupfen zum Opfer gefallen. »Antonia!«

Aber die Staatsanwältin verhinderte, dass er der Verlegerin nachstürzte. »Sie bleiben besser hier!« Sie wies auf sich selbst, auf Mamma Carlotta und auf Carolin. »Wir sind hier, um die Lesung zu hören. Und der Wirt natürlich auch.« Tove sah aus, als wollte er Tilla Speck für diese Behauptung Hausverbot erteilen. »Und der Strandwärter ...« Sie sah erstaunt auf den Platz am schmalen Ende der Theke. »Der ist auch vor der Kraft Ihrer Worte geflohen?«

Nun merkte Jo Kessler, dass er nicht ernst genommen wurde, nachdem er ganz kurz daran geglaubt hatte, dass die beiden Freundinnen von Frau Schäfer, die beim Festival halfen, tatsächlich Fans von ihm waren. »Ich werde doch meine Perlen nicht vor ...«

»Vorsicht!«, mahnte Tilla Speck. »Überlegen Sie sich jetzt gut, was Sie sagen.«

»Ich werde meine Lyrik nicht verschleudern.« Er drehte sich zu Carolin um. »Komm, Caro! Im Kurhaus bekommen wir was zu trinken.«

Carolin warf ihrer Nonna und der Staatsanwältin einen verlegenen Blick zu, dann folgte sie dem empörten Dichter.

»Deine arme Enkelin«, sagte die Staatsanwältin. »Was die sich jetzt wohl alles anhören muss!«

Die Tür fiel ins Schloss, aber der Sturm war damit nicht ausgesperrt worden. Er heulte durchs Fenster, eroberte Käptens Kajüte und griff mit feuchten Fingern nach allem, was sich ihm bot. Ein Zuckerstreuer fiel vom Tisch, der Stapel mit den Bierdeckeln gleich hinterher, das Plastik-Usambaraveilchen, das schon seit Jahren die Theke zierte, wurde ins Spülwasser geweht.

Als Erik eintrat, war Mamma Carlotta dabei, in Käptens Kajüte für Ordnung zu sorgen, die Tische abzuwischen und die Gläser zur Theke zu tragen, während die Staatsanwältin die Bierfässer in die Küche rollte. Der Wirt gab sich großzügig und bot seinen Helfern die Pommes frites und die Bratwürste an, die bestellt gewesen, aber nicht mehr gegessen worden waren. Allerdings hatte er kein Glück. Mamma Carlotta wehrte ab, und

Tilla Speck erklärte in aller Offenheit, dass ihr die Reste des Abendessens lieber seien, das es am Süder Wung gegeben hatte. Erik ließ Toves Angebot unbeantwortet. Er gab der Staatsanwältin mit einer Kopfbewegung zu verstehen, dass er mit ihr sprechen wolle, aber auf keinen Fall hier. Sie verstand sofort und machte dem enttäuschten Wirt klar, dass er mit dem Rest seiner Unordnung selber klarkommen müsse. Tove richtete daraufhin sein Augenmerk auf Mamma Carlotta und schien zu hoffen, dass er auf ihre Hilfe weiterhin zählen dürfe, aber er hatte sich getäuscht. Mamma Carlotta riet ihm nur, einen Schreiner anzurufen, der bereit war, um diese Zeit bei ihm zu erscheinen, um ein neues Fenster einzusetzen oder auf andere Weise sein Hab und Gut zu sichern.

Toves Murren hörte sie sich nicht an. Auch die Frage, wo eigentlich dieser blöde Strandwärter geblieben sei, ließ sie unbeantwortet. Seinen Überlegungen, welcher Mistkerl ihm das Fenster zerdeppert habe, konnte sie nichts hinzufügen, und warum der Idiot abgehauen sei, den der Stein getroffen hatte, konnte sie ihm nicht erzählen. Allenfalls seine Hoffnung, dass Frido Ferrari den Übeltäter gefunden und ordentlich verhauen hatte, bestätigte sie halbherzig. Dann folgte sie Erik und der Staatsanwältin auf den Hochkamp, wo Sören gerade auftauchte, vom Sturm zerzaust, aber ohne Erfolg.

»Ich war zu spät«, stöhnte er. »Von dem Kerl habe ich nichts mehr gesehen.«

»Was ist mit Frido Ferrari?«, fragte Mamma Carlotta. »Konnte er sagen, ob dieses ... Attentato – wie sagt man?«

»Attentat?«, half die Staatsanwältin aus.

»Sì, Attentat. Hat es Frido Ferrari gegolten?«

Sie wurde verblüfft angesehen, von Erik, von Sören und auch von Tilla Speck. »Warum sollte jemand dem Kellner etwas antun wollen?«, fragte Erik. »Der ist zufällig von dem Stein getroffen worden. Pech!«

Zu dieser Ansicht kamen auch Tilla Speck und Sören

Kretschmer, und Mamma Carlotta beschloss, den wahren Sachverhalt in sich zu verschließen. Wen ging es schon etwas an, dass Frido Ferrari ein Mädchen geschwängert hatte und sich seiner Verantwortung entziehen wollte? Das hatte nichts mit der Entführung und erst recht nichts mit der Ermordung von Sörens Cousine zu tun. Darum sollte sich Fietje kümmern. Das war eine wunderbare Gelegenheit für ihn, seine besten Absichten als Vater und Großvater unter Beweis zu stellen.

Erik sah seine Schwiegermutter fragend an. »Kriegen wir noch was zu essen?«

»Certo!«, rief sie und ging schon voran. »Von dem marinierten Gemüse habe ich immer genug im Haus. Spaghetti sind schnell gekocht, und der Rest der Soße ist im Nu warm gemacht. Die Fischfilets sind zwar alle, aber von dem Sauerkirschdessert ist noch was da. Und natürlich Vino rosso, Vin santo, Grappa, Cantuccini, Biscotti e Mandorlini ...«

Der Abend wurde zur Nacht. Erik wusste, dass seine Schwiegermutter diese Stunde liebte. In Panidomino wurde es dann so richtig gemütlich, die Lampe wurde tiefer über den Tisch gezogen, die Köpfe rückten näher zusammen. Der Tag war endgültig vorbei, seine schönen Stunden, aber vor allem das Mühen und Plagen und sämtliche Enttäuschungen. Wenn er mit Lucia im Hause seiner Schwiegereltern zu Gast gewesen war, hatten ihn diese Stunden häufig versöhnt, selbst dann, wenn er der Einzige war, der vor Müdigkeit beinahe vom Stuhl fiel. Der ganze Lärm, der ihn tagsüber gestört hatte, das viele Reden über Nichtigkeiten zählte dann nicht mehr. Das Geschrei, wenn ein Kind verbotenerweise auf einen Baum geklettert war oder ein Huhn sich in die Küche verirrt hatte. Das Krakeelen, wenn im Nachbarhaus jemand zu Besuch gekommen war, den man lange nicht zu Gesicht bekommen hatte. Das Schimpfen über die italienische Obrigkeit während der abendlichen Nachrichtensendung im Fernsehen, sodass die Stimme des Moderators kaum noch zu verstehen war. Und dann die Diskussionen über die Zubereitung des Abendessens, vor dem Kochen, während des Kochens und sogar noch danach … Immer wieder hatte er sich gefragt, wie Lucia dieses Leben ertragen hatte, bevor sie nach Sylt gekommen war und die Ruhe mit ihm geteilt hatte. Dann aber waren Espresso und Grappa auf den Tisch gekommen, irgendjemand erschien immer verspätet, der nach den Resten des Essens fragte, und manchmal war ihm dann aufgefallen, dass Lucias Gesicht einen Ausdruck annahm, den er auf Sylt noch nie bei ihr gesehen hatte. Vielleicht lag es aber auch nur an der tief hängenden Lampe, die einen Schatten auf ihre Stirn warf, wodurch ihre Blicke an Intensität gewonnen hatten.

Sören entschuldigte sich immer noch, weil er den Steinewerfer nicht erwischt hatte, als Mamma Carlotta schon die Antipasti auf den Tisch stellte. Erik erzählte, dass Frido Ferrari nach dem ersten Schreck, der weiß Gott verständlich war, nur noch erleichtert gewesen war, dass er keine Verletzung davongetragen hatte. Und Mamma Carlotta bedauerte den armen Dichter, dem es verwehrt worden war, an diesem Abend mit seiner Lyrik zu glänzen. Alles war ein wenig wie in Panidomino, das schien auch die Staatsanwältin zu spüren und zu genießen. Dennoch bemerkte sie, dass ihn etwas beschäftigte.

»Was ist los, Wolf? Neue Erkenntnisse?«

Eigentlich wollte er nicht lächeln, aber seine Mundwinkel sprangen ganz von selbst auseinander. »Wir wissen jetzt, wo Theo Claussen sich aufhält.«

»Ehrlich?« Auch jetzt gebärdete sie sich beinahe so, als säße sie an einem Tisch in Panidomino. Übertrieben und viel zu schrill. »Wo?«

Nun machte er das, was ihn bei seiner Schwiegermutter oft auf die Palme brachte. Er zögerte den Höhepunkt hinaus und freute sich daran, dass seine Zuhörer der Pointe entgegenfieberten. »Einem Kollegen in Kiel ist etwas aufgefallen. Er hatte die Fahndung nach Theo Claussen in Händen gehabt und war anschließend in eine Klinik gefahren, in der seine Frau als Krankenschwester arbeitet. Er wollte sie abholen, aber sie hatte noch zu tun. Also setzte er sich ins Schwesternzimmer, um auf sie zu warten. Und dabei fiel ihm eine Krankenakte auf. Oder vielmehr ... der Name, der darauf stand.«

»Theo Claussen?«, fragte die Staatsanwältin.

»Genau.«

»Er ist also wirklich krank?«

Erik lächelte immer noch. »Das kann man so nicht sagen.«

»Nun machen Sie es nicht so spannend, Wolf!«

»Enrico! Nun sag schon ...!«

Selbst Sören verlor nun die Geduld. »Hat er's mit der Leber oder nicht?«

»Nein, mit dem Alter.« Erik gefiel sich selbst nicht, als er zunächst in aller Seelenruhe einen Champignon aufspießte und ihn in den Mund steckte, aber er konnte einfach nicht anders. »Er ist in einer Schönheitsklinik. Er hat sich liften lassen.«

Dann aber fand er, dass sich das Verzögern gelohnt hatte. Die Wirkung seiner Worte war so, wie sie Lucia gefallen hätte. Seine drei Zuhörer redeten durcheinander, jeder auf ihn ein und jeder mit einem anderen.

»Ein Mann?« Mamma Carlotta konnte es nicht glauben. »So was tun doch nur Frauen.«

Die Staatsanwältin grinste so breit, wie Erik es noch nie gesehen hatte. »Dann stimmt das also mit der jungen Geliebten.«

Sören war der Erste, der sich von der skandalösen Tatsache, dass sich ein Mann liften ließ, lösen konnte. »Also steckt er nicht hinter der Entführung seiner Tochter?«

Schlagartig wurde die Staatsanwältin ernst, und auch Mamma Carlotta hörte auf, über Männer zu lamentieren, die sich so unmännlich verhielten.

»Wann war das Lifting?«, fragte die Staatsanwältin.

»Am Tag vor der Entführung. Er hat seitdem die Klinik nicht verlassen.«

»Also hat er jemanden, der ihm hilft«, sagte Sören. »Jennifer Christensen.«

»Oder wir irren uns«, gab Erik zu bedenken, »und er hat mit der Entführung nichts zu tun.« Er trank sein Rotweinglas aus und freute sich daran, dass alle so lange schwiegen, bis er es zurückgestellt hatte. »Niemand von uns hatte Verständnis dafür, dass ein Vater nicht zurückkommt, wenn seine Tochter entführt worden ist. Jetzt ... kann ich eher verstehen, dass er sich nicht sehen lassen wollte.«

Die Staatsanwältin verzog das Gesicht, als wollte sie testen, wie es sich anfühlte, wenn die Haut sich straff über die Wangen spannte. »Wenn Jennifer Christensen die Helfershelferin ist, dann wird sie das Lösegeld holen. Claussen ahnt nicht, dass wir ihn verdächtigen. Wir lassen ihn also in der Gewissheit und warten ab.« Sie sah einen nach dem anderen nachdenklich an. »Was aber hat Frauke Kretschmer damit zu tun? Das kann ich mir nach wie vor nicht vorstellen. Sie war in der Villa.«

»Wir wissen nicht, wann.«

»Und wie sie reingekommen ist«, sagte Sören, »wissen wir auch nicht.«

»Vielleicht hat Lale ihr die Tür geöffnet«, meinte Tilla Speck. »Frauke hat einen Besuch bei ihr gemacht und diese Gelegenheit genutzt, sich ein wenig umzusehen. Als die Luft rein war, hat sie sich bedient.«

Erik schüttelte den Kopf. »Das glaube ich nicht.«

»Vetterich muss schauen, ob er Fraukes Fingerabdrücke in der Villa findet«, meinte Sören.

Diesmal war es die Staatsanwältin, die den Kopf schüttelte. »Schon wieder ein roter Lieferwagen mit dem Aufdruck *ABC – Bad und Sanitär?*«

»Wir müssen den Mörder meiner Cousine finden! Es ist nur von der Entführung die Rede, obwohl Lale vielleicht warm und sicher bei ihrem Papa sitzt. Was ist mit Fraukes Mörder?«

Sören wurde nun wieder von seiner Trauer und seinen Schuldgefühlen bedrängt. »Man weiß doch, dass die Chancen mit jedem Tag, der verstreicht, geringer werden.«

Erik legte eine Hand auf seinen Arm. »In Hörnum laufen Befragungen, eine halbe Hundertschaft ist dort unterwegs. Die Kollegen sind mit Fotos von Frauke in den einschlägigen Lokalitäten unterwegs. Wenn sie irgendwo gewesen ist, wird es sich rausstellen. Dann bekommen wir vielleicht auch einen Hinweis auf den Mann, mit dem sie zusammen war. Wir werden ihn einkreisen. Nur so können wir Erfolg haben. Es gibt ja keine konkreten Hinweise auf den Täter.« Er sah seinen Assistenten aufmerksam an, als wollte er herausfinden, ob sich Sörens Augen mit Tränen füllten. »Was uns fehlt, ist die Motivation. Eine sexuell motivierte Tat können wir ausschließen, eine sadistische auch. Warum wurde sie in der Schrebergartenlaube festgehalten? Wir wissen nichts.«

»Außerdem ...« Die Staatsanwältin, die immer so flott in ihren Entscheidungen war, dachte erstaunlich lange nach. »Was haben wir davon, wenn Vetterich Fraukes Fingerabdrücke in der Villa entdeckt? Gar nichts! Den Mörder finden wir nicht dort, sondern ganz woanders. Da bin ich mir ziemlich sicher. Also nicht schon wieder ein roter Lieferwagen vor Claussens Haus.«

»Ich nehme auch an, dass Frau Helmstetter damit nicht einverstanden wäre. Sie wird nichts tun wollen, was Lale gefährdet.« Erik sah erst seinen Assistenten und dann die Staatsanwältin eindringlich an. »Wir dürfen nicht vergessen, dass wir auf dem Holzweg sein können. Vielleicht sitzt der Entführer irgendwo und beobachtet uns alle sehr genau ...«

Am Morgen hatte der Sturm noch weiter zugenommen, an Kraft und an Geschwindigkeit. Er raste über die Insel, riss an sich, was er zu fassen bekam, und warf es wahllos in irgendeine Himmelsrichtung. Er fegte das Gartentor der Nachbarn hinweg, das schon lange nicht mehr fest in den Angeln saß, metzelte die Rosenstämmchen nieder, die Erik im Frühjahr gepflanzt hatte, und verwüstete die Blumenbeete vor dem gegenüberliegenden Haus, die direkt in der Schneise des Sturms lagen. Mamma Carlotta war fassungslos – über die Gewalt des Windes, aber noch mehr über Eriks gleichmütiges Gesicht, Carolins Schulterzucken und Felix' Grinsen.

»Du bist an der Nordsee, Nonna! So was gibt's hier öfter. Bei Windstärke zehn gehen wir noch draußen spazieren. Erst danach wird's ungemütlich. Und wenn der Sturm mit über hundert Stundenkilometern über die Insel fegt, bleiben wir lieber zu Hause.« Er sah durchs Fenster auf die Bäume, die sich im Wind schüttelten. »Schade, das reicht wohl noch nicht. Die Schule wird nicht ausfallen.«

Erik tat es seinem Sohn gleich und blickte ebenfalls hinaus. »Sören wird wohl zu Fuß kommen müssen. Bei diesem Wind mit dem Rennrad ... undenkbar.« Er sah seine Schwiegermutter warnend an. »Du solltest nicht ins Kurhaus gehen. Das ist zu gefährlich.«

»Besser, ich bleibe auch zu Hause«, rief Felix dazwischen. Er grinste, weil er die Antwort seines Vaters schon kannte, und sorgte dafür, dass er sie nicht geben musste. »Okay, okay, war nur Spaß.«

»Soll ich dich mit dem Auto zur Schule fahren?«

»Nicht nötig, Bens Vater nimmt mich mit.« Im selben Moment wurde auf der Straße gehupt. »Da ist er schon. Ciao!«

»Und Carolin?«, fragte Erik.

»Sie kann auch nicht zu Hause bleiben. Frau Schäfer rechnet mit uns. Das darf man ihr nicht antun.« Mamma Carlotta begann, den Schinken fürs Rührei zu würfeln. »Sie ist sowieso schon in großer Sorge. Wer wird bei dem Sturm zum Wettbewerb kommen? Die große Abschlussveranstaltung des Festivals – schrecklich, wenn sie nicht gut besucht wäre.«

Erik blickte zur Seite, das kannte Mamma Carlotta. Er konnte nicht zusehen, wenn sie so schnell und unachtsam mit einem scharfen Messer hantierte. Dabei schnitt sie sich nie – höchstens, wenn sie jemand warnte und damit verunsicherte.

»Wann ist Caro eigentlich nach Hause gekommen?«

Diese Frage hätte Mamma Carlotta mit großer Genauigkeit beantworten können. Solange ihre sieben Kinder in ihrer Obhut gelebt hatten, war es nie vorgekommen, dass sie einschlief, bevor alle zu Hause waren. So leise sie auch in ihre Zimmer huschten, ihre Mutter hatte es immer gehört. Also war ihr auch nicht entgangen, dass Carolin erst weit nach Mitternacht heimgekommen und verdächtig leise die Treppe hochgestiegen war.

»Ich habe nicht auf die Uhr gesehen, Enrico«, antwortete sie. »Aber es kann nicht sehr spät gewesen sein. Ich habe noch gar nicht richtig geschlafen.«

Erik war beruhigt. »Dieser Johannes Kessler ... ist Caro etwa in den verliebt?«

»No, no!« Da war sich Mamma Carlotta ganz sicher. »Sie bewundert seine Lyrik, das ist alles. Sie möchte auch mal so großartige Gedichte schreiben wie er.«

»Du findest seine Gedichte großartig?« Erik sah seine Schwiegermutter erstaunt an.

»Ich verstehe ja nichts davon. Sicherlich sind sie meraviglioso, ich weiß nur nicht genau, warum.«

Nun lachte Erik. »Anscheinend gilt ein Gedicht dann als besonders gut, wenn kein Mensch versteht, was der Dichter damit sagen will.«

Mamma Carlotta erhitzte nun das Öl, um den Schinken kross zu braten, und schnitt währenddessen den Schnittlauch zu Röllchen. »Carolina sagt, jeder kann una poesia ... come si dice? Interpretare? Ah ja, ein Gedicht interpretieren! Das kann jeder so machen, wie er will. Es kommt nicht darauf an, dass jeder das Gedicht auf gleiche Weise versteht.«

Erik schüttelte den Kopf. »Bei Goethe weiß man immer

genau, was er sagen wollte. Ich bin jedenfalls ganz froh, dass ich mir die Lesung gestern Abend nicht anhören musste.«

»Non va bene, Enrico, das ist nicht in Ordnung. Du musst versuchen, diesen tipo, diesen Kerl zu erwischen, der den Stein geworfen hat. Das war nicht nur sehr gemein, das war auch gefährlich. Stell dir vor, Frido Ferrari wäre schwer verletzt worden! Also finde heraus, wer das war.«

»Ich habe Wichtigeres zu tun. Die Entführung, der Mord an Sörens Cousine ...«

Vor der Tür erklangen Schritte, und kurz darauf ging die Klingel. Diesmal stimmte sie die italienische Nationalhymne an. Carlotta war derart gerührt, dass sie beinahe vergessen hätte, die Tür zu öffnen. Sekundenlang stand sie da, mit der rechten Hand dort, wo ihr Herz saß, und blickte zur Decke. Dann fiel ihr ein, dass Sören vor der Tür stehen musste, der einen weiten Fußweg, womöglich gegen den Wind, hinter sich hatte.

Das war zwar nicht der Fall gewesen, aber Sören gefiel es trotzdem, dass er bedauert wurde und dass man ihm besonders viel Rührei anbot, damit er schnell wieder zu Kräften kam. »Einen doppelten Espresso, he? Sie sind ja völlig durchgefroren, Sören.«

Auch das entsprach nicht der Wahrheit, aber Sören dachte gar nicht daran, die Schwiegermutter seines Chefs von ihrer Idee abzubringen, dass er ein bedauernswerter Kommissar war, der viel Zuwendung in Gestalt von Koffeinträgern und Sattmachern nötig hatte. »Gibt's was Neues im Mordfall meiner Cousine?«, fragte er seinen Chef, als hielte er es für möglich, dass Erik in der vergangenen Nacht noch nach dem Mörder von Frauke Kretschmer gefahndet hätte.

»Enno Mierendorf hat von drei Leuten gehört, dass sie einen Fahrradfahrer gesehen haben, den aber niemand kannte. Die Beschreibung des Mannes ist dürftig, alle drei Aussagen unterscheiden sich voneinander.«

»Also Fehlanzeige!«

Mamma Carlotta kredenzte Sören zu dem doppelten Espresso ein tröstendes Tätscheln seines Hinterkopfes. »Wenn Sie wollen, rede ich gleich mit der Staatsanwältin darüber. Sie wird sicherlich auch ins Kurhaus kommen, sie muss ja nur über die Straße ...«

Erik schnitt ihr ärgerlich das Wort ab. »Du kümmerst dich bitte nicht um diesen Mordfall«, fuhr er seine Schwiegermutter an. »Das geht dich nichts an. Die Staatsanwältin weiß, was zu tun ist, auch ohne deine Unterstützung.« Er war zufrieden, als Mamma Carlotta sich duckte, zum Herd zurückging und die Panini aus dem Backofen holte. »Ich bin sicher, dass es einen Zusammenhang zwischen der Entführung und dem Mord an Ihrer Cousine gibt, Sören. Sie werden sehen, sobald die Entführung überstanden ist, klärt sich auch Fraukes Tod auf.«

Sören nickte, schien aber nicht überzeugt zu sein. »Im Radio hieß es eben, der Zugverkehr würde womöglich heute eingestellt. Wenn wir noch von der Insel runterkommen, können wir vielleicht nicht wieder zurück.«

Erik dachte nach, dann entschied er: »Ein Telefongespräch reicht mir nicht.«

»Was sagt denn die Staatsanwältin dazu?«

»Das geht sie nichts an. Sie ist privat auf der Insel.«

»Und ich dachte, sie ermittelt undercover?«

»Sie hat Urlaub und hilft ihrer Freundin. Die Staatsanwältin scheint ja mit ihrer Freizeit nichts anfangen zu können.«

Mamma Carlotta hatte den Eindruck, ihrer neuen Freundin beispringen zu müssen. »Es ist doch sehr nett von Tilla ...«

»Tilla!« Erik unterbrach seine Schwiegermutter, indem er ihr den Namen der Staatsanwältin an den Kopf warf. »Wenn ich diesen dämlichen Namen schon höre!«

Mamma Carlotta wollte ihm erklären, dass Eva-Mathilda ein sehr schöner Name sei und Tilla eine Abkürzung, die ein zärtlicher Vater erfunden hatte, da meinte Sören, dass es Wichtigeres gab als den Vornamen der Staatsanwältin. »Wir sollten auf der Insel bleiben. Gerade weil die Staatsanwältin Urlaub macht und nicht offiziell ermittelt. Die hat doch überhaupt keine Befugnisse, etwas in die Wege zu leiten.«

Erik lachte spöttisch. »Die hat sich doch längst mit ihrer Urlaubsvertretung abgesprochen. Wenn die Speck nicht auf Sylt wäre, hätten wir diesen verknöcherten Staatsanwalt an der Backe, der kurz vor der Pensionierung steht. Dr. Rauch. Der ist heilfroh, dass die Speck ihm die Arbeit abnimmt.«

»Und wenn der Entführer heute das Lösegeld haben will?«

»Sie wissen selbst, dass sich so was hinzieht. Wir sind in einer halben Stunde auf dem Festland und eineinhalb Stunden später in Kiel. Dann reden wir mit Claussen und kommen heute Mittag zurück. Meinetwegen auch heute Nachmittag.« Dann ergänzte er versöhnlich: »Natürlich habe ich der Staatsanwältin Bescheid gesagt.«

»Und sie war einverstanden?« Sören sah aus, als könne er es nicht glauben.

Erik antwortete nicht. Tatsächlich war auch Frau Dr. Speck der Ansicht gewesen, dass der Leiter der Ermittlungen vor Ort bleiben sollte. Aber damit wollte er Sören in seiner Meinung nicht noch bestärken. »Ich will Theo Claussen in die Augen sehen, wenn er mir erklärt, warum er uns belogen hat. Ausflüchte erkennt man besser, wenn man einem Menschen ins Gesicht sehen kann.«

»Und wenn er uns komisch kommt, nehmen wir ihn mit?«, fragte Sören hoffnungsvoll. »Ich möchte ihn hier bei uns hinter Gitter bringen, nicht in Kiel oder Flensburg.«

Erik zögerte. »Wenn die Ärzte uns bescheinigen, dass er die ganze Zeit in der Klinik war, können wir nicht viel machen. Dann geht es nur darum, dass er uns den Namen seines Komplizen verrät.«

»Seiner Komplizin!«

»Ja, vermutlich wird es diese Jennifer Christensen sein.«

Erik sah auf die Uhr und nickte zu dem Rührei auf Sörens Teller. »Beeilen Sie sich! Den nächsten Zug sollten wir erwischen.«

Bald darauf sah Mamma Carlotta auch ihrer Enkelin hinterher, wie sie sich gegen den Sturm über den Süder Wung kämpfte. Und wieder war sie stolz auf das, was ihre Erziehungsmaßnahmen bewirkt hatten. Noch vor einer Woche wäre Carolin nicht bereit gewesen, zu dieser Morgenstunde das Bett zu verlassen, und hätte es eine Zumutung genannt, bei solchem Wetter aus dem Haus zu gehen. Jetzt hatte die Dichtkunst ihr gezeigt, dass das Leben auch dann einen Sinn hatte, wenn man seine Ausbildungsstelle verloren hatte. Und natürlich, wenn man eine Großmutter hatte, die etwas von Pädagogik verstand!

Zufrieden stellte sie das Geschirr in die Spülmaschine und machte sich selbst auf in den Kampf gegen den Sturm. Carolin hatte sofort eingesehen, dass ihre Nonna einen Besuch in Käptens Kajüte machen musste, ehe sie ins Kurhaus kam, um Antonia Schäfer zu helfen. Dem Wirt musste mit freundlichen Worten und größtem Bedauern, wenn schon nicht mit Schadenersatz, darüber hinweggeholfen werden, dass der Lyrikabend in seiner Imbissstube so enttäuschend verlaufen war. Er hatte darauf gehofft, neue Stammgäste zu gewinnen, und musste zu der Einsicht gebracht werden, dass er dieses Ziel auch dann nicht erreicht hätte, wenn die Lesung von Jo Kessler ein voller Erfolg gewesen wäre.

Carlotta rechnete damit, dass Käptens Kajüte noch geschlossen war und Tove Griess sein Frühstücksangebot an diesem Tag gestrichen hatte, aber die Tür ließ sich öffnen und löste auch diesmal den Ruf aus: »Tür zu!«

Es war kalt und dämmrig in Käptens Kajüte. Kalt, weil der Sturm durch das nur notdürftig verschlossene Fenster pfiff, und dämmrig, weil die zerbrochene Scheibe durch die hölzerne Platte eines ausgedienten Tisches ersetzt worden war.

Weder die Heizung noch die Beleuchtung hatte Tove diesem Umstand angepasst. Er schien zu glauben, dass in seinen Gästen schon Wärme erzeugt wurde, wenn er Nana Mouskouri »Guten Morgen, Sonnenschein« singen ließ. Frühstücksgäste hatte er sowieso nicht viele, und der eiligen Laufkundschaft, die nach Coffee to go verlangte, waren Wärme und Licht in Käptens Kajüte egal.

Fietje Tiensch hatte vermutlich nur einen kurzen Blick von seinem Strandwärterhäuschen auf die brodelnde See und den überfluteten Strand geworfen und war flugs zu der Ansicht gekommen, dass er seinen Dienst ebenso gut in Käptens Kajüte antreten konnte. Am Strand ließ sich an diesem Tag sowieso niemand sehen, und wer sich auf die Holztreppe stellte und vom Sturm heruntergeweht wurde, war selbst schuld. Das konnte auch der aufmerksamste Strandwärter nicht verhindern, und es fiel auch nicht in Fietjes Zuständigkeit. Das Einzige, worauf er immer sorgfältig achtete, war das Aufstellen des Schildes, das auf all das hinwies, was die Kurgäste in eigener Verantwortung unternahmen und wofür sie selbst hafteten. Aber das war vermutlich längst in die Dünen geweht worden.

Er sah nicht auf, als Mamma Carlotta an die Theke trat. Vielleicht glaubte er, ihren vielen Fragen entgehen zu können, wenn er vorgab, unsichtbar zu sein? Mamma Carlotta tat ihm zunächst den Gefallen, richtete nicht das Wort an ihn und hörte sich geduldig Toves Klagen an, dem angeblich am Vorabend das Geschäft ruiniert worden war.

»Ich bin einfach zu gut für diese schlechte Welt«, behauptete er. »Da hilft man so einer Festivaltante, und was ist der Dank? Man sitzt mit einer zerbrochenen Scheibe da und vielen Bratwürsten, die bestellt, aber nicht bezahlt worden sind. So kann man als Gastronom ja auf keinen grünen Zweig kommen!«

Carlotta ließ ihn schimpfen, unterbrach ihn nur mit der Bestellung eines Cappuccinos und wartete, bis die Spitzen seiner Wut runder geworden waren und nicht mehr zustachen. Es

würde noch lange dauern, bis Tove aufhörte, über die Unge-
rechtigkeiten der Welt zu klagen. Aber da ihn das Reden etwa
genauso anstrengte wie eine Rauferei, versickerte seine Litanei
bald zu einem »... Ist doch wahr ...«, wurde dann zu einem
undeutlichen Grummeln und erstarb schließlich im Klappern
der Grillzange und einem Faustschlag auf die Theke.

Dieser war diesmal so heftig erfolgt, dass das Plastik-Usambaraveilchen, das am Abend noch vom Sturm ins Spülwasser
geweht und von Carlotta höchstpersönlich wieder aufgestellt
worden war, diesmal durch das Beben der Theke ins Wanken
geriet, aber gerade noch vor dem Absturz gerettet werden
konnte.

Danach ging es Tove besser, er fühlte sich verstanden. Als
dann noch fünf Bauarbeiter auf einmal erschienen, die alle
einen Coffee to go haben wollten, ging es mit seiner Laune
leicht bergauf. Während er am Kaffeeautomaten hantierte,
schob sich Mamma Carlotta auf einen Barhocker in Fietjes
Nähe. Sie sprach leise, war aber dennoch sicher, dass er sie gut
verstand, wenn er auch zunächst nicht reagierte. »Was war gestern Abend? Haben Sie mit Frido reden können?« Als der
Strandwärter nicht antwortete, sprach sie lauter und drängen-
der. »Ich habe Ihnen gesagt, Sie sollen endlich mit der Wahrheit herausrücken.«

Nun stieß Fietje etwas hervor, was Carlotta zunächst nicht
verstand. »Scheißwahrheit!«

»Cosa intende? Wie meinen Sie das?«

Fietje trank sein Jever aus und knallte das Glas so heftig auf
die Theke zurück, dass nicht nur Mamma Carlotta erschrak,
sondern auch die fünf Bauarbeiter zusammenfuhren. »Schöner Sohn ist das!« Aus Fietje brach nun alles hervor, was er
scheinbar schon tagelang mit sich herumschleppte, was nun
plötzlich herausmusste, weil es neu war, weil es noch schäumte,
weil es wehtat. Das hatte nichts mit dem zu tun, was schon so
lange den Bodensatz seiner Erinnerungen und seines früheren

Lebens bildete, dass es zu Fietje Tiensch gehörte wie seine Bommelmütze und sein tägliches Jever. »Natürlich habe ich schnell gemerkt, wer dieser Frido ist. Und ich habe ihn mir angesehen, nicht nur hier, nicht nur bei Gosch, sondern auch wenn er nach Hause ging, wenn er in seiner Wohnung war ...«

Die Bauarbeiter waren gegangen, Tove hatte Fietjes letzte Worte mitbekommen und fing prompt an zu schimpfen. »Verdammter Spanner!«

Aber Fietje hörte gar nicht, was Tove sagte. »Soll ich etwa meinen eigenen Sohn anzeigen?«

Tove, der einen neuen Stapel Kaffeebecher unter der Theke hervorholen wollte, stutzte, und Mamma Carlotta stieß an das Usambaraveilchen, sodass es nun doch noch im Spülwasser landete. Dass Tove weder schimpfte noch mit Ersatzansprüchen drohte, bewies, dass er genauso gespannt war wie sie.

»Warum anzeigen?«

»Weil er was auf dem Kerbholz hat. Ich weiß nur nicht, was.«

»Wie kommen Sie darauf?« Durch Mamma Carlottas Kopf schossen unzählige Gedanken. Frido war der Freund von Lale Claussen. Frido hatte augenscheinlich ein anderes Mädchen geschwängert und wollte sich seiner Verantwortung entziehen. Frido wurde offenbar sogar von diesem Mädchen bedrängt, das nicht davor haltmachte, ihn mit einem Stein anzugreifen und ihm zu drohen. Frido, bei dem eingebrochen wurde, Frido, der ständig mit Jo Kessler tuschelte ...

»Ich habe vor ein paar Tagen gesehen, dass er etwas in die Papiertonne brachte. Er kam aus dem Haus, blickte sich um, als wollte er nicht gesehen werden, und warf dann eine Zeitung in die Papiertonne. Das kam mir komisch vor. Normalerweise wird doch ein ganzer Stapel entsorgt. Er aber hatte nur diese eine Zeitung in der Hand. Und dann noch die Heimlichtuerei ...«

Tove schien die Geschichte nicht besonders spannend zu finden und begann schon wieder zu schimpfen. Dass Fietje eben ein unverbesserlicher Spanner sei und warum das Schicksal ihn, den redlichen Wirt, nur mit so einem Stammgast strafe!

Aber Fietje ließ seine Vorwürfe an sich abtropfen. Er hatte sich entschlossen zu verraten, was ihn bedrückte, jetzt wollte er es auch loswerden. Wo auch sonst? Nur in Käptens Kajüte gab es Menschen, die ihm zuhörten. »Ich habe mir dann die Zeitung angeguckt. Und da wusste ich, warum Frido sie heimlich entsorgen wollte. So, dass es keiner sah ...«

Mamma Carlottas Spannung war wie eine Stichflamme in die Höhe geschossen. »Warum?«

»Weil er da Wörter und Buchstaben rausgeschnitten hatte. Das tut man doch nur, wenn man ...« Fietje brauchte für das Folgende erst mal einen großen Schluck Bier. »... wenn man jemanden erpressen will. Oder wenn man ...« Er suchte nach weiteren Möglichkeiten.

»... wenn man jemanden entführt hat und ein Lösegeld fordert?« Mamma Carlotta konnte es nur flüstern.

»Wenn das man gut geht.« Sören zeigte zu den Ordnern des Sylt-Shuttles, die Lkws, Lieferwagen und andere Autos mit hohen Aufbauten zur Seite winkten. Den Fahrern wurde nun klargemacht, dass nur das untere Deck beladen werden konnte. Alle Fahrzeuge, die zu hoch waren, mussten auf Sylt bleiben.

»Die blauen Züge haben den Dienst anscheinend schon eingestellt«, murmelte Sören. »Die Flachwaggons sind vermutlich besonders gefährdet bei Sturmflut.«

»Erstens haben wir keine Sturmflut, sondern nur einen heftigen Sturm, und zweitens wäre ich mit einem RDC-Autozug sowieso nicht gefahren.«

Dazu sagte Sören nichts. Die neue Konkurrenz des Sylt-Shuttles, ein privates Eisenbahnverkehrsunternehmen aus den USA, war seit Langem auf der Insel ein umstrittenes Thema. Die blauen Autozüge boten keine Doppelstockwagen, konnten also nur die Hälfte der Autos transportieren, RDC setzte völlig veraltete Waggons ein und blockierte die Trassen, die zum Teil nur eingleisig waren. Die Touristen mussten seitdem lange Wartezeiten vor der Verladestation auf sich nehmen, ein Ärgernis, für das sich bisher keine Lösung gefunden hatte. »Seit die Amerikaner hier mitspielen, läuft nichts mehr«, schimpfte Erik. »Dabei gibt es auf der Strecke schon genug Schwierigkeiten.«

Sören nickte. »Die abgesackten Schienen.«

Erik hatte sich jetzt so richtig in Rage geschimpft. »Auf dieser Bahnstrecke ist aber auch immer was. Und jetzt noch der Sturm.«

»Dafür kann aber die Bahn nun wirklich nichts«, beruhigte Sören ihn. »Bei Sturm sind die immer ganz vorsichtig.«

»Sind die Schienen nun eigentlich instand gesetzt worden? Oder gibt es nach wie vor diese Stellen, wo die Züge statt hundertvierzig nur zwanzig Stundenkilometer fahren dürfen?«

Sie waren beide lange nicht auf dem Festland gewesen und hatten die Schwierigkeiten der Bahnlinie auf der Strecke Niebüll – Westerland nur in der Zeitung verfolgt.

»Da müssen ja einige Schienenteile komplett ausgewechselt werden. Ich glaube nicht, dass das schon erledigt ist.«

»Wenn der Weihnachtsverkehr losgeht, gibt es wieder Stau von Westerland bis Rantum.«

»Vielleicht wird er in diesem Jahr nicht so stark, weil die Feriengäste woanders buchen. Es hat sich ja mittlerweile rumgesprochen, dass es schwer ist, nach Sylt und wieder wegzukommen.«

»Die Fähre nach Römö ist deswegen auch ständig ausgebucht.«

»Die Strecke zwischen Klanxbüll und Niebüll muss endlich zweigleisig werden.«

»Das dauert noch.« Erik ließ den Wagen an und folgte der Schlange, die langsam auf das untere Deck des Waggons fuhr, der vibrierte und bebte, als ließe er sich vom Sturm schütteln.

Sörens Miene wurde besorgt. »Wir haben Flut. Das wird eine haarige Sache, wenn es von der Insel ins offene Meer geht.«

Während sie sich sonst während der Zugfahrt entspannten, zurücklehnten und die Augen schlossen, saßen sie nun aufrecht da und beobachteten, was um sie herum geschah. Die Bäume bogen sich unter der Kraft des Sturms, ihre Kronen schüttelten sich, die Fahnen, die nicht eingezogen worden waren, zerfetzten im Wind. Die Ordner, die von Wagen zu Wagen gingen, ermahnten jeden Fahrer, die Handbremse anzuziehen und auf keinen Fall sein Fahrzeug zu verlassen. Als eine besonders heftige Bö das Auto von der Seite anfiel, griff Erik automatisch zum Lenkrad, als könnte er dem Sturm durch ein geschicktes Fahrmanöver ausweichen.

»Was machen wir, wenn wir nicht wieder zurückkommen?«, fragte Sören nun schon zum dritten Mal. »Eine dämliche Idee, ausgerechnet heute nach Kiel zu fahren. Echt, Chef! Was wir wissen müssen, hätten wir auch am Telefon rausgekriegt.«

»In diesem Fall nicht!« Erik wollte unter keinen Umständen von seiner Meinung abweichen. Jetzt, wo es ohnehin zu spät dafür war, erst recht nicht. »Mit einem Telefongespräch hätten wir ihn nur gewarnt. Wenn er Dreck am Stecken hat, könnte er in aller Gemütlichkeit seine Sachen packen und abhauen. Nein, entweder wir reden persönlich mit ihm oder gar nicht.«

»Und gar nicht kommt natürlich nicht infrage«, gab Sören klein bei. »Wir müssen endlich klarsehen.« Dann jedoch begehrte er erneut auf: »Trotzdem ist es absoluter Schwachsinn, bei diesem Wetter überzusetzen.«

Mittlerweile war Erik geneigt, sich dieser Meinung anzuschließen. Aber nun war es zu spät.

»Was, wenn gerade heute die Lösegeldübergabe stattfindet?«

Erik stöhnte genervt. »Das lässt sich nicht von jetzt auf gleich organisieren. Wir werden doch heute Nachmittag zurück sein.«

»Und wenn nicht? Dann sind wir in Kiel, statt auf Sylt einen Entführer festzunehmen.«

»Das würde dann die Staatsanwältin organisieren. Wir selbst würden es ja sowieso nicht sein, die im Wald oder in den Dünen auf dem Bauch liegen und auf das Erscheinen einer verdächtigen Person warten. Das ist Sache der Bereitschaftspolizei.«

»Trotzdem.« Sörens Laune wurde immer schlechter. »Dieses Wetter ist für einen Entführer doch genau richtig. Es würde mich wirklich nicht wundern, wenn es gerade heute passiert. Nehmen wir mal an, die Lösegeldübergabe soll in einem Waldgelände stattfinden. Oder am Strand, in den Dünen, in der Braderuper Heide! Bei gutem Wetter müsste der Entführer befürchten, dass er von Touristen gesehen wird. Bei diesem Sturm wird es niemanden geben, der ihn später beschreiben kann. Ihn oder ... die Komplizin.« Nun tippte er sich sogar an die Stirn. »Wenn aus dem Sturm ein Orkan wird, könnte es sein, dass heute Abend kein Zug mehr fährt. Der Wetterbericht verheißt nichts Gutes.«

»Notfalls übernachten wir eben in der Klinik, wenn dort ein Bett frei ist«, meinte Erik, als könnte Sören diese Aussage beschwichtigen. »Dann müssen wir nur aufpassen, dass wir nicht unters Messer geraten. Sonst habe ich unversehens aufgespritzte Lippen und Sie eine Haartransplantation.«

Sören konnte darüber kein bisschen lachen. Auch deswegen nicht, weil Erik seinen wunden Punkt getroffen hatte. Vielleicht hatte er sogar schon mal über diese Möglichkeit, zu dichtem Haupthaar zu kommen, nachgedacht? Das Thema schien ihm jedenfalls nicht zu gefallen, er wechselte es auf der Stelle. »Wie gehen wir vor? Sollen wir Claussen auf den Kopf zusagen, was wir vermuten?«

»Wir haben keine Beweise, nicht einmal überzeugende Indizien. Besser, wir halten den Mund. Er muss glauben, dass wir keinen Verdacht gegen ihn hegen. Sonst wird es womöglich nicht zu der Lösegeldübergabe kommen. Das aber ist die beste Gelegenheit, Claussen nachzuweisen, dass er seinen Cousin bestehlen will.«

Sören wurde etwas ruhiger. »Er hat keine Ahnung, dass wir von Jennifer Christensen wissen. Warum sollte er glauben, dass wir ihn verdächtigen?«

Erik bestätigte es, erleichtert darüber, dass sich Sörens Wut in Kapitulation auflöste. »Wir fahren nur nach Kiel, damit er uns erklärt, warum er uns belogen hat.«

»Das wird ihm leichtfallen. Natürlich wollte er nicht zugeben, dass er sich liften lassen will.«

»Das geben viele Frauen nicht einmal zu, wenn man es sieht. Für Männer ist das noch schwerer.«

»Und während wir mit ihm plaudern, versuchen wir, was aus ihm rauszubekommen?« Sören nickte diese Frage selbst ab. »Wie erklären wir ihm eigentlich, dass wir nach ihm gesucht haben?«

»Wir haben gemerkt, dass er nicht ehrlich zu uns war. Wer es nicht für nötig hält, nach Hause zu kommen, wenn sein Kind entführt wird, darf sich nicht wundern, wenn die Polizei Erkundigungen einzieht. Und wer lügt, hat was zu verbergen. Das muss er einsehen.«

Der Zug setzte sich in Bewegung, sehr langsam, zunächst kaum wahrnehmbar. Fahrt nahm er jedoch nicht auf. Er zuckelte durch Tinnum, hielt gelegentlich, scheinbar ohne Anlass, und bummelte dann weiter.

Im Keitumer Bahnhof blieb er stehen. Auf dem Bahnsteig war kein Mensch zu sehen, dort, wo sonst die Fahrräder der Pendler standen, war alles leer. Ein paar Autos waren in der Nähe geparkt worden, zwei Wagen entfernten sich vom Bahnhof, ansonsten schienen sich die Sylter und auch die Touristen in ihren Häusern vor dem Sturm versteckt zu haben.

»Eine dämliche Idee«, fing Sören schon wieder an, »ausgerechnet heute nach Kiel zu fahren. Bei Sturmflut.«

Erik verdrehte die Augen. »Theo Claussen ist der Dreh- und Angelpunkt der Entführung.«

»Vielleicht. Vielleicht aber auch nicht.« Sörens Laune ging

schon wieder Richtung Keller respektive Bahndamm. »Es ist einfach Mist, dass wir nicht offen ermitteln können. Es könnte ja auch immer noch ein ganz normaler Krimineller hinter der Entführung stecken. Einer, der seine Drohung wahr macht, wenn er merkt, dass der Vater die Polizei eingeschaltet hat.«

Der Zug ruckelte, schien anzufahren, bewegte sich ein paar Zentimeter voran, blieb dann aber wieder stehen. Stille breitete sich aus, die allerdings nicht lautlos war. Draußen jaulte und pfiff der Wind, aber es fehlten die Stimmen des Lebens, die der Sturm nicht übertönen konnte, ein startendes Auto, ein lauter Ruf, das Geräusch eines Flugzeugs. Nicht einmal Möwenschreie waren zu hören.

Die Lautsprecheransage, die in Fetzen durch das Heulen des Sturms drang, schien aus einer anderen Welt zu kommen. »Bitte, bleiben Sie in Ihren Autos sitzen. Verlassen Sie Ihren Wagen nicht! Die Fahrt wird fortgesetzt, sobald es möglich ist.«

»Sobald es möglich ist?«, wiederholte Sören. »Was meinen die damit?«

»Und was, wenn es nicht möglich ist?«, fragte Erik.

Doch es war möglich. Der Zug fuhr wieder an, so langsam wie vorher. Fast schien es, als hätte der Zugführer Angst vor der eigenen Courage, als wäre er nicht sicher, ob er das Wagnis wirklich eingehen wollte.

Sören wandte sich Erik mit einem Mal zu. »Wie wär's nun doch mit einem Telefongespräch? Sie könnten Theo Claussen anrufen und ihn all das fragen, was wir ihn in Kiel fragen wollen. Okay, Sie wollen ihn dabei ansehen, Sie wollen mit ihm quatschen, scheinbar belangloses Zeug, damit er sich in Sicherheit wiegt, bis er etwas von sich gibt, was verräterisch ist ...«

»... aber es rechtfertigt nicht diesen Aufwand«, schloss Erik ergeben und seufzte tief auf. »Vielleicht haben Sie recht. Nur ... wenn ich mit Theo Claussen telefoniert habe, sitzen wir trotzdem noch auf diesem Autozug fest.«

»Aber wir könnten in Niebüll gleich wieder kehrtmachen, solange es noch möglich ist, auf die Insel zurückzukommen.«

Erik sah ein, dass Sören recht hatte. Er zog sein Smartphone aus der Jackentasche, im selben Moment nahm der Zug Fahrt auf. Er steigerte sein Fahrtempo nun sogar beträchtlich.

Hilflos sah Erik auf sein Display. »Können Sie mal nach der Telefonnummer der Klinik gucken?«

Sören verdrehte die Augen und holte sein eigenes Smartphone heraus. Sie fuhren bereits durch Morsum, als Erik endlich die Nummer der Kieler Klinik eingetippt hatte, in der sich Theo Claussen verjüngen ließ. Als er sie wählte, verlangsamte der Zug erneut seine Fahrt.

»Schnell«, drängte Sören. »Gleich haben Sie kein Netz mehr.«

Der Ruf ging mehrmals raus, ehe am anderen Ende abgenommen wurde. Und die Verbindung wurde in dem Moment schwächer, als der Zug die Bebauung rechts und links liegen ließ, als die Insel nur noch aus Wiesen mit grasenden Schafen und ein paar Gehöften bestand, die wirkten, als wären sie unbewohnt.

»Verbinden Sie mich bitte mit Herrn Claussen«, brüllte Erik ins Telefon, musste aber seine Bitte trotzdem mehrmals wiederholen, ehe sie verstanden wurde.

Von sphärischen Geräuschen unterbrochen, antwortete ihm die Stimme, aber Erik musste zweimal um Wiederholung bitten, ehe er sie endlich verstand. »Herr Claussen ist nicht mehr bei uns. Er hat die Klinik heute Morgen in aller Frühe auf eigenen Wunsch verlassen.«

Nun stach der Zug in See. Er ließ die Insel hinter sich, langsam und vorsichtig, als wäre er sich noch nicht ganz sicher, ob er sich den Naturgewalten stellen wollte. Der Sturm peitschte die Wellen auf, so hoch, dass sie den Bahndamm gelegentlich überspülten.

»Wie kann das sein?«, schrie Erik zurück. »Er ist doch erst am Wochenende eingeliefert worden.«

»Am Montag wurde er operiert«, bekam er bestätigt. Jedenfalls reimte er sich die Antwort so zusammen, die eigentlich viel zu leise und zerhackt an sein Ohr drang, als sie mit Sicherheit verstehen zu können. »Eigentlich hätte er zwei Wochen bei uns bleiben sollen, aber er hat sich selbst entlassen. Auf eigene Gefahr.«

»Ist das nicht viel zu riskant?«, schrie Erik.

»Seine Frau hat angerufen «, schrie die Stimme zurück. »Er wollte wohl zu ihr ...« Es rauschte in der Leitung, als führe der Wind auch durchs Telefonnetz. »... letzter Zug nach ...«

In diesem Moment raste eine Windbö heran, schlug gegen den Bahndamm und riss eine Woge mit sich, die sich für ein paar schreckliche Momente neben ihnen auftürmte, größer als das Auto, höher als der Zug. In dem Augenblick, in dem die Welle zwischen die Autodecks drang, war die Telefonverbindung abgeschnitten. Der Zug verlor an Geschwindigkeit und blieb kurz darauf stehen. Der Wind peitschte eine Welle nach der anderen gegen den Zug, manchmal war es, als würde nach der Karosserie getreten, manchmal war es das Spritzen pfeilgerader Fontänen, das sie aufschreckte, dann wieder schlug eine Welle auf das über ihnen liegende Autodeck, sodass sie sich duckten und anschließend wunderten, dass sie nicht nass geworden waren. Erik versuchte noch einmal, die Nummer der Kieler Klinik zu wählen, aber die Verbindung kam nicht mehr zustande.

Es fiel ihm schwer, Sören wiederzugeben, was er zu hören bekommen hatte: »Claussen ist nach Sylt gefahren.«

Sie musste darauf achten, nicht vom Wind vor ein Auto geweht zu werden, während sie ihren Gedanken nachging. Sicheres Vorankommen beim Lösen von Problemen schien ihr manchmal unmöglich. Mit Schrecken dachte Mamma Carlotta an den Tag zurück, an dem sie erfahren hatte, dass eine ihrer Töchter dabei beobachtet worden war, wie sie einen verheirateten Mann aus dem Nachbardorf küsste. Bei den fieberhaften Überlegungen, wie diese Affäre schnellstens zu unterbinden war, hatte sie vergessen, dass vor der Kirche die Straße ausgebessert wurde, und das Schild übersehen, das den Fußgängern riet, die andere Straßenseite zu benutzen. Sie hatte, nachdem sie in die Baugrube gefallen war, lange um Hilfe rufen müssen, bis endlich jemand vorbeigekommen war, der ihr heraushalf. Aber was sollte sie jetzt machen? Sie musste trotz Sturm ins Kurhaus. Und all die Gedanken, die Fietje in ihr entzündet und zum Lodern gebracht hatte, ließen sich nicht einfach auspusten. Es war also doch alles ganz anders, als Erik vermutet hatte! Nicht Theo Claussen steckte hinter der Entführung, sondern Frido Ferrari, den er ziemlich schnell von der Liste der Verdächtigen gestrichen hatte.

Leider hatte sie mit Tove und Fietje nicht darüber reden können, weil sie ja versprochen hatte und verpflichtet war, nichts von der Entführung zu verraten. Wenn Fietje erfuhr, dass Frido, den er endlich zum ersten Mal seinen Sohn genannt hatte, ein Krimineller war, würde er ihn womöglich zu schützen versuchen. Ihm würde die Sicherheit seines Sohnes wichtiger sein als die des Opfers. Nein, Fietje musste im Unklaren bleiben. Nicht nur, weil sie Erik und der Staatsanwältin versprochen hatte zu schweigen, sondern auch weil in diesem Fall ein Menschenleben davon abhing!

Sie musste Erik anrufen. Es würde nicht schwierig sein, ihm zu erklären, warum sie den Tag mit einem Besuch in Käptens Kajüte begonnen hatte. Sie gehörte zu Antonia Schäfers Team und hatte sich verpflichtet gefühlt, dem Wirt mit vielen schönen Worten über das Fiasko des vorangegangenen Abends hinwegzuhelfen. Basta! Aber war es glaubhaft, dass ihr der Strandwärter, den sie angeblich nur flüchtig kannte, ein solches Geständnis gemacht hatte? Ihr, einer Fremden? Das setzte eigentlich tiefes Vertrauen voraus. Darüber musste sie zunächst gründlich nachdenken.

Sie bog in die Dünenstraße ein, obwohl der Sturm anderes mit ihr vorhatte und sie in einen Vorgarten treiben wollte. Aber zum Glück gelang es ihr, die schweren Gedanken für einen Moment beiseitezuschieben und sich auf einen geraden Weg zu konzentrieren. Ob sie sich Tilla Speck anvertrauen konnte? Nein, das würde Erik ihr verübeln. Besser, sie lieh sich Carolins Handy und rief ihren Schwiegersohn an. Sie konnte ja so tun, als hätte sie rein zufällig ein geflüstertes Gespräch zwischen Tove und Fietje mitbekommen und sich ihre Gedanken gemacht. Ja, das würde gehen. So etwas glaubte ihr jeder. Vermutlich musste sie dann wieder einige Bemerkungen über ihre Neugier ertragen, aber das würde sie heldenhaft auf sich nehmen.

Natürlich war es traurig für Fietje, den Sohn, den er gerade gefunden, dem er sich noch nicht mal zu erkennen gegeben hatte, wieder zu verlieren, noch ehe die beiden sich richtig kennengelernt hatten. Aber darauf konnte man in diesem Fall keine Rücksicht nehmen. Frido war ein Krimineller, so bedauerlich das auch war.

Mamma Carlotta warf einen Blick zum Eingang von Gosch. Dort war noch alles ruhig. Das Meer tobte, warf einen Brecher nach dem anderen auf den Strand, die Brandung fauchte manchmal, dann wieder dröhnte sie und zischte. Viele Gäste würden sich dort an diesem Tag nicht blicken lassen. Bei solch einem Wetter blieb zu Hause, wer nicht unbedingt auf die Straße musste. Vielleicht bekamen einige Kellner sogar frei, wenn nicht viele Gäste zu erwarten waren. Frido Ferrari hatte dann Zeit, für die Übergabe des Lösegelds zu sorgen. Wie würde er es anstellen?

Je näher sie dem Kurhaus kam, desto deutlicher wurde es. Ja, dieser Tag war ideal. Die Gefahr, beobachtet zu werden, war wesentlich geringer als an den Tagen, an denen es trocken und windstill war. Gerade im November gab es viele Touristen auf der Insel, die wanderten, durch die Vogelkoje liefen, in der Braderuper Heide spazieren gingen und sich an den Stellen der Insel aufhielten, an denen sie allein mit der Natur waren. Sie alle waren heute jedoch nur in den Kurzentren der Insel, in den Cafés und Bistros zu erwarten.

Jo Kessler hatte sich noch nicht von der missglückten Lesung erholt. Er hockte auf dem Rand der Bühne, neben ihm Carolin, die ihn zu trösten versuchte. »Vermutlich gewinnst du den Wettbewerb«, hörte ihre Nonna sie sagen. »Dann wird ganz Sylt von dir reden.«

Mamma Carlotta fiel es schwer, dazu nichts zu sagen. Denn natürlich sollte Carolin die Gewinnerin des Wettbewerbs sein. Hatte nicht die Staatsanwältin ihr Gedicht gelobt? Eine studierte Frau mit einem Doktortitel! Die musste wissen, was gute Lyrik war. Auch wenn es sich nicht reimte ...

Wie konnte ihre Enkeltochter diese Möglichkeit außer Acht lassen? Wie sollte sie es zu etwas bringen, wenn sie anderen stets bereitwillig den Vortritt ließ? Mamma Carlotta ahnte, dass da noch viel pädagogische Arbeit auf sie wartete.

Jetzt aber war sie erst einmal froh, dass Carolin ihr ohne Umstände ihr Handy überließ. Mamma Carlotta stieg die Treppe von der Bühne wieder hinunter und trat durch die schwere Tür, die hinter ihr ins Schloss fiel. Sie schaffte es zum Glück, Eriks Telefonnummer im Speicher zu finden, ohne noch einmal auf die Bühne gehen und Carolin fragen zu müssen. Sie wusste auch, dass sie den grünen Knopf drücken musste, und hörte, wie der Anruf rausging. Doch nur einmal, dann sprang schon die Mailbox an. Sie versuchte es noch ein-, zweimal, aber es war jedes Mal das Gleiche. Sie erhielt keine Verbindung. Nachdenklich starrte sie das Handy an, dessen Displaybeleuchtung schon wieder erloschen war. Eine Nachricht hinterlassen? Nein, sie entschloss sich dagegen. Eine solche Angelegenheit musste ausführlich erklärt und in aller Ruhe erläutert werden. Allenfalls konnte sie Erik bitten zurückzurufen.

Also wählte sie ein letztes Mal seine Nummer und hinterließ die Nachricht, dass seine Schwiegermutter auf einen Rückruf wartete. »Ich bin im Kurhaus, Enrico. Carolina wird mich schon finden. Es ist wirklich sehr wichtig.«

Als sie in den Kursaal zurückging, kam ihr Tilla entgegen. Sie sah verärgert und gleichzeitig ratlos aus. »Weißt du, was heute getan werden muss, Carlotta? Welche Lesungen müssen organisiert werden? Wo sind eigentlich die Pläne und die ganzen Unterlagen?«

»Warum fragst du nicht Frau Schäfer?«

»Die ist nicht da. Sie hat sich heute Morgen nur kurz blicken lassen, dann wollte sie ein paar Besorgungen machen.« Sie sah zur Uhr. »Das war vor über zwei Stunden.« Sie beugte sich an Carlottas Ohr und flüsterte: »Antonia scheint zu vergessen, dass ich eigentlich nicht hier bin, um ihr bei dem Lyrik-Festival zu helfen. Es geht darum, die Entführung ihrer Tochter zu einem guten Ende zu bringen. Ich arbeite hier undercover.« Dann entdeckte sie Jo Kessler und Carolin auf der Bühnenrampe. »Schluss mit dem Geturtel!«, rief sie. »Weißt du, Jo, was heute erledigt werden muss?«

Jo Kessler erhob sich sichtlich ungern und ließ sich dabei von Carolin stützen, als hätte er einen Bandscheibenvorfall.

»Geturtel?«, zischte Mamma Carlotta. »Was meinst du damit?«

Tilla sah sie erstaunt an. »Hast du noch nicht gemerkt, dass Jo Kessler scharf auf Caro ist?«

Mamma Carlotta beobachtete verblüfft, wie die beiden hinter dem Vorhang verschwanden und dann an der Seite wieder zum Vorschein kamen. Dieser Johann W. Kessler wollte etwas von ihrer Enkeltochter? Dieser verrückte junge Mann, der sich anzog wie der Bettler in ihrem Dorf, der sich bei der Kleidersammlung des Roten Kreuzes bediente und nicht wählerisch sein durfte? Dieser Lyriker, der keiner vernünftigen Arbeit nachging, mit der er sich oder gar eine Familie ernähren konnte? Der weinend zusammenbrach, wenn seine Lesung ausfallen musste? Wie konnte der sich in ein vernünftiges Mädchen wie Carolin vergucken? Und vor allem ... diesen Gedanken konnte sie nicht mehr für sich behalten, ihn musste sie einfach laut aussprechen. »Ist Carolin etwa auch in ihn verliebt?«

Tilla Speck rammte ihr fröhlich einen Ellbogen in die Seite. »Da mach dir mal keine Sorgen. Caro lässt sich vielleicht von ihm blenden und sich von seinem Schwadronieren über Lyrik beeindrucken, mehr aber nicht. Die beiden passen überhaupt nicht zusammen.«

Diese Feststellung beruhigte Mamma Carlotta derart, dass sie auf die beiden zugehen konnte, ohne sich anmerken zu lassen, wie wenig es ihr gefiel, dass Jo Kessler den Arm um Carolin legte. Sie hielt ihr das Handy hin. »Ich konnte deinen Vater nicht erreichen. Wenn er zurückruft, sag mir bitte Bescheid.«

Wieder zögerte sie und überlegte, ob es besser war, die Staatsanwältin einzuweihen. Aber auch diesmal unterließ sie es. Denn gerade fiel ihr noch ein weiterer Grund ein, erst Erik zu verständigen. Er sollte es sein, der der Staatsanwältin mit dieser wahnsinnig wichtigen neuen Erkenntnis kam. Tilla Speck sollte ihn bewundern und von seiner Ermittlungsarbeit beeindruckt sein.

Carlotta folgte Jo Kessler in das Büro der Veranstaltungsleiterin mit dem guten Gefühl, die richtige Entscheidung getroffen zu haben. Und nachdem der immer noch tief deprimierte Lyriker alles aus den Schränken geholt hatte, was für die Lesungen dieses Abends benötigt wurde, gab es zum Glück genug zu tun, um nicht weiter darüber nachdenken zu müssen.

Ihr Mann hatte früher oft zu ihr gesagt: »Wenn du dir nicht sicher bist, Carlotta, ob es besser ist, zu reden oder zu schweigen, dann halt den Mund. Damit machst du weniger verkehrt.«

Sollte er da oben auf einer Wolke sitzen und auf sie herabschauen, dann würde er stolz auf sie sein.

Erik warf seinem Assistenten einen kurzen Blick zu. Zum Glück war Sören mittlerweile mit seinem Zorn fertig geworden, fragte nicht mehr, warum sein Chef nicht auf ihn hatte hören wollen, und fand sich mit der misslichen Lage ab, in der sie sich befanden. Die Hoffnung, der Zug könne sich bald wieder in Bewegung setzen, wurde allerdings immer kleiner.

Daran änderte auch die Ansage nichts, die aus einem der Lautsprecher drang, die in die seitlichen Geländer integriert worden waren. »Wir werden die Fahrt so bald wie möglich fortsetzen.«

Die Frage, ob sie nach Niebüll gelangen würden oder wie sie wieder nach Hause kommen sollten, wirbelte zusammen mit der Frage, wo Theo Claussen war, durch Eriks Kopf.

»Schon möglich, dass er einen der letzten Züge auf die Insel bekommen hat«, sagte er.

»Warum? Was will er auf Sylt?«

»Ehe die Verbindung abbrach, hat die Schwester von seiner Frau gesprochen. Er hatte mit ihr telefoniert.«

Ein Brecher rollte auf den Damm zu, sprang auf, schoss in die Höhe und schlug über das Wagendeck. Die See schäumte, der Wind raste auf die Insel zu, die Gischt fuhr hoch, Wasser prasselte gegen die Seitenscheiben, als hätte Regen eingesetzt.

»Petrine Roesgen sagte, das Ehepaar Claussen habe sich am Telefon gestritten«, erinnerte Erik.

»Kein Wunder. Welche Frau wäre nicht sauer, wenn ihr verschwiegen wird, dass die Tochter entführt worden ist? Wenn es auch nur die Stieftochter ist.«

»Die Streitereien könnten sich fortgesetzt haben. Vielleicht musste Claussen zugeben, dass er seine Frau belogen hatte. Wenn sie erfahren hat, dass er nicht in Chicago, sondern in Kiel ist, war sie womöglich außer sich vor Zorn.«

»Sie hat ihm vielleicht gedroht.«

»Womit? Mit Scheidung? Das wäre ihm vermutlich nur recht. Jennifer Christensen wartet ja anscheinend schon.«

Sören duckte sich, als erneut ein Brecher über das Wagendach schlug. »Vielleicht durchschaut sie ihn? Kann ja sein, dass sie weiß, wie es in der Firma aussieht.« Sein Kopf fuhr wieder hoch. »Mein Gott! Sie hat begriffen, was er vorhat. Womöglich hat sie auch herausgefunden, dass er sie betrügt.«

»Sie meinen, sie hat ihm auf den Kopf zugesagt, dass er seinem Cousin eine Million abknöpfen will?«

»Wenn das so war, dann muss er nach Sylt, um Schadensbegrenzung zu betreiben.« Dem nächsten Brecher sah Sören gelassen entgegen und zuckte nicht einmal zusammen, als er gegen die Seitenscheibe schlug. »Er muss sie davon überzeugen, dass sie sich geirrt hat.«

»Und wenn ihm das nicht gelingt? Dann ...« Erik sprach den Gedanken nicht zu Ende. »Theo Claussen geht davon aus, dass niemand weiß, wo er sich aufhält. Er glaubt, wir haben ihm den Klinikaufenthalt in Chicago abgenommen. Er kann sich also auf Sylt relativ frei bewegen. Erst recht, wenn man bedenkt, dass er sich selbst zurzeit nicht besonders ähnlich sieht.« Er sah Sören fragend an. »Nach so einem Facelifting ist doch sicherlich das Gesicht geschwollen, oder?«

»Fragen Sie mich was Leichteres«, antwortete Sören. »Meinen Sie wirklich, er fährt nach Sylt, um Helena Helmstetter mundtot zu machen?«

»Auszuschließen ist es nicht.« Erik zögerte, es fiel ihm schwer einzugestehen: »Eigentlich sogar ziemlich wahrscheinlich.«

»Verdammt!« Sören zog erneut sein Smartphone aus der Tasche, legte es aber gleich darauf resigniert zur Seite. »Immer noch kein Netz.« In einer zornigen Aufwallung schlug er mit den flachen Händen aufs Armaturenbrett. »Wie lange sollen wir hier noch warten? Kann sein, dass Claussen schon auf der Insel ist! Sollen wir uns später damit abfinden, dass Helena Helmstetter umgebracht wurde, während wir hier sitzen und Däumchen drehen?«

Erik fand, dass es an der Zeit war, Sören zu besänftigen. »Wir wissen ja nicht, was er vorhat. Das war nur so eine Idee von mir.«

»Eine verdammt überzeugende Idee. Was Sie sich überlegt haben, Chef, wird sich auch Claussen gedacht haben. Er kann seine Frau loswerden und sich die Scheidung ersparen. Er verhindert, dass sie seinem Cousin steckt, was er vorhat. Er kriegt die Million und kann sich mit Jennifer Christensen ein schönes Leben machen. Und er kann davon ausgehen, dass niemand ihn verdächtigen wird. Denn er liegt ja in Chicago im Krankenhaus.«

»Meinen Sie wirklich, dass ihm nicht der Gedanke kommt, wir könnten ihn durchschauen?«

Darüber wollte Sören nicht nachdenken. Er hatte soeben einen Entschluss gefasst. »Wir müssen zurück, Chef. Sofort!«

»Aber wie?«

»Zu Fuß!«

»Sie meinen ...« Erik starrte auf die Wellen, die auf den Damm zurollten, auf die Gischt, die ihn übersprühte, auf die Brandung, die so hoch aufspritzte, dass sie alle Fenster des Wagens vernebelte. »Das ist viel zu gefährlich.«

»Halb so schlimm. Auf dem Zug geben uns die Autos Deckung.«

»Und dann?« Erik wurde mulmig zumute, als er daran dachte, vom Zug zu springen und sich über den Bahndamm zur nächsten Bebauung durchzuschlagen. Ohne den geringsten Schutz vor dem Wind!

»Der Zug ist noch nicht weit ins Meer gefahren.« Sören schaute in den Rückspiegel, aber der war beschlagen. Was hinter ihnen lag, konnten sie nicht erkennen. »Wir müssen dann am Fuß des Bahndamms laufen, er bietet uns Schutz.«

»Schutz?« Erik dachte an die Brecher, die den Damm überfluteten.

»Wir müssen nur sehen, dass wir nicht ins Meer geweht werden.«

»Nein, Sören …«

»Wenn Sie nicht wollen, mache ich es allein.« Seine Stimme wurde heftiger. »Ich bleibe hier nicht stundenlang sitzen und warte darauf, dass der Sturm sich legt. Oder … dass aus diesem Sturm doch noch eine Sturmflut wird.«

Der Gedanke, allein in diesem Auto zu sitzen und nicht zu wissen, ob Sören heil nach Westerland kam oder ein Opfer der Flut wurde, war Erik unerträglich.

»Wir müssen nur so weit kommen, dass wir wieder telefonieren können. Dann rufen wir die Staatsanwältin an, damit sie sich um Helena Helmstetter kümmert und nach Theo Claussen fahndet. Und natürlich, damit sie uns einen Wagen schickt, der uns abholt.«

»Und mein Auto?«

»Das holen wir später.«

»Es blockiert alle anderen Wagen.«

»Wahrscheinlich kommt der Zug sowieso nicht zum Festland.«

»Aber ich kann doch nicht einfach …«

Sören griff nach seinem Arm. »Chef, es geht um Wichtigeres. Um einen Mann, der plant, seine Frau umzubringen.«

»Das ist doch nur eine Vermutung.«

»Wollen Sie sich hinterher Vorwürfe machen? Wollen Sie sich sagen, dass Sie es hätten verhindern können?«

Erik machte den Versuch, die Fahrertür zu öffnen. Sie war dem Wind abgewandt, trotzdem war die Wirkung entsetzlich. Feuchte Luft drang auf der Stelle ins Wageninnere, ein wirbelnder Wind verfing sich zwischen Fahrer- und Beifahrertür. Er zog die Tür erschrocken wieder heran, aber es gelang ihm nicht, sie wieder fest zu schließen. »Das ist Selbstmord, Sören.«

»Quatsch!« Sören schloss seine Jacke bis zum Hals, zog die Kapuze über und knotete sie unter dem Kinn zu. »Wir warten noch einen der ganz großen Brecher ab. Danach kommen jedes Mal ein paar harmlose, niedrige. Dann raus aus dem

Auto! An der Fahrerseite!« Er hob schon ein Bein, um es über den Schaltknüppel zu setzen. »Wenn wir draußen sind, die Tür unbedingt wieder zudrücken. Und dann machen wir uns ganz klein und laufen zum Ende des Zuges. Verstanden?«

Ja, verstanden hatte Erik durchaus. Aber einverstanden war er keineswegs. Doch Sören drängte so schonungslos und geradezu penetrant, dass er es nicht fertigbrachte, sich zu widersetzen. In diesem Augenblick brandete wieder eine besonders hohe Welle auf sie zu.

»Jetzt!«, zischte Sören, griff über Erik hinweg und stieß die Fahrertür auf. »Los!«

Die Stunden vergingen träge, obwohl sie angefüllt waren mit organisatorischer Arbeit. Es fehlte ihnen das Dynamische, Schnelle, Helle, Glitzernde, das der Stress hineinsprenkelte. Und das, obwohl weder Jo Kessler noch Carolin an diesem Tag zu gebrauchen waren. Er beschäftigte sich mit seinen Selbstzweifeln, sie versuchte ihm einzureden, dass er der größte Lyriker aller Zeiten sei und bald einen Roman schreiben werde, der selbstverständlich auf der Bestsellerliste landen würde. Von Carolins eigenen Gedichten, die sie während des Wettbewerbs vorlesen wollte, und ihren eigenen Hoffnungen und Plänen war kein einziges Mal die Rede. Sie dagegen hörte sich geduldig einen lyrischen Text nach dem anderen an, den Jo ihr vortrug, und beratschlagte mit ihm, welcher größere Erfolgschancen hatte. Die Ballade, die Antonia für ihn ausgesucht hatte, wollte er mit einem Mal auf keinen Fall präsentieren.

»Der Typ geht mir auf die Nerven«, murmelte Tilla Speck, während sie die Unterlagen für die Lesung in der Nikolaikirche zusammenstellte. »Kann Caro diesem Kerl nicht mal gepflegt in den Hintern treten? Das bringt garantiert mehr als das ganze Mitleid. Dazu noch die klare Ansage, dass er es besser mit einer Lehre als Anstreicher versuchen sollte. Literat wird der nie! Das sollte er sich besser heute als morgen klarmachen.«

Die Veranstaltungsleiterin kam gelegentlich dazu, um zu sehen, wie sie zurechtkamen, und half sogar aus, während Jo Kessler weiterhin nichts anderes tat, als sich von Carolin bedauern zu lassen und in Versform die Ungerechtigkeit der Welt zu beklagen. Die Veranstaltungsleiterin fragte nach Antonia Schäfer, mit der sie etwas zu besprechen hatte und die nun schon mehrere Stunden unterwegs war.

»Aber auf Sylt geht niemand verloren«, antwortete sie launig auf die ratlosen Gesichter von Frau Dr. Speck und Mamma Carlotta und ging in ihr Büro zurück.

Tilla legte die Plakate zurück, mit denen sie sich gerade beschäftigt hatte. »Langsam frage ich mich wirklich, wo Antonia bleibt. Ich habe Hunger.« Sie rief Jo Kessler zu: »Können Sie nicht wieder Ihren Freund bitten, uns was zu essen zu bringen?«

»Du meinst Frido Ferrari?«, fragte Mamma Carlotta, ehe Jo Kessler antworten konnte, der so schnell nicht aus den Sphären des fünfhebigen Jambus zurückfand, den er Carolin soeben erklärte.

»Ja, dieser schnuckelige Italiener von Gosch.«

Mamma Carlotta entschloss sich schnell. »Ich gehe rüber zu Gosch und bestelle uns was. Kartoffelsalat mit Fischfilets?«

»Wie willst du die zurücktragen, ohne dass der Sturm sie dir aus der Hand weht?«

»Ich hoffe, dass Frido Ferrari mir hilft.«

Vor allem hoffte sie, dass er sich von ihr ausfragen ließ. Mamma Carlotta traute sich durchaus zu, in einem kleinen Geplauder etwas Wichtiges aus einem Menschen herauszubekommen, der ahnungslos auf Fragen antwortete, ohne zu wissen, dass sie ihm voller Arglist gestellt wurden.

Aber Frido Ferrari war weder an den Tischen noch an der Essensausgabe zu sehen und auch nicht an dem Stand, wo die Fischbrötchen verkauft wurden. Von einem Kollegen an der Getränketheke erfuhr Mamma Carlotta, dass er erkrankt sei.

»Nix Schlimmes. Nächste Woche wird er wieder auf Posten sein.«

Dass sie auf die Fischfilets warten musste, kam ihr gut gelegen. So konnte sie über das nachdenken, was sie soeben gehört hatte. Frido Ferrari hatte sich krankgemeldet! Brauchte er Zeit, um die Lösegeldübergabe vorzubereiten? Oder um sich um Lale zu kümmern? Wo mochte er sie eingesperrt haben? Ihr fiel wieder ein, wie oft Frido mit Jo Kessler getuschelt hatte. War der Lyriker etwa sein Helfershelfer? Nein, das konnte Mamma Carlotta sich nicht vorstellen. Der hatte ja nur Lyrik und seine Karriere als Literat im Kopf. Außerdem tat er alles, um Antonia Schäfer zu gefallen. Dazu gehörte wahrlich nicht, dass er ihre Tochter entführte.

»Bitte sehr!« Eine große Tüte wurde ihr auf die Theke gestellt, aus der es verführerisch duftete. Und zum Glück war sie auch schwer genug. Der Sturm schaffte es nicht, sie ihr aus der Hand zu wehen. Vornübergebeugt, mit eingezogenem Kopf und hochgezogenen Schultern, stapfte Mamma Carlotta zum Kurhaus zurück. Der rückwärtige Eingang, der direkt in den Kursaal führte, war verschlossen. Überall schützte man sich vor dem Sturm, nirgendwo sollte er Zutritt bekommen, wo man nicht auf ihn vorbereitet war.

Sie ging ums Haus herum und benutzte den Haupteingang, der mit einer selbst öffnenden Tür ausgestattet war. Im Kursaal befand sich niemand. Jo Kessler und Carolin waren nicht mehr da, auch Tilla Speck war nicht zu sehen. Mamma Carlotta stellte die Tüte auf einem der Stehtische ab und rief: »Ciao! Keiner da?«

Wo mochten sie alle geblieben sein? Sie hatte vier Portionen eingekauft, Tilla, Carolin und Jo Kessler mussten doch darauf warten, dass sie etwas in den Magen bekamen!

Sie schaute hinter die Bühne und öffnete die Tür, die in den Flur ging. Der Flur besaß einen Ausgang, der ins Freie führte, aber auch eine Tür, hinter der der Raum mit den Requisiten lag, eine, die in die Werkstatt, eine andere, die in den Technikraum führte. Nichts! Als sie den Fuß auf die untere Stufe der Wendeltreppe setzte, um in der Künstlergarderobe nachzusehen, hörte sie eine Stimme. Nein, zwei Stimmen! Dort oben unterhielten sich zwei Frauen. Die Staatsanwältin mit ... Carlotta lauschte, dann wurde es ihr klar: mit Antonia Schäfer. Dass sie sich hierhin zurückgezogen hatten, musste bedeuten, dass sie nicht belauscht werden wollten. Ging es um Lale?

Carlotta wollte in den Kursaal zurückkehren, da fiel Eriks Name. Nein, sie hatte wirklich nicht vor zu lauschen. Jeden Eid würde sie leisten, sogar mit der Hand auf der Bibel, dass sie nicht die Absicht hatte, ein Gespräch mitanzuhören, das nicht für sie bestimmt war. Aber wenn über einen Familienangehörigen geredet wurde, musste man doch die Ohren spitzen. Vor allem, wenn es so leise geschah, noch dazu an einem Ort, wo die Wände keine Ohren hatten und niemand hereinplatzen und stören konnte. Kam es nicht immer wieder vor, dass Nachteiliges über jemanden geredet wurde, der unschuldig war? Wenn es um einen Angehörigen ging, musste man doch genau hinhören, um ihn zu verteidigen und zu verhindern, dass sich ein böses Gerücht verbreitete. Dazu war man als Familienmutter verpflichtet! Nicht nur bei den eigenen Kindern, sondern genauso bei den Schwiegerkindern. Wenn sie jetzt lauschte, erfüllte sie also ihre Pflicht. Das hatte mit Neugier nichts zu tun. Gar nichts!

»Ich kann Hauptkommissar Wolf nicht erreichen«, sagte Antonia Schäfer. »Natürlich hätte ich ihn sonst verständigt. Aber ich will nicht warten. Wer weiß schon, wo er ist und ob er sein Handy dabeihat.«

»Natürlich hat er es dabei, wenn er mitten in den Ermittlungen steckt«, antwortete die Staatsanwältin. »Er musste aufs Festland. Auf dem Hindenburgdamm hat er kein Netz.«

»Die Zugfahrt dauert eine halbe Stunde.«

»Sicherlich braucht der Zug bei Sturm länger.«

»Ich habe auch im Polizeirevier angerufen. Dort konnte man mir angeblich nicht sagen, wo er ist. Oder vielmehr … dieser Fischkopp, der dort Dienst macht, wollte es mir nicht verraten. Wann der Hauptkommissar wiederkommen würde, wusste er anscheinend wirklich nicht. Zustände sind das!«

Antonia Schäfers Stimme war mit einem Mal voller Trotz. Wie ein Kind, das etwas Verbotenes getan hatte, aber sicher war, dass es dennoch richtig gehandelt hatte, und bereit war, die Strafe dafür auf sich zu nehmen. »Ich musste es tun. Ich hatte solche Angst um Lale. Der Entführer hat mich eindringlich gewarnt. Er hat behauptet, er würde keine Sekunde zögern. Wenn Lale nicht überlebte, sei das ganz allein meine Schuld.« Nun klang ihre Stimme so, als unterdrückte sie mit Mühe ein Schluchzen. »Außerdem hatte ich Angst, dass sich Helena einmischt. Am Ende hätte sie darauf bestanden, dass die Polizei weiterermittelt. Das musste ich unbedingt verhindern.«

Die Staatsanwältin kam nun endlich zu Wort. »Du weißt, dass wir Theo in Verdacht haben. Die Befürchtung, dass Lale nicht überlebt, ist in diesem Fall unbegründet.«

Carlotta konnte hören, dass Tilla nur mit Mühe Ruhe bewahrte. Sie war aufgebracht, das erkannte Carlotta am Zittern ihrer Stimme. Unter anderen Umständen wäre sie aufgebraust, aber da sie eine Freundin vor sich hatte, riss sie sich zusammen.

»Ich glaube nicht, dass es Theo ist«, sagte Antonia Schäfer. »Mag sein, dass er lügt, aber mit der Entführung hat das nichts zu tun.«

»Wie kannst du dir da so sicher sein?« Nun schaffte Tilla Speck es nicht mehr, ihren Zorn zu verbergen.

»Selbst wenn ich mich irre … ich riskiere lieber, dass Theo sich die Million unter den Nagel reißt, als dass ein Entführer meine Tochter umbringt.«

Mamma Carlotta hörte einen Stuhl scharren, eine der beiden Frauen war aufgestanden und ging nun hin und her. Wahrscheinlich Tilla Speck. Die Erregung hatte sie in die Höhe getrieben. Nur mühsam beherrscht sagte sie schließlich: »Lass uns zurückgehen, Carlotta muss jeden Augenblick mit dem Mittagessen kommen.«

Auch Antonia Schäfer erhob sich und rückte ihren Stuhl zurecht. »Unglaublich, dass der Hauptkommissar nicht zu erreichen ist ...«

Mamma Carlotta huschte zurück, sorgte dafür, dass die schwere Tür so leise wie möglich ins Schloss fiel, schob den Vorhang zur Seite und ging zu einem der Stehtische, um dort ihre Einkäufe auszubreiten. Als Antonia Schäfer und Tilla Speck dazukamen, sagte sie: »Da seid ihr ja endlich!« Die Tür zum Foyer öffnete sich, und Carolin und Jo Kessler traten ein. »Ihr kommt genau richtig.« Verlegen sah sie Antonia Schäfer an. »Leider habe ich nur vier Fischfilets. Ich konnte ja nicht ahnen ...«

Die Verlegerin unterbrach sie. »Ich habe sowieso keinen Appetit.« Sie machte sich an den Unterlagen zu schaffen, die Carlotta und Tilla kurz vorher auf dem Bartresen angeordnet hatten, für jede Abendveranstaltung ausreichend Flyer, Plakate und Werbematerial, dazu Informationsblätter über den Werdegang des jeweiligen Lyrikers. Sie kontrollierte alles, als befürchtete sie, dass ihre Freundin Tilla und die Schwiegermutter des Kriminalhauptkommissars schlampig gearbeitet hätten. Aber Carlotta merkte, dass sich Antonia Schäfer damit nur ablenken wollte. Anscheinend hatte sie ein Erlebnis hinter sich, das sie sehr beschäftigte und beunruhigte.

Mamma Carlotta verteilte den Kartoffelsalat auf die Pappteller, für sich selbst nur sehr wenig, denn die Art, wie der Insalata di patate auf Sylt zubereitet wurde, gefiel ihr nicht sonderlich. Zu viel Fett, viel zu viel Mayonnaise. Sie selbst machte die Kartoffeln immer mit Essig und Öl an, fügte klein geschnittene getrocknete Tomaten hinzu und frische Kräuter.

Sie ließ sich absichtlich Zeit, damit sie währenddessen nachdenken konnte. Hatte sie Antonia Schäfers Worte richtig verstanden? War das Lösegeld bezahlt worden, ohne dass Erik etwas davon wusste? Dann hatte Antonia Schäfer ihm damit die Möglichkeit genommen, den Kidnapper zu überführen. Dio mio!

Und Tilla glaubte noch immer, dass der Vater der Entführer war! Sie, Carlotta Capella, war die Einzige, die die ganze Wahrheit kannte. Nur sie durchschaute, was wirklich geschehen war. Frido Ferrari war der Entführer. Fietjes Sohn! Hoffentlich rief Erik bald an, damit sie ihm sagen konnte, wen er verhaften musste.

Mit einem Mal wurde ihr übel. Es war, als vertrüge sich die Wahrheit nicht mit den vielen falschen Vermutungen und als spielte sich der Kampf um die Übermacht ausgerechnet in ihrem Magen ab. Und dann noch die schreckliche Erkenntnis, die wirkte wie ein Zeigefinger am Zäpfchen! Sie rannte aus dem Kursaal, durch das Foyer, zu den Toiletten. Dort schloss sie sich in einer Kabine ein und versuchte, durch regelmäßiges Atmen die Übelkeit niederzukämpfen. Frido Ferrari war Lales Freund. Wenn er sie gekidnappt hatte, würde sie nicht mehr am Leben sein. Er konnte sie nicht freilassen, nachdem das Lösegeld gezahlt worden war. Sie würde ihn später verraten. Er musste sie also umbringen. Vermutlich hatte er sie längst umgebracht. So wie Frauke Kretschmer ...

»Dio mio!«

Und eine andere erwartete ein Kind von ihm! Eine Frau, die ihn vermutlich zwingen wollte, sich zu ihr und dem Kind zu bekennen. Sie hatte ihm mit dem Stein, den sie durchs Fenster geworfen hatte, zeigen wollen, dass sie entschlossen war, sehr weit zu gehen. Und Mamma Carlotta gab ihr recht. Ein Mann, der die Mutter seines ungeborenen Kindes im Stich ließ, hatte nichts Besseres verdient. Wenn sie wüsste, dass Frido Ferrari ein gemeiner Verbrecher, ein Entführer, vermutlich sogar ein Mörder war, würde sie sicherlich keine Anstrengungen unternehmen, ihn zur Anerkennung der Vaterschaft zu zwingen.

»Madonna!«

Erik wandte dem Auto den Rücken zu, klammerte sich an das Geländer des Zuges und wartete, bis er hörte, wie Sören die Fahrertür ins Schloss drückte. Bis es so weit war, ließ er den Sturm in seinen Rücken brausen und mochte sich nicht vorstellen, wie es sein würde, wenn er sich ihm entgegenstellen musste.

»Los, Chef!«

Erik folgte blindlings, den linken Arm angewinkelt, die Hand an der Schläfe, um sich ein wenig vor dem Sturm zu schützen, der zwischen den Planken der beiden Fahrebenen hindurchfuhr. In den Autos, an denen sie vorbeigingen, entstand Bewegung, Seitenscheiben wurden heruntergedreht, warnende Stimmen folgten ihnen. Erik hörte, dass sich eine Autotür öffnete, die jedoch gleich wieder geschlossen wurde. Ein paarmal erkannte er ein Gesicht an der Frontscheibe, entsetzt, erschrocken, entgeistert.

Und dann wieder einer dieser Brecher, die über die Wagendächer schlugen, die sogar die obere Fahrebene erreichten. Erik stürzte, rutschte, schlug gegen die Seitenwände des Autozuges. Zum Glück waren sie hoch genug, sodass er nicht vom Zug geweht und auf den Bahndamm gespült werden konnte.

Sören hatte nichts bemerkt, er war schon viele Meter weiter, als sich Erik endlich wieder hochgerappelt hatte. Kaum stand er auf den Beinen, stieß ihn eine Autotür in die Seite. »Sind Sie wahnsinnig?«

Er antwortete nicht, drückte die Tür zu, sperrte die Frage, die er sowieso nicht hätte beantworten können, wieder in den Mercedes und hastete weiter. Aber die Frage folgte ihm, lief vor ihm her, wehte heran, schlug über ihm zusammen. War er wahnsinnig geworden? Wie konnte er sich von Sören zu so etwas anstiften lassen? Sein Assistent war jung und sportlich. Erik hätte ihn alleine laufen lassen sollen. Noch besser, er hätte ihm die Dienstanweisung erteilen müssen, im Auto sitzen zu bleiben.

Er duckte sich, so tief es ging, trotzdem kam es ihm vor, als gäbe es keinen Schutz vor dem schrecklichen Sturm. Er fuhr zwischen den Autos hindurch und über ihre Dächer hinweg.

»Sören!« Er schrie den Namen immer und immer wieder, aber Sören hörte ihn nicht und lief weiter. Fragte er sich nicht, ob sein Chef ihm folgen konnte?

Erik taumelte weiter, nun mit der rechten Hand am Geländer des Zuges. Mit der linken tastete er sich von Auto zu Auto, von Klinke zu Klinke, von einem Außenspiegel zum nächsten. Endlich sah er, dass Sören sich umdrehte und stehen blieb. Er legte beide Arme über den Kopf, als könnte er sich damit schützen. Er schrie etwas, aber Erik verstand ihn nicht, versuchte erneut, schneller voranzukommen, rutschte aber gleich darauf wieder aus und zwang sich, langsamer zu gehen. Als der nächste Brecher über ein Autodach schlug, drang das Wasser in den Kragen seiner Jacke. Er spürte es eiskalt über den Rücken laufen. Seine Strickmütze war schon völlig durchnässt, es war, als liefe er ohne Kopfbedeckung durch eisigen Sturm.

Sören ließ ihn auf vier, fünf Meter herankommen, dann drehte er sich um und hastete weiter. Noch zwei, drei Autos, danach kamen mehrere autofreie Waggons. Erik zögerte, als er sah, wie Sören schwankte. Er hatte seine liebe Mühe, nicht ans Geländer des Zuges geworfen zu werden. Erik hätte sich am liebsten umgeschaut, festgestellt, wo sein Wagen stand, welche Strecke er zurückgelegt hatte und ob er daran denken durfte, zurückzulaufen und sich wieder hinter dem Steuer zu verkriechen. Der Gedanke an die Standheizung trieb ihm die Tränen in die Augen. Mittlerweile hatten alle Fahrer die Motoren angestellt, obwohl es verboten war. Aber natürlich wollte jeder dafür sorgen, dass es in den Autos nicht zu kalt wurde. Es war ja überhaupt nicht abzusehen, wie lange der Zug hier stehen würde. Wenn es auch so schien, als wäre er vom Orkan gestoppt worden, konnte es doch sein, dass er es schaffte, weiter ins Meer vorzustoßen.

Mit einem Mal durchfuhr Erik ein eisiger Schreck. Was, wenn er weiterfuhr? Wenn er Fahrt aufnahm? Tatsächlich ging nun ein Ruck durch den Zug, Bremsen kreischten, ein metallisches Wimmern flog geisterhaft über seinen Kopf hinweg.

Er hörte Sören schreien. »Schnell!« Jedenfalls hörte sich der Laut, den er ausstieß, so an. Ja, schnell musste er jetzt sein. So schnell es ging. Vom Zug herunter, ehe er weiterfuhr. Schnell, schnell, schnell!

Er lief viel zu hastig, unvorsichtig, unbedacht. Wagemut hatte nie zu seinen Eigenschaften gehört, jetzt aber war er tatsächlich waghalsig. Der Zug ruckelte, schien alle Kraft zu sammeln, ruckelte erneut und bremste, fuhr ein paar Meter und blieb wieder knirschend stehen. Es war, als würde jemand schieben, während ein anderer dagegenhielt.

Dann aber wurde die Bewegung gleichmäßiger. Kein Ruckeln, kein Stottern mehr, sondern eine fließende Bewegung, ganz langsam. Sören war bereits am Ende des letzten Waggons angekommen. Er ließ sich auf die Planken fallen, weil er den Sprung anscheinend nicht wagte. Dann ließ er sich seitlich herunterrutschen. Erik sah noch seinen Kopf und seine Arme, dann war beides verschwunden. Sören war auf die Schienen gesprungen. Und der Zug fuhr ein wenig schneller ...

Erik wagte es nicht, bis zum Ende des Zuges zu laufen. Er musste ihn vorher verlassen. Unbedingt! Zum Glück waren es nur wenige Meter, bis er an einem Übergang von einem Waggon zum nächsten ankam. Dort reichte eine Leiter vom oberen Autodeck bis zu den Schienen. Er bekam sie zum Glück zu fassen. Als er einen Fuß auf die Leiter gesetzt hatte, schien der Zug noch ein wenig schneller zu werden. Erik dachte nicht mehr nach, er war voller Panik. Nur runter von diesem Zug! Irgendwie!

Er ließ die Beine hängen, hielt sich so lange wie möglich an der Leiter fest – und dann ... dann ließ er sich fallen. In dem Moment, in dem er auf dem rutschigen Schotter aufprallte, kam eine riesige Welle und schlug über ihn hinweg. Ein heftiger Schmerz zuckte durch seinen Fuß, er rang nach Atem, und er fiel und fiel ...

Mamma Carlotta ertrug es nicht mehr. Ihre eigene Unruhe war durch die der Staatsanwältin zu einer riesigen Sorge aufgeblasen worden. Wenn sie beobachtete, wie nervös Tilla war, wie ihre Finger fahrig mit den Blättern umgingen, sie durcheinanderbrachten, statt sie zu ordnen, wurde ihre Angst um Erik immer größer. Warum war er nicht erreichbar? Warum meldete er sich nicht? Tilla hatte sich telefonisch erkundigt, aber an der Verladestation nur vage Informationen bekommen. Der Zug, den Erik nehmen wollte, war abgefahren, nur so viel stand fest. Ob er in Niebüll angekommen war, konnte niemand mit Sicherheit sagen. Der Zugverkehr in der Gegenrichtung sei nun gestoppt worden, hatte es geheißen. Der letzte Zug für heute war in Westerland angekommen. Erik würde also nicht auf die Insel zurückkehren können. Sörens Befürchtungen hatten sich bewahrheitet.

Tilla Speck gab sich große Mühe, ihre Unruhe zu verbergen, und tat genau das, was Erik von ihr erwartet hätte. Er hatte ja oft genug erzählt, wie ungerecht die Staatsanwältin sein konnte, wenn sie sich ärgerte. Ob es eine Fliege an der Wand war, ein Zeuge, der seine Aussage widerrief, oder ein Indiz, das partout kein Beweis werden wollte – das Polizeirevier Westerland musste dafür büßen.

Wütend murmelte sie vor sich hin: »So dumm kann man doch nicht sein! Was für eine blöde Idee, ausgerechnet heute nach Kiel zu fahren!«

Aber dass ihre vibrierenden Finger und der Schweiß auf ihrer Stirn weniger mit Wut, sondern mit echter Sorge zu tun hatten, erkannte Mamma Carlotta ohne Weiteres.

»Ich brauche frische Luft«, sagte sie und hoffte, dass sich Tilla ihr anschließen und bei dieser Gelegenheit das Gespräch wiedergeben würde, das sie mit Antonia Schäfer geführt hatte.

Aber der Staatsanwältin war soeben ein Name eingefallen, zu

dem sie nur noch die passende Telefonnummer benötigte. Hektisch suchte sie nach ihrer Handtasche, nahm sie dankbar von Carolin entgegen, die sie hinter der Bar entdeckte, und wühlte darin herum, bis sie ein kleines, in Leder gebundenes Adressverzeichnis gefunden hatte. Zwischenzeitlich hatte sie jedoch ihr Handy verlegt, das Jo Kessler zum Glück fand, bevor die Staatsanwältin anfing, sich die wohlfrisierten Haare zu raufen.

Sie entfernte sich Richtung Bühne, während sie telefonierte, aber Jo Kessler hatte dennoch mitbekommen, worum es ging. »Warum sucht die Freundin von Antonia nach deinem Dad?«, hörte Carlotta ihn fragen.

Carolin warf ihrer Nonna einen unsicheren Blick zu, dann antwortete sie: »Woher soll ich das wissen?«, und erinnerte den hoffnungsvollen Dichter daran, dass er versprochen habe, ihr eine Kostprobe von seiner Naturlyrik zu geben.

Mamma Carlotta hätte ihm am liebsten den Mund zugehalten, damit sie etwas von Tillas Telefongespräch verstehen konnte, aber Jo Kessler nutzte natürlich diese Gelegenheit. Oft wurde er wohl nicht gebeten, einen Text zu Gehör zu bringen ...

Fliegender Sommer
Die Dahlien rosten schon
unter den Flechten
Die Rosen blättern
ihr Hab und Gut
hin
In Kirschbaum-Ästen
verzweigt sich fröstelnd
der Wind
und über den Pfad
huschen die Nebel
Alte Weiber
wärmen sich darin
die Sorgen

Er schien nicht nur von Carolin, sondern auch von ihrer Großmutter Beifall zu erwarten und kam erst über die Enttäuschung hinweg, dass Mamma Carlotta ihm keinen Applaus spendete, als Carolin behauptete, so etwas Schönes habe sie noch nie gehört.

Mittlerweile war Tilla mitsamt dem Handy zurückgekommen. Sie sah nicht so aus, als hätte sie etwas Angenehmes erfahren. Mamma Carlotta ging ihr entgegen, damit sie außer Hörweite von Carolin und Jo Kessler waren und die Staatsanwältin nicht etwa zu der Ansicht kam, dass sie schweigen müsse.

»Der Zug ist in Niebüll angekommen«, tuschelte sie Mamma Carlotta zu. »Mit Verzögerung. Der Sturm hatte die Notbremse ausgelöst und blockiert.«

»Also konntest du Enrico jetzt erreichen?«

»Der Ruf geht nicht raus, es springt sofort die Mailbox an.«

»Und er meldet sich auch nicht zurück«, ergänzte Mamma Carlotta düster. »Was mag das für einen Grund haben?«

»Ich könnte ja in der Klinik anrufen«, überlegte die Staatsanwältin. »Aber am Ende bekommt Theo Claussen etwas davon mit. Ich möchte nicht, dass er Verdacht schöpft. Und das tut er, wenn er merkt, dass Eriks Besuch in Kiel sogar die Staatsanwaltschaft interessiert.«

Mamma Carlotta bestätigte sie mit fachmännischer Miene. »Er wird schon anrufen, sobald er Gelegenheit dazu hat.«

Tilla lächelte und tätschelte ihren Arm. »Geh nur, Carlotta. Wir kommen hier alleine zurecht. Für heute Abend ist ja alles vorbereitet. Wenn die Lyriker erscheinen, um ihre Unterlagen abzuholen, will Antonia wieder an Bord sein.« Sie warf einen Blick zu Jo Kessler. »Ich muss dir was erzählen, aber …« Sie beugte sich noch näher zu Carlotta. »Heute Abend! Wenn Erik nicht zurückkommen kann, gehen wir beide aus. Okay?«

Mamma Carlotta war zufrieden. Tilla hatte also doch die Absicht, ihr anzuvertrauen, was Antonia ihr berichtet hatte. Sie würde den Kindern die Reste vom Vortag aufwärmen, Erik und Sören würden in Kiel bleiben müssen, und sie selbst würde mit der Staatsanwältin essen gehen. Ein großartiger Gedanke!

Sie wickelte den Schal fest um ihren Hals, schob sich die Kapuze über den Kopf und band sie unter dem Kinn zu. Die Hände in den Taschen vergraben, trat sie den Heimweg an, den Kopf gesenkt, vornübergebeugt wie alle, die sich bei diesem Sturm auf die Straße trauten. Der Wind kam von rechts, vom Meer, und war eiskalt. Sie war froh, als sie links in den Hochkamp einbiegen und sich von ihm treiben lassen konnte. Natürlich würde sie nun erst mal einen Besuch in Käptens Kajüte machen. Allein nach Hause gehen, wo keine Arbeit auf sie wartete? Nein, das war ihr viel zu langweilig. Sie hoffte, dass Tove Griess dafür gesorgt hatte, dass die Imbissstube warm und gemütlich war, und würde sich notfalls mit diesem merkwürdigen Heißgetränk aufwärmen, das die Sylter Tote Tante nannten.

Das Fenster neben der Eingangstür war noch nicht ersetzt worden. Vermutlich war es schwierig, während dieser Sturmtage Handwerker zu finden, die ein Fenster einsetzten.

»Tür zu!« Der altbekannte Ruf erklang auch diesmal. Tove stand hinter der Theke, als wollte er jedem Hausverbot erteilen, der seinem Befehl nicht auf der Stelle folgte.

Tatsächlich war es etwas gemütlicher in Käptens Kajüte, Tove hatte nicht nur die Heizung hochgedreht, sondern, um auch die Atmosphäre aufzuwärmen, sogar Kerzen angezündet. Und über das notdürftig abgedichtete Fenster hatte er einen Vorhang gehängt. Vielleicht war er ihm von einem Weinlieferanten spendiert worden, denn er war mit gefüllten Rotweingläsern bedruckt, die mit Weinlaub geschmückt waren. Zu ihnen passte der Ruf nach sieben Fässern Wein, den Roland Kaiser so lange wiederholte, bis sich Mamma Carlotta an der Theke eingerichtet hatte und zu Toves Erstaunen um eine Tote Tante bat.

»Alkohol, bevor die Sonne untergeht? Das ist ja was ganz Neues.« Tove wusste um ihr Prinzip. Aber er kannte sie mittlerweile auch gut genug, um zu wissen, dass sie gelegentlich Ausnahmen zuließ. »Ich tu ein bisschen weniger Rum rein, als wenn die Sonne schon untergegangen wäre. Und ein bisschen mehr wegen des Sturms. Dann passt das schon.« Er grinste, während er die Rumflasche hervorholte.

Mamma Carlotta war mit dieser Erklärung zufrieden. »Wo ist Signor Tiensch? Etwa am Strand?«

»Bestimmt nicht.« Toves Stirn umwölkte sich, seine Mundwinkel sackten herab. »Der ist vermutlich wieder hinter dem jungen Typen her, den er seinen Sohn nennt. Da will ich nix mit zu tun haben, Signora. Fietje und seine Spannerei – das geht gar nicht. Wenn dieser Frido Rolls-Royce – oder wie der heißt – ihn vor seinem Fenster erwischt, kann er mal wieder bei Ihrem Schwiegersohn antanzen.« Er hatte den Kakao erhitzt, goss Rum hinein und setzte dem Ganzen eine riesige Sahnehaube auf. »Und irgendwann verliert er seinen Job, wenn sich in der Kurverwaltung rumspricht, dass er zu den Unverbesserlichen gehört.« Er knallte die Tote Tante auf die Theke und legte einen Löffel mit der Warnung daneben: »Niemals umrühren! Die Tote Tante muss immer durch die Sahnehaube getrunken werden. Verstanden?«

»Capito.«

Mamma Carlotta hatte gerade vorsichtig einen Schluck probiert, als Fietje eintrat.

»Tür zu!«

Der Strandwärter warf sie so heftig ins Schloss, als wäre er froh, dass er seine Gefühle an einem Gegenstand entladen konnte, der sie nicht übel nehmen würde. »Lass mich in Ruhe mit deinem ewigen ›Tür zu‹. Als wenn irgendein vernünftiger Mensch bei diesem Sturm die Tür offen ließe.« Er warf Mamma Carlotta nur einen kurzen Blick zu, dann schob er sich auf seinen Stammplatz, ohne die Jacke auszuziehen. »Ein Jever. Aber ein schnelles. Dann könntest du deine Bude dichtmachen. Bei diesem Wetter kommt ja sowieso keiner.«

»He?« Solche Worte hatte Tove von seinem Stammgast noch nie gehört. »Was ist denn mit dir los?«

Fietje sah zu, wie Tove sein Glas füllte, als wollte er kontrollieren, dass der Schaum nicht unter dem Eichstrich begann. Mamma Carlotta betrachtete ihn aufmerksam. Irgendwas war mit Fietje los. So hatte sie ihn noch nie gesehen.

Erst als er einen Schluck Jever getrunken hatte, sah er Mamma Carlotta an. »Können Sie mal eben vergessen, dass Sie die Schwiegermutter von Kriminalhauptkommissar Wolf sind?«

Mamma Carlotta war alarmiert. »No, no! Wenn Sie glauben, ich würde irgendetwas tun, was gegen das Gesetz verstößt ...«

»Nö, das nicht«, unterbrach Fietje sie. »Aber ich brauch jetzt mal Hilfe.« Er sah Tove eindringlich an, als wollte er ihn daran erinnern, dass sie beide sonst keine Freunde hatten, dass sie beide aufeinander angewiesen waren, auch wenn jeder von ihnen behauptete, den anderen nicht leiden zu können. Und dann machte er Mamma Carlotta mit einem ebenso eindringlichen Blick klar, dass er sie nur ungern einweihte, dass ihm aber nichts anderes übrig blieb, weil sie gerade da war und er keine Zeit hatte, darauf zu warten, dass sie nach Hause ging.

Mamma Carlotta begriff, dass etwas sehr Schwerwiegendes passiert war. »Was ist los, Signor Tiensch? D'accordo, ich verspreche Ihnen, meinem Schwiegersohn nichts zu sagen.«

Das reichte Fietje. Und als auch Tove brummte, dass er nun wirklich nicht wüsste, wem er erzählen sollte, was Fietje erlebt hatte, brach es aus dem Strandwärter heraus. »Ich war gerade bei Frido.«

Tove haute mit der Faust auf die Theke. »Dachte ich's mir doch.«

Ehe er wieder damit anfangen konnte, Fietje eine Anzeige, eine Verurteilung und sofortige Kündigung zu prophezeien, schnitt Mamma Carlotta das alles mit einer energischen Handbewegung ab. »Lassen Sie ihn reden.«

Tove verstummte prompt, und Fietje fuhr fort: »Er selbst war nicht zu Hause. Aber es war trotzdem jemand in seiner Wohnung. Ein Mädchen.«

»Woher willst du das wissen? Hast du durch die Fenster gespinkst?«

»Habe ich versucht. Ging aber nicht. Doch ich habe das Mädchen gehört. Es hat geweint.« Er blickte Mamma Carlotta an. »Ich habe Ihnen doch gesagt, Signora, dass der Junge in irgendwelche Machenschaften verstrickt ist. Kann es wohl sein, dass ...?« Fietje mochte den Satz nicht zu Ende führen, gab sich dann aber einen Ruck und tat es doch: »... dass der jemanden entführt hat? Wissen Sie was davon, Signora? Hat Ihr Schwiegersohn von einer Entführung geredet? Die Sache mit der zerschnittenen Zeitung ist mir gleich komisch vorgekommen.«

Mamma Carlotta brachte es nicht fertig, den Kopf zu schütteln. Aber natürlich brachte sie es genauso wenig fertig zu nicken. Sie blieb einfach sitzen, wie sie saß, und überlegte fieberhaft, was nun zu tun war. Etwas verraten? Unmöglich! Aber so tun, als wäre nichts geschehen? Ebenfalls unmöglich! Die Staatsanwältin anrufen?

»Sie müssen zur Polizei gehen«, sagte sie stattdessen.

Fietje trank sein Glas aus und sah sie wütend an. »Ich brauche Hilfe, habe ich gesagt, nicht die Polizei. Ich weiß ja gar nicht, was los ist. Soll ich den Jungen etwa anschwärzen? Bisher wusste ich gar nicht, dass es ihn gibt. Nun kenne ich ihn und soll ihn gleich verpfeifen?«

Sogar Tove sah ein, dass man so nicht mit seinem eigenen Fleisch und Blut umgehen durfte. Außerdem war er ja immer dafür, die Polizei außen vor zu lassen, es sei denn, man konnte sie gerade gut gebrauchen, weil man selbst nicht auf der Seite der Schuldigen, sondern der Opfer gelandet war. »Aber was sollen wir denn tun?«

Carlotta wusste es bald. Ihre rasenden Gedanken, die zunächst in wilder Hektik übereinander hergefallen waren, hatten sich nun artig in einer Reihe aufgestellt. Dieses Mädchen musste Lale Claussen sein. Aus irgendeinem Grund hatte Frido sie nun in seiner Wohnung untergebracht. Warum hatte er sie noch nicht freigelassen? Wollte er etwa sein Versprechen nicht einhalten? Wollte er der Mutter ihre Tochter nicht zurückgeben, obwohl er soeben eine Million kassiert hatte? Oder war er einfach abgehauen, mit einem dicken Geldkoffer in der Hand, und überließ das Mädchen seinem Schicksal? So wie Frauke Kretschmer?

Erschrocken fuhr sie in die Höhe. »Haben Sie etwas gerochen? Kann es sein, dass in der Wohnung ein Grill angezündet wurde?«

Vier Augen starrten sie verblüfft an. Weder Tove noch Fietje verstanden ihre Frage.

»Sie haben doch von dem toten Mädchen in der Schrebergartensiedlung gehört.«

»Das war auch Frido?«, stöhnte Fietje.

»Das weiß ich nicht. Aber ...« Sie griff nach ihrer Jacke, die sie auf einen Barhocker gelegt hatte. »Wir müssen zu Fridos Wohnung. Sofort!« Sie zeigte auf den Grill und die Fritteuse. »Sie stellen hier alles aus und schließen die Imbissstube ab. Wir brauchen Ihren Lieferwagen. Zu Fuß dauert es viel zu lange. Avanti, Signori!«

Das Geräusch des anfahrenden Zuges war schrecklich. Aber noch schrecklicher war es gewesen, als das Stottern der Planken, das stockende Rattern der Räder ein Ende hatte und der Zug in einen gleitenden Rhythmus gefallen war. Es war ein Takt entstanden, der immer schneller wurde ...

Erik war erst wieder richtig zu Bewusstsein gekommen, als er hörte, dass Sören schrie: »Nein, nicht die Notbremse!«

Offenbar war jemand aus dem Wagen geklettert, um nach dem roten Seil im Geländer des Waggons zu greifen. Aber der Passagier hatte dann wohl darauf verzichtet, denn der Sylt-Shuttle bremste nicht ab, er behielt seine Geschwindigkeit bei und steigerte sie sogar.

Erik richtete sich mühsam auf. »Verdammt!«

Sie hockten am Fuß des Bahndamms, dort, wo Erik gelandet war, nachdem er vom Zug gesprungen war, die Kontrolle über seinen Körper verloren hatte und heruntergerollt war. Der Sturm griff in heftigen Böen nach ihm, er führte einen leichten Nieselregen mit sich. Erik spürte, dass er nass bis auf die Haut war. Als eine Welle im nächsten Augenblick über den Damm schwappte und dort auslief, wo sie saßen, wusste er, dass es keinen Sinn ergab, sich darüber aufzuregen und sich vor Erkältung oder Schlimmerem zu fürchten. »Auch schon egal«, flüsterte er.

Was ihn weit mehr bedrängte als die Nässe, die Kälte und der Sturm, waren seine Schmerzen im Fuß. Vorsichtig versuchte er auf die Beine zu kommen. Aber kaum belastete er seinen rechten Fuß, schoss ein pfeilartiger Schmerz hindurch. Er geriet ins Schwanken und konnte sich gerade noch an Sörens Arm festhalten, der ihm entgegengestreckt wurde.

»Vorsicht, Chef!« Sören bückte sich und betastete Eriks Knöchel. »Verstauchung? Zerrung? Prellung?«

»Was weiß ich.« Erik wollte nur weg. Weg von diesem Bahndamm, weg aus der Nähe der Brandung, weg von dem Anblick des offenen Meeres. »Wir müssen zurück.«

Die ersten Schritte fielen ihm schwer, er konnte den Fuß nur leicht belasten, lediglich mit den Zehenspitzen den Boden berühren. »Verdammt!«

Sören stützte ihn, lud sich einen großen Teil von Eriks Gewicht auf und sorgte dafür, dass er den rechten Fuß so wenig wie möglich belasten musste.

»Verdammt!«, stöhnte Erik immer wieder. »Warum sind wir nicht im Wagen geblieben?«

»Warum sind wir mit dem Wagen auf den Autozug gefahren?«

Von da an schwieg Erik. Sören hatte ja recht. Sie konnten sich gegenseitig Vorwürfe machen, einer dem anderen. Das hob sich gewissermaßen auf, was Erik erleichterte. Seine Idee, an diesem Tag nach Kiel zu fahren, war wirklich fahrlässig gewesen, und dass Sören unbedingt auf die Insel zurückwollte, war genauso unvernünftig gewesen. Sie drehten sich ein letztes Mal um und sahen, dass der Zug langsam, aber stetig durchs Meer rollte. Es sah so aus, als würde er Niebüll erreichen. Ohne sie ...

»Wir werden Ärger bekommen«, murmelte Erik. »Ein herrenloses Auto auf dem Zug! Was meinen Sie, was da los ist?« Er humpelte mühsam weiter, von Sören gestützt, so gut es ging.

»Die anderen Fahrer haben gesehen, was geschehen ist. Die können zumindest erklären, dass wir freiwillig abgesprungen sind.«

»Und warum? Weil uns plötzlich eingefallen ist, dass wir einen Mord verhindern müssen, von dem wir gar nicht wissen, ob er geplant ist.« Eriks Stimme troff nur so von Sarkasmus.

»Das ist uns nicht plötzlich eingefallen, das ist uns klar geworden, als wir erfahren haben, dass Theo Claussen auf dem Weg nach Sylt ist.«

»Gegen den Willen der Ärzte.« Erik biss die Zähne zusammen. Die Schmerzen wurden immer stärker, der Weg, der vor ihm lag, schien nicht kürzer, sondern länger zu werden. »Ich muss verschnaufen«, stöhnte er, blieb stehen und zog das rechte Bein an.

»Stützen Sie sich auf mich«, bot Sören an, während er in seine Hosentasche griff und sein Handy hervorzog. Er hielt es hoch, in alle Himmelsrichtungen, aber ohne Erfolg. »Kein Netz.«

So ging es alle paar Meter. Erik verschnaufte, Sören kontrollierte sein Handy. Die Wellen, die über den Bahndamm schlugen, nahmen sie kaum noch zur Kenntnis. Ein notwendiges Übel! Sie waren durch und durch nass, es kam auf eine Welle mehr oder weniger nicht an. Und sie wurden bescheiden. Dass es keine Brecher mehr waren, die sie mitreißen konnten, erfüllte sie mit großer Zufriedenheit. Diese Sorge hatte Erik anfänglich ausgefüllt. Von einer riesigen Welle zu Fall gebracht und mitgerissen zu werden. Aber die Wellen schienen kleiner zu werden und an Kraft zu verlieren. Oder bildete er sich das nur ein? Versuchte er sich Mut zu machen, indem er die Gefahr verharmloste?

Als sich der Zug endgültig in der Ferne verloren hatte, machte ihm die Einsamkeit zu schaffen. Und er spürte, dass es Sören genauso ging. Kein Mensch weit und breit! Nur ein paar Schafe in der Ferne. Nichts, was sich von Menschenhand bewegte! Sie waren allein. Allein mit den Naturgewalten, allein mit einem Sturm, der aus dem Meer eine Sturmflut lösen konnte.

»Wann sind wir endlich auf dem Festland?«, stöhnte Erik.

Die Schmerzen in seinem Fuß wurden immer heftiger. Hatte er sich anfangs noch bemüht, Schmerzenslaute zu unterdrücken, stöhnte er nun bei jedem Schritt gequält auf. Für Tapferkeit war er einfach zu verzweifelt. Sörens gutes Zureden konnte nichts bewirken, an seinem Elend nichts ändern. Wenn er versuchte, ihm Mut zu machen, wusste Erik doch, dass er sich nur so aufrecht und stark präsentieren konnte, weil ihm im Angesicht von Eriks Schwäche gar nichts anderes übrig blieb. Und natürlich, weil er jünger, sportlicher und dynamischer war.

»Ich kann nicht mehr.« Erik ließ sich stöhnend auf die Knie fallen. Dass ihm im selben Augenblick eine Welle entgegenkam, war ihm egal. Er kniete im Wasser, spürte, wie es unter seinen Händen wieder ins Meer gezogen wurde, wie es ein Stück des Untergrunds mitnahm, und merkte, wie schwer seine Kleidung geworden war, als er sich erhob. Vollgesogen mit Wasser.

»Wir werden uns den Tod holen«, flüsterte er.

Wieder versuchte Sören, so zu tun, als nähme er die Sache auf die leichte Schulter. »Wir müssen uns bewegen. Aber eine dicke Erkältung wird wohl nicht zu vermeiden sein. Sobald wir die Staatsanwältin am Ohr haben, melden wir uns krank. Vorsichtshalber.«

»Immer noch kein Netz?«

Sören versuchte es erneut, obwohl er es noch zwei Schritte zuvor probiert hatte. Nein, immer noch kein Netz. Aber nun zeigte sich in der Ferne ein Gehöft. Ein gemauertes Viereck mit stabilen Wänden, einem Dach und einem Schornstein, aus dem Rauch kam, wenn man die Augen zusammenkniff und sich ganz fest darauf konzentrierte. Vielleicht ging auch nur eine Wolke darüber hinweg, aber Erik hatte dennoch das Bild eines Ofens vor Augen, trockene Kleidung, eine dampfende Tasse mit heißem Tee, eine Badewanne, ein Bett …

»Dort können wir telefonieren«, sagte er. »Wenn das Mobilnetz noch zu schwach ist, wird es dort ein Festnetztelefon geben.«

Sörens Optimismus hielt sich in Grenzen. »Hoffentlich ist das nicht nur eine Scheune, um die sich bei diesem Wetter niemand kümmert.«

Beide versuchten angestrengt, sich zu erinnern, wie die letzten ein, zwei Kilometer aussahen, bevor der Autozug auf den Damm hinausfuhr. Unzählige Male hatten sie im Zug oder im Auto gesessen, wenn es Richtung Niebüll ging. Trotzdem konnte keiner von ihnen sagen, wann die Bebauung aufhörte. Sie hatten immer nur sinnend in den Himmel gesehen, aufs Meer geblickt oder die Augen geschlossen.

»Weiter«, drängte Sören. »Wir dürfen nicht lange stillstehen. Sonst haben wir morgen eine Lungenentzündung.«

Die Berthin-Bleeg-Straße lag verlassen da. Tove parkte den Lieferwagen in der Nähe der Einfahrt, die in den Innenhof führte. Bis zu diesem Augenblick hatten sie nicht darüber gesprochen, wie sie eigentlich vorgehen wollten. Tove hatte die Fahrzeit damit gefüllt, dass er den Verdienstausfall beklagte, weil ja gerade in diesem Moment Gäste bei ihm hereinschneien konnten, die dringend einen Grog zum Aufwärmen brauchten, hatte sich gefragt, ob er bei dieser unangemessenen Eile wirklich daran gedacht hatte, den Grill und die Fritteuse abzustellen, und dann fiel ihm ein, dass das Licht in der Küche noch brannte, was ihn ein Vermögen kosten würde. Am Ende fragte er immer wieder, wie er nur so gutmütig sein konnte, sich auf diese unsinnige Unternehmung einzulassen. Damit hatte er zu tun, bis sie in der Berthin-Bleeg-Straße ankamen. Fietje und Mamma Carlotta hatten auf keine seiner Klagen geantwortet.

»Wer sagt denn, dass es um eine Entführung geht?«, maulte er nun, da er zu ahnen begann, dass unangenehme Aktionen, mutige Handlungen und Tatkraft von ihm erwartet wurden.

»Das Mädchen hat geweint«, erinnerte Fietje. »Und die Signora sagt auch ...«

»No, ich habe nichts gesagt.« Auf diese Feststellung legte Mamma Carlotta allergrößten Wert. Sie schob sich zwischen die Vordersitze, auf denen Tove und Fietje hockten und sich beide klein machten. »Ich habe nur gesagt, dass es um eine Entführung gehen *könnte*.« Das letzte Wort betonte sie so heftig, dass Tove sich das rechte Ohr rieb, als wäre dort eine Knallerbse explodiert. »Entführer schneiden Wörter und Buchstaben aus Zeitungsblättern heraus, das weiß doch jeder. Und nun eine weinende ragazza in Fridos Appartamento ...« Sie sprach den Satz nicht zu Ende, sondern fügte eine Frage an, über die sie während der Fahrt nachgedacht hatte. Konnte sie sie stellen? Oder verriet sie damit zu viel? Ging es jetzt wirklich noch vorrangig um Geheimhaltung oder vielmehr schon darum, Lale Claussen zu retten? Danach wäre es sowieso mit jeder Geheimhaltung vorbei.

Vorsichtshalber fügte sie eine Geschichte aus Panidomino ein, die ihr ein wenig Zeit gab, die Frage zu stellen, die entweder genau richtig war oder zu einer Katastrophe führen konnte. »In meinem Dorf gab es eine Signora, die von ihrem Mann geschlagen wurde. Irgendwann rettete sie sich zu einer Nachbarin und ließ sich von ihr versprechen, nicht zu verraten, wo sie sich vor ihrem Mann versteckte. Die Nachbarin hielt sich daran und sagte nichts. Niente! Auch nicht, als die misshandelte Frau schwer krank wurde und einen Medico brauchte. Sie hätte ja zu dem Ehemann gehen und ihn um den Versicherungsausweis seiner Frau bitten müssen. Damit aber hätte sie verraten, wo sie sich aufhielt ...«

Tove leierte das Ende der Geschichte herunter: »Die Frau starb, und die Nachbarin kam wegen unterlassener Hilfeleistung dran.«

»Esattamente!« Mamma Carlotta war sehr zufrieden und glaubte in diesem Moment selbst daran, dass sich diese Geschichte tatsächlich zugetragen hatte. Nun fiel es ihr leichter, die Frage zu stellen, die auf ihren Lippen lag. »Kennt einer von Ihnen Lale Claussen?«

»Die Tochter von dem Lampenfabrikanten?«, fragte Fietje zurück. »Ja, die kenne ich.«

»Hast du da auch schon gespannt?«, fragte Tove aggressiv.

Mamma Carlotta war zufrieden, dass die beiden sich darüber stritten und sie nicht fragten, warum sie von Lale Claussen sprach. So kam sie nicht in Versuchung, etwas Geheimes preiszugeben. Aber lange würde das natürlich nicht gut gehen. Bald würde sich einer der beiden fragen, warum sie ausgerechnet diesen Namen ausgesprochen hatte. Also kam es jetzt darauf an, in Aktionismus zu verfallen, damit Tove und Fietje nicht zu viel nachdachten. Das war ja bei den meisten Friesen so: Wenn sie schnell handeln mussten, konnten sie nicht gleichzeitig reden, was für eine Italienerin kein Problem war.

Dafür kam ihr die Person, die am Ende der Berthin-Bleeg-Straße auftauchte, gerade recht. Wenn es andererseits auch fatal war, dass Frido Ferrari ausgerechnet jetzt nach Hause kam!

Mamma Carlotta riss die Autotür auf. »Attenzione! Er kommt! Wir müssen uns beeilen.«

Sie stand schon vor dem Wagen, als Tove und Fietje noch nicht begriffen hatten, was vor sich ging. Und als sie es verstanden, sahen beide so aus, als wollten sie lieber abhauen, als sich zu beeilen.

Aber Mamma Carlotta lief schon zu der Toreinfahrt und winkte ihnen aufgeregt. »Avanti! Subito!«

Es blieb ihnen nichts anderes übrig, als ihr zu folgen. Mamma Carlotta hockte schon hinter einer der Mülltonnen, als sie den Innenhof betraten. Aufgeregt zischte sie ihnen zu, damit sie ihr so schnell wie möglich folgten. »Avanti!«

Fietje wieselte heran, machte sich klein, versuchte, unauffällig zu erscheinen. Tove dagegen polterte herbei, knurrte Unverständliches und benahm sich so, dass jemand, der zufällig aus dem Fenster blickte, auf jeden Fall die Polizei verständigen würde.

»Hinter welchem Fenster haben Sie das Mädchen weinen hören?« Mamma Carlotta sah Fietje fragend an.

Fietje konnte nicht antworten, die Aufregung verschlug ihm die Sprache. Er zeigte zu dem hinteren Fenster. Darunter hatte Mamma Carlotta sich versteckt, als Erik mit der Staatsanwältin vor Fridos Tür aufgetaucht war und sie nicht gesehen werden wollte.

»Was sollen wir hier?«, knurrte Tove, dem es schwerfiel, sich so tief zu ducken, dass er nicht gesehen wurde. Seine Bandscheiben machten ihm schon länger zu schaffen. »Besser, wir wären abgehauen.«

»Wir müssen die beiden belauschen«, gab Mamma Carlotta leise zurück. »Frido wird mit dem Mädchen reden. Dann bekommen wir heraus, ob er sie wirklich entführt hat. Er hat sie sicherlich gefesselt, vielleicht auch geknebelt. Kein Wunder, dass sie geweint hat.«

»Wie kommen Sie überhaupt auf diese Lale Claussen ...?«

Aber Mamma Carlotta unterband Toves unwillkommene Frage mit einer heftigen Geste. In der Hofeinfahrt dröhnten

Schritte. Frido Ferrari kehrte heim. Zwischen zwei Mülltonnen konnte Mamma Carlotta sehen, wie er auf seine Haustür zuging und währenddessen in seiner Hosentasche nach dem Schlüssel suchte. Er brauchte eine Weile, bis er ihn gefunden hatte, und als er die Tür aufgeschlossen hatte und hindurchgetreten war, warf der Sturm sie mit einem lauten Knall ins Schloss.

Im gleichen Moment öffnete sich das hintere Fenster. Es knarrte, die Flügel schlugen an die Hauswand, aber das Heulen und Fauchen des Sturms waren die Komplizen aller anderen Geräusche. Der starke Wind sorgte auch dafür, dass die Bewegungen hinter den Mülltonnen nicht zu hören waren. Als Mamma Carlotta sich aufrichtete, um mehr zu sehen, war sie an eine Dose gestoßen, die am Fuß der Mülltonne lag.

»Pscht!«, machte Tove und duckte sich noch tiefer.

Fietje allerdings wagte es, einen langen Hals zu machen. So sah er genau wie Mamma Carlotta, dass ein junges Mädchen aus dem Fenster kletterte und hinter das Gebüsch sprang, das Mamma Carlotta Tage vorher als Deckung gedient hatte. Ganz kurz dachte sie daran, dass auch die Person, die bei Frido eingebrochen war, diesen Weg gewählt hatte, dann fragte sie: »Ist das Lale Claussen?«

Das Mädchen drückte die Fenster zu und huschte geduckt an der Seite des Hauses vorbei, an dem es zwei weitere Fenster gab. Sie sorgte dafür, dass sie von dort nicht gesehen wurde, und richtete sich erst an der Hausecke wieder auf, um sich den Fluchtweg zu sichern.

In diesem Augenblick hörten sie Geräusche am hinteren Fenster, dort, wo das Mädchen geflüchtet war, eine wütende Stimme und schon kurz darauf laute Schritte hinter der Eingangstür. Als sie aufgerissen wurde, zogen die drei Kumpane die Köpfe ein. Das Mädchen – das konnte Mamma Carlotta gerade noch sehen – wich zurück und presste sich an die Hauswand.

Frido Ferrari lief aus dem Haus, in die Toreinfahrt. Sie hörten seine Schritte scharren, als träte er auf der Stelle. Es war eine Frage von Sekunden, bis er wieder auftauchen würde.

»Wir müssen sie retten«, flüsterte Mamma Carlotta.

»Retten?«, wiederholte Tove. »Sie meinen, die ist wirklich entführt worden?«

»Ich weiß es.« Sie zischte diese drei Wörter, als wären sie heiß oder giftig, und machte nach jedem eine eindrucksvolle Pause. Tove und Fietje begriffen sofort, was das zu bedeuten hatte. Es gab keine Vermutungen mehr, sondern längst Gewissheiten. Mamma Carlotta wusste etwas, womit Hauptkommissar Erik Wolf sich schon befasste.

Lale Claussen schien etwas gehört zu haben. Sie beugte sich vor, warf einen aufmerksamen Blick zu den Mülltonnen ... fuhr aber gleich wieder zurück, als sie Fridos Schritte hörte. Doch sie war nicht schnell genug gewesen. Frido hatte die Bewegung gesehen, stockte kurz, lief dann mit großen Schritten auf die Hausecke zu. Sein Gesicht war wütend, er schien zu wissen, wen er vorfinden würde.

»Sie sorgen dafür, dass er außer Gefecht gesetzt wird«, verlangte Mamma Carlotta von Tove, dem diese Aufforderung nur recht kam. Einer ordentlichen Rauferei ging er niemals aus dem Wege. So regelte er Konflikte und nicht mit heimlichem Anschleichen und viel Gerede.

»Und wir retten das Mädchen.« Mamma Carlotta stieß Fietje an, der sich prompt in der unbequemen Hocke nicht länger halten konnte und auf seine vier Buchstaben plumpste. In diesem Augenblick wirkte er noch hilfloser als sonst. Dass sein Sohn dingfest gemacht werden sollte, dass sein einziger Nachkomme ein Krimineller war, dass ausgerechnet er, der Vater, dafür sorgen musste, dass er seiner gerechten Strafe zugeführt wurde, das alles machte Fietje fertig. Emotionale Konflikte mied er seit Langem und hatte es schon vor vielen Jahren geschafft, alles aus seinem Leben zu verbannen, was zu Verstrickungen führen konnte. Vielleicht fiel ihm jetzt erst auf, dass sein Leben damit zwar unkompliziert, aber auch leer geworden war.

»Verdammt noch mal!«, hörten sie Frido schreien.

Ein solches Signal war Tove vertraut. Er sprang in die Höhe, froh, aus der gebeugten Haltung herauszukommen, und rannte zu Frido, der in diesem Augenblick auf Lale Claussen zuging. Sie wich erschrocken zurück, scheinbar auf einen Angriff gefasst, blieb dann aber wie angewurzelt stehen, als sie sah, dass ihr jemand zur Hilfe kam. Mit offenem Mund starrte sie auf den großen, vierschrötigen Kerl, der Frido angriff, ehe er sie erreicht hatte. Frido Ferrari war derart überrascht und entgeistert, dass er Tove nur mit offenem Mund entgegensah. Der Kinnhaken, den er kassierte, war gut platziert. Frido unternahm keine Gegenwehr und ging wortlos zu Boden. Bewusstlos war er nicht, konnte aber nichts gegen das tun, was nun geschah.

Mamma Carlotta kam wie ein Derwisch hinter den Mülltonnen hervor, gefolgt von Fietje, der wie immer zögerlich erschien, sinnlose Schritte hin und her machte, ängstlich auf Frido zutrat, sich von Tove wegstoßen ließ und schließlich an Mamma Carlottas Seite auftauchte. Sie hatte schon nach dem Arm des Mädchens gegriffen, das erschrocken zurückwich.

»Keine Angst«, rief Mamma Carlotta leise. »Wir bringen Sie hier weg. Es ist vorbei. Wir sorgen dafür, dass er Sie nie wieder in die Hände kriegt. Avanti, avanti! Wir bringen Sie zur Polizei. Alles ist gut. Wir wissen, dass der Kerl ein Kidnapper ist.«

Lale Claussen war wie paralysiert. Erst schien es, als wollte sie sich wehren, als hätte sie Angst, von einer Gewalt in die nächste zu geraten, dann aber ließ sie sich ziehen und zerren und stand schließlich zwischen Mamma Carlotta und Fietje neben dem Lieferwagen. Zum Glück hatte Tove ihn nicht abgeschlossen, da das Schloss schon lange nicht mehr funktionierte.

Mamma Carlotta riss die Tür auf und stieß Lale Claussen auf den hinteren Sitz. Kaum saß sie neben ihr, erschien auch schon Tove in der Toreinfahrt, rannte auf die Fahrertür zu und riss sie auf, während Fietje noch damit zu tun hatte, auf den Beifahrersitz zu rutschen. »Der Kerl hat erst mal eine Weile mit seinem Gebiss zu tun.« Tove suchte so umständlich nach seinem Autoschlüssel, dass Mamma Carlotta in Panik geriet.

»Avanti! Wir müssen hier weg.« Sie drückte den Arm des Mädchens. »Keine Angst! Selbst wenn der Kerl so dreist ist, Tove zu folgen, er kann Ihnen nichts mehr antun.«

Tove startete und fuhr mit quietschenden Reifen an. Mamma Carlotta schaute zurück, während sie die Berthin-Bleeg-Straße entlangrasten. Aber Frido Ferrari ließ sich nicht blicken.

»Wir müssen so schnell wie möglich meinen Schwiegersohn verständigen«, sagte sie. Dann fiel ihr ein, dass Erik womöglich noch immer nicht zu erreichen war und dass sie außerdem seine Handynummer nicht im Kopf hatte. »Oder die Staatsanwältin. Frido Ferrari muss verhaftet werden, ehe er fliehen kann.«

Kaum hatten sie festen Boden unter den Füßen, schien das Gehöft näher zu rücken, der Sturm milder zu werden und nicht mehr mit eisigen Nadeln zuzustechen. Erik gewann Hoffnung. Und als Sören mit einem Mal rief: »Ich habe Netz!«, ging ein so glühender Stoß der Erleichterung durch seinen Körper, dass er für wenige Sekunden nicht mehr fror und nicht mehr an Lungenentzündung und Erfrierungstod dachte.

»Wir gehen weiter«, sagte Sören. »Immer in Bewegung bleiben.«

Die Nummer des Polizeireviers kannte er im Schlaf. Enno Mierendorf und Rudi Engdahl waren entsetzt, als sie hörten, auf welches Abenteuer sich Hauptkommissar Wolf und Kommissar Kretschmer eingelassen hatten. Engdahl, mit dem Sören sprach, wies seinen Kollegen schon an, noch bevor Sören weiterreden konnte, einen Wagen loszuschicken, ihn während der Fahrt ordentlich aufzuheizen und trockene Kleidung mitzunehmen, von der es im Polizeirevier einige Stücke gab. Sie wurden normalerweise Personen zur Verfügung gestellt, die aufgrund widriger Umstände nass, verschmutzt, vollgepinkelt oder -gekotzt waren. »Der Wagen ist unterwegs«, erklärte Engdahl. »In einer Viertelstunde sitzt ihr im Trockenen.«

»Wir müssen erst mal zu einem Weg kommen, auf dem der Wagen fahren kann.«

»Der Kollege kriegt das schon hin. Notfalls holt er sich einen Trecker von Bauer Jensen. Das ist der Besitzer des letzten Hofes von Sylt.«

Sören war beruhigt und machte Erik Mut, noch bevor er Rudi Engdahl darüber informierte, warum sie nicht in ihrem warmen Wagen auf dem Autozug saßen, sondern am Bahndamm entlangliefen und sich vom Sturm peitschen und von der Brandung durchnässen ließen. »Sagt bitte auch in Niebüll Bescheid. Der Wagen muss vom Zug geholt werden.«

»Okay!«

»Wir befürchten, dass Theo Claussen seine Frau mundtot machen will. Helena Helmstetter braucht Polizeischutz. Nehmen Sie Claussen fest, wenn er in seiner Villa auftaucht. Unbedingt!«

»Alles klar!«

Sören ließ sein Handy sinken und sah Erik erleichtert an. »Weiter, Chef! Nicht ausruhen! Wir dürfen nicht auskühlen. Jetzt ist es nur noch eine Frage von Minuten.«

Erik nickte, ohne den Blick von seinen Füßen zu nehmen, und humpelte voran. Währenddessen zog er sein eigenes Handy hervor und suchte mit klammen Fingern die Nummer der Claussens in der Liste der Gesprächschronologie. »Vielleicht kann Helena Helmstetter uns erklären, warum ihr Mann nach Sylt gekommen ist.«

Petrine Roesgen war am Apparat. »Frau Helmstetter ist nicht da.«

»Wo ist sie? Wann wird sie zurückkommen?«

»Die Herrschaften pflegen mir nicht zu sagen, wohin sie gehen«, kam es spitz zurück. »Und auch nicht, wann sie zurückzukommen gedenken.«

Erik schüttelte sich, dass das Wasser von seiner Mütze spritzte. Redete man so, wenn man nur lange genug bei reichen Leuten arbeitete? »Seit wann ist sie weg?«

Es blieb einen Moment still in der Leitung. Petrine Roesgen schien auf die Uhr zu schauen und zu überlegen, wie die Zeiger gestanden hatten, als Helena Helmstetter das Haus verließ. Der Sturm fuhr in Eriks Handy und produzierte ein schauriges Echo. »Schon drei, vier Stunden«, kam es dann zögerlich zurück. »Ich hatte für heute Mittag einen Imbiss vorbereitet, aber sie ist nicht gekommen. Herr Claussen wollte auch nichts essen.«

Erik vergaß augenblicklich Sturm, Kälte und seinen schmerzenden Fuß. »Er ist zu Hause?«

Wieder dieses Zögern. Die Haushälterin schien sich in den vergangenen Stunden schon einige Gedanken gemacht zu haben, von denen sie wohl glaubte, dass sie ihr nicht zustanden. »Er ist nur bis in die Diele gekommen, als er hörte, dass seine Frau nicht da ist.«

»Wie sah er aus?«

Diese Antwort kam prompt. »Sehr verändert. Ein geschwollenes Gesicht, ganz verzerrte Züge. Irgendwie ... sehr merkwürdig.«

Erik hatte mit einem deftigeren Ausdruck gerechnet. »Wo ist er hin?«

»Das weiß ich nicht.« Nun war wieder der Hinweis fällig, dass es nicht zu den Gewohnheiten der Herrschaft gehöre, der Haushälterin zu erklären, wohin sie gingen. Aber er kam nicht. »Herr Claussen hat gesagt, er könne sich denken, wo seine Frau ist, und hat auf dem Absatz kehrtgemacht.«

»Zu Fuß?«

»Er war mit einem Taxi gekommen. Das war schon zurück-
gefahren.«

Erik wurde mit einem Mal von einem Schüttelfrost gepackt,
der ihm das Weiterkommen unmöglich machte. Und die
Schmerzen in seinem Fuß wurden für einen Augenblick unerträglich.

»Was sind das für komische Geräusche in Ihrem Büro?«,
fragte Petrine Roesgen.

Sören nahm seinem Chef das Handy ab und gab die Antwort. »Das ist der Sturm, Frau Roesgen. Wir sind nicht im
Büro. Leider.« Dann setzte er ihr auseinander, wie wichtig es
war, jetzt alles richtig zu machen. Sie solle sofort im Polizeirevier anrufen, wenn sich Theo Claussen noch einmal blicken
ließ. Und ebenso, wenn Helena Helmstetter wieder auftauchte.
Die solle sich am besten in ihrem Zimmer einschließen und
warten, bis Polizeischutz kam. Petrine Roesgen hatte natürlich
nicht begriffen, was es mit diesen Maßnahmen auf sich hatte,
aber Sören war dennoch zuversichtlich, dass sie alle Anweisungen befolgen würde.

Er gab Erik das Handy zurück. »Nun noch die Staatsanwältin. Schaffen Sie das Gespräch selbst?«

Erik nickte und scrollte in seiner Kontaktliste nach der Handynummer der Staatsanwältin. Natürlich hätte er Sören sein
Handy geben und ihn anweisen können, für ihn dieses Telefonat zu führen, aber er wusste ja, wie ungern Sören mit Frau Dr.
Speck telefonierte. Genauso ungern wie er selbst.

»Immer weiterlaufen«, mahnte Sören erneut. »Nicht stehen
bleiben.«

Mechanisch humpelte Erik Schritt für Schritt voran, während er das Handy ans Ohr nahm, blieb dann aber wie angewurzelt stehen, als eine Stimme rief: »Erik?«

Wer konnte das sein? Wer hatte sich des Telefons der Staatsanwältin bemächtigt, der ihn so gut kannte, dass er ihn beim
Vornamen nannte?

»Zum Henker, Wolf! Wo stecken Sie?«

Also doch die Staatsanwältin! Erik sah Sören verdattert an.

»Ich mache mir Sorgen.«

Sorgen? Sie machte ihn nicht zur Schnecke, sondern sich stattdessen Sorgen? Erik war derart entgeistert, dass er noch immer das Weitergehen vergaß. Erst als Sören ihn drängte, setzte er wieder einen Fuß vor den anderen.

»Gerade vom Bahndamm runter«, antwortete er. »Und nass bis auf die Knochen.«

Und dann machte es ihm sogar ein kleines bisschen Spaß, der Staatsanwältin zu erzählen, was geschehen war. Mit diebischer Freude, die er sich noch vor wenigen Minuten, als er nur ans Überleben dachte, nicht hatte vorstellen können, zog er seinen Bericht in die Länge, weil er wusste, wie sehr es die Staatsanwältin hasste, wenn nicht schnell, präzise und effektiv Mitteilung gemacht wurde. Aber er fand, dass er es sich verdient hatte, die Sache so anzugehen, wie er es wollte. Schließlich war er derjenige, der von einem Zug hatte springen müssen, von Wellen überrollt worden war, pitschnass und noch dazu mit einem verletzten Fuß durch den Sturm tappte.

Erstaunlicherweise unterbrach ihn die Staatsanwältin kein einziges Mal und forderte ihn auch nicht auf, sich zu beeilen und endlich auf den Punkt zu kommen. Sie ließ ihn ausreden, erkundigte sich nach den Rettungsmaßnahmen, die in die Wege geleitet worden waren, und war beruhigt, als er ihr erklären konnte, dass ein Wagen unterwegs war, der sie aufnehmen und in Sicherheit bringen würde.

Dann erst sagte sie: »Die Entführung ist beendet, Wolf, das Lösegeld bezahlt. Wir warten nur noch darauf, dass Lale freigelassen wird.«

»Was?« Wieder blieb Erik stehen.

»Antonia hat eine SMS von dem Entführer bekommen, nochmals mit dem dringlichen Hinweis, die Polizei außen vor zu lassen. Sie sagt, es hätte sich so gelesen, als wäre der Entfüh-

rer misstrauisch geworden. Er hat gedroht, Lale sofort umzubringen, wenn er einen Polizisten in der Nähe entdeckt.«

»Sie hat die Sache allein durchgezogen?«, stöhnte Erik und
humpelte wieder los, weil er von Sören geschoben und gedrängt
wurde.

»Ja, sie hat die Million bei der Sparkasse abgeholt und sich
zu dem Treffpunkt begeben. Sie ist in das Wäldchen in der
Nähe der Vogelkoje bestellt worden. Dort hat sie die Tasche mit
dem Geld an einem bestimmten Platz abgestellt und ist wieder
nach Hause gefahren.« Sie seufzte auf. »Wir warten auf die
Bestätigung des Entführers und auf Lales Freilassung.«

»Was für ein Mist!«, schimpfte Erik.

»Man muss sie verstehen.« Erik hatte die Staatsanwältin
noch nie so milde sprechen hören. »Es ging um das Leben
ihrer Tochter.«

»Wie sollen wir jetzt den Kerl erwischen?«

»Sie meinen immer noch, es war Theo Claussen?«

»Nicht er selbst, ich denke an diese Jennifer Christensen.
Die wird das Geld geholt haben.«

»Warum ist Lale dann noch nicht aufgetaucht?« Die Stimme
der Staatsanwältin wechselte nun von milde nach besorgt. Das
Schnelle, Ruppige, Widerborstige hatte sie ganz abgelegt.

»Wahrscheinlich bekommt sie von ihrem Vater noch Instruktionen, damit sie das Richtige erzählt, wenn sie bei uns
erscheint.«

»Wir werden ihre Aussage schnell demontieren können.
Lala ist nicht so helle. Die wird auf Fangfragen reinfallen.«

»Theo Claussen wird warten, bis er selbst über alle Berge ist.
Er weiß, dass wir die Füße stillhalten, bis das Entführungsopfer
wohlbehalten zurück ist.«

»Nun sehen Sie erst mal zu, dass Sie gesund zurückkommen«, sagte die Staatsanwältin. »Das ist jetzt am aller-
wichtigsten.«

Lale Claussen war noch immer wie erstarrt. Ihre großen grauen Augen blickten ausdruckslos, ihr herzförmiges Gesicht, das unter anderen Umständen vermutlich niedlich wirkte, war bleich und zu ernst, um kindlich oder gutgläubig auszusehen. Sie hatte noch kein Wort herausgebracht, als Mamma Carlotta sie durch die Tür der Imbissstube schob. Sie hatte zu weinen begonnen, als Tove den Wagen startete, und nicht mehr damit aufgehört, bis sie in den Hochkamp eingebogen waren. Das arme Mädchen war völlig mit den Nerven fertig. Mamma Carlotta hatte sie in den Arm genommen, als sie sich neben sie auf den Rücksitz setzte, was sie sich ohne Weiteres gefallen ließ. Sie hatte den Kopf an ihre Schulter gelehnt, und Mamma Carlotta hatte sie weinen lassen.

Tove schloss die Tür hinter sich ab. Gäste waren bei diesem Wetter zwar nicht zu erwarten, aber er wollte auf Nummer sicher gehen. »Ein Bier auf den Schreck?«, fragte er Lale Claussen. »Ihre Mutter wird es mir hoffentlich später bezahlen.«

Die junge Frau hörte tatsächlich zu weinen auf, starrte ihn aus weit aufgerissenen Augen an, wollte etwas antworten ... weinte dann aber weiter.

Mamma Carlotta nannte den Wirt einen groben Klotz – »Insensibile!« –, verlangte, dass er Tee kochte – »Subito!« –, und warnte ihn, auch nur einen Gedanken daran zu verschwenden, von wem und ob er bezahlt wurde. »Von generosità haben Sie wohl noch nie was gehört?« Sie zeigte ihm diese unnachahmliche Geste, die nur Italiener beherrschen: Daumen, Zeige- und Mittelfinger aneinandergepresst, die Fingerspitzen zum Mund weisend, so eindringlich, als sollte das Gegenüber mit Haut und Haaren gefressen werden, wenn es bei einer anderen Meinung blieb. »Nächstenliebe! Capito?«

Tatsächlich hatte sie Tove beeindrucken können, der sonst nicht einmal zugänglich wurde, wenn man ihm damit drohte, ihn auf den Grill zu setzen und seine Kehrseite medium zu braten. Auf Gewalt reagierte er ganz unverkrampft, meistens mit Gegengewalt, aber der Eindringlichkeit seines italienischen Stammgastes hatte er selten etwas entgegenzusetzen.

Lale ließ sich auf einen Stuhl drücken und nickte zu allem, was Mamma Carlotta ihr vorschlug. Sie schien völlig willenlos zu sein. »Ich möchte zu meiner Mutter«, flüsterte sie, ehe sie erneut zu weinen begann. Das war der einzige Wunsch, den sie äußerte.

Mamma Carlotta betrachtete sie mitleidig. Lale Claussen sah blass und zerzaust aus, daran konnten auch ihre Designerjeans und der teure Kaschmirpullover nichts ändern. Mamma Carlotta wusste mittlerweile, dass zerrissene Jeans, wie sie auch Felix gern trug, groß in Mode und oft besonders teuer waren, und woran Kaschmir zu erkennen war, hatte Svea ihr erklärt. Eriks frühere Freundin war ja immer in sehr hochwertiger Kleidung aufgetreten.

Carlotta zog ihre Jacke aus und legte sie Lale um die Schultern, der anzusehen war, dass sie fror. Tove kam mit einem dampfenden Glas Wasser aus der Küche, hängte einen Teebeutel hinein und stellte es Lale hin. »Wollen Sie einen Schuss Rum? Der tut gut, wenn es kalt ist.« Anscheinend hatte er sich Carlottas strenge Worte zu Herzen genommen und wollte sich nun großzügig zeigen.

Aber Mamma Carlotta wehrte ab. »Kein Alkohol! Wer weiß, wann sie das letzte Mal etwas zu essen bekommen hat.«

Fietje hatte sich gerade an den Zapfhahn begeben, um sich selbst ein Jever zu machen, denn außergewöhnliche Ereignisse ertrug er nur mit einem gut gefüllten Bierglas in der Hand. Aber es lief über, als er Mamma Carlottas Worte hörte. »Er hat sie hungern lassen? Das glaube ich nicht. So was würde Frido niemals tun.«

Tove nahm ihm das Glas weg und stieß ihn zu seinem Stammplatz. »Die Theke gehört mir! Du lässt ja die Hälfte in den Ausguss laufen.«

Aber Fietje wollte seinen Sohn unbedingt reinwaschen. Es

war schon schlimm genug für ihn, dass er ein Kind in die Welt gesetzt hatte, dass kriminell geworden war, er wollte wenigstens versuchen, alles, was nicht bewiesen war, zu Fridos Gunsten auszulegen. Mit für ihn ungewöhnlich großem rhetorischem Aufwand versuchte er sich in Psychologie und bewies am Beispiel einiger Zootiere, dass jedem Lebewesen in Gefangenschaft der Appetit verging. Anscheinend glaubte er wirklich, Frido entlastet zu haben, wenn er darlegte, dass sein Opfer vor gut gefüllten Tellern gehungert hatte.

Lale Claussen reagierte nicht auf das, was er sagte. »Ich will zu meiner Mutter«, wiederholte sie wie ein weinerliches Kind, das nicht sofort seinen Willen bekam.

Mamma Carlotta betrachtete sie noch einmal und diesmal genauer und kritischer. Tatsächlich sah Lale Claussen nicht aus wie eine junge Erwachsene über zwanzig Jahren, sie wirkte eher wie eine Sechzehnjährige, die noch nicht wusste, was sie wollte, die anfing, sich aufzulehnen, aber nach ihrer Mutter rief, sobald Schwierigkeiten auftauchten.

»Haben Sie ihre Telefonnummer?«, fragte Mamma Carlotta und winkte ein Telefon herbei.

Tove zog sein Handy aus der Hosentasche und reichte es über die Theke. Mamma Carlotta tippte die Nummer ein, die ihr diktiert wurde, aber ehe sie den grünen Knopf betätigte, fragte sie: »Frau Helmstetter oder Frau Schäfer?«

Lale sah sie an, als wäre ihr eine völlig unsinnige Frage gestellt worden. »Nicht Helena! Meine Mutter!«

Also würde sich Frau Schäfer melden, wenn am anderen Ende abgenommen wurde. Und richtig! Die kühle, klare Stimme der Verlegerin meldete sich und behielt das Geschäftsmäßige, Unverbindliche bei, als Carlotta ihren Namen nannte und hinzufügte, dass sie die Schwiegermutter des Kriminalhauptkommissars sei. Natürlich wusste Antonia Schäfer das längst, aber Carlotta hatte während der letzten Tage oft den Eindruck gehabt, von Antonia Schäfer nur am Rande wahrgenommen und allenfalls als Tilla Specks Freundin zur Kenntnis genommen zu werden. Jetzt ging es ihr darum, dass sie für kompetent gehalten und dass ihr geglaubt wurde. Das funktionierte im Zusammenhang mit einem Respekt einflößenden Titel wesentlich besser, auch wenn man ihn nicht selber trug. »Was gibt's? Können Sie morgen etwa nicht kommen?«

Eigentlich fand Mamma Carlotta, dass man so nicht fragte, wenn jemand bereit war, sich unentgeltlich für etwas zu engagieren. In einem solchen Fall erkundigte man sich mitfühlend, ob etwas dazwischengekommen sei, ob sich Kopfschmerzen eingestellt hätten, ob es den Kindern schlecht gehe, ob Handwerker völlig unerwartet einen angekündigten Termin einhalten wollten ... Jedenfalls wurde das in Italien so gehandhabt, damit jeder am Ende das gute Gefühl genießen konnte, zwar nicht alles erreicht zu haben, aber höflich gewesen zu sein.

»Nein, ich rufe aus einem anderen Grund an.« Zur Strafe für die strikte, gebieterische Frage verzögerte Mamma Carlotta die Mitteilung, die sie machen wollte. Dann erst platzte sie heraus: »Ihre Tochter ist bei mir! Ich habe sie befreit.« Sie warf Tove und Fietje einen Blick zu, die zu erkennen gaben, dass sie gerne lobend erwähnt werden wollten. »Ich meine ... der Wirt von Käptens Kajüte, der Strandwärter und ich.« Sie hoffte, dass sich aus dieser Aussage keine lästigen Fragen ergaben. »Es ist vorbei, Signora! Ihrer Tochter geht es gut.«

Die kurze Stille am anderen Ende hatte sie erwartet. Deshalb konnte sie geduldig abwarten, bis Antonia Schäfer endlich hervorstieß: »Was? Wie ... wie ist das möglich? Ich ...« Sie suchte nach Worten, und Mamma Carlotta übernahm es, ihren Wunsch zu formulieren, von dem sie wusste, dass er jetzt das Einzige war, was für eine Mutter zählte. »Sie wollen Lale sprechen? Subito! Nur ... lassen Sie mich vorher kurz mit Tilla reden. Sie muss alles in die Wege leiten. Der Entführer ...«

»Ich will mit meiner Tochter sprechen. Sofort!«

Mamma Carlotta wies zu dem Festnetztelefon, das es in Käptens Kajüte gab, und ließ sich von Tove die Nummer nennen. »D'accordo, Signora. Sagen Sie Tilla bitte, sie soll mich unter folgender Nummer anrufen.« Sie diktierte Antonia Schäfer die Telefonnummer von Käptens Kajüte, wiederholte sie und wartete, bis sie ganz sicher war, dass Antonia sie weitergegeben hatte. Dann erst reichte sie den Hörer an Lale weiter, die ihre Mutter weinend begrüßte und sich mit dem Telefon in eine Ecke der Imbissstube zurückzog, weil sie mit ihr allein sein wollte. Carlotta hatte vollstes Verständnis für diesen Wunsch.

Im nächsten Augenblick läutete das Festnetztelefon, und Carlotta griff zu, ehe Tove den Hörer abnehmen konnte. »Tilla?«

»Was ist passiert, Carlotta?«

In Windeseile bekam die Staatsanwältin zu hören, wie es den drei Helden gelungen war, ein Entführungsopfer in Sicherheit zu bringen. »Sie hatte es wohl gerade geschafft, sich von den Fesseln und dem Knebel zu befreien und aus dem Fenster zu steigen.« Damit nicht der Eindruck entstand, dass Lale sich aus eigener Kraft in Sicherheit gebracht hatte und ohne Hilfe den Heimweg hätte antreten können, ergänzte sie noch: »Frido Ferrari kam gerade nach Hause. Er hätte sie erwischt, wenn wir sie nicht in den Lieferwagen gebracht hätten und schnellstens weggefahren wären.«

»Wo seid ihr?«

»In Käptens Kajüte. Du weißt ja ...«

»Wo der Stein durchs Fenster geflogen ist.«

»Esattamente! Hast du mittlerweile Enrico erreichen können?«

»Er hatte kein Netz während der Überfahrt.« Sie zögerte, dann ergänzte sie: »Der Zug hatte Verspätung ... du kennst das ja.«

Mamma Carlotta kannte es nicht, aber darauf kam es jetzt nicht an. »Ihr müsst dafür sorgen, dass Frido Ferrari verhaftet wird. Wer weiß, wie er reagiert hat, als er merkte, dass Lale verschwunden ist. Womöglich flüchtet er nun, weil er weiß, dass er überführt ist.«

»Keine Sorge, ich kümmere mich um alles. In zwei Minuten steht ein Streifenwagen vor Frido Ferraris Haus. Verdammt, er war es also doch! Und wir hatten gedacht ...« Sie schluckte den Rest des Satzes herunter. »Sicherlich hatte er vor, Lale noch heute freizulassen. Vermutlich wollte er erst sich und das Geld in Sicherheit bringen.« Ihre Stimme senkte sich zu einem Flüstern, wurde vertraulich und verschwörerisch. »Ich vermute, dass er sie heute Nacht freigelassen hätte. Du weißt es noch nicht, Carlotta, aber das Lösegeld ist schon gezahlt worden.«

Mamma Carlotta gab sich genau so überrascht, wie sie gewesen wäre, wenn sie Tillas Gespräch mit Antonia Schäfer nicht belauscht hätte. »Davvero? Und Enrico wusste es nicht?«

Tilla erklärte ihr kurz und bündig, dass Antonia Schäfer kein Risiko hatte eingehen wollen und die Forderung des Entführers, also die Frido Ferraris, erfüllt und die Polizei außen vor gelassen hatte. »Für Ferrari ist alles gut gelaufen. Sicherlich wollte er die Angelegenheit jetzt nur noch unauffällig zu Ende bringen.«

Mamma Carlotta hatte erneut den Eindruck, dass sie ihre Heldentat ins rechte Licht rücken musste. Lale Claussen wäre auch ohne ihre Hilfe befreit worden? Nein, das wollte sie so nicht stehen lassen. »Es kann auch sein, Tilla, dass er sie ...« Sie warf Lale einen Blick zu und verzichtete auf das schreckliche Wort. Zur Verdeutlichung griff sie sich nur unauffällig an die Kehle. »Du weißt schon.«

»Egal!«, kam es zurück. »Ich komme sofort. Zusammen mit Antonia! Die kann ja vor lauter Aufregung nicht mehr Auto fahren.«

»Sag bitte auch Carolina Bescheid. Die macht sich ebenfalls Sorgen.«

Es gab eine Verzögerung in der Leitung, so als blickte sich die Staatsanwältin um und hielte nach Carolin Ausschau. »Sie hat es schon mitbekommen und ist auch sehr erleichtert.« Leise fügte sie an: »Eigentlich sollte sie sich auf das neueste lyrische Werk unseres Möchtegerndichters konzentrieren, der es ihr gerade vorträgt. Aber wer hört schon zu, wenn einem so ein unverständliches Zeug an die Ohren kommt?«

»Jo Kessler ist in der Nähe? Hat er etwa ...«

»Ist doch jetzt egal. Lale ist frei, der Täter so gut wie gefasst.«

»Sì. Wir brauchen nicht mehr zu schweigen. Certo.«

Was für ein angenehmer Gedanke! Als sie den Hörer zurücklegte, telefonierte Lale immer noch mit ihrer Mutter. Sie hatte sich zur Wand gedreht und flüsterte. Das laute Weinen hatte sie endlich eingestellt.

Mamma Carlotta richtete sich zufrieden an der Theke ein. »Allora ... un Vino rosso, per favore.« Endlich konnte sie alles erzählen, was sie in den letzten Tagen in sich einschließen musste. »Meraviglioso!«

»Was soll das werden?«, fragte Tove misstrauisch, der wusste, wie ihre Augen sprühen konnten, wenn sie etwas loswerden wollte, und ebenso sicher wusste, wie lange es dann dauern würde, bis in seiner Imbissstube wieder Ruhe herrschte. »Ein Vortrag?«

Aber Fietje sagte: »Nun erzählen Sie schon, Signora. Wie ist mein Junge da eigentlich reingerutscht?«

Erik und Sören sahen sich an und konnten bereits wieder lächeln. Sören breiter als Erik, mit mehr Erleichterung und sogar schon auf dem Weg zum Übermut. Eriks Stimmung aber löste sich noch nicht. Er konnte zwar mittlerweile die Kälte und die Nässe vergessen, nicht aber seinen schmerzenden Fuß. Dennoch waren die trockenen Kleidungsstücke, die der Kollege mitgebracht hatte, wirklich zum Lachen. Sören trug einen dottergelben Jogginganzug, dazu einen schwarzen Pullover mit

einem pinkfarbenen Häschen auf dem Rollkragen. Für Erik
war eine riesige Latzhose übrig geblieben, die einem Zweizent-
nermann gehört haben musste, und ein weites Flanellhemd,
das wohl demselben Vorbesitzer abgenommen worden war.
Die Unterwäsche, die sie bekommen hatten, sah derart mitleid-
erregend aus, dass beide hofften, der Kollege möge nicht
im Revier herumerzählen, wie Sören in den Bugs-Bunny-
Boxershorts und Erik in langen grauen Unterhosen mit dünn
gescheuertem Hinterteil und durchlöcherten Knien ausgesehen hatten. In diesem Moment kam es nur darauf an, dass
die Sachen sauber und trocken waren.

Als die Stadtgrenze von Westerland in Sicht kam, lehnte sich
Erik zurück und schloss die Augen. Er war froh, dass Sören
neben dem Fahrer Platz genommen hatte, und empfand deren
Gespräch wie einen Gartenzaun für seine frisch geernteten
Gedanken. Dahinter waren sie sicher, er konnte sie drehen und
wenden, wie er wollte, konnte sich auf das konzentrieren, was
er gehört hatte, was er nun wusste, und versuchen, die ver-
schiedenen Erkenntnisse zusammenzubringen.

Als sein Handy läutete, war er gerade bei der Schlussfolge-
rung angekommen, dass er erstens seine Pfeife und zweitens
mindestens eine halbe Tafel Trauben-Nuss-Schokolade brauchte,
um sich darüber klar zu werden, was nun eigentlich geschehen
war. Antonia Schäfer hatte sich über alle polizeilichen Anweisungen hinweggesetzt. Sehr ärgerlich! Aber irgendwie ... aus
ihrer Sicht auch verständlich. Theo Claussen hatte auf die ärzt-
lichen Anweisungen nicht gehört und war mit dem letzten Zug
vom Festland auf die Insel gekommen, zu seiner Frau. Aber die
war seit Stunden nicht mehr gesehen worden. Und Lale Claussen, das Entführungsopfer, war trotz der Lösegeldzahlung noch
nicht auf freiem Fuß. Wie Frauke Kretschmer in diese Geschichte hineinpasste, war nach wie vor nicht klar. Insgeheim
kam er immer mehr zu der Überzeugung, dass sie einem
Mann in die Hände gefallen war, dem sie sich leichtsinnig

anvertraut hatte. Obwohl ... das Muster ihrer Tötung passte nicht zu einem solchen Mann. Und Frauke war in der Villa Claussen gewesen ...

Auf dem Display flackerte der Name der Staatsanwältin. »Was gibt's?« Er fragte freundlicher, als er eigentlich wollte. Dass sie ihn mit Vornamen angeredet hatte, verwirrte ihn immer noch.

»Schon wieder Neuigkeiten, Wolf!«

Er rechnete nicht damit, dass es sich um gute Nachrichten handelte. »Was ist es diesmal?«

»Lale ist frei. Gesund und munter! Und was meinen Sie, wer sie gefunden hat?«

Erik antwortete nicht. Fragen, die so euphorisch gestellt wurden, blieben nicht lange ohne Ergänzung. Und da kam es auch schon, jubelnd, ausgelassen, triumphierend: »Ihre Schwiegermutter! Carlotta hat Lale befreit.«

Sören wurde aufmerksam. Die Staatsanwältin hatte so laut gesprochen, dass ihn immerhin der Tonfall aufmerken ließ, der bis zu den Vordersitzen gedrungen war. Er drehte sich um, und Erik starrte ihm in die Augen, während er hervorstotterte: »Wie bitte?«

»Zusammen mit den beiden schrägen Typen aus dieser grässlichen Imbissstube. Sie wissen schon ...«

»Käptens Kajüte.«

»Genau! Lale wollte aus der Wohnung ihres Entführers fliehen, und die drei haben sie in Sicherheit gebracht.«

»Wohnung des Entführers?«, wiederholte Erik hilflos.

»Frido Ferrari! Die Kollegen sind schon unterwegs. Möglich, dass er sofort abgehauen ist, als er merkte, dass Lale weg ist. Aber den kriegen wir.«

»Frido Ferrari?« Erik konnte nur mühsam wiederholen, was er gehört hatte. »Den hatten wir doch ausgeschlossen.«

»Am besten, Sie kommen auch in die Imbissstube.«

»Auch?«

»Ich habe Ihnen doch gesagt, dass Lale dort gelandet ist. Antonia und ich sind auf dem Weg dorthin.«

»Und meine Schwiegermutter?«

»Carlotta ist natürlich längst dort.« Sie lachte. »Sie wissen doch, Wolf! Immer mitten im Geschehen!«

»Ausgerechnet in Käptens Kajüte!«

»Den Wirt brauchen wir, damit er uns Espresso kocht, und diesen Strandwärter können wir schlecht ausschließen, denn er war es, der Lale in Frido Ferraris Wohnung entdeckt hat. Also, was ist?« Sie lachte auf eine Weise, die Erik stutzig machte. »Vielleicht kann der Wirt uns einen Dirty Daniel mixen?«

Das Wiedersehen von Mutter und Tochter hatte sich Mamma Carlotta ganz anders vorgestellt. So, wie es sich in Panidomino zugetragen hätte. Dort wäre die Mutter weinend in die Imbissstube gestürzt, mit zerrauften Haaren und ohne die Schürze abgebunden zu haben. Sie hätte sich mit einem Wortschwall auf ihr Kind geworfen, hätte es geherzt und geküsst und dem Himmel gedankt, dass er ihr das Liebste zurückgab, das sie schon verloren geglaubt hatte. Und alle anwesenden Frauen hätten versucht, mindestens genauso laut zu weinen wie die Mutter, hätten umhäkelte Spitzentaschentücher herumgereicht und die Männer, die sich alle, statt zu weinen, vor Rührung schnäuzten, angewiesen, die besten Rotweinflaschen aus dem Keller zu holen.

In Käptens Kajüte verlief dieses Zusammentreffen ganz anders. Friesisch? Für Mamma Carlotta die einzig mögliche Erklärung. Antonia Schäfer war jedenfalls weit davon entfernt, sich die Haare zu raufen, sich mit einem Wortschwall auf ihre Tochter zu werfen, sie an sich zu reißen und dem Himmel zu danken. Sie trug natürlich auch keine Schürze, sondern war korrekt gekleidet wie immer. Weder an ihrer Frisur noch an ihrem Make-up war irgendetwas in Unordnung geraten. Sie blieb in der offenen Tür stehen und ignorierte Toves Ruf: »Tür zu!«

Antonia Schäfer suchte den Blick ihrer Tochter, erst dann trat sie über die Schwelle. »Lale!«, sagte sie, aber es klang eher vorwurfsvoll als erleichtert.

Die Staatsanwältin drängte sich hinter ihr herein und schien ähnlich wie Carlotta zu empfinden. Sie sah erstaunt und sogar ein wenig wachsam zwischen Mutter und Tochter hin und her. Und in ihre Augen trat keine einzige Träne der Rührung, als Lale sich langsam erhob, mit unsicheren Schritten auf ihre Mutter zuging und sich dann in ihre Arme fallen ließ.

Carlotta war die Einzige, die hörte, was Lale sagte: »Sorry, Mama.«

Sie entschuldigte sich bei ihrer Mutter? Wofür?

»Du dummes Ding«, flüsterte Antonia Schäfer und ließ Lale nicht los, auch als das Mädchen Anstalten machte, sich von ihrer Umklammerung zu befreien.

Tove stand breit hinter der Theke, als müsste er seinen Zapfhahn und alle Gläser gegen jedwede unfriesische Gemütsaufwallung verteidigen, und Fietje starrte ausnahmsweise nicht in sein Jever, sondern schien herausbekommen zu wollen, ob seinem Sohn irgendein Unrecht geschah, das er verhindern konnte.

»Mama, ich …«

Antonia entließ Lale aus ihren Armen. »Lass mich reden.«

Lale nickte und wischte sich die Tränen ab, die erneut geflossen waren. »Ich hab nichts gesagt.«

Carlotta und Tilla waren nah genug, um das geflüsterte Gespräch hören zu können. Beide begriffen kein Wort.

Tilla gab Espresso für alle in Auftrag, im selben Augenblick begann ihr Handy zu läuten. Sie fingerte es aus ihrer Handtasche und runzelte die Stirn, als sie sich gemeldet hatte. »Herr Engdahl! Was gibt's?«

Mamma Carlotta nahm die Espressotassen, die Tove auf die

Theke stellte, und reichte zunächst Antonia, dann Lale eine, die sich damit an einem Tisch niederließen.

»Danke!«, sagte die Staatsanwältin leidlich freundlich ins Telefon. »Haben Sie den Hauptkommissar auch verständigt?« Sie lauschte kurz. »Schon gut, ich erledige das.«

Sie wollte das Gespräch beenden, nahm aber den Hörer noch einmal ans Ohr. »Sind Sie noch dran?« Ihre Frage wurde offensichtlich bejaht. »Was ist mit der Fahndung nach Theo Claussen? Noch kein Erfolg?« Sie brummte, als hätte sie nichts anderes erwartet, legte auf und wählte eine weitere Nummer. Mamma Carlotta ließ die übrigen Espressotassen auf der Theke stehen, damit ihr nichts entging.

Tilla Speck drehte sich weg, schien ein vertrauliches Gespräch zu führen, ihre Worte waren nicht leicht zu verstehen. Geschirrgeklapper, der Abstand von zwei, drei Schritten, die Bitte um Zucker oder die Frage nach einem sauberen Löffel hätten den Zugang zu dem, was die Staatsanwältin mitzuteilen hatte, abgeschnitten. Also blieb Mamma Carlotta in der Nähe, schob sinnlos die Espressotassen auf ihren Untertellern hin und her, nahm sie auf, stellte sie wieder zurück und tat so, als hätte sie sich an ihnen verbrannt.

»Ich bin's, Wolf.«

Erik würde sich wieder schrecklich darüber ärgern, dass die Staatsanwältin sich nicht mit ihrem Namen meldete und das Gespräch mit keinem freundlichen Wort einleitete. »Ich habe mit einem Ihrer Mitarbeiter telefoniert. Frido Ferrari ist soeben verhaftet worden und auf dem Weg ins Polizeirevier. Ist wohl besser, Sie nehmen sich den Kerl gleich vor. Ich rede hier mit dem Entführungsopfer.« Nun senkte sie die Stimme und sprach so leise, dass Mamma Carlotta gezwungen war, einen Stapel Bierdeckel zu sortieren, weil diese sinnlose Tätigkeit ihr die Möglichkeit gab, sich der Staatsanwältin auf einen weiteren Meter zu nähern. Trotzdem bekam sie den Rest des Telefongesprächs nicht mit, denn die Tür zu Käptens Kajüte wurde aufgerissen, eine Sturmbö prallte in die Imbissstube, zusammen mit Johann W. Kessler, der mit einer Pose erschien, als hätte er einen Auftritt und zeige sich einem Publikum, das schon lange auf ihn wartete. Seine Miene allerdings war weit vom Rausch des Erfolgs entfernt. Zornig sah er Antonia Schäfer an. »Ich habe dich gesucht.«

Der Gesichtsausdruck der Verlegerin hätte nicht gelangweilter sein können. Sie klopfte auf ihre Handtasche, wo sie wohl ihr Mobiltelefon aufbewahrte. »Warum rufst du mich nicht an?«

»Meine Prepaidkarte ist leer. Ich habe kein Geld, um sie aufzuladen. Leider kann ich ja noch keinen Verlagsvertrag unterschreiben, der mir ein Garantiehonorar sichert. Bis dahin werde ich wohl wie der arme Poet auf Spitzwegs Gemälde leben müssen.« Er schüttelte seine unfrisierten Haare, öffnete seinen Zottelpelz und warf ihn von sich, als wollte er zeigen, dass er darunter nur Geflicktes trug. Für Mamma Carlotta hätte seine Kleidung auf jeden Fall in die Sammlung einer karitativen Einrichtung gehört, aber sie wusste ja, dass das, was der Bettler in ihrem Dorf in Ermangelung anderer Kleidung trug, von Johannes Walter Kessler sorgfältig ausgewählt worden war und von ihm unkonventionell genannt wurde. Carolin hatte erzählt, dass er sie eine Spießerin genannt hatte, weil sie eine Jeans trug, die nicht durchlöchert war, und einen Pullover, den es bei Jensen in Westerland stapelweise in der Auslage gab. Zu Mamma Carlottas großer Erleichterung hatte Carolin sich dennoch nicht dazu entschlossen, demnächst auch auszusehen wie die Fischverkäuferin auf dem Markt von Città di Castello, die einfach alles übereinanderzog, was ihr die Kunden an abgelegter Kleidung überließen, weil sie die Sachen bald, wenn sie so penetrant nach Fisch stanken, dass sie sie nicht mehr tragen konnte, einfach wegwarf.

Jo Kessler stutzte, als er Lale sah, die in ihrem Espresso rührte, ohne ihn anzusehen. Antonia fragte kühl: »Was gibt's denn so Wichtiges?«

Jo Kessler warf einen begehrlichen Blick zu den Espressotassen, wartete aber vergeblich auf eine Einladung. »Der Lyriker, der in einer Stunde in der Konzertmuschel lesen soll, ist krank geworden.«

Antonia Schäfer grinste leicht. »Und jetzt willst du für ihn einspringen?« Sie tat so, als überlegte sie gründlich. »Hm, ein Auftritt in der Konzertmuschel ist ziemlich spektakulär. Viel Publikum, viel Aufmerksamkeit. Rossgard Höhner ist ja auch einer der bekannteren Lyriker Schleswig-Holsteins ...«

Kessler wedelte mit beiden Armen. »Meine Lesung in diesem ... dieser Örtlichkeit ist ja ausgefallen. Durch einen heimtückischen Anschlag. Daran war ich unschuldig. Ich finde es nur recht und billig, wenn ich dafür entschädigt werde.«

»Meinetwegen.« Antonia Schäfer verdrehte die Augen. »Einen anderen finde ich ja auf die Schnelle sowieso nicht.«

Johann W. Kessler wuchs in einer Sekunde bis unter die Zimmerdecke. »Danke, Antonia!«

Die Staatsanwältin holte ihn mit ihrer Frage auf den Boden zurück. »Sind Sie nicht der Freund von Frido Ferrari?«

Jo Kessler zog seine Jacke wieder an, als überkäme ihn ein Frösteln. »Ja, wieso?« Er machte einen Schritt zurück, als wollte er Abstand zu Tilla Speck haben. »Warum interessiert Sie das?«

»Er ist gerade verhaftet worden.«

Der Lyriker erschrak. »Verhaftet? Aber ... wieso?«

Die Staatsanwältin beantwortete seine Frage nicht. »Erzählen Sie uns doch ein bisschen von Frido Ferrari.«

»Warum sollte ich?« Kesslers Stimme wurde nun hell wie die eines Mädchens. »Was geht Sie das überhaupt an?«

Tilla Speck erklärte ihm kurz und bündig, dass sie zwar Antonia Schäfers Freundin sei, aber auch als Staatsanwältin arbeite. Das brachte Kessler derart aus der Fassung, dass er für einen Moment aussah, als suchte er nach einer guten Metapher oder sogar nach einem Reim, um seiner Erschütterung ein lyrisches Gewand zu geben. Aber das war ihm angesichts der profanen Situation dann doch nicht möglich. »Also ... befreundet sind wir nun auch wieder nicht. Wir kennen uns von früher und sind uns auf Sylt zufällig wiederbegegnet.« Er fügte an, als gäbe er sich sonst nur mit Menschen ab, deren tägliche Beschäftigung mit geistigen Höhenflügen sie über alle anderen erhob: »Ein Kellner von Gosch.«

»Haben Sie ihn jemals in seiner Wohnung besucht?«

»Nein, nie! Wir haben uns nur ganz selten gesehen.«

Mamma Carlotta überließ Jo Kessler den Espresso, den sie vor sich hatte. Mit einem Mal war ihr so, als wäre es gut, wenn dieser junge Mann etwas in der Hand hielt, was ihn an einer plötzlichen Flucht hindern könnte. Ein Mensch, der links mit einer Espressotasse und rechts mit einem Löffel beschäftigt ist, musste beides erst wegstellen, ehe er einen Entschluss traf, der alle anderen überraschen sollte.

Er bedankte sich sehr langatmig bei Mamma Carlotta, als wäre er froh, sich damit Zeit zu verschaffen. »Was ist denn mit Frido?«, fragte er schließlich, nachdem er den ersten Schluck getrunken hatte.

Die Staatsanwältin nickte zu Lale hinüber. »Er hat ein junges Mädchen entführt und soeben ein fettes Lösegeld kassiert.«

»Was? Frido?«

Mamma Carlottas Blick fiel auf Fietje, den sie noch nie so wachsam erlebt hatte. Zwar äußerte er sich mit keiner Silbe, passte aber neuerdings sehr genau auf, wenn es um seinen Sohn ging.

»Fettes Lösegeld?« Jo Kessler legte sehr vorsichtig den Löffel auf den Unterteller. »Das kann ich mir nicht vorstellen.«

Tilla Speck trat näher an ihn heran, was dem jungen Lyriker offensichtlich nicht gefiel. »Eine Million! Er hat Ihnen also nichts davon erzählt?«

»Mir? Wie kommen Sie denn darauf?«

Dr. Speck warf Lale Claussen einen Blick zu, die sich nicht

rührte, nichts sagte, nur aus weit aufgerissenen Augen Jo Kessler anstarrte. »Sie wissen auch nicht, wo er sein Opfer versteckt hielt? Ich meine ... bevor er Lale in seiner Wohnung unterbrachte, von wo sie dann zum Glück fliehen konnte.«

»Wieso ... warum ...?« Jo Kessler brachte außer einem Stottern nichts hervor.

»Sie meinen, warum sie fliehen musste, obwohl er die Million im Sack hatte?« Die Staatsanwältin verzog das Gesicht und hob die Schultern hoch. »Vielleicht wollte er sie ja später freilassen. Wenn er selbst weit genug weg war ...« Sie stieß mit der rechten Faust vor die Brust des Lyrikers. »Na, wir kriegen das schon raus. Nun halten Sie erst mal Ihre Lesung in der Konzertmuschel. Sollte Ihnen etwas einfallen, was mit Ihrem Freund Frido zu tun hat, melden Sie sich bitte bei mir.« Sie grinste Antonia Schäfer an, ehe sie fortfuhr: »Sicherlich können Sie dann das Telefon Ihrer Verlegerin benutzen, wenn Sie noch kein Geld haben, Ihre Prepaidkarte aufzuladen.«

Jo Kessler trank den Espresso, ehe er die Tasse mit zitternden Händen zurückstellte und aus der Imbissstube taumelte, als wäre seine Lyrik soeben mit Groschenromanliteratur verglichen worden.

Die Staatsanwältin setzte sich zu Antonia und Lale. »Wir müssen uns mal etwas gründlicher unterhalten.« Bei diesen Worten sah sie nur ihre Freundin Antonia an.

Erik und Sören verließen den Streifenwagen auf rauen, verfilzten Socken, mit den nassen Schuhen in den Händen. Dr. Hillmot war mit einer Bandage und einem Schmerzgel erschienen, hatte Eriks Fuß untersucht, eine Zerrung und dazu eine Prellung festgestellt und war zu der Ansicht gekommen, dass ein paar Tage Schonung Wunder wirken würden. Tatsächlich waren die Schmerzen fast weg, nachdem Dr. Hillmot dem Hauptkommissar noch eine Tablette spendiert hatte, und Erik folgte Sören beinahe ebenso behände, wie dieser vorausging.

Im Revier wurden sie von Rudi Engdahl und Enno Mierendorf lachend empfangen.

»Steht Ihnen gut, Chef!«, rief Rudi Engdahl, als er Erik erblickte, der seine Latzhose festhielt, damit ihm die Träger nicht von den Schultern rutschten und als Folge davon die Hose auf seine Füße fiel.

»Du solltest öfter Gelb tragen«, bekam Sören von Enno Mierendorf zu hören, der besonders das pinkfarbene Häschen am Rollkragen bewunderte.

Die beiden taten den Kollegen den Gefallen, sich von allen Seiten betrachten zu lassen, und waren auch bereit, von ihrem Abenteuer zu berichten. Aber nicht lange, dann siegte ihre eigene Neugier, und sie begaben sich zu dem Vernehmungszimmer, in dem Frido Ferrari auf sie wartete.

»Hätten wir uns nicht doch besser erst umgezogen?«, fragte Sören.

Aber Erik schüttelte den Kopf. »Ich will wissen, was mit diesem Ferrari los ist. Sofort!«

Sören war natürlich genauso neugierig und folgte seinem Chef, ohne länger zu diskutieren. Auf seiner Miene breitete sich Trotz aus. Sollte dieser Frido Ferrari doch von ihrem Aufzug denken, was er wollte!

Augenscheinlich dachte dieser nur an das, was ihn selbst etwas anging, und davon gab es ja reichlich. Für die Kleidung der beiden Polizeibeamten hatte er nur einen kurzen Blick übrig, dann wandte er sich schon wieder seinen Problemen zu, über die er nun bereits eine Weile nachgedacht hatte.

»Ich verstehe nicht, warum ich verhaftet worden bin«, rief er, kaum dass sich Erik und Sören gesetzt hatten. Er warf dem Beamten, der neben der Tür stand, einen bösen Blick zu. »Der da wollte mir auch nichts verraten.«

Erik gab ihm mit einer Geste zu verstehen, dass er sich hinsetzen und ruhig verhalten möge. »Sie wurden nicht verhaftet, sondern vorläufig festgenommen.«

Für Frido Ferrari machte das keinen Unterschied. »Es gibt keinen Grund, mich zu ver... vorläufig festzunehmen.«

»Da irren Sie sich.« Erik erklärte ihm so knapp wie möglich, was dazu geführt hatte, dass Frido Ferrari in diesem Vernehmungszimmer saß. »Lale Claussen wurde dabei beobachtet, wie sie aus einem Fenster Ihrer Wohnung flüchtete.«

»Flüchten?« Frido Ferrari wollte aufspringen, ließ sich aber wieder zurücksinken, als er Eriks mahnenden Blick bemerkte und sah, dass der wachhabende Polizist am Eingang einen Schritt auf ihn zumachte. »Sie waren doch schon mal in meiner Wohnung. Und Sie wissen, dass bei mir eingebrochen wurde.«

»Es wurde aber nichts gestohlen«, ergänzte Sören. »Sie wollen uns sagen, dass Lale Claussen damals die Einbrecherin war? Und es nun wieder versucht hat? Ist Ihnen denn diesmal etwas gestohlen worden?«

»Nein!«

Erik gab sich nachdenklich. »Mir fällt gerade die Zeitung auf Ihrem Bett ein ...« Er machte eine Pause, die gut dosiert war. »Genau die Ausgabe, aus der die Buchstaben ausgeschnitten wurden, aus denen der Kidnapper den Erpresserbrief geschrieben hat.«

»Kidnapper? Erpresserbrief?« Frido Ferrari bekam Schnappatmung. »Ich habe niemanden entführt. Aus dem *Inselblatt*, das auf meinem Bett lag, war nichts ausgeschnitten worden.«

Erik ärgerte sich, dass er die Zeitung angesprochen hatte. Und jetzt ärgerte er sich auch, dass er nicht erst in den Süder Wung gefahren war, um sich umzuziehen. Die Vernehmung von Frido Ferrari erschien ihm mit einem Mal nicht mehr so dringlich. Wieder hatte er das Gefühl, auf dem falschen Dampfer zu sein. Dass Frido Ferrari in die Villa Claussen eingestiegen war, hielt er nach wie vor für ausgeschlossen. Warum sollte der junge Mann so dumm sein?

»Lale Claussen ist Ihre Freundin.« Er hob fragend die Augenbrauen. »Oder sie war es?«

»Ich habe länger nichts von ihr gehört.« Er sah ängstlich von einem zum anderen. »Sie ist entführt worden? Ich dachte, sie ist nicht mehr an mir interessiert. Ich konnte ja nicht ahnen ...«

»Warum sollte sie bei Ihnen einbrechen?«

»Fragen Sie mich was Leichteres.«

»Sie waren bei den Claussens und haben nach ihr gefragt.«

»Klar! Sie hat ja plötzlich keine SMS mehr beantwortet. Und wenn ich anrief, hat sie nicht abgenommen. Zurückgerufen hat sie auch nicht.«

»Welchen Grund könnte das haben?«

»Na, welchen wohl? Sie wollte mit mir Schluss machen, hatte aber nicht den Mumm, es mir ins Gesicht zu sagen. Das war für mich klar. Auf Entführung bin ich nun wirklich nicht gekommen. Die Haushälterin hat mir auch nichts gesagt.«

Sören hakte ein: »Kannten Sie Frauke Kretschmer?«

Fridos Gesicht lief rot an. »Soll ich die auch entführt haben?«

»Beantworten Sie bitte Kommissar Kretschmers Frage«, mahnte Erik.

»Ich habe Ihnen diese Frage schon mal beantwortet. Flüchtig! Nur vom Sehen.«

Erik beschloss, die nächste Frage unerwartet zu stellen. »Wo waren Sie in der Nacht von Montag auf Dienstag?«

Er rechnete damit, dass Frido Ferrari antworten würde, er habe in seinem Bett geschlafen, natürlich allein, und es sei doch wohl das Normalste der Welt, wenn man nicht jede Nacht in der Woche ein Alibi hatte. Aber der junge Mann musste nicht lange überlegen und antwortete ganz anders: »Da war ich auf dem Festland, hab einen Freund besucht.«

»Name, Anschrift?« Sören holte einen Schreibblock heran, und Frido Ferrari diktierte, ohne zu zögern, einen Namen und eine Anschrift.

Erik war sicher, er würde von diesem Jacky gesagt bekommen, dass sein guter Freund Frido die ganze Nacht bei ihm gewesen war. »Was haben Sie denn so gemacht? Zwei junge Männer verbringen den Abend ja nicht zu Hause.«

»Stimmt! Wir waren in Eck's Kino. *Skyscraper* lief. War ganz gut. Viel ist in Niebüll ja nicht los. Wir waren dann noch essen. Im Friesenhof. Da gibt's gut was auf die Gabel. Nicht zu vergleichen mit Gosch, aber ganz ordentlich.«

»Der Kellner könnte das notfalls bezeugen?«

Frido Ferrari fühlte sich jetzt sehr sicher, das war nicht zu übersehen. »Der heißt Ricki. Mit dem haben wir eine Weile gequatscht. Garantiert kann der sich noch an mich erinnern. Er hat mir sein altes Auto angeboten. Ein uralter Manta. Wollte er günstig hergeben. Mal gucken, vielleicht nehme ich ihn ...«

Auch Sören sah jetzt deprimiert aus. Natürlich würden sie die Angaben überprüfen, aber beide waren jetzt schon sicher, dass sie allesamt bestätigt wurden. Am nächsten Tag würden sie Frido Ferrari laufen lassen müssen. Es sei denn, Lale Claussen belastete ihn. »Schau'n wir mal, was die Durchsuchung Ihrer Wohnung ergibt. Wenn dort eine Million gefunden wird, sind Sie dran. Trotz Alibi. Und machen Sie sich keine Hoffnungen. So gut können Sie die Kohle nicht verstecken, dass wir die nicht finden.«

»Eine Million? Ich? Wie kommen Sie denn darauf?«

»Wir werden jetzt mit Ihrer Freundin reden. Oder Ihrer Ex-Freundin? Mal gucken, was sie uns erzählt.«

Erik erhob sich, und Sören tat es ihm gleich. Beide sahen auf Frido Ferrari herab, der sitzen geblieben war. »Vielleicht kommen Ihnen in der Nacht noch ein paar Gedanken, die uns helfen könnten.«

»Ich muss hierbleiben?«

»Natürlich! Was dachten Sie denn?«

»Ich habe ein Alibi.«

»Das müssen wir erst noch überprüfen«, erklärte Sören.

»Und dann?«

Keiner der beiden antwortete. Dann würden sie Frido Ferrari

klären? Die Staatsanwältin wusste es genauso wenig wie Mamma Carlotta.

Sie sorgte dafür, dass jeder am Tisch Platz nahm, drückte der Staatsanwältin eine Proseccoflasche in die Hand, damit sie sie öffnete und die Gläser füllte, und holte die Antipasti aus dem Schrank, die sie immer am Tag nach ihrer Ankunft auf Sylt zubereitete. Frisches Gemüse, Kräuter und viel Knoblauch wurden kurz gedünstet und in feinstem Olivenöl und Balsamico ein paar Tage mariniert. So war immer genug für eine Vorspeise im Haus. Antonia Schäfer starrte verblüfft auf die große Platte, die auf den Tisch kam, kaum dass sie sich alle zugeprostet hatten, und auf den Brotkorb, der im Nu danebenstand. Mit dieser Gastfreundschaft, noch dazu in einem solchen Tempo, hatte sie nicht gerechnet.

»Wir sollten Erik Bescheid geben«, meinte die Staatsanwältin, »dass wir im Süder Wung gelandet sind.«

Mamma Carlotta murmelte etwas Zustimmendes und ging in die Vorratskammer, um Nudeln zu holen. Ehe sie sich zu ihren Gästen setzte, stellte sie einen großen Topf Wasser auf den Herd, in dem sie die Spaghetti kochen würde. Schon wieder hatte Tilla ihren Schwiegersohn beim Vornamen genannt! Dann aber, als sie mit ihm telefonierte, bellte sie wieder nur das altbekannte »Wolf!« in den Hörer, das sich anhörte, als riefe sie nach einem Hund, der bei Fuß gehen sollte. Von dem Lächeln, das auf ihrem Gesicht lag, konnte Erik ja nichts sehen. »Wir sitzen in Ihrer Küche, Wolf! Den Umweg über Käptens Kajüte können Sie sich sparen.«

Als sich Mamma Carlotta an den Tisch setzte, bemerkte sie zu ihrer Freude, dass Lale eine paar Zucchini und Champignons auf ihren Teller gelegt hatte. Immerhin bekam das Kind Appetit. Bei Antonia war Carlotta nicht so sicher. Sie schien nur aus Höflichkeit zuzugreifen, während Tilla sich eine gute Portion auflud. So, wie Mamma Carlotta es liebte.

Das Nudelwasser kochte bereits, aber die Nudeln lagen noch

neben dem Topf, denn die Staatsanwältin hatte soeben gefragt: »Jetzt mal zur Sache, Antonia! Was wolltest du uns erklären?«

Die Verlegerin warf ihrer Tochter einen Blick zu. »Eigentlich sollte Lale ...«

Aber das Mädchen schüttelte schon den Kopf, ehe die Mutter zu Ende gesprochen hatte. Nein, sie wollte nichts erklären. Sie wich allen Blicken aus und griff nach einer Scheibe Brot, damit sie beschäftigt war.

»Also ... neulich nachts rief Lale mich an.«

»Neulich?« Solche ungenauen Zeitangaben mochte die Staatsanwältin nicht.

»In der Nacht von Montag auf Dienstag.«

Mamma Carlotta vergewisserte sich. »Die Nacht, in der Lale entführt wurde.«

»In der sie entführt werden sollte«, korrigierte Antonia Schäfer.

Nun vergaß Mamma Carlotta das Nudelwasser vollends. Das Würfeln des Schinkens, das Aufschlagen der Eier, das Reiben des Parmesankäses sowieso.

Mit einem Mal mischte sich Lale ein. »Ich war in dieser Nacht nicht zu Hause.«

Mamma Carlotta riss die Augen auf. »Come?«

»Ich wollte zu Frido. Er war auf dem Festland, das wusste ich. Aber ich wollte in seiner Wohnung auf ihn warten. Und dann wollte ich ihm sagen, dass ich mit ihm weggehen würde. Irgendwohin! Für immer! Wo mein Vater uns nichts anhaben kann. Die Gelegenheit war ja so günstig. Mein Vater in den USA und Helena auf den Malediven. Ich wollte auf Frido warten und ihn dann damit überraschen, dass aus uns eine Familie wird. Obwohl er nur Kellner bei Gosch ist. Aber dann ...«

Zwei Augenpaare starrten sie an, während ihre Mutter auf ihre Hände sah. »E poi?«, fragte Mamma Carlotta. »Was dann?«

»Dann habe ich die Zeitung gesehen. Durchlöchert! Einige Buchstaben und Wörter waren ausgeschnitten worden. Ich habe eine Weile gebraucht, aber dann konnte ich mir denken, was Frido plante. Ich sollte gekidnappt werden, und Frido hatte schon den Erpresserbrief vorbereitet.« Dicke Tränen quollen aus Lales Augen, sie weinte, ohne zu schluchzen. »Ich konnte die Buchstaben und Wörter, die fehlten, zusammensetzen und wusste Bescheid.« Sie wischte die Tränen nicht weg, sondern ließ sie auf ihren Teller fallen, wo sie sich mit Olivenöl und Balsamico vermischten. »Ich habe nachgedacht und mir dann gesagt, dass er das nicht alleine durchziehen kann. Er braucht jemanden, der ihm hilft. Jemanden, den ich nicht kenne, den ich später nicht verraten kann.«

»Wen?«, fragte Mamma Carlotta atemlos.

In diesem Augenblick ging die Haustür, und Carolin erschien in der Küche. Überrascht schaute sie sich um, dann blieb ihr Blick an Lale hängen. »Du?« Mit ausgebreiteten Armen machte Carolin einen Schritt auf sie zu. »Mensch, bin ich froh!« Sie zog Lale vom Stuhl hoch, die sich sichtbar ungern umarmen ließ. Aber Carolin merkte nicht, dass etwas anders war, als sie erwartet hatte. Wie sollte sie auch? »War's schlimm? Wie ist das Schwein mit dir umgegangen?«

Antonia Schäfer hatte das Bedürfnis, aus der Situation zu fliehen, die noch nicht erklärt war, die Reaktionen hervorrief, die sie nicht wollte, die nicht angemessen waren, für die sie sich am Ende womöglich würde entschuldigen müssen. Sie beide, Lale und ihre Mutter, wollten Carolins Fragen nicht hören und schon gar nicht beantworten.

»Sind Sie nicht bei Jo Kesslers Lesung?«, fragte Antonia, während Lale die Gelegenheit nutzte, sich wieder zu setzen und Teil dieser Tischrunde zu werden.

Carolin zog sich einen Stuhl heran. »Er hatte mir gesagt, dass er versuchen wolle, die Lesung in der Konzertmuschel zu bekommen. Aber anscheinend hat es nicht geklappt.« Sie blickte Antonia Schäfer an. »Sie wollten es nicht? Schade. Das Publikum war verärgert, dass die Lesung ersatzlos ausgefallen ist. Ich glaube, es wäre besser gewesen, Jo lesen zu lassen. Wenn er auch nicht so gut und schon gar nicht so bekannt ist wie Rossgard Höhner. Zumindest hätten die Zuhörer informiert werden müssen, dass Rossgard Höhner nicht lesen kann.«

Antonia Schäfer saß mit einem Mal sehr aufrecht da. »Wie bitte? Jo ist nicht aufgetreten?«

»Nein.« Carolin sah die Verlegerin erstaunt an. »Ich habe ihn gesucht. Aber er ist wie vom Erdboden verschluckt.«

Sie stiegen beide hinten ein. Zwei abenteuerlich gekleidete Männer auf den Rücksitzen eines Polizeiwagens, die sich mittlerweile an ihre seltsame Kleidung gewöhnt hatten. Jeder von ihnen hatte eine Plastiktüte bei sich, in der die nassen, verdreckten Sachen steckten, in denen sie aufgebrochen waren.

»Morgen früh muss ich mich um mein Auto kümmern«, murmelte Erik und schüttelte das Regenwasser aus seinen Haaren.

Sören beschäftigte sich mit anderen Gedanken. »Ich bin froh, dass ich in diesem Aufzug nicht in Käptens Kajüte erscheinen muss. Das wäre ein gefundenes Fressen für Tove Griess gewesen.«

Eriks Erleichterung war vielschichtiger. »Ich möchte mal wieder nach Hause kommen, ohne dass die Staatsanwältin in meiner Küche sitzt.«

Sören war zwar voller Verständnis, wagte aber dennoch einen Einwand: »Ich finde, sie ist umgänglicher geworden. Das macht vielleicht der gute Einfluss Ihrer Schwiegermutter.«

Davon wollte Erik jedoch nichts hören. Auf keinen Fall war er bereit, Frau Dr. Speck umgänglich zu nennen, für ihn war und blieb sie eine unangenehme Person, auch wenn er mit ihr einen Dirty Daniel an der Hotelbar getrunken hatte. Dass er sich dabei sogar wohlgefühlt hatte, musste er unbedingt schleunigst vergessen.

Der Hausschlüssel steckte in der nassen Hose in der Plastiktüte, sodass er läuten musste. *Alle Vögel sind schon da*, konnte er draußen hören und nahm sich vor, die Auswahl der Lieder, die seine Klingel produzierte, auf die zu beschränken, die zur Jahreszeit passten.

»Kommt schnell rein!«, rief seine Schwiegermutter schon, bevor die Tür geöffnet war. »Der Sturm! Der Regen! Dio mio, ihr seid ja völlig durchnässt!«

Sie riss die Tür auf und griff nach Eriks Ärmel, damit er so schnell wie möglich eintrat und sie das Fauchen des Sturms wieder aussperren konnte. Dann erst sah sie die beiden an und begann nach einem kurzen Erschrecken so laut zu lachen, dass das Gespräch in der Küche abrupt endete. Sie warf die Hände in die Luft, den Oberkörper nach vorn, immer im Wechsel, und lachte und lachte.

Carolin kam aus der Küche und stimmte umgehend in die Heiterkeit ein, wenn auch leiser, zurückhaltender, friesischer. »Papa! Wie siehst du denn aus?«

Und dann erschien auch noch die Staatsanwältin hinter Carolin. Erik rechnete fest damit, dass sie noch lauter lachen würde als seine Schwiegermutter, taktlos, wie er sie kannte. Aber erstaunlicherweise beließ sie es bei einem kleinen amüsierten Lächeln und sagte: »Super, Wolf, dass Sie das auf sich genommen haben!«

Nachdem Erik noch demonstriert hatte, dass er körperlich angeschlagen war, allen den Verband gezeigt hatte, den Dr. Hillmot ihm angelegt hatte, und humpelnd die Treppe hochgestiegen war, wurde er als Held des Tages gefeiert. Seine Schwiegermutter und seine Tochter lachten nicht mehr, sondern bedauerten ihn heftig, und Mamma Carlotta versprach, ihm jeden Schritt abzunehmen, den er nicht unbedingt selbst erledigen musste.

Die heiße Dusche tat ihnen gut. Während Sören sie genoss, suchte Erik ein paar Kleidungsstücke heraus, die seinem Assistenten passen würden. Natürlich zu weit, was aber lediglich bei den Hosen ein Problem war. Erik fand eine Jogginghose, ein Modell, das mindestens drei Größen abdeckte, und dazu ein Sweatshirt, das Sören besser gefallen würde als die Hemden und Pullunder seines Chefs. Bei den Socken und der Unterwäsche gab es einen peinlichen Moment, aber schließlich überwog das Nützliche.

»Sie können jetzt nicht nach Hause gehen«, sagte Erik, der, solange Sören sich anzog, in einer Kommode herumwühlte und nach etwas suchte, was er gar nicht finden wollte, damit er Sören den Rücken zukehren konnte. »Beim Gespräch mit Lale müssen Sie einfach dabei sein.«

Das fand auch Sören. »Ich bin gespannt, was sie uns zu erzählen hat. Hoffentlich haben wir dann genug in der Hand, um Frido Ferrari hinter Gitter zu bringen.«

Während sie die Treppe hinabstiegen, holte Erik sein Handy hervor und wählte die Nummer der Claussens. Petrine Roesgen meldete sich sofort, als hätte sie neben dem Telefon auf einen Anruf gewartet.

Sören betrat die Küche, ließ sich von den Damen, die dort warteten, versichern, dass er in Eriks Kleidung viel besser aussehe als in dem dottergelben Jogginganzug, während Erik auf der Diele zurückblieb. »Ist Frau Helmstetter mittlerweile nach Hause gekommen?«

»Nein, immer noch nicht. Ich mache mir allmählich Sorgen.«

»Und Herr Claussen?«

»Der ist nicht wieder aufgetaucht.« Ihre Stimme bekam einen rebellischen Unterton. »Aber ich mache jetzt Feierabend. Ich sehe nicht ein, dass ich mit dem Essen auf die Herrschaften warte, wenn man mir nicht mal sagt, wie lange ich warten soll.«

Erik bestätigte sie in diesem radikalen Entschluss und verabschiedete sich. Gerade, als er die Küche betrat, hörte er das Handy der Staatsanwältin läuten. Er blieb in der offenen Tür stehen, ohne dass sie ihn bemerkte.

»Warum rufen Sie nicht den Hauptkommissar an? Ich bin ja nur privat auf der Insel.«

Erstaunlich, dass sie sich diesmal nicht nach vorn drängte, dass sie nicht alles selbst machen wollte, weil er ja in ihren Augen immer viel zu langsam und viel zu erfolglos war.

»Ach so, besetzt. Also gut! Ich sage Herrn Wolf Bescheid.«

Herr Wolf! Immerhin! Wenn sie mit ihm sprach, sparte sie sich die Anrede ja grundsätzlich.

»Lassen Sie ihn ins Polizeirevier bringen. Ich hoffe, da ist noch eine Zelle frei.« Sie lachte, als wollte sie ihren Gesprächspartner zwingen, sich ebenfalls zu amüsieren. Sollte Enno Mierendorf am anderen Ende sein, würde ihr das nicht gelingen, da war sich Erik sicher. »Wenn das so weitergeht mit den Festnahmen … Wir werden später kommen, um ihn zu verhören.«

Als sie ihr Handy wegsteckte, sah sie, dass Erik in der Tür stand. Sie erhob sich und drängte sich ihm entgegen, sodass er auf die Diele zurückweichen musste. Er sah noch den aufmerksamen Blick seiner Schwiegermutter, ehe die Staatsanwältin die Tür hinter sich zuzog.

Sie sprach so leise, dass sie drinnen nicht gehört werden konnte. »Eine Streifenwagenbesatzung hat Theo Claussen gesehen, als er das Odin Deli in Kampen verließ. Die beiden haben sich zum Glück an die Fahndung erinnert und Claussen vorläufig festgenommen.«

Erik wäre gern noch weiter zurückgewichen. Ihre körperliche Nähe machte ihm zu schaffen, obwohl sie angenehm roch, nach einem leichten Eau de Toilette, nicht nach einem schweren Parfüm, das den natürlichen Körpergeruch völlig überdeckte und aus jeder Frau eine Wundertüte machte, vielleicht mit einem Inhalt, der die Frage nach einem vernünftigen Preis-Leistungs-Verhältnis aufwarf. Nein, ihr Duft gefiel ihm.

»Wir können uns Zeit lassen«, flüsterte sie, und ihm fiel zum ersten Mal auf, dass sie sehr schöne Lippen hatte, ungeschminkt diesmal. Auch ihre Stimme klang angenehm, wenn sie so leise sprach. »Besser, wir hören uns erst mal Lales Geschichte an.« Sie griff nach seinem Arm, nicht grob, wie er angenommen hätte, sondern mit einem ganz leichten Druck. »Danach können wir entscheiden, wie wir mit Theo Claussen umgehen wollen. Irgendwie habe ich das Gefühl, dass wir ihn freilassen werden, wenn wir Lales Geschichte zu Ende gehört haben. Da ist irgendwas ganz anders gelaufen, als wir gedacht haben.«

»Ehrlich?« Er brachte nur mit Mühe diese beiden Silben heraus.

»Oder hätten Sie gedacht, dass Johannes Kessler hinter der Entführung steckt?«

»Nicht Theo Claussen?«

»Kessler hat sich verdächtig gemacht. Er hat in Käptens Kajüte mitbekommen, dass Frido Ferrari festgenommen worden ist. Wenn die beiden Komplizen sind, dann kann Kessler sich jetzt natürlich ausrechnen, dass Ferrari irgendwann einknicken und singen wird.«

»Komplizen?« Erik war verblüfft.

»Warum sonst ist er plötzlich verschwunden?«

»Wer? Kessler?«

»Sage ich doch!«

»Verschwunden?« Er musste sich zusammenreißen. Wenn er schon dumme Fragen stellte, dann nicht auch noch mit einem Gesichtsausdruck, der einem Kriminalhauptkommissar, der so richtig auf Draht war, nicht zur Ehre gereichte.

»Erst hat er sich eine Lesung in der Konzertmuschel erbettelt – und dann ist er dort nicht aufgetaucht, und die Lesung musste ausfallen. Wenn das nicht verdächtig ist!«

Erik hatte keine Ahnung, was daran verdächtig war, hatte die Zusammenhänge noch längst nicht durchschaut, wusste, wie sehr die Staatsanwältin es hasste, wenn er nicht auf der Stelle die richtigen Schlüsse zog, und schwieg daraufhin vorsichtshalber. Er war froh, als er ihr in die Küche folgen konnte, wo er sich so lange mit Antipasti und Pasta beschäftigen würde, bis er begriffen hatte, warum es Jo Kessler gewesen sein sollte, der Lale Claussen entführt hatte, und ob Theo Claussen nun eigentlich etwas damit zu tun hatte oder nicht ...

Lale musste immer wieder von ihrer Mutter ermuntert werden zu reden, verweigerte es jedes Mal und redete dann doch. »Frido hatte offenbar nicht damit gerechnet, dass ich zu ihm kommen könnte, sonst hätte er die zerschnittene Zeitung und den Klebstoff weggeräumt. Das war für mich der Beweis, dass es in dieser Nacht passieren sollte.«

»Wie sind Sie überhaupt in seine Wohnung gekommen?«, fragte Erik. »Haben Sie einen Schlüssel?«

Lale schüttelte den Kopf. »Aber ich weiß, wo er ihn versteckt, damit er ins Haus kommt, wenn er ihn vergessen hat. Ich habe ihn früher schon häufig benutzt. Aber diesmal hatte Frido nicht damit gerechnet. Warum sollte ich ihn besuchen, wenn ich doch wusste, dass er gar nicht daheim ist?«

»Er konnte nicht ahnen, dass Sie ausgerechnet in dieser Nacht beschlossen hatten, mit ihm durchzubrennen«, meinte Erik und sah seine Tochter an, als stellte er sich vor, Carolin könnte irgendwann einen ähnlichen Entschluss fassen. Mamma Carlotta hätte ihm am liebsten gesagt, dass so etwas nie und nimmer passieren könne, aber da sprach Lale schon weiter.

»Ich habe dann in einem Hotel eingecheckt, um erst mal in Ruhe nachzudenken. Und natürlich, damit ich nicht tatsächlich gekidnappt werde.«

»Warum sind Sie nicht zur Polizei gegangen?«, fragte Carlotta, obwohl sie sich vorgenommen hatte, sich nicht einzumischen. Aber wie sollte das gehen? In einem so brisanten Fall!

Das sah zum Glück auch Erik ein, der sie diesmal nicht mit einem strafenden Blick bedachte, wie er es sonst gern tat, wenn sie etwas wissen wollte, was sie angeblich nichts anging.

Vorsichtshalber erhob sie sich und sorgte dafür, dass die Nudeln endlich ins kochende Wasser kamen. Während sie den Schinken und die Zwiebel würfelte, konnte sie ohne Weiteres zuhören. Wenn sie die Eier aufschlug und verrührte, musste sie nur dafür sorgen, dass sie leise arbeitete. Dann würde sie am Ende alles erfahren haben, was sie wissen wollte. Aber Erik würde glauben, sie sei voll und ganz aufs Kochen konzentriert gewesen. Er schien immer noch nicht zu wissen, wie leicht ihr ein Gericht wie eine Pastapfanne von der Hand ging.

»Ich wusste ja nicht, ob ich recht hatte«, beantwortete Lale nun Carlottas Frage. »Am Ende hätte ich Frido verleumdet. Ich liebe ihn doch. Immer noch! Außerdem ... soll ich ein Kind von einem Mann bekommen, der im Gefängnis sitzt?«

»Sie sind schwanger?« Nun fuhr Mamma Carlotta doch herum, was sie sich eigentlich auf keinen Fall gestatten wollte. Aber unverhoffte Schwangerschaften, noch dazu besonders tragische, waren ein Thema, zu dem sie unmöglich schweigen konnte.

»Du solltest überhaupt kein Kind bekommen«, gab Antonia Schäfer heftig zurück.

Erik gab mit einer Geste zu verstehen, dass für dieses Thema jetzt keine Zeit und auch keine gute Gelegenheit war. Seine Stimme klang barsch, als er daran erinnerte: »Es *hat* eine Entführung stattgefunden!« Das sagte er so laut, mit einer heftigen Betonung auf dem zweiten Wort, dass Lale zusammenzuckte.

Prompt begann sie wieder zu weinen. »Das begreife ich ja auch nicht. Ich wollte, dass Frido die Welt nicht mehr versteht, wenn er hört, dass aus der Entführung nichts geworden ist. Das Haus war leer! Kein reiches Töchterchen, mit dem man viel Geld erpressen kann! Aber ich war trotzdem weg! Verschwunden, als wäre ich tatsächlich entführt worden. Er sollte nichts mehr von mir hören, als wäre ich verschleppt worden. Eine schöne Rache, wenn ich mir vorstellte, wie Frido die Ungewissheit aushalten musste und nichts kapierte. Ich wollte ihn durch die Hölle gehen lassen. Ich habe ihm, während er weg war, die Zeitung hingelegt, aus der er die Wörter für den Erpressungsbrief geschnitten hat. Ich habe ihm meinen Schwangerschaftstest hinterlassen, habe unsere Musik aufgelegt, wenn er heimkam ...«

Mamma Carlotta sah, dass das Gesicht von Antonia Schäfer vor Wut rot anlief. »Du solltest im Ferienhaus bleiben, damit dich niemand sieht.«

»Moment!« Die Staatsanwältin und Erik riefen dieses Wort zur gleichen Zeit, und Sören, der bis dahin nur mit offenem Mund zugehört hatte, ergänzte: »Eins nach dem anderen. Sie sind zu Ihrer Mutter gegangen, um sich Rat zu holen?«

»Sie glauben nicht, wie froh ich war, als mir klar wurde, dass der Entführer meine Tochter nicht erwischt hatte«, warf Antonia ein.

»Ich war erst noch mal zu Hause«, fuhr Lale fort, »weil ich mein Laptop vergessen hatte. Heimlich natürlich, sonst hätte Petrine Roesgen etwas mitbekommen, und mein schöner Plan wäre gescheitert.«

Erik sah Sören entgeistert an. »Dann hat die Haushälterin doch recht gehabt.«

Sören stöhnte: »Die offene Tür, der verschwundene Laptop ...«

»Das gestohlene Haushaltsgeld«, ergänzte Erik.

»Damit habe ich nichts zu tun«, kam es von Lale. »Das muss ... jemand anders genommen haben.« Sie sah verlegen von Erik zu Sören und wieder zurück. »Ich habe Ihre Stimmen gehört. So habe ich erfahren, dass tatsächlich jemand gekidnappt worden war. Das habe ich überhaupt nicht kapiert.«

»Deswegen kam Lale zu mir, sie brauchte Rat«, sagte Antonia Schäfer.

Mamma Carlotta hatte mittlerweile die Nudeln abgegossen, die Schinken- und Zwiebelwürfel gebraten, die verrührten Eier dazugegeben und das Ganze eindicken lassen. Während sie die Pasta-Pfanne anrichtete und auf den Tisch stellte, fiel ihr Blick auf Sören. Er war bleich geworden, dicke Schweißperlen waren ihm auf die Stirn getreten, sein Oberkörper schwankte.

»Dio mio, Sören!«, rief Mamma Carlotta erschrocken. »Was ist mit Ihnen? Geht es Ihnen nicht gut?«

Sören klammerte sich an der Rückenlehne seines Stuhls fest, als er sich erhob. Und es war ausgerechnet die Staatsanwältin, die sofort begriff, warum es dem jungen Kommissar mit einem Mal so schlecht ging. Sie sprang auf und griff nach seinem Arm, damit er nicht umsank.

»Helfen Sie mir, Erik!«, rief sie, und Mamma Carlotta hatte kaum Zeit, sich darüber zu wundern, dass Tilla Speck ihren Schwiegersohn nun sogar mit seinem Vornamen ansprach.

Entweder war Erik aus diesem Grunde derart verblüfft, dass er stark verzögert reagierte, oder es war die Tatsache, dass er seinen Assistenten nun schon zum zweiten Mal in diesem Zustand erlebte. Jedenfalls war es Mamma Carlotta, die der Staatsanwältin zur Seite sprang und Sören mit ihr gemeinsam ins Wohnzimmer führte, ihn dort in einen Sessel schob und seine Füße hochlagerte.

Antonia Schäfer und ihre Tochter waren in der Küche geblieben. Ebenso Carolin, die ebenfalls nicht begriff, was eigentlich vor sich ging.

Sie rasten Richtung Kampen. Mit quietschenden Reifen durch den Kreisverkehr vor Feinkost Meyer und dann über den Wenningstedter Weg, an der Norddörfer Halle vorbei, die nur schwach beleuchtet war. Der Sturm wütete zum Glück nicht mehr so heftig, eine Sturmflut war seit ein paar Stunden nicht mehr zu befürchten. Der Wetterdienst hatte gemeldet, dass sich die Lage schon am nächsten Tag entspannen würde. Jetzt aber rüttelte der Sturm noch am Dach des Wagens, brachte ihn manchmal aus der Spur und wollte scheinbar, dass Sören langsamer fuhr. Aber in dieser Nacht war das unmöglich, das sah auch Erik ein. Er warnte zwar vor Aquaplaning und zeigte auf die Pfützen, die sich am Straßenrand gesammelt hatten, wo das Regenwasser so schnell nicht abfließen konnte, doch Sören hörte nicht einmal zu. Er war mit seinen Gedanken woanders. Noch vor ein paar Minuten hatten sie geglaubt, den komplizierten Fall endlich zu durchschauen, jetzt jedoch tat sich schon wieder eine Frage auf, auf die beide keine Antwort hatten.

Sören ließ sich keine Schwäche anmerken, obwohl Erik ihm geraten hatte, nach Hause zu gehen und sich schlafen zu legen. Es ging ihm jetzt zwar besser, er hatte die Schwäche überwunden, aber der Schock, als er begriff, wie und warum seine Cousine gestorben war, wirkte noch nach. Trotzdem wollte er dabei sein! Vor allem wollte er nicht, dass Erik sich mit seinem verletzten Fuß hinters Steuer setzte.

Als der Anruf gekommen war – »Weibliche Leiche in der Nähe der Vogelkoje!« –, hatte es kein Halten gegeben. Beide, Erik und Sören, hätten dieselbe Antwort gegeben, als die Staatsanwältin fragte, wer die Tote sein könnte, aber beide sprachen es nicht aus. Schon gar nicht in Lales Gegenwart.

Tilla Speck war es gewesen, die nach einem Wagen telefonierte, und sie hatte sich ganz selbstverständlich auf dem Rücksitz niedergelassen. »Ich komme mit.«

»Obwohl Sie als Privatperson auf Sylt sind?«, hatte Erik anzüglich gefragt. Aber sie hatte darauf gar nicht geantwortet.

Antonia Schäfer hatte ihren Wagen zur Verfügung stellen wollen, aber das kam für Erik nicht infrage. »Kein Privatfahrzeug!« Allerdings fragte er sie vorsichtig, ob sie bereit sei, sie zu begleiten. »Möglich, dass dieser Mord etwas mit der Entführung zu tun hat.« Er sah sie vielsagend an und ließ seinen Blick kurz zu Lale schnellen, damit Antonia Schäfer wusste, dass er den Namen mit Rücksicht auf ihre Tochter nicht aussprechen wollte. Sie begriff auf der Stelle, um welchen Namen es sich handelte.

»Ich weiß noch genau, wo ich die Tasche mit dem Geld abgestellt habe«, sagte sie leise und setzte sich neben die Staatsanwältin auf die Rückbank. Lale war arglos geblieben und ließ ihre Mutter ziehen, ohne sich viele Gedanken zu machen. Sie wurde bei Mamma Carlotta gut versorgt, konnte sich mit Carolin unterhalten und dachte über eine Leiche, die ausgerechnet in dem Waldstück gefunden worden war, in dem ihre Mutter das Lösegeld deponiert hatte, nicht weiter nach. Lales bisher unklares Verhalten wurde Erik jetzt immer verständlicher. Sie war eben trotz ihres Alters kindlich und naiv geblieben.

Die Staatsanwältin war es gewesen, die Rudi Engdahl und Enno Mierendorf zu der kleinen Privatpension geschickt hatte, in der Antonia Schäfer für ihren Lyriker ein bescheidenes Zimmer gebucht hatte. Der Pensionsbetreiber hatte es aufgeschlossen und zu sehen bekommen, was sie alle vermutet hatten: Das Zimmer war leer, Johannes Walter Kessler ausgeflogen. Das hatten sie noch erfahren, bevor sie aufbrachen, weil Mamma Carlotta natürlich darauf bestanden hatte, dass sie das Hähnchen-Saltimbocca aufaßen, ehe sie losfuhren. »Eine Tote kann man ja wohl eine halbe Stunde warten lassen!«

In die Stille, die Erik trotz des jaulenden und fauchenden Sturms so nannte, sagte die Staatsanwältin: »Lale hat also Frido den Code der Alarmanlage verraten. Oder sie ist sehr sorglos damit umgegangen. Womöglich konnte er zusehen, wie sie den Code eintippte, und hat sich die Zahlen gemerkt. Sicherlich war er gelegentlich auch bei ihr, wenn die Eltern nicht da waren. Dann haben die beiden es sich in der Villa gut gehen lassen, und Frido wusste nach ein paar Besuchen, wie es dort aussah. Er hat den Code an Jo Kessler weitergegeben, der sicherlich außerdem erfahren hat, wie er durch die Tür in den Wellnessbereich des Hauses kommen konnte.«

»Mit dem Schlüssel, der unter dem Stein versteckt war«, ergänzte Sören und fuhr am Ortseingangsschild von Kampen vorbei, ohne seine Geschwindigkeit nennenswert zu drosseln.

Es entstand eine kurze Pause, weil jeder von ihnen auf einen Einwand von Antonia Schäfer wartete, aber er blieb aus. Lales Mutter schwieg, als müsste sie sich auf das vorbereiten, was sie erwartete. Erik nahm sich vor, dafür zu sorgen, dass sie möglichst wenig von der Leiche zu sehen bekam. Es reichte, wenn sie bestätigte, dass sie dort gefunden worden war, wo das Lösegeld seinen Besitzer gewechselt hatte.

»Nicht Lale Claussen, sondern Ihre Cousine befand sich in der Villa.« Die Staatsanwältin tippte leicht auf Sörens Schulter. »Wie konnte Lale nur so unvorsichtig sein? In Gegenwart eines jungen Mädchens, das für zwei, drei Wochen in der Villa putzte, den Code eingeben! Frauke Kretschmer hat ihr über die Schulter geschaut und sich die Zahlenkombination gemerkt. Genau wie Frido Ferrari. So muss es gewesen sein.«

»Jung und unvernünftig«, meinte Erik. »Sorglos und verwöhnt. Für sie ist das Leben ein Ponyhof. Jedenfalls war es das bis zu diesem Tag.«

Wieder warteten sie auf eine Entgegnung der Mutter, aber auch diesmal blieb sie aus. Antonia Schäfer unternahm nichts, um ihre Tochter zu verteidigen oder ihr Verhalten zu rechtfertigen. Vermutlich war sie derselben Meinung wie Erik. Sie hatte so lange keinen Kontakt mit Lale gehabt, dass sie ihre Tochter objektiver beurteilen konnte als eine Mutter, die so eng mit ihrem Kind verbunden war, dass sie alles beschönigte und jeden Verdacht zurückwies, als wäre ihr eigenes Verhalten infrage gestellt worden.

Die Staatsanwältin seufzte. »Hat Frauke das öfter gemacht, Herr Kretschmer? Einbrüche? Diebstähle? War sie aktenkundig?«

»Nein, das nicht.« Sören zuckte hilflos die Schultern. »Ich hatte keine Ahnung. Sie war zwar ein leichter Vogel, aber so was habe ich ihr nicht zugetraut. Sie hat mir jedoch mal anvertraut, dass sie in den Häusern, in denen sie putzte, manchmal länger geblieben ist, wenn die Besitzer nicht zu Hause waren.

Dann ist sie im Pool geschwommen, hat das Solarium benutzt, das Kosmetikangebot der Hausherrin getestet und ihre Designergarderobe anprobiert. Bei den Claussens hat sie ja wohl im Whirlpool geplanscht ...«

»... nachdem sie sich an der Geldbörse und dem Vorratsschrank bedient hatte«, warf die Staatsanwältin ein.

»... und am Whisky«, fuhr Sören fort. »Dann hat sie so getan, als wäre das ihre Welt. So wünschte sie sich das Leben: unkompliziert und komfortabel.«

»Aber dann kam der Kidnapper, während sie die reiche Dame spielte«, fügte Erik an.

»Sicherlich hat sie ihm erklärt, dass sie nicht Lale Claussen ist, aber Kessler hat ihr nicht geglaubt.« Erik nahm den Fuß vom Gas. »Wir haben die Spuren am Whiskyglas nicht untersucht, weil wir nicht auf die Idee gekommen sind, dass jemand anders als Lale daraus getrunken haben könnte. Hätten wir es getan, wären wir der Lösung des Falls schneller auf die Spur gekommen.«

»Ich bin froh, dass Lale nicht zu Hause war«, flüsterte Antonia Schäfer. Und Erik merkte, ohne sich umzudrehen, dass die Staatsanwältin nach ihrer Hand griff und sie drückte.

Als sie die Lichter von Kampen hinter sich ließen und erneut in die Dunkelheit stachen, die hinter dem Regenvorhang besonders finster war, hing wieder jeder seinen Gedanken nach. Die Vogelkoje war nicht mehr weit, als die Staatsanwältin sagte: »Ich kann dich verstehen, Antonia. Ich bewundere sogar, was du getan hast. Wenn sich herausgestellt hätte, dass nicht Lale, sondern irgendeine andere junge Frau gekidnappt worden war, hätte Theo keinen Cent von seinem Cousin bekommen. Du wolltest Fraukes Leben retten, indem du niemandem verraten hast, dass Lale in Sicherheit war.«

»Ich musste Lale lange überzeugen, bis sie glauben konnte, dass es so am besten ist. Erst, als ich ihr immer wieder vor Augen gehalten habe, wie es sein wird, wenn man für den Tod eines Menschen verantwortlich ist, hat sie es schließlich eingesehen. Natürlich wusste sie, dass eine Menge Ärger mit ihrem Vater auf sie zukommen wird. Aber ich habe ihr erklärt, dass sie das aushalten muss. Und dass sie das auch schafft, wenn sie dadurch einer jungen Frau das Leben rettet.«

»Theo Claussen hat also für die Befreiung eines Mädchen eine Million hingeblättert, das er nicht einmal kannte.« Erik pustete die Luft von sich. »Das ist ein Ding.«

»Sein Cousin hat gezahlt«, korrigierte Antonia Schäfer. »Der wird nicht begeistert sein, wenn er hört, dass die Million weg ist. Für ein fremdes Mädchen.«

Die Staatsanwältin beugte sich tröstend zu ihr. »Ich hoffe immer noch, dass wir den Kerl kriegen. Der wird die Million noch bei sich haben oder irgendwann verraten, wo er die Kohle versteckt hat. Dann bekommt Theos Cousin das Geld zurück.«

Erik konnte sich einen sanften Tadel nicht verkneifen. »Sie hätten die Polizei nicht ausschließen dürfen. Es wäre uns sicher gelungen, den Kidnapper an Ort und Stelle zu verhaften.«

»Ich hatte Angst. Er hat mir gedroht. Noch unmissverständlicher als am Anfang. Wie gesagt ... ich hatte den Eindruck, dass er etwas mitbekommen hat. Und jetzt, wo wir davon ausgehen können, dass Kessler der Täter ist, glaube ich, dass mein Eindruck richtig war. Zwar hat Tilla immer versucht, im Kursaal nur eine nette Freundin zu sein, die mir hilft, aber ... vielleicht sind wir doch mal leichtsinnig gewesen und haben etwas gesagt, was ihm verdächtig vorkam. Wir konnten ja nicht ahnen, dass der Entführer in unserer unmittelbaren Nähe war.« Heftig ergänzte sie: »Ich wollte jedenfalls kein Risiko eingehen!«

»Obwohl es nicht um Ihre eigene Tochter, sondern um eine Fremde ging.«

Empört antwortete Antonia Schäfer: »Ich setze doch nicht das Leben eines Menschen aufs Spiel!«

Mit tonloser Stimme sagte Sören: »Es war alles umsonst.

Frauke ist nicht befreit worden. Trotz der Million, die gezahlt wurde. Warum hat Kessler sie umgebracht?«

»Das erfahren wir, wenn wir ihn haben«, antwortete die Staatsanwältin mit einem Ton in der Stimme, der keinen Zweifel daran ließ, dass man ihn erwischen würde. »Vielleicht hat sie ihn erkannt und den Fehler gemacht, ihm zu drohen. Sie hätte seinen Namen genannt, wenn sie befreit worden wäre. Also konnte er sie nicht leben lassen.« Ihre Stimme behielt den optimistischen Klang. »Kessler ist kein Gewohnheitsverbrecher, er hat sich noch nie etwas zuschulden kommen lassen. Er brauchte Kohle, um endlich ein Buch herausbringen zu können und ein großer, weltberühmter Schriftsteller zu werden.« Sie warf ihrer Freundin einen schnellen Blick zu, als wartete sie auf eine Reaktion.

Und sie kam tatsächlich. Antonia Schäfer stieß ein verächtliches Lachen aus. »Kessler wollte zehntausend Euro hinblättern, damit sein Werk verlegt wird. Angeblich hatte er jemanden gefunden, der ihm das Geld leihen wollte. Dieser Idiot! Aus dem wäre nie ein Literat geworden. Er wollte seinen Eltern beweisen, dass er das Zeug zum Schriftsteller hatte. Die haben ihm nicht besonders viel zugetraut. Verwaltungsangestellter sollte er werden, ein sicherer Job.« Wieder lachte sie, diesmal nicht verächtlich, sondern amüsiert. »Und da er schon mal dabei war, hat er gleich eine Million verlangt. Ein Polster für schlechte Zeiten!« Wieder lachte sie. »Oder weil er gleich in Verdacht gekommen wäre, wenn er zehntausend verlangt hätte. Wahrscheinlich ist er sich dabei noch besonders schlau vorgekommen.« Nun seufzte sie tief auf. »Und mit diesem Kerl habe ich tagelang Seite an Seite im Kurhaus gearbeitet. Ich habe mich von ihm zutexten lassen, er hat mein Auto jederzeit benutzen dürfen ...«

»Wie war das eigentlich mit dem Foto?«, unterbrach Erik. »Der Entführer hat doch ein Foto geschickt. Das muss Frauke Kretschmer gezeigt haben.«

»Es kam ja auf meinem Handy an«, erklärte Antonia Schäfer. »Ich habe es gegen ein Foto von Lale ausgetauscht. Ganz einfach.«

»Und Theo Claussen? Wie hängt der in dieser ganzen Sache drin? Wir haben an eine vorgetäuschte Entführung gedacht, da haben wir uns geirrt. Aber eine reine Weste hat der nicht.«

»Auch das kriegen wir raus, wenn wir ihn in die Mangel nehmen«, entgegnete die Staatsanwältin. »Gut, dass er schon in der Zelle des Polizeireviers sitzt.«

Wieder meldete sich Sören zu Wort, der nun allmählich seine Schwäche überwand und nicht mehr nur an seine Cousine, sondern wieder an seine Arbeit denken konnte. »Helena Helmstetter muss Jo Kessler in die Quere gekommen sein. Ob das Zufall war?«

»Bestimmt nicht!« Die Staatsanwältin war ganz sicher, und Antonia Schäfer nickte zustimmend. »Wer geht denn bei heftigem Sturm in so einem Waldstück spazieren? Mutterseelenallein!«

»Dann hat sie also etwas mitbekommen und ist ihm gefolgt? Wollte sie die Lösegeldübergabe vereiteln?«

Darauf wusste niemand eine Antwort. In der Ferne sahen sie eine Bewegung am Himmel, ein blaues Licht, das der Sturm durchzuschütteln schien. Er warf es hin und her, mal in grellen Zacken, dann wieder in weichen Wellen. Die Bereitschaftspolizei war also schon vor Ort, der Weg zu der Leiche würde gut ausgeleuchtet und leicht zu finden sein.

»Wenn sie Kessler gefolgt ist«, überlegte die Staatsanwältin, bevor Erik auf den Parkplatz der Vogelkoje einbog, »musste sie deswegen sterben. Das hatte Kessler garantiert nicht beabsichtigt. Er wollte einen schnellen Euro machen und ist zum Mörder geworden. Damit muss er erst mal fertigwerden. Es würde mich nicht wundern, wenn er sich schon bald selbst der Polizei stellt, weil er mit dieser Entwicklung nicht klarkommt. Der junge Mann ist eigentlich kein gewissenloser Mörder. Nicht einmal ein gewohnheitsmäßiger Dieb. Der ist nur ein kleiner Ehrgeizling, der übers Ziel hinausgeschossen ist.«

Sören parkte den Wagen in der Nähe des Eingangs zur Vogelkoje, neben den Streifenwagen, die dort standen, die mit ihrem flackernden Blaulicht einen grellen Rhythmus an den Himmel warfen. Ein paar Meter weiter stand der kleine Wagen des Gerichtsmediziners, Dr. Hillmot war jedoch nirgendwo zu sehen. Scheinbar hatte er sich schon auf den Weg zum Tatort gemacht. Er würde sich schrecklich darüber aufregen, dass man einem übergewichtigen, arthrosegeplagten Gerichtsmediziner kurz vor der Pensionierung solche Strapazen zumutete. Bei Dunkelheit in den Wald, über Gestrüpp und Baumstümpfe hinweg, durch dorniges Unterholz, auf glitschigem Moos, und das Ganze bei Sturm, der ihm dünnes Geäst ins Gesicht schlug, und diesem heftigen Regen, der im Nu alles durchweichte.

Erik stieg aus, duckte sich unter dem Regen und öffnete die rückwärtige Tür, damit die Staatsanwältin aussteigen konnte. Sören kam nicht auf die Idee, an der Fahrerseite das Gleiche für Antonia Schäfer zu tun. Er war nur darauf bedacht, die Kapuze zuzubinden und die Jacke fest zu schließen, die Carlotta aus Felix' Schrank für ihn herausgesucht hatte.

»Danke«, sagte Tilla Speck und lächelte Erik an.

Verwundert sah er ihr nach, wie sie auf einen Kollegen zuging, der neben dem Streifenwagen stand und zu überlegen schien, ob er salutieren sollte, als er die Staatsanwältin erkannte. Sie hatte sich erstaunlich schnell mit den Witterungsbedingungen abgefunden, duckte sich nicht unter dem Regen, stieg nicht vorsichtig über die Pfützen hinweg, sondern akzeptierte, dass sie nass wurde, und bewegte sich so aufrecht wie bei Sonnenschein. Ihre helle Hose war leicht zu verfolgen, während die dunkle Jacke, die sie trug, sogleich mit der Dunkelheit verschmolz. Ihre Bewegungen waren so flink, dass ihre Gestalt zu flackern schien, so wie das Blaulicht.

Erik schüttelte sich, als wollte er diese Gedanken aus seinem Hirn werfen. Was kümmerte ihn die Wirkung der Staatsanwältin? Und wieso machte er sich überhaupt Gedanken darüber, dass sie sehr gut aussah? Dass sie neuerdings sogar manchmal nett und sympathisch wirkte? Er war hier, um eine Leiche in Augenschein zu nehmen und einem Verbrechen auf die Spur zu kommen. Dass Frau Dr. Speck an seiner Seite sein würde, war lästig. Nichts anderes!

Carolin und Lale waren zum Glück gern bereit, sich dem Dessert zu widmen. Die *Crema con biscotti e panna* war schnell hergestellt. Schokoladenkekse, Bananen, Quark, Nutella, Sahne und Krokant miteinander pürieren – fertig! Eigentlich musste die Creme vor dem Verzehr eine Stunde im Kühlschrank durchkühlen, aber besondere Ereignisse erforderten nun einmal besondere Toleranz. Nicht nur von der Köchin, sondern auch von denen, für die das Dolce zubereitet worden war. Erik, Sören, Tilla Speck und auch Antonia Schäfer waren trotz Widerstand genötigt worden, das Dolce zu probieren, bevor sie losfuhren, wenn auch im Stehen und in großer Eile. Danach war Mamma Carlotta zufrieden gewesen. Hauptsache, das Essen hatte aus den bewährten vier Gängen bestanden, und jeder einzelne Gang war mit Genuss verzehrt und mit viel Lob bedacht worden. Da durfte man schon mal die Rezeptanweisungen etwas großzügiger auslegen.

Carolin und Lale hatten es natürlich nicht nötig, das Dolce in Hast zu essen, sie konnten es in aller Ruhe genießen. Das traf jedoch lediglich auf Carolin zu, Lale Claussen aß nur ein paar Löffelchen und schob dann den Dessertteller mit einer gemurmelten Entschuldigung zur Seite. Ihr sei der Appetit vergangen, erklärte sie, was Mamma Carlotta gut verstehen konnte. Für diese junge Frau war ja das Dach über dem bisher wohlgeordneten Leben zusammengebrochen! Es würde wohl noch eine Weile dauern, bis sie begriffen hatte, was geschehen war, und einsehen konnte, dass die Zukunft anders aussehen würde, als sie es sich ausgemalt hatte. Kein Wunder, sie brauchte Größeres, um getröstet zu werden, ein schnell zusammengerührtes Dolce reichte da nicht aus.

Als Mamma Carlotta den Espresso servierte, stellte Lale endlich eine Frage: »Wieso ist meine Mutter mitgefahren?«

Carolin verständigte sich mit ihrer Nonna durch einen kurzen Blick darüber, Lale im Unklaren zu lassen, bis die Vermutungen zur grausamen Wahrheit geworden waren. Antonia Schäfer hatte es ja ebenso gehalten und sich ihrer Tochter gegenüber nur vage ausgedrückt. Die Polizei brauche ihre Hilfe, sie sei bald wieder da ...

»Irgendwo ist eine Leiche gefunden worden, stimmt's?«

Mamma Carlotta fing an, in den Schubladen nach Amaretti zu suchen, und Carolin rührte sehr lange den Zucker in den Espresso, sodass sie Lale nicht ansehen musste. »Ja, ja.«

»Soll meine Mutter die Leiche identifizieren?«

Carlotta und Carolin wehrten beide ab, wussten angeblich nichts und gaben sich so ahnungslos, wie Lale tatsächlich war.

»Frido kann es nicht sein, Gott sei Dank«, überlegte Lale. »Er sitzt ja in Untersuchungshaft. Vielleicht ...« Sie blickte auf und suchte in den beiden Gesichtern vor ihr nach Bestätigung. »Jo Kessler?«

Carlotta und Carolin atmeten erleichtert aus und beschlossen beide, ohne sich abzustimmen, Lale nicht von diesem Irrweg herunterzuholen. »Er ist un criminale«, behauptete Mamma Carlotta. »Solche Leute leben gefährlich.«

»Wer sollte ihn denn umgebracht haben?«, fragte Lale.

Dazu fiel Mamma Carlotta zum Glück eine Menge ein. Kriminelle hatten Feinde, Jo Kessler hatte wohl mehr auf dem Kerbholz, als sie alle ahnten, hatte Menschen betrogen, die sich an ihm rächen wollten, war in Machenschaften verstrickt worden, in denen es um Leben und Tod ging ...

Aber Lale unterbrach sie: »Der hat immer nur an eins

gedacht: an ein eigenes Buch. Ich kannte ihn ja nicht persönlich, aber Frido hat gelegentlich von ihm gesprochen. Für die Veröffentlichung eines Romans wollte er alles tun. Der ist wohl ziemlich verrückt.«

Carolins Blick gewann an Tiefe. »Wenn man sich mit so vielsinnigen Gedanken beschäftigt, kann man manchmal die Wirklichkeit nicht mehr vom lyrischen Prozess unterscheiden. Jo hat es mir erklärt: In einer guten Lyrik hat sich die Realität verwandelt. Sie muss immer Realität bleiben, darf sich im Kern nicht verändern, muss aber anders gekleidet, oft sogar verkleidet werden.«

Lale sah aus, als verstünde sie kein Wort, Mamma Carlotta ging es anders: Sie wollte kein Wort verstehen. Solche Erklärungen erinnerten sie an den Sohn von Signora Ceccarelli, der Theologie studierte und immer, wenn er in den Semesterferien nach Hause kam, mit Erklärungen für das Schlechte in der Welt aufwartete und sämtliche Einwohner von Panidomino mit Theorien langweilte, wie das Gute zu retten und das Böse zu vertreiben war. Auch Romano war von den meisten angesehen worden wie jetzt Carolin von Lale Claussen.

Mamma Carlotta hielt es für vernünftig, Lale von dem Versuch abzubringen, Carolin in die formalen und inhaltlichen Merkmale von Gedichten zu folgen. Und sie war froh, nichts mehr von Lyrik hören zu müssen, sondern begann über das zu reden, was alle Liebenden am meisten beschäftigt. »Ich dachte, Frido liebt mich wirklich. Wir haben so oft von einer gemeinsamen Zukunft geträumt. Aber mit meinem Vater war ja nicht zu reden. Deswegen dachte ich, Frido wäre glücklich, wenn ich mich ganz für ihn entscheide. Erst recht, wenn ich ihm eröffne, dass wir ein Baby erwarten. Aber er war ja anscheinend nur an dem Geld meines Vaters interessiert.«

Mamma Carlotta beschloss, dass nun ein Grappa fällig war. Lebenserinnerungen, das Reden über die Liebe, über Enttäuschungen, über Schwangerschaften, Problemen mit den Eltern und das Ausschütten des Herzens brauchten immer ein paar Promille. Damit ging alles leichter. Jedenfalls für diejenigen, die nicht schwanger waren. Werdende Mütter mussten natürlich darauf verzichten. Carolin warf ihrer Nonna einen warnenden Blick zu, die wusste, dass es in Panidomino an solchen Abenden schon zu Versöhnungen gekommen war, von denen die Betroffenen am nächsten Tag nichts mehr wissen wollten, oder dass aus den geplanten Vergebungen neue Streitigkeiten entstanden waren.

Lale wunderte sich, dass ihr kein Grappa eingegossen wurde, begriff dann aber, dass sie die nächsten Monate ohne Alkohol auskommen musste. Es schien ihr nicht zu gefallen, aber sie fand sich damit ab. »Meine Mutter hat mir klargemacht, dass wir Frauke retten müssen. Ich sollte mich in ihrem Ferienhaus verkriechen und abwarten, bis Papa die Million gezahlt hat und Frauke frei ist. Sie hatte ja recht. Frauke hat keine reichen Eltern. Sie wäre umgebracht worden, wenn niemand ein Lösegeld zahlen würde. Und dann wäre ich schuld gewesen!«

»Das war sehr klug von Ihrer Mutter.« Mamma Carlotta blickte in Carolins Augen. Sie begriffen beide, dass Lale noch nichts von Fraukes Tod gehört hatte.

»Sie haben es in dem Ferienhaus nicht ausgehalten?«, fragte sie Lale mit besonderer Freundlichkeit und zeigte ihr mit einem gütigen Lächeln, dass sie Verständnis für sie hatte.

Es gelang! Lale war die Erleichterung anzusehen. »Ich wollte Frido einen Denkzettel verpassen. Er sollte wissen, dass ich frei bin, und sich fragen, ob ich ihn verraten würde. Es hat mich direkt gewundert, dass er so weitergemacht hat wie bisher. Vermutlich hat er gedacht, dass es unauffälliger ist, wenn er täglich zu Gosch geht und seinen Job erledigt. Er wird sich überlegt haben, dass er sich nicht auffällig verhalten darf.« Sie lehnte sich zurück und spielte mit dem Wasserglas, als überlegte sie, Mamma Carlotta zu bitten, ihr doch einen Grappa einzugießen. »Die Million ist gezahlt worden, Frauke wird bald frei-

ı.« Jetzt veränderte sich ihre Stimme, sie wurde schnei-
l ein wenig verächtlich. »Papa wird sich schrecklich
aber das ist mir egal. Meine Mutter hat gesagt, das
egal sein. Wie sollen wir weiterleben, wenn wir uns
en müssen, ob wir ein Mädchen hätten retten kön-
, das grausam ermordet wurde?«

Lale war davon überzeugt, dass das Richtige getan worden war. Mamma Carlotta mochte nicht daran denken, wie schrecklich es für sie sein würde, wenn sie von Fraukes Tod erfuhr.

Nun konnte die junge Frau sogar ein winziges Lächeln produzieren. »Ich habe gemerkt, dass Frido kurz davor war, die Nerven zu verlieren. Er konnte nicht verstehen, was passierte. Als er heimkam, lief unsere Musik, das Lied, bei dem wir zum ersten Mal miteinander getanzt haben. Im Badezimmer fand er den Schwangerschaftstest. Auf seinem Bett lag mit einem Mal die Zeitung, aus der er die Wörter und Buchstaben geschnitten hat ...«

»An diesem Abend mussten Sie durchs Fenster fliehen?«

»Das war knapp.« Lale grinste. »Ich wurde für eine Einbrecherin gehalten. Komischerweise hockte unter dem Fenster jemand. Eine ziemlich dicke Frau. Keine Ahnung, was die da wollte. Aber die war viel zu erschrocken, um mir zu folgen.«

Ziemlich dicke Frau? Mamma Carlotta musste an sich halten, um Lale nicht einen Vortrag darüber zu halten, dass sie einmal Größe achtundvierzig getragen hatte und dass sie seit dem Tod ihres Mannes in Größe vierundvierzig passte, worauf sie sehr stolz war. Sie war nicht ziemlich dick, sondern ziemlich normalgewichtig, fand sie.

Carolin fiel noch etwas anderes ein. »Der Stein, der durch das Fenster von Käptens Kajüte flog, das warst du auch, oder?«

»Stimmt. Und ich habe Frido sogar getroffen. Er wusste garantiert sofort, dass ich das war. Erst recht, wenn er den Zettel gelesen hat, in den der Stein eingewickelt war. Das hat er doch?« Lale sah Carlotta und Carolin fragend an.

Beide bestätigten es ihr. »Frido war ganz schön cken«, lachte Carolin. »Und er ist aus der Imbissstube gera um den Täter ... also, um dich zu finden.«

»Da hätte er früher losrennen müssen. Ich bin sofort zurückgelaufen, als ich merkte, dass ich mein Ziel erreicht hatte.« Lale lachte zufrieden. »Na, und dann mein letzter Versuch, Frido in den Wahnsinn zu treiben!« Sie sah Mamma Carlotta an. »Da glaubten Sie ja, mich retten zu müssen.«

Der Wald gegenüber der Vogelkoje war sehr dicht und voller Gestrüpp, beinahe undurchdringlich. Schwer, da reinzukommen, dachte Erik. Nirgendwo ein Weg oder auch nur ein schmaler Pfad. Aber es war zu erkennen, dass sich jemand gewaltsam Zutritt verschafft hatte. Ein paar niedrige Büsche waren heruntergedrückt und rücksichtslos niedergetrampelt worden. Auf diese Stelle bewegten sie sich zu, die Spurensicherung hatte die Stelle beleuchtet.

Erik griff nach Antonia Schäfers Arm und hielt sie zurück. Trotz der Dunkelheit sah er, wie bleich sie war und wie sie sich bemühte, tapfer durchzuhalten.

»Weiter brauchen Sie nicht mitzukommen«, sagte er leise. »Den Rest müssen Sie sich nicht antun. Gehen Sie einfach zum Wagen zurück, und warten Sie dort im Trockenen auf uns.« Er hielt ihr den Autoschlüssel hin. »Oder Sie telefonieren ein Taxi herbei und lassen sich nach Wenningstedt bringen, ehe Sie völlig durchnässt sind.«

Antonia Schäfer zögerte, dann entschied sie sich gegen den Schlüssel. »Okay, ich fahre zurück.«

Kurz vorher hatte sie die Beamten auf dem Weg zu der Stelle in den Wald geführt, den auch Dr. Hillmot und die Spurensicherung genommen hatten. Und es hatte ihr keine Schwierigkeiten bereitet, den Platz wiederzufinden, an dem sie die Tasche mit der Million abgestellt hatte. Sie war per SMS dorthin bestellt und dann noch einmal gewarnt worden. »Wehe, Sie halten sich n meine Anweisungen!« Die letzte SMS hatte gelautet: _winden Sie! Sofort!«

Sie hatte Erik die SMS-Nachrichten gezeigt. Natürlich von einem Handy mit Prepaidkarte abgeschickt, also ohne die Möglichkeit, daraus auf den Täter zu schließen. Aber das war ja nicht mehr nötig, sie kannten den Entführer.

»Die Fahndung nach Johannes Walter Kessler ist raus«, hatte die Staatsanwältin gesagt, die noch vor der Abfahrt, sozusagen zwischen Secondo und Dolce, für alles gesorgt hatte.

Wo mochte er sich verstecken? Diese Frage stellte sich Erik immer noch. Das Pensionszimmer hatte er aufgegeben, Frido Ferraris Wohnung wurde überwacht, das Kurhaus vom Dach bis zum Keller durchsucht. Strandkörbe zum Übernachten gab es nicht mehr, außerdem war es nachts viel zu kalt, um im Freien zu schlafen. Wo mochte er untergekommen sein? Vielleicht in einem leer stehenden Ferienapartment? Davon gab es im November genug. Die Staatsanwältin hatte dafür gesorgt, dass sämtliche Vermieter angewiesen wurden, auf ihre Apartments ein Auge zu haben. Sobald ein aufgebrochenes Schloss auffiel, sollte sofort die Polizei verständigt werden.

»Ab morgen wird er gejagt«, flüsterte die Staatsanwältin in Eriks Rücken. »Morgen früh prangt auf der Titelseite des *Inselblattes* ein Foto von Johann W., nein, Johannes Walter Kessler. So groß, wie er es sich heimlich schon lange wünscht.« Sie grinste. »Aber darunter steht nicht *Literaturnobelpreis*, sondern *Entführung und Mord*. Dann kann er sich auf Sylt nicht mehr blicken lassen, ohne erkannt zu werden.«

Erik, der bisher nie verstanden hatte, dass die Staatsanwältin mit einem Mann wie dem Chefredakteur des *Inselblattes* befreundet war, nickte nun zufrieden. Menno Koopmann wäre sicherlich nicht so kooperativ gewesen, wenn Erik selbst ihn gebeten hätte, sein Blatt in den Dienst der Polizei zu stellen.

Die Staatsanwältin flüsterte immer noch, was Erik gefiel. Er mochte es nicht, wenn auf dem Weg zu einem Mordopfer laut geredet wurde. Für ihn wurde damit die Würde des Toten angetastet. »Wo der wohl die Million versteckt? So ein großer Geldbetrag ist ganz schön hinderlich, wenn man auf der Flucht ist.«

Erik nickte nur, weil er sich jetzt auf das konzentrierte, was ihn erwartete. Er ging langsamer, sein Fuß schmerzte wieder heftiger, und als er merkte, dass die Staatsanwältin dadurch näher herankam, nahm er ihren Duft wahr und die Wärme ihres Körpers. Er fühlte sich von ihr bedrängt, obwohl sie ihn nicht berührte. Aber er ließ sich nicht schieben oder treiben. Kriminalhauptkommissar Wolf ging immer langsam auf ein Mordopfer zu, das wussten alle, die mit ihm zusammenarbeiteten. Auch Sören hatte es sich bereits angewöhnt, nicht auf den Tatort zuzustürmen, sondern sich ihm zu nähern wie einem Ort, dessen Untergrund unbekannt war und vielleicht glitschig oder schwankend sein konnte. Tatsächlich ging es Erik aber nicht um die Örtlichkeit, sondern um den Menschen, der hilflos ausgeliefert war: dem Entsetzen desjenigen, der ihn fand, den Augen der Ermittler, den Händen des Gerichtsmediziners, den Maßnahmen der Spurenfahnder. Gegen nichts konnte er sich mehr wehren. Dieser Mensch, dem das Leben genommen worden war, musste sich allem, was nach seinem Tod folgte, ergeben.

Die Frau lag auf dem Rücken, im grellen Licht der Scheinwerfer, die die Spurenfahnder aufgestellt hatten, die Beine übereinandergefallen, die Arme zur Seite gestreckt. Wie gekreuzigt! Sie schien in die Baumwipfel zu starren, aber natürlich war ihr Blick längst gebrochen. Der Regen rann über ihre Augäpfel, in ihren offenen Mund, ihr ganzer Körper war durchnässt. Das Dach des Waldes war an dieser Stelle durchlässig. Das Gebüsch, hinter dem sie lag, war zwar dicht, hatte ihren Körper aber nicht schützen können. Das Blut, das aus einer schweren Wunde am Hinterkopf gelaufen war, ließ sich nur erahnen. Das dunkle Rinnsal war kaum zu erkennen, es versickerte im dunklen Untergrund.

Das Licht, das die Tote und das Umfeld aus der Dunkelheit des Waldes herausgeholt hatte, war gnadenlos. Es gab keinen Schatten auf ihrem Gesicht, nichts Weiches, was das Schreckliche milderte, was ihr widerfahren war, keine Scham, keine Schonung, nichts Gnädiges. Die Frau war restlos ausgeliefert, erst ihrem Mörder, nun denjenigen, die ihren Tod aufklären mussten. Erik merkte, dass es ihn bei diesem Anblick schüttelte. Er spürte eine sanfte Hand auf seinem Rücken, nur eine ganz leichte Berührung, ein winziger Trost. Die Staatsanwältin? Er gestattete sich nicht, sich umzudrehen, um sich zu vergewissern. Er wollte es gar nicht erfahren und wollte ihr vor allem nicht zeigen, dass er die Berührung zur Kenntnis genommen hatte, erst recht nicht, dass sie ihm gefallen hatte, dass sie tatsächlich so etwas wie ein Trost gewesen war.

Dr. Hillmot, der vor der Leiche kniete, suchte nach etwas, worauf er sich abstützen konnte, um in die Höhe zu kommen. Erik griff nach seiner tastenden Hand und half ihm hoch. Pustend musste sich der fettleibige Gerichtsmediziner erst mal an seine aufrechte Haltung gewöhnen und sich von der Anstrengung des Aufrichtens erholen. »Da hat jemand mit aller Kraft zugeschlagen«, brachte er schließlich heraus. »Mit einem stumpfen Gegenstand.« Er blickte sich um, ohne außerhalb des Lichtkegels etwas zu erkennen. »Vermutlich ein dicker Ast, davon liegen hier ja genug herum. Die Wunde ist jedenfalls stark verunreinigt, voller Schmutz. Eindeutig Waldboden.«

»Wann?«, fragte die Staatsanwältin, die nicht wusste, wie ungehalten Dr. Hillmot reagierte, wenn ihm diese Frage gestellt wurde. Womöglich war es Tilla Speck aber auch einfach egal.

Doch der Gerichtsmediziner wurde zum Charming Boy, wenn er es mit einer attraktiven Frau zu tun bekam, was in seinem Beruf eher selten war. »Heute Mittag, würde ich sagen.«

»Also bei Helligkeit«, überlegte Erik.

Dr. Hillmot betrachtete die Staatsanwältin zunächst wohlgefällig von oben bis unten, ehe er fortfuhr: »Angriff von hinten, gleich der erste Schlag war tödlich. Aber der Täter ist auf Nummer sicher gegangen und hat noch ein paarmal zugeschlagen.«

»Also Hass?«, fragte Erik, erhielt darauf aber keine Antwort. Er war eben nicht weiblich und vollbusig.

Die Staatsanwältin raunte ihm zu: »Das passt zeitlich. Antonia ist am späten Vormittag von dem Entführer in den Wald bestellt worden.«

Erik nickte bestätigend. »Wer hat sie gefunden?«, erkundigte er sich, ohne diese Frage an eine bestimmte Person zu richten.

Die Antwort kam von rechts, von einem Mitarbeiter der KTU. »Ein Hundebesitzer. Der hat im Restaurant der Vogelkoje gegessen, sein Hund war im Auto geblieben. Als er zurückkam, war der Hund unruhig, er winselte, wollte raus. Also hat er sich entschlossen, schnell mit ihm Gassi zu gehen, während seine Frau im Auto auf ihn wartete. Am Waldrand ist der Hund dann nervös geworden, hat an der Leine gezerrt und gebellt. Der Mann kennt seinen Hund, der wusste sofort, dass da etwas nicht in Ordnung war, und ist ihm gefolgt.« Mittlerweile hatte Erik den Mann ausgemacht, der ihm die Schilderung gab. Ein noch junger Spurenfahnder, den er nicht kannte. »Kurz darauf stand er vor der Leiche. Zum Glück ist er nicht darüber gestolpert. Er hat dann sofort die Polizei verständigt.«

»Ist er noch vor Ort?«

Nun schaltete sich Kommissar Vetterich, der Leiter der Kriminaltechnischen Untersuchungsstelle, ein. »Ich habe ihm gesagt, er könne nach Hause fahren. Irgendwelche Beobachtungen hat er nicht gemacht, er kann uns zurzeit nicht weiterhelfen. Aber ich habe alle Angaben zu seiner Person.«

Jetzt wäre Erik doch froh gewesen, Antonia Schäfer an seiner Seite behalten zu haben. Sie hätte die Leiche identifizieren können. Er selbst kannte Helena Helmstetter ja nicht persönlich, hatte nur in der Villa Claussen ein Foto von ihr gesehen. Das Alter passte, die Figur auch, die blonden Haare ebenfalls. Aber das reichte nicht. Dass sie seit Stunden nicht nach Hause gekommen war, konnte ebenfalls kein Beweis, allenfalls ein schwerwiegendes Indiz sein.

Nun aber spürte er, dass die Staatsanwältin neben ihn trat, die sich bisher mit der zweiten Reihe zufriedengegeben hatte.

»Das ist sie«, flüsterte sie.

Er drehte sich überrascht zu ihr. »Helena Helmstetter? Sie kennen sie?«

»Flüchtig nur. Aber ich bin ganz sicher.«

»Gut. Dann sollten wir uns jetzt ihren Mann vornehmen.«

»Als mutmaßlichen Mörder?«

Erik zuckte mit den Schultern. »Wir können es nicht ausschließen. Und da wir Jo Kessler noch nicht haben ...«

»Sie wurde hier ermordet, wo die Lösegeldübergabe stattfand.«

»Sie glauben fest daran, dass es Kessler war?«

»Klar! Sie ist ihm in die Quere gekommen.«

»Und Theo Claussen? Wie ist sein merkwürdiges Verhalten zu erklären? Er hat uns belogen, ist heimlich auf die Insel gefahren, hat nach seiner Frau gefragt, wollte sie suchen ...«

Er sah, dass die Staatsanwältin nachdenklich wurde, als wäre ihr ein neuer Gedanke gekommen. »Kann es sein, dass Theo Claussen mit Kessler unter einer Decke steckt? Dass er Kessler zu seinem Handlanger gemacht hat? Der brauchte keine Million, nur zehntausend Euro. Die wird Claussen gern lockergemacht haben.«

Erik war schnell zu überzeugen. »Er hat gemerkt, dass seine Frau Lunte gerochen hat. Wahrscheinlich hat er beobachtet, dass sie seiner Ex folgte, dass sie ihr in den Wald nachschlich.«

»Und er wollte sich sowieso von ihr befreien, damit er seine junge Geliebte heiraten kann. Diesen Mord wird er Jo Kessler in die Schuhe schieben.«

Erik wurde wieder unsicher. »Vielleicht ... vielleicht auch nicht.«

Sie machten ein paar Schritte zurück, heraus aus dem Lichtkegel und dem Arbeitsbereich der KTU. »Kennen die beiden sich überhaupt?«, fragte Erik.

»Keine Ahnung. Aber ... kann doch sein. Wir müssen Theo Claussen eben fragen.«

Erik wandte sich an Vetterich. »Wie ist die Spurenlage?«

»Unübersichtlich«, gab der altgediente Chef der KTU zurück, bärbeißig wie immer, vielleicht sogar noch ein bisschen bärbeißiger, seit er die Staatsanwältin erkannt hatte. »Der Regen!« Er warf Frau Dr. Speck einen unfreundlichen Blick zu, als hätte er den Verdacht, dass sie es war, die für dieses schlechte Wetter gesorgt hatte. »Und die vielen Leute, die hier rumtrampeln. Vielleicht verziehen Sie sich jetzt erst mal? Dann werden wir sehen, ob wir noch ein paar Schuhabdrücke sichern können.«

Lale hatte schon mehrmals auf die Uhr gesehen. »Wo meine Mutter nur bleibt!«

Die Zeit des Wartens wurde ihr lang. Mamma Carlotta hatte zwar alle lustigen Begebenheiten hervorgeholt, die ihr auf die Schnelle einfielen, hatte Lale tatsächlich ein paarmal zum Lachen gebracht, merkte aber, als sie bei der Geschichte vom Weinbauern Berlusconi angekommen war, der unbedingt so leben wollte wie sein berühmter Namensvetter, dass sie Lale nicht mehr erreichte. Sie war müde geworden, nicht nur, weil die Zeit fortgeschritten war, sondern auch, weil die Ereignisse des Tages und der letzten Tage an ihren Kräften zehrten. Auch Carolin schaffte es nicht mehr, sie zu unterhalten, indem sie von ihrer gemeinsamen Zumbatrainerin redete und vorgab, an Lales Meinung zu einem bestimmten Styling interessiert zu sein.

Dann aber kam Felix nach Hause und brachte italienisches Temperament in die Küche, das Lale womöglich an Frido erinnerte. Er merkte schnell, was von ihm erwartet wurde, gab sich große Mühe, Frohsinn zu verbreiten, und schaffte es immerhin, Lale so lange zu unterhalten, bis Antonia Schäfer an der Tür klingelte und damit *Freude schöner Götterfunken* durchs Haus dröhnte.

Kükeltje, die bisher immer als Empfangsdame aufgetreten war, wenn Besuch erschien, ließ sich nicht blicken. Sie hatte noch nicht den Zusammenhang zwischen den neuen Musikeinlagen und dem Erscheinen eines Gastes erkannt, der ins Haus gelassen werden wollte. Vermutlich hatte sie sich längst in Felix' Bett zurückgezogen und wartete dort auf Gesellschaft.

Die Verlegerin war blass, als sie eintrat, und hätte ihre Tochter wohl gern gebeten, aufzustehen und mit ihr nach Hause zu fahren, was vermutlich auch in Lales Sinne gewesen wäre. Aber da hatten die beiden die Rechnung ohne Mamma Carlotta gemacht. Antonia Schäfer wurde, ohne recht zu wissen, wie ihr geschah, auf einen Stuhl gedrückt, bekam ein weiteres Schälchen mit der *Crema con biscotti* vorgesetzt, da sie ja vor dem Aufbrechen nur sehr wenig davon gegessen hatte, sah, ohne sich dagegen wehren zu können, ein Glas Grappa vor sich erscheinen und schaffte es nicht, einen Espresso zurückzuweisen, der angeblich die Lebensgeister weckte, wenn man vor einer Leiche gestanden hatte.

»Sie müssen sich erst mal alles von der Seele reden«, behauptete Mamma Carlotta. »Sonst werden Sie gleich nicht zur Ruhe kommen.« Ein großherziges Angebot, das den wunderbaren Nebeneffekt hatte, selbst eine Menge zu erfahren.

Tatsächlich streckte Antonia Schäfer die Waffen. Vielleicht war ihr auch aufgegangen, dass es einfacher war, ihrer Tochter die fällige Mitteilung zu machen, wenn sie in Gesellschaft war. Sie würde Hilfe bekommen, wenn Lale zusammenbrach, oder durfte erwarten, dass ihre Tochter sich zusammenriss, wenn sie nicht mit ihrer Mutter allein war. Beides war Antonia Schäfer angenehmer als ihr hilflos weinendes Kind, das sie nicht mehr zu trösten gewöhnt war. Als sie selbst sich noch um Lales

Wohlergehen gekümmert hatte, war es nur darum gegangen, über den Verlust einer Waffel hinwegzutrösten, die eine Möwe geklaut hatte, oder es war um ein aufgeschrammtes Knie oder einen geplatzten Luftballon gegangen. Nun ging es um mehr, um viel mehr.

Lale fragte ihre Mutter, was eigentlich los sei, und Antonia Schäfer redete nicht lange drum herum. »Es geht um Helena. Sie ist ermordet worden. Ich habe sie zwar nicht gesehen, aber der Hauptkommissar wusste schon Bescheid. Er hat mir erspart, zu der Leiche zu gehen.«

Wenn es Antonia Schäfers Rechnung gewesen war, dann ging sie auf. Als Lale aufschrie und dann laut zu weinen begann, gab es viele tröstende Stimmen, streichelnde Hände und zehnmal so viel Trost, wie sie allein hätte spenden können.

»Aber Mama ist doch auf den Malediven!«

Carlotta sah, dass Antonia Schäfer zusammenzuckte, als sie hörte, dass ihre Tochter nicht um Helena, sondern um ihre Mama weinte. Sie hatte tiefes Mitgefühl mit der großen Frau, die so stark wirkte und nun so schwach war. Ihr war das Kind genommen worden, Lale hatte sich von ihrer Mutter abgekehrt oder war ihr entzogen worden, hatte sich einer anderen Frau zugewandt und ihre leibliche Mutter mehr und mehr vergessen. Vielleicht hatte Antonia Schäfer in den vergangenen Tagen die Hoffnung gehabt, Lales Vertrauen zurückzugewinnen, und musste nun sehen, dass sie ihre Liebe nicht zurückbekommen hatte. Lale weinte bitterlich um die Frau, die sie geliebt hatte und von der sie geliebt worden war.

Aber sie bemühte sich, was Mamma Carlotta ihr hoch anrechnete, ihren Schmerz zu bekämpfen und die Menschen, die ihr zu helfen versuchten, nicht über Gebühr damit zu belasten. Tapfer wischte sie sich die Tränen ab und bat um ein Taschentuch, um sich gründlich zu schnäuzen. Danach kam sie erstaunlicherweise trotz ihres großen Schmerzes auf die Idee, dass Helenas Tod etwas mit der Lösegeldübergabe zu tun haben könnte. Prompt begann sie erneut zu weinen. »Dann musste also doch ein Mensch sterben!« Nun warf sie sich ihrer Mutter an die Brust, die darüber so erschrocken war, dass sie beinahe vom Stuhl gefallen wäre. »Sind wir dafür verantwortlich?«

»Nein, natürlich nicht«, versuchte ihre Mutter sie zu beruhigen. »Wir können nichts dafür.«

»War Helena nach Sylt gekommen, um mir zu helfen?«

Carlotta sah, dass Antonia gerne den Kopf geschüttelt hätte, aber sie entschloss sich doch zu nicken.

»Sie würde noch leben, wenn sie auf den Malediven geblieben wäre?«

Mamma Carlotta sprang Antonia Schäfer bei. »So was ist Schicksal, Lale. Sie können nichts dafür.«

Nun stellte sich heraus, dass es wohl besser gewesen wäre, auch Felix über die Geschehnisse der letzten Tage zu informieren. Er hatte ja als Einziger nichts von der Entführung erfahren, wohl aber von Fraukes Ermordung gehört. Schließlich hatte das *Inselblatt* ausführlich darüber berichtet, und da es sich hier, im Gegensatz zu der Entführung, nicht um ein Dienstgeheimnis handelte, wusste er auch, dass Sörens Cousine das Opfer war. Vielleicht glaubte er, Lale ablenken zu können, als er sagte: »Hängen die beiden Mordfälle irgendwie zusammen?«

Mamma Carlotta versuchte ihrem Enkel den Mund mit der Frage zu stopfen, ob er gern eine weitere *Crema con biscotti* hätte, und Carolin wechselte das Thema, indem sie plötzlich von dem Hotel sprach, in dem sie ihre Ausbildung begonnen hatte. »Hast du gesehen? Das Frangiflutti steht immer noch leer.«

Aber beides half nichts. Lale fragte: »Ist auf Sylt noch ein weiterer Mord geschehen?«

»Liest du keine Zeitungen?«, fragte Felix zurück.

Lale schüttelte den Kopf und sah ihre Mutter an, als wollte sie ihr vorwerfen, sie vom Weltgeschehen abgeschnitten zu haben. »In den letzten Tagen nicht. Eigentlich ... nie.«

»Sörens Cousine ... also, die Cousine von dem Mitarbeiter

meines Vaters, ist auch umgebracht worden«, teilte Felix mit. »Echt was los auf Sylt! Ich bin gespannt, wer Frauke auf dem Gewissen hat.«

»Frauke?« Der Name hing über dem Tisch und senkte sich dann ganz allmählich herab. Felix war der Einzige, der nicht begriff, warum Lale erneut in Tränen ausbrach. Sie sprang auf, als wollte sie ihre Mutter angreifen. »Du hast gesagt, wir können Frauke retten!«

Der Barkeeper des Hotels Windrose war erfreut über den späten Besuch. In der Bar war nicht viel los, der ambitionierte Cocktailmixer hatte bisher nur ein paar Bier- und Sektgläser füllen dürfen. Mit dem Wunsch nach zwei Dirty Daniels konnte er endlich zeigen, was er draufhatte.

Als sie sich für einen kleinen Tisch entschieden und die Cocktails in Auftrag gegeben hatten, beschloss die Staatsanwältin, sich umzuziehen. »Geht ganz schnell.«

Erik lehnte sich zurück und sah ihr nach. Eine hübsche Kehrseite hatte sie! Wirklich schade, dass sie so unsympathisch war! Dass es nicht lange dauern würde, bis sie im neuen Outfit erschien und vermutlich auch ihr Make-up aufgefrischt und die Frisur erneuert hatte, glaubte er nicht. Er würde aufpassen müssen, dass er nicht einschlief, während er auf sie wartete. Das Eis in den Dirty Daniels würde geschmolzen sein, wenn sie endlich wieder in der Bar auftauchte, der Barkeeper würde sich verzweifelt die Haare raufen, weil sein Werk nicht gewürdigt worden war, und er selbst sich darüber ärgern, auf den Vorschlag eingegangen zu sein, den Abend an der Hotelbar zu beschließen. Verrückte Idee! Die Staatsanwältin hatte zwar Urlaub und war als Privatperson auf Sylt, sie konnte also ausschlafen, aber er selbst steckte mitten in schwierigen Ermittlungen, er hatte eine ungestörte Nachtruhe nötig. Obwohl ... eigentlich kam es darauf nicht mehr an. Der Fall war gelöst. Aber sein Fuß schmerzte immer mehr, er hätte ihn gern hochgelegt. Zu Hause würde er den Couchtisch näher heranziehen, aber hier durfte er keine Schwäche zeigen.

Erik schloss die Augen, riss sie aber gleich wieder auf, weil er spürte, dass er sich damit für den Schlaf angreifbar machte. Es war nicht schlimm, wenn er an diesem Abend spät ins Bett kam. Der Entführungsfall war gelöst! Er brauchte nur noch Johannes Walter Kessler zu verhaften. Er musste der Entführer sein und damit natürlich auch der Mörder von Frauke Kretschmer. Irgendwann musste er begriffen haben, dass er die Falsche erwischt hatte, eine, für die er keinen Cent bekommen würde. Er musste sie also loswerden. Dass Lale bei ihrer Mutter untergeschlüpft war, konnte er nicht ahnen. Obwohl er ja das Glück hatte, sich ständig in deren Nähe aufhalten zu können. Wie mochte er geguckt haben, als ihm klar wurde, dass sein vermeintliches Entführungsopfer die Tochter seiner Verlegerin war?

Aber Antonia Schäfer hatte sich keine Blöße erlaubt und nicht durchblicken lassen, dass Lale in ihrem Ferienhaus auf das Ende der Entführung wartete. Kessler hoffte nach wie vor, dass Theo Claussen die Million zahlte. Und damit hatte er ja recht. Wann mochte ihm klar geworden sein, dass der Mord an Frauke Kretschmer überflüssig gewesen war? Und wo, glaubte er, hielt sich Lale Claussen auf, die wie vom Erdboden verschluckt war, als wäre sie tatsächlich gekidnappt worden? Jo Kessler und Frido Ferrari mussten in den vergangenen Tagen von einer Verwirrung in die andere gestürzt worden sein.

Aber ... war Kessler auch der Mörder von Helena Helmstetter? Oder sollte ihm diese Tat in die Schuhe geschoben werden? Theo Claussen war raffiniert und durchtrieben, er war Erik weiterhin suspekt. Bei dem persönlichen Kennenlernen war er ihm genauso unsympathisch gewesen wie am Telefon, und er musste sich natürlich fragen, ob er nur deswegen nicht an seine Unschuld glauben wollte. Ein Anfängerfehler! Kein Ermittler durfte sich von Sympathie oder Antipathie leiten lassen! Aber dennoch ...

Der diensthabende Beamte war genauso missvergnügt gewesen wie Theo Claussen selbst, als er aufgefordert wurde, ihn in den Vernehmungsraum zu führen. »Wen? Den Alten oder den Jungen? Die pennen beide schon.«

Nein, Frido Ferrari durfte ausschlafen, für ihn würde sich die Zelle vermutlich am Morgen öffnen, da sie ihm nicht nachweisen konnten, an der Entführung von Lale Claussen beteiligt gewesen zu sein. Sein Alibi hatte sich, wie zu erwarten, als hieb- und stichfest erwiesen.

Theo Claussen war aus dem Tiefschlaf geholt worden, das war ihm anzusehen. Seine Haare standen wirr vom Kopf ab, die Bartstoppeln sprossen schon, seine Augen blickten wässrig und trübe, die Kleidung war zerknittert, sein helles Hemd wies Schweißflecken auf. Das geschwollene Gesicht weckte spontan Mitleid in Erik, der sich aber im nächsten Augenblick schon sagte, dass Theo Claussen keine Anteilnahme verdiente. Wer sich nicht mit seinem Alter abfinden konnte und dem Schicksal mit Facelifting ein Schnippchen schlagen wollte, war selbst schuld. In Erik stieg sogar so etwas wie Verächtlichkeit auf, die er einer Frau in der gleichen Lage nicht entgegengebracht hätte. Ein Mann, dem sein Äußeres derart wichtig war und der zu so rigorosen Maßnahmen griff, bekam kein Verständnis von ihm. Unmännlich war so was! Eine Frau hätte er dafür bedauert, dass sie sich über nichts als über ihr schönes Gesicht definieren ließ, bei einem Mann brachte er nur Geringschätzigkeit auf. Das würde er zwar niemals laut sagen, aber er sah auch keinen Grund, an dieser Meinung etwas zu ändern. Natürlich würde er auch niemals laut werden lassen, dass er sogar so etwas wie Schadenfreude empfand, als er die hässliche Narbe am rechten Ohr sah, die unterschiedlich stark ausgeprägten Schwellungen an der linken und rechten Gesichtshälfte, die seinem Gesicht eine schiefe Mimik verliehen, und den Wulst, der vom rechten Ohrläppchen zum Mundwinkel führte.

»Sorry, dass wir Sie so spät noch behelligen«, hatte Erik

gesagt, als er auf den Tisch zuhumpelte, hinter dem Claussen saß.

»Eher ging es leider nicht«, hatte die Staatsanwältin angefügt und sich Claussen gegenübergesetzt. »Wir hatten noch mit Tatortarbeit zu tun. Wir wurden nämlich zu einer Leiche gerufen.«

Im selben Moment war die Müdigkeit von Theo Claussen abgefallen. Ihm war schlagartig klar geworden, dass er nicht in Gewahrsam saß, weil er der Polizei die Unwahrheit über seinen Aufenthaltsort gesagt hatte. Er schien sogar zu begreifen, dass es nicht um die Entführung seiner Tochter ging. »Helena?«

Erik hatte so getan, als wäre er beeindruckt von Claussens schneller Auffassungsgabe. »Sie haben sie heute vergeblich gesucht. Und da denken Sie gleich an einen Todesfall?«

Erik schreckte auf, als der Barkeeper die Dirty Daniels servierte. Schläfrig starrte er die beiden hohen Gläser an, die aufwendig geschmückt waren, mit farbigen Strohhalmen, Orangenscheiben am Glasrand und einem Spieß, auf den bunte Früchte gesteckt worden waren. Er hatte Durst und war in Versuchung, den Strohhalm zwischen die Lippen zu nehmen und einen winzigen Schluck zu probieren. Aber er widerstand der Versuchung und bestellte sich stattdessen zusätzlich ein Mineralwasser, das ihm umgehend serviert wurde. Damit löschte er seinen Durst und verfiel auf der Stelle wieder in dumpfes Brüten.

Theo Claussen war bald unverschämt geworden, hatte nach Lymphdrainage verlangt, die er gegen seine Gesichtsschwellungen benötigte, und seine sofortige Freilassung gefordert, da er sich in die Klinik zurückbegeben wolle, um alles für seine baldige Genesung zu tun. »Vor allem: Erklären Sie mir endlich mal, warum Sie mich hier festhalten.«

Erik hatte sich gewundert, dass er nicht nach seinem Rechtsanwalt schrie und bisher keine Anstalten gemacht hatte, sich juristisch unterstützen zu lassen. »Ihre Tochter ist entführt worden. Schon vergessen?«

Da erst hatte sich die Staatsanwältin eingeschaltet. »Wir kennen uns privat, Theo! Ich bin eine Freundin von Antonia. Ist schon länger her, aber ...«

»Die Staatsanwältin! Richtig?«

»Ich bin offiziell privat hier, sozusagen, um Antonia beim Lyrikfestival zu helfen. So konnte ich ermitteln, ohne dass es auffällt.«

In Theo Claussens Augen zeigte sich Anerkennung. »Antonia hat mir davon erzählt. Danke für deine Hilfe.«

»Wir haben uns alle sehr gewundert, dass du es nicht für nötig gehalten hast, nach Hause zu kommen.«

»Jetzt weißt du, warum.«

»Es darf dich nicht wundern, dass wir misstrauisch geworden sind, als wir merkten, dass du uns belogen hast.«

»Lales Schicksal ist bei Antonia in guten Händen. Ich musste diese Sache jetzt durchziehen.« Mit einer vagen Geste hatte er auf sein Gesicht gewiesen. »Kümmere dich nicht darum. Kümmere dich um Lales Befreiung.«

Die Staatsanwältin schien Theo Claussen auch nicht zu mögen. Oder warum sonst hatte sie dem besorgten Vater nicht verraten, dass seine Tochter längst in Sicherheit war? Erik hatte sich ein Grinsen nur mit Mühe verkneifen können. Sie konnte also auch ganz und gar unprofessionell handeln! Wer hätte das gedacht?

»Warum die plötzliche Reise nach Sylt?«, hatte sie gefragt.

»In der Klinik war von einer Sturmflut die Rede. Ich konnte nicht warten. Ich war froh, dass ich noch den letzten Zug bekommen habe.«

»Warum bist du überhaupt hergekommen?«

»Um mit Helena zu reden.«

Erik fuhr zusammen, als eine Stimme neben ihm sagte: »So in Gedanken, Herr Hauptkommissar?«

Er war angenehm überrascht, dass die Staatsanwältin nur wenige Minuten gebraucht hatte, um wieder in der Bar zu erscheinen. Und tatsächlich hatte sie keine Rundumerneuerung hinter sich, wie er erwartet hatte, sondern trug nur eine saubere Hose und leichte Schuhe mit hohen Absätzen, an denen kein Schlamm klebte. Ihr Make-up hatte sie nicht aufgefrischt, nur die verwischte Wimperntusche unter ihren Augen entfernt. Vielleicht hatte sie sich auch gekämmt, aber da war er nicht sicher. Heutzutage galten ja Frisuren, die aussahen, als wären sie in einen Sturm geraten, als schick. Jetzt hätte er auch gern die Gelegenheit gehabt, sich umzuziehen. Ihm sah man noch immer an, dass er sich in den letzten Stunden im Wald herumgedrückt hatte.

»Ich dachte gerade an Claussens Behauptung. Ob sie glaubhaft ist oder nicht.«

Die Staatsanwältin griff nach ihrem Cocktailglas und prostete ihm zu. Sie trank einen langen, genießerischen Schluck, ehe sie antwortete: »Ich bin mir auch nicht sicher. Andererseits ... Helena hat ihm wohl die Hölle heißgemacht. Es hatte vorher schon Streit am Telefon gegeben, weil er nicht nach Sylt kommen wollte, obwohl seine Tochter entführt worden war. Und dann natürlich, weil er nicht bereit war, die Verantwortung für Lale aus Antonias Händen zu nehmen, damit Helena sich um alles kümmern konnte. Dass sie denselben Verdacht hatte wie wir, ist beinahe lustig.« Hastig setzte sie hinzu: »Wenn es nicht so traurig wäre.«

Dass seine Frau ihm unterstellte, Lales Entführung nur vorgetäuscht zu haben, hatte Theo Claussen empört. »Am Ende hätte sie meinem Cousin noch eingeredet, dass ich ihn betrüge! Dann hätte er die Transaktion mit der Million rückgängig gemacht. Das hätte noch gefehlt! Was wäre dann aus Lale geworden? Helena war drauf und dran, alles kaputt zu machen. Ich musste einfach mit ihr reden. Persönlich!«

Es war das erste Mal gewesen, dass er Sorge um seine Tochter gezeigt hatte. Für das Verhalten seiner ersten Frau hatte er vollstes Verständnis. »Mir wäre es auch lieber gewesen, wenn die Polizei nichts erfahren hätte. Aber Alex hatte ja darauf bestanden. Dass Antonia sich darüber hinweggesetzt hat ... das sieht ihr ähnlich.« Wenn die Schwellungen in seinem Gesicht es zugelassen hätten, wäre vielleicht sogar ein anerkennendes Grinsen auf seiner Miene erschienen. »Aber das ist zum Glück nicht meine Schuld. Alex kann mir keine Vorwürfe machen.«

Erik merkte, dass ihm der erste Schluck bereits in den Kopf stieg. Er musste langsam trinken, das war wichtig. »Claussen kennt die Cafés, in denen seine Frau gern verkehrt, die Läden, in denen sie shoppen geht ... aber er hat sie nirgendwo gefunden. Glauben Sie ihm das?«

Die Staatsanwältin zuckte die Achseln. »Eigentlich ... ja. Andererseits ...« Sie wurde unsicher. »Die vorgetäuschte Entführung können wir vergessen, Wolf. Lale ist nicht entführt worden, sondern ein anderes Mädchen. Eine Diebin, eine Einbrecherin. Lale war dem Kidnapper fremd, sonst wäre diese Verwechslung nicht passiert.«

Erik zog den Spieß aus dem Glas und aß die Früchte herunter. »Okay, Kessler ist der Entführer. Er kennt Lale nicht, ihm konnte dieser Irrtum unterlaufen. Und Frido Ferrari hat ihm geholfen, er hat ihm den Code für die Alarmanlage verraten und ihm gesagt, wie er durch den Wellnessbereich ins Haus kommt.«

»Das muss er nur noch zugeben. Morgen werden wir das aus ihm herauskitzeln.« Auch sie nahm den Cocktailspieß aus dem Glas, betrachtete aber die Früchte nur kurz und legte den Spieß dann auf ein Tellerchen, das der Barkeeper neben die Gläser gestellt hatte. »Ich selbst habe Kessler erzählt, dass Frido Ferrari verhaftet worden ist. Das war in Käptens Kajüte. Ich habe davon gesprochen, dass Frido der Entführer ist und soeben ein sattes Lösegeld kassiert hat.«

»Das wird ihn gefreut haben. Denn in Wirklichkeit hatte ja er die Million eingesackt. Aber er konnte sich denken, dass Frido Ferrari nicht lange schweigen würde, deswegen hat er sich abgesetzt.« Erik saugte sehr lange an seinem Strohhalm, bis ihm einfiel, dass die Staatsanwältin es nicht leiden konnte, wenn man sie lange warten ließ. »Wenn Kessler der Entführer ist, bedeutet das nicht, dass er auch Helena Helmstetters Mörder ist. Theo Claussen könnte seine Frau gefunden haben und ihr dann gefolgt sein. Er ist clever, er hat schnell gemerkt, dass ihm eine günstige Gelegenheit präsentiert wird. Natürlich hat er sich gesagt, dass wir den Entführer für den Mörder halten, wenn dort, wo das Lösegeld übergeben wurde, eine Leiche gefunden wird.«

Frau Dr. Speck löste die Orangenscheibe vom Glasrand und legte sie ebenfalls beiseite. Dabei beugte sie sich so weit vor, dass Erik ein Dekolleté präsentiert wurde, das keinen Mann kaltgelassen hätte. Verärgert, dass er es überhaupt zur Kenntnis nahm, schickte er seine Blicke an die gegenüberliegende Wand. »Theo Claussen oder Jo Kessler.« Er bewegte die beiden Namen in seinem Mund, als wollte er probieren, welcher besser schmeckte oder sich leichter herunterschlucken ließ. »Claussen sagt, er wollte nicht machtlos vom Festland aus zusehen, wie Helena gegen ihn arbeitete. Es war eine Sturmflut angekündigt worden, es hätte Tage dauern können, bis wieder ein Zug nach Sylt fuhr. Er wollte unbedingt verhindern, dass Helena sich mit seinem Cousin in Verbindung setzt.«

»Dass sie glaubte, ihr Mann hätte die Entführung nur vorgetäuscht ...« Die Staatsanwältin kicherte albern, was Erik in höchste Alarmbereitschaft versetzte. Noch nie hatte er sie kichern gehört. Offenbar konnte sie nicht viel Alkohol vertragen. »Echt witzig, dass Helena Helmstetter denselben Gedanken hatte wie wir.«

»Wir müssen Claussen so lange festhalten, wie es geht«, sagte Erik, sehr um Sachlichkeit bemüht, weil die Staatsanwältin noch immer kicherte. »Wenn sich irgendwo im Umfeld der Leiche eine Spur findet, die auf ihn hindeutet, ist er dran. Ein Motiv, seine Frau umzubringen, hat er. Sie wollte ihm schaden, und er wollte sie sowieso loswerden.«

Die Affäre mit Jennifer Christensen hatte Theo Claussen sofort zugegeben. Er hatte nicht einmal gefragt, woher die Polizei davon wusste. »Jenny ist zurzeit bei ihrem Halbbruder in Istanbul. Das war eine günstige Gelegenheit, mich ein bisschen verjüngen zu lassen.«

»Wann sollte deine Frau erfahren, dass du dich scheiden lassen willst?«, hatte die Staatsanwältin gefragt.

»Ebenfalls bei einer günstigen Gelegenheit.« Theo Claussen hatte die Schultern gezuckt. »Mit so einer Mitteilung kann man ja nicht einfach ins Haus fallen.«

»Oder hast du es ihr bereits gesagt? Hast du sie gefunden, in ihrem Lieblingscafé in Kampen? Oder bei Bulgari? Bei Gucci? Und dann erschien dir die Gelegenheit günstig, und sie hat erfahren, dass es längst eine andere, eine Jüngere gibt?«

Erik hatte ergänzt: »Aber Helena Helmstetter ist keine Frau, die sich einfach abservieren lässt. Sie hat Ihnen gedroht, Sie unter Druck gesetzt. Vielleicht hat sie etwas gegen Sie in der Hand?«

»Ich sage doch, ich habe sie nicht gefunden. Ich bin überall gewesen, wo sie gerne hingeht – nichts.« Theo Claussen war wütend geworden, aber sein Zorn war blass gewesen. Die Angst schimmerte hindurch.

Die Staatsanwältin bestellte zwei weitere Dirty Daniels. »Ich glaube, wir sind auf dem richtigen Dampfer, Wolf. Kessler ist der Entführer, Ferrari sein Handlanger. Theo hat seine Frau umgebracht. Und Jo Kessler die Cousine Ihres Mitarbeiters! Nun müssen wir das Ganze nur noch beweisen.«

»Und Jo Kessler finden.«

»Schaffen wir.« Die Staatsanwältin lallte bereits ein wenig.

Nach dem dritten Dirty Daniel lallte Erik ebenfalls, und nach dem vierten ... Er hoffte inständig, dass er sich daran am nächsten Morgen nicht würde erinnern können ...

Kükeltje war die Einzige, die zu schätzen wusste, dass ein Frühstück in Vorbereitung war. Sie erschien maunzend in der

Küche, ging Mamma Carlotta um die Beine und gab erst Ruhe, als sich die Kühlschranktür geöffnet hatte und ein Stück Schinken und ein bisschen Pecorino für sie abgefallen war. Nachdem sie sogar einen Schluck Sahne in ihren Napf erhalten hatte, war für die kleine schwarze Katze die Welt in Ordnung. Sie sprang auf einen Stuhl, rollte sich zusammen und sah Mamma Carlotta zu, die sich erst einmal einen Espresso genehmigte, ohne den sie den Tag nicht beginnen konnte. Ein reichhaltiges Frühstück kam für sie nicht infrage. Auch auf Sylt machte sie es so wie in Panidomino. Sie knabberte einen Keks oder Zwieback zum Espresso, mehr nicht. Das Frühstück, das sie für Erik, Sören und die Kinder machte, hätte ihr selbst den Magen umgedreht.

Sie lauschte ins Haus, doch alles blieb ruhig. Felix hatte samstags keine Schule, mit ihm rechnete sie ohnehin nicht, aber Erik kannte kein freies Wochenende, wenn er einen Entführungsfall und zwei Morde aufzuklären hatte. Sören erwartete sie natürlich ebenfalls. Auch Carolin hatte die Absicht geäußert, früh aufzustehen, um ins Kurhaus zu gehen. Ihre Arbeit war noch wichtiger geworden, nachdem Jo Kessler verschwunden war, der ja unermüdlich für Antonia Schäfer tätig gewesen war.

Mamma Carlotta ließ sich stöhnend auf einem Stuhl nieder. Der vergangene Abend war anstrengend gewesen, nicht körperlich, aber emotional. Die arme Lale! Sie hatte sich damit abfinden müssen, dass Frauke, die gerettet werden sollte, und auch ihre geliebte Stiefmutter einem Mörder zum Opfer gefallen war. »Terribile!«

Carolin erschien erst eine halbe Stunde später gähnend in der Küche. »Mannomann, war verdammt spät gestern Abend! Hast du auch so unruhig geschlafen, Nonna?«

Sie ächzten und stöhnten beide im Duett, riefen sich die Schreckensmomente des vergangenen Abends ins Gedächtnis zurück und klagten dann gemeinsam über das Schlechte in der Welt. »Ich glaube einfach nicht, dass Jo ein Krimineller ist.«

Als Erik in die Küche kam, schlug seine Schwiegermutter erschrocken die Hand vor den Mund, und seine Tochter setzte ein Lächeln auf, das Erik nicht gefallen hätte, wenn es ihm aufgefallen wäre.

»Enrico! Bist du krank? Geht es dir schlecht?«

»Nicht so laut«, brummte er und humpelte zur Espressomaschine.

»Deswegen bist du so lange im Bett geblieben! Was ist los? Magenbeschwerden? Mal di testa?«

»Kopfschmerzen habe ich erst, seit du so viel redest.« Erik drückte mit wütender Miene die Taste, die dafür sorgte, dass ein doppelter Espresso produziert wurde.

»Lass nur, Enrico! Ich mach das schon!« Carlotta wollte ihren Schwiegersohn zur Seite schieben, doch in diesem Moment ertönte die *Vogelhochzeit*. Sören hatte die Klingel betätigt.

Er war ähnlich erschrocken wie Mamma Carlotta, als er seinen Chef sah. »Sie sind krank? Das ist aber ein verdammt schlechter Zeitpunkt.«

»Mir geht's prima.« Erik hatte den Espresso heruntergestürzt und ließ sich auf den nächstbesten Stuhl sinken. Beinahe wäre ihm Kükeltje zum Opfer gefallen, die aber zum Glück selbst dösend noch in der Lage war, geistesgegenwärtig zu reagieren. Erik hatte nicht einmal bemerkt, dass seine Katze durch ihn in Lebensgefahr geraten war, ließ sich am Tisch nieder, während Mamma Carlotta für Sören einen Espresso kochte. Währenddessen klagte sie über die Arbeitszeiten bei der Polizei, dass ein Hauptkommissar bis spät in die Nacht zu arbeiten hatte und am nächsten Morgen dennoch früh aufstehen musste. »Und das sogar sabato!«

»Bis spät in die Nacht?«, wunderte sich Sören. »Es war höchstens halb elf, als Sie mich zu Hause abgesetzt haben.«

»No, no«, rief Mamma Carlotta. »Enrico ist erst zwischen zwei und drei heimgekommen.«

Den Blick, den ihr Schwiegersohn ihr zuwarf, nahm sie nicht zur Kenntnis, Carolins breites Grinsen fiel ihr auch nicht auf, und Sörens hochgezogene Augenbrauen konnte sie sich nicht erklären. Dann aber ging die Klingel erneut, diesmal spielte sie *Auf in den Kampf*.

»Na, das passt ja gut«, murmelte Erik, was Mamma Carlotta sich ebenfalls nicht erklären konnte.

Und dann vergaß sie sowieso alles andere. »Tilla!« Dass Erik das Gesicht verzog, als sie den Namen noch zweimal tirilierend wiederholte, bekam sie nicht mit. »Che bello! Hast du schon im Albergo gefrühstückt? No? Dann mache ich dir auch Rührei mit Schinken.« Sie schob die Staatsanwältin durch die Küchentür. »Primo un Espresso?«

Das Mahlwerk dröhnte Sekunden später durch die Küche, trotzdem bekam Mamma Carlotta mit, wie Tilla ihren Schwiegersohn begrüßte. »Moin, Erik! Hast du gut geschlafen?«

Mamma Carlotta riss die Augen auf. Die Staatsanwältin hatte Erik geduzt! Sie sah, dass er sich erhob, schwerfällig, unlustig, als hätte er es gern vermieden. Er wollte Tilla die Hand reichen und schloss kurz und ergeben die Augen, als ihm klar wurde, dass er damit nicht durchkommen würde. Tilla Speck übersah seine Hand, legte die Hände an seine Oberarme und beugte sich zu ihm. Küsschen links, Küsschen rechts! Nur hingehaucht, ohne dass ihre Lippen Eriks Haut berührten, aber Mamma Carlotta war trotzdem entgeistert. Und Sören nicht minder. Carolin war sogar derart perplex, dass sie es nicht schaffte, den Mund zu schließen.

»Guten Morgen«, sagte die Staatsanwältin in einer Tonlage, die Carlotta noch nie gehört hatte. Irgendetwas zwischen Gezwitscher und laszivem Geflüster. »Mir scheint, wir haben gestern ein oder zwei Dirty Daniels zu viel getrunken.« Sie griff in ihre Handtasche und zog das *Inselblatt* hervor. Vom Titel blickte Jo Kessler auf sie herab. »*Gesucht!*«, stand darüber. »Der kann sich heute nicht auf der Insel blicken lassen.«

»Wenn er noch hier ist«, wandte Erik ein.

»Es dürfte jedenfalls schwer für ihn sein, einen Schlafplatz zu finden.«

Der Chefredakteur hatte augenscheinlich kein Interview mit der Staatsanwältin bekommen. Der Artikel unter dem Bild war sehr vage, enthielt mehr Vermutungen als Fakten. Von Entführung war die Rede, ohne dass Lales Namen genannt wurde, von dem Tötungsdelikt, dem Frauke Kretschmer zum Opfer gefallen war, und dem Mord an Helena Helmstetter, dem das *Inselblatt* die folgenden zwei Seiten widmete.

»Theo Claussen kann direkt froh sein«, meinte Erik, »dass er einsitzt. Der hätte heute keine ruhige Minute.«

Tilla Speck lachte, als bewunderte sie Erik für einen Geistesblitz, mit dem er seine herausragende Intelligenz bewies.

Carolin erhob sich so abrupt, wie es sonst nicht ihre Art war. »Ich glaube nicht daran, dass Jo ein Mörder ist«, sagte sie mit zitternder Stimme. »Ihr seid auf dem Holzweg. Aber gewaltig.« Sie hatte immer lauter und schriller gesprochen. »Nur, weil er ein bisschen anders ist, ist er noch lange nicht ...«

Den Rest des Satzes bekam niemand mehr mit. Carolin rauschte aus der Küche, und kurz darauf war das Donnern der Haustür zu vernehmen. Ein Blick aus dem Küchenfenster zeigte ihrer Nonna, dass sie vergessen hatte, ihre Mütze aufzusetzen.

»Und das bei diesem Sturm!«

Sören schien sich endlich von seinem Staunen erholt zu haben. »Wir sollten uns heute Morgen Frido Ferrari vornehmen.«

»Ich möchte dabei sein«, sagte die Staatsanwältin. »Deswegen bin ich extra früh aufgestanden.«

Über das Lächeln, das ihre Worte begleitete, hätte Mamma Carlotta beinahe vergessen, den Schinken für das Rührei zu würfeln, das sie Tilla offeriert hatte. Und als es ihr endlich einfiel, waren ihre Hände derart fahrig, und sie stellte sich derart ungeschickt an, dass das Brettchen mit dem Schinken zu Boden fiel, was ausschließlich Kükeltjes Beifall fand. Die Katze machte sich augenblicklich darüber her, während Erik wortlos seinen Teller mit dem Rührei, von dem er noch nichts gegessen hatte, der Staatsanwältin hinschob.

Erik sah sofort, dass Frido bereit war zu gestehen. Er kannte diese Unruhe im Blick eines Verdächtigen, die in einer Nacht voller Fragen entstanden war. Auch Ferraris Körper war unruhig, seine Finger strichen über die Tischplatte, über die Nähte seiner Hose, die Knopfleiste seines Hemdes. Er rutschte auf seinem Stuhl hin und her, nicht nur weil er nervös war, sondern wohl auch, weil er zu einem Entschluss gekommen war. Wahrscheinlich in den frühen Morgenstunden, als der Schlafmangel ihn derart geschwächt hatte, dass das Herannahen des Tages nur noch zu ertragen war, indem mit der Nacht Schluss gemacht wurde. Ein Täter fand nur dann noch ein wenig Ruhe und Schlaf, wenn er wollte, dass sich mit dem Sonnenaufgang etwas veränderte. Wenn er die Absicht hatte, weiterhin zu lügen, war er dann die Ruhe selbst, blickte den Beamten mit stoischem Gleichmut entgegen, gab sich überlegen und sogar ein wenig hochmütig. Wenn er so unruhig war wie Frido Ferrari jetzt, dann verfolgte er eine andere Absicht.

Erik hatte versucht, die Staatsanwältin davon abzubringen, dieser Vernehmung beizuwohnen, und auch Sören sah so aus, als gefiele ihm ihre Anwesenheit überhaupt nicht. Möglich, dass es ihm nur darauf ankam, mit Erik unter vier Augen zu sprechen, zu erfahren, was es mit dieser außergewöhnlichen Begrüßung auf sich gehabt hatte, warum die Staatsanwältin seinen Chef neuerdings duzte und ihm mit einer Umarmung und gehauchten Küssen einen guten Morgen wünschte. Sören hatte seinen Chef oft genug ermuntert, das gute Verhältnis der Staatsanwältin zu seiner Schwiegermutter für sich und das Polizeirevier Westerland zu nutzen, aber bisher war Erik nicht bereit gewesen, etwas Positives darin zu entdecken, dass Tilla Speck sich gern in seiner Küche aufhielt. Im Gegenteil! Und daran sollte sich nun etwas geändert haben? Sörens Gesicht leuchtete vor Neugier.

Erik fühlte sich schlecht. Nicht nur sein geschwollener Fuß, auch seine Kopfschmerzen und die Magenbeschwerden quälten ihn. Und vor allem die Erinnerung an den vergangenen Abend! Wie konnte er nur! Eigentlich hatte er, als er noch einigermaßen klar denken konnte, gewusst, dass bereits der zweite Dirty Daniel zu viel war. Aber seiner Erinnerung nach hatte er mindestens noch einen dritten, wenn nicht sogar einen vierten getrunken. Die Staatsanwältin auch, aber die war scheinbar trinkfester als er. Dabei hatte es anfänglich so ausgesehen, als vertrüge sie nicht viel.

Obwohl ... als sie sich von dem Barkeeper verabschiedet hatten, war er sich noch ziemlich stark vorgekommen. Viel stärker als die Staatsanwältin, die schwankte, als sie aufstand. Dabei war er selbst mit seinem bandagierten Fuß auch nicht besonders standfest gewesen. Erik fiel ein, dass sie beide sogar mit dem Barkeeper Brüderschaft getrunken hatten, dabei konnte er es nicht leiden, wenn Fremde durch Alkoholeinfluss plötzlich auf Vertrautheit aus waren, die sie am nächsten Tag, wenn sie nüchtern waren, garantiert bereuten. Aber die Erinnerung, dass er sich mit dem mehrfach vorgetragenen Wunsch, sich bald wiederzusehen, von dem Barkeeper verabschiedet hatte, machte sich aufdringlich an ihn heran. Leider entsann er sich sogar, ihm in die Hand versprochen zu haben, demnächst sämtliche Cocktails auszuprobieren, die Kevin im Repertoire hatte. Ja, Kevin! Schrecklich, dass ihm nun sogar der Vorname des Barkeepers einfiel. Er konnte sich wirklich nicht mehr vormachen, dass alles nicht so schlimm gewesen war, wie es ihm vorkam, weil Kopfschmerzen und Übelkeit es ihm suggerierten.

Und dann hatte er sich bewogen gefühlt, die Staatsanwältin zu ihrem Zimmer zu bringen. Kein Mann, dem es auf Höflichkeit ankam, hätte eine schwankende Frau, die noch dazu schrecklich albern wurde und glatt versuchte hätte, mit ihrem Schlüssel ein falsches Zimmer aufzuschließen, allein gelassen. Undenkbar! Nicht einmal mit einem verletzten Fuß! Seine Schwiegermutter beklagte zwar oft, dass er nicht so galant wie ein Italiener war, aber wie sich ein Kavalier benahm, wusste er natürlich trotzdem. Dazu hatte in diesem Fall gehört, dass er für die Staatsanwältin den Lift holte und mit ihr in die dritte Etage fuhr. Wenn er sich recht erinnerte, war sie bei dem sanften Ruck, als der Aufzug anhielt, an seine Brust getaumelt. Sehr unangenehm! Er war sich ganz sicher, dass ihm ihre körperliche Nähe überhaupt nicht gefallen hatte.

Ebenso wenig wie in diesem Augenblick, als sie hinter Sören zum Vernehmungszimmer gingen und sie ganz kurz und ganz leicht, wie ein flatternder Schmetterling, die Hand auf seinen Rücken legte. Was bildete sie sich eigentlich ein? War sie in Wahrheit etwa früh aufgestanden, um etwas fortzusetzen, was eigentlich gar nicht angefangen hatte?

Er ließ ihr den Vortritt und sah sofort, dass Frido sich fragte, was Antonia Schäfers Freundin hier zu suchen hatte. Die Entgeisterung in seiner Miene, als ihm die Staatsanwältin vorgestellt wurde, konnte Erik sogar ein wenig erheitern.

Sie setzten sich, und er ließ der Tilla Speck keine Zeit, mit der Vernehmung zu beginnen. Er selbst wollte sie führen, sie hatte schließlich Urlaub. Und natürlich wollte er ihr auch zeigen, was er draufhatte. Warum eigentlich? Diese Frage wischte er schnell beiseite.

»Lassen Sie uns keine Zeit vergeuden, Herr Ferrari«, sagte er. »Lale Claussen ist aufgetaucht und hat eine interessante Aussage gemacht. Wir wissen, dass Sie es waren, der den Erpresserbrief angefertigt hat.«

Er sah Frido fragend an und schwieg, bis dieser nickte. Ja, ihm war längst klar, dass Lale seine Wohnung betreten und das *Inselblatt* vorgefunden hatte, aus dem die passenden Buchstaben und Wörter herausgeschnitten worden waren. »Erst konnte ich es mir nicht erklären, aber dann stellte sich heraus, dass Jo die Falsche erwischt hatte.«

»Er ist also in die Villa eingestiegen?«, fragte Sören. »Nachdem er von Ihnen den Code für die Alarmanlage erhalten und erfahren hatte, wie er durch den Wellnessbereich ins Haus kommen konnte?«

Frido nickte. Er war erleichtert, das war ihm anzusehen. »Ich wollte das nicht. Aber Jo brauchte Kohle. Kaum hatten wir uns zufällig auf Sylt getroffen, da bekam er mit, dass ich mit der Tochter eines reichen Fabrikanten zusammen bin. Er hat mich zu dieser Entführung überredet. Aber ich habe erst mitgemacht, als er mir hoch und heilig versprochen hat, dass Lale kein Haar gekrümmt wird.«

»Wie sind Sie auf diese Schrebergartensiedlung gekommen?«, fragte Sören.

»Jo kannte sie. Die Wirtin der Pension, in der er wohnte, hatte ihm ein altes Fahrrad zur Verfügung gestellt. Damit ist er über die Insel gefahren und hat rein zufällig die Schrebergärten entdeckt. Ihm war klar, dass dort im November nichts los ist. Ein gutes Versteck.«

»Hatte er keine Angst, dass sein Entführungsopfer ihn erkennt?«

»Wenn er ihr was zu essen und zu trinken brachte, hatte er immer eine Sturmhaube auf. Wussten Sie, dass man so was auf Sylt kaufen kann?« Er sah Erik fragend an, wartete aber nicht auf eine Antwort. »Gesprochen hat er nie. Auch nicht, als sie ihm immer wieder gesagt hat, sie wäre nicht Lale Claussen. Jo hat ihr nicht geglaubt. Erst als er mir das Foto gezeigt hat, war es klar. Er hatte die Falsche erwischt.«

»Und dann?« Die Staatsanwältin beugte sich vor. Erik betrachtete den Flaum in ihrem Nacken, weißblond und ganz weich.

»Mir war klar geworden, dass Lale frei war, aber sich aus

irgendwelchen Gründen nicht zeigte.« Er legte die Hände vors Gesicht, als müsste er sich sammeln oder sogar seine Tränen verstecken. »Dieser Schwangerschaftstest!«, stöhnte er. »Ist sie wirklich schwanger?«

»Ja.« Die Staatsanwältin sah keinen Grund, Frido zu schonen. »Sehen Sie zu, dass Sie das ins Reine bringen. Am besten gleich hier. Lales Vater sitzt in der Zelle neben Ihrer.«

Frido machte große Augen. »Wie bitte? Was hat der denn verbrochen?«

Aber Erik winkte ab. »Erzählen Sie uns lieber, was Sie getan haben, als Ihnen der Irrtum klar wurde.«

Frido nickte wie ein Schüler, der es seinen Lehrern recht machen will. »Die Sache war aus dem Ruder gelaufen, so viel stand fest. Ich wollte nicht mehr mitmachen. Und Jo hat auch bald eingesehen, dass wir keine Kohle für ein Mädchen kriegen, das keinen reichen Vater hat. Unsere Hoffnung war, dass die Geschichte im Sande verläuft, wenn wir das Mädchen einfach freilassen und so tun, als wenn nix gewesen wäre. Erst haben wir daran gedacht abzuhauen, aber dann hatten wir Angst, dass wir uns damit erst recht verdächtig machen. Besser die Füße stillhalten, haben wir uns gesagt. Das Mädchen hält vielleicht die Klappe, die hat ja auch Dreck am Stecken. Wenn die uns anschwärzt, muss sie auch bekennen, dass sie in die Villa eingebrochen ist. Wir hatten also die Hoffnung, dass die Sache gut ausgeht.«

»Aber?« Sören fasste Frido scharf ins Auge. »Warum musste das Mädchen sterben?«

Erik bewunderte Sörens sachliche Stimme und sein unbewegtes Gesicht. Er war blass, aber seine Gefühle hatte er im Griff. Erik wäre es lieber gewesen, allein mit der Staatsanwältin diese Vernehmung zu führen, aber Sören hatte darauf bestanden, dabei zu sein. Er wollte wissen, wie seine Cousine gestorben war. Und er fühlte sich stark genug für alle schrecklichen Einzelheiten.

Erik war froh, dass Frido damit nicht aufwarten konnte. Er behauptete, Jo Kessler sei mit dem Fahrrad nach Hörnum gefahren. Er wollte die Tür der Laube öffnen, Knebel und Fessel lockern, damit sie sich selbst befreien konnte. Bis dahin wollte er über alle Berge sein. »Aber ...« Frido schüttelte den Kopf, als müsste er jetzt etwas preisgeben, was er selbst nicht glauben konnte. »Jo hat behauptet, sie lebte nicht mehr, als er ankam.«

Sörens Stimme dröhnte. »Das haben Sie ihm geglaubt?«

Frido schüttelte den Kopf. »Wenn er es mir auch immer wieder versichert hat ... Nein, ich konnte es nicht glauben.«

Die Staatsanwältin mischte sich ein: »Wie hat es sich Ihrer Auffassung nach abgespielt?«

Fridos Stimme wurde ganz leise. »Ich nehme an, dass er einen Fehler gemacht, den er nicht zugeben wollte. Das Mädchen hat sein Gesicht gesehen, hat damit gedroht, ihn zu verraten. Und er ... er hat die Nerven verloren.«

Die Staatsanwältin stand auf und stellte sich neben Frido, der prompt nervös wurde. Er sah ängstlich zur ihr auf, duckte sich unter ihrem Blick und sah Erik flehentlich an, als hoffte er auf Hilfe von ihm. »Wo ist Johannes Walter Kessler?«, fragte die Staatsanwältin. »Sein Pensionszimmer hat er geräumt. Wo könnte er sich versteckt haben?«

»Keine Ahnung«, antwortete Frido weinerlich. »Bei seinen Eltern garantiert nicht. Die würden ihn sofort rausschmeißen, wenn sie erfahren, dass er Mist gebaut hat. Und Freunde hat er nicht.«

»Außer Ihnen.«

»Er ist nicht mein Freund. Ich war nur nicht stark genug, ihn abzuwehren.«

Nun trat die Staatsanwältin einen Schritt zurück, sodass Frido nicht mehr zu ihr aufsehen musste. »Lieben Sie Lale?«

Erik blickte sie erstaunt an. Liebe? Die Staatsanwältin sprach von Liebe? Das wunderte ihn ebenso, als hätte sie zugegeben, einen Kinderwunsch zu hegen oder verraten, dass sie von einem weißen Brautkleid träumte.

Komischerweise tat es ihm weh, dass Frido Ferrari den Kopf schüttelte. Und der Staatsanwältin schien es ähnlich zu gehen. Nur Sören reagierte nicht darauf, dass Lale Claussen von einem jungen Mann schwanger war, dem sie nichts bedeutete.

»Sie ist mir ganz schön auf den Geist gegangen mit ihrem romantischen Getue. Gemeinsam durchbrennen! Und dann auf einem Schimmel in den Sonnenuntergang reiten!« Er versuchte es mit einem spöttischen Lachen, aber es gelang nicht besonders gut. »Mit einer Frau wie Lale! Wie hätte ich denn mit dieser verwöhnten Tussi leben sollen?«

»Und Ihr Kind?« Darauf hatte Frido keine Antwort, was die Staatsanwältin sehr zornig machte. »Was denkt ihr Kerle euch eigentlich dabei?«

»Sie hat mich reingelegt!«, schrie Frido. »Vermutlich hat sie die Pille weggelassen, um mich zu zwingen, sie zu heiraten.«

Erik stand nun auch auf, während Sören sitzen blieb, als wollte er Frido noch weitere Fragen stellen. »Sie haben sich mitschuldig gemacht«, sagte er und spürte mit einem Mal seine Kopfschmerzen wieder sehr heftig. »An der Ermordung von Frauke Kretschmer.«

»Damit habe ich nichts zu tun!«, schrie Frido und sprang ebenfalls auf.

Erik drückte ihn auf seinen Stuhl zurück, und Sören fragte, während Erik und die Staatsanwältin sich wieder setzten: »Warum musste Helena Helmstetter sterben?«

Mamma Carlotta hatte eine großartige Idee. Zwar war sie in Versuchung, zunächst mal Felix von den Ungeheuerlichkeiten zu erzählen, die sich am frühen Morgen in der Küche zugetragen hatten, aber dann sortierte sie die Liste der Wichtigkeiten doch neu. Dass sein Vater mehrere Stunden mit der Staatsanwältin in der Hotelbar verbracht hatte, musste Felix nicht wissen. Dass Väter auch nur Männer waren, die sich von schönen Frauen und von Alkohol berauschen ließen, würde er noch früh genug erfahren, und dass es zwischen seinem Vater und der bis dato höchst unbeliebten Staatsanwältin eine Annäherung gegeben hatte, musste ihm sowieso sehr vorsichtig beigebracht werden. Wer konnte schon wissen, wie er darauf reagierte? Besser, er erfuhr die Neuigkeiten erst, wenn ihre Folgen absehbar waren.

Nein, jetzt kam es auf die Idee an, die ihr spontan gekommen war. Gut, dass vor der Umsetzung dieses Gedankens noch der Weg zum Kurhaus lag. So hatte sie Zeit, sich die Angelegenheit noch einmal gründlich durch den Kopf gehen zu lassen und sich selbst Mut zuzusprechen. Korrekt war es nicht, was sie plante, aber eigentlich wurde auch niemandem ein Schaden zugefügt. Ihre Enkelin jedoch würde mit einem großen Vorteil in den Wettbewerb gehen und vielleicht die Chance bekommen, das schönste, das allerschönste Gedicht der Insel vorzutragen, das Gedicht, das preisgekrönt werden würde. Sie musste es einfach versuchen. Eine Nonna hatte für ihre Enkel alles zu tun, was in ihrer Macht stand! Das redete sie sich immer wieder ein, während sie die Jacke überzog, die Kapuze überstülpte und sich einen Schal um den Hals wickelte. Bei diesem Grundsatz ging es nicht nur um Lieblingsgerichte, heimlich zugesteckte Süßigkeiten und gelegentliche pädagogische Inkonsequenzen, sondern auch um Wichtigeres, um Größeres, um ein Wagnis. Für ein Enkelkind war einer Nonna keine Mühe zu groß, immer wieder sprach sie es vor sich hin. Eine gute Gelegenheit musste dafür genutzt werden, wenn es auch unredlich und sogar ein bisschen betrügerisch war. Hoffentlich reichte der Weg zum Kurhaus aus, um eine Idee für den Fall zu entwickeln, dass die Sache schiefging. Besser, sie zögerte die Angelegenheit noch ein wenig hinaus. Angelegenheiten wie diese mussten gut überdacht werden ...

Carlotta nahm den Weg über den Hochkamp. Vielleicht

konnte sie Tove und Fietje von ihren Plänen erzählen? Die beiden waren schon so oft auf krummen Touren unterwegs gewesen, dass sie Verständnis aufbringen würden. Für Tove war es geradezu selbstverständlich, einen Vorteil zu nutzen. Und Fietje? Durch reine Passivität, durch Schweigen, durch Darüberhinwegsehen hatte er auch schon manches zu seinen Gunsten entschieden.

Als sie die Tür zu Käptens Kajüte öffnete, wusste sie noch immer nicht, wie sie sich entscheiden sollte. Sie würde es von der Stimmung abhängig machen, die sie dort empfing.

»Tür zu!« Tove stand so wie immer hinter der Theke, breit, schlecht gelaunt und reizbar. Und Fietje saß an seinem Stammplatz und starrte, ebenfalls wie immer, in sein Jever. Aber das Schläfrige, Unaufmerksame, Gleichgültige war echtem Kummer gewichen, das erkannte Mamma Carlotta sofort. Fietje suchte nicht mehr auf dem Boden seines Bierglases nach dem Sinn des Lebens, er hatte etwas davon gefunden, einen kleinen, aber wichtigen Teil. Er hatte seinen Sohn gefunden, den er nie hatte suchen können, weil er nichts von seiner Existenz gewusst hatte. Und er hatte etwas von der Liebe gefunden, die längst nicht mehr zu seinem Leben gehörte, die Liebe zum eigenen Kind, die nicht entstehen, nicht heranwachsen musste, die einfach da war. Felsenfest und lebenslang! Und mit diesem neuen Gefühl hatte sich auch eine Trauer eingestellt, von der er nie etwas gewusst hatte. Das eigene Kind zu verlieren war schrecklicher, als er jemals geahnt hatte. Das eigene Kind unglücklich zu erleben, ihm nicht helfen, ihm nicht einmal Hoffnung geben zu können war zu einem Gefühl geworden, das er nie gekannt hatte. Er hatte seinen Sohn kennengelernt, als dieser kriminell geworden war. Wie schrecklich für Fietje! Mamma Carlotta konnte ihn so gut verstehen. Und im selben Moment begriff sie, dass auch Fietje sie würde verstehen können, wenn sie ihm gestand, was sie vorhatte.

Aber auch hier brauchte sie ein wenig Zeit. Sie bestellte erst einmal einen Cappuccino, redete mit Tove über den Sturm, der noch immer wütete, und über den Glaser, auf den er nach wie vor vergeblich wartete. Noch immer war das Fenster mit Brettern zugenagelt, worüber Mamma Carlotta lang und breit redete, bis es sich endlich nicht mehr vermeiden ließ, ein Wort über Frido Ferrari und Jo Kessler zu verlieren.

»So einer hätte beinahe bei mir seine Gedichte gelesen«, schimpfte Tove. »In meinem soliden Restaurant! Gut, dass nix daraus geworden ist. Sonst müsste ich mich ja richtig schämen.« Er warf Fietje einen schnellen Blick zu. »Weiß man schon, wie es mit Frido weitergeht? Muss er in den Knast?«

Fietje blickte auf, und in seinen Augen lag eine so große Angst, dass Mamma Carlotta schlucken musste. »Allora, ich darf nicht über die Arbeit meines Schwiegersohns sprechen, das wissen Sie doch. Und außerdem ... ich weiß auch gar nichts.«

In Toves Augen erschien Misstrauen, in Fietjes Enttäuschung. Aber was sollte sie machen? Sie wusste ja selbst nicht, wie alles zusammenhing. Sie konnte Fietje nicht trösten. Am Ende weckte sie Hoffnungen in ihm, die sich später zerschlugen.

Mamma Carlotta suchte noch nach den richtigen Worten, als die Tür erneut aufgerissen wurde. »Tür zu!«, schrie Tove.

Als er sah, dass eine Frau eintrat, hielt er es wohl für angebracht, seine Imbissstube durch die passende Musik heimeliger zu machen. Warum ihm *Weiße Rosen aus Athen* dafür richtig erschienen, konnte Mamma Carlotta sich nicht erklären. Aber die dunkelhaarige Frau, die eintrat, sah lächelnd um sich und reagierte auf das schlammgrüne, holzvertäfelte Ambiente leutseliger als die meisten anderen Gäste. »Buon giorno!« Sie trat an die Theke, blass, mit knallrot geschminkten Lippen, auffällig, wenn auch billig gekleidet und zurechtgemacht. Die Haare hatte sie hochtoupiert, wie es schon lange nicht mehr Mode war, an ihren Ohren baumelten riesige Creolen, an jedem Finger steckte ein Ring, am rechten Arm klimperten mehrere

Armreifen. Sie holte einen Zettel aus der Tasche ihres grünen Mantels, der mit Kunstfellbesatz aufgedonnert worden war, und las holprig ab: »Käptens Kajüte? È corretto?«

Ehe Tove antworten oder sich darüber ärgern konnte, dass in seinem Restaurant schon wieder Italienisch gesprochen wurde, fuhr Mamma Carlotta herum. »Sei italiana?«

»Anche tu?«

Die beiden Frauen lachten sich an, eine so begeistert wie die andere, eine Landsmännin vor sich zu haben, und fielen mit Fragen übereinander her. Mamma Carlotta wollte auf der Stelle wissen, aus welcher Stadt die Frau kam, wie sie nach Sylt gekommen war, ob sie hier Urlaub machen wollte oder gar auf die Insel gezogen war, um hier zu leben … da fiel der Blick der Frau auf Fietje Tiensch. Es ging ein Ruck durch ihren Körper, ihre Augen weiteten sich, ihr Atem ging mit einem Mal stoßweise. Tove sah aus, als machte er sich Sorgen, sich in den nächsten Minuten an seinen Erste-Hilfe-Kurs erinnern zu müssen, Carlotta spürte, dass hier gerade etwas Schicksalhaftes in Gang kam, und Fietje … ja, Fietje hatte seinen Blick gehoben und tat nun etwas, was Mamma Carlotta noch nie bei ihm beobachtet hatte. Er nahm seine Bommelmütze ab, als hätte der Pfarrer ihn aufgefordert, im Angesicht des Herrn auf eine Kopfbedeckung zu verzichten.

»Frido!«, rief die Frau. Nein, sie rief es nicht, sie schrie diesen Namen. Einmal, zweimal. »Frido!«

Fietje strich sich die Haare glatt, als ginge es ihm darum, gut frisiert zu sein. Und dann rückte er so dicht an die Wand heran, als hätte er Angst vor einem tätlichen Angriff.

Ganz unberechtigt war diese Sorge nicht. Denn nach ein paar Sekunden, die Nana Mouskouri mit *Komm recht bald wi-hi-hi-der* füllte, stürzte sich die italienische Signora auf den armen Fietje Tiensch, als sei sie von ihm arglistig getäuscht worden und er sollte nun dafür die Quittung bekommen.

Mamma Carlotta rutschte erschrocken von ihrem Barhocker,

um Fietje zur Hilfe zu eilen, wurde aber von einer herrischen Bewegung des Wirtes davon abgehalten. Tove schien zu wissen, was hier vor sich ging, und wollte es offenbar auf keinen Fall verhindern.

»Frido!« Diesmal klang die Stimme wie eine Sirene. »Oh, mein Frido!«

Fietje wurde umarmt und abgeküsst, was er beides mit angsterfüllten Augen über sich ergehen ließ. Währenddessen schwante Mamma Carlotta endlich, worum es ging. »Dio mio«, flüsterte sie, dann ergab sie sich dem Schauspiel, das vor ihren Augen seine Premiere hatte. Ein Mann, der nach über zwanzig Jahren gefunden worden war, eine Frau, die ihn zu lange gesucht hatte, um sich noch an ihre Erinnerungen erinnern zu können, ein Paar, das etwas Gemeinsames hatte, ohne dass klar war, ob das Gemeinsame sie verband oder voneinander wegstieß.

Wie nicht anders zu erwarten, brachte Fietje kein Wort heraus. Aber immerhin nickte er, als er gefragt wurde, ob er wisse, wo ihr kleiner Frido sei, der Augapfel seiner Mama, der Stolz seines Stiefvaters, der Tugendengel, der unschuldig ins Gefängnis geraten war, aber nun ja seinen Vater gefunden hatte, der ihn selbstverständlich da rausholen würde. »Ich habe mit ihm reden dürfen. Er hat gesagt, er sei in etwas reingezogen worden. Von einem Mann, der nun von der Polizei gesucht würde. Aber er, unser kleiner Frido, ist natürlich unschuldig.« Schon wieder machte die Frau Anstalten, Fietje zu küssen, aber diesmal war er darauf vorbereitet und lehnte sich so weit zurück, das er beinahe von der Bank gekippt wäre. Als die Frau daraufhin von ihm abließ, wagte er endlich, etwas zu sagen: »Woher weißt du ... wie bist du ...?«

»Frido hat es mir erzählt. Er hatte es auch gerade erst erfahren. Von einem Mann, einem Wirt, ich weiß den Namen nicht mehr. Der hat ihm gesagt, in Käptens Kajüte könne er seinen Vater finden. Und ich meinen Friderico! Warum nur hast du dich nie wieder bei mir gemeldet?«

Mamma Carlotta sah Tove eindringlich an, der ihren Blick erstaunlich fest erwiderte, weil er ihm wohl immer noch lieber war als die Vorwürfe, die aus Fietjes Augen stachen. »Ist doch wahr«, murmelte er. »Da musste sich einer drum kümmern. Das geht doch nicht ...« Den Rest schluckte er herunter.

Sie saßen in Eriks Büro, die Staatsanwältin vor seinem Schreibtisch, Sören, der anscheinend Abstand brauchte, auf der Fensterbank.

»Ich habe Frido Ferrari abgenommen, dass er nichts mit Helena Helmstetters Tod zu tun hat«, sagte Erik nachdenklich.

»Ich auch«, meinte Sören und nickte mehrmals.

Die Staatsanwältin zögerte, aber dann entschied sie sich für dieselbe Meinung. »Der junge Mann hat wohl wirklich nur den Handlanger für Jo Kessler gespielt. Aber solange wir den nicht haben, weder seine Aussage noch sein Geständnis, müssen wir mit allem rechnen.«

»Enno Mierendorf hat erzählt, dass Frido Besuch von seiner Mutter hatte. Wir können von Glück sagen, dass wir nicht da waren. Die Mutter ist Italienerin.« Erik sah die beiden vielsagend an. »Das hätte ein Theater gegeben.«

Sie schmunzelten alle drei und stellten sich vor, was Mamma Carlotta in Bewegung gesetzt hätte, wenn eins ihrer Kinder im Gefängnis gelandet wäre.

»Was ist mit der KTU?«, fragte Tilla Speck. »Haben die immer noch keine Ergebnisse?«

Erik wählte die Nummer von Kommissar Vetterich, bekam aber nichts Neues zu hören. »Die Spurenlage im Wald ist grundsätzlich schwierig«, berichtete er, als er aufgelegt hatte. »Zudem hat der Regen die meisten Spuren verwischt. Es gibt zwei Schuhabdrücke, sagt Vetterich, die sie zuordnen konnten. Sie gehören zu Antonia Schäfer und Helena Helmstetter. Hinweise auf den Täter hat Vetterich nicht gefunden.«

»Diese Schnarchnase!«, stieß die Staatsanwältin verächtlich hervor.

Erik ärgerte sich über ihre Bemerkung. Vetterich arbeitete zwar langsam, aber sehr sorgfältig, er war nicht besonders verbindlich, aber darauf kam es bei einem Spurenfahnder nun wirklich nicht an. Was dachte Tilla sich eigentlich?

Erik erschrak. Du lieber Himmel! Jetzt nannte er sie in Gedanken schon beim Vornamen! Nur wegen dieser paar Minuten vor ihrer Zimmertür! Und auch nur, weil sie auf ihren hohen Absätzen ins Straucheln gekommen war. Da hatte er sie doch auffangen müssen! Nein, es war nicht sein Wunsch gewesen, sie lange im Arm zu halten, sie hatte sich einfach nicht von ihm gelöst. Hätte er sie zurückweisen sollen? Unmöglich! Das wäre ja einer Beleidigung gleichgekommen. Und dann ...

Er riss sich zusammen, als er bemerkte, dass er sowohl von der Staatsanwältin als auch von seinem Assistenten aufmerksam angesehen wurde. »Bekommen wir einen Haftbefehl für beide?«, fragte er. »Theo Claussen hat ein Motiv, und er hatte Gelegenheit, seine Frau umzubringen. Der Tatverdacht wiegt also schwer. Er hat sie verfolgt, hat gemerkt, dass sie ihrerseits Antonia Schäfer folgte, hat sich gedacht, dass seine Ex das Lösegeld übergeben wollte ...«

»Vielleicht steckt er mit ihr unter einer Decke«, warf Sören ein.

Aber die Staatsanwältin winkte ab. Nein, das konnte sie nicht glauben. »Mit Antonia ist er längst fertig.«

»Es kann aber auch sein«, sagte Sören, »dass Claussen unschuldig ist und Johannes Kessler auf Helena Helmstetter aufmerksam wurde. Sie hat ihn vielleicht beobachtet, und er musste sie umbringen, um nicht von ihr verraten zu werden.«

Die Staatsanwältin wollte etwas dazu sagen, aber in diesem Augenblick öffnete sich die Tür, und Rudi Engdahl trat ein. »Da ist eine Frau, Chef, die nach Theo Claussen fragt. Sozusagen eine Vermisstenmeldung. Aber sie ist keine Verwandte.«

Erik ahnte, von wem Engdahl sprach. »Jennifer Christensen?«

Sie sah so aus wie auf dem Foto auf ihrer Facebook-Seite, nur etwas älter. Erik hatte angenommen, sie sei noch in den Zwanzigern, sah jetzt aber, dass sie mindestens Mitte dreißig war.

Die Begrüßung war kurz und knackig. »Freut mich, freut mich, freut mich.«

Dass es sie wirklich freute, die drei zu begrüßen, die in diesem Büro saßen, blieb dahingestellt. Jennifer Christensen hielt sich nicht mit Vorreden auf. »Wissen Sie etwas über Theo Claussen? Er ist verschwunden. In seinem Haus in Kampen ist er nicht, die Haushälterin hat mir gesagt, er sei kurz da gewesen, doch dann wohl wieder nach Husum gefahren. Aber dort, in seiner Firma, heißt es, er sei auf Sylt. Ich fürchte, dass ihm etwas zugestoßen ist.«

Es war nicht möglich gewesen, sie zu unterbrechen. Jetzt endlich holte sie tief Luft, ließ sich einen Platz anbieten und sah abwartend von einem zum anderen.

Die Staatsanwältin sagte es geradeheraus. »Theo Claussen ist verhaftet worden.«

Jennifer Christensen stieg das Blut in die Wangen, sie wickelte den Schal vom Hals und zog die Mütze vom Kopf. Ihre glatten blonden Haare fielen fast bis zur Taille. »Warum?«

»Wir hätten gern schon früher mit Ihnen gesprochen«, wich Erik aus. »Aber es ging nicht ...«

»Ich war in Istanbul, bei meinem Bruder. Bin gestern erst zurückgekommen. Ich habe täglich mit Theo telefoniert.«

»Es ging auch deswegen nicht, weil in einem Entführungsfall sehr vorsichtig ermittelt werden muss. Sie haben doch von Herrn Claussen gehört, dass seine Tochter entführt wurde?«

»Natürlich! Deshalb mache ich mir ja solche Sorgen. Er ist vielleicht einem Kriminellen in die Hände gefallen.«

»Ist er nicht.« Erik verspürte den Wunsch, Jennifer Christensen auf keinen Fall freundlich oder gar zuvorkommend zu begegnen. Menschen wie sie mochte er nicht. Sie war wie die Staatsanwältin, deren forsches Auftreten er ebenfalls nicht mochte.

»Aber irgendwas muss doch passiert sein!«

»Ihr Freund steht unter Mordverdacht. Helena Helmstetter, seine Frau, ist gestern ermordet worden.«

»Was?« Dieses Wort enthielt mindestens ein Dutzend A's.

Sören stand auf und trat näher heran. »Frau Christensen, Sie haben ja bereits zugegeben, dass Sie ein Verhältnis mit Theo Claussen haben.« Mit inbrünstiger Empörung ergänzte er: »Mit einem verheirateten Mann!«

Erstaunlich, dachte Erik, wie sittenstreng sich oft gerade junge Leute geben, wenn von der Ehe die Rede ist. Und dann wieder besonders die, die noch nicht verheiratet sind. Sörens Betonung erinnerte ihn an seine älteste Tante, die sich selbst zum Tugendwächter der Familie ernannt hatte.

Jennifer Christensen war ein anderes Kaliber. »Wenn es stimmt, was Sie sagen, dann ist er jetzt ja Witwer.«

»Der Tod von Frau Helmstetter kommt Ihnen also gelegen?« Die Staatsanwältin war wütend, das war nicht zu übersehen. Und Erik gefiel es, dass sie das Nassforsche von Jennifer Christensen abstieß. »Wie lange waren Sie in Istanbul?«

»Was geht Sie das an?«

In den Augen der Staatsanwältin veränderte sich etwas, was Erik gewarnt hätte. Aber Jennifer Christensen sah darüber hinweg, weil sie Tilla Speck nicht kannte. »Wir denken an Komplizenschaft. Sind Sie daran interessiert, dass Helena Helmstetter aus dem Weg geräumt wurde?«

»Nein!« Jennifer Christensen sprang auf, als wollte sie fliehen. »Wie kommen Sie denn darauf?«

»Es spricht vieles dafür«, antwortete Erik, dem das Spiel gefiel. »Helena Helmstetter wollte sich anscheinend nicht scheiden lassen.«

»Sie wusste ja nichts von uns und Theos Scheidungsabsichten.«

»Täuschen Sie sich nicht. So was spricht sich schnell herum. Wir haben es ja auch erfahren. Sie wollte einen Rosenkrieg anzetteln, der Theo Claussen das letzte Geld gekostet hätte, das er noch hat.« Erik sah Jennifer Christensen mit hochgezogenen Augenbrauen an. »Ein reicher Mann ist er nämlich schon lange nicht mehr. Aber das wissen Sie vermutlich längst, da er ja über alles mit Ihnen gesprochen hat.«

Sören schob der jungen Frau einen Notizblock hin. »Wenn Sie hier bitte Name und Anschrift Ihres Bruders notieren würden, damit wir Ihr Alibi überprüfen können?«

Mit zitternden Händen kam Jennifer Christensen seiner Aufforderung nach. Sie verschrieb sich dreimal, das Ergebnis war kaum zu entziffern. »Sie glauben doch nicht wirklich ...?«

»Wir müssen es ausschließen können, sonst stehen Sie auf der Liste der Verdächtigen ganz oben.«

Als Jennifer Christensen gegangen war, fing die Staatsanwältin an zu lachen. »Ich fürchte, Theo hat sich vergeblich liften lassen.«

Sören lachte mit ihr, und auch Erik stimmte ein. So hatte Tilla am vergangenen Abend auch gelacht, als sie gestolpert und in seinen Armen gelandet war. Und so, wie sie ihm jetzt gefiel, hatte sie ihm auch gestern gefallen. Nur ganz kurz natürlich, aber immerhin. Trotzdem hätte er sie nicht küssen dürfen. Das war ein großer Fehler gewesen. Hätte er sie nur eine Weile gehalten, bis sie sich in der Lage gefühlt hätte, ihr Zimmer zu betreten, hätte sie ihn heute Morgen auch nicht geduzt. Die Vorstellung, dass er sie nun Tilla nennen musste und von ihr Erik gerufen wurde, bereitete ihm körperliche Schmerzen. Aber konnte man eine Frau siezen, die man geküsst hatte? Er würde sich wohl damit abfinden müssen, dass dieser blöde Abend mit den vielen Dirty Daniels einiges verändert hatte.

Die großartige Idee war in Vergessenheit geraten. Madonna! Was für ein Familiendrama! Eine alte Liebe war wiederauferstanden! Wenn Mamma Carlotta in Panidomino davon erzählte, würden die Nachbarinnen an ihren Lippen hängen. Es gab doch nichts Bewegenderes als eine unglückliche Liebe, die doch noch zu ihrem Glück fand.

Mamma Carlotta verlangsamte ihren Schritt, weil sie sich plötzlich an Fietjes Gesichtsausdruck erinnerte. Glück? Nein, Glück hatte nicht in seiner Miene gelegen, eher Erschrecken, sogar Entsetzen. Aber auch ein tiefes Gefühl, das sie noch nicht identifiziert hatte. Fietjes Miene war bisher noch nie durch ein nachhaltiges Gefühl erhellt oder verdunkelt worden. Es hatte dort immer nur Gleichgültigkeit gegeben. Aber seit er Frido als seinen Sohn erkannt hatte, war das anders geworden. Es war, als hätte er sich nicht nur ihm, sondern dem Leben zugewandt, das bis dahin an ihm vorbeigerauscht war, wie die U-Bahn an jemandem, der niemals einstieg. Das Auftauchen von Fridos Mutter allerdings schien ihn wieder in sein Schneckenhaus zu locken. Hier war er von den Erinnerungen derart überfahren worden, dass sein altbekannter Fluchtreflex wieder einsetzte. Aber vielleicht brauchte er nur Zeit, bis er erkannte, dass das Leben ihn auf die Sonnenseite zurückholen wollte?

Mamma Carlotta bog rechts ab und ging auf das Haus am Kliff zu. Was würde mit Fietje geschehen? Würde er bei ihrem nächsten Besuch nicht mehr auf seinem Stammplatz sitzen? Würde er überhaupt noch auf Sylt sein? Dieser Gedanke machte ihr das Herz schwer. Sosehr sie Fietje sein Glück gönnte, so sehr wünschte sie sich auch, an diesem Glück teilhaben zu dürfen. Aber sie spürte, dass es nicht einfach sein würde mit diesem sogenannten Glück. Fietje war offenbar nie ein Mann gewesen, der das Glück an einem Ort, bei einem einzigen Menschen gesucht hatte. Würde er die Erkenntnis, Vater eines Sohnes zu sein, als Chance begreifen können? Und Fridos Mutter? Carlotta konnte sich nicht vorstellen, dass sie für Fietje die Tür in eine bessere Zukunft aufstoßen würde. Fietje war doch für den Weg in etwas Neues mittlerweile viel zu fußlahm. Für sie war er immer ein Mann gewesen, der den Rucksack mit der Vergangenheit abgeworfen hatte und dem es viel zu beschwerlich war, ihn noch einmal auf den Rücken zu wuchten. Schon deswegen, weil er ja gar nicht wusste, wie schwer die Zukunft sein würde und ob er sie überhaupt tragen konnte.

Auf der Höhe von Gosch stieg der Weg ein wenig an, aber sie kam nicht aus der Puste, denn die Gassen in ihrem Dorf waren noch viel steiler. Sie war daran gewöhnt, schwerere Steigungen zu nehmen. Allerdings musste sie in Panidomino nie gegen einen so kräftigen Wind ankämpfen. Erik nannte ihn längst nicht mehr Sturm, und sie selbst spürte auch, was sie schon in den Wetternachrichten gehört hatte: Der Wind ließ nach, eine Sturmflut war nicht mehr zu befürchten.

Als sie auf die Tür des Kurhauses zuging, fiel ihr wieder der großartige Gedanke ein, von dem sie getrieben worden war. Ob es ihr gelang, ihn in die Tat umzusetzen?

Carolin kam ihr entgegen, kaum dass sie das Foyer betreten hatte. »Endlich, Nonna! Wo warst du so lange?« Auf eine Antwort wartete sie nicht, sondern lief ihrer Oma voraus. »Hier wird jede Hand gebraucht. Jo ist ja nicht mehr da.«

Tatsächlich hatte Antonia Schäfer von ihrer Kühle, ihrer Leidenschaftslosigkeit eine Menge verloren. Ihre Wangen waren gerötet, eine Haarsträhne fiel ihr in die Stirn, die sie immer wieder zurückpustete. Anscheinend hatte sie keine Zeit, sie wieder festzustecken. Der große Wettbewerb musste vorbereitet werden, das Ende des Festivals, sein Höhepunkt: die Ehrung des besten Gedichts der Insel.

Das war Carlottas Chance. »Soll ich die Teilnehmerliste vorbereiten?«

Antonia Schäfer wies auf einen Papierstapel. »Jo hat schon alles sortiert. Die Veranstaltungsleiterin wird die Wettbewerbsteilnehmer vorstellen und anmoderieren. Sie braucht die Reihenfolge.«

»Ich bringe sie ihr ins Büro.« Carlotta schnappte sich die

Unterlagen und verschwand damit hinter der Bühne. Eine gute Gelegenheit! Sie hatte noch im Ohr, was Antonia Schäfer zu Johannes Kessler gesagt hatte: »Am Anfang die schwachen Lyriker und am Ende die besten.« Als sie es gerade noch geschafft hatte, Carolin zu dem Wettbewerb anzumelden, hatte sie gesehen, dass ihre Enkelin auf dem dritten Platz gelandet war. Oder hatte sie es mittlerweile geschafft, Jo zu überreden, sie an eine bessere Position zu setzen? Damit das, was sie las, im Gedächtnis blieb und nicht in den Köpfen der Zuhörer von anderen Gedichten überlagert wurde? Carlotta, die Carolins Scheu und Schüchternheit kannte, glaubte es nicht. Manch andere hätte ihre Chance genutzt, hätte aus der Bekanntschaft mit Jo Kessler einen Vorteil gezogen, aber nicht Carolin. Ihr wäre es schrecklich peinlich gewesen, darum zu bitten. Für so was brauchte sie ihre Nonna.

Sich selbst den letzten Platz einzuräumen, das war Johann W. Kessler wohl zu auffällig gewesen, zu entlarvend. Am drittletzten Platz hatte er mit seiner Lyrik glänzen wollen, den vorletzten und letzten hatte er wahrscheinlich mit einem weniger guten Autor besetzt, sodass seine belangvollen Worte sich noch während des Schlussapplauses in den Köpfen der Zuhörer bewegten.

Carlotta zögerte nicht, strich seinen Namen durch und ersetzte ihn durch den Namen ihrer Enkelin. Zufrieden nahm sie die Liste und brachte sie in das Büro der Veranstaltungsleiterin.

Der Vormittag zog sich hin. Weder von der KTU noch von der Gerichtsmedizin kamen Erkenntnisse, die sie verfolgen konnten. Nur der Besuch von Claussens Anwalt brachte frischen Wind in die Amtsstube. Die Staatsanwältin hatte sich soeben zu einem Mittagsschläfchen in ihr Hotelzimmer begeben, als ein älterer Herr im dunklen Anzug Eriks Büro stürmte. »Dr. Anstötter, Rechtsanwalt von Herrn Claussen!«

Wie zu erwarten, nannte er den Verdacht gegen seinen Mandanten »völlig aus der Luft gegriffen«, seine vorläufige Festnahme »reine Schikane« und die Weigerung, ihn auf der Stelle wieder auf freien Fuß zu setzen, »eine durchschaubare Dummheit«. Angeblich passierte es immer wieder, dass frustrierte kleine Beamte vom Neid statt von einer sachlichen Dienstauffassung gelenkt wurden und einen wohlhabenden Mann wie Theo Claussen einsperrten, weil sie sich damit an der gesamten Upper Class rächen wollten, die mehr besaß als sie selbst.

Das sorgte bei Erik und Sören für eine Menge Verblüffung, mit dieser Argumentation waren sie bisher noch nie konfrontiert worden. Dass Claussen die Polizei belogen und über seinen wahren Aufenthaltsort im Unklaren gelassen hatte, wischte der Anwalt mit einer einzigen Handbewegung vom Tisch. »Männer, die sich liften lassen, werden zu solchen Unwahrheiten geradezu gezwungen. Die Gesellschaft ist ja derartig voreingenommen! Und so spießig! Männer, die auf ihr Äußeres achten, landen noch immer in der Kategorie ›Schwuchtel‹. Ist es da ein Wunder, wenn ein Mann nicht zugibt, dass er sich in einer Schönheitsklinik aufhält?«

»Aber ist es da ein Wunder«, konterte Erik, »dass der Verdächtige flüchtig genannt wird, weil er nicht dort ist, wo er zu sein vorgibt?«

Dr. Anstötter überhörte diesen Satz elegant und blieb dabei, dass ein Mann in der Situation seines Mandanten gar nicht anders handeln konnte. »Es gibt ja so viele Spießer, die alles verurteilen, was in ihrem eigenen Leben nicht vorkommt.«

Dass er Erik für den größten Spießer hielt, sagte er zwar nicht ausdrücklich, ließ es aber durchaus durchblicken. Und dass sein Mandant kein Alibi hatte, nannte er eine Banalität. »Völlig bedeutungslos!« Auch ein Motiv konnte und wollte er nicht erkennen. »Viele Ehemänner leisten sich eine Geliebte, ohne deswegen gleich ihre Ehefrau umzubringen. In welcher Welt leben Sie eigentlich?«

Erik stöhnte auf, als der Anwalt endlich wieder gegangen war, nicht ohne die Drohung zu hinterlassen, dem Leiter der Ermittlungen ein Disziplinarverfahren auf den Hals zu hetzen, wenn er nicht für die sofortige Freilassung seines Mandanten sorgte. »Er hat ja recht. Wir müssen Claussen laufen lassen.«

»Keine Fluchtgefahr?«, versuchte es Sören, bestand aber nicht auf einer Antwort.

Wie sie die Sache auch drehten und wendeten, die Aufklärung des Falls hing an dem Auffinden von Johannes Kessler. Dass er der Mörder von Frauke Kretschmer und auch von Helena Helmstetter war, wurde mehr und mehr zur Gewissheit. Sie mussten ihn nur endlich zu fassen und sein Geständnis bekommen.

»Frauke muss ihn erkannt haben«, sagte Sören und nickte, als Erik ergänzte: »Von Helena Helmstetter ist er bei der Lösegeldübergabe beobachtet worden.«

Ja, so musste es gewesen sein. Erik rief noch einmal den Leiter der Hundertschaft an, die die Insel durchkämmte, und erklärte, dass die Suche nach Jo Kessler noch dringlicher geworden sei. »Es ist ziemlich sicher, dass er bereits zwei Menschenleben auf dem Gewissen hat. Der Mann ist gefährlich. Also Vorsicht!«

Ob Kessler sich noch auf der Insel aufhielt, konnte er natürlich nicht sagen. Selbstverständlich war die Fahndung auf ganz Deutschland ausgedehnt worden. Vor allem die Kollegen in Leverkusen, Kesslers Heimatstadt, würden die Augen offen halten. Vor dem Haus, in dem Kessler in einer winzigen Wohnung lebte, war Posten bezogen worden. Wenn er dort auftauchte, würde man ihn festnehmen. Es kam nicht selten vor, dass sich ein Täter gerade dort versteckte, wo er sich auskannte, und auf seiner Flucht einen vertrauten Ort aufsuchte, an dem er sich sicher fühlte.

»Wir müssen warten«, sagte Erik, als die Staatsanwältin wieder in seinem Büro auftauchte.

Erneut berührte sie ihn mit einer leichten, flatternden Geste, als sie an ihm vorbeiging. Erik reagierte nicht darauf, aber er merkte, dass Sören aufmerksam geworden war.

»Ich schau mal bei Carlotta vorbei. Vielleicht hat sie Zeit, mit mir einen Kaffee im Iismeer zu trinken. Dann könnte ich mit ihr zusammen zu Feinkost Meyer gehen und ihr anschließend beim Kochen zugucken.«

Erik schüttelte den Kopf. »Ich glaube, wir bekommen heute nichts zu essen. Hast du vergessen, dass am Abend der Wettbewerb stattfindet?« Er wunderte sich, wie leicht ihm das Du über die Lippen gegangen war. »›Das beste Gedicht der Insel‹.«

Tilla schlug sich vor die Stirn. »Habe ich total vergessen! Gehen wir dahin?«

»Wir?« Erik hätte beinahe zu stottern angefangen. Natürlich besuchte er eine Veranstaltung, wenn seine Tochter auftrat. »Hast du eine Karte?«

»Brauche ich als Freundin der Veranstalterin eine Eintrittskarte?« Sie lachte Erik an, und er fragte sich, warum sie früher kein einziges Mal so freundlich zu ihm gewesen war. »Dann gehen wir nach der Vorstellung alle zusammen essen?« Nun warf sie ihm sogar eine Kusshand zu, ehe sie das Büro verließ. »Bis dahin, Erik!«

Er blickte erst auf, als er das Gefühl hatte, dass die Schamesröte aus seinem Gesicht gewichen war. Aus Sörens Feixen war zum ersten Mal kritische Sorge geworden. »Was ist eigentlich los zwischen Ihnen und der Staatsanwältin?«

»Gar nichts!« Erik stand auf und schob den Stuhl so heftig nach hinten, dass er an die Wand schlug.

Das Haus am Kliff war zu einem Bienenkorb geworden, in dem es summte und brummte, in dem es hinein- und herausging, in dem einer über den anderen herfiel und jeder Fragen an jeden stellte. Mehr als zwanzig Lyriker mussten koordiniert werden, und fast jeder von ihnen hatte an der Organisation, für die Jo Kessler verantwortlich zeichnete, etwas auszusetzen. Jetzt konnte man es ja laut und deutlich aussprechen. Jo Kessler war nicht in der Lage, der Kritik an ihm etwas entgegenzusetzen! Anscheinend hoffte jeder darauf, durch seine Abwesenheit zu einem Vorteil zu gelangen. Jeder meinte, dass Veränderungen jetzt ganz leicht waren. Jo konnte sich nicht dagegen wehren, niemand hatte mehr die Aufsicht über all die Vortragszeiten, über die Reihenfolge, über alle Sonderwünsche. Also kam es bei dem Chaos, das durch sein Verschwinden zu erwarten war, auf andere kleine Abweichungen nicht an. Das glaubte jeder Lyriker, dem plötzlich eingefallen war, dass er doch lieber andere Texte lesen wollte, mehr Zeit für seinen Vortrag brauchte oder mit einem Mal den Wunsch verspürte, seine Gedichte tanzend darzubieten. Antonia Schäfer war ohnehin nicht ansprechbar. Sie sah aus, als stünde sie kurz davor, die Nerven zu verlieren, als sich ein Reporter von *Sylt TV* ankündigte und um ein Interview bat und gleichzeitig ein Mitarbeiter von *Antenne Sylt* mit einem Mikrofon vor ihr auftauchte, der unbedingt einen O-Ton haben wollte.

Hilfe suchend sah sie sich um, und ihr Blick fiel auf Mamma Carlotta, die sie erstaunlicherweise für kompetent hielt. Jedenfalls für durchsetzungsfähig. »Bitte sorgen Sie dafür, dass die Tonproben über die Bühne gehen. Ich muss wenigstens einen Blick in den Spiegel werfen, ehe die Fernsehkamera angeht. Kamm und Rouge wären auch nicht schlecht. Himmel, habe ich mein Make-up-Täschchen überhaupt dabei?«

Welche Frau hätte kein Verständnis für diese Fragen! »Certo, Signora. Sie können sich auf mich verlassen. Carolina wird mir helfen.«

»Wo ist eigentlich Tilla?«

Mamma Carlotta hätte ihr gerne gesagt, dass die Staatsanwältin ja auf Sylt nur erschienen war, um unauffällig im Entführungsfall Lale Claussen zu ermitteln. Da diese Sache mittlerweile zu einem guten Ende gekommen war, hielt Tilla es wohl nicht mehr für nötig, ihre Freundin beim Lyrik-Festival zu unterstützen. Carlotta warf Antonia einen bedeutungsvollen Blick zu, und diese schien zu verstehen, was sie ihr sagen wollte und wegen der vielen Zeugen nicht aussprechen konnte.

»Ich rufe sie trotzdem an. Sie muss kommen und helfen.«

Mamma Carlotta bestärkte sie in dieser Idee, dann klatschte sie in die Hände und sorgte dafür, dass der nervöse Haufen Lyriker auf sie aufmerksam wurde. Zum Glück fiel ihr ein, wie sie es früher gehandhabt hatte, als sie noch Hühner gehalten hatte, damit sie täglich frische Eier ins Haus holen konnte. Die waren leicht durch Körner zu locken gewesen, und genauso leicht ließen sich die überwiegend jungen Dichter nun durch die Aussicht zur Bühne dirigieren, man wolle jetzt dafür sorgen, dass jeder von ihnen besonders gut rüberkam. Diese Vokabel hatte Carlotta schon einige Male aufgeschnappt, und sie fand, dass sie sehr kompetent wirkte, wenn sie sie benutzte. Auch der Tontechniker verwendete dieses Wort gelegentlich, der nun froh war, dass er endlich mit der Tonprobe beginnen konnte. Sämtliche Sonderwünsche, die ihr beim Betreten der Bühne zugetuschelt wurden, überhörte Carlotta geflissentlich und scheuchte einen nach dem anderen ans Mikrofon. Der Tontechniker war begeistert, dass endlich jemand für Disziplin sorgte.

»Signora!« Dieser Ruf hallte durch den Kursaal bis zur Bühne, so laut und schrill, dass Mamma Carlotta zusammenschreckte. Auch Carolin, die soeben an der Seite ihrer Nonna erschienen war, zuckte zusammen. »Was ist los?«

»Che cos'è?«, rief Carlotta zurück, merkte aber gleich, dass Antonia Schäfer den Wunsch hatte, dass sie zu ihr kam. Verständlich! Nicht jeder Wunsch, erst recht nicht, wenn er persönlicher Natur war, konnte über dreißig Stuhlreihen hinweg geäußert werden.

»Mach du hier weiter«, sagte Carlotta zu ihrer Enkelin und eilte zur Verlegerin, die ihr händeringend entgegensah und ihr einen Schlüssel hinhielt.

»Sie wissen doch, wo ich wohne?«

Ja, Carlotta hat es mitbekommen. Antonia Schäfer hatte für die Zeit ihres Aufenthaltes auf Sylt ein kleines Ferienhaus gemietet, am Risgap, ganz in der Nähe.

»Lale ist nach Kampen gefahren, sonst würde ich sie anrufen, damit sie mir mein Beautycase bringt.«

»Bjuti ... come?«

»Kosmetikkoffer! Gibt es so was etwa in Italien etwa nicht?«

»Oh, così! Naturalmente!« Mamma Carlotta verzichtete auf die Erklärung, dass sie selbst so etwas nicht besaß.

»Ich muss mich zurechtmachen, ehe das Fernsehen kommt. Aber ich habe nichts dabei.«

Dafür hatte Mamma Carlotta vollstes Verständnis, schnappte sich den Schlüssel und merkte sich, was die Verlegerin sagte. »Im Bad hinter dem Schlafzimmer!«

Sie rannte durchs Foyer und so schnell an dem Infostand vorbei, dass der dort sitzende Mitarbeiter der Kurverwaltung, der gerade nichts zu tun hatte, ihr besorgt hinterhersah. Wie der Teufel fegte sie aus der Tür, bog rechts ab und wäre beinahe mit der Staatsanwältin zusammengestoßen. »Carlotta! Was ist los? Wohin so eilig?«

»Erzähle ich dir später! Non ho tempo. Keine Zeit!«

»Aber ...«

Auf Tillas Antwort konnte sie nicht mehr warten. Dass Antonia Schäfer keine Minute länger als nötig auf ihren Kosmetikkoffer warten konnte, lag auf der Hand. Die Fernsehleute wurden jeden Moment erwartet.

Schon wenige Minuten später stand sie vor der Tür des Ferienhauses. Eine kurze Unsicherheit, ob es wirklich das richtige war, aber der Schlüssel passte, und sie hastete in den Flur. Die erste Tür führte ins Wohnzimmer, die zweite ... sie blieb erschrocken stehen und lauschte. War da ein Geräusch gewesen? Irgendwas hatte sie gehört, was nicht in ein menschenleeres Haus passte. Ein Rascheln, ein Scharren, ein Klicken.

Aber sie schüttelte den Kopf und schalt sich selbst einen Angsthasen. Jedes Haus hatte seine eigenen Geräusche, die mit den Bewohnern nichts zu tun hatten. Außerdem handelte es sich um eine Doppelhaushälfte, vermutlich drang etwas aus dem Nachbarhaus herüber.

Die zweite Tür führte tatsächlich ins Schlafzimmer, das sehr unaufgeräumt war. Das Bett nicht gemacht, darauf mehrere Kleidungsstücke, Unterwäsche lag auf dem Boden, die Türen des Schrankes waren weit geöffnet. Als Mamma Carlotta einen Blick hineinwarf, wurde sie erneut von Angst gepackt. Sie konnte sich nicht vorstellen, dass eine Frau ihre Wäsche, ihre Shirts und Blusen so nachlässig in den Schrank warf. Die mussten ja gebügelt werden, ehe sie angezogen werden konnten! Hier war etwas nicht in Ordnung.

Gleichzeitig mit dem Geräusch, das nun in ihrer Nähe entstand, kam ihr die schreckliche Erkenntnis, dass dieser Schrank durchwühlt worden war. Aber noch ehe sie sich darüber klar werden konnte, warum und von wem, wurde sie schon von hinten angegriffen. Ein starker Arm umfing sie, eine anderer legte sich um ihre Kehle. »Still!«, zischte ihr eine Stimme ins Ohr. Und sie wusste sofort, dass sie Jo Kessler gehörte.

Dass das Telefon läutete, kam Erik gut zupass. Er wollte nicht mehr an Tilla Speck denken und sich nicht mehr von Sören misstrauisch ansehen lassen. »Vielleicht Vetterich?«

Aber es war Carolin, die sich meldete. »Papa, ich muss dir was sagen ...«

»Wo bist du?«

»Im Kurhaus. Für mich ist hier gerade nichts zu tun, die Tonproben sind erledigt.«

Eriks Interesse hielt sich in Grenzen. »Was gibt's denn?«

»Du weißt doch, dass ich immer mal beim Frangiflutti vorbeigehe ...« Jetzt klang ihre Stimme deprimiert. Ja, Erik wusste, dass sie gelegentlich vor dem Eingang des Frangiflutti stand, der nun verschlossen war, und versuchte, durch die Scheiben zu sehen, die aber verhängt worden waren. »Du solltest dir das nicht antun. Du wirst schon eine neue Ausbildungsstelle finden.«

»Heute dachte ich, es tut sich was. Ein neuer Investor, eine Hotelkette, die das Frangiflutti übernimmt oder so ...«

»Wie bist du darauf gekommen?«

»Ich habe eine Bewegung gesehen, als ich im Innenhof war. Hinter einem der Fenster im Erdgeschoss direkt neben der Tür. Nur ganz kurz. Und weil ich dachte, dass da jemand ist, habe ich genauer hingeguckt.«

»Und? War da jemand?«

Carolin flüsterte mit einem Mal. »Ich habe keine Person gesehen, aber ich glaube, da wohnt jemand. In einem Zimmer im Erdgeschoss habe ich Klamotten auf dem Bett liegen sehen. Kann natürlich sein, dass sich ein Penner dort eingeschlichen hat. Aber eben wurde wieder von Jo geredet, und da dachte ich ... Frido Ferrari hat ja auch mal im Frangiflutti gearbeitet. Er könnte doch Jo davon erzählt haben, dass das Hotel zurzeit leer steht.«

Mit einem Mal saß Erik kerzengerade da. »Wann war das?«

»Vor einer Stunde ungefähr.«

»Danke, Caro! Kann sein, dass du mir sehr geholfen hast.«

»Wir sehen uns heute Abend im Kursaal?«

»Natürlich! Ich will doch dabei sein, wenn du gewinnst.«

Sören war aufmerksam geworden und starrte einen Chef erwartungsvoll an. »Ist was?«

Erik griff nach seiner Jacke und humpelte, so schnell es ging, aus dem Büro. »Kann sein, dass Caro Kesslers Versteck gefunden hat.« Im Hof blieb er verblüfft stehen. Dort stand sein alter Ford, als wäre er nie auf einem Autozug im Stich gelassen worden.

Enno Mierendorf erschien mit dem Schlüssel neben ihm. »Den haben die Niebüller Kollegen gebracht.«

Erik staunte. »Das ist ja super.«

»Aber ich glaube, die erwarten mindestens einen Kasten Bier von Ihnen.«

»Können sie haben.« Erik schloss den Wagen auf und ließ sich auf den Beifahrersitz fallen. Im Nu saß Sören neben ihm. Mit quietschenden Reifen fuhren sie kurz darauf vom Hof.

Erik zog sein Smartphone hervor. »Tilla?«

Wie leicht es ihm mittlerweile fiel, ihren Vornamen auszusprechen! »Könnte sein, dass wir Kesslers Versteck gefunden haben. Sören und ich sind unterwegs zum Frangiflutti.« So schnell es ging, berichtete er von Carolins Anruf.

Tillas Stimme blieb wohltuend ruhig und sachlich. »Abwarten, Erik! Ich alarmiere die Bereitschaft. Bitte keine Alleingänge! Das ist zu gefährlich. Ich möchte nicht ...« Für die Ergänzung des Satzes brauchte sie scheinbar Mut: »... dass dir etwas zustößt.«

Schweigsam steckte Erik etwas später das Handy zurück und starrte auf die Straße, ohne den Verkehr zu sehen und ohne zu merken, welche waghalsigen Überholmanöver Sören auf sich nahm. Sie wollte nicht, dass ihm etwas zustieß! Was war nur los mit ihr? Dieser eine Kuss konnte doch nicht alles verändert haben. Oder doch?

Sören wurde nervös. »Was sagt sie?«

»Sie alarmiert die Bereitschaft.« Dass die Staatsanwältin Angst um ihn hatte, erwähnte er nicht.

»Wird sie auch kommen?«

»Vielleicht später. Im Kurhaus scheint der Teufel los zu sein. Die typische Hysterie vor einer Veranstaltung, nehme ich an. Antonia Schäfer braucht Hilfe, Tilla ... die Staatsanwältin will sie nicht im Stich lassen. Das Fernsehen hat sich angesagt, und ...« Er veränderte seine Stimme, als spielte er die Hauptrolle in einer amerikanischen Highschoolposse. »Ihr fehlt die Schminke. Wie soll sie ohne Make-up, Lippenstift und Wimperntusche vor die Kamera treten?« Sören lachte, und Erik ergänzte, nun wieder mit eigener Stimme: »Meine Schwieger-mutter ist losgejagt worden, um ihr Beautycase zu holen.«

»Dafür ist sie die Richtige. Bei dem Tempo der Signora …«

Sie parkten den Wagen in der Nähe des Hotels am Straßen-rand. So hatten sie das Hotelportal im Auge und auch die Stelle, die in den Innenhof führte. Dort war noch kein Tor angebracht worden, wie es ursprünglich geplant gewesen war, der Hotelier war nicht mehr dazu gekommen. Der Mordanschlag, dem er zum Opfer gefallen war, hatte verhindert, dass das Frangiflutti zur Vollendung gelangte.

»Warum hat hier keiner nachgesehen?«, ereiferte sich Erik, als sie eine Weile gewartet hatten. »Da wird überall auf der Insel gesucht, und niemand kommt auf ein leer stehendes Hotel?«

»Weg! Weg! Dahinein!«

Mamma Carlotta war derart verstört, dass sie unfähig war zu gehorchen, den Sinn der Worte gar nicht erfasste und nicht begriff, was Jo Kessler von ihr wollte.

»Weiter!« Er stieß sie und drängte sie, als sie nicht schnell genug reagierte, indem er seine Knie in ihre Kniekehlen rammte. Ihre Beine knickten ein, sie hatte Mühe, sich auf den Beinen zu halten, wollte sich umdrehen, schaffte es aber nicht. Schließlich sah sie seinen Arm, der an ihr vorbei zur Klinke der Badezimmertür griff. Ein Männerarm, jung, muskulös, be-haart. Und eine Hand, die weiß war und schwach wirkte und mit einem wütenden Faustschlag die Tür weiter öffnete, sodass Mamma Carlotta hindurchpasste. Ein weiterer Stoß, und sie taumelte voran, mit ausgestreckten Armen, in die Dunkelheit, ins Nichts.

Ein letzter Stoß, diesmal vor die Brust, als sie sich umzudre-hen versuchte. Sie taumelte rücklings gegen die Abtrennung der Dusche. Die Tür wurde ins Schloss gezogen, laut, zornig, mit einem Schlag, der endgültig schien. Aber … sie wurde nicht verriegelt. So verwirrt Mamma Carlotta auch war: dass das Drehen des Schlüssels ausblieb, bekam sie trotzdem mit.

»Drinbleiben!«, hörte sie Jo Kessler rufen. »Wehe, Sie trauen sich raus!«

Mamma Carlotta tastete sich zur Tür und fühlte mit den Fingerspitzen nach dem Schlüssel, der in einer Badezimmertür normalerweise innen steckte. Und richtig! Sie fand ihn, zog ihn vorsichtig heraus und steckte ihn in ihren Ausschnitt. Schon als Kind hatte sie sich in dunklen, fensterlosen Räumen gefürchtet, noch schlimmer wäre es, wenn man sie einschließen würde. Erleichtert lehnte sie sich an die gefliese Wand. Das wenigstens hatte sie verhindert. Ob sie es wagen konnte, nach einem Lichtschalter zu suchen? Über dem Waschbecken würde es eine Lampe geben, vielleicht hatte das Bad auch eine Deckenleuchte. Dann gäbe es einen Schalter in der Nähe der Tür. Aber vielleicht war es besser, in der Dunkelheit auszuharren. Sie würde sich verstecken können, hinter der Tür, wenn sie sich öffnete. Und dann, wenn sie Glück hatte, würde sie aus dem Bad fliehen können, wenn Kessler hereinkam, um nach ihr zu sehen. Viel Hoffnung machte sie sich nicht, aber es ging ihr schon besser, als sie daran glauben konnte, dass ein Überraschungsmoment sie vielleicht rettete.

Sie hörte ihn im Schlafzimmer rumoren. Was sucht er in Antonias Schrank, in den Nachtkonsolen, unter der Matratze? Sie konnte alle Geräusche, die ins Bad drangen, identifizieren. Jetzt riss er die Vorhänge zur Seite, um auch dahinter nach etwas zu suchen, was sie sich nicht vorstellen konnte. Geld? Er hatte eine Million kassiert, in Geldverlegenheit war er also nicht. Oder waren es große Scheine gewesen, die Antonia Schäfer ihm übergeben hatte? Dann fürchtete er vielleicht, damit aufzufallen. Wer mit Hunderteuroscheinen bezahlte, fiel immer auf. Und da nach Jo Kessler gefahndet wurde, war die Gefahr für ihn groß, wenn er mit dem Lösegeld bezahlte. Er musste sich also auf anderem Wege Geld beschaffen. Sicherlich hatte er Gelegenheit gehabt, Antonias Ferienhaus auszukundschaften, und suchte jetzt nach Bargeld. Anscheinend hatte er noch keinen Cent gefunden, denn seine Suche wurde immer lauter, seine Stimme klang immer wütender, immer unbeherrschter. Mamma Carlotta hörte ihn poltern und unterdrückt fluchen, einiges ging kaputt, es klirrte, und sie hörte Stoff reißen.

Was, wenn er nichts fand? Würde er seine Wut dann an ihr auslassen? Was hatte er überhaupt mit ihr vor? Was würde mit ihr geschehen, wenn er Geld gefunden hatte? Konnte er sie freilassen? Nein! Und einsperren konnte er sie hier nur für wenige Stunden. Er musste damit rechnen, dass sie bald vermisst und gesucht wurde. Mamma Carlottas Herz begann zu rasen, als sie sich klarmachte, dass Jo Kessler nur eine Chance zu entkommen hatte: wenn sie ihn nicht verraten konnte. Er musste sie mundtot machen. Sie, die Schwiegermutter des Kriminalhauptkommissars, würde natürlich sofort alle Hebel in Bewegung setzen, sobald sie hier rauskam. Das wusste er selbstverständlich. Dann würde Erik erfahren, dass Kessler noch auf Sylt war, dass er sich Geld beschafft hatte, um von der Insel runterzukommen. Und dann war es ein Leichtes, ihn zu fassen, sobald er sich am Bahnhof, an der Fähre oder am Flugplatz blicken ließ. Fieberhaft dachte sie nach. Sie musste sich etwas einfallen lassen, ihn ablenken, mit ihm reden, ihn überzeugen. Wovon? Natürlich davon, dass er sie am Leben lassen musste. Aber mit welchen Argumenten? Kessler hatte bereits zwei Morde auf sein Gewissen geladen. Auf einen dritten würde es ihm nicht ankommen. Zeit gewinnen! Das war jetzt das Wichtigste! Und hoffen, dass Antonia Schäfer sie suchen ließ, wenn sie nicht mit dem Kosmetikkoffer zurückkehrte.

»Es geht los«, flüsterte Erik.

Zwei Wagen der Einsatzbereitschaft hielten vor dem Eingang des Frangiflutti. Mehrere Beamte in Schutzanzügen, mit Helmen auf dem Kopf, das Visier heruntergeklappt, sprangen heraus und liefen auf den Durchlass zu, der in den Innenhof führte. Im Nu waren sie verschwunden. Vermutlich hatten nicht einmal die Nachbarn etwas mitbekommen.

Allerdings kehrten sie schon nach wenigen Minuten wieder zurück. Der Einsatzleiter kam auf den Wagen zu, Erik und Sören stiegen aus. »Es ist richtig, dass da jemand campiert. Aber zurzeit ist niemand da. Sie können sich ja das Zimmer mal ansehen. Vielleicht sagen Ihnen die Klamotten etwas.«

»Und wenn er zurückkommt?«, fragte Sören.

»Wir warten hier. Den schnappen wir uns, sobald er in dem Innenhof verschwindet.«

Er instruierte seine Männer, dann begleitete er Erik und Sören in das Zimmer, das Carolin beschrieben hatte. Es war nicht eingerichtet, allerdings stand ein Bettgestell mit einem Lattenrost da, auf dem Kessler wohl die Nacht verbracht hatte. Es war kalt, sehr kalt, natürlich wurde im Frangiflutti nicht mehr geheizt. In diesen Räumen im Hinterhaus war die Heizung vermutlich noch nie angestellt worden.

»Sind Sie sicher, dass er es ist, der hier wohnt?«, flüsterte Sören.

Erik nahm einen schwarzen Jogginganzug auf und eine Sturmhaube, die danebenlag. »Davon hat Frido Ferrari gesprochen. In dieser Verkleidung muss er zu Frauke gegangen sein, damit sie ihn später nicht wiedererkennt.«

Sein Smartphone läutete, Tilla Speck war am anderen Ende. »Habt ihr ihn?«

»Er ist ausgeflogen. Wir müssen ihn erwischen, wenn er zurückkommt.«

Am anderen Ende entstand eine Stille, die Erik von der Staatsanwältin nicht gewöhnt war. Im Gegenteil war sie ja diejenige, die es nicht leiden konnte, wenn er sich eine kurze Nachdenklichkeit am Telefon erlaubte und nicht sofort ihre Fragen parierte. »Ist was?«, fragte er.

»Ich weiß nicht ...« Einen so unsicheren Tonfall hatte er bei ihr auch noch nie erlebt. »Carlotta ist verschwunden.«

Erik durchzog ein nadelfeiner Schmerz. »Wie? Verschwunden? Sie sollte doch das Make-up für Antonia Schäfer holen.«

»Genau! So schnell wie möglich! Als ich sie traf, ist sie gerannt wie der Teufel. Aber dann ... Antonia ist stinksauer, weil sie ohne Make-up vor die Kamera musste. Ein so kleiner Sender hat ja keine Maskenbildnerin dabei.«

Erik sah auf die Uhr. »Wie lange ist sie schon weg?«

»Eine gute halbe Stunde etwa. Vielleicht eine Dreiviertelstunde. Irgendwas muss sie aufgehalten haben. Das Ferienhaus von Antonia liegt im Risgap. Also ganz in der Nähe.«

»Du meinst, ihr ist etwas zugestoßen?«

Tilla Speck antwortete nicht.

»Und du meinst, es könnte mit Jo Kessler zu tun haben?«

Wieder keine Antwort.

»Lauf hin, Tilla! Die Bereitschaft ist noch hier. Ich sage Bescheid. Die werden schnell im Risgap sein.«

»Geht klar, Erik.«

Schwer atmend steckte er das Smartphone zurück und sah dann in Sörens ängstliche Augen. Langsam, ganz langsam schüttelte er den Kopf. »Nein, das kann nicht sein. Vermutlich hat sie sich den Fuß verknackst oder so ...«

Das Suchen schien mit einem Mal zu Ende zu sein. Ruhe entstand auf der anderen Seite der Tür. Leise Schritte waren zu hören, die sich entfernten, dann das Öffnen und Schließen einer Tür. Verließ Johannes Kessler die Wohnung? Nein, kaum war diese Hoffnung in Mamma Carlottas Herzen entflammt, erlosch sie auch schon wieder. Die Schritte kehrten ins Schlafzimmer zurück. Und nun kamen sie auf die Badezimmertür zu. Würde er hereinkommen?

Mamma Carlotta dachte an das, was sie sich vorgenommen hatte. Hinter die Tür huschen, sich unsichtbar machen und die

Sekunden nutzen, die Jo Kessler brauchen würde, um das Licht anzumachen und sich nach ihr umzusehen. Wenn er einen Schritt oder zwei ins Bad hinein machte, wenn sie ihm einen Stoß in den Rücken versetzen konnte, gelang es vielleicht.

Aber als das Licht dann wirklich anging, wusste sie, dass sie verloren war. Er war in der Tür stehen geblieben und versperrte den Fluchtweg. Sein Blick war voller Aggression, er starrte sie an, als hätte sie ihm etwas Schreckliches angetan. Er schien wütend auf sie zu sein, obwohl doch er es war, der sie bedrohte, nicht umgekehrt. Er machte einen zweiten Schritt ins Bad und warf die Tür hinter sich zu. Ohne sich zurückzudrehen, ohne sie aus den Augen zu lassen, tastete er nach dem Schlüssel. Erst als er keinen fand, drehte er sich um, als könnte er es nicht fassen. »Kein Schlüssel?«

Mamma Carlotta stand noch mit dem Rücken an der Wand und wagte kaum zu atmen. Das Bad war klein, es war schrecklich, sich auf so engem Raum mit diesem Menschen, diesem Entführer, diesem Mörder aufzuhalten. Was würde jetzt geschehen? Warum war er zu ihr ins Bad gekommen? Warum vermisste er den Schlüssel? Wollte er sie einschließen? Wie gut, dass er den Schlüssel nicht finden würde!

Er griff roh nach ihrem Arm und stieß sie zur Dusche. »Da rein!«

Mamma Carlotta gehorchte verwirrt. Was sollte das werden?

Er schloss die Schiebetür hinter ihr. Würde er jetzt das heiße Wasser andrehen? Sie verbrühen? Sie daran hindern, aus der Dusche herauszukommen?

Sie starrte ihn durch die Glaswand an, erwartete etwas Schreckliches, einen Angriff, der ihr Leben bedrohte, aber ... dann stellte sich heraus, dass er hereingekommen war, um das zu tun, was in einem Badezimmer üblicherweise erledigt wurde. Er klappte den Toilettendeckel hoch, die Brille ebenfalls, und nestelte an seinem Hosenschlitz. »Die Tür der Dusche zulassen! Wenn Sie rauskommen, pinkel ich Sie an.«

Sie wollte sich wegdrehen, aber er herrschte sie an: »Ich will Sie sehen. Keine Mätzchen!«

Die Verzweiflung verlieh ihr Mut, aus der Angst wurde so was wie Frechheit. »Im Stehen pinkeln ist das Allerletzte! Was sind das für Manieren? Hat Ihnen Ihre Mama nichts beigebracht?«

»Haben Sie eine Ahnung«, nuschelte er, während er seinen Hosenstall öffnete. »Die hat ganze Arbeit geleistet. Erzogen wurde ich wie verrückt. Aber genützt hat es nix. Sagt sie jedenfalls ...«

Mamma Carlotta geriet in Panik, als er in seinen Hosenschlitz griff. »Madonna! Das werden Sie doch nicht tun! In Gegenwart einer Dame!«

»Ich sehe keine.« Jo Kessler grinste frech.

Mamma Carlotta entschloss sich, über diese Unhöflichkeit hinwegzugehen. Es kam jetzt auf Wichtigeres an. Zum Beispiel darauf, dass dieser Mann seine Hosen herunterließ, damit er sie, wenn sie floh, erst hochziehen musste, um ihr nachzulaufen. Das war ihre Chance!

»Warum kann ein Mann sich nicht auch hinsetzen für ... fare pipì. So wie eine Frau? Wissen Sie nicht, was Sie den Zimmermädchen antun, wenn ... se fa pipì? Es geht im Stehen doch immer was daneben.«

Sie zwang sich, den Blick nicht aus seinen Haaren zu lösen, die wirr vom Kopf abstanden, diesmal wohl nicht, weil er es schick fand, sondern weil er keine Gelegenheit zum Haarewaschen gehabt hatte. Auf keinen Fall wollte sie sich verleiten lassen, die Augen auf etwas zu richten, was unterhalb der Taille geschah. Schrecklich genug, dass seine Körperhaltung verriet, was er tat ... nein, was er tun wollte. Irgendetwas klappte nicht, das merkte sie schließlich, als kein Plätschern den Erfolg verkündete.

Wütend fuhr er herum, und sie hätte beinahe nach unten geblickt. Madonna! Wie gut, dass ihr das erspart geblieben war!

»Verdammt! Wenn Sie zugucken, vergeht einem ja …« Er war zum Glück so freundlich, sein Problem nicht beim Namen zu nennen.

»Sie wollen es ja so. Ich lege keinen Wert darauf, Ihnen zuzusehen.«

Sie machte noch einmal den Versuch, sich abzuwenden, aber wieder fuhr er sie an: »Ich will sehen, dass Sie schön brav in der Dusche stehen bleiben und auf keine dummen Gedanken kommen. Sie haben ein Gesicht, dem man sofort ansieht, was Sie planen. Also immer schön in meine Richtung gucken.«

»D'accordo!«

Nun öffnete er tatsächlich den Gürtel seiner Hose, ließ sie herunter, während Mamma Carlotta ein unhörbares Gebet sprach, und setzte sich auf die Brille. Die weite Hose fiel ihm bis auf die Füße. Dio mio! Musste er ausgerechnet jetzt unter Harnverhalt leiden? Konnte er nicht erledigen, was er musste, weil eine Frau ihm dabei zusah? Weil er sie zum Zusehen verurteilt hatte? Ob sie dieses entsetzliche Zusammensein mit einem fremden Mann in der Intimität eines Badezimmers beichten musste, würde sie sich erst später überlegen. Wie sollte sie dem Pfarrer das erklären, ohne Gefahr zu laufen, dass er sie missverstand?

Noch immer hörte sie kein Plätschern. Ob sie es jetzt schon versuchte? Aber der Abstand zwischen der Dusche und der Toilette war gering, er konnte nach ihr greifen und sie festhalten. Würde es ihr gelingen, sich dann loszureißen? Er war jünger und stärker, wenn auch absolut im Nachteil. Wenn er aber gerade angefangen hatte, sein Wasser zu lassen, würde es einfacher werden. Nein, sie wollte darauf warten, irgendwann musste das doch klappen.

Er stützte die Unterarme auf seine Oberschenkel, ließ den Kopf hängen und starrte auf seine Füße. Versuchte er, sich zu entspannen? »Ich bin kein Mörder«, sagte er mit einem Mal. »Okay, ich habe versucht, Lale Claussen zu entführen, aber ein

Mörder bin ich nicht. Typisch! Bei mir läuft ja immer alles schief. Die Sache mit der Entführung funktionierte erst gut! Aber was passiert? Ich erwische die Falsche. Immer habe ich Pech. Und ein Buch mit meinem Namen auf dem Titel kann ich jetzt auch vergessen.« Sein Kopf sank noch tiefer, er schien wirklich deprimiert zu sein.

Ob das eine günstige Gelegenheit war? Mamma Carlotta suchte, ohne hinzusehen, nach dem Griff, um die Duschkabine zu öffnen, aber schon schoss sein Kopf in die Höhe. »Keine Dummheiten!«

»No, no, ich wollte nur …« Ihr fiel nichts ein, was sie gewollt haben könnte. Vielleicht ließ er sich ablenken, wenn sie auf seine Erzählung einging? Womöglich wurde ein Geständnis daraus, für das Erik ihr später dankbar sein würde. Aber bei diesem Gedanken hätte auch sie am liebsten den Kopf hängen lassen. Je mehr sie von Jo Kessler erfuhr, desto unwahrscheinlicher war es, dass er sie laufen ließ. Je mehr sie wusste, desto sicherer war es, dass er sie umbrachte. Andererseits … es konnte ihr helfen, wenn sie ihn noch eine Weile hinhielt. Irgendwann musste sie ja vermisst werden. Antonia Schäfer würde vielleicht nicht auf die Idee kommen, dass ihr etwas zugestoßen war, sie würde wohl nur wütend auf sie sein, aber Tilla! Die musste sich sagen, dass jemand, der so zuverlässig wie Carlotta Capella war, einen guten Grund hatte, wenn sie ein Versprechen nicht hielt. Es war nur eine Frage der Zeit.

»Ich bin kein Mörder«, wiederholte Jo Kessler. »Ich habe diesem anderen Mädchen nichts getan. Sie war schon tot, als ich kam.«

Noch immer kein Plätschern! Besser, er würde sich entspannen, statt ihr Lügenmärchen aufzutischen. Madonna! Ob sie ihm vorschlagen sollte, den Wasserhahn anzudrehen? Als ihr Dino kurz vor seinem Tod Schwierigkeiten mit dem Wasserlassen bekam, hatte das manchmal geholfen.

»Und jetzt steht überall, dass ich auch Helena Helmstetter

umgebracht haben soll. Ganz dick im *Inselblatt*! Auf dem Titel! Wenn das meine Eltern lesen!« Seine Stimme hörte sich jetzt so an, als wäre er den Tränen nah. »Aber ich war das nicht.«

»Dann können Sie sich doch stellen«, schlug Mamma Carlotta erleichtert vor.

»Ich bin doch nicht verrückt. Wegen der Entführung wird man mich sowieso drankriegen. Und wenn ich nicht beweisen kann, dass ich die beiden Frauen nicht angerührt habe, werde ich trotzdem verurteilt. Womöglich kriege ich lebenslänglich für zwei Morde, die ich nicht begangen habe.«

»Sie können nicht bis ans Ende der Welt fliehen. Besser, Sie stellen sich. Die Polizei kriegt Sie sowieso.«

Er blickte kurz auf. »Ich könnte Sie als Geisel nehmen.«

Carlotta erschrak. Madonna, das musste sie ihm ausreden! »Mit einer Million ist eine Menge möglich. Auch ohne Geiselnahme.«

»Eben! Deswegen suche ich sie ja.«

»Suchen? Sie haben die Million bekommen.«

In diesem Moment hörte sie ein Geräusch. Es war auf der anderen Seite der Wand entstanden, draußen, im Garten. War sie endlich vermisst worden? Suchte man nach ihr? Nun hörte sie ein Schaben, ein Wischen, das vom Schlafzimmerfenster kam, während Jo Kessler noch immer mit hängendem Kopf auf der Toilette saß.

Diese Gelegenheit musste sie nutzen. Wenn sie sich irrte, konnte es ihre letzte sein, aber wenn sie recht hatte, konnte dies ihre Rettung bedeuten. Ehe Jo Kessler die Geräusche ebenfalls hörte und seine Drohung wahr machte, sie als Geisel zu nehmen.

Er war sehr erschrocken, als sie die Duschtür aufriss. Und wie sie befürchtet hatte, griff er nach ihr, als sie heraussprang. Aber er war in der schlechteren Position. Ein Mann, der mit heruntergelassenen Hosen auf der Toilette saß, konnte keine Gewalt ausüben. Mamma Carlotta versetzte ihm einen so gewaltigen Stoß, dass er nach hinten von der Brille kippte und in dem Toilettenbecken landete, wie es vor vielen Jahren Carlottas Ältestem passiert war, als er unbedingt zum ersten Mal die Toilette und nicht sein Töpfchen benutzen wollte. Seine Knie schwangen hoch, er griff verzweifelt nach der Brille, als hätte er Angst, in die Kanalisation gezogen zu werden ... und nun hörte sie, dass er endlich Erfolg hatte. Wäre er noch korrekt gekleidet, hätte er sich jetzt in die Hosen gemacht. So gesehen konnte er ja eigentlich froh sein, dass er auf der Toilette saß beziehungsweise hineingefallen war ...

Erik hatte Verständnis für Johannes Walter Kessler. Verhaftet zu werden, das war sowieso schlimm. Auf der Toilette verhaftet zu werden, war noch ein gutes Stück unangenehmer. Verhaftet zu werden, wenn man soeben in die Toilettenschüssel gefallen war, das blieb wohl der Gipfel der Peinlichkeit. Aber die hatte er Jo Kessler nicht ersparen können. Die Kollegen von der Bereitschaft hatten ihn hochgezogen und mit heruntergelassenen Hosen aus dem Bad gezerrt. Erst dort hatte er Gelegenheit bekommen, seine Kleidung zu ordnen.

»Ich bin kein Mörder«, hatte er ein ums andere Mal beteuert, als ihm die Handschellen angelegt wurden. »Ich habe die beiden nicht umgebracht. Ich schwör's.«

Sogar seine Schwiegermutter war zu der Ansicht gekommen, dass Kessler recht haben könnte. »Es wirkte alles sehr ehrlich.«

Und dann war ihm natürlich die Frage gestellt worden, warum er in Antonia Schäfers Haus eingebrochen war, was er dort gesucht hatte.

»Die Million!«, hatte er gerufen, als wäre er es jetzt schon leid, immer die gleiche Antwort zu geben. »Sie hat die Kohle! Hundertpro!«

Erik hatte ihn kopfschüttelnd betrachtet. »Die Lösegeldübergabe hat stattgefunden, das wissen wir. Das Geld ist in den

Händen des Entführers.« Er war mit dem rechten Zeigefinger auf Kessler zugeschossen. »In Ihren!«

»Nein!«, hatte Jo Kessler gewimmert. »Als ich das tote Mädchen in der Schrebergartenlaube gesehen habe, wollte ich nur noch, dass alles aufhört. Ich habe mich nicht mehr bei Antonia gemeldet. Es hat nie eine Verabredung zur Lösegeldübergabe gegeben. Ich bin davon ausgegangen, dass die Million sowieso nicht gezahlt wird. Lale Claussen war ja frei. Das mit ihr ... dass sie frei und trotzdem verschwunden war ... das habe ich sowieso nicht verstanden.« Er hatte seine Hose so hoch gezogen, dass seine bunten Socken zu sehen waren. »Mir ist das alles über den Kopf gewachsen.« Er nickte, als wäre er einverstanden damit, dass ihm Handschellen angelegt wurden. »Ich frage mich, wo Lale ist. Ich hatte damit gerechnet, von ihr überrascht zu werden und nicht von ... von dieser Signora.«

Erik stieg die Treppe hoch in die erste Etage. Dort gab es ein kleines Zimmer, das Antonia Schäfer als Büro benutzte, und ein weiteres Schlafzimmer, in das Lale wohl eingezogen war, als sie sich zu ihrer Mutter geflüchtet hatte. Wohnte sie hier noch? Oder war sie mittlerweile in die Villa zurückgezogen?

Er sah Jo Kessler hinterher, der zwischen zwei Polizeibeamten zum Streifenwagen gebracht wurde, und zog sein Smartphone aus der Tasche. Die Nummer der Kampener Villa fand er in der Anrufliste.

Petrine Roesgen war schnell am Apparat. Ihre Stimme klang unfreundlich, ihr Gruß war knapp, ihre Frage »Sie wünschen?« hörte sich an, als sollte Erik beleidigt werden.

Das war der Grund, dass er mit der Frage begann: »Wie geht's Ihnen?«, und sich dabei besondere Mühe gab, sie freundlich klingen zu lassen.

Nun wurde ihre Stimme schneidend. »Wie's einem so geht, wenn man als Letzte erfährt, dass der Chef im Gefängnis sitzt und die Chefin tot ist. Und das auch nur rein zufällig.«

Daher also wehte der Wind! Nun konnte Erik sie sogar verstehen. Niemand hatte es für nötig gehalten, die Haushälterin zu benachrichtigen. Zum Glück fand er viele schöne Worte, um sie zu besänftigen, entschuldigte sich in aller Form bei ihr, erklärte, wie viel Arbeit die beiden Todesfälle machten, und fragte dann erst nach Lale.

»Nein, sie ist nicht hier«, bekam er zur Antwort. »Auch sie hat es nicht für nötig gehalten, mich anzurufen.«

Erik bekundete vollstes Verständnis für ihre Verärgerung und versprach, sie umgehend zu benachrichtigen, falls es Neuigkeiten gab.

Das hob ihre Laune geringfügig, und Erik nutzte die Gelegenheit zu der Frage, ob sie sich vorstellen könne, dass Herr Claussen seiner Frau nach dem Leben getrachtet habe.

Sie wies das entrüstet zurück. »Auf keinen Fall!«

»Und der Name Jennifer Christensen? Haben Sie den schon mal gehört?«

Nun begann sie zu drucksen. Erik wusste sofort, dass sie von der Affäre ihres Chefs auf Wegen Kenntnis erhalten hatte, die nichts mit Diskretion zu tun hatten. Ja, sie gab zu, kleine Liebesbriefchen gesehen zu haben, »natürlich rein zufällig«, und Herrn Claussen sogar einmal am Strand mit einer jungen Blondine beobachtet zu haben. Natürlich ebenso zufällig. »Aber deswegen bringt er doch seine Frau nicht um!«

Erik verzichtete darauf, ihr von den Fällen zu erzählen, in denen Morde aus viel nichtigeren Gründen geschehen waren, und verabschiedete sich.

Mittlerweile war Tilla zu ihm getreten. »Lale ist weg?«

»Nein, nicht weg. Sie ist nicht zu Hause, das ist alles. Ich wollte wissen, ob sie wieder nach Kampen gezogen ist.«

Nun kam auch Mamma Carlotta herein, die von dem Chef der Bereitschaftspolizei genötigt worden war, mit einem heißen Tee über ihren Schreck hinwegzukommen. Aber Erik merkte, dass die Überwindung ihrer Angst bereits gute Fortschritte machte. Ihr Bericht über die entsetzlichen Minuten, in denen sie gezwungen werden sollte, einem fremden Mann beim Urinieren zuzusehen, war jedenfalls so heiter, dass die Staatsanwältin sich vor Lachen bog und auch Erik sich ein Grinsen nicht verkneifen konnte. Wieder mal beneidete er seine Schwiegermutter darum, alles Negative schleunigst zu verarbeiten, indem sie darüber redete. Wenn sie die Geschichte noch ein paarmal erzählte, würde sie an die Angst, die sie ausgestanden hatte, schon nicht mehr denken.

Zum Glück kam nun auch Sören herein, der sich als dankbarer Zuhörer erwies, und da sich Mamma Carlotta bei dem Chef der Bereitschaft noch für den heißen Tee bedanken musste, wurde sie die Anekdote gleich ein drittes Mal los. Und jedes Mal war der Erfolg so, wie sie es gern hatte: Ihre Zuhörer amüsierten sich prächtig.

Der Blick durch die großen Fenster des Kursaals war fantastisch. Der Himmel hing dämmrig über dem Meer, die Sonne schickte noch ein paar Funken, aber die würden bald keine Kraft mehr haben. Das Meer schäumte, die Wellen waren hoch und voller Aufruhr. Sie brandeten an den Strand, manchmal hörte es sich wie Donnergrollen an. Wie weit die Wellen ausliefen, konnte Mamma Carlotta nicht sehen, aber wie groß ihre Kraft war, konnte sie hören. So gewaltig war die Brandung, dass ihr Rhythmus niemandem entging.

Der Abend senkte sich über Wenningstedt, die Promenade leerte sich. Nur noch wenige Menschen, in dicken Jacken, mit Fäustlingen, Mützen und Handschuhen geschützt, standen in der Nähe von Gosch und blickten zum Horizont. Die meisten waren längst in ihre Ferienapartments oder Hotels zurückgekehrt. Wenn es nach Antonia Schäfer ging, zogen sie sich um, weil sie planten, bei der Abschlussveranstaltung des Lyrik-Festivals dabei zu sein. Der Kartenvorverkauf war nicht besonders gut gelaufen, was aber daran liegen konnte, dass das Wetter in den letzten Tagen so unbeständig gewesen war. An diesem

Abend fegte der Sturm nicht mehr die Straßen leer, er hieß nun wieder Wind und war so, wie die Sylturlauber ihn liebten. Ferien auf Sylt waren ja ohne Wind undenkbar. Also hoffte die Verlegerin auf die Abendkasse und hatte dafür gesorgt, dass die Bestuhlung für viele Gäste ausreichte.

Sie patrouillierte am Büchertisch entlang, der alles enthielt, was der Schäfer-Verlag auf den Markt gebracht hatte, und nickte dem Besitzer der Badebuchhandlung, der sein Geschäft im Kurhaus betrieb, freundlich zu, weil er an alles gedacht hatte.

Mamma Carlotta stellte sich an ihre Seite. »Gibt's noch was zu tun?«

Antonia Schäfer wandte sich ihr zu und lächelte. »Ich muss nur gerade an Jo denken. Was hat der Ehrgeiz aus ihm gemacht!«

Mamma Carlotta nickte. »Terribile!«

Antonia Schäfer zog sie zur Seite und flüsterte nun. »Weiß Ihr Schwiegersohn mittlerweile, wo die Million geblieben ist?«

»Er spricht nicht mit mir über seine Arbeit. Er muss verschwiegen sein, das ist molto importante. Aber wenn Jo Kessler die Million besitzt, dann wird er sie finden. Naturalmente!«

»Hoffen wir's«, murmelte Antonia Schäfer. »Theos Cousin ist schon sehr beunruhigt.« Sie fuhr mit einem Mal zusammen. »Wir haben etwas vergessen. Jo sollte als vorletzter Lyriker lesen. Wir müssen jemanden an seinen Platz setzen.«

»Ich kümmere mich darum«, meinte Mamma Carlotta und machte ein paar Schritte Richtung Bühne, als wollte sie dahinter verschwinden, um sich auf der Stelle in die Liste der lesenden Lyriker zu vertiefen.

»Schieben Sie den Drittletzten nach vorn«, rief Antonia Schäfer ihr nach. »Dass mir bloß kein Dilettant das Ende der Veranstaltung versaut.«

»Naturalmente.« Mamma Carlotta ging nun wirklich hinter die Bühne und blieb dort eine Weile stehen, um mit der Frage zu kämpfen, ob sie die Manipulation zu Carolins Gunsten vielleicht doch besser rückgängig machen sollte. Aber die Liste der Lesenden war ja längst im Büro der Veranstaltungsleiterin gelandet. Sie würde die Namen in der Reihenfolge ablesen, so wie Mamma Carlotta sie manipuliert hatte. Sie stampfte ganz leicht mit dem rechten Fuß auf, als wollte sie sich im Trotz üben. Was danach geschah, musste ihr egal sein. Basta! Hauptsache, Carolin hatte ihre Chance bekommen.

Sie verließ den Backstagebereich und ging durch eine Seitentür ins Foyer. Ob Erik schon da war? Sören hatte auch versprochen zu kommen. Und was war mit Tilla? Sie hatte sich noch nicht blicken lassen. Aber immerhin konnte sie Felix ausmachen. Er stand derart lustlos inmitten der gut angezogenen Menschen, die auf den Einlass warteten, dass sie fürchtete, er könnte noch vor Veranstaltungsbeginn das Handtuch werfen und nach Hause gehen, weil das Durchschnittsalter des Publikums ihm garantierte, dass der Abend furchtbar langweilig werden würde.

Sie machte ihn auf sich aufmerksam und winkte ihn heran. »Du kannst dir schon den besten Platz aussuchen.«

»Ich habe noch keine Karte.«

»Brauchst du nicht.« Mamma Carlotta fand, dass sie nach der ehrenamtlichen Arbeit, die sie geleistet hatte, ruhig ein bisschen Vetternwirtschaft betreiben konnte. »Alle Plätze sind noch frei.«

Den besten hätte sie sich in der ersten oder zweiten Reihe gesucht. Felix aber entschied sich für die letzte. Anscheinend hatte er Angst einzuschlafen und fühlte sich deshalb dort sicherer.

»Hast du deinen Vater gesehen? Und Sören und die Staatsanwältin?«

Felix schüttelte den Kopf. »Drücken die sich etwa?«

Nein, das glaubte Mamma Carlotta nicht. Diese drei führten etwas im Schilde, das hatte sie mittlerweile erkannt. Etwas, was ihr vorenthalten wurde. Etwas Dienstliches, streng geheim. Leider hatte sie noch nicht herausgefunden, was es war. Aber irgendwie hatte sie das Gefühl, dass dieser Abend anders enden könnte, als alle vermuteten ...

Erik lauschte nach draußen. Der Sturm war eingeschlafen. Natürlich war es nicht windstill geworden, aber die Böen richteten keinen Schaden mehr an. Und vor allem – das war Antonia Schäfer besonders wichtig – hielten sie niemanden davon ab, das Haus zu verlassen, ins Kurhaus zu gehen und dem lyrischen Wettbewerb beizuwohnen. Das Festival würde damit zu einem guten Ende kommen, die Zeitungen würden voll sein von Meldungen über den Gewinner, über den Schäfer-Verlag, über die Verlegerin selbst und vermutlich auch über den Lyriker Johannes Walter Kessler, der wegen zweifachen Mordes und Entführung verhaftet worden war. Der Chefredakteur des *Inselblatts* hatte einen interessanten Artikel geschrieben, der Erik gefiel, obwohl er Menno Koopmann nicht leiden konnte. Er hatte ehrgeizige junge Männer einander gegenübergestellt. Boris Becker, den nichts anderes reizte, als seine Tennismatches zu gewinnen, und der darüber mit seinem persönlichen Glück scheiterte, Christiano Ronaldo, dessen Ehrgeiz ausschließlich dem Fußball galt und der damit seit Jahren erfolgreich war, und eben Johannes Walter Kessler, der sich den Vornamen Goethes gab und den der Ehrgeiz zum Mörder gemacht hatte. Für ein eigenes Buch war er bereit gewesen, viel Geld auszugeben, um an dieses Geld zu kommen, hatte er alles über Bord geworfen, was bis dahin für ihn Gültigkeit gehabt hatte. Dafür war er zum Straftäter geworden, obwohl er sich bisher nie etwas hatte zuschulden kommen lassen. Warum machte der eine etwas Gutes aus seinem Ehrgeiz, während der andere an ihm scheiterte oder durch ihn sogar schuldig wurde? Eine interessante Frage, die Menno Koopmann zwar nicht beantworten konnte, aber dem Leser doch zu vielen Denkanstößen verhalf.

Erik legte die Zeitung weg und lächelte. Der Chefredakteur

würde in den nächsten Tagen noch viel Stoff für weitere ebenso interessante, wenn auch andere Berichte bekommen. Er stand auf und dehnte sich. Eigentlich würde er sich jetzt gern seine alten Kissen in den Rücken schieben und die Füße auf den Couchtisch legen. Aber natürlich musste er im Kursaal erscheinen, daran gab es keinen Zweifel. Carolin rechnete mit ihm, Tilla Speck ebenfalls, und für seine Schwiegermutter war es ganz selbstverständlich, dass er anwesend war, wenn seine Tochter auf der Bühne ihr Bestes gab. Sogar Felix hatte sich bereit erklärt, sich Gedichte anzuhören, die ihm garantiert nicht gefielen, die er nicht verstand und nicht verstehen wollte und von denen er ganz schrecklich gelangweilt sein würde.

Er wählte die Telefonnummer seines Assistenten. »Alles vorbereitet, Sören?«

»Klar, Chef! Es kann nichts schiefgehen.«

»Wir treffen uns im Kursaal?«

»So machen wir's.«

Es gab noch einen weiteren Grund, dass Erik unbedingt den Abend im Kursaal verbringen musste. Das jedoch wusste außer Tilla, Sören und ihm selbst niemand. Das lange Gespräch, das sie am Nachmittag mit Johannes Kessler geführt hatten, war in eine außergewöhnliche Entscheidung gemündet. Wenn es klappte, was sie geplant hatten, würde Menno Koopmann möglicherweise zum ersten Mal positiv von der Arbeit des Polizeireviers Westerland berichten. Wenn nicht ... aber daran mochte Erik gar nicht denken.

Mittlerweile war Mamma Carlotta froh und dankbar, dass sie ihren Entschluss in die Tat umgesetzt hatte. Jo Kessler hatte seine Arbeit gut gemacht. Die ersten lyrischen Darbietungen waren wirklich von schlechter Qualität, darüber hinaus holprig vorgetragen von verschüchterten jungen Leuten, die ängstlich ins Scheinwerferlicht blinzelten. Nur deren Angehörige spendeten frenetischen Applaus, wenn sie die Bühne verließen.

In der Pause wurde mehr von den Nachrichten des *Inselblatts* gesprochen als von der Lyrik, die an diesem Abend zu Gehör gebracht wurde. Der Name Jo Kessler wurde überall getuschelt. Dass man während des Events im Kurhaus um ein Haar einen Entführer und Mörder auf der Bühne gesehen hätte, war die größte Sensation. Carlotta kam es sogar so vor, als wären viele nur gekommen, um mehr über Johann W. Kessler zu erfahren und sich gemeinsam mit allen anderen zu gruseln. Antonia Schäfer war mittlerweile die Ungeduld anzusehen, als sie öfter nach ihrem soeben verhafteten Autor als nach den lyrischen Werken gefragt wurde, die der Schäfer-Verlag auf den Markt brachte.

»Wo ist Lale?«, fragt Mamma Carlotta, als sie der Verlegerin ein Wasser anbot, da sie einen erhitzten und aufgeregten Eindruck machte. »Will sie nicht miterleben, wie das Lyrik-Festival zu Ende geht?«

Antonia Schäfer zuckte nur mit den Schultern. »Ich durfte ihr helfen, als sie in Not war. Aber jetzt redet sie nur noch von ihrer toten Stiefmutter und ihrem armen Vater, der im Knast gelandet ist. Unschuldig natürlich!« Sie stieß etwas aus, was wohl ein Lachen sein sollte. »Ich bin gespannt, wie sie mit der nächsten Frau Claussen zurechtkommt. Wenn es eine geben wird. Vielleicht war es ja doch Theo, der Helena um die Ecke gebracht hat. Geschäftlich ist er schon immer über Leichen gegangen.«

Gerne hätte Carlotta dieses Thema noch ein wenig vertieft, aber Antonia Schäfer wurde von Menno Koopmann angesprochen, der viele Fragen hatte, deren Antworten am nächsten Tag im *Inselblatt* zu lesen sein sollten.

Mamma Carlottas Blick fiel auf Erik und Sören, die kurz vor Beginn der Veranstaltung eingetroffen waren und nun hinter der letzten Reihe standen, in der Nähe der Bar, die von vielen Zuhörern umlagert wurde. Sie blickten über die Sitzreihen hinweg, als suchten sie jemanden. Was ging hier vor?

Nicht einmal Tilla hatte auf diese Frage antworten wollen. »Besser, du weißt von nichts, Carlotta«, hatte sie entgegnet. »Es ist wichtig, dass du dich ganz arglos gibst. Das gelingt am besten, wenn du wirklich arglos bist.«

Sehr ärgerlich! Mamma Carlotta konnte es nicht leiden, von einem Geheimnis ausgeschlossen zu werden. Besänftigt wurde sie nur dadurch, dass sie selbst ein Geheimnis hatte, von dem niemand etwas ahnte.

Sie lächelte, als Carolin zu ihr kam. »Ich verstehe das nicht, Nonna. Ich hätte längst dran sein müssen. Bei jedem Lyriker, der angekündigt wird, denke ich, ich müsste auf die Bühne. Hat Frau Schäfer mich etwa gestrichen?«

Aber Carlotta konnte ihre Enkelin beruhigen. »Ich habe zufällig gesehen, dass du als eine der Letzten lesen wirst. Wusstest du das nicht?«

Wenn Tilla jetzt sähe, wie arglos sie sich geben konnte, obwohl sie kein bisschen arglos war, hätte sie sich sicherlich dazu entschlossen, Mamma Carlotta in das einzuweihen, was an diesem Abend geschehen sollte.

Carolin war perplex. »Aber Jo hat gesagt ...«

»Auf die Meinung dieses Herrn«, unterbrach Carlotta sie schneidend, »kommt es heute nicht an, Carolina. Frau Schäfer ist anscheinend zu der Meinung gekommen, dass deine Gedichte viel besser sind, als Jo Kessler behauptet hat. Ich glaube, der hat dich nur an den Anfang, auf die schlechte Position gesetzt, weil er neidisch auf dich war.«

»Meinst du echt?«

Mamma Carlotta merkte, dass sie zwei Fliegen mit einer Klappe schlagen konnte. »Er ist verhaftet worden, Carolina. Als Entführer und Mörder! Hast du immer noch nicht eingesehen, dass er einen schlechten Charakter hat?«

Carolin betrachtete nachdenklich ihre Schuhspitzen. »Ich dachte, dass jemand, der so schöne Gedichte schreibt, etwas Besonderes sein muss.«

»Ja! Ein besonders mieser Kerl!« Mamma Carlotta war zufrieden, als Carolin nickte. Nun hatte sie erstens das Selbstbewusstsein ihrer Enkelin gestärkt und sie zweitens von der Schwärmerei für diesen Dichter befreit. Wieder war sie von ihren eigenen pädagogischen Fähigkeiten begeistert.

Tilla legte eine Hand auf seinen Arm und beugte sich an sein Ohr. Wieder stellte er fest, dass sie gut roch, dass ihre kleine, weiche Hand ihm gefiel und ihre Stimme, wenn sie leise sprach, sehr angenehm war. »Nur noch Carolin! Danach gehen wir in Position.«

Er nickte. Ja, Carolins Auftritt wollte er natürlich unbedingt miterleben. Vielleicht würde er ihn sogar genießen können. Es sei denn, er machte sich ihre Aufregung zu eigen und würde noch mehr unter ihrem Lampenfieber leiden als sie selbst.

Aber als sie die Bühne betrat, war seine Angst schnell verflogen. Carolin wirkte ruhig und selbstsicher, ihre Stimme zitterte nicht und war sogar laut genug, obwohl sie eigentlich nicht nah genug ans Mikrofon getreten war. Als sie das Gedicht ankündigte, dessen Vortrag sie mit Tilla Speck geübt hatte, lächelte sie sogar. Und sie behielt ihr Lächeln bei, während sie an alles zu denken schien, was Tilla ihr geraten hatte.

Beinahe hätte Erik der Staatsanwältin dankbar die Hand gedrückt, als Carolin geendet hatte, weil er merkte, wie gut ihr Vortrag gelungen war. Aber natürlich nur beinahe! Das fehlte noch, dass er sich zu derartigen Gefühlsausbrüchen hinreißen ließ!

Schon für diesen ersten lyrischen Text erhielt Carolin viel Applaus. Man sah ihr an, dass dieser Erfolg ihrer Selbstsicherheit sehr gutgetan hatte.

»Das zweite Gedicht habe ich meiner Großmutter gewidmet«, begann sie. »Sie wollte so gern, dass ich etwas schreibe, was sich reimt. Und bei dieser Gelegenheit habe ich festgestellt, dass sich auch moderne Lyrik reimen darf.«

Erik sah, dass die Umsitzenden aufmerkten, dass Carolins Vortrag nach diesen einleitenden Worten mehr Interesse entgegengebracht wurde als den vorherigen. Und als Carolin begann, war es mucksmäuschenstill im Saal.

Auf ewig

Siehst auch du den Mond
sich in den Zweigen wiegen
den Abendstern das Zelt
der Firmamente biegen?
Siehst auch du den Kranz
der Sonne über den Platanen
die sich winden Laub für Laub
in das Licht des Abends?
Siehst auch du den Weg
der Wolken traumlandquerfeldein?
Dann ist es gut, dann sind wir doch
dort oben noch vereint.

Der Applaus, den Carolin erhielt, war kräftig und lang anhaltend. Mit verlegenem Gesicht verließ sie die Bühne, aber Erik hatte auch den Stolz in ihrem Blick gesehen und die geröteten Wangen, die auf allergrößtes Glück schließen ließen. Ehe er sich versah, hatte er doch Tillas Hand gedrückt. »Hat sie das nicht wunderbar gemacht?«

»Großartig«, flüsterte sie zurück. »Ich bin so stolz auf deine Tochter. Sie ist ein tolles Mädchen.«

Ging der Weg zum Herzen eines Vaters über das Lob seiner Tochter? Erik hatte die Staatsanwältin jedenfalls noch nie so sympathisch wie jetzt gefunden und noch nie so wenig bereut, dass er sie geküsst hatte, wie in diesem Augenblick.

Sein Blick traf Felix, der ihm zwei erhobene Daumen entgegenhielt. Auch er war also stolz auf seine Schwester, und Erik spürte, dass er von dem warmen Gefühl der Liebe voll und ganz ausgefüllt wurde. Den Blick zu seiner Schwiegermutter mied er ganz bewusst. Sie würde mit Tränen in den Augen dastehen, sich in Rührung auflösen, diesen wunderbaren Moment nicht einfach still genießen können, sondern ihr Glück herausschluchzen und -jubeln müssen, lange und laut davon reden und sich ausmalen, wie sie in Panidomino auf der Piazza davon erzählen würde. Das wusste er, ohne es zu sehen und zu hören. Nein, er wollte jetzt nicht mit ihrer Rührseligkeit konfrontiert werden, weil er dann womöglich nicht zum Ernst seines Dienstes zurückfinden konnte. Er würde noch den ganzen Abend Gelegenheit haben, an dem lautstarken Glück seiner Schwiegermutter teilzuhaben.

Sanft stieß er Sören in die Seite, der den Wink sofort verstand und sich erhob. Während die Veranstaltungsleiterin den vorletzten Lyriker ankündigte, bewegten sie sich unauffällig aus dem Kursaal hinaus. Erst im Foyer atmeten sie tief ein und aus, als hätte es sein können, dass ihr Atmen sie vorher verriet.

Tilla zeigte auf eine Tür. »Dort kommen wir hinter die Bühne. Ich kenne mich aus.«

Sie lauschten dem Vortrag des Lyrikers, der viel Beifall bekam, hörten die Ankündigung des letzten Dichters, der bereits bekannt war und sogar schon einmal einen bedeutenden Preis gewonnen hatte, dann wurde Antonia Schäfer von der Veranstaltungsleiterin auf die Bühne gebeten und mit viel Applaus bedacht. Die Stadt Wenningstedt und ganz Sylt bedankten sich bei ihr für dieses wunderbare Event, mit dem sie viele junge Menschen begeistert und den Namen ihrer wunderbaren Insel in die Welt hinausgetragen hatte.

Während auch Antonia Worte des Dankes fand, öffneten die drei leise die Tür, huschten über den winzigen Flur, von dem es in den Geräteraum und über eine Wendeltreppe in die Künstlergarderobe ging. Dann öffneten sie leise, ganz leise die Tür, die zur Bühne führte. Von dort ging es ein paar Stufen hoch ins Scheinwerferlicht. Sie blieben aber hinter dem dunklen Vorhang stehen und warteten, still, ohne sich mit einem Wort zu verraten.

Antonia Schäfer bat um ein wenig Geduld und kündigte an, dass die Jury sich in etwa einer halben Stunde auf den Sieger des Lyrikwettbewerbs geeinigt haben dürfte. Noch einmal erhielt sie Applaus, verbeugte sich und kam mit strahlendem Gesicht die Treppe hinab.

Erst auf der unteren Stufe bemerkte sie Erik, Sören und ihre Freundin Tilla. Das Strahlen fiel von ihr ab, das Lachen sackte aus ihren Mundwinkeln. Sie begriff schlagartig, was sie erwartete.

Erik machte einen Schritt auf sie. »Ich verhafte Sie wegen Mordes an Frauke Kretschmer und Helena Helmstetter.«

Erik hatte sie alle zum Essen eingeladen. Ohne dass es jemand bemerkt hatte, war er vor dem Lyrikwettbewerb in das italienische Restaurant *La Pergola* gegangen und hatte dort einen Tisch bestellt. Nach ausgelassenem Feiern war zwar niemandem zumute, wohl aber nach Aufarbeitung aller Geschehnisse durch Gespräche, in denen es nicht um die Rechtslage, sondern um die menschliche Seite der Angelegenheit gehen sollte. Wie war Johannes Kessler auf die Wahrheit gestoßen? Wie konnte eine Frau wie Antonia Schäfer so viel Hass in sich verstecken? Wie hatte sich Frido, der noch nie straffällig geworden war, auf die kriminelle Idee seines Freundes einlassen können? Zurzeit sah es so aus, als könnte keiner von ihnen verstehen, wie es zu den beiden Todesfällen gekommen sein konnte. Nur dass diese Morde geschehen waren, stand fest.

Nachdem der Sieger des »besten Gedichts der Insel« noch einmal gelesen hatte und zum besten Lyriker Sylts gekürt worden war, hatte die Veranstaltung ein schnelles Ende gefunden. Es ging auf zehn Uhr zu, die Sylter Touristen wollten in ihre Hotels und Ferienwohnungen zurückkehren. Der Sturm, der bei Tag viel an Bedrohlichkeit verloren hatte, schien bei Nacht wieder gefährlich zu werden.

Carolin war zwar nicht als Siegerin aus dem Wettbewerb hervorgegangen, hatte aber immerhin einen achtbaren dritten Platz erreicht. Und alle waren davon überzeugt, dass sie die Gewinnerin der Herzen war. Dass sie das Gedicht ihrer Nonna gewidmet hatte, würde unvergessen bleiben, während sich die intellektuellen Begründungen für die Wahl des Siegers vermutlich niemandem eingeprägt hatten.

Natürlich hatten auch alle mitbekommen, dass die Großmutter ihre Enkelin mit Tränen in den Augen an ihr Herz gedrückt hatte, und als beide zu schluchzen begannen, waren in der Nähe viele Taschentücher gezückt worden. Mamma Carlotta fragte jeden, auf den sie traf, und schließlich den Himmel selbst, womit sie eine so bezaubernde Enkelin verdient hatte.

Die Kellner in *La Pergola* mussten sich gleich nach der Ankunft anhören, wie glücklich Carolin ihre Nonna gemacht hatte. Natürlich wurde der Koch aus der Küche geholt, der die Geschichte auf Italienisch hören wollte, und der Chef kam aus seinem Büro, als das laute Italienisch durch alle Wände drang, und wollte sich noch einmal erzählen lassen, was im Kursaal geschehen war. Prompt wurde Carolin zur Heldin des Tages, erhielt einen Prosecco auf Kosten des Hauses und schämte sich nur ein ganz kleines bisschen, als alle sie hochleben ließen.

Wenige Minuten später stand das Coperto vor ihnen, frisches Weißbrot, Olivenöl und Salz, und alle studierten die Speisekarte. Erik rief nach einer großen Vorspeisenplatte, die kurz nach der Bestellung der Hauptgerichte auf den Tisch kam. Sie sorgte dafür, dass die Köpfe näher zusammenrückten, sich alle gemeinsam zu der Platte beugten und eine Nähe entstand, die Mamma Carlotta ganz besonders genoss. Ihre Familie! Sören hatte von Anfang an für sie dazugehört, nun aber saß auch Tilla Speck in ihrer Runde und schien ebenso dazuzugehören. Dass Erik diese Tatsache nicht nur hinnahm, sondern scheinbar auch begrüßte, war das i-Tüpfelchen auf Mamma Carlottas Glück.

Sören war der Erste, der sachlich wurde, nachdem Carolins Gedicht noch einmal vom ersten bis zum letzten Wort gewürdigt worden war. »Ganz schön clever von Johannes Kessler, die richtigen Schlüsse zu ziehen.«

»So clever auch wieder nicht«, konterte Tilla. »Als er hörte, dass Antonia das Lösegeld übergeben hat, konnte er sich denken, was gelaufen ist. Er hatte die Entführung abgeblasen, hatte sich nicht mehr bei ihr gemeldet, er war der Einzige, der genau wusste, dass es nicht so gelaufen war, wie Antonia gesagt hat.«

Erik schüttelte den Kopf. »Unglaublich. Und wir haben ihr die besorgte Mutter abgenommen, die ihr Kind nicht in Gefahr bringen will.«

»Ich habe ihr auch geglaubt«, fuhr Tilla fort, »dass sie das fremde Mädchen retten wollte. Es schien alles so logisch zu sein. Vetterich hat doch auch ihre Spuren im Wald gefunden.«

Sören meldete sich wieder zu Wort, während Carlotta und Carolin nur atemlos zuhörten. »Sie hat damit gerechnet, dass wir auf Spurensuche gehen. Wäre doch komisch gewesen, wenn wir dann nichts gefunden hätten. Sie hat ihr Auto ganz offen auf den Parkplatz der Vogelkoje gestellt, damit es gesehen wird. Und dann ist sie in den Wald gegangen und hat sich eine Stelle ausgesucht, die ihr geeignet erschien. Da hat sie dann angeblich die Tasche mit der Million abgestellt. Auf diesen auffälligen Baumstumpf.«

»Aber Helena Helmstetter ist ihr gefolgt?« Mamma Carlotta legte Wert darauf, auch ihren Beitrag zu leisten.

»Sie hat ihre Vorgängerin in der Sparkasse gesehen. Sie war ins Büro des Sparkassenleiters gegangen, erledigte also irgendein brisantes Geldgeschäft. Da hat die Helmstetter sich gedacht, was Antonia vorhat, und ist ihr gefolgt.«

»Aber anscheinend nicht unauffällig genug«, fuhr Erik fort. »Antonia hat sie bemerkt ...«

»... und ihr eins über den Schädel gegeben«, führte Sören den Satz zu Ende.

In Tillas Gesicht stand nun echte Traurigkeit. »Sie hat natürlich vor allem zugeschlagen, weil sie nicht von der zweiten Frau ihres Mannes verraten werden wollte. Aber ich glaube, es hat ihr auch Genugtuung verschafft, wieder die Stärkere zu sein. Sie hat Helena Helmstetter gehasst, weil sie alles hatte, was mal ihr gehört hat.«

Sörens Stimme klang weinerlich. »Aber warum hat sie auch meine Cousine umgebracht?«

»Frauke Kretschmer durfte nicht wieder auftauchen«, entgegnete Tilla, »dann wäre der schöne Plan nicht mehr durchführbar gewesen.«

»Hat sich die Million denn mittlerweile gefunden?«, fragte Carolin.

Erik nickte. »Sehr raffiniert versteckt. Im Putzschrank! Sie hat die Flaschen mit den Putzmitteln geleert, das Geld gerollt und reingesteckt. Darauf ist Kessler nicht gekommen.«

»Und die SMS-Nachrichten, die sie von dem Entführer bekommen hat?« Mamma Carlotta bewies mal wieder, dass sie fix denken konnte.

Tilla betrachtete sie anerkennend. »Sie hat sich ein zweites Handy besorgt. Natürlich mit einer Prepaidkarte. Wenn wir ihr Handy kontrolliert hätten, wäre es uns vielleicht aufgefallen, dass ein anderes Handy benutzt worden war. Aber wir waren ja ohne jedes Misstrauen.«

Der Kellner sammelte die Teller ein und stapelte sie auf die Vorspeisenplatte, die schnell leer geworden war. Dann brachte er Wein- und Wasserflaschen und stellte Parmesankäse für die Pastagerichte auf den Tisch.

»Was ist nun mit Herrn Claussen und Frido Ferrari?«, fragte Mamma Carlotta. »Sitzen sie immer noch in Haft?«

Erik sah auf die Uhr. »Die dürften mittlerweile wieder auf freiem Fuß sein. Theo Claussen sowieso, er hat ja eine reine Weste. Aber auch Frido Ferrari. Beihilfe zu erpresserischem Menschenraub ist zwar keine Kleinigkeit, aber ...«

Tilla nahm ihm lächelnd diesen Satz ab: »... es besteht ja wohl keine Wiederholungsgefahr. Verdunkelungs- und Fluchtgefahr haben wir ebenfalls ausgeschlossen. Der junge Mann ist kein Wiederholungstäter. Für das, was er getan hat, wird er vermutlich eine Bewährungsstrafe bekommen.«

»Warum ist Lale nicht zum Festival gekommen?«, fragte Carolin.

Erik sah seine Tochter ernst an. »Ihr ist mittlerweile klar geworden, was ihre Mutter getan hat. Sie will nichts mehr mit ihr zu tun haben. Seit heute Nachmittag sitzt sie im Polizeirevier und wartet auf die Freilassung ihres Vaters. Morgen wird Claussen sicherlich nach Niebüll in die Klinik fahren, aber heute Abend könnten die beiden noch zusammen sein. Darauf, dass Petrine Roesgen ihnen etwas zu essen in den Kühlschrank gestellt hat, dürfen sie allerdings nicht hoffen. Die Haushälterin ist ganz schön sauer auf ihre Arbeitgeber.«

Als sollte bewiesen werden, dass Theo und Lale Claussen nach einer anderen Gelegenheit Ausschau gehalten hatten, öffnete sich die Tür, und mit einem Schwall Wind trat ein Mann ein, dessen Gesicht geschwollen war, links heftiger als rechts, der so aussah, als hätte er sich lange nicht die Haare gewaschen und ebenso lange die Kleidung nicht gewechselt. Das junge Mädchen an seiner Seite hatte sich auch nicht so gekleidet, wie es von ihr verlangt worden wäre, wenn ihr Ziel das Pony oder das Restaurant des Hotels Stadt Hamburg gewesen wäre. Vermutlich hatte ihr Vater vorgeschlagen, sich eine Pizzeria zu suchen, die so wenig exklusiv war, dass man dort nicht auf Bekannte stoßen würde.

»Ciao, Lale!« Mamma Carlotta winkte aufgeregt zum Eingang.

Aber Theo Claussen würdigte den Tisch, an dem gleich mehrere Bekannte saßen, keines Blickes. Das waren einfach nur Menschen, mit denen er schon mal zu tun gehabt hatte, keine Bekannten, die er grüßen musste, für die er sogar ein paar freundliche Worte übrighatte. Und Lale schien schon wieder ganz unter dem Einfluss ihres Vaters zu stehen. Sie winkte nur verstohlen und folgte ihrem Vater dann in einen Bereich des verwinkelten Lokals, in dem sie keinen Blickkontakt mit den Menschen haben mussten, die für die Inhaftierung ihres Vaters verantwortlich waren.

»Schade.« Mamma Carlotta bedauerte es immer außerordentlich, wenn sich neue Bekanntschaften nicht vertiefen ließen. Aber sie hatte Glück, denn schon bald öffnete sich die Tür erneut, und wieder blickte sie in bekannte Gesichter. »Signora!«

Eriks Miene verrutschte, als sich ein Schwall von italienischen Höflichkeiten über sie ergoss.

»Che piacere rivederla!« Fridos Mutter war entzückt, Mamma Carlotta wiederzusehen. Und da sie ähnlich glücklich wie diese war, bemerkte sie keinen der kritischen Blicke, die sie trafen. Fietje und Frido verdrückten sich in die hinterste Ecke des Lokals und gaben vor, nichts davon zu bemerken, dass der Hauptkommissar Teil einer gemütlichen Runde war. Fietje tat sogar so, als hätte er Mamma Carlotta noch nie gesehen, und blickte konsequent in eine andere Richtung.

Sie musste lächeln. Eigentlich wäre dies der richtige Moment gewesen, Erik zu verraten, dass sie den Strandwärter viel besser kannte, als er glaubte. Aber Fietje hatte wohl Sorge, sie in Schwierigkeiten zu bringen.

Genauso reagierte Tove Griess, der nun auch das Restaurant betrat. Mamma Carlotta hätte beinahe gelacht. Der Wirt in einem italienischen Ristorante? Das war in etwa so ungewöhnlich, wie wenn sie ihn in der Strandsauna oder in der Kirche getroffen hätte.

Sie lehnte sich zurück, als der Kellner kam und das Essen servierte. Wie schön war es doch, diesen Luxus zu genießen! Sie nannte es ja immer noch so, wenn sie außerhalb aß. Und wie schön, ihre Familie um sich zu haben. Schade, dass Fietje es nicht zu genießen schien, Teil einer Runde zu sein, die er durchaus seine Familie nennen konnte. Sein Sohn, die Mutter seines Sohnes und sein einziger Freund, den er niemals so nennen durfte, wenn er nicht von Tove Prügel beziehen wollte. Aber Fietje war wohl schon zu lange allein, um diese Gesellschaft genießen zu können. Sie beobachtete lächelnd sein ängstliches Gesicht, während Fridos Mutter auf ihn einredete, und seine linkischen Gesten, wenn Frido versuchte, ihn auf etwas aufmerksam zu machen. Ihre Sorge, Fietje könnte sein Leben ändern und nach Italien ziehen wollen oder auch nur den Wunsch verspüren, für seinen Sohn ein ehrbares Leben zu führen, das nicht morgens mit Jever begann und abends mit Jever endete, schien ihr nun unbegründet. Sie konnte sich nicht einmal genau vorstellen, ob es Fietje glücklich machte, seinen Sohn gefunden zu haben. Ganz sicherlich aber machte es ihn nicht glücklich, dessen Mutter neben sich sitzen zu haben, die auf ihn einredete und ihn ständig zu irgendetwas überreden wollte, was Fietje zuwider war.

Als Fietje einmal zufällig zu Mamma Carlotta herübersah, hob sie ihr Glas und prostete ihm heimlich zu. Und er lächelte und prostete ebenso heimlich zurück. Er schien sie verstanden zu haben.

REZEPTANHANG

Dirty Daniel

2 cl Wodka, 3 cl weißer Rum, 1 cl Tequila Silver,
1 cl Waldmeisterlikör, 10 cl Orangensaft, 5 cl Cola, 6 Eiswürfel

Attenzione! Mit Vorsicht genießen! Sie haben ja gelesen, was meinem Schwiegersohn passiert ist, als er zu viel davon getrunken hat! Also aufpassen!

Mariniertes Gemüse

500 g Champignons, 250 g Zucchini, 500 g grüne, rote und gelbe
Paprika, 200 g Schalotten, 2 Knoblauchzehen, 200 g schwarze Oliven,
Salz, Pfeffer, 100 ml Olivenöl, 100 ml Balsamico

Meine Schwägerin macht immer ein Riesentheater, wenn sie ihr Gemüse mariniert, ich habe ein Rezept, da geht das molto presto: Champignons waschen, evtl. vierteln. Zucchini waschen und in Stifte schneiden. Paprika waschen und achteln und Schalotten schälen. Olivenöl erhitzen, Champignons anbraten, Schalotten, Paprika und Zucchini zugeben, salzen und pfeffern. Alles 10 Minuten braten lassen, Knoblauch und Oliven zugeben, mit Balsamico ablöschen. Gemüse dann einfach im Öl-Balsamico-Gemisch erkalten lassen und anrichten.

Pasta-Reste-Pfanne

125 g Nudelreste, 75 g geräucherter gewürfelter Schinken, 2 Zwiebeln,
3 EL Olivenöl, 3 Eier, italienische Kräuter, 2 EL geriebener Parmesan

Es bleiben ja oft Pastareste übrig. So kann man sie noch prima am
nächsten Tag verwerten: Die Eier verrühren, das Öl erhitzen und
die Schinkenwürfel ausbraten. Die Zwiebeln dazu, bis sie glasig
sind, dann die Nudeln dazugeben und goldgelb braten. Die Eier
dazu und stocken lassen, Kräuter darüber, mit Salz und Pfeffer
würzen – fertig ist die Restepfanne. Man kann sie mit Parmesan
bestreuen oder ihn dazustellen, damit jeder selbst sein Essen mit
Käse bestreuen kann. Dieses Rezept ist genau richtig für die Tage,
an denen ich in Käptens Kajüte die Zeit vergessen habe.

Hähnchen-Saltimbocca

2 Hähnchenbrustfilets (je 200 g), 4 Scheiben Parmaschinken, 8 große
Salbeiblätter, eine Fleischtomate, 50 g Zwiebeln, eine Knoblauchzehe,
Salz, Pfeffer, 20 g Butter, 3 EL Olivenöl, Zucker, Zimt, Koriander,
Piment, 100 ml Weißwein

Die Hähnchenbrüste waagerecht halbieren und mit je einer
Scheibe Parmaschinken und 2 Salbeiblättern belegen. Mit Zahn-
stochern feststecken. Die Tomate mit der Haushaltsreibe grob
reiben und beiseitestellen. Dann die Zwiebel fein hacken, den
Knoblauch mit etwas Salz bestreuen und zu einer Paste verreiben.
Butter und Olivenöl in einer Pfanne erhitzen, das Fleisch auf der
Salbeiseite hineinlegen und bei mittlerer Hitze 5 Minuten braten.
Herausnehmen und im Backofen warm halten. Nun die Zwiebeln
im Bratfett unter Rühren anbraten, die Knoblauchpaste kurz mit-
braten. Geriebene Tomate dazu, mit Salz, ½ TL Zucker und je einer
Prise Zimt, Koriander und Piment würzen. Wein zugießen und

unter Rühren einige Minuten dicklich einkochen und erneut abschmecken. Dann das Fleisch aus dem Ofen nehmen und die Zahnstocher vorsichtig entfernen. Wenn Bratensaft ausgetreten ist, ihn zur Soße in die Pfanne gießen und gut verrühren. Die Soße auf vorgewärmte Teller geben, die Saltimbocca darauf verteilen und sofort servieren. Dazu passt Baguette und Blattspinat.

Crema con biscotti

100 g gefüllte Schokokekse, 125 g Quark, eine Banane, 1 EL Nutella, 2 EL Sahne, 1 EL Krokant, Schokoraspeln

Die Kekse zerkrümeln, die Banane schälen, in Scheiben schneiden und mit den übrigen Zutaten in eine Schüssel geben. Nun alles mit dem Pürierstab pürieren und danach den Krokant unterrühren. Für eine Stunde in den Kühlschrank stellen und dann mit Schokoraspeln verzieren.

Friesentorte

Madonna, dass die Friesen eine eigene Torte haben, konnte ich nicht ahnen. Meine Nachbarin, Frau Kemmertöns, hat mir das Rezept gegeben. Seitdem habe ich sie auch in Umbrien schon mal gebacken, als meine Nachbarinnen zu Besuch waren. Die haben nicht schlecht gestaunt ...

400 g Mehl, eine Messerspitze Backpulver, 4 Pck. Vanillinzucker, eine Prise Salz, 150 g stichfeste saure Sahne, 275 g Butter, 75 g + ein EL Zucker, ½ TL gemahlener Zimt, 450 g Pflaumenmus, 750 g Schlagsahne, 3 Pck. Sahnesteif, 1–2 TL Puderzucker, Fett, Frischhaltefolie

250 g Mehl und Backpulver mischen und in eine Schüssel sieben. 2 Pck. Vanillinzucker, Salz, saure Sahne und 175 g weiche Butter zufügen. Erst mit den Knethaken des Handrührgerätes, dann mit den Händen schnell zu einem glatten Teig verkneten. Teig in Folie wickeln und kurz kalt stellen.

Inzwischen für die Streusel 150 g Mehl, 75 g Zucker, 1 Pck. Vanillinzucker und Zimt in einer Schüssel mischen. 100 g Butter in kleinen Würfeln zufügen und mit den Händen zu einem krümeligen Streuselteig verkneten.

Knetteig dritteln und auf dem Boden einer gefetteten Springform ausrollen. Mit ⅓ der Streusel bestreuen und im vorgeheizten Backofen (E-Herd: 200 °C/Umluft: 175 °C) 15–20 Minuten backen.

Fertigen Boden sofort aus der Springform lösen und auskühlen lassen. Aus dem restlichen Teig und den Streuseln nacheinander zwei weitere Böden backen. Einen der Böden noch heiß in 12 Tortenstücke schneiden.

Die beiden ganzen Böden mit Pflaumenmus bestreichen. Sahne steif schlagen, dabei einen EL Zucker, ein Pck. Vanillinzucker und Sahnesteif einrieseln lassen. Sahne in einen Spritzbeutel mit großer Sterntülle füllen.

An den Rand der beiden ganzen Böden jeweils 12 dicke Sahnetuffs spritzen. Restliche Sahne in die Mitte der Böden spritzen. Die beiden Böden aufeinandersetzen und die geschnittenen Tortenstücke jeweils schräg auf einen Sahnetuff legen.

Ca. eine Stunde kalt stellen. Kurz vor dem Servieren mit Puderzucker bestäuben und am besten mit einem Sägemesser in Tortenstücke schneiden.

Sì, è vero. Das Ganze macht ziemlich viel Arbeit. Aber so sind die Friesen eben. Sehr umständlich!

Sauerkirschdessert

Dieses Rezept hat meine Freundin Barbara selbst erfunden. Ich liebe es, weil es so einfach ist und weil es schon am Vortag zuzubereiten ist. Wenn man viel Besuch erwartet, ist dieses Dolce genau das Richtige.

500 g Sahnequark, 2 Pck. Vanillinzucker, 2 EL Zucker,
1 Gl. Sauerkirschen, 400 g Sahne, Amaretti, etwa ½ l Eierlikör

Die Sauerkirschen abtropfen lassen, Die Amaretti zerbröseln, den Sahnequark mit etwas Milch und dem Zucker verrühren und die Sahne steif schlagen. Dann eine große Glasschüssel nehmen und den Quark einfüllen. Die Kirschen kommen obendrauf und werden mit Eierlikör übergossen. Darauf die geschlagene Sahne und dann alles mit den Amarettibröseln bestreuen. Basta!

Spaghetti mit schwarzen Oliven und Kapern

2 EL Kapern, 200 g schwarze Oliven, 8 EL Olivenöl, 2 Dosen geschälte Tomaten zu 400 g, 2 Knoblauchzehen, 1 Stückchen Peperoncino, Salz, Pfeffer, ein Zweig Basilikumblätter, 500 g Spaghetti, 100 g geriebener Parmesan

Kapern waschen, Oliven entkernen und vierteln. Öl und Tomaten zu einem Mus zerdrücken, den durchgepressten Knoblauch zufügen und zusammen aufkochen. Zugedeckt 15 Minuten dünsten. Oliven, Kapern und Peperoncino beigeben, gut umrühren. Wenn nötig, etwas salzen. Weiterkochen, bis alle Flüssigkeit verdampft ist. Basilikum in Streifen schneiden und zugeben. Peperoncino entfernen. Spaghetti kochen, abgießen und die Soße darunterziehen. Nach Belieben mit Parmesan servieren. Aber attenzione mit dem Peperoncino! Er ist schärfer, als man denkt!

Barschfilets in Apfelsinensoße

600 g Barschfilets (Eglifilets), Saft von einer Zitrone, 2 EL Mehl, 100 g Butter, Salz, grob gemahlener Pfeffer, Saft von einer Apfelsine

Die Fischfilets mit Zitronensaft beträufeln. Eine Viertelstunde im Kühlschrank ziehen lassen. Gut abtropfen lassen und im Mehl wenden. In der heißen Butter goldgelb braten. Salzen, viel Pfeffer und den Apfelsinensaft darüber verteilen. Die Butter während der Bratzeit mehrmals über die Fischfilets gießen.

Insalata funghi – Pilzsalat

200 g Steinpilze, 2 hart gekochte Eier, Salz, weißer Pfeffer, Saft von einer Zitrone, 1 dl Olivenöl, 2 Sardellen, eine Knoblauchzehe, 30 g Parmesan

Mein Cousin geht oft in den Wald, um Pilze zu suchen. Er behauptet, er sei ein Kenner auf diesem Gebiet. Aber ganz ehrlich ... ich traue ihm nicht so recht. Lieber kaufe ich die funghi auf dem Markt von Panidomino und gebe die Pilze den Schweinen des Nachbarn. Neulich ist da die größte Sau tot umgefallen, ohne dass der Nachbar sich erklären konnte, warum. Wer weiß! Vielleicht waren das die Pilze meines Cousins ...

Die Pilze putzen, längs in dünne Scheiben schneiden und auf eine flache Platte legen. Die harten Eigelbe durch ein Sieb streichen, mit Salz bestreuen und Zitronensaft zugeben. Die Knoblauchzehe auf eine Gabel stecken und die Soße damit rühren. Das Öl langsam zugießen, damit eine sämige Soße entsteht. Die Sardellen in kleine Stücke schneiden und daruntermischen. Mit Pfeffer abschmecken und die Soße über die Pilze verteilen. Den Parmesan mit dem Kartoffelschäler in ganz feine Scheiben schneiden und darüberstreuen.

Spaghetti aglio, olio, acciughe e peperoncino –
Spaghetti mit Knoblauch, Öl, Sardellen und Pfefferschoten

400 g Spaghetti, Salz, Pfeffer, ein Peperoncino, ein dl Olivenöl, 12 Sardellenfilets, 2 Knoblauchzehen, ein gehäufter EL Petersilie

Spaghetti kochen. Pfefferschote halbieren und entkernen, aber nicht zerkleinern. Im heißen Öl 2 bis 3 Minuten anziehen lassen. Die Sardellenfilets hacken. Mit den zerquetschten Knoblauchzehen in die Pfanne geben und kurze Zeit mitdünsten.

Die Spaghetti gut abtropfen lassen und etwas Kochflüssigkeit auffangen. Mit 2 EL Kochsud auf einer vorgewärmten Platte anrichten. Die Petersilie zur Soße geben, mit Pfeffer abschmecken. Vorsicht beim Salzen, denn die Sardellen geben schon viel Salz ab. Attenzione auch beim Peperoncino, er kann sehr scharf sein. Wenn man keinen frischen bekommt, tut's auch getrockneter, aber auch der ist sehr scharf. Mein Dino hat mal beherzt zugegriffen, weil er großen Hunger hatte, und hat danach eine halbe Flasche Vino heruntergestürzt. Wasser war gerade nicht zur Hand ...

Involtini alla toscana – Rouladen nach toskanischer Art

2 gehackte Zwiebeln, 200 g Blattspinat, Salz, Pfeffer, 1 EL Butter, 8 dünne Rindsrouladen zu etwa 80 g, 4 Scheiben Pancetta, 4 Salbeiblätter, 2 Karotten, eine Selleriestange, 2 EL Olivenöl, ein TL Tomatenpüree, eine Knoblauchzehe, 3 dl Marsala, 3 EL Fleischbrühe

Die Zwiebeln in der Butter anziehen lassen. Spinat putzen, waschen und tropfnass zu den Zwiebeln geben. Mit Salz und Pfeffer würzen, zudecken und ein bis zwei Minuten dünsten, bis die Blätter zusammenfallen. Die Rouladen auf dem Tisch auslegen und so dünn wie möglich klopfen. Mit Pancettascheiben und

Salbeiblättern belegen. Den Spinat abgießen, gut auspressen und auf den Rouladen verteilen. Das Fleisch einrollen und mit je einer Rouladennadel zusammenheften. Karotten und Sellerie in sehr kleine Würfel schneiden. Olivenöl erhitzen. Die Rouladen darin allseitig gut anbraten. Gemüse, Tomatenpüree und durchgepressten Knoblauch zufügen. Kurz anziehen lassen. Mit zwei Drittel des Marsala ablöschen, 2 bis 3 Minuten ungedeckt einkochen. Fleischbrühe nach und nach zufügen und zugedeckt 15 Minuten schmoren. Die Rouladen aus der Pfanne nehmen und warm stellen. Restlichen Marsala zugeben. Den Bratensaft stark erhitzen und auf die Hälfte einkochen. Die Soße mit dem Gemüse über den Rouladen anrichten.

Pere in tegame – Birnen in der Pfanne

4 Birnen (weiche Sorte), 40 g Butter, 80 g Amaretti, 50 g gemahlene Mandeln, etwas Zimt, 70 g Zucker, 1 dl Marsala

Die Birnen waschen, ungeschält halbieren und das Kerngehäuse entfernen. Die Butter in einer großen Bratpfanne zerlassen. Die Birnen mit der Schnittfläche nach unten hineinlegen. Kurz in Butter dünsten, dann wenden. Die fein zerriebenen Amaretti mit den Mandeln, Zimt und Zucker mischen. Diese Mischung auf den Birnen verteilen, mit Marsala beträufeln und etwa eine Stunde zugedeckt auf ganz kleiner Flamme schmoren. Die Birnen dürfen nie gewendet werden. Wenn sie weich sind, vom Herd nehmen, zugedeckt eine Viertelstunde stehen lassen und lauwarm servieren. Buono!

Tote Tante

500 ml Milch, 100 g Zartbitterschokolade, 1 Becher Sahne,
8–10 cl brauner Rum

Die Milch kurz aufkochen und auf kleinster Flamme warm halten.
Dann die grob gehackte Schokolade hinzufügen und unter Rühren
darin auflösen. Fertig ist der Kakao, der nun in große Tassen gefüllt wird. Dazu der Rum und darauf eine dicke Schicht Schlagsahne.

Die Tote Tante wird durch die Sahnehaube getrunken. Niemals
umrühren! Das hat mir Tove Griess erklärt. Von ihm habe ich auch
das Rezept. Aber das habe ich meinem Schwiegersohn natürlich
nicht verraten.

Insalata alla ligure – Ligurischer Salat

4 Kopfsalatherzen, 40 halbe Walnusskerne, Salz, 1,5 EL Zitronensaft,
3 EL Olivenöl, 2 große, saftige Birnen

Den Salat putzen und senkrecht übers Kreuz in je 4 Teile schneiden. Waschen und auf Küchenpapier trocknen lassen. Die Hälfte
der Nüsse grob hacken und den Rest ganz belassen. Mit dem Salat
in eine große Schüssel legen. Salz und Zitronensaft in einer Tasse
verrühren, Öl zugeben. Die Birnen schälen, entkernen und in
Würfel schneiden. Zum Salat geben, die Soße darübergießen und
sofort servieren.

Spaghetti con le zucchine – Spaghetti mit Zucchini

1 kg Zucchini, ½ l Erdnussöl, 100 g geriebener Parmesan, 100 g milder Provolone oder Holländer Käse, in kleine Stücke geschnitten, 3 gehäufte EL Basilikum, 50 g Butter, Salz, Pfeffer, 500 g Spaghetti

Die Zucchini waschen, putzen, abtrocknen und in etwa 2 mm dicke Scheiben schneiden. Portionsweise in heißem Öl etwa zehn Minuten ausbacken, bis sie leicht Farbe annehmen. Herausnehmen und schichtweise mit den beiden Käsesorten, mit Basilikum, einigen Butterflocken, frisch gemahlenem Pfeffer und wenig Salz in eine Schüssel geben.

Die Spaghetti kochen, abtropfen lassen und mit den Zucchini vermischen. In eine feuerfeste Form füllen. Auf den Herd stellen und bei ganz kleiner Hitze einige Male umrühren und sofort servieren.

Polpettone della zia Sofia – Hackbraten nach Tante Sofia

Der Hackbraten meiner Tante Sofia war immer ein Gedicht. Es gab sogar ein paar Verwandte, die, als sie starb, mehr dem Hackbraten hinterhertrauerten als der armen Tante. Aber zum Glück hatte sie mir vorher das Rezept anvertraut. Immer dann, wenn wir den Hackbraten essen, reden wir von Zia Sofia. Das würde sie freuen, wenn sie es wüsste ...

250 g Ricotta, 500 g Hackfleisch, 5 EL geriebener Parmesan, ein Bund gehackte Petersilie, 2 Eier, Salz, Pfeffer, Muskatnuss, 1 EL Mehl, 1 EL Olivenöl, 3 EL Butter, 1 dl Weißwein

Den Ricotta strich Zia Sofia zuerst durch ein Sieb. Dann kamen das Hackfleisch dazu, der Käse, die Petersilie, die Eier und die Gewürze. Alle Zutaten müssen dann sehr gut vermischt werden. Zia

Sofia konnte währenddessen von ihrer geplatzten Verlobung mit dem Nachbarssohn erzählen, so lange dauerte das. Wenn sie fertig war, formte sie einen schönen Braten, der in Öl und Butter von allen Seiten angebraten wurde. Nach und nach goss Zia Sofia den Wein zu und versäumte es nie, ein Gläschen für sich selbst einzugießen. Danach wird die Hitze reduziert und der Braten langsam fertig geschmort. Das dauert eine gute Stunde. Am Ende noch den Bratensatz mit ganz wenig Wasser lösen und über das Fleisch gießen.

Das Besondere von Zia Sofias Hackbraten ist die Mischung aus Fleisch und Ricotta. Sie servierte dazu meistens Spinat, Spinaci al latte.

Spinaci al latte – Rahmspinat

*1 kg Spinat, 50 g Butter, 1 dl Milch oder Sahne, Salz, Pfeffer,
2 EL geriebener Parmesan*

Den gewaschenen Spinat ohne Flüssigkeit dünsten und danach gut ausdrücken. Butter zerlassen und den Spinat dazugeben. Etwas anziehen lassen und nach und nach Milch oder Sahne hinzufügen. Leise kochen, bis die Milch ganz aufgesogen ist. Mit Salz und Pfeffer würzen und den Käse darüberstreuen. Den Topf zudecken, damit der Käse schmilzt, dann den Spinat in einer Schüssel anrichten.

Macedonia al forno – Fruchtsalat aus dem Ofen

*3 getrocknete Feigen, 4 Dörrpflaumen ohne Stein, 2 EL Rosinen,
2 Birnen, ein großer Apfel, 2 Apfelsinen, eine Zitrone, eine Banane,
3 EL Zucker, 4 dl Rotwein, 2 EL Mandelstifte, 3 EL Zucker für den Karamell*

Feigen, Pflaumen und Rosinen in eine Schüssel geben und mit lauwarmem Wasser bedecken. Einige Stunden, am besten über Nacht, aufweichen lassen. Birnen und Apfel schälen und in Achtel schneiden, nachdem das Kerngehäuse entfernt wurde. Die Hälfte in eine feuerfeste Form legen. Feigen und Pflaumen in kleine Stücke schneiden, zwischen die Äpfel und Birnen legen. Apfelsinen und Zitrone so schälen, dass auch die weißen Häute entfernt werden. In Scheiben schneiden und ebenfalls in die Form geben. Mit der Hälfte der Rosinen bestreuen und den restlichen Apfel- und Birnenstücken belegen. Die Banane in Scheiben schneiden, mit den restlichen Rosinen darüber verteilen. Mit Zucker bestreuen, den Wein darübergießen und die Mandeln darüber verteilen. Eine halbe Stunde bei 220 Grad im Ofen überbacken. Während der Backzeit immer wieder mit Saft begießen. Aus dem Ofen nehmen. Den Zucker für den Karamell mit 2 EL Weinsud unter Rühren hellbraun werden lassen. Den Karamell über die Früchte verteilen. Bis zum Servieren zugedeckt kühl stellen.

Vitello tonnato

600 g Kalbsnuss, eine Zwiebel, eine Selleriestange, eine Möhre, ein Lorbeerblatt, 2 Rosmarinzweige, 10 Pfefferkörner, ½ l Weißwein
Soße: 200 g Thunfisch, 3 Sardellenfilets, 2 Eigelbe, Saft einer halben Zitrone, 2 EL Kapern, 200 ml Olivenöl, Salz, Pfeffer, Essig

Fleisch in einen nicht zu großen Topf legen. Das Gemüse säubern und grob zerkleinern und mit den Gewürzen zum Fleisch geben. Den Weißwein zugießen und mindestens 12 Stunden marinieren. Am nächsten Tag das Fleisch aus der Marinade nehmen, mit Wasser bedeckt in einen Topf geben und eine Stunde bei niedriger Hitze köcheln. Im Sud abkühlen lassen.

Für die Soße Thunfisch, Sardellenfilets, Eigelb, Zitronensaft und einen Esslöffel Kapern mit dem Mixer fein pürieren, einige

Esslöffel der Kalbsbrühe zugeben und nach und nach das Olivenöl untermengen. Mit Salz, Pfeffer und etwas Essig abschmecken.

Das Fleisch hauchdünn aufschneiden, mit der Soße bedecken und mit den restlichen Kapern und einigen Zitronenscheiben garnieren.

Agnolotti alla piemontese – Teigtaschen nach Piemonter Art

Teig: 300 g Mehl, 100 ml warmes Salzwasser, 2 Eier, 1 EL Olivenöl
Füllung: 200 g kalter Kalbsbraten, 100 kalter Schweinebraten,
100 g Wurstbrät, 100 g gekochtes mageres Kalbfleisch, 4 Eier, 200 g
geriebener Parmesan, eine Prise Muskatnuss, Salz, Pfeffer

Ich warne Sie: Dieses Rezept macht viel Arbeit. Man muss Zeit und Ruhe haben, sonst geht es oft schief. Ich wollte es nur sagen, nicht, dass es hinterher heißt, Mamma Carlotta hätte Sie nicht gewarnt.

Die Eier in das warme Salzwasser schlagen und das Öl hineinrühren, zusammen mit dem Mehl gut verkneten, sodass ein geschmeidiger Teig entsteht. Eine Stunde muss man ihn ruhen lassen und ihn dann so dünn wie möglich ausrollen. Das Fleisch zerkleinern und scharf anbraten, mit etwas Brühe löschen und kurz schmoren lassen. Das Fleisch aus dem Sud nehmen und in eine Schüssel geben. Eier, Parmesan, Muskatnuss dazugeben und alles gut miteinander zu einem Fleischteig verrühren, mit Salz und Pfeffer abschmecken und zu kleinen Fleischbällchen rollen. Eine Hälfte des Teigblatts gleichmäßig mit den Fleischbällchen belegen, dann die andere Teighälfte darüberlegen, vorsichtig die Ränder festdrücken. Nun ca. 3 cm große Vierecke ausschneiden und in siedendem Salzwasser ca. 5 Minuten kochen lassen. Danach abgießen und das Ganze mit der Fleischsoße übergießen, die übrig geblieben ist. Mit Parmesan bestreuen.

Veramente – die Arbeit lohnt sich.

Filetto di maiale in crosta con agrodolce e verdure –
Schweinefilet in Kruste mit süßsaurer Soße und Gemüse

Soße: *150 g Champignons, eine Schalotte, Olivenöl, Salz, weißer Pfeffer, 30 g Butter, 30 g Mehl, 300 ml Milch*
Fleisch: *ein kleiner Bund Mangold, 650 g Schweinefilet, 250 g Blätterteig, ein Eigelb*
Gemüse: *2 Karotten, 2 Zucchini, 8 Silberzwiebeln, 8 Rosenkohlröschen, eine halbe Knollensellerie, 40 g Butter*
Essigsoße: *40 g Butter, 30 g Mehl, 330 ml Milch, 150 ml Weißweinessig, 20 g Zucker, 1 Prise Muskat*

Pilze säubern und fein würfeln. Schalotte hacken, beides in der Pfanne in Öl schnell anbraten, mit Salz und Pfeffer würzen. Béchamelsoße zubereiten: Butter schmelzen, Mehl darin anschwitzen und unter ständigem Rühren die Milch zugießen. Pilze und Schalotte hineinrühren. Warm stellen.

Den Mangold putzen, die mittleren Blattrippen entfernen und in Wasser blanchieren. Mit kaltem Wasser kurz abschrecken und abtropfen lassen. Nicht ausdrücken!

Das Filet in 4 Portionen schneiden, pfeffern und leicht salzen, in einer Pfanne in Olivenöl bei starker Hitze auf beiden Seiten kurz anbraten. Das Fleisch auf einem Rost ca. 5 Minuten ruhen lassen, erst dann auf die Mangoldblätter legen, mit der Pilzsoße begießen und in die Blätter einschlagen.

Den Blätterteig auslegen, etwas ausrollen. 4 große Quadrate bilden. Filetpäckchen in die Mitte legen und mit dem Teig gut verschließen. Mit dem Eigelb bepinseln und bei 200 Grad 12 Minuten lang in den Ofen schieben.

Währenddessen das Gemüse putzen, klein schneiden und in der Butter schnell anbraten.

Für die Essigsoße zuerst eine Béchamelsoße aus Butter, Mehl und Milch zubereiten, etwas einköcheln lassen. Essig und Zucker miteinander vermengen, in die Béchamelsoße einrühren und mit Muskat, Salz und weißem Pfeffer würzen.

Die Filetpäckchen auf die Teller geben, das Gemüse verteilen und die Soße hinzufügen.

Madonna! Dieses Gericht habe ich einem Wirt in Città di Castello lange abschwatzen müssen. Ich musste ihm sogar versprechen, es für mich zu behalten. Aber kürzlich habe ich gehört, dass er gestorben ist und sein Ristorante geschlossen wurde. Also kann ich es jetzt auch weitergeben ...

Dolce di riso – Reispudding

Reis: *200 g Reis (am besten Risottoreis oder Milchreis), ¾ l Milch, 1 Vanillestange, 5 g Salz, 250 g Zucker, 4 Eigelb, ½ l Sahne, 2,5 Blatt Gelatine, ½ l halb geschlagene Sahne*
Rumsoße: *350 ml Wasser, 50 ml Rum, 100 g Kakao, 200 g Schmelzschokolade (Kuvertüre)*

Milch, Vanillestange, Salz und ⅔ der Zuckermenge zusammen kurz aufkochen, den Reis hinzufügen und bei mäßiger Hitze 25 Minuten köcheln lassen. In einer Pfanne Eigelbe und den restlichen Zucker schlagen und die Sahne hineinrühren. Langsam unter Rühren zum Kochen bringen, ohne dass es zum Sieden kommt, bis die Creme Konsistenz gewinnt. Den Reis in die Creme hineingeben, die Vanillestange herausnehmen. Die in kaltem Wasser eingeweichte und ausgedrückte Gelatine beimengen und die halb geschlagene Sahne unterheben.

Für die Rumsoße das Wasser mit dem Rum zum Sieden bringen, den Kakao hineinrühren und noch mal aufkochen lassen. Von der Herdplatte nehmen und die zerkleinerte Schokolade unter ständigem Rühren hinzugeben, bis sie ganz aufgelöst ist.

Hände hoch, sonst knallts!

Gisa Pauly

Jeder lügt, so gut er kann

Roman

Piper Taschenbuch, 336 Seiten
ISBN 978-3-492-31473-2

Mit sechzig beschließt Anna, sich endlich ihren Lebenstraum zu erfüllen – ein Hotel in Siena! Hier in der Toskana möchte sie ihre Herkunft vergessen, denn Anna stammt aus einer Familie, die mit Gaunereien traurige Berühmtheit erlangt hat. Doch dann bricht jemand in ihre Wohnung ein, und Anna wird selbst mitten hineingezogen in ein Durcheinander aus Lügen, Verbrechen und Verwechslung. Und plötzlich muss sie feststellen, dass auch in ihrem neuen Leben jeder lügt, so gut er kann.

PIPER

Leseproben, E-Books und mehr unter www.piper.de